DICIONÁRIO ESCOLAR

1. NOVO PEQUENO DICIONÁRIO BRASILEIRO DA LÍNGUA PORTUGUESA - Simões da Fonseca
2. DICIONÁRIO ESCOLAR FRANCÊS-PORTUGUÊS - Roberto Alvim Corrêa e Sary Hauser Steinberg
3. DICIONÁRIO ESCOLAR PORTUGUÊS-FRANCÊS - Roberto Alvim Corrêa e Sary Hauser Steinberg
4. DICIONÁRIO ESCOLAR ESPANHOL-PORTUGUÊS - Carlos Antonio Lauand

DICIONÁRIO ESCOLAR
ESPANHOL-PORTUGUÊS

DICIONÁRIO ESCOLAR

Vol. 4

LIVRARIA GARNIER
BELO HORIZONTE
Rua São Geraldo, 67 - Floresta - Cep. 30-150-070
Tel.: (31) 3212-4600 - Fax: (31) 3224-5151

CARLOS ANTONIO LAUAND

DICIONÁRIO ESCOLAR ESPANHOL-PORTUGUÊS

LIVRARIA GARNIER

118, Rua Benjamin Constant, 118 Rio de Janeiro	53, Rua São Geraldo, 53 Belo Horizonte

© Copyright Villa Rica Editoras Reunidas Ltda.

2003

Direitos de Propriedade Literária adquiridos pela
LIVRARIA GARNIER
Belo Horizonte

Impresso no Brasil
Printed in Brazil

ABREVIATURAS

abr. - abreviatura
adj. - adjetivo
adj./s. - adjetivo e substantivo masculino e feminino
adj./s.f. - adjetivo e substantivo feminino
adj./s.m. - adjetivo e substantivo masculino
adv. - advérbio
(Aer.) - aeronáutica
(Agric.) - agricultura
(Am.Lat.) - América latina
(Anat.) - anatomia
(Arquit.) - arquitetura
(Astr.) - astronomia
(Aut.) - termo automobilístico
(Av.) - aviação
(Basq.) - basquetebol
(Bicic.) - bicicletaria
(Biol.) - biologia
(Bot.) - botânica
(Box) - boxe
(Bras., Pop.) - Brasil, popular
(Carp.) - carpintaria
(Cerâm.) - cerâmica
(Cine.) - cinema
(Com.) - comercial
(Comp.) - computação
conj. - conjunção
(Constr.) - construção
(Cost.) - costura

contr. - contração
(Culin.) - culinária
(Des.) - desenho
(Econ.) - economia
(Elet.) - eletricidade
(Ent.) - entomologia
(Esp.) - esportes
(Fam.) - familiar
(Fig.) - linguagem figurada
(Filos.) - filosofia
(Fís.) - física
(Foto) - fotografia
(Fut.) - futebol
(Geog.) - geografia
(Geol.) - geologia
(Geom.) - geometria
(Gír.) - gíria
(Gír. escol.) - gíria estudantil
(Gram.) - gramática
(Ictiol.) - ictiologia
(Inform.) - informática
interj. - interjeição
loc. adv. - locução adverbial
(Mar.) - marinha
(Marcen.) - marcenaria
(Mat.) - matemática
(Mec.) - mecânica
(Med.) - medicina
(Met.) - metalurgia
(Mil.) - militar
(Min.) - minas

(Miner.) - mineralogia
(Mús.) - música
(Náut.) - termo náutico
prep. - preposição
pron. dem. - pronome demonstrativo
pron. pes. - pronome pessoal
(Quím.) - química
(Rel.) - religião
s. - substantivo masculino e feminino
s.f. - substantivo feminino
s.f.pl. - substantivo feminino plural
s.m. - substantivo masculino
s.m.pl. - substantivo masculino plural
(Teat.) - teatro
(Tel.) - telefonia
(TV) - televisão
(Tip.) - tipografia
v. - verbo
vr. - verbo reflexivo ou pronominal
(Vulg.) - vulgar
(Zool.) - zoologia

A

A,a *s.f.* A, a.
a *prep.* a, até, com, de, para, em, por: ~ *Argentina* à Argentina; ~ *mi lado* ao meu lado; *al sur* ao sul; *hecho* ~ *mano* feito à mão; *olla* ~ *presión* panela de pressão; ~ *pie* a pé; *total* ~ *pagar* total a pagar; ~ *lo que parece* ao que parece; ~ *tientas y* ~ *locas* a torto e a direito; ao acaso; ~ *no ser por* a não ser por; *sueldo* ~ *convenir* salário a combinar.
abacería *s.f.* mercearia.
ábaco *s.m.* ábaco.
abad *s.m.* abade.
abada *s.f.* rinoceronte.
abadejo *s.m.* badejo.
abadesa *s.f.* abadessa.
abadía *s.f.* abadia.
abajo *adv.* abaixo, embaixo, de baixo. *¡abajo! interj.* abaixo!; fora!
abalanzarse *vr.* lançar-se sobre.
abaldonar *v.* ofender.
abalorio *s.m.* miçanga.
abanderado,-a *s.* porta-bandeira; porta-voz
abanderar *v.* registrar, matricular. **abanderarse** *vr.* defender.
abandonado,-a *adj.* desasseado.
abandonar *v.* abandonar, deixar, renunciar. **abandonarse** *vr.* descuidar-se; desanimar.
abandono *s.m.* abandono, desasseio, desleixo.
abanicar *v.* abanar.
abanico *s.m.* abano, leque; gama de opções.
abaratar *v.* baratear.
abarcar *v.* abarcar, abraçar, abranger.
abarquillar *v.* encurvar, empenar.
abarrancar *v.* embarrancar; encalhar. **abarrancarse** *vr.* encalacrar-se.
abarrotar *v.* abarrotar; lotar.
abastecer *v.* abastecer.
abastecimiento *s.m.* abastecimento.
abasto *s.m.* provisão, abundância; *dar abasto* dar conta do recado.
abatanar *v.* bater (*um pano*).
abatatar *v.* envergonhar.
abatimiento *s.m.* abatimento, desânimo.
abatir *v.* abater, derrubar, desmontar; inclinar.
abdicación *s.f.* abdicação.
abdicar *v.* abdicar.
abdomen *s.m.* abdômen.
abdominal *adj.* abdominal.
abecedario, *s.m.* abecedário.
abedul *s.m.* bétula, vidoeiro.
abeja *s.f.* abelha; pessoa laboriosa.
abejero *s.m.* apicultor.
abejorro *s.m.* mangangá.
aberración *s.f.* aberração.
abertura *s.f.* abertura; fenda.
abeto *s.m.* abeto, pinheiro.
abierto,-a *adj.* aberto; franco.
abigarrado,-a *adj.* berrante, misturado, mal combinado.
abismal *adj.* abismal.
abismo *s.m.* abismo.
abjurar *v.* abjurar.
ablandar *v.* abrandar.
ablución *s.f.* ablução.
abnegación *s.f.* abnegação.
abnegado,-a *adj.* abnegado.
abochornar *v.* envergonhar.
abocado,-a *adj.* fadado, destinado.
abofetear *v.* esbofetear.
abogacía *s.f.* advocacia.
abogado,-a *s.* advogado.
abolición *s.f.* abolição.
abolicionismo *s.m.* abolicionismo.
abolicionista *adj./s.* abolicionista.
abolir *v.* abolir.
abolladura *s.f.* amassamento.
abollar *v.* amassar.
abombar *v.* abaular; ensurdecer.
abominable *adj.* abominável.
abominación *s.f.* abominação.
abominar *v.* abominar.
abonar *v.* abonar, pagar; inscrever, subscrever; adubar.
abono *s.m.* abono; ingressos para temporada; adubo.
abordaje *s.f.* abordagem.
abordar *v.* abordar.
aborigen *adj.* aborígine.
aborrecer *v.* sentir aversão por; aborrecer, detestar; abandonar a cria.
aborrecimiento *s.m.* aversão, abandono.
aborregarse *vr.* nublar-se.
abortar *v.* abortar, fracassar.
aborto *s.m.* aborto, fracasso.
abotagarse *vr.* inchar.
abotonar *v.* abotoar.
abrasador,-a *adj.* abrasador.
abrasar *v.* abrasar; queimar; esbanjar.
abrasión *s.f.* abrasão.
abrasivo,-a *adj./s.m.* abrasivo.
abrazadera *s.f.* braçadeira.
abrazar *v.* abraçar, adotar, abarcar.
abrazo *s.m.* abraço.
abrebotellas *s.m.* abridor de garrafas.
abrecartas *s.m.* abridor de cartas.
abrelatas *s.m.* abridor de latas.
abrevadero *s.m.* cocho.
abrevar *v.* dar de beber; saciar.
abreviación *s.f.* abreviação.
abreviar *v.* abreviar.
abreviatura *s.f.* abreviatura.
abridor,-a *adj./s.m.* abridor.
abrigar *v.* abrigar, proteger.

abrigo s.m. abrigo; amparo.
abril s.m. abril.
abrillantador s.m. polidor.
abrillantar v. polir.
abrir v. abrir; inaugurar. **abrirse** vr. abrir-se; (Fam.) dar no pé.
abrochar v. abrochar.
abrojo s.m. abrolho.
abrupto,-a adj. abrupto.
absceso s.m. abscesso.
abscisa s.f. abscissa.
ábside s.m. abside.
absolución s.f. absolvição.
absoluto,-a adj. absoluto; **en ~** de modo nenhum.
absolver v. absolver.
absorbente adj./s.m. absorvente.
absorber v. absorver.
absorción s.f. absorção.
absorto,-a adj. absorto.
abstemio,-a adj./s. abstêmio.
abstención s.f. abstenção.
abstencionismo s.m. abstencionismo.
abstencionista adj./s. abstencionista.
abstenerse v. abster-se.
abstinencia s.f. abstinência.
abstracción s.f. abstração.
abstracto,-a adj. abstrato.
abstraer v. abstrair.
abstraído,-a adj. abstraído.
absuelto,-a adj. absovido.
absurdo adj./s.m. absurdo.
abubilla s.f. poupa.
abuchear v. vaiar.
abucheo s.m. vaia.
abuela s.f. avó, anciã.
abuelo s.m. avô; ancião. **abuelos** avós.
abuhado,-a adj. inchado.
abulense adj. natural de Ávila.
abultado,-a adj. avultado.
abultar vt avultar.
abundancia s.f. abundância.
abundante adj. abundante.
abundar v. abundar.
¡abur! interj. adeus!
aburrido,-a adj. tedioso, chato.
aburrimiento s.m. tédio.
aburrir v. entediar, chatear.
abusar v. abusar.
abusión s.f. superstição.
abusivo,-a adj. abusivo.
abuso s.m. abuso; estupro.
abusón,-ona adj./s. abusado; aproveitador.
abyección s.f. abjeção.
abyecto,-a adj. abjeto.
acá adv. aqui, agora; (Fam.) nós aqui.
acabado,-a adj. acabado. s.m. acabamento.
acabar v. acabar, concluir; matar, morrer; ~ **con** destruir; ~ **en** terminar em.
¡acabáramos! interj. pronto!
acabose loc. **ser el ~** ser um desastre.
acacia s.f. acácia.
academia s.f. academia.
academicismo s.m. academicismo.
academicista adj./s. academicista.
académico,-a adj./s. acadêmico.
acaecer v. acontecer.
acallar v. calar, acalmar.
acalorado,-a adj. acalorado.
acalorar v. acalorar. **acalorarse** vr. inflamar-se.
acampada s.f. camping.
acampar v. acampar.
acanalado,-a s.f. acanalado, encanado.
acanalar v. acanalar.
acanallado,-a adj. acanalhado.
acantilado,-a adj. alcantilado. s.m. penhasco, escarpa.
acanto s.m. acanto.
acantonar v. acantonar.
acaparar v. monopolizar.
acaracolado,-a adj. encaracolado.
acaramelar v. encaramelar. **acaramelarse** vr. abraçar-se.
acariciar v. acariciar; acalentar.
ácaro s.m. ácaro.
acarrear v. transportar; causar.
acaso adv. talvez, por acaso; **por sí ~** se por acaso.
acatar v. acatar.
acatarrarse v. resfriar-se.
acaudalado,-a adj. rico.
acceder v. consentir; ter acesso; chegar a.
accesible adj. acessível.
acceso s.m. acesso, entrada, ataque.
accesorio,-a adj. acessório, secundário. s.m. acessório.
accidentado,-a adj./s. acidentado.
accidental adj. acidental.
accidentarse vr. acidentar-se.
accidente s.m. acidente; contratempo.
acción s.f. ação, ato, atividade; cota-parte.
accionar v. acionar.
accionista s. acionista.
acebo s.m. azevinho.
acechanza s.f. espreita, espionagem
acechar v. espreitar, espiar, vigiar.
acecho s.m. espreita, espionagem.
acedar v. azedar.
acedía s.f. acidez; azia.
acedo,-a adj. azedo, ácido.
aceitar v. azeitar.
aceite s.m. azeite, óleo.
aceitera s.f. azeiteira, galheta.
aceitero,-a adj. azeiteiro. s.m. azeitador. s.m.pl. galheteiro.
aceitoso,-a adj. oleoso.
aceituna s.f. azeitona.
aceleración s.f. aceleração.
acelerado,-a adj. acelerado.
acelerador s.m. acelerador.
acelerar v. acelerar. **acelerarse** vr. acelerar-se.
acelerón s.m. acelerada.
acelga s.f. acelga.
acémila s.f. mula; asno.
acendrado,-a adj. puro.
acendrar v. purificar.
acento s.m. acento, sotaque; ênfase.
acentuación s.f. acentuação.
acentuar v. acentuar; frisar.
aceña s.f. azenha.
acepción s.f. acepção.
acepilladora s.f. plaina.
acepillar v. acepilhar.
aceptable adj. aceitável.
aceptación s.f. aceitação; aceite.
aceptar v. aceitar, acolher.
acequia s.f. acéquia, canal de irrigação.
acera s.f. calçada; **ser de la otra ~** ser homossexual.
acerbo,-a adj. acre; cruel.
acerca de adv. sobre.
acercamiento s.m. aproximação.
acercar v. acercar; aproximar.
acerería ou **acería** s.f. aciaria.
acerico s.m. alfineteira.

acero s.m. aço; espada.
acertante adj. acertador.
acertar v. acertar; resolver; encontrar; adivinhar.
acertijo s.m. adivinhação, enigma.
acervo s.m. acervo.
acetato s.m. acetato.
acético,-a adj. acético.
acetona s.f. acetona.
acetre s.m. acéter.
acezar v. arquejar, anelar.
achacar v. atribuir, imputar.
achacoso,-a adj. achacoso.
achantarse vr. conter-se, calar-se.
achaparrarse vr. achaparrar-se.
achaque s.m. achaque.
achatar v. achatar.
achicar v. (Náut.) drenar a água. **achicarse** vr. minguar, diminuir.
achicharrar v. queimar; torrar; incomodar.
achichincle s.m. assessor.
achicoria s.f. chicória.
achinado,-a adj. achinesado; mestiço.
achispado,-a adj. de porre.
achisparse vr. embriagar-se.
acholado,-a adj. mestiço.
achuchar v. abraçar; pressionar; atiçar.
achuchón s.m. empurrão, apertão.
achulado,-a adj. vulgar; chulo.
aciago,-a adj. aziago, funesto.
acíbar s.m. aloé, azebre; desgosto.
acicalado,-a adj. enfeitado; emperiquitado.
acicalarse vr. enfeitar-se, emperiquitar-se.
acicate s.m. acicate, incentivo.
acidez s.f. acidez; mau humor.
ácido,-a adj./s.m. ácido.
acierto s.m. acerto; casualidade; tino.
ácimo,-a adj. ázimo.
aclamación s.f. aclamação.
aclamar v. aclamar.
aclaración s.f. aclaração.
aclarado s.m. enxágue.
aclarar v. aclarar, diluir; clarear, amanhecer, enxaguar; abrir o tempo. **aclararse** vr. clarear-se; explicar-se; dar-se conta.

aclimatarse vr. aclimatar-se.
acné s.f. acne.
acobardar v. acovardar, atemorizar.
acocear v. escoicear.
acochambrar v. sujar, manchar.
acochinar v. esganar.
acocullado,-a adj. de porre.
acodar v. dobrar. **acodarse** vr. apoiar-se os cotovelos.
acogedor,-a adj./s. acolhedor; hospitaleiro.
acoger v. acolher, receber, proteger, admitir. **acogerse** vr. valer-se de; recorrer a.
acogida s.f. acolhida.
acogido,-a adj. acolhido. s. internado.
acogotar v. matar; derrubar; intimidar.
acojonado,-a adj. assustado, acovardado.
acojonar v. dar medo. **acojonarse** vr. (Vulg.) cagar-se de medo.
acojone s.m. medo, cagaço.
acolchado adj./s.m. acolchoado, edredom.
acolchar v. acolchoar, estofar, forrar.
acólito s.m. acólito, coroinha.
acomedido,-a adj. serviçal, prestativo.
acomedirse vr. oferecer-se voluntariamente.
acometer v. acometer.
acometida s.f. acometida.
acomodación s.f. acomodação, adaptação.
acomodadizo,-a adj. acomodatício.
acomodado,-a adj. rico; (preço) módico, razoável.
acomodador,-a s. (Cine., Teat.) lanterninha.
acomodar v. acomodar; achar lugar no cinema. **acomodarse** vr. conformar-se, adaptar-se.
acomodo s.m. emprego; acomodação.
acompañamiento s.m. acompanhamento.
acompañante s. acompanhante.
acompañar v. acompanhar.
acompaño s.m. encontro.
acompasado,-a adj. compassado, pausado, comedido.

acompasar v. compassar, (Fig.) ajustar.
acomplejado,-a adj./s. complexado.
acomplejar v. dar complexo. **acomplejarse** vr. ficar complexado.
acomunarse vr. coligar-se.
aconchabarse vr. conchavar-se, mancomunar-se.
acondicionado,-a adj. preparado.
acondicionador s.m. condicionador de ar.
acondicionar v. acondicionar, adequar; dotar de ar condicionado.
acongojado,-a adj. aflito.
acongojar v, **acongojarse** vr. afligir(-se).
aconsejable adj. aconselhável.
aconsejar v. aconselhar. **aconsejarse** vr. pedir conselho.
acontecer v. acontecer.
acontecimiento s.m. acontecimento.
acopiar v. juntar, amontoar.
acopio s.m. estoque, provisão.
acoplado s.m. (Aut.) trailer, reboque.
acoplamiento s.m. acoplamento.
acoplar v. acoplar. **acoplarse** vr. adaptar-se, acasalar; encaixar.
acoquinar v. assustar. **acoquinarse** vr. ter medo.
acorazado,-a adj. acouraçado, blindado. s.m. couraçado.
acorazar v. blindar.
acordado,-a adj. acordado, concordado.
acordar v. concordar, decidir. **acordarse** vr. recordar-se.
acorde adj. acorde, concorde; conforme. s.m. (Mús.) acorde.
acordeón s.m. acordeão.
acordeonista s. acordeonista.
acordonar v. cercar com cordão de segurança.
acorralado,-a adj. encurralado.
acorralar v. encurralar, desnortear, confundir.
acortar v. encurtar.
acosar v. acossar, perseguir.
acostar v. deitar alguém na cama. **acostarse** vr. acostar-se; ~ *con alguien* ter relações se-

xuais.
acostumbrado,-a *adj.* costumeiro, usual.
acostumbrar *v.*, **acostumbrarse** *vr.* acostumar(-se), habituar(-se).
acotar *v.* delimitar; cotar.
acotejarse *vr.* pôr-se à vontade.
acre *adj.* acre, azedo.
acrecentar *v.* acrescentar.
acreditado,-a *adj.* acreditado, famoso, célebre.
acreditar *v.* acreditar; dar fama; abonar. **acreditarse** *vr.* ganhar fama; fazer um nome.
acreedor,-a *adj./s.* credor.
acribillar *v.* crivar; molestar.
acrílico,-a *adj./s.* acrílico.
acrisolar *v.* acrisolar.
acristalar *v.* envidraçar.
acrobacia *s.f.* acrobacia.
acróbata *s.* acrobata.
acrónimo *s.m.* acrônimo.
acrópolis *s.f.* acrópole.
acta *s.f.* ata.
actitud *s.f.* atitude.
activación *s.f.* ativação.
activar *v.* ativar, avivar.
actividad *s.f.* atividade.
activo,-a *adj.* ativo; *en ~* na ativa; *por activa y por pasiva* de todos os modos possíveis.
acto *s.m.* ato, cerimônia; divisão teatral; *~ seguido* ato contínuo; *en el ~* imediatamente.
actor *s.m.* ator.
actriz *s.f.* atriz.
actuación *s.f.* atuação.
actual *adj.* atual.
actualidad *s.f.* atualidade.
actualización *s.f.* atualização.
actualizar *v.* atualizar.
actualmente *adv.* atualmente.
actuar *v.* atuar, agir; pôr em ação; interpretar um papel; trabalhar; funcionar; produzir um efeito sobre.
acuarela *s.f.* aquarela.
acuarelista *s.* aquarelista.
acuario *s.m.* aquário.
acuartelar *v.* aquartelar.
acuático,-a *adj.* aquático.
acuchillar *v.* esfaquear.
acuciante *adj.* urgente.
acuciar *v.* incitar, estimular, ansiar, inquietar.
acudir *v.* acudir, atender; recorrer a.
acueducto *s.m.* aqueduto.
acuerdo *s.m.* acordo; *de ~* de acordo.
acuidad *s.f.* acuidade.
acuífero,-a *adj.* aqüífero.
acuilmarse *vr.* afligir-se.
acuitar *v.* causar pena.
acullá *adv.* acolá, lá.
acumulador *adj./s.m.* acumulador.
acumular *v.* acumular.
acunar *v.* embalar, ninar.
acuñar *v.* cunhar.
acuosidad *s.f.* aquosidade.
acuoso,-a *adj.* aquoso.
acurruscarse *vr.* encolher-se.
acusación *s.f.* acusação.
acusado,-a *adj.* marcante. *s.* acusado.
acusar *v.* acusar, culpar; evidenciar. **acusarse** *vr.* confessar; denunciar-se.
acusica *ou* **acusón,-ona** *adj./s.* dedo-duro.
acústica *s.f.* acústica.
acústico,-a *adj.* acústico.
adagio *s.m.* adágio.
adalid *s.m.* caudilho.
adán *s.m.* homem sujo, desleixado.
adaptable *adj.* adaptável.
adaptación *s.f.* adaptação.
adaptar *v.* adaptar. **adaptarse** *vr.* acomodar-se.
adarme *s.m.* pingo, pouquinho; *por ~ s* aos poucos.
adecuado,-a *adj.* adequado.
adecuar *v.* adequar.
adefesio *s.m.* despropósito; roupa ridícula; monstrengo.
adehala *s.f.* propina, gorjeta.
adelantado,-a *adj.* adiantado; precoce; ousado; *por ~* antecipadamente.
adelantamiento *s.m.* adiantamento; (*Aut.*) ultrapassagem.
adelantar *v.* adiantar, avançar; antecipar; pagar adiantado; ultrapassar. **adelantarse** *vr.* adiantar-se, antecipar-se.
adelante *adv.* adiante; na frente; *en ~* de agora em diante. ¡adelante! *interj.* entre!
adelanto *s.m.* avanço, antecipação, adiantamento.
adelfa *s.f.* espirradeira.
adelgazar *v.* emagrecer.
ademán *s.m.* gesto, trejeito.
además *adv.* ademais, além de; ainda por cima.
adentrarse *vr.* adentrar; aprofundar-se.
adentro *adv.* dentro, adentro.
adentros *pl.* íntimo; *en sus ~* no seu íntimo.
adepto,-a *adj.* adepto, partidário.
aderezar *v.* adereçar, arrumar; temperar, guisar.
aderezo *s.m.* adereço; preparo (de alimentos); tempero; arreios.
adeudar *v.* dever, debitar.
adeudo *s.m.* dívida, débito.
adherencia *s.f.* aderência.
adherente *adj.* aderente.
adherir *v.*, **adherirse** *vr.* aderir(-se).
adhesión *s.f.* adesão.
adhesivo,-a *adj./s.m.* adesivo.
adicción *s.f.* vício em drogas.
adición *s.f.* adição, soma.
adicionar *v.* adicionar, somar.
adicto,-a *adj./s.* adicto, leal; viciado em drogas.
adiestrar *v.* adestrar.
adinerado,-a *adj.* rico.
adinerarse *vr.* enriquecer-se.
adiós *s.m.* adeus. ¡adiós! *interj.* adeus!; meu Deus!; olá!
adivinación *s.f.* adivinhação.
adivinanza *s.f.* adivinha, enigma.
adivinar *v.* adivinhar; decifrar.
adivino,-a *s.* adivinho.
adjetivo,-a *adj./s.m.* adjetivo.
adjudicar *v.* adjudicar, outorgar; ¡adjudicado! vendido! **adjudicarse** *vr.* apropriar-se; vencer.
adjuntar *v.* incluir; anexar.
adjunto,-a *adj.* junto, unido.
administración *s.f.* administração.
administrador,-a *adj./s.* administrador.
administrar *v.* administrar.
admirable *adj.* admirável.
admiración *s.f.* admiração.
admirador,-a *adj./s.* admirador.
admirar *v.* admirar.
admisible *adj.* admissível.

admisión s.f. admissão.
admitir v. admitir.
admonición s.f. admonição.
ADN s.m. abrev DNA.
adobado,-a adj. temperado, marinado.
adobar v. temperar, marinar; (pele) curtir.
adobe s.m. adobe, tijolo.
adocenado,-a adj. vulgar, medíocre.
adocenarse vr. vulgarizar-se.
adoctrinar v. doutrinar.
adolecer v. adoecer, cair doente.
adolescencia s.f. adolescência.
adolescente adj./s. adolescente.
adonde adv. onde, aonde, para onde.
adónde adv. interrog aonde?; para onde?
adondequiera adv. onde quer que.
adopción s.f. adoção.
adoptar v. adotar.
adoptivo,-a adj. adotivo.
adoquín s.m. paralelepípedo; pessoa ignorante.
adoquinar v. calçar, pavimentar.
adorable adj. adorável.
adoración s.f. adoração.
adorar v. adorar.
adormecer v. adormecer; entorpecer.
adormillarse vr. dormitar, cochilar.
adornar v. adornar, enfeitar.
adorno s.m. adorno, enfeite; *de* ~ decorativo.
adorote s.m. padiola.
adosado,-a adj./s. geminado.
adosar v. geminar; adossar.
adquirir v. adquirir, alcançar, comprar.
adquisición s.f. aquisição, compra.
adrede adv. adrede, de caso pensado.
adscribir v. adscrever.
adscripción s.f. adscrição, atribuição.
adscrito,-a adj. adscrito, atribuído.
adsorber v. adsorver.
adsorción s.f. adsorção.

aduana s.f. alfândega, aduana.
aduanero,-a adj./s. aduaneiro.
aducir v. aduzir.
adueñarse vr. apoderar-se, assenhorear-se.
adulación s.f. adulação, bajulação.
adulador,-a adj./s. adulador.
adular v. adular, bajular.
adulón,-ona adj./s. adulador, puxa-saco.
adulteración s.f. adulteração.
adulterar v. adulterar.
adulterio s.m. adultério.
adúltero,-a adj./s. adúltero.
adulto,-a adj./s. adulto.
adusto,-a adj. adusto; rigoroso, austero.
advenedizo,-a adj./s. forasteiro, novo rico.
advenimiento s.m. advento; vinda.
adventicio,-a adj. adventício.
adventista adj./s. adventista.
adverbio s.m. (Gram.) advérbio.
adversario,-a adj. adversário.
adversidad s.f. adversidade.
adverso,-a adj. adverso.
advertencia s.f. advertência.
advertir v. advertir.
adviento s.m. (Rel.) advento.
advocación s.f. invocação.
adyacente adj. adjacente.
aéreo,-a adj. aéreo.
aeróbic ou **aerobic** s.m. (Ginást.) aeróbica.
aeróbio,-a adj. aeróbio, aeróbico.
aerodinámica s.f. aerodinâmica.
aerodinámico,-a adj. aerodinâmico.
aeródromo s.m. aeródromo.
aerofagia s.f. aerofagia.
aerofotografía s.f. aerofotografia.
aerolínea s.f. companhia de transporte aéreo.
aerolito s.m. aerólito.
aerómetro s.m. aerômetro.
aeromodelismo s.m. aeromodelismo.
aeromoza s.f. aeromoça.
aeronauta s. aeronauta.
aeronáutica s.f. aeronáutica.
aeronáutico,-a adj. aeronáutico.

aeronaval adj. aeronaval.
aeronave s.f. aeronave.
aeronavegación s.f. aeronavegação.
aeroplano s.m. aeroplano, avião.
aeropuerto s.m. aeroporto.
aerosol s.m. aerossol.
aerovía s.f. aerovia.
afable adj. afável.
afamado,-a adj. famoso.
afamar v, **afamarse** vr. afamar(-se).
afán s.m. afã; empenho.
afanador,-a s. faxineiro.
afanar v. afanar, roubar. **afanarse** vr. esforçar-se, afanar-se.
afarolarse vr. emocionar-se, enfadar-se.
afear v. enfear; reprovar.
afección s.f. afecção.
afectado,-a adj. afetado; fingido, contagiado.
afectar v. afetar.
afectividad s.f. afetividade.
afectivo,-a adj. afetivo.
afecto,-a adj. afeiçoado, entusiasta. s.m. afeto.
afectuoso,-a adj. afetuoso.
afeitado s.m. barbeação; corte dos chifres de um touro.
afeitadora s.f. barbeador elétrico.
afeitar v. cortar a barba; mochar um touro.
afeite s.m. maquiagem; cosmético.
afelpado,-a adj. felpado.
afeminado,-a adj./s.m. efeminado, maricas.
aferrado,-a adj. obstinado.
aferrar v. aferrar. **aferrarse** vr. agarrar-se; obstinar-se.
afgano,-a adj./s. afegão.
afianzar v. afiançar; firmar.
afiche s.m. pôster.
afición s.f. afeição; afinco; *la* ~ a torcida.
aficionado,-a adj./s. amador; torcedor.
aficionar v. despertar o interesse. **aficionarse** vr. afeiçoar-se; tomar gosto por.
afilado,-a adj. afiado. s.m. fio, corte.

afilador,-a adj. afiador, amolador.
afilalápices s.m. apontador de lápis.
afilar v. afiar, amolar; cortejar, paquerar. **afilarse** vr. emagrecer.
afiliar v. afiliar, filiar, associar. **afiliarse** vr. afiliar-se.
afin adj./s. afim.
afinación s.f. afinação.
afinador,-a adj./s. afinador.
afinar v. afinar, temperar.
afincarse vr. fixar-se.
afinidad s.f. afinidade.
afirmación s.f. afirmação.
afirmar v. afirmar; firmar. **afirmarse** v. manter uma opinião; insistir.
afirmativo,-a adj. afirmativo.
aflicción s.f. aflição.
aflictivo,-a adj. aflitivo.
afligir v, **afligirse** vr. afligir(-se).
aflojar v. afrouxar; ceder; soltar dinheiro.
aflorar v. aflorar, surgir.
afluencia s.f. afluência.
afluente adj./s.m. afluente.
afluir v. afluir, desembocar.
aflujo s.m. afluxo.
afondar v. afundar.
afonía s.f. afonia.
afónico,-a adj. afônico.
aforismo s.m. aforismo.
aforo s.m. lotação.
afortunado,-a adj. afortunado, sortudo; oportuno.
afrancesar v. afrancesar.
afrecho s.f. farelo, flocos.
afrenta s.f. afronta, ofensa.
afrentar v. afrontar. ofender.
africano,-a adj./s. africano.
afro adj. (Fam.) afro.
afrodisíaco,-a adj./s.m. afrodisíaco.
afrontar v. afrontar, enfrentar.
afuera adv. fora; para fora; **iafuera!** interj. fora!
afueras s.f.pl. arredores, imediações.
agachada s.f. astúcia, treta.
agachar v., **agacharse** vr. agachar(-se).
agalla s.f. galha, guelra. **agallas** pl. coragem, valor.
ágape s.m. banquete.

agarbanzado,-a adj. vulgar.
agarrada s.f. briga, rixa.
agarradero,-a s. cabo, asa. s.m. pretexto. **agarraderos** pl. pistolão, apadrinhamento.
agarrado,-a adj. agarrado; avarento.
agarrar v. agarrar, apanhar, obter; (doença, planta) pegar; (comida) queimar, grudar na panela. **agarrarla** tomar um porre. **agarrarse** vr. brigar. **iagárrate!** agüenta que ainda tem mais!
agarre s.m. briga.
agarrón s.m. puxão, briga.
agarrotar v. enrijecer; emperrar.
agasajar v. tratar com atenção.
agasajo s.m. afeto; consideração; presente.
ágata s.f. ágata.
agazaparse vr. esconder-se; agachar-se.
agencia s.f. agência.
agenciar v. conseguir.
agenda s.f. agenda.
agente adj./s. agente; policial, guarda.
ágil adj. ágil.
agilidad s.f. agilidade.
agilipollar v. abobar.
agilizar v. agilizar, apressar.
agio ou **agiotaje** s.m. ágio, especulação.
agitación s.f. agitação.
agitador s. agitador.
agitar v. agitar, sacudir; inquietar.
aglomeración s.f. aglomeração.
aglomerado s.m. aglomerado.
aglomerar v. aglomerar.
aglutinación s.f. aglutinação.
aglutinante adj./s.m. aglutinante.
aglutinar v. aglutinar.
agnosticismo s.m. agnosticismo.
agnóstico,-a adj./s. agnóstico.
agobiante adj. deprimente, sufocante.
agobiar v. angustiar, deprimir, sufocar.
agobio ang angústia, sufoco.
agolpamiento s.m. ajuntamento.

agolparse vr. aglomerar-se.
agonía s.f. agonia, aflição. **agonías** s.pl. pessoa pessimista.
agónico,-a adj. agônico.
agonizante adj. agonizante.
agonizar v. agonizar.
agorar v. agourar.
agorero,-a adj./s. agoureiro.
agostar v. murchar, ressecar, queimar.
agosto s.m. agosto.
agotado,-a adj. esgotado, cansado.
agotador,-a adj. cansativo.
agotamiento s.m. esgotamento.
agotar v. esgotar, enfraquecer.
agrá s.m. tristeza, pesar.
agraciado,-a adj. gracioso; agraciado, ganhador.
agraciar v. agraciar, melhorar o aspecto.
agradable adj. agradável.
agradar v. agradar.
agradecer v. agradecer.
agradecido,-a adj. agradecido, grato.
agradecimiento s.m. agradecimento.
agrado s.m. agrado, amabilidade.
agrandar v. aumentar.
agrario,-a adj. agrário.
agravamiento s.m. agravamento.
agravante adj./s. agravante.
agravar v. agravar, piorar.
agravio s.m. agravo, insulto.
agredir v. agredir.
agregado,-a adj./s. adido, adjunto; agregado.
agregar v. agregar, acrescentar.
agresión s.f. agressão.
agresividad s.f. agressividade.
agresivo,-a adj. agressivo.
agresor,-a adj./s. agressor.
agreste adj. agreste.
agriado,-a adj. azedo, acre.
agriar v. azedar; irritar.
agrícola adj. agrícola.
agricultor,-a s. agricultor.
agricultura s.f. agricultura.
agridulce adj. agridoce.
agriera s.f. azia.
agrietamiento s.m. gretamento.
agrietar v. gretar, rachar.

agrimensor,-a s. agrimensor.
agrimensura s.f. agrimensura.
agrio,-a adj. azedo, áspero. agrios frutas cítricas.
agrisado,-a adj. acinzentado.
agro s.m. agro, campo.
agroindustrial adj. agroindustrial.
agronomía s.f. agronomia.
agrónomo,-a adj./s. agrônomo.
agropecuario,-a adj. agropecuário.
agrupación s.f.,**agrupamiento** s.m. agrupamento.
agrupar v. agrupar.
agua s.f. água; ~ *bendita* água benta; ~ *corriente* o *dulce* água potável; ~ *de borrajas* (Fam.) nada; ~ *de colonia* colônia; ~ *de mesa o mineral* água mineral; ~ *del grifo* água da torneira; ~ *s menores* urina; ~ *s mayores* feses; ~ *s residuales* esgoto; *ser* ~ *pasada* ter perdido sua importância; *como el* ~ *de mayo* muito bem-vindo, *como* ~ em abundância; *echar* ~ *al vino* botar panos quentes; *estar con el* ~ *al cuelo* estar com água até o pescoço; *bailarle el* ~ *a alguien* puxar o saco de alguém; *coger* ~ *en cesto* perder tempo; *se me hace la boca* ~ me dá água na boca; *sin decir* ~ *va* sem avisar; *llevar uno el* ~ *a su molino* puxar a brasa para a sua sardinha; *romper* ~ *s* romper a bolsa (antes do parto); *sin tomar* ~ *bendita* sem pedir permissão; ~ *va!* cuidado!, sai da frente!
aguacate s.m. abacate, abacateiro.
aguacero s.m. aguaceiro, chuvarada.
aguachinar v. aguar, estragar por muita adição de água.
aguachirle s.m. bebida aguada, aguapé.
aguada s.f. aguada.
aguadero,-a adj. impermeável. s.m. bebedouro.
aguadilla s.f. (Piscina) caldo.
aguado,-a adj. aguado.

aguador,-a s. aguadeiro.
aguafiestas s. desmancha-prazeres.
aguafuerte s.m. água-forte.
aguafuertista adj. água-fortista.
aguaitador,-a adj. espião.
aguaitar v. espiar, espreitar.
aguamanil ou **aguamanos** s.m. gomil, lavanda.
aguamarina s.f. água-marinha.
aguamiel s.m. água-mel; hidromel.
aguanieve s.f. chuva de granizo.
aguanoso,-a adj. aquoso; aguado.
aguantable adj. suportável.
aguantaderas s.f.pl. paciência.
aguantar v. agüentar, conter, segurar. **aguantarse** vr. conter-se, resignar-se; *que se aguante!* azar seu!
aguante s.m. paciência, resistência.
aguar v. aguar, estragar, frustrar. **aguarse** vr. alagar-se.
aguardar v. aguardar.
aguardiente s.m. aguardente.
aguarrás s.m. aguarrás.
aguasal s.f. salmoura.
aguatero s.m. aguateiro.
aguazal s.m. aguaçal, poça.
aguazar v. encharcar.
agudeza adj. agudeza.
agudizar v. aguçar, afiar, piorar.
agudo,-a adj. agudo, aguçado, perspicaz; oxítono.
agüero s.m. agouro, presságio.
aguerrido,-a adj. aguerrido.
aguerrir v. aguerrir.
aguijada s.f. aguilhada.
aguijar v. aguilhoar.
aguijón s.m. aguilhão, ferrão; acicate.
aguijonazo s.m. aguilhoada, ferroada.
aguijonear v. aguilhoar.
águila s.f. águia.
aguileño,-a adj. aquilino.
aguilera s.f. ninho de águia.
aguililla adj. (cavalo) veloz. s. trapaceiro.
aguilón s.m. aguieiro, cumeeira
aguilucho s.m. aguieta.

aguinaldo s.m. presente de Natal; gratificação de Natal.
aguja s.f. agulha; ponteiro; bússola; espinho; pastel.
agujereado,-a adj. esburacado, perfurado.
agujerear v. esburacar, perfurar.
agujero s.m. furo, orifício.
agujetas s.f.pl. agulhadas, pontadas.
agujetero s. agulheiro, alfineteira.
¡agur! interj. tchau!, até logo!
agusanado,-a adj. bichado.
aguti s.m. aguti, cutia.
aguzar v. aguçar.
¡ah! interj. ah, oh.
ahembrado,-a adj. efeminado.
aherrojar v. aferrolhar; oprimir.
aherrumbrarse vr. enferrujar-se.
ahí adv. aí, nesse lugar; *i* ~ *me las den todas!* não estou nem aí; *i* ~ *es nada!* nem mais nem menos!; *de* ~ daí, por isso; *por* ~ por aí; *de por* ~ comum, mediócre; ~ *mismo* aí mesmo; *i* ~ *le duele!* você acertou em cheio!; *i* ~ *va!* minha nossa!; puxa!
ahijado,-a adj. afilhado.
ahijar v. perfilhar, adotar.
¡ahijuna! interj. caramba!
ahilar v. ir em fila indiana.
ahilo s.m. desmaio.
ahinco s.m. afinco, empenho.
ahitarse vr. fartar-se.
ahito,-a adj. farto; cheio. s.m. indigestão.
ahogadilla s.f. (piscina) caldo.
ahogado,-a adj./s. afogado.
ahogar v, **ahogarse** vr. afogar-se.
ahogo sm, asfixia, sufoco, aperto.
ahondar v. aprofundar, afundar.
ahora adv. agora, daqui a pouco; dentro em pouco; ~ *mismo* agorinha; *por* ~ por enquanto; ~ *voy* já vou. *conj.* ~ *bien* mas.
ahorcado,-a adj./s. enforcado.
ahorcar v, **ahorcarse** vr. enforcar(-se).

ahorita *adv.* agorinha.
ahormar *v.* enformar; amoldar.
ahorquillar *v.* aforquilhar.
ahorrador,-a *adj.* economizador. *s.* poupador.
ahorrar *v.* economizar, poupar; evitar.
ahorrativo,-a *adj.* poupador, econômico.
ahorro *s.m.* poupança, economia; *caja de ~ s* caixa econômica.
ahuecar *v.* tornar oco; escavar, afofar; engrossar (*a voz*); *~ el ala* ir-se; dar o pira. **ahuecarse** *vr.* envaidecer-se.
ahulado *s.m.* oleado; galocha.
ahumado,-a *adj.* escuro. *s.m.* defumação. **ahumados** alimentos defumados.
ahumar *v.* defumar; enfumaçar, escurecer. **ahumarse** *vr.* esfumaçar-se; embebedar-se.
ahuyentar *v.* afugentar, espantar. **ahuyentarse** *vr.* fugir.
airado,-a *adj.* irado, irritado.
airar *v.* irar, irritar.
aire *s.m.* ar; vento; aparência, aspecto, graça, modo; (*Mús.*) ária, canção; *~ condicionado* ar condicionado; *al ~ ao vento*; *al ~ libre* ao ar livre; *en el ~* no ar; pendente; *darse ~* dar-se ares; *tomar el ~* tomar ar; *hace ~* está ventando; *de buen (mal) ~* de bom (mau) humor; *vivir del ~* viver de brisa.
airear *v.* arejar, ventilar; divulgar. **airearse** *vr.* tomar ar; resfriar-se.
airón *s.m.* penacho.
airoso,-a *adj.* arejado; garboso; triunfante.
aislacionismo *s.m.* isolacionismo.
aislacionista *adj./s.* isolacionista.
aislado,-a *adj.* só, isolado.
aislamiento *s.m.* isolamento.
aislante *adj./s.m.* isolante.
aislar *v.* isolar.
¡ajá! *ou* **¡ajajá!** *interj.* muito bem!
ajado,-a *adj.* surrado, gasto.

ajamonarse *vr.* engordar.
ajar *v.* deteriorar, estragar, surrar.
ajedrecista *s.* enxadrista.
ajedrez *s.m.* xadrez.
ajedrezado,-a *adj.* axadrezado; xadrez.
ajenjo *s.m.* absinto.
ajeno,-a *adj.* alheio.
ajero,-a *s.* alheiro.
ajetrearse *vr.* esfalfar-se.
ajetreo *s.m.* atividade, agitação.
ajo *s.m.* alho; *estar en el ~* estar a par, estar por dentro.
ajonjolí *s.m.* gergelim.
ajorca *s.f.* bracelete.
ajotar *v.* incitar.
ajuar *s.m.* enxoval; móveis.
ajumarse *vr.* embebedar-se.
ajuntar(se) *v., vr.* amigar(-se).
ajustado,-a *adj.* justo, apertado.
ajustar *v.* ajustar; combinar.
ajuste *s.m.* ajuste, acordo, acerto.
ajusticiamiento *s.m.* aplicação da pena de morte.
ajusticiar *v.* justiçar, executar.
ajustón *s.m.* castigo.
al (*contr. de* a *com* el) ao.
ala *s.f.* asa; ala, aba, fila; beiral; (*Fut.*) ponta; *alas* ousadia; *dar ~ s* animar; *ahuecar el ~* ir-se embora; *tocado del ~* doido.
alabanza *s.f.* elogio.
alabar *v.* elogiar. **alabarse** *vr.* gabar-se.
alabarda *s.f.* alabarda.
alabardero *s.m.* alabardeiro.
alabastro *s.m.* alabastro.
alabear *v.* empenar.
alabeo *s.m.* empeno.
alacena *s.f.* despensa.
alaco *s.m.* traste.
alacrán *s.m.* escorpião.
alado,-a *adj.* alado.
alagartado,-a *adj.* avaro.
alambicado,-a *adj.* afetado, rebuscado.
alambicar *v.* alambicar; complicar.
alambique *s.m.* alambique.
alambrado,-a *s.* alambrado.
alambrar *v.* aramar.
alambre *s.m.* arame; *~ de púas* arame farpado.
alambrera *s.f.* tela metálica.
alambrista *s.* equilibrista.
alameda *s.f.* alameda.
álamo *s.m.* álamo, choupo.
alancear *v.* ferir com lança.
alano,-a *adj.* alão, alano.
alar *s.m.* beiral; caleira.
alarde *ou* **alardeo** *s.m.* alarde.
alardear *v.* alardear.
alargadera *s.f.*, **alargador** *s.m.* prolongador, extensão.
alargar *v.* alongar, prolongar, esticar; encompridar, aumentar; dar, passar. **alargarse** *vr.* estender-se; exagerar.
alargo *s.m.* (*Eletr.*) extensão.
alarido *s.m.* alarido.
alarma *s.f.* alarme, alerta.
alarmado,-a *adj.* alarmado.
alarmante *adj.* alarmante.
alarmar *v.* alarmar, alertar.
alarmista *s.* alarmista.
alavense *ou* **alavés, esa** *adj./s.* natural de Álava.
alazán,-ana *adj./s.* alazão.
alba *s.f.* alba, aurora; alva.
albacea *s.* testamenteiro.
albacetense, **albaceteño,-a** *adj./s.* natural de Albacete.
albacora *s.f.* albacora.
albahaca *s.f.* (*Bot.*) alfavaca.
albanés,-esa, *adj./s.* albanês.
albañal *ou* **albañar** *s.m.* esgoto, cloaca.
albañil *s.m.* pedreiro.
albañileria *s.f.* alvenaria.
albar *adj.* branco. *s.m.* terra esbranquiçada.
albarán *s.m.* recibo; tabuleta.
albarca *s.f.* tamanco, abarca.
albarda *s.f.* albarda; sela.
albardear *v.* irritar.
albardilla *s.f.* albardilha.
albardón *s.m.* albardão.
albaricoque *s.m.* abricó, abricoteiro.
albaricoquero *s.m.* abricoteiro.
albarrana *s.f.* albarrã; atalaia.
albatros *s.m.* albatroz.
albayade *s.m.* alvaiate.
albedrío *s.m.* arbítrio, alvitre.
albéitar *s.m.* veterinário.
alberca *s.f.* tanque, piscina.
albergar *v.* hospedar; conter; albergar.
albergue *s.m.* albergue.

albinismo s.m. albinismo.
albino,-a adj. albino.
albóndiga s.f. almôndega.
albor s.m. brancura. **albores** pl. primórdios.
alborada s.f. alvorada, aurora.
alborear v. amanhecer.
albornoz s.m. roupão.
alborotado,-a adj. alvoroçado.
alborotador,-a adj./s. agitador.
alborotar v. alvoroçar, agitar.
alboroto s.m. alvoroço; gritaria, confusão, bagunça.
alborozar v. alvoroçar.
alborozo s.m. alvoroço.
albricias s.f.pl. presente. **ialbricias!** interj. viva!
albufera s.f. albufeira, laguna.
álbum s.m. álbum.
albumen s.m. albume.
albúmina s.f. albumina.
albur s.m. acaso.
albura s.f. alvura, brancura.
alcachofa s.f. alcachofra; crivo.
alcahuete,-ta s. alcoviteiro, mexeriqueiro, fofoqueiro.
alcahuetería s.f. fofoca, mexerico.
alcaide,-esa s. diretor de prisão.
alcaldada s.f. abuso de autoridade.
alcalde s.m. alcáide, prefeito.
alcaldesa s.f. alcaidessa, prefeita.
alcaldía s.f. alcaidaria, prefeitura.
álcali s.m. álcali.
alcalinidad s.f. alcalinidade.
alcalino,-a adj. alcalino.
alcaloide s.m. alcalóide.
alcance s.m. alcance; inteligência; importância; *al ~* ao alcance.
alcancía s.f. cofre, cofrinho.
alcanfor s.m. cânfora.
alcanforar v. canforar.
alcantarilla s.f. cano de esgoto.
alcantarillado s.m. rede de esgotos.
alcanzar v. alcançar, chegar a; passar; ser suficiente; conseguir; afetar; **alcanzarse** vr. compreender.
alcaparra s.f. alcaparra.
alcaraván s.m. caravão.

alcaravea s.f. alcaravia, cariz.
alcarraza s.f. moringa.
alcatraz s.m. alcatraz; cartucho.
alcayata s.m. escápula, gancho.
alcazaba s.f., **alcázar** s.m. alcácer.
alce s.m. alce.
alción s.m. alcíone.
alcista adj. (Mús.) altista. (Bolsa) s. especulador.
alcoba s.f. alcova.
alcohol s.m. álcool.
alcohólico,-a adj. alcoólico. s. alcoólatra.
alcoholímetro s.m. alcoômetro, bafômetro.
alcoholismo s.m. alcoolismo.
alcoholizado,-a adj. alcoolizado. s. alcoólatra.
alcoholizar v, **alcoholizarse** vr. alcoolizar(-se).
alcohómetro s.m. alcoômetro, bafômetro.
alcor s.m. colina, outeiro.
Alcorán s.m. Alcorão, Corão.
alcornocal s.m. sobral.
alcornoque s.m. sobreiro; pateta, ignorante.
alcotán s.m. açor, falcão.
alcotana s.f. enxadão, alvião.
alcurnia s.f. linhagem, estirpe.
alcuza s.f. galheteira, azeiteira.
alcuzcucero s.m. cuscuzeira.
alcuzcuz s.m. cuscuz.
aldaba s.f. aldraba; tranca.
aldabilla s.f. ferrolho.
aldabón s.m. aldrabão.
aldabonazo s.m. aldrabada; admoestação.
aldea s.f. aldeia, vilarejo.
aldeano,-a adj. aldeão.
¡ale! interj. eia!
aleación s.f. (Met.) liga.
alear v. ligar; esvoaçar.
aleatorio,-a adj. aleatório.
alebrestarse vr. excitar-se.
aleccionador,-a adj. instrutivo.
aleccionar v. orientar.
aledaño,-a adj. adjacente. **aledaños** pl. cercanias.
alegación s.f. alegação.
alegar v. alegar.
alegato s.m. alegação.
alegoria s.f. alegoria.
alegórico,-a adj. alegórico.

alegrar v. alegrar.
alegre adj. alegre; vivo; irresponsável; (Fam.) tocado.
alegría s.f. alegria; irresponsabilidade.
alegrón s.m. alegrão.
alegrona s.f. prostituta.
alejamiento s.m. distanciamento.
alejandrino,-a adj. alexandrino.
alejar v. distanciar.
alelado,-a adj. tonto, bobo.
alelar v. fazer de tonto.
aleluya s. aleluia. interj. aleluia! s.f. poesia de baixa qualidade.
alemán,-ana adj./s. alemão. s.m. idioma alemão.
alentada s.f. arrancada; respiração ininterrupta. *de una ~* de um fôlego.
alentador,-a adj. alentador.
alentar v. alentar, animar.
alerce s.m. (Bot.) lariço.
alergia s.f. alergia.
alergico,-a adj. alérgico.
alero s.m. beiral.
alerón s.m. ailerão, aerofólio.
alerta adv, s.f. alerta. **¡alerta!** interj. alerta!
alertar v. alertar.
aleta s.f. aleta, barbatana, pé-de-pato; pára-lama; aerofólio.
aletargar v. modorrar.
aletear v. esvoaçar; bater as asas.
aleteo s.m. bater de asas.
alevín s.m. principiante, aprendiz; alevim.
alevosía s.f. aleivosia.
alevoso,-a adj. aleivoso.
alfa s.f. alfa.
alfabético,-a adj. alfabético.
alfabetización s.f. alfabetização.
alfabetizar v. alfabetizar, alfabetar.
alfabeto s.m. alfabeto, abecedário.
alfaguara s.f. fonte copiosa.
alfajor s.m. alfajor.
alfalfa s.f. alafa.
alfanje s.m. alfanje.
alfanumérico,-a adj. alfanumérico.

alfaque *s.m.* banco de areia.
alfar *s.m.* olaria.
alfarería *s.f.* olaria, cerâmica.
alfarero,-a *s.* oleiro, ceramista.
alféizar *s.m.* parapeito.
alfeñique *s.m.* alfenim; melindre.
alférez *s.m.* alferes.
alfil *s.m.* (*Xad.*) bispo.
alfiler *s.m.* alfinete; *no caber un ~* estar lotado; *con alfileres* pouco seguro.
alfilerazo *s.m.* alfinetada.
alfiletero *s.m.* alfinteira.
alfombra *s.f.* tapete.
alfombrado,-a *adj.* atapetado.
alfombrar *v.* atapetar.
alfombrilla *s.f.* tapete; rubéola.
alforja *s.f.* alforje.
alga *s.f.* alga.
algalia *s.f.* algália.
algarabía *s.f.* algaravia.
algarada *s.f.* manifestação de rua.
algarroba *s.f.* alfarroba.
algarrobal *s.m.* alfarrobal.
algarrobo *s.m.* algarobeira.
algazara *s.f.* algazarra.
álgebra *s.f.* álgebra.
algebraico,-a *adj.* algébrico.
álgido,-a *adj.* culminante; muito frio.
algo *pron* algo, algum, alguma coisa, um pouco, um tanto.
algodón *s.m.* algodão.
algodonal *s.m.* algodoal.
algodonero,-a *adj.* algodoeiro.
algodonoso,-a *adj.* de algodão.
algoritmo *s.m.* algoritmo.
alguacil *s.m.* oficial de justiça.
alguien *pron.* alguém.
algún *adj.* algum.
alguno,-a *pron.* algum; *~ que otro* uns poucos.
alhaja *s.f.* jóia; *¡buena ~!* boa bisca!
alhajero *s.m.* porta-jóias.
alharaca *s.f.* espalhafato.
alhelí *s.m.* aleli.
alheña *s.f.* alfena.
alhucema *s.f.* alfazema.
aliado,-a *adj.* aliado.
alianza *s.f.* aliança.
aliar *v.* aliar, associar.
alias *s.m.* apelido, alcunha. *adv.* aliás, apelidado.
alicaído,-a *adj.* fraco, abatido.

alicantino,-a *adj./s.* natural de Alicante.
alicatado *s.m.* revestimento de azulejos.
alicatar *v.* azulejar.
alicates *s.m.pl.* alicate.
aliciente *s.m.* incentivo, estímulo.
alicorear *v.* decorar.
alicorto,-a *adj.* de asas curtas; desanimado.
alicrejo *s.m.* cavalo velho.
alicuota *adj.* alíquota.
alienación *s.f.* alienação.
alienar(se) *v.*, *vr.* alienar(-se).
alienígeno,-a *adj.* alienígeno.
alienista *s.* alienista.
aliento *s.m.* alento, hálito; *de un ~* sem parar.
alifafe *s.m.* achaque leve.
aligeramiento *s.m.* desafogo, alívio.
aligerar *v.* aligeirar, aliviar, atenuar; apressar.
aligustre *s.m.* ligustro, alfena.
alijar *v.* aliviar, alijar.
alijo *s.m.* contrabando.
alimaña *s.f.* animal predador.
alimentación *s.f.* alimentação.
alimentador *s.m.* alimentador.
alimentar *v.* alimentar.
alimentario,-a *adj.* alimentar.
alimenticio,-a *adj.* alimentício, nutritivo.
alimento *s.m.* alimento, comida.
alimón *adv. al ~* juntos.
alindar *v.* demarcar; embelezar.
alineación *s.f.* escalação; alinhamento.
alineado,-a *adj.* alinhado; escalado.
alinear *v.* escalar. **alinearse** *vr.* alinhar.
aliñar *v.* temperar, enfeitar.
aliño *s.m.* tempero, enfeite.
alioli *s.m.* molho alho e óleo.
alipegarse *vr.* ater-se a.
alipego *s.m.* bônus, desconto.
alisador,-a *adj.* alisador.
alisar *v.* alisar, passar.
alísios *adj./s.m.pl.* alísios.
aliso *s.m.* amieiro.
alistado,-a *adj.* alistado.
alistamiento *s.m.* alistamento.
alistarse *v.* (*Mil.*) alistar-se.

aliteración *s.f.* aliteração.
aliviadero *s.m.* desaguadouro.
aliviar *v.* tornar leve. **aliviarse** *vr.* aliviar (*doença*).
alivio *s.m.* alívio.
aljaba *s.f.* aljava, coldre.
aljama *s.f.* junta; sinagoga; mesquita.
aljibe *s.m.* cisterna, poço.
aljófar *s.m.* aljôfar, pérola.
aljofifa *s.f.* esfregão.
allá *adv.* lá, ali; por volta de; *el más ~* o além; *no muy ~* nada de especial; *~ voy!* lá vou eu; *no tan ~* não tão longe; *~ se las componga* problema dele.
allanamiento *s.m.* aplanamento, nivelamento; invasão.
allanar *v.* aplanar, nivelar; invadir. **allanarse** *vr.* conformar-se.
allegado,-a *adj.* achegado. *s.* parente.
allegar *v.* reunir, aproximar.
allende *adv.* além.
allí *adv.* ali, lá; então, nessa ocasião.
alma *s.f.* alma; *como ~ que lleva el diablo* num piscar de olhos; *no había ni un ~* não tinha viva alma; *~ en pena* alma penada; *no poder con su ~* estar exausto; *~ de Dios* boa alma; *caérsele a alguien el ~ a los pies* cair o mundo, desanimar-se.
almacén *s.m.* depósito, almoxarifado, armazém; *grandes almacenes* loja de departamentos.
almacenaje *ou* **almacenamiento** *s.m.* armazenagem, estocagem.
almacenar *v.* armazenar, estocar.
almacenero *sm ou* **almacenista** *s.* armazeneiro; armazenista.
almáciga *s.f.* sementeira.
almadena *s.f.* marreta.
almadraba *s.f.* pesca de atum.
almadreña *s.f.* tamanco.
almagre *s.m.* ocre vermelho.
almanaque *s.m.* calendário, folhinha.
almario *s.m.* armário.
almazara *s.f.* moinho de

azeite.
almeja s.f. amêijoa.
almena s.f. ameia.
almenar v. amear. s.m. suporte de tochas.
almenara s.f. almenara, candelabro.
almendra s.f. amêndoa; caroço.
almendrado,-a adj./s. amendoado. s.m. pasta de amêndoas.
almendral s.m. amendoal.
almendro s.m. amendoeira.
almendruco s.m. amêndoa verde.
almeriense adj./s. natural de Almería.
almiar s.m. (Agric.) meda.
almíbar s.m. calda de açúcar.
almibarado,-a adj. meloso.
almibarar v. cobrir com calda; suavizar as palavras.
almidón s.m. amido.
almidonado,-a adj. engomado.
almidonar v. amidonar, engomar.
almilla s.f. gibão, colete.
alminar s.m. minarete.
almirantazgo s.m. almirantado.
almirante s.m. almirante.
almirez s.m. almofariz.
almizclar v. almiscarar.
almizcle s.m. almíscar.
almizcleño,-a adj. almiscarado.
almizclero,-a adj./s. almiscareiro.
almofrej s.m. mala grande.
almohada s.f. travesseiro.
almohadilla s.f. almofada.
almohadillado,-a adj. almofadado.
almohadillar v. almofadar.
almohadón s.m. almofada, fronha.
almóndiga s.f. almôndega.
almoneda s.f. leilão.
almorrana s.f. hemorróidas.
almorzar v. almoçar.
almuecín ou **almuédano** s.m. almuadem.
almuerzo s.m. almoço, desjejum.
alocado,-a adj. adoidado, maluco.
alocución s.f. alocução.

aloe ou **áloe** s.m. áloe.
alojamiento s.m. alojamento.
alojar(se) v., vr. alojar(-se), hospedar(-se).
alón s.m. asa sem penas.
alondra s.f. calhandra, cotovia.
alopatía s.f. alopatia.
alopecia s.f. alopecia, calvície.
alotropía s.f. alotropia.
alpaca s.f. alpaca.
alpargata s.f. alpargata.
alpestre adj. alpestre, alpino.
alpinismo s.m. alpinismo.
alpinista s. alpinista.
alpino,-a adj. alpino.
alpiste s.m. alpiste.
alquería s.f. granja, casa de campo.
alquilar v. alugar, arrendar.
alquiller s.m. aluguel.
alquimia s.f. alquimia.
alquimista s. alquimista.
alquitrán s.m. alcatrão.
alquitranado s.m. pista alcatroada.
alquitranar v. alcatroar.
alrededor adv. ao redor, em redor; **de**.por volta de, em torno de; cerca de.
alrededores s.m.pl. arredores.
alta s.f. entrada, ingresso; alta; *dar el* ~ dar alta; *dar de* ~ ter alta; *darse de* ~ inscrever-se.
altanería s.f. altivez.
altanero,-a adj. altaneiro.
altar s.m. altar.
altavoz s.m. alto-falante.
alterabilidad s.f. alterabilidade.
alterable adj. alterável.
alteración s.f. alteração.
alterar v. alterar.
altercado s.m. altercação, discussão.
alternador s.m. alternador.
alternancia s.f. alternância.
alternante adj. alternante.
alternar v. alternar; relacionar-se; entreter.
alternativa s.f. alternativa.
alternativo,-a adj. alternativo.
alterne s.m. agito social; garota de programa.
alterno,-a adj. alternado, alterno.
alteza s.f. alteza.
altibajos s.m.pl. altos e baixos.

altillo s.m. sótão; colina, desvão.
altilocuente adj. grandiloqüente.
altimetría s.f. altimetria.
altímetro s.m. altímetro.
altiplanicie s.f., **altiplano** s.m. planalto.
altísimo,-a adj. altíssimo.
altisonancia s.f. altissonância.
altisonante adj. altissonante.
altitud s.f. altitude.
altivez s.f. altivez.
altivo,-a adj. altivo.
alto,-a adj. alto, elevado, nobre; difícil de alcançar; superior; agudo, forte (som); avançado (no tempo); caro (preço); *en lo* ~ no topo. s.m. altura, sobrado; monte, elevação; parada, interrupção. adv. alto; *altos* lá em cima; *en* ~ para cima; *hacer un* ~ dar uma parada; *pasar por* omitir!; *dar el* ~ mandar parar; *por todo lo* ~ com todo luxo. *ialto!* interj. alto; *i* ~ *el fuego!* cessar fogo!
altoparlante s.m. alto-falante.
altozano s.m. outeiro, colina; átrio.
altramuz s.m. tremoço, tremoceiro.
altruismo s.m. altruísmo.
altruista adj./s. altruísta.
altura s.f. altura; altitude; elevação. **alturas** céu; *a estas* ~s nesse ponto.
alubia s.f. feijão.
alucinación s.f. alucinação.
alucinado,-a adj. alucinado. s. visionário.
alucinante adj. alucinante.
alucinar v. alucinar, surpreender, desvairar.
alucine s.m. (Fam.) deslumbre.
alucinógeno,-a adj./s.m. alucinógeno.
alud s.m. avalancha, enxurrada.
aludir v. aludir, referir-se, citar.
alujar v. lustrar, polir.
alumbrado,-a adj. iluminado. s.m. iluminação.
alumbramiento s.m. iluminação; parto.

alumbrar v. iluminar; esclarecer; parir, dar a luz. **alumbrarse** vr. embebedar-se.
alumbre s.m. alume.
alimina s.f. alumina.
aluminio s.m. alumínio.
alumno,-a s. aluno.
alunizaje s.f. alun(iss)agem.
alunizar v. alun(iz)ar.
alusión s.f. alusão, menção.
alusivo,-a adj. alusivo.
aluvial adj. aluvial.
aluvión s.m. aluvião, enxurrada.
aluzar v. iluminar.
álveo s.m. leito de rio.
alveolar adj. alveolar.
alveolo ou **alvéolo** s.m. alvéolo.
alverja s.f. ervilha.
alza s.f. alta, subida, alça; *en* ~ em alta.
alzacuello s.m. cabeção, colarinho.
alzada s.f. altura do cavalo; apelação.
alzado,-a adj. elevado, alçado; falido; insolente. s.m. elevação.
alzamiento s.m. levantamento; rebelião; falência.
alzaprima s.f. alavanca, pé-de-cabra; cunha.
alzar v. alçar, edificar, elevar, levantar, fundar; recolher, guardar; içar; tirar, roubar; retirar (uma pena). **alzarse** vr. levantar-se; rebelar-se; sobressair, destacar-se; ~ *con* apoderar-se de.
alzo s.m. roubo.
ama s.f. ama, dona da casa, governanta; ~ *seca* ama seca;.
amabilidad s.f. amabilidade.
amable adj. amável.
amacayo s.m. flor-de-lis.
amacizar v. abarrotar.
amachambrarse ou **amachinarse** vr. amancebar-se.
amacho,-a adj. saliente.
amachorrarse vr. esterilizar-se.
amado,-a adj./s. amado.
amadrinar v. amadrinhar.
amaestrado,-a adj. adestrado.
amaestrador,-a adj./s. domador, treinador.
amaestramiento s.m. adestramento.
amaestrar v. domar, adestrar.
amagamiento s.m. barranco.
amagar v. ameaçar, insinuar; ser iminente; esconder-se.
amago s.m. indício, ameaça.
amainar v. amainar, ceder.
amalgama s.f. amálgama.
amalgamar v. amalgamar.
amalhayar v. desejar, anelar.
amamantamiento s.m. amamentação.
amamantar v. amamentar.
amancay s.m. flor-de-lis.
amancebamiento s.m. amancebamento.
amancebarse vr. amancebar-se.
amanecer v./s.m. amanhecer.
amanerado,-a adj. amaneirado.
amaneramiento s.m. amaneiramento, efeminação.
amanerar v, **amanerarse** vr. amaneirar(-se), efeminar(-se).
amansador s.m. amansador.
amansar v. amansar.
amante,-a adj./s. amante.
amanuense s. escrevente.
amañado,-a adj. hábil; adaptado, falso.
amañar v. ajeitar, combinar; falsificar.
amaño s.m. manha, artifício.
amapola s.f. amapola, papoula.
amar v. amar.
amaraje s.f. amaragem.
amaranto s.m. amaranto.
amarar v. amarar, amerissar.
amarchantarse vr. ficar freguês.
amargado,-a adj. amargado, ressentido.
amargo,-a adj. amargo. s. amargor.
amargor s.m. amargor.
amargura s.f. amargura, tristeza.
amariconado,-a adj. efeminado.
amarillear v. amarelar.
amarillento,-a adj. amarelado.
amarillez s.f. amarelidez.
amarillismo s.m. sensacionalismo.
amarillista adj. sensacionalista.
amarillo s.m. amarelo.
amaro s.f. salva, sálvia.
amarra s.f. amarra; laço. **amarras** s.f.pl. contatos.
amarradero s.m. amarradouro.
amarraje s.m. taxa de ancoragem.
amarrar v. amarrar, atracar. **amarrarse** vr. embebedar-se.
amarre s.m. amarra.
amarrete adj. avarento, sovina.
amartelado,-a adj. apaixonado.
amartelarse vr. apaixonar-se.
amartillar v. martelar; engatilhar.
amasadera s.f. masseira.
amasandería s.f. padaria.
amasar v. amassar; amealhar; urdir, tramar.
amasijo s.m. amassilho, argamassa; mistura; bagunça.
amateur s. amador.
amatista s.f. ametista.
amatorio,-a adj. amoroso.
amazacotado,-a adj. duro, pesado, apertado.
amazona s.f. amazona.
amazónico,-a adj. amazônico.
ambages s.m.pl. rodeios; *sin* ~ sem rodeios.
ámbar s.m. âmbar.
ambición s.f. ambição.
ambicionar v. ambicionar.
ambicioso,-a adj. ambicioso.
ambidextro,-a adj./s. ambidestro.
ambientación s.f. ambientação.
ambiental adj. ambiental.
ambientar v, **ambientarse** vr. ambientar(-se).
ambiente adj./s.m. ambiente; *temperatura* ~ temperatura ambiente; *medio* ~ meio ambiente.
ambigú s.m. comida; ragu.
ambigüedad s.f. ambigüidade.
ambiguo,-a adj. ambíguo.
ámbito s.m. âmbito.
ambivalencia s.f. ambivalência.
ambivalente adj. ambivalente.
ambos,-as adj. ambos.
ambrosia s.f. ambrosia.
ambulancia s.f. ambulância.
ambulante adj. ambulante.
ambulatorio,-a adj./s.m. ambu-

latório.
ameba *s.f.* ameba.
amedrantar ou **amedrentar** *v.* amedrontar.
amelcochar *v.* engrossar. **amelcocharse** *vr.* apaixonar-se.
amelonado,-a *adj.* ameloado; apaixonado.
amén *s.m.* amém. *adv.* além de; a menos de, exceto.
amenaza *s.f.* ameaça.
amenazador,-a *adj.* ameaçador.
amenazar *v.* ameaçar.
amenguar *v.* encolher; desonrar.
amenidad *s.f.* amenidade.
amenizar *v.* amenizar.
ameno,-a *adj.* alegre, agradável.
americana *s.f.* jaqueta.
americanismo *s.m.* americanismo.
americanista *adj./s.* americanista.
americanización *s.f.* americanização.
americanizar *v*, **americanizarse** *vr.* americanizar(-se).
americano,-a *adj./s.* americano.
amerindio,-a *adj./s.* ameríndio.
ameritado,-a *adj.* merecedor; benemérito.
ameritar *v.* merecer; necessitar.
amerizaje *s.m.* amerissagem.
amestizado,-a *adj.* mestiço.
ametrallador,-a *adj.* metralhador.
ametralladora *s.f.* metralhadora.
ametrallar *v.* metralhar.
amianto *s.m.* amianto.
amiba *s.f.* ameba.
amigable *adj.* amigável.
amigacho,-a *s.* colega, amigo.
amigar *v.* amigar. **amigarse** *vr.* reconciliar-se, amancebar-se.
amígdala *s.f.* amídala.
amigdalitis *s.f.* amidalite.
amigo,-a *adj./s.* amigo, amante.
amigote *s.m.* companheiro de farra.
amiguero,-a *adj.* que faz amigos com facilidade.

amiguete *s.m.* conhecido.
amilanar *v.* assustar, amedrontar. **amilanarse** *vr.* acovardar-se.
aminoácido *s.m.* aminoácido.
aminorar *v.* minorar, reduzir.
amistad *s.f.* amizade. **amistades** amizades.
amistoso,-a *adj.* amistoso.
amnesia *s.f.* amnésia.
amnésico,-a *adj.* amnésico.
amnistia *s.f.* anistia.
amnistiar *v.* anistiar.
amo *s.m.* amo, dono, senhor, chefe, patrão; *ser el ~ del cotarro* ser o líder.
amoblar *v.* mobiliar.
amodorrado,-a *adj.* sonolento.
amodorramiento *s.m.* sonolência.
amodorrarse *vr.* amodorrar-se.
amohosarse *vr.* mofar.
amojamarse *vr.* encolher-se, enrugar-se.
amojonar *v.* demarcar.
amolado,-a *adj.* doente.
amolar *v.* amolar.
amoldable *adj.* amoldável.
amoldar *v*, **amoldarse** *vr.* amoldar(-se).
amollar *v.* ceder, desistir.
amonestación *s.f.* admoestação; proclama.
amonestar *v.* admoestar; publicar os proclamas.
amoniacal *adj.* amoniacal.
amoniaco ou **amoníaco** *s.m.* amoníaco.
amontillado,-a *adj.* (*vinho*) amontillado.
amontonamiento *s.m.* amontoamento.
amontonar *v.* amontoar.
amor *s.m.* amor; *al ~ de* junto a; *de mil ~es* com muito prazer; *hacer el ~* fazer amor; *por ~ al arte* de graça; *por ~ de Dios* pelo amor de Deus.
amoral *adj.* amoral.
amoralidad *s.f.* amoralidade.
amoratado,-a *adj.* roxo.
amoratarse *vr.* arroxear-se.
amorcillo *s.m.* cupido.
amordazar *v.* amordaçar.
amorfo,-a *adj.* amorfo.
amorío *s.m.* flerte.

amoroso,-a *adj.* amoroso.
amortajar *v.* amortalhar.
amortiguación *s.f.* amortecimento.
amortiguador,-a *adj./s.m.* amortecedor.
amortiguar *v.* amortecer, mitigar.
amortizable *adj.* amortizável.
amortización *s.f.* amortização.
amortizar *v.* amortizar.
amoscarse *vr.* enfadar-se.
amostazar *v.* irritar.
amotinado,-a *adj.* amotinado.
amotinar *v.* amotinar.
amovible *adj.* removível.
amparar *v*, **ampararse** *vr.* amparar(-se).
amparo *s.m.* amparo.
amperímetro *s.m.* amperímetro.
amperio *s.m.* ampère.
ampliable *adj.* ampliável.
ampliación *s.f.* ampliação.
ampliadora *s.f.* ampliador.
ampliar *v.* ampliar.
amplificación *s.f.* amplificação.
amplificador,-a *adj./s.m.* amplificador.
amplificar *v.* amplificar.
amplio,-a *adj.* amplo.
amplitud *s.f.* amplitude.
ampolla *s.f.* ampola.
ampulosidad *s.f.* afetação.
ampuloso,-a *adj.* pomposo, empolado.
amputación *s.f.* amputação.
amputar *v.* amputar.
amuchar *v.* aumentar.
amueblar *v.* mobiliar.
amuermado,-a *adj.* grogue; entediado.
amuermar *v.* deprimir, chatear.
amujerado,-a *adj.* efeminado.
amulatado,-a *adj.* amulatado.
amuleto *s.m.* amuleto.
amura *s.f.* amura, proa.
amurallar *v.* amuralhar.
anabaptismo *s.m.* anabatismo.
anabaptista *adj./s.* anabatista.
anabolena *s.f.* mulher maluca.
anabolismo *s.m.* anabolismo.
anacarado,-a *adj.* (a)nacarado.
anacardo *s.m.* cajueiro.
anacoluto *s.m.* anacoluto.

anaconda s.f. sucuri.
anacoreta s. anacoreta.
anacrónico,-a adj. anacrônico.
anacronismo s.m. anacronismo.
ánade s.m. pato.
anaerobio,-a adj./s. anaeróbio.
anafe s.m. fogareiro.
anáfora s.f. anáfora.
anaforesis s.f. anaforese.
anagrama s.m. anagrama.
anal adj. anal.
anales s.m.pl. anais.
analfabetismo s.m. analfabetismo.
analfabeto,-a adj. analfabeto.
analgesia s.f. analg(es)ia.
analgésico,-a adj./s. analgésico.
análisis s.m. análise.
analista s. analista.
analítico,-a adj. analítico.
analizable adj. analisável.
analizador, adj./s.m. analisador.
analizar v. analisar.
analogía s.f. analogia.
analógico,-a adj. analógico.
analogismo s.m. analogismo.
análogo,-a adj. análogo.
ananá ou **ananás** s.m. ananás.
anaquel s.m. prateleira.
anaranjado,-a adj./s. alaranjado.
anarco s. anarquista.
anarquía s.f. anarquia.
anárquico,-a adj. anárquico.
anarquismo s.m. anarquismo.
anarquista adj./s. anarquista.
anarquizar v. anarquizar.
anatema s.m. anátema.
anatematizar v. anatematizar.
anatomía s.f. anatomia.
anatómico,-a adj. anatômico.
anca s.f. anca, quadril.
ancestral adj. ancestral.
ancestro s.m. ancestral.
ancho,-a adj. ancho, largo. s.m. largura; *a mis* (ou *a sus*) *anchas* à vontade.
anchoa s.f. anchova.
anchura s.f. anchura, largura, amplidão.
anchuroso,-a adj. espaçoso.
ancianidad s.f. velhice.
anciano,-a adj./s. ancião, velho.
ancla s.f. âncora.

anclaje s.f. ancoragem.
anclar v. ancorar.
áncora s.f. âncora.
ancorar v. ancorar.
andadas s.f.pl. *volver a las ~* voltar ao vício.
andaderas s.f.pl. andador.
andado,-a adj. usado, gasto. s.m. modo de andar.
andador,-a adj./s. andador.
andadura s.f. andadura.
andalón,-ona adj. que ama andar.
andaluz,-a adj./s. andaluz.
andamiaje s.m. andaimaria.
andamio s.m. andaime.
andana s.f. bateria de canhões.
andanada s.f. arquibancada; descarga de artilharia; repreensão.
andancia s.f. aventura; sucesso.
andancio s.m. epidemia.
andante adj. andante.
andanza s.f. andança; *buena ~* boa sorte.
andar v. andar; ir, vir, existir, ter, estar; mexer, xeretar; passar (o tempo); percorrer; *~se por las ramas* andar com rodeios; *todo se andará* tudo vai acabar bem; *¡andando! vamos!*. **andares** s.m.pl. modo de andar; passo.
andariego,-a ou **andarín,-ina** adj./s. andarilho.
andas s.f.pl. andor, padiola.
andén s.m. plataforma.
andinismo s.m. alpinismo.
andino,-a adj. andino.
andoba s. cara, sujeito.
andorrano,-a adj./s. andorrano.
andrajo s.m. andrajo.
andrajoso,-a adj. andrajoso.
androceo s.m. androceu.
andrógeno s.m. andrógeno.
andrógino,-a adj./s. andrógino.
androide s.m. andróide.
andullo s.m. folha de fumo, fumo para mascar.
andurrial s.m. lugar deserto.
anea s.f. taboa, tabua.
anécdota s.f. anedota.
anecdotario s.m. anedotário.
anecdótico,-a adj. anedótico.
anegación s.f. inundação.

anegadizo,-a adj. alagadiço.
anegamiento s.m. alagamento.
anegar v. inundar, alagar.
anejar v. anexar.
anejo,-a adj. anexo
anemia s.f. anemia.
anémico,-a adj./s. anêmico.
anemómetro s.m. anemômetro.
anémona s.f. anêmona.
anestesia s.f. anestesia.
anestesiar v. anestesiar.
anestésico,-a adj./s.m. anestésico.
anestesista s. anestesista.
aneurisma s.m. aneurisma.
anexar v. anexar.
anexión s.f. anexação.
anexionar v. anexar.
anexionismo s.m. anexionismo.
anexionista adj./s. anexionista.
anexo,-a adj./s.m. anexo.
anfetamina s.f. anfetamina.
anfibio,-a adj./s.m. anfíbio.
anfibología s.f. anfibologia.
anfiteatro s.m. anfiteatro.
anfitrión,-ona s. anfitrião.
ánfora s.f. ânfora.
anfractuosidad s.f. anfractuosidade.
angarillas s.f.pl. carrinho de mão, padiola.
ángel s.m. anjo; *~ de la guardia* anjo da guarda; *tener ~* ter graça.
angélica s.f. (*Bot.*) angélica.
angelical ou **angélico,-a** adj. angelical.
angelito s.m. anjinho.
angelote s.m. criança rechonchuda.
ángelus s.m. (*Rel.*) angelus.
angina s.f. angina.
anglicanismo s.m. anglicanismo.
anglicano,-a adj. anglicano.
anglicismo s.m. anglicismo.
anglófilo,-a adj. anglófilo.
anglofobia s.f. anglofobia.
anglófobo,-a adj. anglófobo.
anglófono,-a adj. anglófono.
anglohablante ou **angloparlante** adj./s. que fala inglês.
anglosajón,-ona adj. anglo-saxão.
angolaño,-a adj. angolano.

angora *s.f.* angorá.
angosto,-a *adj.* angusto.
angostura *s.f.* estreitez; angustura.
angra *s.f.* angra, enseada.
anguilla *s.f.* enguia.
angula *s.f.* enguia nova.
angular *adj.* angular.
ángulo *s.m.* ângulo.
anguloso,-a *adj.* anguloso.
angustia *s.f.* angústia.
angustiar *v.*, **angustiarse** *vr.* angustiar(-se).
angustioso,-a *adj.* angustioso.
anhelar *v.* anelar, ansiar.
anhelo *s.m.* anelo, anseio.
anhidrido *s.m.* anidrido.
anidar *v.* aninhar, fazer ninho.
anilina *s.f.* anilina.
anilla *s.f.* anilha, anel, aro, argola, ilhó.
anillado,-a *adj.* anilhado; ondulado; anelídeo.
anillar *v.* anelar; anilhar, prender com anéis.
anillo *s.m.* anel, argola, anilho; *caérsele a uno los ~s* sentir-se humilhado; *como ~ al dedo* a calhar.
ánima *s.f.* alma.
animación *s.f.* animação.
animado,-a *adj.* animado, vivo.
animador,-a *adj.* animador.
animadversión *s.f.* aversão, antipatia.
animal *adj./s.* animal.
animalada *s.f.* grosseria, estupidez.
animalidad *s.f.* animalidade.
animar *v.*, **animarse** *vr.* animar(-se).
anímico,-a *adj.* anímico.
animismo *s.m.* animismo.
animista *s.* animista.
ánimo *s.m.* ânimo. *interj.* ânimo!
animosidad *f.* animosidade.
animoso,-a *adj.* animoso.
aniñado,-a *adj.* infantil, pueril.
aniñarse *vr.* infantilizar-se.
anión *s.m.* ânion.
aniquilación *s.f.* aniquilação.
aniquilador,-a *adj.* aniquilador.
aniquilar *v.* aniquilar.
anís *s.m.* anis.
anisado,-a *adj.* anisado. *s.m.* anis.
anisar *v.* anisar.
anisete *s.m.* anisete.
aniversario *s.m.* aniversário.
ano *s.m.* ânus.
anoche *adv.* ontem à noite.
anochecer *v./s.m.* anoitecer.
anodino,-a *adj.* insípido, sem graça. *adj./s.m.* anódino.
ánodo *s.m.* ânodo.
anomalía *s.f.* anomalia.
anómalo,-a *adj.* anômalo.
anona *s.f.* anona, fruta-do-conde.
anonadación *s.f.* aniquilação.
anonadar *v.* aniquilar.
anonimato *s.m.* anonimato.
anónimo,-a *adj.* anônimo. *s.m.* carta anônima.
anorak *s.m.* anoraque.
anorexia *s.f.* anorexia.
anormal *adj./s.* anormal, deficiente.
anormalidad *s.f.* anormalidade.
anotación *s.f.* anotação.
anotar *v.* anotar, tomar nota; marcar ponto. **anotarse** *vr.* alcançar um resultado.
anovulatorio *adj./s.m.* anovular.
anquilosamiento *s.m.* paralisia.
anquilosar *v.* atrofiar, paralisar.
anquilosis *s.f.* ancilose.
anquilostoma *s.f.* ancilóstomo.
ánsar *s.m.* ganso.
ansia *s.f.* ânsia, ansiedade. *ansias* náuseas.
ansiar *v.* ansiar.
ansiedad *s.f.* ansiedade.
ansioso,-a *adj.* ansioso.
anta *s.f.* alce; menir, anta.
antagónico,-a *adj.* antagônico.
antagonismo *s.m.* antagonismo.
antagonista *adj./s.* antagonista.
antaño *adv.* antanho, outrora.
antañón,-ona *adj.* muito velho.
antártico,-a *adj.* antártico.
ante *s.m.* pele de anta; camurça; refrigerante. *prep.* ante, diante de, comparado com; *~ todo* antes de tudo.
anteanoche *adv.* anteontem à noite.
anteayer *adv.* anteontem.
antebrazo *s.m.* antebraço.
antecámara *s.f.* antecâmara.
antecedente *adj.* antecedente, precedente. **antecedentes** *pl.* antecedentes..
anteceder *v.* anteceder.
antecesor,-a *s.* antecessor.
antedata *s.f.* antedata.
antedatar *v.* antedatar.
antedicho,-a *adj.* antedito, predito.
antediluviano,-a *adj.* antediluviano.
antefirma *s.f.* antefirma.
antelación *s.f.* antecedência.
antemano *adv.* antemão; *de ~* de antemão.
antena *s.f.* antena.
anteojeras *s.f.pl.* antolhos.
anteojo *s.m.* lente. **anteojos** *s.m.pl.* binóculo; óculos.
antepalco *s.m.* antecâmara.
antepasado,-a *adj./s.* antepassado.
antepatio *s.m.* pátio de entrada.
antepecho *s.m.* parapeito.
antepenúltimo,-a *adj.* antepenúltimo.
anteponer *v.* antepor.
anteproyecto *s.m.* anteprojeto.
antepuesto,-a *adj.* anteposto.
anterior *adj.* anterior.
anterioridad *s.f.* anterioridade.
antes *adv.* antes, na frente, primeiro, melhor. *conj.* pelo contrário. *adj.* anterior; *~ de todo* antes de tudo; *~ que nada* antes de mais nada; *cuanto ~* quanto antes.
antesala *s.f.* ante-sala; *hacer ~* esperar; *en la ~ de* prestes a.
antevíspera *s.f.* antevéspera.
antiácido,-a *adj./s.* antiácido.
antiadherente *adj.* antiaderente.
antiaéreo,-a *adj.* antiaéreo.
antialcohólico,-a *adj.* antialcoólico.
antiatómico,-a *adj.* antiatômico.
antibiótico,-a *adj./s.* antibiótico.
anticiclón *s.m.* anticiclone.
anticipación *s.f.* antecipação.
anticipado,-a *adj.* antecipado; *por ~* por antecipação.

anticipar v. antecipar; pagar adiantado. **anticiparse** vr. antecipar-se, adiantar-se, chegar antes.
anticipo s.m. adiantamento.
anticlerical adj./s. anticlerical.
anticlericalismo s.m. anticlericalismo.
anticlinal s.m. anticlinal.
anticoagulante adj./s.m. anticoagulante.
anticoncepción s.f. contracepção.
anticonceptivo,-a adj./s.m. anticoncepcional.
anticongelante adj./s.m. anticongelante.
anticonstitucional adj. anticonstitucional.
anticorrosivo,-a adj. anticorrosivo.
anticristo s.m. Anticristo.
anticuado,-a adj. antiquado.
anticuario,-a s. antiquário.
anticuerpo s.m. anticorpo.
antidemocrático,-a adj. antidemocrático.
antideportivo,-a adj. antiesportivo.
antideslizante adj. antiderrapante.
antidetonante adj. antidetonante.
antídoto s.m. antídoto.
antiestético,-a adj. antiestético.
antifascismo s.m. antifascismo.
antifascista s. antifascista.
antifaz s.m. máscara.
antigás adj. antigásico.
antígeno,-a adj. antígeno.
antigualla s.f. antigualha.
antigüedad s.f. antiguidade.
antiguo,-a adj. antigo.
antihéroe s.m. anti-herói.
antihigiénico,-a adj. antihigiênico.
antihistamínico,-a adj./s.m. anti-histamínico.
antiinflacionista adj. antiinflacionário.
antillano,-a adj./s. antilhano.
antílope s.m. antílope.
antimateria s.f. antimatéria.
antimísil adj. antimíssil.
antimonio s.m. antimônio.
antinatural adj. antinatural.

antiniebla adj. antineblina; **luces** ~ farol de neblina.
antinomia s.f. antinomia.
antinómico,-a adj. antinômico.
antioxidante adj./s. antioxidante.
antiparras s.f.pl. óculos.
antipatía s.f. antipatia.
antipático,-a adj. antipático.
antipatizar v. antipatizar.
antipatriótico,-a adj. antipatriótico.
antipirético,-a adj. antipirético.
antípoda adj./s.m. antípoda.
antiquísimo,-a adj./s. antiquíssimo.
antirrábico,-a adj. anti-rábico.
antirreglamentario,-a adj. antiregulamentar.
antirrobo,-a adj./s.m. antiroubo.
antisemita adj./s. anti-semita.
antisemítico,-a adj. antisemítico.
antisemitismo s.m. antisemitismo.
antiséptico,-a adj. anti-séptico.
antisocial adj. anti-social.
antitanque adj. antitanque.
antítesis s.f. antítese.
antitetánico,-a adj. antitetânico.
antitético,-a adj. antitético.
antitóxico,-a adj. antitóxico.
antitoxina s.f. antitoxina.
antojadizo,-a adj. antojadiço, caprichoso.
antojarse vr. antojar, ansiar; supor, presumir.
antojo s.m. antojo, capricho, ânsia, vontade de; mancha na pele; lunar.
antología s.f. antologia.
antológico,-a adj. antológico.
antónimo,-a adj. antônimo.
antonomasia s.f. antonomásia.
antorcha s.f. tocha, archote.
antracita s.f. antracite.
ántrax s.m. antraz.
antro s.m. antro, espelunca.
antropocéntrico,-a adj. antropocêntrico.
antropofagia s.f. antropofagia.
antropófago,-a adj./s.m. antropófago.
antropoide adj./s.m. antropóide.

antropología s.f. antropologia.
antropológico,-a adj. antropológico.
antropólogo,-a s. antropólogo.
antropomorfismo s.m. antropomorfismo.
antropomorfo,-a adj. antropomorfo. s.m. antropomorfista.
anual adj. anual.
anualidad s.f. anuidade.
anuario s.m. anuário.
anudar v. atar, dar nós; juntar.
anuencia s.f. anuência.
anuente adj. anuente.
anulable adj. anulável.
anulación s.f. anulação.
anular v. anular, cancelar. adj. anular, anelar, aneliforme.
anunciación s.f. anunciação.
anunciador,-a, ou **anunciante** adj./s. anunciante.
anunciar v. anunciar.
anuncio s.m. anúncio.
anverso s.m. anverso.
anzuelo s.m. anzol.
añadido,a adj. acrescentado.
añadidura s.f. acréscimo.
añadir v. acrescentar.
añagaza s.f. isca, artimanha, negaça, chamariz.
añal adj. anual; de um ano.
añejar v. envelhecer.
añejo adj. velho, envelhecido; maduro.
añicos s.m.pl. fanicos, cacos.
añil adj./s.m. anil, índigo, anileira.
año s.m. ano; **de buen** ~ gordo, saudável; **del** ~ **de la nana** fora de moda; **perder** ~ ser reprovado. **años** pl. idade, anos; **entrado en** ~ idoso; **quitarse uno** ~ diminuir a idade.
añojo s.m. anejo, de um ano.
añoranza s.f. saudade, nostalgia.
añorar v. sentir saudade.
añoso,-a adj. idoso.
aojar v. pôr mau olhado em.
aorta s.f. aorta.
aovar v. botar, pôr ovos.
apabullamiento s.m. confusão.
apabullar v. deixar alguém confuso.
apacentadero s.m. pastagem,

pasto.
apacentar *v.* apascentar. **apacentarse** *vr.* pastar.
apache,-a *adj./s.* apache.
apachico,-a *s.* feixe, volume.
apachurrar *v.* esmagar, espremer.
apacibilidad *s.f.* suavidade.
apacible *adj.* tranqüilo, suave.
apaciguador,-a *adj./s.* apaziguador.
apaciguamiento *s.m.* apaziguamento.
apaciguar *v.*, **apaciguarse** *vr.* apaziguar(-se), acalmar(-se).
apadrinar *v.* apadrinhar.
apagar *v.* apagar; desligar; *apaga y vámonos* o último apaga a luz.
apagón *s.m.* apagão, blecaute.
apaisado,-a *adj.* oblongo.
apalabrar *v.* apalavrar.
apalancado,-a *adj.* acomodado.
apalancar *v.* alavancar. **apalancarse** *vr.* acomodar-se.
apalanque *s.m.* preguiça.
apalear *v.* apalear, espancar; padejar.
apandar *v.* afanar, surripiar.
apangado,-a *adj.* tonto, bobo.
apangarse *vr.* agachar-se.
apaniguarse *vr.* enturmar-se
apañado,-a *adj.* hábil, jeitoso, adequado; *estar ~* estar enganado.
apañar *v.* arrumar, organizar, ajeitar, limpar; colher; roubar; proteger, esconder. **apañarse** *vr.* ou **apañárselas** dar um jeito, virar-se.
apaño *s.m.* conserto, remendo; habilidade para sair de um apuro; caso amoroso.
aparador *s.m.* aparador; vitrina.
aparato *s.m.* aparelho, instrumento; telefone; avião; aparato, pompa, ostentação.
aparatosidad *s.f.* pompa.
aparatoso,-a *adj.* aparatoso.
aparcamiento *s.m.* estacionamento.
aparcar *v.* estacionar; adiar.
aparcería *s.f.* parceria.
aparcero,-a *s.* parceiro.
apareamiento *s.m.* acasalamento.
aparear *v.* acasalar, emparelhar.
aparecer *v.* aparecer, surgir.
aparecido,-a *s.* aparição.
aparejado,-a *adj.* apto, idôneo.
aparejador,-a *adj./s.* mestre de obras.
aparejar *v.* aparelhar, preparar, enfeitar, arrear.
aparejo *s.m.* aparelhagem, arreios, preparação; aparelho; polia.
aparentar *v.* aparentar, parecer; fingir.
aparente *adj.* aparente; conveniente; vistoso.
aparición *s.f.* aparição.
apariencia *s.f.* aparência.
aparragarse *vr.* achaparrar-se.
apartado,-a *adj.* apartado, separado, diferente. *s.m.* cláusula; caixa postal.
apartamento *s.m.* apartamento.
apartamiento *s.m.* afastamento, lugar retirado.
apartar *v.* apartar, afastar, separar, desviar, desunir. **apartarse** *vr.* isolar-se, separar-se.
aparte *adv.* separadamente, à parte, à distância; *~ de* além de. *adj.* especial, diferente. *s.m.* aparte; parágrafo.
aparthotel ou **apartotel** *s.m.* apart-hotel.
apasionado,-a *adj.* apaixonado.
apasionar *v*, **apasionarse** *vr.* apaixonar(-se).
apaste *s.m.* vaso de barro.
apatía *s.f.* apatia.
apático,-a *adj.* apático.
apátrida *adj./s.* apátrida.
apdo. *abr. de* caixa postal.
apeadero *s.m.* apeadeiro.
apear *v.* apear, descer; dissuadir; superar.
apechugar *v.* agüentar; resignar-se.
apedrear *v.* apedrejar; chover granizo.
apegado,-a *adj.* apegado, afeiçoado.
apegarse *vr.* apegar-se.
apego *s.m.* apego, afeição.
apelación *s.f.* apelação.
apelar *v.* apelar, recorrer.
apelativo,-a *adj.* apelativo. *s.m.* apelido.
apellidar *v.* apelidar. **apellidarse** *vr.* ter como sobrenome.
apellido *s.m.* sobrenome.
apelmazarse *vr.* comprimir, condensar; (*bolo*) abatumar.
apelotonar *v*, **apelotonarse** *vr.* amontoar(-se).
apenar *v.* causar pena; sentir vergonha.
apenas *adv.* apenas, mal; assim que; tão logo.
apencar *v.* agüentar, aceitar.
apéndice *s.m.* apêndice.
apendicitis *s.f.* apendicite.
apensionarse *vr.* entristecer-se.
apeo *s.m.* poda.
aperar *v.* consertar; arrear; abastecer.
apercibimiento *s.m.* percepção; advertência.
apercibir *v.* preparar; advertir. **apercibirse** *vr.* aperceber-se.
apercollar *v.* encurralar.
apergaminado,-a *adj.* apergaminhado; enrugado.
apergaminarse *vr.* apergaminhar-se; enrugar-se.
aperitivo,-a *adj./s.m.* aperitivo.
apero *s.m.* ferramentas para lavoura; apeiro.
aperrear *v.* aperrear, cansar.
apertura *s.f.* abertura; liberalização.
apesadumbrado,-a *adj.* triste, aflito.
apesadumbrar *v.* entristecer, afligir.
apestado,-a *adj.* empestado; fedido; infestado.
apestar *v.* empestar, feder; estar repleto de; enfadar, entediar.
apestoso,-a *adj.* fedido.
apetecer *v.* apetecer.
apetecible *adj.* apetecível.
apetencia *s.f.* apetência, apetite.
apetito *s.m.* apetite.
apetitoso,-a *adj.* apetitoso.
api *s.m.* milho cozido.
apiadar *v*, **apiadarse** *vr.* apiedar(-se).
ápice *s.m.* ápice.

apicultor,-a s. apicultor.
apicultura s.f. apicultura.
apilamiento s.m. empilhamento.
apilar v. empilhar, amontoar.
apiñado,-a adj. apinhado.
apiñar v. apinhar, amontoar.
apio s.m. aipo.
apiolar v. agarrar, apanhar.
apiri s.m. trabalhador braçal; carregador.
apisonadora s.f. rolo compressor.
apisonar v. apiloar, apisoar.
aplacamiento s.m. aplacação.
aplacar v. aplacar, amansar.
aplanacanalles s. preguiçoso, vadio.
aplanador,-a adj. nivelador. s.f. rolo compressor.
aplanamiento s.m. nivelamento.
aplanar v. aplanar; abater, deprimir. **aplanarse** vr. ruir, desabar; desanimar.
aplastamiento s.m. esmagamento.
aplastante adj. esmagador.
aplastar v. esmagar; amassar, destruir, achatar.
aplatanado,-a adj. apático.
aplatanarse vr. apatizar-se.
aplaudir v. aplaudir.
aplauso s.m. aplauso.
aplazamiento s.m. adiamento.
aplazar v. adiar, aprazar; reprovar.
aplicación s.f. aplicação; aplique.
aplicado,-a adj. aplicado.
aplicar v. aplicar, pôr em prática. **aplicarse** vr. esmerar-se.
aplique s.m. aplique; arandela.
aplomar v. aprumar.
aplomo s.m. aprumo, prumo; serenidade.
apocado,-a adj. assustado, tímido, acanhado.
apocalipsis s. apocalipse.
apocalíptico,-a adj. apocalíptico.
apocamiento s.m. timidez.
apocar v. apoucar, humilhar.
apocopar v. apocopar.
apócope s.m. apócope.
apócrifo,-a adj. apócrifo.
apodar v. apelidar.

apoderado,-a s. procurador.
apoderar v. dar procuração. **apoderarse** vr. apoderar-se.
apodo s.m. apelido.
apófisis s.m. apófise.
apogeo s.m. apogeu.
apolillado,-a adj. roído por traças.
apolilladura s.f. furo feito por traças.
apolillar v. (traça) roer. **apolillarse** vr. ser roído por traças.
apolíneo,-a adj. apolínico.
apolismar v. machucar. **apolismarse** vr. debilitar-se.
apoliticismo s.m. apoliticismo.
apolítico,-a adj. apolítico.
apologético,-a adj. apologético.
apología s.f. apologia.
apologista s. apologista.
apólogo s.m. apólogo.
apoltronarse vr. apoltronar-se.
apoplejía s.f. apoplexia.
apoplético,-a adj./s. apoplético.
apoquinar v. soltar a grana; pagar.
aporcar v. alporcar.
aporrear v. desancar, espancar, bater.
aporreo s.m. espancamento; batida de porta.
aportación s.f. contribuição.
aportar v. aportar, contribuir.
aporte s.m. aporte, contribuição.
aportillar v. aportilhar, abrir brechas.
aposentamiento s.m. hospedagem, alojamento.
aposentar v. alojar, hospedar.
aposento s.m. aposento, hospedagem.
aposición s.f. aposição.
apósito s.m. apósito, curativo.
aposta adv. de propósito.
apostadero s.m. posto, porto.
apostador,-a adj./s. apostador.
apostar v. apostar; postar.
apostasía s.f. apostasia.
apóstata s. apóstata.
apostatar v. apostatar.
apostilla s.f. anotação, apostila.
apostillar v. apostilar, anotar.
apóstol s.m. apóstolo.

apostolado s.m. apostolado.
apostólico,-a adj. apostólico.
apostrofar v. apostrofar.
apóstrofe s. apóstrofe.
apóstrofo s.m. apóstrofo.
apostura s.f. postura, garbo.
apoteótico,-a adj. apoteótico.
apoteosis s.f. apoteose.
apoyar v. apoiar.
apoyo s.m. apoio, proteção.
apreciable adj. apreciável.
apreciación s.f. avaliação, apreçamento, estimativa.
apreciar v. apreciar, avaliar, estimar.
apreciativo,-a adj. apreciativo.
aprecio s.m. apreço.
aprehender v. apreender.
aprehensión s.f. apreensão, compreensão.
apremiante adj. urgente, premente.
apremiar v. compelir, premir, urgir, apressar.
apremio s.m. mandado judicial, juros de mora; premência.
aprender v. aprender.
aprendiz,a-a adj. aprendiz.
aprendizaje s.m. aprendizagem, aprendizado.
aprensión s.f. apreensão.
aprensivo,-a adj. apreensivo.
apresamiento s.m. prisão.
apresar v. prender, capturar.
aprestar v. aprestar, aprontar.
apresto s.m. apresto.
apresuración s.f. pressa.
apresurado,-a adj. apressado.
apresurar v, **apresurarse** vr. apressar(-se).
apretado,-a adj. apertado, árduo, mesquinho.
apretar v. apertar; perseguir, afligir, pressionar; esforçar-se.
apretón s.m. apertão.
apretujar v. apertar muito.
apretujón s.m. apertão forte.
apretura s.f. aperto, opressão, apuro, escassez.
aprieto s.m. aperto, apuro.
apriorismo s.m. apriorismo.
apriorístico,-a adj. apriorístico.
aprisa adv. à pressa, depressa.
aprisco s.m. aprisco, curral.
aprisionar v. aprisionar,

prender.
aprobación *s.f.* aprovação.
aprobado *s.m.* nota mínima de aprovação.
aprobar *v.* aprovar; passar no exame; ir bem.
apropiación *s.f.* apropriação.
apropiado,-a *adj.* apropriado.
apropiar *v.* apropriar. **apropiarse** *vr.* apropriar-se.
aprovechable *adj.* aproveitável.
aprovechado,-a *adj.* aplicado; diligente. *s.* aproveitador; oportunista.
aprovechamiento *s.m.* aproveitamento.
aprovechar *v.* aproveitar, tirar proveito, ser útil. **aprovecharse** *vr.* aproveitar-se.
aprovisionar *v.* aprovisionar.
aproximación *s.f.* aproximação.
aproximado,-a *adj.* aproximado.
aproximar *v,* **aproximarse** *vr.* aproximar(-se).
aprudenciarse *vr.* moderar-se.
áptero,-a *adj.* áptero, sem asas.
aptitud *s.f.* aptidão.
apto,-a *adj.* apto, idôneo.
apuesta *s.f.* aposta.
apuesto,-a *adj.* bonito, atraente.
apulismarse *v.* definhar, não medrar.
apunarse *v.* pegar o mal-das-montanhas.
apuntado,-a *adj.* anotado, apontado.
apuntador *s.m.* (Teat.) ponto.
apuntalamiento *s.m.* escoramento.
apuntalar *v.* escorar.
apuntar *v.* apontar; anotar, indicar, sugerir, insinuar, (Teat.) servir de ponto; manifestar-se, despontar. **apuntarse** *vr.* inscrever-se, matricular-se, participar.
apunte *s.m.* apontamento, nota, esboço; (Teat.) ponto.
apuñalar *v.* apunhalar.
apurado,-a *adj.* acabado, pobre, necessitado; difícil; esmerado; apressado.
apurar *v.* acabar, esgotar, apressar; averiguar; incomodar. **apurarse** *vr.* afligir-se.
apuro *s.m.* apuro, escassez, pressa.
apurruñar *v.* manusear; apinhar.
apusurarse *vr.* ficar roído por traças.
aquejar *v.* afligir; sofrer de.
aquel,-ella *adj. dem.m.f.* aquele, aquela. **aquellos.** *pl.* aqueles. **aquellas** *pl.* aquelas. *s.m.* graça, donaire, um quê.
aquél,-élla *pron. dem. m.f.* aquele, o primeiro; *todo ~ que* quem quer que, qualquer um que.
aquelarre *s.m.* reunião de bruxas
aquello *pron. dem. m.* aquilo.
aquerenciarse *vr.* acostumar-se a um lugar.
aquí *adv.* aqui; nisso, então.
aquiescencia *s.f.* aquiescência.
aquietar *v.* aquietar.
aquilatamiento *s.m,* aquilatamento.
aquilatar *v.* aquilatar.
aquileño *ou* **aquilino,-a** *adj.* aquilino.
ara *s.f.* ara, altar.
árabe,-a *adj./s.* árabe.
arabesco *s.m.* arabesco.
arábigo,-a *adj.* arábico.
arabismo *s.m.* arabismo.
arabista *s.* arabista.
arácnido *s.m.* aracnídeo.
arada *s.f.* arada, aradura.
arado *s.m.* arado.
arador *s.m.* arador.
aragonés,-esa *adj./s.* aragonês.
arameo,-a *adj./s.* arameu.
arancel *s.m.* tarifa, taxa, imposto.
arancelar *v.* pagar.
arancelario,-a *adj.* tarifário.
arándano *s.m.* arando, mirtilo.
arandela *s.f.* arandela; babado.
araña *s.f.* aranha; luminária, lustre.
arañar *v.* arranhar.
arañazo *s.m.* arranhão.
arar *v.* arar.
arasá *s.m.* goiaba.
araucaria *s.f.* araucária.
arbitraje *s.m.* arbitragem; arbitramento.

arbitral *adj.* arbitral.
arbitrar *v.* arbitrar, reunir.
arbitrariedad *s.f.* arbitrariedade.
arbitrario,-a *adj.* arbitrário.
arbitrio *s.m.* arbítrio.
árbitro, *adj./s.* árbitro, juiz.
árbol *s.m.* árvore.
arbolado,-a *adj.* arborizado.
arboladura *s.f.* (Náut.) arvoredo, mastreação.
arbolar *v.* mastrear, arvorar.
arboleda *s.f.* arvoredo, alameda.
arbóreo,-a *adj.* arbóreo.
arborescente *adj.* arborescente.
arboricultor,-a *adj.* arboricultor.
arboricultura *s.f.* arboricultura.
arbotante *s.m.* arcobotante.
arbustivo,-a *adj.* arbustivo.
arbusto *s.m.* arbusto.
arca *s.f.* arca, cofre.
arcabucero *s.m.* arcabuzeiro.
arcabuz *s.m.* arcabuz.
arcada *s.f.* arcada, náusea, ânsia.
arcaico,-a *adj.* arcaico.
arcaísmo *s.m.* arcaísmo.
arcaizante *adj.* arcaizante.
arcángel *s.m.* arcanjo.
arcano,-a *adj.* arcano. *s.m.* mistério.
arce *s.m.* bordo, ácer.
arcediano *s.m.* arquidiácono.
arcén *s.m.* beira de estrada, acostamento, margem.
archiconocido *s.m.* superfamoso.
archidiácono *s.m.* arquidiácono.
archidiócésis *s.f.* arquidiocese.
archiduque,-esa *s.* arquiduque.
archimandrita *s.m.* arquimandrita.
archipiélago *s.m.* arquipélago.
archivador,-a *s.* arquivista. *s.m.* arquivo.
archivar *v.* arquivar, classificar.
archivero,-a *s.* arquivista.
archivo *s.m.* arquivo.
archivolta *s.f.* arquivolta.
arcilla *s.f.* argila.
arcilloso,-a *adj.* argiloso.

arcipreste s.m. arcipreste.
arco s.m. arco.
arcón s.m. arcaz, baú.
arder v. arder; irritar.
ardid s.m. ardil.
ardiente adj. ardente.
ardilla s.f. esquilo.
ardite s.m. moeda antiga de Castela. *no vale un* ~ não vale nada.
ardor s.m. ardor, fervor; ~ *de estómago* azia.
ardoroso,-a adj. ardoroso.
arduo,-a adj. árduo.
área s.f. área, zona; are.
arena s.f. areia; arena.
arenal s.m. areial.
arenga s.f. arenga.
arengar v. arengar.
arenilla s.f. areia fina.
arenisca s.f. arenito.
arenoso,-a adj. arenoso.
arenque s.m. arenque.
areola s.f. auréola.
arepa s.f. pão de milho.
arete s.m. brinco.
argamasa s.f. argamassa.
argelino,-a adj./s. argelino.
argentado,-a adj. prateado.
agentífero,-a adj. argentífero.
argentinismo s.m. argentinismo.
argentino,-a adj./s. argentino.
argolla s.f. argola, aliança.
argón s.m. argônio.
argonauta s.m. argonauta.
argot s.m. gíria, jargão.
argucia s.f. sofisma.
argüir v. deduzir, argüir; acusar; provar.
argumenista s. roteirista.
argumentación s.f. argumentação.
argumentar v. argumentar; argüir.
argumento s.m. argumento; (*Teat.*) trama.
aria s.f. ária.
aridez s.f. aridez.
árido,-a adj. árido; pouco agradável. **áridos** s.m.pl. grãos; frutas secas.
Aries s.m. Áries.
ariete s.m. aríete; centroavante.
ario,-a adj./s. ariano.
arisco,-a adj. arisco.

arista s.f. aresta.
aristocracia s.f. aristocracia.
aristócrata s. aristocrata.
aristocrático,-a adj. aristocrático.
aristotélico,-a adj. aristotélico.
aritmética s.f. aritmética.
aritmético,-a adj. aritmético.
arito s.m. brinco.
arlequín s.m. arlequim.
arlequinada s.f. palhaçada.
arma s.f. arma. **armas** armas; *alzarse en* ~ sublevar-se; *pasar por las* ~ fuzilar; *de* ~ *tomar* decidido.
armada s.f. armada.
armadía s.f. jangada.
armadijo s.m. armadilha.
armadillo s.m. tatu.
armado,-a adj. armado.
armador,-a s. armador; gibão.
armadura s.f. armadura.
armamentista adj. armamentista. s. fabricante de armas.
armamento s.m. armamento.
armar v. armar, organizar, instalar. **armarla** provocar uma briga.
armario s.m. armário; ~*de luna* armário com espelhos nas portas; ~ *empotrado* armário embutido; ~ *ropero* guarda-roupa.
armatoste s.m. trambolho, traste.
armazón s.f. armação, estrutura.
armenio,-a adj./s. armênio.
armería s.f. loja de armas.
armero,-a s. armeiro.
armiño s.m. arminho.
armisticio s.m. armistício.
armonía s.f. harmonia.
armónico,-a adj. harmônico.
armonio s.m. harmônio.
armonioso,-a adj. harmonioso.
armonización s.f. harmonização.
armonizar v. harmonizar.
arnés s.m. arnês.
árnica s.m. arnica.
aro s.m. aro, anel, brinco; *pasar por el* ~ ceder.
aroma s.m. aroma.
aromático,-a adj. aromático.
aromatizar v. aromatizar.
arpa s.f. harpa.

arpegio s.m. arpejo.
arpia s.f. harpia, mulher má.
arpillera s.f. pano de estopa.
arpista s. harpista.
arpón s.m. arpão.
arponear v. arpoar.
arponero,-a s. arpoador.
arquear v. arquear.
arqueo s.m. arqueação.
arqueología s.f. arqueologia.
arqueológico,-a adj. arqueológico.
arqueólogo,-a s. arqueólogo.
arquería s.f. arcada, arcaria.
arquero,-a s. arqueiro.
arquetipo s.m. arquétipo.
arquitecto,-a s. arquiteto.
arquitectónico,-a adj. arquitetônico.
arquitectura s.f. arquitetura.
arquitrabe s.m. arquitrave.
arquivolta s.f. arquivolta.
arrabal s.m. arrabalde.
arrabalero,-a adj. suburbano; malcriado, mal-educado.
arrabiatarse vr. sujeitar-se.
arrabio s.m. ferro fundido.
arracada s.f. brinco.
arraigar v. arraigar.
arraigo s.m. arraigamento.
arramblar v. sumir com uma coisa; passar a mão.
arrancaclavos s.m. pé-de-cabra.
arrancada s.f. arrancada; arranque.
arrancar v. arrancar, puxar com força; extirpar; conseguir; afastar; (*Aut.*) partir; começar a; provir de.
arranque s.m. arranque, partida; arrancada; repente, tirada; ímpeto.
arranquera s.f. pobreza.
arrapiezo s.m. farrapo; moleque.
arrasar v. arrasar, aplanar.
arrastrado,-a adj. pobre.
arrastrar v. arrastar; levar; suportar. **arrastrarse** vr. rastejar, humilhar-se.
arrastre s.m. arrasto; (*pesca*) arrastão; *para el* ~ no osso, em mau estado.
arrayán s.m. murta, mirto.
¡arre! interj. arre!
¡arrea! interj. céus!

arreada s.f. roubo de gado.
arrear v. instigar; apressar, correr; acertar; roubar gado; arrear.
arrebatar v. arrebatar, atrair, comover. **arrebatarse** vr. enfurecer-se; (Culin.) queimar-se.
arrebato s.m. rompante; arrebatamento.
arrebol s.m. arrebol.
arrebolar v. avermelhar.
arrebujar v. amarrotar; enrugar; revolver. **arrebujarse** vr. enrolar-se, cobrir-se.
arrechucho s.m. indisposição passageira; acesso de raiva.
arreciar v. piorar, aumentar, ficar mais forte.
arrecife s.m. recife.
arrecirse vr. enrijecer-se pelo frio.
arrecloques s.m.pl. adornos; evasivas.
arredrar v. arredar, assustar.
arreglado,-a adj. arrumado; baratoo.
arreglar v. arrumar; pôr em ordem; consertar; resolver; temperar; castigar; (Mús.) arranjar. **arreglarse** vr. acertar-se; ajeitar-se; *arreglárselas* virar-se; dar um jeitinho.
arreglista s. arranjador.
arreglo s.m. arranjo, acordo, acerto, conserto, trato, arrumação, conciliação; *con ~* conforme, de acordo.
arrejuntarse vr. amancebar-se.
arrellanarse vr. refestelar-se.
arremangarse vr. arregaçar as mangas.
arremansar v. conter, segurar.
arremeter v. arremeter.
arremetida s.f. arremetida.
arremolinarse vr. redemoinhar-se, amontoar-se.
arrendajo s.m. (Zool.) pega; imitador; arremedo.
arrendamiento s.m. arrendamento.
arrendar v. arrendar.
arrendatario,-a adj./s. arrendatário.
arrenquín s.m. seguidor.
arreos s.m.pl. arreios.
arrepanchingarse vr. refestelar-se.
arrepentimiento s.m. arrependimento.
arrepentirse vr. arrepender-se.
arrepollar v. agachar-se.
arrequintar v. amarrar bem.
arrestado,-a adj. preso.
arrestar v. prender, deter.
arresto s.m. prisão, detenção, coragem.
arriar v. arriar.
arriate s.m. canteiro.
arriba adv. acima, para cima, em cima; *~ de mais* de; *de ~ abajo* de cabo a rabo. ¡arriba! interj. levante-se!; ânimo!; *i~ las manos!* mãos ao alto!
arribada s.f. chegada.
arribar v. (Náut.) arribar.
arribeño,-a adj./s. serrano.
arribismo s.m. arrivismo.
arribista adj./s. arrivista.
arribo s.m. chegada.
arriendo s.m. arrendamento.
arriero,-a s. tropeiro.
arriesgado,-a adj. arriscado.
arriesgar v, **arriesgarse** vr. arriscar(-se).
arrimadero s.m. arrimo.
arrimadizo,-a adj./s. oportunista.
arrimado,-a adj./s. hóspede de favor; amante.
arrimar v. encostar, apoiar; aproximar. **arrimarse** vr. arrimar-se, apoiar-se.
arrimo s.m. arrimo, aproximação; *al ~ de* sob a proteção de.
arrimón s.m. oportunista.
arrinconado,-a adj. afastado; esquecido.
arrinconar v. esconder; abandonar, encurralar.
arriscado,-a adj. atrevido; íngreme.
arritmia s.f. arritmia.
arroba s.f. arroba.
arrobamiento s.m. arroubo.
arrobar v. arroubar, arrebatar.
arrobo s.m. arroubo.
arrocero,-a adj./s. arrozeiro.
arrodajarse vr. sentar-se de pernas cruzadas.
arrodillado,-a adj. ajoelhado.
arrodillarse vr. ajoelhar-se.
arrogancia s.f. arrogância.
arrogante adj. arrogante, airoso.
arrogarse vr. arrogar-se.
arrojadizo,-a adj. para arremesso.
arrojado,-a adj. arrojado.
arrojar v. arrojar, atirar, lançar, jogar, vomitar; dar como resultado, apresentar. **arrojarse** vr. atirar-se.
arrojo s.m. coragem, ousadia.
arrollador,-a adj. enrolador.
arrollar v. enrolar; atropelar; arrastar; derrotar, vencer; desrespeitar.
arropar v. enroupar, agasalhar; amparar.
arrope s.m. xarope.
arrostrar v. enfrentar, desafiar.
arroyo s.m. arroio, sarjeta, rio; *poner en el ~* pôr na rua; *sacar del ~* tirar da miséria.
arroyuelo s.m. regato.
arroz s.m. arroz; *~ con leche* arroz-doce.
arrozal s.m. arrozal.
arruga s.f. ruga; dobra.
arrugar v. enrugar.
arruinar v. arruinar, quebrar.
arrullar v. arrulhar; embalar.
arrullo s.m. arrulho, acalanto.
arrumaco s.m. carinho, afago.
arrumar v. amontoar.
arrumbar v. pôr de lado; abandonar; ignorar alguém; fixar o rumo.
arsenal s.m. arsenal, depósito, estaleiro.
arsénico s.m. arsênico.
arte s.f. arte; manha, astúcia, habilidade; *por ~ de birlibirloque* num passe de mágica; *no tener ~ ni parte en* não ter nada com.
artefacto s.m. artefato.
artejo s.m. nó dos dedos; artículo.
artemisa s.f. artemísia.
arteria s.f. artéria.
artería s.f. astúcia; manha.
arterial adj. arterial.
arterio(e)sclerosis s.f. arteriosclerose.
artero,-a adj. astucioso.
artesa s.f. artesa.
artesanado s.m. artesões.

artesanal *adj.* artesanal.
artesanía *s.f.* artesanato, artesania.
artesano,-a *adj./s.* artesão.
artesiano,-a *adj.* artesiano.
artesón *s.m.* (*Arquit.*) artesão.
artesonado,-a *adj./s.m.* artesoado.
ártico,-a *adj.* ártico.
articulación *s.f.* articulação.
articulado,-a *adj./s.m.* articulado.
articular *v./adj.* articular.
articulista *s.* articulista.
artículo *s.m.* artigo; cláusula; verbete; *hacer el ~ a* bajular.
artífice *s.* artífice.
artificial *adj.* artificial.
artificiero,-a *s.* armeiro; pirotécnico.
artifício *s.m.* artifício.
artificioso,-a *adj.* artificioso.
artillería *s.f.* artilharia.
artillero *s.m.* artilheiro.
artilugio *s.m.* geringonça; ardil.
artimaña *s.f.* artimanha.
artista *s.* artista.
artístico,-a *adj.* artístico.
artrítico,-a *adj.* artrítico.
artritis *s.f.* artrite.
artrópodo *s.m.* artrópode.
artrosis *s.f.* artrose.
aruñón *s.m.* ameaça.
arveja *s.f.* vícia, ervilhaca. **arvejas** *pl.* ervilhas.
arzobispal *adj.* arcebispal.
arzobispo *s.m.* arcebispo.
as *s.m.* ás; (dado) um.
asa *s.f.* alça, asa.
asadero *s.m.* lugar quente.
asado *s.m.* assado, carne assada.
asador *s.m.* espeto; grelha, churrascaria.
asaduras *s.f.pl.* cabidela, fressura; pachorra; *echar las ~* trabalhar demais.
asaetar *v.* assetear, flechar.
asalariado,-a *adj./s.* assalariado.
asalariar *v.* assalariar.
asaltante *adj./s.* assaltante.
asaltar *v.* assaltar; roubar.
asalto *s.m.* assalto.
asamblea *s.f.* assembléia.
asar *v.* assar; importunar.

asarse *vr.* sentir muito calor.
asaz *adv.* assaz.
asbesto *s.m.* asbesto.
ascendencia *s.f.* ascendência.
ascendente *adj./s.* ascendente.
ascender *v.* ascender; promover; subir; valer, montar a.
ascendiente *s.m.* ascendente.
ascensión *s.f.* ascensão.
ascensional *adj.* ascensional.
ascensionista *s.* ascensionista.
ascenso *s.m.* subida, promoção.
ascensor *s.m.* elevador.
ascensorista *s.* ascensorista.
asceta *s.* asceta.
ascética *s.f.* ascetismo.
ascético,-a *adj.* ascético.
ascetismo *s.m.* ascetismo.
asco *s.m.* asco; *hecho un ~* muito sujo; *no hacer ~s* não ser exigente..
ascua *s.f.* brasa.
aseado,-a *adj.* asseado.
asear *v,* **asearse** *vr.* assear(-se).
asechanza *s.f.* cilada, embuste.
asediar *v.* assediar.
asedio *s.m.* assédio.
asegurado,-a *adj./s.* segurado.
aseguradora,-a *s.* seguradora.
asegurar *v.* assegurar; pôr no seguro; segurar; garantir, proteger. **asegurarse** *vr.* assegurar-se.
asemejar *v,* **asemejarse** *vr.* assemelhar(-se).
asenso *s.m.* aprovação.
asentada *s.f. de una ~* de uma vez.
asentaderas *s.f.pl.* nádegas.
asentado,-a *adj.* ajuizado, firme.
asentamiento *s.m.* assentamento.
asentar *v.* assentar; pespegar um tapa; aplanar; apoiar; acalmar; pressupor; assentir; fundar. **asentarse** *vr.* assentar-se, ocupar um posto; pousar.
asentimiento *s.m.* assentimento.
asentir *v.* assentir.
aseo *s.m.* asseio; banheiro.
asepsia *s.f.* assepsia; frieza.
aséptico,-a *adj.* asséptico, frio.

asequible *adj.* exeqüível, acessível.
aserción *s.f.* asserção.
aserradero *s.m.* serraria.
aserradura *s.f.* serradura.
aserrar *v.* serrar.
aserrín *s.m.* serragem.
aserruchar *v.* serrar (com serrote).
aserto *s.m.* asserção.
asesinar *v.* assassinar.
asesinato *s.m.* assassinato.
asesino,-a *adj./s.* assassino.
asesor,-a *adj./s.* assessor.
asesoramiento *s.m.* assessoramento.
asesorar *v.* assessorar.
asesoría *s.f.* assessoria.
asestar *v.* assestar, dar, apontar uma arma.
aseverar *v.* asseverar.
asexuado,-a *adj./s.* assexuado.
asfaltado *s.* asfaltagem.
asfaltar *v.* asfaltar.
asfáltico,-a *adj.* asfáltico.
asfalto *s.m.* asfalto.
asfixia *s.f.* asfixia.
asfixiante *adj.* asfixiante.
asfixiar *v.* asfixiar.
así *adv.* assim, dessa classe; *~ de* tão. *conj.* desse jeito; mesmo que; tanto para; apesar de tudo; portanto, de modo que; *~ ~* mais ou menos; *~ como ~* de qualquer maneira; *~ que* de modo que, logo que, daí que; *~ que asá* de um modo ou de outro.
asiático,-a *adj.* asiático.
asidero *s.m.* alça, asa; pretexto, desculpa.
asiduidad *s.f.* assiduidade.
asiduo,-a *adj.* assíduo.
asiento *s.m.* assento, base; sedimento; assentamento; *tomar ~* sentar-se, estabelecer-se.
asignación *s.f.* atribuição, salário.
asignar *v.* atribuir, assinalar.
asignatura *s.f.* matéria, disciplina; *~ pendiente* dependência.
asilado,-a *adj.* asilado.
asilar *v.* asilar.
asilo *s.m.* asilo, proteção.

asimetria s.f. assimetría.
asimétrico,-a adj. assimétrico.
asimiento s.m. agarramento, apanha.
asimilar v. assimilar.
asimismo adv. também.
asir v. agarrar. asirse vr. agarrar-se.
asirio,-a adj./s. assírio.
asistencia s.f. presença; assistência, socorro; (*Esp.*) passe; asistencias equipe de resgate.
asistenta s.f. faxineira.
asistente adj. assistente. s.m. ajudante.
asistir v. assistir; socorrer, atender, cuidar; fazer companhia.
asma s.f. asma.
asmático,-a adj./s. asmático.
asnal adj. asnal, asinino.
asno s.m. asno.
asociación s.f. associação.
asociado,-a adj./s. associado, sócio.
asocial adj. anti-social.
asociar v., asociarse vr. associar(-se).
asociativo,-a adj. associativo.
asocio s.m. associação.
asolar v. assolar.
asoleada s.f. insolação.
asolear v. expor ao sol. asolearse vr. tomar sol.
asomar v. assomar.
asombrar v. assombrar.
asombro s.m. assombro.
asombroso,-a adj. assombroso.
asomo s.m. aspecto, indício, suspeita; *ni por* ~ de jeito nenhum.
asonancia s.f. assonância.
asonante adj. assonante.
asordar v. ensurdecer.
asorocharse vr. ter falta de ar.
aspa s.f. aspa; pá de moinho, cruz.
aspar v. aspar; crucificar. asparse vr. irritar-se.
aspaventar v. espaventar.
aspaviento s.m. exagero.
aspecto s.m. aspecto, aparência; *al primer* ~ à primeira vista.
aspereza s.f. aspereza.
asperges s.m. asperges.
asperjar v. aspergir.

áspero,-a adj. áspero, rugoso.
aspersión s.f. aspersão.
aspersor ou aspersorio s.m. aspersório, hissope.
áspid s.m. áspide.
aspillera s.f. seteira.
aspiración s.f. aspiração.
aspirador,-a adj./s. aspirador.
aspirante adj./s. aspirante.
aspirar v. aspirar.
aspirina s.f. aspirina.
asquear v. repugnar, enojar.
asquerosidad s.f. asquerosidade.
asqueroso,-a adj. asqueroso, nojento, enjoado.
asta s.f. haste, chifre, lança.
astado,-a adj. chifrudo.
astenia s.f. astenia.
asténico,-a adj. astênico.
asterisco s.m. asterisco.
asteroide adj./s. asteróide.
astigmatismo s.m. astigmatismo.
astil s.m. cabo, braço de balança.
astilla s.f. lasca, estilhaço; astillas suborno.
astillar v. estilhaçar, lascar.
astillero s.m. estaleiro.
astracán s.m. astracã.
astrágalo s.m. astrágalo.
astral adj. astral.
astringencia s.f. adstringência.
astringente adj./s.m. adstringente.
astringir v. adstringir; restringir.
astro s.m. astro.
astrofísica s.f. astrofísica.
astrolabio s.m. astrolábio.
astrología s.f. astrologia.
astrológico,-a adj. astrológico.
astrólogo,-a s. astrólogo.
astronauta s. astronauta.
astronáutica s.f. astronáutica.
astronave s.f. astronave.
astronomía s.f. astronomia.
astronómico,-a adj. astronômico.
astrónomo,-a s. astrônomo.
astroso,-a adj. andrajoso; astroso.
astucia s.f. astúcia.
astur ou asturiano adj./s. asturiano.
astuto,-a adj. astuto.

asueto s.m. descanso, folga.
asumir v. assumir.
asunceno,-a adj./s. natural de Assunção.
asunción s.f. assunção.
asunto s.m. assunto; caso; tema.
asustadizo,-a adj. assustadiço.
asustar v, asustarse vr. assustar(-se).
atacar v. atacar, refutar.
atadero s.m. atadura.
atadijo s.m. embrulho.
atado s.m. trouxa; maço.
atadura s.f. atadura, vínculo; impedimento.
atajar v. atalhar.
atajo s.m. atalho; bando; pequeno rebanho de gado.
atalaya s.f. atalaia.
atalayar v. atalaiar; espiar.
atañer v. concernir; *por lo que atañe* no que concerne.
ataque s.m. ataque.
atar v. atar; ligar, relacionar; impedir. atarse vr. embaraçar-se.
atarazana s.f. arsenal.
atardecer v. entardecer.
atarearse vr. atarefar-se.
atarugarse vr. empanturrar-se; engasgar-se.
atascadero s.m. atoleiro.
atascar v. obstruir; entupir, impedir. atascarse vr. atolar, emperrar-se.
atasco s.m. entupimento, obstrução, congestionamento.
ataúd s.m. ataúde.
ataviar v. ataviar, enfeitar.
atávico,-a adj. atávico.
atavío s.m. atavio.
atavismo s.m. atavismo.
ateísmo s.m. ateísmo.
atelaje s.m. parelha, arreios.
atemorizar v. atemorizar.
atemperar v. moderar, amenizar.
atenazar v. atenazar, atazanar; paralisar.
atención s.f. atenção, interesse, respeito; *a la* ~ *de* aos cuidados de; *llamar la* ~ chamar a atenção.
atender v. atender, escutar, prestar ou dar atenção, cuidar.

ateneo s.m. ateneu.
atenerse vr. ater-se.
ateniense adj./s. ateniense.
atentado s.m. atentado.
atentar v. atentar.
atento,-a adj. atento, amável, atencioso.
atenuante adj./s.m. atenuante.
atenuar v. atenuar, diminuir.
ateo,-a adj./s. ateu.
ateperetarse vr. perder a cabeça.
aterciopelado,-a adj. aveludado.
aterido,-a adj. duro de frio.
aterirse vr. ficar duro de frio.
aterrador,-a adj. aterrador.
aterramiento s.m. terror.
aterrar v. aterrorizar.
aterrizaje s.f. aterrissagem.
aterrizar v. aterrissar.
aterronar v. entorroar.
aterrorizar v. aterrorizar.
atesorar v. entesourar.
atestado s.m. boletim de ocorrência.
atestar v. abarrotar, lotar; atestar.
atestiguar v. atestar, testemunhar.
atetar v. amamentar.
atezar v. bronzear; enegrecer.
atiborrar v. encher, lotar. **atiborrarse** vr. empanturrar-se.
ático s.m. apartamento de cobertura.
atiesar v. endurecer.
atildado,-a adj. elegante.
atildar v. arrumar; pôr o til; censurar.
atinar v. atinar, acertar, encontrar.
atingencia s.f. relação, conexão.
atiparse ou **atipujarse** vr. fartar-se.
atisbadero s.m. olho mágico.
atisbar v. espiar, espreitar, vislumbrar.
atisbo s.m. indício.
atizador s.m. atiçador.
atizar v. atiçar, fomentar; dar, surrar; comer, beber.
atlante s.m. atlante.
atlántico,-a adj. atlântico.
atlas s.m. atlas.
atleta s. atleta.

atlético,-a adj. atlético.
atletismo s.m. atletismo.
atmósfera s.f. atmosfera.
atmosférico,-a adj. atmosférico.
atoar v. rebocar, sirgar.
atocha s.f. (Bot.) esparto.
atocinar v. atoucinhar.
atolladero s.m. atoleiro.
atollar v. , **atollarse** vr. atolar(-se).
atolón s.m. atol.
atolondrado,-a adj. atordoado.
atolondramiento s.m. estouvamento.
atolondrar v. atordoar.
atómico,-a adj. atômico.
atomizador s.m. atomizador.
átomo s.m. átomo.
atónito,-a adj. atônito.
átono,-a adj. átono.
atontado,-a adj. atordoado.
atontamiento s.m. atordoamento.
atontar v. entontecer, atordoar.
atontolinar v. entontecer; atordoado.
atorar v. obstruir, entupir.
atormentar v. atormentar, torturar.
atornillador s.m. chave de fenda.
atornillar v. atarraxar, aparafusar; obrigar, pressionar.
atorrante s. vagabundo.
atortolarse, vr. enamorar-se; apavorar-se.
atortujar v. espremer.
atosigar v. pressionar; aborrecer; envenenar.
atrabancarse vr. meter-se em encrenca.
atrabiliario,-a adj. mal-humorado.
atrabilis s.f. mau humor.
atracadero s.m. atracadouro.
atracador,-a s. salteador.
atracar v. assaltar; atracar. **atracarse** vr. empanturrar-se.
atracción s.f. atração.
atraco s.m. assalto.
atracón s.m. empanzinamento; briga.
atractivo,-a adj. atraente. s.m. atrativo.
atraer v. atrair, cativar.

atrafagar(se) v, vr. afadigar(-se).
atragantarse vr. engasgar-se; calar-se; antipatizar-se.
atraillar v. encoleirar.
atramparse vr. cair na armadilha; entupir; emperrar.
atrancar v. trancar; obstruir. **atrancarse** vr. atrapalhar-se.
atrapar v. agarrar, segurar; conseguir; contrair, pegar.
atraque s.m. ancoradouro.
atrás adv. atrás, para trás; anteriormente.
atrasado,-a adj. atrasado.
atrasar v. **atrasarse** vr. atrasar(-se).
atraso s.m. atraso. **atrasos** s.m.pl. atrasados.
atravesado,-a adj. vesgo, estrábico; mestiço; mal-intencionado.
atravesar v. atravessar. **atravesarse** vr. atravessar-se, intrometer-se.
atrayente adj. atraente.
atreguar v. dar trégua.
atrenzo s.m. conflito, apuro.
atreverse vr. atrever-se.
atrevido,-a adj. atrevido.
atrevimiento s.m. atrevimento.
atribución s.f. atribuição.
atribuir v. atribuir.
atribular v. atribular.
atributivo,-a adj. atributivo.
atributo s.m. atributo.
atrición s.f. atrição.
atril s.m. atril, estante.
atrincherar v. entrincheirar. **atrincherarse** vr. entrincheirar-se, defender-se.
atrio s.m. átrio, saguão.
atrochar v. atalhar.
atrocidad s.f. atrocidade.
atrofia s.f. atrofia.
atrofiar v, **atrofiarse** vr. atrofiar(-se).
atronado,-a adj. estouvado.
atronador,-a adj. ensurdecedor.
atronar v. atordoar, ensurdecer.
atropar v. atropar; agrupar.
atropellar v. atropelar; empurrar; insultar. **atropellarse** vr. atropelar-se.
atropello s.m. atropelamento;

desconsideração.
atroz *adj.* atroz.
atuendo *s.m.* roupa, traje.
atufar *v.* enfadar; feder. **atufarse** *vr.* asfixiar-se.
atufo *s.m.* enfado.
atún *s.m.* atum.
atunero,-a *adj./s.* atuneiro.
aturdimiento *s.m.* aturdimento.
aturdir *v.* aturdir, atordoar.
aturrado,-a *adj.* aleijado; enrugado.
aturrullar *v.* confundir, atrapalhar.
atusar *v.* cortar, aparar. **atusarse** *vr.* produzir-se.
audacia *s.f.* audácia.
audaz *adj.* audacioso.
audible *adj.* audível.
audición *s.f.* audição.
audiencia *s.f.* audiência; público; tribunal de justiça.
audífono *s.m.* audifônio.
audiovisual *adj.* audiovisual.
auditar *v.* fazer auditoria.
auditivo,-a *adj.* auditivo.
auditor,-a *s.* auditor.
auditoría *s.f.* auditoria.
auditorio *s.m.* auditório.
auge *s.m.* auge.
augural *adj.* fatídico.
augurar *v.* augurar.
augurio *s.m.* augúrio.
augusto,-a *adj.* augusto. *s.m.* palhaço de circo.
aula *s.f.* sala de aula.
aulaga *s.f.* (*Bot.*) tojo.
aullar *vr.* uivar.
aullido *s.m.* uivo.
aumentar *v.* aumentar.
aumentativo,-a *adj.* aumentativo.
aumento *s.m.* aumento.
aun *adv./conj.* até, mesmo, apesar de, ainda, inclusive.
aún *adv.* ainda, todavia.
aunar *v.* unir, reunir.
aunque *conj.* mesmo que, por mais que, embora, ainda que.
aúpa *interj.* upa!; levanta!; de pé!; *de* ~ grande; perigoso.
aupar *v.* levantar; ajudar.
aura *s.f.* brisa; aplauso; aura.
áureo,-a *adj.* áureo.
aureola *s.f.* auréola.
aurícula *s.f.* aurícula.

auricular *adj.* auricular. *s.m.* fone de ouvido; mindinho.
aurífero,-a *adj.* aurífero.
aurora *s.f.* aurora.
auscultación *s.f.* auscultação.
auscultar *v.* auscultar.
ausencia *s.f.* ausência.
ausentarse *vr.* ausentar-se.
ausente *adj./s.* ausente.
auspiciar *v.* auspiciar; fomentar.
auspicio *s.m.* auspício.
austeridad *s.f.* austeridade.
austero,-a *adj.* austero.
austral *adj.* austral.
australiano,-a *adj./s.* australiano.
austríaco,-a *adj./s.* austríaco.
austro *s.m.* austro; suão.
autarquía *s.f.* autarquia.
autárquico,-a *adj.* autárquico.
autenticación *s.f.* autenticação.
autenticidad *s.f.* autenticidade.
auténtico,-a *adj.* autêntico.
autentificar *v.* autenticar.
autillo *s.m.* coruja.
autismo *s.m.* autismo.
autista *s.* autista.
auto *s.m.* auto; automóvel, carro.
autoadhesivo,-a *adj.* auto-adesivo.
autoanálisis *s.f.* auto-análise.
autobiografía *s.f.* autobiografia.
autobiográfico,-a *adj.* autobiográfico.
autobombo *s.m.* auto-elogio.
autobús *ou* **autocar** *s.m.* ônibus.
autoclave *s.f.* autoclave.
autocopista *s.f.* mimeógrafo.
autocracia *s.f.* autocracia.
autocrático,-a *adj.* autocrático.
autocrítica *s.f.* autocrítica.
autóctono,-a *adj.* autóctone.
autodefensa *s.f.* autodefesa.
autodeterminación *s.f.* autodeterminação.
autodidacto,-a *adj./s.* autodidata.
autodisciplina *s.f.* autodisciplina.
autódromo *s.m.* autódromo.
autoescuela *s.f.* auto-escola.
autogiro *s.m.* helicóptero.
autógrafo,-a *adj./s.m.* autógrafo.

autómata *s.m.* autômato.
automática *s.f.* arma automática; lavadora.
automático,-a *adj.* automático. *s.m.* colchete.
automatismo *s.m.* automatismo.
automatizar *v.* automatizar.
automotor,-a *adj.* automotor. *s.m.* litorina, trem diesel.
automóvil *s.m.* automóvel.
automovilismo *s.m.* automobilismo.
automovilista *s.* automobilista.
automovilístico,-a *adj.* automobilístico.
autonomía *s.f.* autonomia.
autonómico,-a *adj.* autonômico.
autónomo,-a *adj.* autônomo.
autopista *s.f.* auto-estrada.
autopsia *s.f.* autópsia.
autor,-a *s.* autor.
autoría *s.f.* autoria.
autoridad *s.f.* autoridade.
autoritario,-a *adj.* autoritário.
autoritarismo *s.m.* autoritarismo.
autorización *s.f.* autorização.
autorizado,-a *adj.* autorizado, oficial.
autorizar *v.* autorizar, aprovar.
autorretrato *s.m.* auto-retrato.
autoservicio *s.m.* auto-serviço.
autostop *s.m.* carona.
autostopista *s.m.* caronista.
autosuficiencia *s.f.* auto-suficiência.
autosuficiente *adj.* auto-suficiente.
autosugestión *s.f.* auto-sugestão.
auxiliar *v./adj./s.* auxiliar.
auxilio *s.m.* auxílio.
aval *s.m.* aval.
avalancha *s.f.* avalancha.
avalar *v.* avalizar.
avalista *s.* avalista.
avaluar *v.* avaliar, estimar.
avance *s.m.* avanço, progresso, adiantamento; (*Cine.*) trailer.
avantrén *s.m.* (*Aut.*) suspensão dianteira.
avanzada *s.f.* guarda avançada.
avanzado,-a *adj.* avançado, audacioso; em primeiro plano.

avanzar v. avançar; antecipar; vomitar.
avanzo s.m. avanço.
avaricia s.f. avareza.
avaricioso,-a adj., **avariento,-a** adj. avarento.
avaro,-a adj./s. avaro.
avasallador,-a adj./s. avassalador.
avasallar v. avassalar, dominar.
avatar s.m. avatar, mudança. **avatares** pl. reveses.
ave s.f. ave.
avecinar v. **avecinarse** vr. avizinhar(-se).
avecindarse vr. estabelecer-se, domiciliar-se.
avefría s.f. (Zool.) abibe.
avejentar vr. envelhecer.
avejigar v. empolar.
avellana s.f. avelã.
avellanal s.m. avelanal.
avellano s.m. aveleira.
avemaría s.f. ave-maria.
avena s.f. aveia.
avenado,-a adj. louco, doido.
avenamiento s.m. drenagem.
avenar v. drenar.
avenencia f. acordo.
avenida s.f. avenida; cheia, enxurrada.
avenido,-a adj. avindo.
avenir v. concordar, reconciliar. **avenirse** vr. avir-se, entender-se; conformar-se com; *allá se las avenga* estou pouco me lixando.
aventajado,-a adj. vantajoso.
aventajar v. preferir; superar.
aventar v. joeirar; ventilar.
aventón s.m. carona.
aventura s.f. aventura.
aventurar v., **aventurarse** vr. aventurar(-se).
aventurero,-a adj./s. aventureiro.
avergonzar v., **avergonzarse** vr. envergonhar(-se).
avería s.f. avaria.
averiar v. avariar.
averiguación s.f. averiguação.
averiguar v. averiguar.
averno s.m. averno, inferno.
averroísmo s.m. averroísmo.
aversión s.f. aversão.
avestruz s.m. avestruz.
avetoro s.m. abetouro.

avezar v. habituar, acostumar.
aviación s.f. aviação.
aviador,-a s. aviador.
aviar v. aviar; apressar, arrumar; preparar; *¡avía!* anda logo!; *estar aviado* (Fam.) estar ferrado. **aviarse** vr. vestir-se; arranjar-se.
aviario,-a adj./s.m. aviário.
avícola adj. avícola.
avicultor,-a s. avicultor.
avicultura s.f. avicultura.
avidez s.f. avidez.
ávido,-a adj. ávido.
avieso,-a adj. mau; torcido.
avilés,-esa adj./s. natural de Ávila.
avinagrado,-a adj. mal-humorado.
avinagrar v. avinagrar. **avinagrarse** vr. ficar mal-humorado.
avío s.m. preparo; arrumação. **avíos** pl. apetrechos.
avión s.m. avião; (Zool.) martinete.
avioneta s.f. aviãozinho, tecoteco.
avisado,-a adj. prudente.
avisar v. avisar, informar; chamar; advertir.
aviso s.m. aviso, advertência; *estar (poner) sobre ~* estar (pôr) de sobreaviso.
avispa s.f. vespa.
avispado,-a adj. vivo, esperto.
avispar v. estimular, tornar esperto.
avispero s.m. vespeiro; trapalhada.
avispón s.m. marimbondo.
avistar v. avistar.
avitaminosis s.f. avitaminose.
avituallar v. prover de víveres.
avivar v. avivar.
avizor,-a adj. *estar ojo ~* estar alerta.
avizorar v. vigiar.
avocatero s.m. abacateiro.
avutarda s.f. abetarda.
axial ou **axil** adj. axial.
axila s.f. axila.
axilar adj. axilar.
axioma s.m. axioma.
axiomático,-a adj. axiomático.
¡ay! interj. ai!; ui! sm ai.
aya s.f. aia, babá.

ayer adv. ontem, antes. s.m. passado; *~ noche* ontem à noite.
ayo s.m. aio, tutor.
ayote s.m. abóbora.
ayuda s.f. ajuda; clister, enema.
ayudante s. ajudante.
ayudar v. ajudar.
ayunar v. jejuar.
ayunas s.f.pl. *en ~* em jejum; sem entender nada.
ayuno s.m. jejum.
ayuntamiento s.m. câmara municipal; prefeitura; junta; coito.
ayuntar v. juntar, unir.
azabache s.m. azeviche.
azada s.f. enxada.
azadilla s.f. enxadinha.
azadón s.m. enxadão.
azafata s.f. aeromoça; recepcionista.
azafrán s.m. açafrão.
azafranado,-a adj. que tem cor de açafrão.
azahar s.m. flor de laranjeira.
azalea s.f. azaléia.
azar s.m. acaso; desgraça; *al ~* ao acaso.
azarar v. inquietar, embaraçar.
azaroso,-a adj. arriscado, temeroso.
ázimo,-a adj. ázimo.
azogarse vr. perturbar-se.
azogue s.m. mercúrio; *ser un ~* ser muito esperto.
azor s.m. açor.
azoramiento s.m. inquietude.
azorar v. inquietar.
azorencarse vr. apalermar-se.
azotado,-a adj. açoitado.
azotaina s.f. surra, tunda, açoite.
azotar v. açoitar, danificar.
azotazo ou **azote** s.m. palmada.
azotea s.f. terraço, cobertura; cabeça; *mal de la ~* louco.
azteca adj. asteca.
azúcar s.m. açúcar.
azucarado,-a adj. açucarado.
azucarar v. açucarar.
azucarero,-a adj./s. açucareiro.
azucarillo s.m. açúcar-pedra.
azucena s.f. açucena.
azuela s.f. plaina, enxó.

azufaifa s.f. jujuba.
azufaifo s.m. jujubeira.
azufrar v. enxofrar.
azufre s.m. enxofre.
azul adj./s.m. azul.

azulado,-a adj. azulado.
azular v. azular.
azulejo s.m. azulejo; (Zool.) abelheiro.
azulete s.m. anil.

azulón s.m. pato real.
azuzar v. açular, instigar.

B

B,b *s.f.* B, b.
baba *s.f.* baba; *mala* ~ má intenção; *caérsele la* ~ babar de satisfação.
babear *v.* babar.
babel *s.* babel, confusão.
babero *s.m.* babador.
babi *s.m.* avental; bata.
Babia *s. estar en* ~ estar distraído.
babieca *adj./s.* tolo, babaca.
babilla *s.f.* soldra.
babilonio,-a *adj./s.* babilônico.
bable *s.m.* asturiano.
babor *s.m.* bombordo.
babosa *s.f.* lesma.
babosear *v.* babar.
baboso,-a *adj.* babão; bobo; pegadiço; criançāo; paquerador. *s.m.* bodião.
babucha *s.f.* babucha, chinelo; *a* ~ nas costas.
babuino *s.m.* babuíno.
baca *s.f.* bagageiro.
bacaladero,-a *adj.* de bacalhau. *s.m.* bacalhoeiro.
bacalao *s.m.* bacalhau; *cortar el* ~ mandar, decidir.
bacanal *s.f.* bacanal.
bacará *s.m.* bacará.
bache *s.m.* buraco de rua; (*Aer.*) vácuo; mau bocado; crise.
bachiller *s.* estudante que concluíu o ensino médio.
bachillerato *s.m.* curso de ensino médio.
bacía *s.f.* bacia.
bacilo *s.m.* bacilo.
bacín *s.m.* penico.
bacon *s.m.* bacon.
bacteria *s.f.* bactéria.
bactericida *adj./s.* bactericida.
bacteriología *s.f.* bacteriologia.
bacteriológico,-a *adj.* bacteriológico.
bacteriólogo *s.* bacteriologista.

báculo *s.m.* cajado; amparo.
badajo *s.m.* badalo; (*Vulg.*) pênis.
badana *s.f.* carneira. *s.* molengão.
badén *s.m.* rego, valeta.
badil *s.m.*, **badila** *s.f.* pá de ferro.
baffle *s.m.* caixa de som.
bagaje *s.m.* bagagem.
bagatela *s.f.* bagatela.
bagre *s.m.* bagre; mulher feia.
¡bah! *interj.* bá!; chí!
bahía *s.f.* baía.
bailable *adj.* dançável.
bailador *s.* dançarino.
bailar *v.* dançar; mover-se; (*roupa*) ficar folgada; trocar letras, vacilar.
bailarín,-ina *adj./s.* dançarino.
baile *s.m.* dança, baile, salão.
bailón,-ona *adj./s.* louco por dança. *s.* ladrão.
bailongo *s.m.* arrasta-pé.
bailotear *v.* dançar mal.
baja *s.f.* baixa, licença, dispensa, demissão.
bajada *s.f.* baixada, descida, ladeira, redução.
bajamar *s.f.* baixa-mar, maré baixa.
bajar *v.* baixar, descer, diminuir.
bajel *s.m.* barco.
bajera *s.f.* xairel.
bajero,-a *adj.* que se usa debaixo de outra coisa.
bajeza *s.f.* baixeza.
bajines *loc. adv. por lo* ~ em segredo.
bajío *s.m.* baixio.
bajista *adj./s.* em baixa; baixista.
bajo,-a *adj.* baixo; vil. *s.m.* planície; baixio; térreo; barra, bainha (de calça, de saia); (*Mús.*) baixo. *adv.* baixo. *prep* sob.

bajón *s.m.* baixa; baixão; recaída, piora.
bajorrelieve *s.m.* baixo-relevo.
bajura *s.f.* baixura.
bakelita *s.f.* baquelite.
bala *s.f.* bala; fardo; *como una* ~ com grande velocidade.
balaca *s.f.* fanfarronada.
balacera *s.f.* tiroteio.
balada *s.f.* balada.
baladí *adj.* insignificante.
balalaika *s.f.* balalaica.
balance *s.m.* balanço; vaivém.
balancear *v.* balancear; balançar.
balanceo *s.m.* balanço; (*Aut.*) balanceamento.
balancín *s.m.* cadeira de balanço, gangorra; balancim; contra-peso; balancim.
balandra *s.f.* chalupa.
balandro *s.m.* barco de pesca.
balanza *s.f.* balança.
balar *v.* balar, balir.
balarrasa *s.m.* cachaça forte. *s.* destrambelhado.
balasto *s.m.* balastro, lastro.
balaustrada *s.f.* balaustrada.
balaustre *ou* **balaúste** *s.m.* balaústre.
balay *s.m.* balaio; cesto de vime.
balazo *s.m.* balaço.
balbucear *v.* balbuciar.
balbuceo *s.m.* balbucio.
balbuciente *adj.* balbuciante.
balbucir *v.* balbuciar.
balcánico,-a *adj.* balcânico.
balcón *s.m.* balcão, sacada.
balda *s.f.* prateleira.
baldado,-a *adj.* inválido.
baldaquín *ou* **baldaquino** *s.m.* baldaquino.
baldar *v.* aleijar, extenuar.
balde *s.m.* balde; *de* ~ de graça; *en* ~ em vão.
baldear *v.* baldear.

baldeo *s.m.* baldeação.
baldío,-a *adj.* baldio, vão, inútil.
baldón *s.m.* ofensa, injúria.
baldosa *s.f.* ladrilho.
baldosín *s.m.* tijolinho.
balear *adj./s.* baleárico.
baleo *s.m.* tapete; leque.
balido *s.m.* balido.
balín *s.m.* balim, balote.
balística *s.f.* balística.
balístico,-a *adj.* balístico.
balita *s.f.* bola de gude.
baliza *s.f.* baliza; (*Aut.*) olho-de-gato; pisca-alerta, triângulo.
balizar *v.* balizar.
ballena *s.f.* baleia; barbatana.
ballenero,-a *adj./s.* baleeiro; baleeira.
ballesta *s.f.* balestra, besta, catapulta; (*Aut.*) mola de lâminas.
ballet *s.m.* balé.
balneario,-a *adj./s.* balneário.
balompié *s.m.* futebol.
balón *s.m.* bola; balão; fardo; *echar balones fuera* desconversar.
balonazo *s.m.* bolada.
baloncesto *s.m.* bola-ao-cesto, basquete.
balonmano *s.m.* handebol.
balonvolea *s.m.* voleibol, vôlei.
balsa *s.f.* balsa, pântano; charco; jangada; tanque; ~ *de aceite* calma e tranqüilidade.
balsámico,-a *adj.* balsâmico.
bálsamo *s.m.* bálsamo.
baluarte *s.m.* baluarte, bastião.
bamba *s.f.* (*dança*) bamba.
bambalina *s.f.* (*Teat.*) bambolina.
bambalúa *s.m.* pessoa mal-vestida.
bambolear *v.* bambolear.
bamboleo *s.m.* bamboleio.
bambolla *s.f.* bate-papo; bolha; fanfarronada.
bambú *s.m.* bambu.
banal *adj.* banal.
banalidad *s.f.* banalidade.
banana *s.f.* banana.
bananero,-a *adj.* relativo à banana. *s.m.* bananeira.

banano *s.m.* banana; bananeira.
banasta *s.f.* **banasto** *s.m.* canastra, cesto.
banca *s.f.* banco; assento; banca; serviço bancário; banqueiros e bancários; bancada.
bancada *s.f.* bancada.
bancal *s.m.* canteiro, leira, banco de areia; bancal.
bancario,-a *adj.* bancário.
bancarrota *s.f.* bancarrota.
banco *s.m.* banco; assento; bancada; cardume; escolho; estrato; banco de órgãos; banqueta.
banda *s.f.* banda; bando; faixa; cinta, cinto; lado; tabela de bilhar; (*Fut.*) linha lateral; *cerrarse en* ~ manter sua opinião; *coger por* ~ chamar para prestar contas.
bandada *s.f.* bando, revoada.
bandazo *s.m.* solavanco, vaivém; mudança brusca.
bandear *v.* bandear. **bandearse** *vr.* saber arrumar-se.
bandeja *s.f.* bandeja; bagageiro; divisória; *servir en* ~ facilitar.
bandera *s.f.* bandeira; *de* ~ excelente; ~ *a media asta* bandeira a meio pau; *arriar* ~ entregar-se.
banderazo *s.m.* (*Fut.*) bandeirada.
bandería *s.f.* bando, facção.
banderilla *s.f.* bandarilha; salgadinho no espeto; pulha.
banderillero *s.m.* bandarilheiro.
banderín *s.f.* bandeirinha.
banderole *s.f.* bandeirola.
bandidaje *s.m.* bandidismo.
bandido,-a *adj./s.m.* bandido.
bando *s.m.* bando; cardume; pregão; facção; edital.
bandolera *s.f.* bandoleira; *en* ~ a tiracolo.
bandolerismo *s.m.* bandolerismo.
bandolero,-a *adj./s.* bandoleiro, bandido.
bandolina *s.f.* bandolim.
bandoneón *s.m.* bandônion.
bandurria *s.f.* bandurra.
¡bang! *interj.* bang!

banjo *s.m.* banjo.
banquero,-a *s.* banqueiro.
banqueta *s.f.* banqueta; calçada.
banquete *s.m.* banquete.
banquetear *v.* banquetear.
banquillo *s.m.* banco dos réus; banquinho; banco de reservas; *chupar* ~ ficar no banco.
banquina *s.f.* acostamento.
banquisa *s.f.* banco de gelo.
bañadera *s.f.* banheira.
bañadero *s.m.* charco.
bañado *s.m.* urinol.
bañador *s.m.* maiô.
bañar *v.* banhar, molhar.
bañera *s.f.* banheira.
bañero,-a *s.* salva-vidas.
bañista *s.* banhista.
baño *s.m.* banho; banheira, banheiro; película; cobertura; (*Gír.*) lavada; ~ *de maría* banho-maria; *hacer del* ~ defecar. **baños** termas.
baptismo *s.m.* batismo.
baptisterio *s.m.* batistério.
baquelita *s.f.* baquelite.
baqueta *s.f.* baqueta, vareta; *tratar a* ~ tratar na porrada.
baquetazo *s.m.* cacetada.
baqueteado,-a *adj.* maltratado.
baquetear *v.* tratar mal.
baqueteo *s.m.* mau trato; experiência.
baquía *s.f.* destreza.
baquiano,-a *s.* guia.
bar *s.m.* bar.
barahúnda *s.m.* barafunda.
baraja *s.f.* baralho.
barajar *v.* embaralhar; levar em conta; desentender-se; evitar com astúcia.
barajustar *v.* escapar, fugir.
baranda *s.f.* balaustrada; (*Bilhar*) tabela. *s.* chefe.
barandal *s.m.* balaustrada, parapeito.
barandilla *s.f.* balaustrada; corrimão.
baratería *s.f.* baratária, fraude.
baratero,-a *adj./s.* barateiro.
baratija *s.f.* bagatela.
baratillo *s.m.* refugo, rebotalho; loja de quinquilharias.
barato,-a *adj.* barato, fácil.
baratura *s.f.* barateza.

baraúnda s.f. barafunda.
barba s.f. queixo, barba; ~ *de chivo* barbicha; *con toda la* ~ com todo o respeito; *en las* ~s *de* nas barbas de; *subirse a las* ~s *de* desrespeitar; *hacer la* ~ adular; *tirarse de las* ~s ficar louco da vida.
barbacana s.f. barbacã.
barbacoa ou **barbacuá** s.f. churrasco, churrasqueira, grelha.
barbado,-a adj./s. barbudo.
barbar v. crescer a barba.
barbaridad s.f. barbaridade; estupidez; imprudência; enormidade.
barbarie s.f. barbárie; atraso.
barbarismo s.m. barbarismo, estrangeirismo.
bárbaro,-a adj./s. bárbaro, ignorante; imprudente; enorme; genial.
barbechar v. lavrar, arar.
barbechera s.f. **barbecho** s.m. terra lavrada.
barbería s.f. barbearia.
barbero s.m. barbeiro.
barbián,-ana adj. desenvolto, simpático.
barbicano adj. de barba branca.
barbilampiño adj. imberbe.
barbilindo,-a adj. bonitote.
barbilla s.f. queixo.
barbiquejo s.m. correia com fivela.
barbiquiú s.m. churrascada.
barbitúrico s.m. barbitúrico.
barbo s.m. (Zool.) barbo.
barbudo,-a adj. barbudo.
barca s.f. barco.
barcarola s.f. barcarola.
barcaza s.f. barcaça, chata.
barcelonés,-esa adj./s. barcelonês.
barco s.m. barco; ~ *de vela* barco à vela.
bardana s.f. bardana.
bardo s.m. bardo, poeta.
baremo s.m. lista de preços, tabuada, padrão.
bario s.m. bário.
barítono s.m. barítono.
barloventear v. (Fam.) vagar.
barlovento s.m. barlavento.

barman s.m. barman.
barniz s.m. verniz; noções.
barnizado s.m. envernizamento.
barnizar v. envernizar.
barométrico,-a adj. barométrico.
barómetro s.m. barômetro.
barón,-esa s. barão.
baronía s.f. baronia, baronato.
barquero,-a s. barqueiro.
barquilla s.f. barquinha (de aeróstato).
barquillero,-a s. beijueiro.
barquillo s.m. biju, beiju.
barquinazo s.m. solavanco.
barquino s.m. odre.
barra s.f. barra; alavanca; balcão; baguete; linha oblíqua (/); torcida; grupo de amigos; ~ *de labios* batom; *de* ~ *a* ~ de ponta a ponta; *estirar la* ~ fazer o possível.
barrabás s.m. mau caráter.
barrabasada s.f. golpe baixo; travessura.
barraca s.f. barraca, cabana, palhoça; depósito.
barracón s.m. barracão.
barracuda s.f. barracuda.
barranco s.m. barranco.
barraquismo s.m. cortiço, favela.
barreduras s.f.pl. varreduras, lixo.
barreminas s.m. caça-minas.
barrena s.f. verruma; *entrar en* ~ entrar em parafuso.
barrenar v. furar; frustrar; infringir a lei.
barrendero,-a s. varredor de rua.
barreno s.m. furo, broca; carga de mina.
barreño s.m. bacia.
barrer v. varrer, roubar tudo; vencer.
barrera s.f. barreira, cerca, cancela; obstáculo; (*Tourada*) primeira fila.
barretina s.f. barrete.
barriada s.f. bairro.
barrica s.f. barrica, barril.
barricada s.f. barricada.
barrido s.m. varredura; *para un* ~ *como para un fregado* pau pra toda obra.

barriga s.f. barriga.
barrigón,-ona ou **barrigudo,-a** adj. barrigudo.
barril s.m. barril, tonel.
barrilete s.m. tambor.
barrillo s.m. espinha.
barrio s.m. bairro; *el otro* ~ o outro mundo.
barriobajero,-a adj./s. vulgar, mal-educado.
barritar v. barrir.
barrizal s.m. lamaçal, charco.
barro s.m. barro; espinha.
barroco,-a adj. barroco.
barroso,-a adj. barroso; espinhento.
barrote s.m. barrote, grade.
barrumbada s.f. insensatez.
barruntar v. suspeitar, pressentir.
barrunto s.m. pressentimento.
bartola loc. adv. *a la* ~ relaxadamente.
bartolillo s.m. tortinha.
bártulos s.m.pl. petrechos.
barullo s.m. barulho, algazarra; *de* ~ aos montes.
basa s.f. base.
basáltico,-a adj. basáltico.
basalto s.m. basalto.
basamento s.m. fundação.
basar v. basear, apoiar.
basca s.f. ânsia de vômito; ataque; turma.
báscula s.f. balança.
bascular v. bascular, oscilar, inclinar, variar.
base s.f. base.
básico,-a adj. básico.
basílica s.f. basílica.
basilisco s.m. basilisco; *hecho un* ~ feito uma fera.
básquet s.m. bola-ao-cesto.
basset adj./s.m. basset.
bastante adj, adv. bastante, muito.
bastar v., **bastarse** vr. bastar(-se).
bastardía s.f. bastardia; baixeza.
bastardilla s.f. itálico.
bastardo,-a adj./s. bastardo.
basteza s.f. falta de educação.
bastidor s.m. bastidor; chassi; *entre bastidores* em segredo; nos bastidores.
bastilla s.f. bainha.

bastión s.m. bastião.
basto,-a adj. grosseiro, tosco, rude. s.m. (*Naipe*) paus; gualdrapa.
bastón s.m. bastão, bengala.
bastonazo s.m. bengalada.
bastoncillo s.m. bastonete, cotonete.
bastonera s.f. bengaleiro.
basura s.f. lixo, sujidade.
basurero s.m. lixeiro, lixeira.
bata s.f. roupão, penhoar; avental.
batacazo s.m. baque; fracasso; golpe de sorte; vitória de um azarão.
batalla s.f. batalha.
batallar v. batalhar.
batallón s.m. batalhão.
batata s.f. batata-doce.
batatazo s.m. *veja* batacazo.
bate s.m. taco de beisebol.
batea s.f. bandeja.
bateador,-a s. (*beisebol*) batedor.
batear v. bater, atingir.
batel s.m. batel.
batería s.f. bateria. s. baterista.
batiburrillo s.m. mixórdia.
batida s.f. batida.
batido s.m. ovos batidos; vitaminado.
batidor,-a s. batedor; pente grosso; delator.
batidora s.f. batedeira, liquidificador.
batiente s.m. batente.
batín s.m. bata.
batintín s.m. gongo.
batir v. bater, (*recorde*) quebrar; derrotar. **batirse** vr. bater-se.
batista s.f. cambraia.
batracio,-a adj./s.m batráquio.
baturrillo s.m. misturada.
batuta s.f. batuta.
baúl s.m. baú; porta-malas.
bauprés s.m. gurupés.
bautismal adj. batismal.
bautismo s.m. batismo.
bautista adj./s. batista. s.m. chofer particular.
bautizar v. batizar.
bautizo s.m. batizado.
bauxita s.f. bauxita.
bávaro,-a adj./s. bávaro.
baya s.f. baga.

bayeta s.f. pano de chão.
bayo,-a adj. baio.
bayoneta s.f. baioneta.
bayonetazo s.m. baionetada.
bayunco,-a adj. grosseiro, rústico.
bayunquear v. flertar, namoricar.
baza s.f. vaza; *hacer* ~ prosperar; *meter* ~ intrometer-se.
bazar s.m. bazar.
bazo s.m. baço.
bazofia s.f. lixo; gororoba, detritos.
be s.f. bê, nome da letra B.
beata s.f. beata.
beatería s.f. beataria, beatice.
beatificación s.f. beatificação.
beatificar v. beatificar.
beatífico,-a adj. beatífico.
beatitud s.f. beatitude.
beato,-a adj./s.m beato.
bebé s.m. bebê.
bebedero s.m. bebedouro, vasilha.
bebedizo s.m. poção medicinal; poção com veneno.
bebedor,-a adj. bebedor. s.m. beberrão.
beber v. beber; fazer um brinde.
bebercio s.m. bebida.
bebible adj. bebível.
bebida s.f. bebida; *darse a la* ~ viciar-se na bebida.
bebido,-a adj. bêbado.
bebistrajo s.m. bebida ruim.
beca s.f. bolsa de estudos; faixa.
becada s.f. galinhola.
becado,-a adj./s. bolsista.
becar v. conceder bolsa de estudos.
becario,-a s. bolsista.
becerrada s.f. corrida de bezerros.
becerro s.m. bezerro.
bechamel s.f. bechamel.
becuadro s.m. bequadro.
bedel s.m. bedel.
beduino,-a adj./s. beduíno.
befo,-a adj. belfo.
begonia s.f. begônia.
beicon s.m. bacon.
beige adj./s.m bege.
béisbol s.m. beisebol.
beisbolero,-a s. jogador de beisebol.
bejuco s.m. cipó.
beldad s.f. beldade.
belduque s.m. facão pontiagudo.
belén s.m. presépio; confusão, cáos.
belfo,-a adj. belfo.
belga *ou* **bélgico,-a** adj./s. belga.
belicismo s.m. belicismo.
belicista adj./s. belicista.
bélico,-a adj. bélico.
beligerancia s.f. beligerância.
beligerante adj. beligerante.
bellaco,-a adj./s. velhaco, vilão.
belladona s.f. beladona.
bellaquería s.f. velhacaria.
belleza s.f. beleza; beldade.
bello,-a adj. belo.
bellota s.f. bolota.
bembo,-a adj. africano. s.m. beiço.
bemol adj./s.m bemol; *tener bemoles* ser complicado.
benceno s.m. benzeno.
bencina s.f. gasolina.
bencinera s.f. bomba de gasolina.
bendecir v. bendizer, abençoar, benzer; elogiar; desejar o bem de.
bendición s.f. bênção.
bendito,-a adj. bendito, abençoado. s. santo.
benedictino,-a adj./s.m benedictino.
benefactor,-a s. benfeitor.
beneficencia s.f. beneficência.
beneficiar v. beneficiar; (*ações*) vender abaixo do par; (*rês*) abater. **beneficiarse** vr. beneficiar-se; (*Vulg.*) transar.
beneficiario,-a adj./s. beneficiário.
beneficio s.m. benefício; ganho.
beneficioso,-a adj. benéfico.
benéfico,-a adj. beneficente.
benemérito,-a adj./s. benemérito.
beneplácito s.m. beneplácito.
benevolencia s.f. benevolência.
benevolente adj. benevolente.
benévolo,-a adj. benévolo.
bengala s.f. foguete de sinali-

zación.
bengalí *adj./s.* bengalí, bengalês.
benigno,-a *adj.* benigno; bondoso; agradável.
benjamín,-ina *s.* benjamim.
beodo,-a *adj./s.* bêbado.
berberecho *s.m.* marisco.
berberisco,-a *adj./s.* berbere.
berbiquí *s.m.* berbequim, pua.
beréber *adj./s.* berbere.
berenjena *s.f.* berinjela.
berenjenal *s.m.* beco sem saída.
bergamota *s.f.* bergamota.
bergante *s.m.* velhaco, sem-vergonha.
bergantín *s.m.* bergantim.
beriberi *s.m.* beribéri.
berilo *s.m.* berilo.
berlina *s.f.* berlinda; sedan de quatro portas.
berlinés,-esa *adj./s.* berlinense.
bermejo,-a *adj.* vermelho.
bermellón *s.m.* vermelhão.
bermudas *s.f.pl.* bermuda.
bernés,-esa *adj./s.* bernês.
berrear *v.* berrar, gritar; desafinar.
berrido *s.m.* berro, grito; guincho.
berrinche *s.m.* choro de criança; contrariedade.
berro *s.m.* agrião.
berrocal *s.m.* barrocal.
berza *s.f.* couve.
berzas *ou* **berzotas** *s.* bobo, idiota.
besamanos *s.m.* beija-mão.
besamel *ou* **besamela** *s.f.* bechamel.
besana *s.f.* sulco.
besar *v.* beijar.
besito *s.m.* pão de coco.
beso *s.m.* beijo; choque, encontrada.
bestia *s.f.* besta, animal; obtuso, estúpido; *a lo* ~ sem cuidados.
bestial *adj.* brutal; extraordinário.
bestialidad *s.f.* brutalidade; barbaridade.
bestiario *s.m.* bestiário.
besucón,-ona *adj./s.* beijoqueiro.
besugo *s.m.* pargo; idiota, bobo.
besuquear *v.* beijocar.
besuqueo *s.m.* beija.
beta *s.f.* beta.
bético,-a *adj.* andaluz.
betún *s.m.* betume; graxa de sapato.
bezo *s.m.* beiço.
bezudo,-a *adj.* beiçudo.
biberón *s.m.* mamadeira.
Biblia *s.f.* Bíblia.
bíblico,-a *adj.* bíblico.
bibliófilo,-a *s.* bibliófilo.
bibliografía *s.f.* bibliografia.
bibliográfico,-a *adj.* bibliográfico.
bibliógrafo,-a *s.* bibliógrafo.
biblioteca *s.f.* biblioteca.
bibliotecario,-a *s.* bibliotecário.
bicameral *adj.* bicameral.
bicarbonato *s.m.* bicarbonato.
bicéfalo,-a *adj.* bicéfalo.
bicentenario *s.m.* bicentenário.
bíceps *s.m.* bíceps.
bicha *s.f.* cobra.
bicharraco,-a *s.* bicho feio, pessoa feia.
biche *adj. (fruta)* verde; *(pessoa)* frágil; oco; frouxo.
bichero *s.m.* bicheiro.
bicho *s.m.* bicho.
bici *ou* **bicicleta** *s.f.* bicicleta.
bicoca *s.f.* pechincha; ninharia.
bicolor *adj.* bicolor.
bicoque *s.m.* coque.
bicornio *s.m.* *(chapéu)* bicorne.
bidé *s.m.* bidê.
bidón *s.m.* lata, tambor.
biela *s.f.* biela.
bielda *s.f.* joeira.
bieldo *s.m.* forcado.
bien *adv., conj.* bem, bom; muito; bastante; de bom grado. *s.m.* bem; **bienes** bens; ~ *que mal* bem ou mal; *no* ~ nem bem, tão logo; *si* ~ se bem que; *pues* ~ pois bem; *estar a* ~ estar bem com; *¿y* ~*?* e então?; ~ *de veces* muitas vezes; *tener a* ~ achar conveniente.
bienal *adj./s.f.* bienal.
bienaventurado,-a *adj.* bem-aventurado.
bienaventuranza *s.f.* bem-aventurança.
bienestar *s.m.* bem-estar.
bienhablado,-a *adj.* eloqüente.
bienhechor,-a *adj./s.* benfeitor.
bienintencionado,-a *adj.* bem-intencionado.
bienio *s.m.* biênio.
bienquerencia *s.f.* benquerença.
bienquerer *s.m.* benquerer.
bienteveo *s.m.* bem-te-vi.
bienvenida *s.f.* boas-vindas.
bienvenido,-a *adj.* bem-vindo.
bies *s.m.* viés; *al* ~ de viés.
bifásico,-a *adj.* bifásico.
bife *s.m.* bife; tapa.
bífido,-a *adj.* bífido.
bifocal *adj.* bifocal.
bifurcación *s.f.* bifurcação.
bifurcarse *vr.* bifurcar-se.
bigamia *s.f.* bigamia.
bígamo,-a *adj./s.* bígamo.
bigardía *s.f.* gozação.
bigardo,-a *adj.* desregrado; vadio; corpulento.
bígaro *ou* **bigarro** *s.m.* caracol.
bigote *s.m.* bigode.
bigotera *s.f.* bigode; compasso.
bigotudo,-a *adj.* bigodudo.
biguán *s.m.* pacotão.
bigudí *s.m.* bóbi.
bikini *s.m.* biquíni.
bilabial *adj.* bilabial.
bilateral *adj.* bilateral.
bilbaíno,-a *adj./s.* bilbaíno.
biliar *adj.* biliar.
bilingüe *adj.* bilíngüe.
bilingüismo *s.m.* bilingüismo.
bilioso,-a *adj.* bilioso.
bilis *s.f.* bílis.
billar *s.m.* bilhar.
billetaje *s.m.* bilhetes, entradas.
billete *s.m.* bilhete, passagem; nota, cédula.
billetera *s.f.,* **billetero** *s.m.* carteira.
billón *s.m.* trilhão.
bimensual *adj.* bimensal.
bimestral *adj.* bimestral.
bimestre *s.m.* bimestre.
bimotor *adj./s.m.* bimotor.
binario,-a *adj.* binário.
bincha *s.f.* lenço.
bingo *s.m.* bingo.

binocular adj. binocular.
binóculo s.m. binóculo.
binomio s.m. binômio.
biodegradable adj. biodegradável.
biofísica s.f. biofísica.
biografía s.f. biografia.
biográfico,-a adj. biográfico.
biógrafo,-a s. biógrafo.
biología s.f. biologia.
biológico,-a adj. biológico.
biólogo,-a s. biólogo.
biombo s.m. biombo.
biopsia s.f. biópsia.
bioquímica s.f. bioquímica.
bioquímico,-a adj./s. bioquímico.
bióxido s.m. bióxido.
bipartidismo s.m. bipartidarismo.
bípedo,-a adj./s. bípede.
biplano s.m. biplano.
biquini s.m. biquíni.
birlar v. roubar; abater.
birlihirloque loc. adv. por arte de ~ num passe de mágica.
birmano,-a adj./s. birmanês.
birreta s.f. barrete.
birrete s.m. barrete, boné, gorro.
birria s.f. monstrengo; lixo; cabrito na grelha.
biruji s.m. vento gelado.
bis adv./adj./s.m. bis.
bisabuelo,-a s. bisavô.
bisagra s.f. gonzo, dobradiça.
bisar v. bisar, repetir.
bisbisar ou **bisbisear** v. cochichar.
bisbiseo s.m. cochicho.
bisección s.f. bisseção.
bisector,-triz adj. bissetor.
bisel s.m. bisel.
biselar v. biselar.
bisemanal adj. bissemanal.
bisexual adj./s. bissexual.
bisiesto adj. bissexto.
bisílabo,-a adj. bissílabo.
bismuto s.m. bismuto.
bisnieto,-a s. bisneto.
bisojo,-a adj. estrábico.
bisonte s.m. bisão.
bisoñé s.m. peruca, chinó.
bisoño,-a adj. bisonho. s. recruta.
bisté ou **bistec** s.m. bife.
bisturí s.m. bisturi.

bisutería s.f. bijuteria.
bitácora s.f. bitácula.
bíter s.m. bíter, bitter.
bitoque s.m. batoque; torneira.
bituminoso,-a adj. betuminoso.
bivalente adj. bivalente.
bivalvo,-a adj. bivalve.
bizantino,-a adj. bizantino.
bizarría s.f. bizarria.
bizarro,-a adj. bizarro.
bizcar v. envesgar.
bizco,-a adj./s. vesgo; quedarse ~ ficar pasmo.
bizcocho s.m. biscoito.
biznieto,-a s. bisneto.
bizquear v. vesguear.
blanca s.f. (Mús.) mínima; no tener ~ estar sem dinheiro.
Blancanieves s.f. Branca de Neve.
blanco,-a adj. branco; pálido. s.m. branco; alvo, objetivo; ~ de la uña lúnula; hacer ~ acertar na mosca; estar en ~ não entender nada; en ~ em branco.
blancor s.m., **blancura** s.f. brancura.
blancuzco,-a adj. esbranquiçado.
blandengue adj. fraco, moleirão.
blandir v. brandir.
blando,-a adj. brando, suave.
blanducho,-a adj. mole.
blandura s.f. brandura; doçura; temperatura úmida.
blanduzco,-a adj. mole.
blanqueador,-a adj./s.m. branqueador.
blanquear v. branquear, caiar; (dinheiro ilícito) legalizar, lavar.
blanquecino,-a adj. esbranquiçado.
blanqueo s.m. lavagem de dinheiro.
blasfemar v. blasfemar.
blasfemia s.f. blasfêmia.
blasfemo,-a adj./s. blasfemo.
blasón s.m. brasão.
blasonar v. brasonar; jactar-se.
bledo s.m. bredo, acelga; me importa un ~ não dou a mínima.
blenorragia s.f. gonorréia.

blindado,-a adj. blindado.
blindaje s.f. blindagem.
blindar v. blindar.
bloc s.m. bloco.
blocar v. (Fut.) encaixar, obstruir.
blonda s.f. renda de seda.
blondo,-a adj. loiro.
bloque s.m. bloco; en ~ em conjunto.
bloquear v. bloquear, parar, deter, obstruir.
bloqueo s.m. bloqueio.
blusa s.f. blusa.
blusón s.m. blusão.
boa s.f. jibóia. s.m. estola.
boato s.m. luxo, pompa.
bobada s.f. bobeira, asneira.
bobalicón,-ona adj./s. bobalhão.
bobear v. bobear; vadiar.
bobería s.f. bobagem, tolice.
bóbilis bóbilis loc. adv. de ~ de graça; numa boa.
bobina s.f. bobina, carretel.
bobinado s.m. enrolamento.
bobinar v. embobinar.
bobo,-a adj./s. bobo, bufão.
boca s.f. boca; abrir la ~ falar; a pedir de ~ se melhorar, estraga; a ~ de jarro à queima-roupa; hacer ~ abrir o apetite; callar la ~ calar a boca.
bocacalle s.f. rua secundária, entrada de uma rua.
bocadillo s.m. sanduíche, merenda; (Hist. em quadrinhos) balão.
bocadito s.m. tortinha de creme.
bocado s.m. bocado, mordida, dentada, pedaço; freio; ~ de Adán pomo-de-adão; con el ~ en la boca às pressas; ~ sin huesos moleza.
bocajarro loc. adv. a ~ à queima-roupa.
bocamanga s.f. punho.
bocanada s.f. trago, tragada.
bocata s.m. sanduíche.
bocateja s.f. beiral.
bocazas s. falador, indiscreto.
bocel s.m. moldura.
bocera s.f. boqueira.
boceras s. linguarudo.
boceto s.m. esboço, croqui,

ensaio.
bocha *s.f.* bocha.
bochinche *s.m.* tumulto, alvoroço, barulheira.
bochorno *s.m.* bochorno, mormaço, rubor.
bochornoso,-a *adj.* mormacento, abafado.
bocina *s.f.* buzina, megafone, corne, bocal de telefone.
bocinazo *s.m.* buzinaço.
bocio *s.m.* bócio, papo.
bocón,-ona *adj./s.* bocudo, fofoqueiro, tagarela.
bocoy *s.m.* tonel.
boda *s.f.* casamento, bodas.
bodega *s.f.* adega, despensa, porão, armazém.
bodegón *s.m.* taberna, boteco; natureza-morta.
bodegonero ou **bodeguero,-a** *s.* taberneiro.
bodoque *s.m.* bolinha de barro; *s.* burro, bobo.
bodorrio *s.m.* casório.
bodrío *s.m.* gororoba; lixo; porcaria.
bóer *adj./s.* bôer.
bofe *s.m.* bofe, pulmão; *echar los ~s* por os bofes de fora.
bofetada *s.f.* bofetada.
bofetón *s.m.* bofetão; tramóia.
bofia *s.f.(Gír.)* polícia.
boga *s.f.* brema; remada; *estar en ~* estar na moda.
bogar *v.* remar.
bogavante *s.m.* lagosta.
bogotano,-a *adj./s.* bogotano.
bohardilla *s.f.* sótão, águafurtada.
bohemia *s.f.* boemia.
bohemio,-a *adj.* boêmio.
bohío *s.m.* cabana.
boicot *s.m.* boicote.
boicotear *v.* boicotar.
boicoteo *s.m.* boicote.
boina *s.f.* boina.
boj *s.m.* buxo.
bojar *v.* medir; navegar, costear.
boje *s.m.* buxo; truque.
bojote *s.m.* trouxa, maço.
bol *s.m.* poncheira, tigela; redada.
bola *s.f.* bola; *(Fam.)* mentira. **bolas** bolinhas de gude; *(Vulg.)* culhões.

bolacha *s.f.* massa de borracha.
bolada *s.f.* bolada; ocasião; desfeita.
bolado *s.m.* caramelo; negócio; caso.
bolardo *s.m.* cabo de atracação.
bolazo *s.m.* bolada.
bolchevique *adj./s.* bolchevique.
boldo *s.m.* boldo.
boleadoras *s.f.pl.* boleadeiras.
bolear *v.* lançar a bola; *(sapato)* engraxar; pregar uma peça em. **bolearse** *vr.* tropeçar.
bolera *s.f.* boliche.
bolero,-a *adj./s.* mentiroso. *s.m.* bolero; cartola; engraxate.
boleta *s.f.* entrada; vale; fatura; bilhete de rifa; boletim de notas.
boletería *s.f.* bilheteria.
boletero,-a *s.* bilheteiro.
boletín *s.m.* boletim; noticiário; informativo.
boleto *s.m.* bilhete de rifa; volante; ingresso, passagem.
boli *s.m.* esferográfica.
boliche *s.m.* boliche; bolim; bilboquê; lanchonete.
bólido *s.m.* bólido; carro de corrida.
bolígrafo *s.m.* esferográfica.
bolilla *s.f.* bolinha numerada.
bolillero *s.m.* (sorteios) globo.
bolillo *s.m.* bilro; cassetete; baqueta.
bolín *s.m.* bolim.
bolívar *s.m.* bolívar.
boliviano,-a *adj./s.* boliviano.
bollar *v.* estampar, selar; amassar.
bollería *s.f.* confeitaria, doçaria, padaria.
bollo *s.m.* bolo; amassadura; galo; confusão; lésbica, sapatão.
bollón *s.m.* tacha, botão.
bolo *s.m.* boliche, pino; representação teatral. *adj.* bêbado; ignorante; *hacer ~s* fazer uma turnê.
bolonés,-esa *adj./s.* bolonhês.
bolsa *s.f.* bolsa; ruga, bolso;

bolsa de valores; *jugar a la ~* especular.
bolsear *v.* roubar.
bolsero,-a *s.* bolseiro.
bolsillo *s.m.* bolso; carteira, dinheiro; bolsa; *aflojar el ~* pagar sem reclamar; *de ~* de bolso; *meterse en el ~* ganhar a simpatia.
bolsín *s.m.* reunião de bolsistas.
bolsista *s.* bolsista; ladrão.
bolso *s.m.* bolsa, bolso, moedeiro.
bomba *s.f.* bomba; notícia inesperada; carro de bombeiros; cartola; bolha d'água; *pasarlo ~* divertirse.
bombacho,-a *adj.* largo, folgado.
bombachos *s.m.pl.* bombachas.
bombardear *v.* bombardear.
bombardeo *s.m.* bombardeio.
bombardero,-a *adj./s.m.* bombardeiro.
bombazo *s.m.* explosão de bomba; bomba.
bombear *v.* bombear, *(Fut.)* chutar com efeito.
bombeo *s.m.* bombeamento.
bombero,-a *s.* bombeiro.
bombilla *s.f.* lâmpada.
bombín *s.m.* chapéu-coco; bomba de bicicleta.
bombo,-a *adj.* zonzo. *s.m.* bombo; globo; espalhafato; barriga de gravidez; *a ~ y platillo* com estardalhaço; *ir al ~* fracassar; *mandar al ~* prejudicar.
bombón *s.m.* bombom; moça bonita.
bombona *s.f.* garrafão, botijão.
bombonera *s.f.* bomboneira, bomboniere.
bombonería *s.f.* confeitaria, bomboniere.
bombote *s.m.* barquinho.
bonachón,-ona *adj./s.* bondoso.
bonaerense *adj./s.* portenho, bonaerense.
bonancIble *adj.* bonançoso, calmo; bondoso.
bonanza *s.f.* bonança; filão rico.

bondad s.f. bondade.
bondadoso,-a adj. bondoso.
bonete s.m. boné; barrete.
bongó s.m. bongô.
boniato s.m. batata-doce; nota de mil pesetas.
bonificación s.f. bonificação, desconto, proveito.
bonificar v. bonificar, beneficiar.
bonísimo,-a adj. boníssimo.
bonito,-a adj./s.m bonito.
bono s.m. bônus, vale, passe.
bono-bus s.m. passe de ônibus.
bonzo s.m. bonzo.
boñiga s.f. estrume, esterco.
boqueada s.f. agonia.
boquear v. boquear, agonizar.
boquera s.f. boqueira.
boquerón s.m. anchova.
boquete s.m. furo, brecha.
boquiabierto,-a adj. boquiaberto.
boquilla s.f. piteira; filtro, boquilha, ponteira; soquete; orifício; *de* ~ da boca pra fora.
bórax s.m. bórax.
borbolla s.f. borbulha.
borbollón s.m. borbotão.
borbónico,-a adj. de Bourbon.
borborigmo s.m. borborigmo.
borbotar v. borbotar.
borboteo s.m. borbulha.
borbotón s.m. borbotão, borbulha.
borceguí s.m. borzeguim.
borda s.f. borda, vela mestra.
bordada s.f. bordada.
bordado,-a adj./s.m. bordado.
bordador,-a s. bordador, bordadeira.
bordar v. bordar; esmerar.
borde s.f. borda, beira. adj. grosseiro; *al* ~ *de* à beira de.
bordear v. margear, beirar.
bordelés, esa adj./s. bordelês.
bordillo s.m. guia, meio-fio.
bordin s.f. pensão.
bordo s.m. bordo; *a* ~ a bordo.
bordón s.m. cajado, bordão; guia.
bordonear v. dedilhar; esmolar.
bordoneo s.m. zumbido.
boreal adj. boreal.

borgoñés,-esa adj./s. borgonhês.
borla s.f. borla; pompom; *tomar la* ~ bacharelar-se.
borne s.m. borne, terminal.
boro s.m. (*Quím.*) boro.
borona s.f. milho, painço.
borra s.f. borrega, felpa; expressões sem nexo.
borrachera s.f. bebedeira, embriaguez.
borrachín,-ina adj./ s. beberrão.
borracho,-a adj./s. bêbado; alcoólatra; alucinado; (*doce*) embebido em vinho.
borrador s.m. minuta, rascunho; borracha, apagador.
borradura s.f. rasura.
borraja s.f. borragem.
borrajear v. rabiscar.
borrajo s.m. borralho; folhagem.
borrar v. apagar, deletar, tirar.
borrasca s.f. borrasca; empecilho.
borrascoso,-a adj. borrascoso; libertino; turbulento.
borrego,-a s. borrego; cordeiro; pessoa ignorante.
borrico s.m. jumento; cavalete. adj./s. burro, teimoso; *caer de su* ~ perceber o erro.
borro s.m. carneiro novo.
borrón s.m. borrão; mancha de tinta, mácula, rascunho, esboço; ~ *y cuenta nova* passar uma esponja no passado.
borronear v. rabiscar, garatujar.
borroso,-a adj./s. confuso.
boscaje s.m. boscagem.
boscoso,-a adj. boscoso.
bosnio,-a adj./s. bósnio.
bosque s.m. bosque; enormidade.
bosquejar v. delinear.
bosquejo s.m. bosquejo, esboço.
bosta s.f. estrume.
bostezar v. bocejar.
bostezo s.m. bocejo.
bota s.f. bota; tonel; *colgar las* ~*s* pendurar as chuteiras; *ponerse las* ~*s* ficar rico; tirar a barriga da miséria.

botadero s.m. gari.
botador,-a s. boticão.
botadura s.f. bota-fora.
botafumeiro s.m. turíbulo; lisonja.
botalón s.m. botaló.
botánica s.f. botânica.
botánico,-a adj./s. botânico.
botar v. saltar, pular, jogar bola; interromper, ficar louco da vida; lançar à água; expulsar; perder; arremessar.
botarate adj./s. louco; esbanjador.
botarel s.m. botaréu.
bote s.m. pulo, salto, pinote; lata; bote; caixinha, gorjeta; prêmio acumulado; *de* ~ *en* ~ cheio, lotado; *a* ~ *pronto* sem pensar; *chupar del* ~ aproveitar-se; *tener en el* ~ conquistar.
botella s.f. garrafa.
botellazo s.m. garrafada.
botellín s.m. garrafinha.
botepronto s.m. voleio, sempulo.
botica s.f. farmácia; remédio.
boticario,-a s. farmacêutico.
botija s.f. botija.
botijo s.m. moringa.
botín s.m. botina; saque, pilhagem.
botiquín s.m. armarinho de remédios; estojo de primeiros socorros.
botón s.m. botão; (*Fam.*) tira, polícia; ~ *de muestra* amostra.
botonadura s.f. abotoadura.
botones s.m. mensageiro.
bototo s.m. cabaça.
botulismo s.m. botulismo.
boutique s.f. butique.
bóveda s.f. abóbada.
bóvido,-a adj. bovídeo.
bovino,-a adj. bovino. **bóvinos** s.m.pl. bovinos.
box s.m. baia, boxe.
boxeador s.m. boxeador.
boxear v. boxear.
boxeo s.m. boxe.
bóxer s.m. boxer.
boya s.f. bóia.
boyante adj. próspero.
boyar v. boiar, flutuar.
boyero,-a s. boiadeiro.

boyuno,-a *adj.* bovino.
bozal *s.m.* focinheira. *adj.* boçal.
bozo *s.m.* buço, cotão, parte externa da boca.
braceada *s.f.* braçada.
bracear *v.* bracejar; dar braçadas; esforçar-se.
bracero *s.m.* jornaleiro; *de ~* de braços dados.
bracete *loc. adv. del ~* de braços dados.
braga *s.f.* calcinha; fralda; calção; (*Fam.*) lixo; *pillar en ~s* pegar de calças curtas.
bragadura *s.f.* bragada, entrepernas, cavalo.
bragazas *s.m.* marido frouxo.
braguero *s.m.* funda herniária.
bragueta *s.f.* braguilha.
braguetazo *s.m.* golpe do baú.
braguetero *s.m.* mulherengo.
brahmanismo *s.m.* bramanismo.
bramante *s.m.* barbante.
bramar *v.* bramir; berrar, mugir.
bramido *s.m.* bramido, berro, mugido.
brandy *s.m.* brande.
branquia *s.f.* brânquia.
branquial *adj.* branquial.
brasa *s.f.* brasa; *a la ~* na brasa; *dar la ~* irritar.
brasero *s.m.* braseiro.
brasileño *adj./s.* brasileiro.
bravata *s.f.* bravata.
braveza *s.f.* braveza, bravura.
bravío,-a *adj.* bravio, rebelde; rude; silvestre.
bravo,-a *adj.* bravo, valente, feroz; rude. *i~! interj.* bravo!
bravucón,-a *adj./s.* fanfarrão.
bravuconada *s.f.* fanfarronada.
bravura *s.f.* valentia, ferocidade; ameaça.
braza *s.f.* braça; nado de peito.
brazada *s.f.* braçada; braça.
brazal *s.m.* bracelete, distintivo; canal.
brazalete *s.m.* bracelete, pulseira.
brazo *s.m.* braço; ramo; valor, poder; **brazos** mão-de-obra, jornaleiro; *a ~ partido* desarmado; com todo vigor; *del ~* de braços dados; *no dar su ~a torcer* não dar o braço a torcer.
brea *s.f.* breu.
brebaje *s.m.* beberagem.
brecha *s.f.* brecha, ruptura, ferida; *seguir en la ~* continuar na luta.
brécol *s.m.* brócolis.
brega *s.f.* esforço, luta; *dar ~* dar trabalho.
bregar *v.* amassar; lutar.
brema *s.f.* (*peixe*) brema.
breña *ou* **breñal** *s.m.* brenha, matagal.
breque *s.m.* breque, furgão.
bresca *s.f.* favo de mel.
brete *s.m.* grilhão; *estar en un ~* estar em apuros.
bretón,-ona *adj./s.* bretão.
breva *s.f.* figo temporão, charuto chato; trabalho fácil; *de higos a ~s* uma vez ou outra; *no le caerá la ~* não vai ter essa sorte.
breve *adj.* breve. *s.m.* notícia.
brevedad *s.f.* brevidade.
breviario *s.m.* breviário.
brezal *s.m.* urzal.
brezo *s.m.* urze.
bribón,-ona *adj./s.* velhaco.
bribonada *s.f.* velhacaria.
bricolaje *s.m.* bricolagem.
brida *s.f.* brida, rédea; flange.
brigada *s.f.* brigada.
brigadier *s.m.* brigadeiro.
brillante *adj.* brilhante, excelente. *s.m.* diamante.
brillantez *s.f.* brilho, esplendor.
brillantina *s.f.* brilhantina.
brillar *v.* brilhar.
brillo *s.m.* brilho.
brincar *v.* saltar, pular.
brinco *s.m.* salto, pulo.
brindar *v.* brindar; oferecer.
brindarse *vr.* oferecer-se.
brindis *s.m.* brinde.
brío *s.m.* brio, pujança.
brioso,-a *adj.* brioso.
briqueta *s.f.* briquete.
brisa *s.f.* brisa.
brisca *s.f.* bisca.
británico,-a *adj./s.* británico.
brizna *s.f.* fibra, fio, fiapo; pitada.
broca *s.f.* broca.
brocado *s.m.* brocado.
brocal *s.m.* parapeito de poço.
brocha *s.f.* broxa, pincel.
brochado,-a *adj.* brocado.
brochazo *s.m.* passada de broxa.
broche *s.m.* broche, prendedor.
brocheta *s.f.* espeto.
bróculi *s.m.* brócolis.
broma *s.f.* chiste, gracejo, brincadeira; gusano-do-mar~ *pesada* brincadeira de mau gosto.
bromato *s.m.* bromato.
bromear *v.* troçar, brincar.
bromista *adj./s.* brincalhão.
bromo *s.m.* (*Quím.*) bromo.
bromuro *s.m.* (*Quím.*) brometo.
bronca *s.f.* bronca; discussão; protesto, vaia.
bronce *s.m.* bronze.
bronceado,-a *adj./s.m.* bronzeado.
bronceador,-a *adj./s.m* bronzeador.
broncear *v*, **broncearse** *vr.* bronzear(-se).
bronco,-a *adj.* bronco, grosseiro, tosco, rouquenho.
bronconeumonía *s.f.* broncopneumonia.
broncoscopio *s.m.* broncoscópio.
bronquial *adj.* bronquial, brônquico.
bronquio *s.m.* brônquio.
bronquítico,-a *adj.* bronquítico.
bronquitis *s.f.* bronquite.
broquel *s.m.* broquel; proteção.
broqueta *s.f.* espeto.
brota *s.f.* broto, renovo.
brotar *v.* brotar; jorrar, surgir, nascer, produzir.
brote *s.m.* broto, botão; princípio.
broza *s.f.* lixo, sujeira, detritos de plantas.
brucelosis *s.f.* brucelose.
bruces *loc. adv. de ~* de bruços.
bruja *s.f.* bruxa; mulher feia e velha.
brujería *s.f.* bruxaria.
brujo *s.m.* bruxo, feiticeiro.

brújula s.f. bússola; *perder la ~* perder o rumo.
brujulear v. (*Cartas*) filar; virar-se, arranjar-se.
bruma s.f. bruma, névoa.
brumoso,-a adj. brumoso.
bruno,-a adj. negro, escuro. s.m. ameixeira, ameixa preta.
bruñido s.m. brunimento.
bruñir v. brunir, maquiar-se.
brusco,-a adj. brusco.
bruselense adj./s. bruxelense.
brusquedad s.f. falta de tato, aspereza.
brutal adj. bestial, cruel; extraordinário.
brutalidad s.f. brutalidade, violência; exagero.
bruto,-a adj. bruto, tosco. adj./s. ignorante, maleducado. s.m. animal, besta.
bruza s.f. brossa.
buba s.f. furúnculo.
bubónico,-a adj. bubônico.
bucal adj. bucal.
bucanero s.m. pirata, corsário.
búcaro s.m. floreira; moringa.
buceador,-a s. mergulhador.
bucear v. mergulhar; investigar.
buceo s.m. mergulho.
buche s.m. bucho, papo de ave.
buchinche s.m. espelunca.
bucle s.m. cacho.
bucólico,-a adj. bucólico.
budín s.m. pudim.
budismo s.m. budismo.
budista adj./s. budista.
buen adj. bom.
buenaventura s.f. sorte; *echar la ~* ler a sorte.
buenazo,-a adj. bondoso.
bueno,-a adj. bom, forte, são, útil; *a buenas* por bem; *de buenas a primeras* de repente; *ibuenas!* boa tarde!, bom dia!; *ibueno!* sim!
buey s.m. boi.
bufa s.f. gozação.
búfalo,-a s. búfalo; bisonte.
bufanda s.f. cachecol; gratificação.
bufar v. bufar.
bufé ou **bufet** s.m. bufê.
bufete s.m. escrivaninha; banca de advocacia.

bufido s.m. bufada; relincho.
bufo,-a adj. bufo, palhaço.
bufón,-a s. bufão.
bufonada s.f. bufonaria, chalaça.
bufonesco,-a adj. grosseiro.
buganvilla s.f. (*Bot.*) primavera.
buhardilla s.f. sótão, águafurtada.
búho s.m. coruja; ônibus noturno; bicho-do-mato.
buhonería s.f. bufarinha, bugigangas.
buhonero,-a s. bufarinheiro.
buitre s.m. abutre; oportunista.
buje s.m. mancal.
bujía s.f. vela.
bula s.f. bula papal.
bulbo s.m. bulbo.
bulboso,-a adj. bulboso.
buldog s.m. buldogue.
bulerías s.f.pl. danças andaluzas.
bulevar s.m. bulevar.
búlgaro,-a adj./s. búlgaro.
bulla s.f. alvoroço, bulício.
bullanga s.f. tumulto.
bullanguero,-a adj./s. desordeiro.
bullicio s.m. bulício, tumulto.
bullicioso,-a adj. buliçoso, barulhento.
bullir v. ferver, fervilhar, borbulhar, ocorrer.
bulo s.m. rumor, boato.
bulto s.m. volume, vulto; fardo, caixa; inchaço, verruga; *a ~* por alto; *de ~* marcante; *hacer ~* fazer número.
bumerán ou **bumerang** s.m. bumerangue.
búnker s.m. refúgio, casamata.
buñuelo s.m. (*Culin.*) sonho, filhó; serviço mal feito.
buqué s.m. buquê.
buque s.m. buque, navio.
burbuja s.f. bolha, borbulha.
burbujear v. borbulhar.
burdégano s.m. mulo.
burdel s.m. bordel.
burdo,-a adj. rude.
bure s.m. diversão.
bureta s.f. bureta.
burgalés,-a adj./s. burgalês.

burgo s.m. vila, aldeia.
burgomaestre s.m. burgomestre.
burgués,-a adj./s. burguês.
burguesía s.f. burguesia.
buril s.m. buril.
burilar v. burilar.
burla s.f. burla; gozação.
burladero s.m. (*Trânsito*) ilha; (*Tourada*) valeta.
burlador s.m. sedutor, conquistador.
burlar v. burlar, enganar. **burlarse** vr. zombar.
burlesco,-a adj. burlesco.
burlete s.m. pano de vedação.
burlón,-a adj./s. zombador, gozador.
buró s.m. escrivaninha; criado-mudo.
burocracia s.f. burocracia.
burócrata s. burocrata.
burocrático,-a adj. burocrático.
burra s.f. motocicleta.
burrada s.f. burrada, besteira; *una ~* um mundaréu.
burrajo s.m. esterco.
burro,-a adj./s. burro, bruto, teimoso. s. asno. s.m. tábua de passar roupa; cavalete; jogo de cartas; *apearse del ~* ceder; *caerse del ~* cair do cavalo; *hacer el ~* ser bobo; *no ver tres en un ~* não ver nada.
bursátil adj. relativo à Bolsa.
burudanga s.f. confusão.
burundés,-esa adj./s. burundinês.
bus s.m. ônibus; *~ vao* faixa exclusiva de ônibus.
busca s.f. busca; bipe; regalias; *~ y captura* busca e apreensão.
buscapersonas s.m. bipe.
buscapié s.m. pretexto.
buscapiés s.m. busca-pé.
buscapleitos s. encrenqueiro.
buscar v. buscar, procurar; *buscárselas* virar-se.
buscavidas s. videiro, cavador.
buscón,-ona adj./s. trapaceiro. s.f. prostituta.
búsqueda s.f. busca, procura, pesquisa.
busto s.m. busto.

butaca s.f. poltrona; ~ *de platea* platéia.
butano s.m. butano.
butaque s.m. poltroninha.

buten loc. adv. de ~ de primeira, excelente.
butifarra s.f. chouriço, lingüiça; pão de presunto.

buzo s.m. mergulhador.
buzón s.m. caixa do correio; bueiro; boca grande.
buzonero s.m. carteiro.

C

C, c *s.f.* C, c.
¡ca! *interj.* nem um pouco!
cabal *adj.* exato; completo; honrado. **cabales** *s.m.pl. no estar en sus* ~ ter um parafuso solto.
cábala *s.f.* cabala; conjetura; complô.
cabalgada *s.f.* cavalgada.
cabalgadura *s.f.* cavalgadura.
cabalgar *v.* cavalgar.
cabalgata *s.f.* cavalgada.
cabalístico,-a *adj.* cabalístico.
caballa *s.f.* (*Ictiol.*) cavalinha.
caballar *adj.* cavalar.
caballeresco,-a *adj.* cavalheiresco.
caballería *s.f.* cavalgadura, cavalaria.
caballeriza *s.f.* cavalariça.
caballerizo *s.m.* cavalariço.
caballero *s.m.* cavalheiro, cavaleiro.
caballerosidad *s.f.* cavalheirismo.
caballeroso,-a *adj.* cavalheiresco.
caballete *s.m.* cavalete; (*Anat.*) cana; cumeeira.
caballista *s.* ginete; expert em cavalos.
caballito *s.m.* cavalinho de balanço; fralda; ~ *del diablo* cavalinho-do-diabo. **caballitos** *s.m.pl.* carrossel.
caballo *s.m.* cavalo; (*Gír.*) heroína (droga); *a mata* ~ bem depressa; *a* ~ a cavalo.
caballuno,-a *adj.* eqüino.
cabaña *s.f.* cabana; manada.
cabaré *ou* **cabaret** *s.m.* cabaré.
cabe *prep.* junto a. *s.m.* (*Fut.*) cabeçada.
cabecear *v.* cabecear; negar com a cabeça.
cabeceo *s.m.* cabeceio.
cabecera *s.f.* cabeceira; título, cabeçalho.
cabecero *s.m.* cabeceira.
cabecilla *s.* chefe, cabeça.
cabellera *s.f.* cabeleira; rabo de cometa.
cabello *s.m.* cabelo, cabeleira.
cabelludo,-a *adj.* cabeludo.
caber *v.* caber; existir; tocar a; passar; ter lugar; *no* ~ *en sí* não caber em si.
cabestrante *s.m.* cabrestante.
cabestrillo *s.m.* tipóia.
cabestro *s.m.* cabresto.
cabeza *s.f.* cabeça; pessoa; rês; chefe; *a la* ~ à frente; *ir de* ~ *por* desejar muito; *bajar la* ~ humilhar-se; ~ *abajo* de cabeça para baixo; ~ *de turco* bode expiatório; ~ *dura* teimoso; *quebrarse la* ~ esforçar-se; *con la* ~ *alta* de cabeça erguida; *meter en la* ~ pôr na cabeça; *subirsele a la* ~ subir à cabeça; *quitar de la* ~ tirar da cabeça.
cabezada *s.f.* cabeçada; *echar una* ~ tirar uma soneca.
cabezal *s.m.* cabeçote, cabeçal, cabeceira.
cabezazo *s.m.* cabeçada.
cabezo *s.m.* cabeço, outeiro.
cabezón,-ona *adj.* teimoso, cabeçudo; inebriante.
cabezonada *s.f.*, **cabezonería** *s.f.* teimosia.
cabezota *adj./s.* cabeçudo, teimoso.
cabezudo,-a *adj.* cabeçudo, teimoso; inebriante. *s.m.* cabeçudo.
cabezuela *s.f.* farinha grossa; cacho.
cabida *s.f.* capacidade; cabimento.
cabildada *s.f.* abuso de autoridade.
cabildear *v.* intrigar.
cabildo *s.m.* conselho municipal; cabido.
cabina *s.f.* cabina, boléia.
cabinera *s.f.* aeromoça.
cabizbajo,-a *adj.* cabisbaixo.
cable *s.m.* cabo, corda; cabograma; *echar un* ~ ajudar.
cablegrafiar *v.* cabografar.
cablegrama *s.m.* cabograma.
cabo *s.m.* cabo; extremidade, ponta; *al* ~ *de* depois de; *echar un* ~ ajudar; *estar al* ~ *de la calle* estar a par de; *llevar a* ~ fazer.
cabotaje *s.m.* cabotagem.
cabra *s.f.* cabra; *echar las* ~*s a* jogar a culpa em; *como una* ~ maluco.
cabrales *s.m.* tipo de queijo.
cabrearse *vr.* zangar-se.
cabreo *s.m.* zanga, enfado.
cabrerizo,-a *adj.* caprino.
cabrero,-a *s.* cabreiro.
cabrestante *s.m.* cabrestante.
cabria *s.f.* cábrea.
cabrilla *s.f.* tripé, cavalete. **cabrillas** manchas nas pernas; ondas espumosas.
cabrío,-a *adj.* caprino.
cabriola *s.f.* cabriola, cambalhota.
cabriolé *s.m.* cabriolé.
cabritilla *s.f.* pelica.
cabrito,-a *adj.* mal-intencionado, cabrito; corno; canalha. *s.f.pl.* pipoca.
cabro *s.m.* rapaz, jovem
cabrón,-ona *s.m.* bode; canalha; corno; poltrão. *adj.* difícil.
cabronada *s.f.* canalhice.
cabuya *s.f.* agave, pita.
caca *s.f.* caca, merda, porcaria.
cacahuate *ou* **cacahué** *ou* **cacahuete** *s.m.* amendoim.
cacao *s.m.* cacau, cacaueiro; confusão, manteiga de cacau.
cacarear *v.* cacarejar; jactar-se.
cacareo *s.m.* cacarejo.

cacarizo,-a *adj.* bexiguento.
cacatúa *s.f.* cacatua; velha feia.
cacereño,-a *adj./s.* cacerense.
cacería *s.f.* caçada, caça.
cacerola *s.f.* caçarola.
cacerolada *s.f.* panelaço.
cacha *s.f.* cabo; bunda; bochecha; ~s musculoso; *hasta las* ~s a mais não poder.
cachaco *s.m.* janota, mauricinho. *s.m.* policial.
cachada *s.f.* chifrada; gozação.
cachafaz,-a *adj.* sem-vergonha.
cachafo *s.m.* guimba.
cachalote *s.m.* cachalote.
cachar *v.* partir, despedaçar; zombar; (*Vulg.*) trepar; roubar; flagrar, surpreender; cornear.
cacharpas *s.f.pl.* trastes.
cacharrazo *s.m.* cacetada.
cacharrería *s.f.* loja de louças.
cacharrero,-a *s.* vendedor de louças.
cacharro *s.m.* louça; trastes, coisa velha.
cachaza *s.f.* lentidão; cachaça.
cachazudo,-a *adj.* lento, calmo.
cachear *v.* revistar.
cachemir *s.m.* casimira.
cacheo *s.m.* revista, inspeção.
cachería *s.f.* loja de retalhos.
cachetada *s.f.* tapa, cacetada.
cachete *s.m.* bofetada; bochecha; punhal.
cachetero *s.m.* punhal, toureiro que mata o touro.
cachetón,-ona *adj.* bochechudo.
cachimba *s.f.* cachimbo.
cachiporra *s.f.* porrete.
cachiporrazo *s.m.* porretada.
cachivache *s.m.* traste velho.
cacho *s.m.* pedaço; chifre; traste; piada obscena.
cachondearse *v.* zombar, gozar; (*Vulg.*) bolinar-se.
cachondeo *s.m.* gozação; bolinação.
cachondo,-a *adj.* (*Vulg.*) excitado; tesudo; divertido.
cachorro,-a *s.* filhote, cria.
cachucha *s.f.* bote; bofetada; boné; dança andaluza.
cacique *s.m.* cacique; déspota.
caciquil *adj.* despótico.
caciquismo *s.m.* caciquismo.
caco *s.m.* ladrão.
cacofonía *s.f.* cacofonia.

cacofónico,-a *adj.* cacofônico.
cacreco,-a *adj.* decrépito; vagabundo.
cacto ou **cactus** *s.m.* cacto.
cacumen *s.m.* inteligência.
cada *adj.* cada; todo; ~ *cual* cada qual; ~ *dos por tres* volta e meia; ~ *vez que* toda vez que.
cadahalso ou **cadalso** *s.m.* cadafalso; tablado, palanque.
cadáver *s.m.* cadáver.
cadavérico,-a *adj.* cadavérico.
cadena *s.f.* cadeia, corrente; série; rede; prisão; ~ *perpetua* prisão perpétua.
cadencia *s.f.* cadência.
cadencioso,-a *adj.* cadenciado.
cadeneta *s.f.* rendado.
cadera *s.f.* cadeiras, anca, quadril.
cadete *s.m.* cadete; aprendiz.
cadí *s.m.* cádi.
cadillo *s.m.* verruga.
cadmio *s.m.* cádmio.
caducar *v.* caducar, prescrever.
caducidad *s.f.* caducidade, validade.
caduco,-a *adj.* caduco, vencido, antiquado, velho.
caedizo,-a *adj.* caidiço, caduco.
caer *v.* cair; desprender-se; desabar; diminuir; desaparecer, caber a; morrer; decair; ir parar em; entender; lembrar-se; descer; lançar-se sobre; perder o poder; aparecer; vencer, acabar o prazo; achar-se em; ~*se de espaldas* cair de costas; *dejar* ~ dizer sem querer; *dejarse* ~ aparecer de supetão; *estar al* ~ estar para chegar.
café *s.m.* café; ~ *cortado* pingado; ~ *exprés* café expresso; *mal* ~ mau humor.
cafeína *s.f.* cafeína.
cafetal *s.m.* cafezal.
cafetear *v.* repreender.
cafetera *s.f.* cafeteira; carro velho.
cafetería *s.f.* café, bar.
cafetero,-a *adj.* cafeeiro. *adj./s.* cafezista; dono de um café.
cafeto *s.m.* cafeeiro.
cafre *adj.* bruto, cruel, grosseirão.
cagada *s.f.* cagada, coisa malfeita.

cagado,-a *adj.* covarde.
cagalera *s.f.* (*Vulg.*) caganeira.
cagar *v.* cagar; pôr a operder.
cagarse *vr.* ter muito medo; ~ *en* desprezar; *cagarla* ferrar-se.
cagarruta *s.f.* fezes de cabra em forma de bolinha.
cagón,-ona *adj./s.* cagão; covarde, medroso.
cagueta *adj./s.* covarde.
caída *s.f.* queda; caimento; descida. baixa; perda de posição; fracasso; recaída.
caído,-a *adj.* caído; tombado, morto em batalha; abatido.
caima *adj.* estúpido.
caimán *s.m.* caimão, pessoa astuciosa.
caja *s.f.* caixa; tambor, caixão; ~ *de ahorros* banco de poupança; ~ *fuerte* caixa forte.
cajero,-a *s.* caixa; ~ *automático* caixa eletrônico.
cajeta *s.f.* (*Vulg.*) vulva.
cajetilla *adj.* janota, casquilho. *s.f.* maço de cigarros.
cajón *s.m.* gaveta; caixa, caixote; ataúde; estacionamento; *de* ~ fora de dúvida.
cajonera *s.f.* gaveteiro.
cajuela *s.f.* (*Aut.*) porta-malas.
cal *s.f.* cal. ~*viva* cal virgem; *cerrar a* ~ *y canto* fechar totalmente.
cala *s.f.* cala; angra, enseada; porão de navio; sonda; pesquisa; (*Bot.*) copo-de-leite.
calabacín *s.m.* abobrinha.
calabaza *s.f.* aboboreira, abóbora; pateta, tolo; cuia; reprovação.
calabazada *s.f.* cabeçada.
calabazar *s.m.* aboboral.
calabobos *s.m.* chuvisco, garoa.
calabozo *s.m.* calabouço.
calada *s.f.* baforada.
calado *s.m.* (*Náut.*) calado; crivo, bordado; .
calafate *s.m.* calafetador.
calafatear *v.* calafetar.
calafateo *s.f.* calafetação.
calamar *s.m.* lula.
calambre *s.m.* cãibra; choque elétrico.
calamidad *s.f.* calamidade.
calamina *s.f.* zinco fundido.

calamitoso,-a *adj.* calamitoso.
calandrajo *s.m.* trapo, farrapo; pessoa ridícula.
calandria *s.f.* calandra; torno.
calaña *s.f.* natureza, índole.
calar *v.* molhar, encharcar, trespassar, varar; bordar; (*fruta*) calar; compreender o motivo, perceber as intenções; penetrar; mergulhar as redes ou anzol. **calarse** *vr.* encharcar-se; (*chapéu*) encaixar; (*Aut.*) afogar, morrer.
calato,-a *adj.* (*Fam.*) nu.
calavera *s.f.* caveira; (*Aut.*) lanterna traseira; *s.m.* devasso.
calaverada *s.f.* imprudência.
calcado,-a *adj.* idêntico. *s.m.* cópia.
calcañal ou **calcañar** *s.m.* calcanhar.
calcar *v.* copiar, decalcar.
calcáreo,-a *adj.* calcário.
calce *s.m.* calço, cunha.
calceta *s.f.* meia; tricô.
calcetín *s.m.* meia curta.
cálcico,-a *adj.* cálcico.
calcificación *s.f.* calcificação.
calcificar *vr.* calcificar.
calcinación *s.f.* calcinação.
calcinar *v.* calcinar.
calcio *s.m.* cálcio.
calco *s.m.* decalque; cópia, imitação.
calcografía *s.f.* calcografia.
calcografiar *v.* calcografar.
calcomanía *s.f.* decalcomania.
calcopirita *s.f.* calcopirita.
calculable *adj.* calculável.
calculador,-a *adj./s.* calculista.
calculadora *s.f.* calculadora.
calcular *v.* calcular.
cálculo *s.m.* cálculo.
caldas *s.f.pl.* águas termais.
caldear *v.* aquecer; excitar.
caldeo,-a *adj./s.* caldeu.
caldera *s.f.* caldeira, caldeirão.
calderada *s.f.* caldeirada.
calderería *s.f.* caldeiraria.
calderero,-a *s.* caldeireiro.
caldereta s.f. caldeirada, cozido.
calderilla *s.f.* dinheiro trocado; caldeirinha.
caldero *s.m.* caldeira pequena, caldeirada.
calderón *s.m.* (*Mús.*) pausa.
caldillo *s.m.* molho de tomate.

caldo *s.m.* caldo, molho, sopa; *poner a* ~ repreender.
caldoso,-a *adj.* caldoso.
calé *adj./s.* cigano.
calefacción *s.f.* calefação.
calefactor,-a *s.* calefator, aquecedor.
caleidoscópio *s.m.* caleidoscópio.
calendario *s.m.* calendário.
caléndula *s.f.* calêndula.
calentador,-a *adj./s.* aquecedor.
calentamiento *s.m.* aquecimento.
calentar *v.* esquentar; exaltar; bater; excitar sexualmente. **calentarse** *vr.* aquecer-se.
calentón *s.m.* aquecimento rápido e intenso.
calentura *s.f.* febre; boqueira; excitação sexual.
calenturiento,-a *adj.* febril.
calesa *s.f.* caleche.
calesita *s.f.* carrossel.
caletre *s.m.* talento.
calibrado *adj.* calibração.
calibrador *s.m.* calibrador.
calibrar *v.* calibrar; medir.
calibre *s.m.* calibre; tamanho.
caliche *s.m.* caliça; salitre.
calidad *s.f.* qualidade, categoria, prestígio; *en* ~ *de* na qualidade de.
cálido,-a *adj.* cálido.
calidoscópio *s.m.* caleidoscópio.
calientaplatos *s.m.* rescaldeiro.
caliente *adj.* quente; recente, acalorado, vivo; excitado, irritado. ¡caliente! está quente!
califa *s.m.* califa.
califato *s.m.* califado.
calificable *adj.* qualificável.
calificación *s.f.* qualificação; pontuação, nota.
calificado,-a *adj.* qualificado.
calificar *v.* qualificar, dar uma nota, pontuar.
calificativo,-a *adj.* qualificativo.
californiano,-a *adj./s.* californiano.
caligrafía *s.f.* caligrafia.
caligráfico,-a *adj.* caligráfico.
calígrafo,-a *s.* calígrafo.
calima *s.f.* caligem, neblina.
calimocho *s.m.* vinho com coca-cola.
calina *s.f.* caligem, nevoeiro.

caliqueño *s.m.* (*Vulg.*) trepada.
cáliz *s.m.* cálice.
caliza *s.f.* calcário.
calizo,-a *adj.* calcário.
calla *s.f.* alvião, picareta.
callada *s.f.* calada, silêncio.
callado,-a *adj.* calado, quieto.
callampa *s.f.* cogumelo, barraco; chapéu de feltro.
callana *s.f.* panela ou vaso de barro; relógio de bolso.
callandito *adv.* em silêncio, na moita.
callar *v.* calar.
calle *s.f.* rua; raia; ~ *ciega* beco sem saída; *en la* ~ em liberdade; *echarse a la* ~ rebelar-se; *hacer la* ~ ser prostituta; ~ *peatonal* calçadão.
calleja *s.f.* viela.
callejear *v.* andar ao léu, vaguear.
callejero,-a *adj./s.* rueiro.
callejón *s.m.* beco.
callejuela *s.f.* viela, travessa.
callicida *s.m.* calicida.
callista *s.m.* calista.
callo *s.m.* calo; mulher feia; bucho, dobradinha.
callosidad *s.f.* calosidade.
calloso,-a *adj.* caloso.
calma *s.f.* calma, calmaria.
calmante *adj./s.m.* calmante, tranqüilizante.
calmar *v.* acalmar, sossegar, aliviar.
calmo,-a *adj.* calmo, quieto.
calmoso,-a *adj.* calmo, tranqüilo; indolente.
caló *s.m.* caló.
calor *s.m.* calor.
caloría *s.f.* caloria.
calórico,-a *adj,.* calórico.
calorífico,-a *adj.* calorífico.
calostro *s.m.* colostro.
calote *s.m.* calote, fraude.
calumnia *s.f.* calúnia.
calumniar *v.* caluniar.
caluroso,-a *adj.* caloroso.
calva *s.f.* calva, careca.
calvario *s.m.* calvário.
calvero *s.m.* clareira.
calvície *s.f.* calvície.
calvinismo *s.m.* calvinismo.
calvinista *adj./s.* calvinista.
calvo,-a *adj./s.* calvo, careca.
calza *s.f.* calço, cunha.

calzada s.f. pista, estrada.
calzado,-a adj./s.m. calçado.
calzador s.m. calçadeira.
calzar v. calçar.
calzo s.m. calço, cunha. **calzos** s.m.pl. patas de cavalo.
calzón s.m. calção; calcinha.
calzonaría s.f. calcinha; alças.
calzonazos s.m. homem dominado pela mulher.
calzoncillo s.m. cueca.
cama s.f. cama, leito; ~ *nido* bicama; *hacer la cama a* ~ puxar o tapete de alguém; *caer a* ~ adoecer.
camachuelo s.m. pintarroxo.
camada s.f. ninhada; camada; bando.
camafeo s.m. camafeu.
camaleón s.m. camaleão.
camalote s.m. aguapé.
camanance s.f. covinha.
cámara s.f. câmara, quarto, aposento, sala. s. câmera.
camarada s. camarada, colega.
camaradería s.f. camaradagem.
camaranchón s.m. água-furtada.
camarera s.f. carrinho de chá.
camarero,-a s. garçom; copeira; garçonete, camareiro.
camarilla s.f. camarilha, panelinha.
camarin s.m. nicho, capelinha; toucador.
camarlengo s.m. camerlengo.
camarón s.m. camarão.
camarote s.m. camarote.
camastro s.m. catre.
cambado,-a adj./s. cambaio.
cambalache s.m. troca; brechó.
cambiante adj. variável. s. cambista.
cambiar v. mudar, cambiar, trocar, alterar. **cambiarse** vr. transformar-se.
cambiazo s.m. cambalacho.
cambio s.m. troco; mudança, permuta, câmbio, cotação; (*Aut.*) câmbio; *en* ~ *de* em troca de; *a las primeras de* ~ de repente.
cambista s. cambista.
camboyano,-a adj./s. cambojano.
cambray s.m. cambraia.
cambrón s.m. sarça.
cambullón s.m. tramóia, embrulhada; cambalacho.

cambur s.m. banana; emprego público..
camelar v. bajular; cortejar.
camelia s.f. camélia.
camello,-a s. camelo; (*Gír.*) avião, vapozeiro, traficante.
camelo s.m. trote, mentira, peça; conto.
camerino s.m. camarim.
camero,-a adj. de casal; *cama camera* cama de casal.
camerunês,-a adj./s. camaronês.
camicase s.m. camicase.
camilla s.f. maca, padiola; *mesa* ~ mesa aquecida.
camillero,-a s. padioleiro, maqueiro.
caminante s. caminhante.
caminar v. caminhar, ir para; avançar; percorrer a pé.
caminata s.f. caminhada.
camino s.m. caminho, percurso, trajeto; modo; *llevar* ~ *de* estar em vias de.
camión s.m. caminhão.
camionaje s.m. carreto.
camionero,-a s. caminhoneiro.
camioneta s.f. caminhonete, van, perua.
camisa s.f. camisa; pele; *cambiar de* ~ mudar de lado.
camisería s.f. camisaria.
camisero,-a adj. de camisa. s. camiseiro.
camiseta s.f. camiseta.
camisola s.f. bata, camisão.
camisón s.m. camisola.
camomila s.f. camomila.
camorra s.f. briga, rixa.
camorrista adj./s. desordeiro.
camote s.m. batata-doce; mentira; namorado, amante; patife.
campal adj. campal.
campamento s.m. acampamento.
campana s.f. sino; coifa.
campanada s.f. repique, badalada; escândalo, novidade.
campanario s.m. campanário.
campanear v. repicar os sinos; balançar; espalhar uma notícia.
campaneo s.m. repique de sinos; balanço, oscilação.
campanero,-a s. sineiro.
campanil s.m. campanário.
campanilla s.f. campainha; *de* ~s luxuoso, importante.

campanillear v. campainhar.
campanilleo s.m. campainhada.
campano s.m. chocalho.
campante adj. satisfeito, tranqüilo; ufano.
campaña s.f. campanha; campo.
campar v. campar, ufanar-se.
campear v. campear, sair para pastar.
campechanía s.f. simplicidade.
campechano,-a adj. franco, simples, cordial., alegre
campeón,-ona s. campeão.
campeonato s.m. campeonato.
campero,-a adj. campestre.
campesinado s.m. classe camponesa; camponeses.
campesino,-a adj./s. camponês, rural.
campestre adj. campestre, rural.
camping s.m. camping.
campiña s.f. campina.
campista s. campista.
campo s.m. campo.
camposanto s.m. cemitério.
camuflaje s.m. camuflagem.
camuflar v. camuflar.
can s.m. cão.
cana s.f. cã, cabelo branco; *echar una* ~ *al aire* relaxar, divertir-se.
canadiense adj./s. canadense.
canal s.m. canal; calha.
canaleta s.f. (*Náut.*) canal de carga; calha.
canalización s.f. canalização.
canalizar v. canalizar.
canalla s.m. canalha. s.f. ralé, gentalha.
canallada s.f. canalhice.
canallesco,-a adj. vil, desprezível.
canalón s.m. calha.
canalones s.m.pl. canelone.
canapé s.m. canapé.
canario,-a adj./s. das Canárias. s.m. canário.
canasta s.f. cesto, cesta; canastra.
canastilla s.f. cestinha; enxoval de bebê.
canasto s.m. cesto grande; *¡canastos!* céus!; nossa!
cáncamo s.m. gancho.
cancán s.m. cancã; meia-calça; anágua com babados.

cancanear *v.* vaguear; gaguejar.
cancel *s.m.* biombo.
cancela *s.f.* portão, cancela.
cancelación *s.f.* cancelamento.
cancelar *v.* cancelar.
cáncer *s.m.* câncer.
cancerbero *s.m.* (*Fut.*) goleiro.
cancerígeno,-a *adj./s.* cancerígeno.
canceroso,-a *adj.* canceroso.
cancha *s.f.* campo; quadra; rinha; hipódromo; milho torrado; *¡cancha!* sai da frente!
cancilla *s.f.* cancela.
canciller *s.m.* chanceler.
cancillería *s.f.* chancelaria.
canción *s.f.* canção; cantiga, cantilena.
cancionero *s.m.* cancioneiro.
candado *s.m.* cadeado.
candeal *adj.* candial.
candela *s.f.* vela, castiçal, candela, lume, fogo.
candelabro *s.m.* candelabro.
candelero *s.m.* castiçal; *estar en el ~* estar em evidência.
candente *adj.* candente; incandescente; (*Fig.*) atual.
candidato,-a *s.* candidato.
candidatura *s.f.* candidatura, lista de candidatos.
candidez *s.f.* candidez, candura, inocência, ingenuidade.
cándido,-a *adj.* cândido, ingênuo.
candil *s.m.* candil, candeeiro.
candileja *s.f.* lamparina. **candilejas** luzes da ribalta.
candor *s.m.* candor, candura.
candoroso,-a *adj.* sincero.
canela *s.f.* canela; *~ fina* coisa boa.
canelo,-a *adj.* de cor de canela. *s.m.* caneleira.
canelón *s.m.* canelone; calha.
caneo *s.m.* cabana, choupana.
canesú *s.m.* corpinho, corpete.
cangilón *s.m.* balde, jarro.
cangrejo *s.m.* caranguejo.
canguelo *s.m.* medo, pavor.
canguro *s.m.* canguru. *s.* babá.
caníbal *adj./s.* canibal.
canibalismo *s.m.* canibalismo.
canica *s.f.* bolinha de gude; *se le botó la ~* deu a louca nele.
canícula *s.f.* canícula.
caniche *s.m.* poodle.
canície *s.f.* canície.

canijo,-a *adj.* fraco, débil.
canilla *s.f.* (*Anat.*) canela; bobina, carretel; torneira.
canillera *s.f.* tremor de medo.
canillita *s.m.* jornaleiro.
canino,-a *adj.* canino.
canje *s.m.* troca, intercâmbio.
canjeable *adj.* cambiável.
canjear *v.* trocar, intercambiar.
cano,-a *adj.* cano, branco.
canoa *s.f.* canoa.
canódromo *s.m.* canódromo.
canon *s.m.* cânon; royalty.
canónico,-a *adj.* canônico.
canónigo *s.m.* cônego.
canonización *s.f.* canonização.
canonizar *v.* canonizar.
canoso,-a *adj.* grisalho.
canotaje *s.f.* canoagem.
canotié *s.m.* chapéu de palha.
cansado,-a *adj.* cansado.
cansancio *s.m.* cansaço, fastio.
cansar *v.* cansar; enfadar; *¡me canso!* claro que sim!
cansino,-a *adj.* cansativo. lento, cansado.
cantable *adj.* cantável.
cantábrico,-a ou **cántabro** *adj.* cantábrico, cântabro.
cantada *s.m.* descuido, bobeada.
cantaleta *s.f.* charivari, chasco, algazarra.
cantamañanas *s.* irresponsável.
cantante *adj.* cantante. *s.* cantor.
cantaor,-a *s.* cantor de flamenco.
cantar *v.* cantar; divulgar um segredo, confessar; feder. *s.m.* canto, canção; *ese es otro ~* isso é outra coisa.
cantárida *s.f.* cantárida.
cantarín,-ina *adj.* que adora cantar.
cántaro *s.m.* cântaro.
cantata *s.f.* cantata.
cante *s.m.,* canto, canção popular andaluza; fedor; *dar el ~* passar vexame; chamar a atenção; dedurar, delatar.
cantera *s.f.* pedreira; (*Fig.*) fábrica; talento.
cantería *s.f.* cantaria.
cantero *s.m.* canteiro; pedreiro.
cántico *s.m.* cântico.
cantidad *s.f.* quantidade. *adv.* (*Fam.*) muito.
cántiga ou **cantiga** *s.f.* cantiga.

cantil *s.m.* escarpa.
cantilena *s.f.* cantilena.
cantimplora *s.f.* cantil; bócio.
cantina *s.f.* cantina.
cantinela *s.f.* cantilena.
cantinero,-a *s.* cantineiro.
canto *s.m.* canto; canção; borda; calhau, seixo; *al ~* sem dúvida; *darse con un ~ en los dientes* dar-se por feliz; *de ~* de lado; *por el ~ de un duro* por pouco.
cantón *s.m.* cantão.
cantonal *adj.* cantonal.
cantonalismo *s.m.* cantonalismo.
cantonalista *adj./s.* cantonalista.
cantonera *s.f.* cantoneira.
cantor,-a *adj.* canoro. *s.* cantor.
cantoral *s.m.* livro de coro.
canturrear *v.* cantarolar.
canturreo *s.m.* cantarola.
canutas *s.f.pl. passarlas ~* estar em apuros.
canutillo *s.m.* canutilho.
canuto *s.m.* tubo, canudo; cigarro de maconha.
caña *s.f.* cana; talo; osso, tíbia; tutano; cano de bota; vara de pescar; cachaça; copo de chope; *darle ~* atiçar, apressar.
cañada *s.f.* canhada, baixada, barranco; azinhaga; arroio.
cañamazo *s.m.* estopa de cânhamo, talagarça.
cañamelar *s.m.* canavial.
cáñamo *s.m.* cânhamo.
cañamón *s.m.* semente do cânhamo.
cañaveral *s.m.* canavial.
cañazo *s.m.* aguardente de cana.
cañería *s.f.* tubulação.
cañí *adj./s.* cigano.
cañizal ou **cañizar** *s.m.* canavial.
cañizo *s.m.* caniço.
caño *s.m.* cano, tubo.
cañón *s.m.* canhão; cano; *estar un ~* estar uma beleza.
cañonazo *s.m.* canhonaço.
cañonear *v.* canhonear.
cañonera *s.f.* canhoneira.
cañonero,-a *adj.* canhoneiro.
caoba *s.f.* mogno, acaju.
caolín *s.m.* caolim.
caos *s.m.* cáos.
caótico,-a *adj.* caótico.
capa *s.f.* capa, manto, capote; pretexto, desculpa; camada;

mão, demão; *estar de ~ caída* estar numa pior; *hacer de su ~ un sayo* fazer o que lhe dá na telha.
capacho s.m. cabaz; cesto de vime; chapéu velho.
capacidad s.f. capacidade; aptidão.
capacitar v. capacitar.
capar v. capar, castrar; podar.
caparazón s.m. carapaça; xairel, cobertura.
capataz s. capataz.
capaz adj. capaz; grande, apto.
capazo s.m. cabaz; moisés.
capcioso,-a adj. capcioso.
capea s.f. tourada de amador.
capear v. capear; eludir com mentiras; matar a aula.
capellán s.m. capelão.
capellanía s.f. capelania.
capelo s.m. capelo; cardinalato; redoma de vidro.
caperuza s.f. capuz, carapuça.
capia s.f. milho.
capicúa s.f. capicua.
capilar adj./s.m. capilar.
capilaridad s.f. capilaridade.
capilla s.f. capela, oratório; capuz; corriola; *estar en la ~* estar na expectativa.
capirotada s.f. prato à base de carne, milho e queijo; vala comum em cemitério.
capirotazo s.m. piparote.
capirote s.m. capirote; piparote.
capital adj. capital, principal. s.f. capital.
capitalismo s.m. capitalismo.
capitalista adj./s. capitalista.
capitalización s.f. capitalização.
capitalizar v. capitalizar.
capitán s.m. capitão.
capitana s.f. capitânia.
capitanear v. capitanear, dirigir.
capitanía s.f. capitania.
capitel s.m. capitel.
capitolio s.m. capitólio.
capitoste s.m. manda-chuva.
capitulación s.f. capitulação.
capitular adj./v. capitular.
capítulo s.m. capítulo.
capó s.m. capô.
capón s.m. capão; piparote.
caporal s.m. caporal; capataz.
capota s.f. capota.
capote s.m. capote; sobretudo; capa, poncho; carranca; amuo.
capotera s.f. cabide.
capricho s.m. capricho.
caprichoso,-a adj./s. caprichoso.
Capricornio s.m. Capricórnio.
caprino,-a adj. caprino.
cápsula s.f. cápsula; tampa.
captación s.f. captação.
captar v. captar, entender.
captura s.f. captura.
capturar v. capturar.
capucha s.f. capuz.
capuchino,-a s.m. capuchinho; *capuccino*.
capuera s.f. clareira; horta.
capullo s.m. casulo; botão de flor; prepúcio; pentelho, idiota.
caqui adj. cáqui. s.m. caqui, caquizeiro.
cara s.f. cara, face, rosto; *dar la ~* responder pelo que fez; *a ~ o cruz* cara ou coroa.
carabela s.f. caravela.
carabina s.f. carabina; seguravela, pau-de-cabeleira.
carabinero s.m. carabineiro.
caracol s.m. caracol; labirinto *¡caracoles!* interj. céus!; Santo Deus!
caracola s.f. caramujo.
caracolear v. caracolar.
carácter s.m. caráter; caractere.
característica s.f. característica.
característico,-a adj./s.m. característico, determinante.
caracterización s.f. caracterização.
caracterizado,-a adj. caracterizado, disfarçado.
caracterizar(se) v.,vr. caracterizar(-se), distinguir-se.
caracterología s.f. caracterologia.
caracú s.m. caracu.
caradura s.f. caradura.
carajillo s.m. café com brândi.
carajo s.m. (Vulg.) caralho. *¡carajo!* interj. merda!; saco!
caramanchel s.m. lanchonete.
caramba interj. caramba!
carámbano s.m. carambina.
carambola s.f. carambola.
caramelo s.m. caramelo, bala.
carantoña s.f. afagos interesseiros.
carapacho s.m. carapaça.
caraqueño,-a adj./s. caraquenho.

carátula s.f. máscara; capa.
caravana s.f. caravana; trailer.
caray interj. céus!; caramba!
carbón s.m. carvão.
carbonada s.f. guisado de carne moída.
carbonato s.m. carbonato.
carboncillo s.m. lápis de carvão.
carbonera s.f. carvoeira.
carbonería s.f. carvoaria.
carbonero,-a adj./s.m. carvoeiro.
carbónico,-a adj. carbônico.
carbonífero,-a adj. carbonífero.
carbonilla s.f. lápis de carvão; pó de carvão.
carbonización s.f. carbonização.
carbonizar v. carbonizar.
carbono s.m. carbono.
carbunco s.m. antraz.
carburación s.f. carburação.
carburador s.m. carburador.
carburante s.m. carburante.
carburar v. carburar; (Fam.) funcionar bem, dar no couro.
carburo s.m. carbureto.
carca adj./s. retrógrado.
carcaj s.m. carcás, aljava.
carcajada s.f. gargalhada.
carcajearse vr. gargalhar.
carcamal s.m. velho decrépito.
carcasa s.f. carcaça, estojo.
cárcava s.f. cárcava, fosso.
cárcel s.m. cárcere, prisão.
carcelario,-a adj. carcerário.
carcelero,-a s. carcereiro.
carcinoma s.m. carcinoma.
carcoma s.f. caruncho, carcoma.
carcomer v. carcomer, caruncher, corroer.
carda s.f. carda; (Fam.) bronca.
cardado,-a adj. cardação.
cardar v. cardar, desenriçar.
cardenal s.m. cardeal; equimose.
cardenalato s.m. cardinalato.
cardenalício,-a adj. cardinalício.
cardenillo s.m. verdete, azebre.
cárdeno,-a adj. cárdeo, cardão.
cardíaco,-a adj./s. cardíaco.
cardinal adj. cardinal.
cardiología s.f. cardiologia.
cardiólogo,-a s. cardiologista.
cardiopatía s.f. cardiopatia.
cardo s.m. cardo.
carear v. acarear; comparar.
carecer v. carecer.
carena s.f. querena; zombaria.

carenar v. querenar, dar forma aerodinâmica.
carencia s.f. carência.
carente adj. carente.
careo s.m. acareação.
carero,-a adj. careiro.
carestía s.f. carestia, falta.
careta s.f. máscara.
carey s.m. tartaruga; carapaça.
carga s.f. carga; débito, encargo; peso; suplício; (Fut.) falta.
cargado,-a adj. cheio, denso, carregado; forte; pesado.
cargador s.m. carregador.
cargamento s.m. carga.
cargante adj. irritante.
cargar v. carregar; atribuir a; oprimir; onerar; arcar com; encher de; irritar. **cargarse** vr. carregar-se, encher-se de; ser reprovado; quebrar; matar; (Tempo) ficar encoberto.
cargazón s.m. opressão; carregação, peso no estômago; nuvem carregada.
cargo s.m. cargo, posto, direção; despesa, débito; acusação; dor.
cargoso,-a adj. irritante.
carguero,-a s.m. cargueiro.
cariacontecido,-a adj. de cara triste; abatido.
cariar v. cariar.
cariátide s.f. cariátide.
caribe adj./s. caribenho, caraíba; piranha; pessoa cruel.
caricato s.m. caricato.
caricatura s.f. caricatura.
caricaturista s. caricaturista.
caricaturizar v. caricaturizar.
caricia s.f. carícia.
caridad s.f. caridade.
caries s.f. cárie.
carilla s.f. página.
carillón s.m. carrilhão.
carimbo s.m. ferrete.
cariñena s.m. vinho tinto doce.
cariño s.m. catinho, amor, querido.
cariñoso,-a adj. carinhoso.
carioca adj./s. carioca.
carisma s.m. carisma.
carismático,-a adj. carismático.
caritativo,-a adj. caritativo.
cariz s.m. cariz, aspecto.
carlinga s.f. carlinga, cabina.
carlismo s.m. carlismo.
carlista adj. carlista.

carmelita adj./s. carmelita.
carmesí adj./s.m. carmesim.
carmín adj./s.m. carmim. s.m. batom.
carnada s.f. carnada, isca.
carnal adj. carnal, luxurioso; consangüíneo.
carnaval s.m. carnaval.
carnaza s.f. carnada, isca.
carne s.f. carne; polpa.
carné ou **carnet** s.m. cartão, carteira; ~ *de identidad* carteira de identidade.
carnero s.m. carneiro.
carnestolendas s.f.pl. carnaval.
carnicería s.f. açougue; carnificina, matança.
carnicero,-a adj. carnívoro; sanguinário, cruel. s. açougueiro; (Fam.) cirurgião.
cárnico,-a adj. de carne.
carnívoro,-a adj./s. carnívoro.
carnoso,-a adj. carnoso, carnudo.
caro,-a adj./adv. caro.
carolingio adj. carolíngio.
carota s. insolente, descarado.
carótida s.f. carótida.
carpa s.f. (Ictiol.) carpa; tenda, barraca.
carpeta s.f. pasta, fatura.
carpetazo loc. (Fam.) *dar* ~ dar por encerrado.
carpintería s.f. carpintaria.
carpintero,-a s. carpinteiro.
carpir v. carpir, capinar.
carraca s.f. matraca, calhambeque, carraca; velho decrépito.
carral s.m. barril de vinho.
carraña s.f. ira, cólera.
carrasca s.f. ou **carrasco** s.m. (Bot.) carrasco, azinheira.
carraspear v. estar rouco; pigarrear.
carraspeo s.m. pigarro.
carraspera s.f. rouquidão.
carrera s.f. corrida; carreira; profissão; fio desfiado; órbita; rua, estrada; trajeto.
carrerilla s.f. (Mús.) escala; *de* ~ *de cor*; *tomar* ~ tomar impulso.
carreta s.f. carroça.
carretada s.f. carrada; *a carretadas* aos montes.
carrete s.m. carretel, bobina; *dar* ~ dar corda a; deixar falar.
carretera s.f. estrada.
carretería s.f. carraria, oficina.
carretero s.m. fabricante de carros; motorista.
carretilla s.f. carrinho de mão.
carricoche s.m. carro velho.
carril s.m. trilho; faixa, pista, rodeira, sulco.
carrilano,-a s. ferroviário; ladrão.
carrillo s.m. bochecha.
carro s.m. carroça; tanque; carrinho, carango, carro, automóvel.
carrocería s.f. carroceria.
carromato s.m. carroção.
carroña s.f. carniça.
carroza s.f. carruagem, coche, carro funerário; pessoa antiquada.
carruaje s.f. carruagem.
carrusel s.m. carrossel.
carta s.f. carta; mapa; menu, cardápio.
cartabón s.m. esquadro.
cartagenero,-a adj./s. natural de Cartagena.
cartaginés,-esa adj./s. cartaginês.
cartapacio s.m. pasta, caderno; bloco de anotações.
cartearse vr. cartear-se.
cartel s.m. cartaz, pôster; fama.
cártel s.m. cartel.
cartelera s.f. quadro para afixar cartazes; (Jornal) página de cinema e teatro.
carteo s.m. correspondência.
cárter s.m. cárter.
cartera s.f. carteira; clientela; bolsa; portfólio, pasta para papéis, mochila escolar.
carterista s.m. punguista.
cartero,-a s. carteiro.
cartesiano,-a adj./s. cartesiano.
cartilaginoso,-a adj. cartilaginoso.
cartílago s.m. cartilagem.
cartilla s.f. cartilha; caderneta.
cartografía s.f. cartografia.
cartográfico,-a adj. cartográfico.
cartógrafo,-a s. cartógrafo.
cartomancia s.f. cartomancia.
cartón s.m. cartão, papelão, caixa de papelão; ~ *de tabaco* pacote de cigarros.
cartuchera s.f. cartucheira.

cartucho s.m. cartucho; saco de papel.
cartuja s.f. cartuxa.
cartujo s.m. cartuxo.
cartulina s.f. cartolina.
casa s.f. casa, lar, família, linhagem, firma; *sin* ~ sem-teto; ~ *de tócame Roque* casa da mãe joana.
casaca s.f. casaca, fraque.
casación s.f. cassação.
casadero,-a *adj.* casadouro.
casal s.m. casal.
casamata s.f. casamata.
casamentero,-a *adj./s.* casamenteiro.
casamiento s.m. casamento.
casar *v.* casar, unir, juntar; (*Jur.*) cassar, anular. **casarse** *vr.* casar-se.
cascabel *v.m.* guizo; pessoa alegre.
cascabelear *v.* agir precipitadamente; guizalhar; iludir.
cascabelero,-a *s.* doidivanas.
cascabillo s.m. guizo; gluma; casca de trigo ou cevada.
cascada s.f. cascata.
cascado,-a *adj.* alquebrado, gasto; rouco.
cascajo s.m. cascalho, caco; nozes; traste velho.
cascanueces *s.m.* quebra-nozes.
cascar *v.* quebrar; bater; prejudicar; tagarelar; morrer. **cascársela** (*Vulg.*) masturbar-se.
cáscara s.f. casca. ¡cáscaras! opa!; puxa!; porra!
cascarilla s.f. casquinha, pele.
cascarón s.m. casca do ovo.
cascarrabias *s.* impulsivo, irritável; de pavio curto.
casco s.m. capacete, elmo; casco; caco, fragmento; crânio, cabeça; estilhaço; copa do chapéu; zona, área; gomo (de fruta); bago (de uva); **cascos** fone de ouvido.
cascote s.m. entulho, cascalho; caliça.
casería s.f. freguesia.
caserío s.m. casaria; casa de campo.
casero,-a *adj.* caseiro; popular; de confiança; (*juiz*) parcial. *s.* senhorio; caseiro.
caserón s.m. casarão.

caseta s.f. barraca; estande; vestiário; cabine telefônica.
casete s.m. gravador de cassete; fita cassete.
casi *adv.* quase.
casilla s.f. casinha; escaninho; casa; bilheteria; divisão de papel quadriculado.
casillero s.m. escaninho; placar, marcador.
casimba s.f. poço; fonte.
casino s.m. cassino.
casis s.m. cassis.
caso s.m. caso; assunto; causa.
casona s.f. casarão.
casorio s.m. casório.
caspa s.f. caspa.
cáspita *interj.* caramba!
casquete s.m. casquete, boné; barrete; meia peruca.
casquillo s.m. casquilho, cápsula, soquete.
casquivano,-a *adj.* desmiolado, avoado.
cassette *s. veja* casete.
casta s.f. casta, linhagem, raça.
castaña s.f. castanha; garrafão; coque; tapa.
castañar s.m. castanhal.
castañazo s.m. batida, trombada.
castañero s.m. castanheiro.
castañeta s.f. castanhola.
castañetear *v.* tocar castanholas.
castañeteo s.m. som de castanholas.
castaño *adj.* castanho. *s.m.* castanheiro.
castañuela s.f. castanhola.
castellanismo s.m. castelhanismo.
castellanizar *v.* castelhanizar.
castellano,-a *adj./s.* castelhano.
castellonense *adj./s.* de Castellón.
casticismo s.m. casticismo.
castidad s.f. castidade.
castigar *v.* castigar.
castigo s.m. castigo.
castillo s.m. castelo.
castizo,-a *adj.* castiço.
casto,-a *adj.* casto.
castor s.m. castor.
castración s.f. castração.
castrado,-a *adj.* castrado. *s.m.* eunuco.

castrar *v.* castrar.
castrense *adj.* castrense, militar.
castrismo s.m. castrismo.
castrista *adj./s.* castrista.
casual *adj.* casual. *s.m.* acaso.
casualidad s.f. casualidade, acaso.
casuca ou **casucha s.f.** casebre.
casuístico,-a *adj.* casuístico. *s.f.* casuística.
casulla s.f. casula.
cata s.f. prova, degustação.
cataclismo s.m. cataclismo.
catacumba s.f. catacumba.
catador,-a *adj.* provador.
catadura s.f. catadura.
catafalco s.m. catafalco.
catalán,-ana *adj./s.m.* catalão.
catalanismo s.m. catalanismo.
catalanista *adj./s.* catalanista.
catalejo s.m. telescópio.
catalepsia s.f. catalepsia.
cataléptico,-a *adj.* cataléptico.
catalizador, *adj./s.m.* catalisador.
catalizar *v.* catalisar.
catalogación s.f. catalogação.
catalogar *v.* catalogar.
catálogo s.m. catálogo.
cataplasma s.f. cataplasma.
cataplines *s.m.pl.* testículos.
catapulta s.f. catapulta.
catapultar *v.* catapultar.
catar *v.* provar, degustar.
catarata s.f. catarata.
catarral *adj.* catarral.
catarro s.m. catarro.
catarsis s.f. catarse.
catártico,-a *adj.* catártico.
catastral *adj.* cadastral.
catastro s.m. cadastro.
catástrofe s.f. catástrofe.
catastrófico,-a *adj.* catastrófico.
catavinos s.m. degustador de vinhos; bêbado.
cate s.m. bofetada; (*Escola*) bomba, reprovação.
catear *v.* reprovar, levar pau.
catecismo s.m. catecismo.
catecúmeno,-a *s.* catecúmeno.
cátedra s.f. cátedra.
catedral s.f. catedral.
catedralício,-a *adj.* catedral.
catedrático ou **cátedro,-a** *s.* catedrático.

categoría *s.f.* categoria.
categórico,-a *adj.* categórico.
catenaria *adj./s.f.* catenária.
catequesis *s.f.* catequese.
catequista *s.* catequista.
catequizar *v.* catequizar.
catéter *s.m.* cateter.
cateto *s.m.* cateto. *s.* grosseiro, mal-educado.
catinga *s.f.* catinga; sujeira.
catión *s.m.* cátion.
cátodo *s.m.* cátodo.
catolicismo *s.m.* catolicismo.
católico,-a *adj./s.* católico.
catón *s.m.* cartilha; catão.
catorce *adj.* décimo quarto. *s.m.* quatorze.
catorceavo,-a *adj.* quatorze avos, décimo quarto.
catre *s.m.* catre.
caturra *s.f.* periquito.
caucásico,-a *adj./s.* caucásico.
cauce *s.m.* leito de rio; canal, via.
caucel *s.m.* gato montês.
cauchal *s.m.* cauchal.
caucho *s.m.* borracha.
caución *s.f.* caução.
caudal *adj./s.m.* caudal; abundância.
caudaloso,-a *adj.* caudaloso.
caudillo *s.m.* caudilho.
causa *s.f.* causa; caso, processo.
causal *adj.* causal
causalidad *s.f.* causalidade.
causante *adj./s.* causador.
causar *v.* causar.
causeo *s.m.* merenda, lanche.
causticidad *s.f.* causticidade.
cáustico,-a *adj.* cáustico.
cautela *s.f.* cautela, precaução.
cauterización *s.f.* cauterização.
cauterizador, *adj./s.m.* cauterizador.
cauterizante *s.m.* cauterizante.
cauterizar *v.* cauterizar.
cautivador,-a *adj.* cativante.
cautivar *v.* cativar.
cautiverio *s.m.,* **cautividad** *s.f.* cativeiro.
cautivo,-a *adj./s.* cativo.
cauto,-a *adj.* cauteloso.
cava *s.f.* cava; adega; fosso. *s.m.* vinho espumante.
cavar *v.* cavar.
caverna *s.f.* caverna; cavidade.

cavernícola *adj./s.* cavernícola. *s.* reacionário.
cavernoso,-a *adj.* cavernoso.
caviar *s.f.* caviar.
cavidad *s.f.* cavidade.
cavilación *s.f.* cavilação; reflexão.
cavilar *v.* cavilar, refletir.
caviloso,-a *adj.* fofoqueiro.
cayado *s.m.* cajado.
cayo *s.m.* recife, cachopo.
caza *s.f.* caça.
cazabombardero *s.m.* bombardeiro.
cazador,-a *adj./s.* caçador.
cazadora *s.f.* jaqueta; camioneta.
cazalla *s.f.* anisete.
cazar *v.* caçar; agarrar; conseguir, entender.
cazasubmarinos *s.m.* caça-submarino.
cazatalentos *s.* caça-talentos.
cazatorpedero *s.m.* caça-torpedeiro.
cazcarria *s.f.* salpico de lama.
cazo *s.m.* concha; panela com cabo.
cazón *s.m.* cação.
cazuela *s.f.* caçarola, panela de barro.
cazurrería *s.f.* mau humor, rabugice.
cazurro,-a *adj.* mal-humorado, rabugento.
ce *s.f.* cê; ~ *por* ~ tintim por tintim.
cebada *s.f.* cevada.
cebador *s.m.* cevador, escorvador.
cebar *v.* cevar; escorvar; alimentar; iscar, encarniçar. **cebarse** *vr.* consumir-se em; dedicar-se a.
cebo *s.m.* isca.
cebolla *s.f.* cebola.
cebolleta *s.f.* cebolinha.
cebollino *s.m.* cebolinho; alho-porro; bobão, idiota.
cebra *s.f.* zebra; *paso* ~ faixa de pedestres.
cebú *s.m.* zebu.
ceca *s.f.* casa da Moeda.
cecear *v.* cecear.
ceceo *s.m.* ceceio.
cecina *s.f.* carne-seca, charque.
cedazo *s.m.* peneira.

ceder *v.* ceder, aceitar.
cedilla *s.f.* cedilha.
cedro *s.m.* cedro.
cédula *s.f.* cédula.
cefalalgia *s.f.* cefalalgia.
cefalea *s.f.* cefaléia.
céfiro *s.m.* zéfiro.
cefalópodo *adj.* cefalópode.
cegador,-a *adj.* cegante, ofuscante.
cegar *v,* **cegarse** *vr.* cegar(-se).
cegato,-a *adj./s.* míope.
ceguera *s.f.* cegueira.
ceilanés, esa *adj./s.* ceilonense, cingalês.
ceja *s.f.* sobrancelha.
cejar *v.* ceder, recuar.
cejijunto,-a *adj.* sobrancelhudo; carrancudo.
cejilla *s.f.* (*Mús.*) pestana.
celada *s.f.* cilada; celada, capacete.
celador *s.m.* zelador; vigia.
celar *v.* zelar, vigiar; ocultar, encobrir.
celda *s.f.* cela, célula, alvéolo.
celdilla *s.f.* célula.
celebérrimo,-a *adj.* celebérrimo.
celebración *s.f.* celebração.
celebrante *adj./s.m.* celebrante.
celebrar *v.* celebrar.
célebre *s.m.* célebre; formoso, belo.
celebridad *s.f.* celebridade.
celeridad *s.f.* celeridade.
celeste *adj.* celeste, azul-celeste.
celestial *adj.* celestial; delicioso.
celestina *s.f.* celestina; alcoviteira.
celibato *s.m.* celibato.
célibe *adj./s.* celibatário.
celo *s.m.* zelo; cio; esmero; *durex,* fita adesiva. **celos** *pl.* ciúmes.
celofán *s.m.* celofane.
celosía *s.f.* gelosia, treliça.
celoso,-a *adj.* cuidadoso, zeloso; ciumento.
celta *adj./s.* celta. *s.m.* céltico.
celtibérico,-a *adj./s.* celtibérico.
céltico,-a *adj.* celta, céltico.
célula *s.f.* célula.
celular *adj.* celular.
celulitis *s.f.* celulite.
celuloide *s.m.* celulóide; (*Fig.*) cinema.
celulosa *s.f.* celulose.

cementación s.f. cementação.
cementar v. cementar.
cementerio s.m. cemitério.
cemento s.m. cimento, concreto.
cena s.f. jantar, ceia.
cenáculo s.m. cenáculo; grupo social.
cenacho s.m. cesto, cesta.
cenador s.m. caramanchão.
cenagal s.m. ceno, lamaçal, atoleiro; (Fig.) apuro.
cenagoso,-a adj. lamacento, barrento.
cenar v. jantar, ceiar.
cenceño,-a adj. magro, fino.
cencerrada s.f. chocalhada.
cencerro s.m. cincerro, chocalho.
cendal s.m. cendal
cenefa s.f. sanefa; barra.
cenetista adj./s. membro da CNT.
cenicero s.m. cinzeiro.
Cenicienta s.f. Cinderela.
ceniciento,-a adj. cinzento.
cenit s.m. zênite.
cenital adj. zenital.
ceniza s.f. cinza; cenizas restos mortais.
cenizo,-a adj. cinzento. s.m. desmancha-prazeres; pé-frio.
cenobio s.m. cenóbio.
cenobita s. cenobita.
censar v. recensear.
censo s.m. censo, recenseamento.
censor s.m. censor, crítico.
censura s.f. censura.
censurable adj. censurável.
censurar v. censurar.
centauro s.m. centauro.
centavo,-a adj./s.m. centavo.
centella s.f. centelha, faísca, raio.
centelleante adj. cintilante.
centellar v. cintilar, centelhar.
centena s.f. ou **centenar** s.m. centena.
centenario,-a adj./s.m. centenário.
centeno s.m. centeio.
centesimal adj. centesimal.
centésimo,-a adj./s. centésimo.
centígrado,-a adj. centígrado.
centigramo s.m. centigrama.
centilitro s.m. centilitro.

centímetro s.m. centímetro.
céntimo s.m. cêntimo.
centinela s.m. sentinela, vigia.
centolla s.f., **centollo** s.m. santola, aranha do mar.
centrado,-a adj. centrado, equilibrado, dedicado.
central adj. central. s.f. matriz, escritório central. s.m. engenho de açúcar.
centralismo s.m. centralismo.
centralista adj./s. centralista.
centralita s.f. mesa telefônica.
centralización s.f. centralização.
centralizador,-a adj. centralizador.
centralizar v. centralizar.
centrar v. centrar, concentrar, basear; (Fut.) centrar. **centrarse** vr. centrar-se, girar em torno de.
céntrico,-a adj. cêntrico, situado num centro, central.
centrifugador adj. centrifugador.
centrifugadora s.f. centrífuga, centrifugadora.
centrifugar v. centrifugar.
centrífugo,-a adj. centrífugo.
centrípeto,-a adj. centrípeto.
centrista adj./s. centrista.
centro s.m. centro.
centroafricano,-a adj. centroafricano.
centroamericano,-a adj./s. centro-americano.
centrocampista s. (Fut.) meio-de-campo; meio-campista.
centuplicar v. centuplicar.
céntuplo,-a adj./s. cêntuplo.
centuria s.f. centúria.
centurión s.m. centurião.
ceñido adj. cingido, apertado.
ceñir v. cingir, apertar, rodear. **ceñirse** vr. limitar-se, restringir-se.
ceño s.m. cenho, carranca.
ceñudo,-a adj. carrancudo.
cepa s.f. cepa.
cepillado,-a adj. aplainado, escovado. s.m. escovação, aplainamento.
cepillar v. escovar, aplainar; roubar; adular. **cepillarse** vr. escovar-se; matar; acabar, liqüidar; reprovar, tomar pau;

ter relações sexuais.
cepillo s.m. escova; plaina; cofrinho, caixa de esmolas.
cepo s.m. cepo, armadilha; mealheiro.
ceporro s.m. toro; estúpido, idiota.
cera s.f. cera, cerume.
cerámica s.f. cerâmica.
cerámico,-a adj. cerâmico.
ceramista s. ceramista.
cerbatana s.f. zarabatana.
cerca s.f. cerca.
cerca adv. cerca, quase, perto.
cercado s.m. cercado; cerca.
cercanía s.f. cercania. **cercanías** subúrbio, periferia.
cercano,-a adj. próximo, vizinho.
cercar v. cercar, sitiar.
cercenar v. cercear, cortar.
cerceta s.f. cerceta.
cerciorar v. assegurar. **cerciorarse** vr. certificar-se.
cerco s.m. halo, anel; cerco.
cerda s.f. porca; cerda; crina.
cerdada s.f. golpe baixo.
cerdo s.m. porco.
cereal adj. cereal. **cereales** pl. cereais.
cerealista adj. cerealista.
cerebelo s.m. cerebelo.
cerebral adj. cerebral; calculista.
cerebro s.m. cérebro.
ceremonia s.f. cerimônia.
ceremonial s.m. cerimonial.
ceremonioso,-a adj. cerimonioso.
céreo,-a adj. céreo.
cerería s.f. fábrica ou loja de velas.
cereza s.f. cereja.
cerezo s.m. cerejeira.
cerilla s.m. fósforo.
cerillero,-a s. vendedor de fósforos.
cerner v. cernir; peneirar; espreitar, examinar; chuviscar; fecundar. **cernerse** vr. ameaçar, estar iminente; bambolear.
cernícalo s.m. francelho; (Fig.) cabeça-dura, estúpido.
cernir v. veja **cerner.**
cero s.m. zero; nada.
cerquillo s.m. cercilho; vira.
cerrado,-a adj. (tempo, sotaque)

carregado; cerrado; fechado; reservado; calado; oculto; obscuro, obstinado; idiota, tapado. s.m. cercado.
cerradura s.f. fechadura.
cerrajería s.f. serralheria.
cerrajero,-a s. serralheiro.
cerrar v. fechar, trancar; obstruir, vedar; tampar, juntar, encaixar, encerrar. **cerrarse** vr. insistir, obstinar-se; cicatrizar-se; (tempo) fechar.
cerrazón s.f. obstinação, estupidez; cerração.
cerril adj. acidentado, agreste, selvagem; teimoso, obstinado.
cerro s.m. morro, colina.
cerrojazo s.m. dar ~ encerrar, pôr um fim.
cerrojo s.m. ferrolho; (Fut.) retranca.
certamen s.m. certame.
certero,-a adj. certeiro.
certeza ou **certidumbre** s.f. certeza.
certificación s.f. certidão, certificação, atestado.
certificado,-a adj. certificado, registrado. s.m. certidão.
certificar v. certificar, registrar, atestar.
certitud s.f. certeza.
cerúleo,-a adj. cerúleo, cérulo.
cerumen s.m. cerume, cerúmen.
cerval adj. cerval; **miedo** ~ pavor.
cervantino,-a adj. cervantino.
cervato s.m. corço.
cervecería s.f. bar, cervejaria.
cervecero,-a s.m. cervejeiro.
cerveza s.f. cerveja.
cervical adj. cervical.
cérvido,-a adj./s.m. cervídeo.
cerviz s.f. cerviz, nuca.
cesación s.f. cessação.
cesante adj. em disponibilidade; desempregado.
cesar v. cessar, acabar, parar; demitir-se, deixar um cargo.
cesárea s.f. cesariana, cesárea.
cese s.f. demissão.
cesión s.f. cessão, renúncia.
cesionario,-a s. cessionário.
cesionista s.m. outorgante.
césped s.m. céspede, gramado.
cesta s.f. cesta.
cestería s.f. cestaria,
cesto s.m. cesto, cesta.

cesura s.f. cesura, pausa.
ceta s.f. zê.
cetáceo,-a adj./s.m. cetáceo.
cetrería s.f. falcoaria, cetraria.
cetrino,-a adj. citrino; melancólico.
cetro s.m. cetro.
ceutí,-a adj./s. ceutense.
Ch, ch s.f. outrora quarta letra do alfabeto espanhol.
chabacanada s.f., **chabacanería** s.f. vulgaridade; grosseria.
chabacano,-a adj. de mau gosto. s.m. abricó.
chabola s.f. choça; casebre.
chabolismo s.m. favela.
chabolista s. favelado.
chacal s.m. chacal.
chacarera s.f. dança popular.
chacarero,-a s. chacareiro.
chacha s.f. babá, criada.
chachachá s.m. chá-chá-chá.
chachalaca s.f. jacu; tagarela.
cháchara s.f. lero-lero, conversa mole. **chácharas** velharias, bugigangas.
chacharear v. tagarelar.
chachi adj./adv. estupendo.
chacho s.m. rapaz, moço.
chacina s.f. chacina; carne-de-sol; carne de porco defumada.
chacinería s.f. charcutaria.
chacolí s.m. vinho seco basco.
chacolotear v. (ferradura solta) chocalhar.
chacota s.f. chacota, gozação.
chacotear v. chacotear, gozar.
chacra s.f. chácara.
chacuaco s.m. forno de fundição.
chafallar v. achavascar.
chafallo s.m. remendo malfeito; borrão.
chafar v. amassar, achatar; estragar; confundir; deprimir.
chafarrinada s.f., ou **chafarrinón** s.m. mancha, borrão.
chafirete s.m. caminhoneiro.
chaflán s.m. chanfro.
chagolla s.f. nota falsa.
chagra s. lavrador, camponês.
chaguar v. espremer torcendo.
chaira s.f. chifra, faca de sapateiro; chaira, navalha.
chal s.m. chale.
chala s.f. palha de milho; cigarro feito com palha de milho.
chalado,-a adj. louco; apaixonado.
chaladura s.f. extravagância, mania, paixão; entusiasmo.
chalán,-ana adj./s. vendedor de gado e cavalos.
chalana s.f. chalana.
chalanear v. negociar com esperteza.
chalar(se) v.,vr. enlouquecer; apaixonar-se.
chalchihuite s.m. pedra preciosa; bugiganga.
chalé s.m. chalé.
chaleco s.m. colete.
chalet s.m. chalé.
chalina s.f. gravata larga, usada por homens e mulheres.
chalona s.f. carne de ovelha seca ao sol e salgada.
chalote s.m. cebolinha.
chalupa s.f. chalupa; torta de milho.
chamaco,-a s. rapaz, moça.
chamagoso,-a adj. sujo, vulgar, mal vestido; descuidado.
chamal s.m. manto usado pelos índios; túnica de lã.
chamarilear v. negociar artigos usados; fazer trocas.
chamarilero,-a s. belchior.
chamarra s.f. samarra, chimarra; engano, fraude.
chamba s.f. sorte, casualidade; trabalho mal pago.
chambelán s.m. camarista.
chambergo s.m. casacão, chapéu.
chambón,-ona adj./s. desajeitado; sortudo.
chambonada s.f. inabilidade; sorte, casualidade.
chambra s.f. chambre, roupão.
chamiza s.f. carqueja.
chamizo s.m. chamiço; barraco, choça.
chamorro,-a adj. tosquiado.
champa s.f. raizada, raizame.
champán ou **champaña** s.m. champanha.
champiñón s.m. cogumelo.
champola s.f. refresco de ata.
champú s.m. xampu.
champurrar v. misturar bebidas.
chamuchina s.f. populaça, ralé.
chamullar v. falar, tagarelar.
chamuscar v. chamuscar.
chamusquina s.f. chamusco; discussão; oler a ~ recear que

algo não vá terminar bem.
chanada s.f. engano, embuste.
chancaca s.f. pé-de-moleque.
chancar v. triturar; maltratar; golpear, confundir.
chance s.f. oportunidade.
chancear v. zombar, gozar.
chancero,-a adj. gozador.
chanchada s.f. cachorrada.
chanchi adj. excelente; muito bom.
chancho,-a adj./s. porco.
chanchullero,-a adj. trapaceiro.
chanchullo s.m. trapaça, tramóia.
chancla ou **chancleta** s.f. chinelo.
chanclo s.m. galocha, tamanco.
chancro s.m. cancro.
chándal s.m. agasalho, abrigo.
chanfaina s.f. chanfana.
changador s.m. carregador.
changüí s.m. burla, chasco.
changurro s.m. guisado de aranha-do-mar.
chanquete s.m. manjuba.
chantaje s.f. chantagem.
chantajear v. chantagear.
chantajista s. chantagista.
chantillí s.m. chantilly.
chanza s.f. gozação, troça.
chao interj. tchau!; até logo!
chapa s.f. chapa, folha; distintivo; tampinha; mancha vermelha nas faces; policial; fechadura. pl. jogo de cara-ou-coroa.
chapaleta s.f. chapeleta.
chapar v. chapear; folhar, banhar, estudar; fechar.
chaparrada s.f. chuvarada.
chaparral s.m. sobral.
chaparrear v. chover forte.
chaparro,-a adj./s. baixo e rechonchudo. s.m. sobreiro, chaparreiro.
chaparrón s.m. chuvarada, pédágua; batelada.
chapear v. chapear; prosperar.
chapela s.f. boina basca.
chapera s.f. rampa.
chapeta s.f. mancha vermelha nas faces.
chapetón,-ona adj. novato. s. europeu recém-chegado.
chapín adj./s. guatemalteco; cambaio. s.m. chapim.
chapisca s.f. colheita de milho.
chapista s. latoeiro, funileiro.

chapistería s.f. funilaria.
chapitel s.m. capitel.
chapó s.m. jogo de bilhar. ichapó! muito bem!; bravo!
chapodar v. podar; cercear.
chapotear v. chapinhar.
chapucería s.f. serviço malfeito.
chapucero,-a adj. malfeito, matado. s. remendão.
chapulín s.m. grilo; garoto.
chapurrar ou **chapurrear** v. falar mal um idioma; arranhar.
chapurreo s.m. algaravia.
chapuz s.m. mergulho.
chapuza s.f. biscate; serviço malfeito; armadilha. **chapuzas** remendão, desleixado.
chapuzar v. mergulhar.
chapuzón s.m. mergulho.
chaqué s.m. fraque.
chaqueta s.f. casaco, paletó.
chaquete s.m. gamão.
chaquetear v. virar casaca.
chaqueteo s.m. mudança de opinião.
chaquetero,-a s. vira-casaca.
chaquetilla s.f. casaco curto.
chaquetón s.m. casacão.
chaquira s.f. avelório.
charada s.f. charada.
charanga s.f. charanga, banda.
charca s.f., **charco** s.m. poça, charco.
charcón,-ona adj. magro, fino.
charcutería s.f. charcutaria.
charcutero,-a s. charcuteiro.
charla s.f. charla, prosa, papo.
charlador,-a adj./s. charlador.
charlar v. charlar, papear.
charlatán,-ana adj. tagarela, indiscreto. s. charlatão.
charlatanería s.f. loquacidade; lábia de vendedor.
charlestón s.m. charleston.
charlotada s.f. tourada cômica; palhaçada.
charlotear v. palrar, prosear.
charloteo s.m. prosa, charla.
charnego,-a s. imigrante espanhol.
charnela s.f. dobradiça.
charol s.m. verniz; couro envernizado; bandeja; charão.
charolar v. acharoar.
charpa s.f. boldrié.
charqui s.m. charque.
charrada s.f. cafonice.

charrán s.m. velhaco, tratante.
charranada s.f. velhacaria.
charrasca s.f. sabre, navalha.
charretera s.f. dragona; liga.
charro,-a adj. brega. adj./s. de Salamanca.
chascar v. estalar; crepitar; comer depressa, engolir.
chascarrillo s.m. anedota.
chasco s.m. decepção, zombaria.
chasis s.m. chassi.
chasquear v. estalar; faltar ao prometido; decepcionar.
chasquido s.m. estalo, crepitação, estalido.
chasquilla s.f. franja.
chata s.f. comadre; urinol.
chatarra s.f. sucata; limalha, ferro-velho; traste.
chatarrero,-a s. sucateiro.
chatear v. tomar uns tragos.
chato,-a adj. (nariz) achatado, chato; baixinho. s. pessoa de nariz chato. s.m. taça de vinho.
chaucha s.f. vagem; batata temporã; dinheiro miúdo.
chauvinismo s.m. chauvinismo.
chauvinista adj./s. chauvinista.
chaval,-a s. garoto, jovem.
chaveta s.f. chaveta; cabeça, cuca.
chavo s.m. moeda, dinheiro; moço.
che s.f. nome da letra ch. ¡che! interj. ei!; nossa!; oi!
checa s.f. polícia; prisão.
checo,-a adj./s. tcheco.
checoslovaco,-a adj./s. tcheco-slovaco.
cheli s.m. gíria espanhola.
chelín s.m. xelim.
chepa s.f. corcunda.
cheque s.m. cheque.
chequear v. checar, examinar.
chequeo s.m. check-up.
chequera s.f. talonário de cheques.
chéster s.m. queijo inglês.
chévere adj. estupendo, magnífico, excelente; janota.
chevió s.m. cheviote; lã fina.
chic adj. chique, elegante.
chicana s.f. trapaça, troça.
chicanear v. trapacear.
chicano,-a adj./s. mexicano que vive nos Estados Unidos.
chicarrón,-ona adj. forte, robusto.

chicha *s.f.* chicha; carne.
chícharo *s.m.* ervilha; grão-de-bico; aprendiz.
chicharra *s.f.* cigarra; tagarela.
chicharrero *s.* natural de Tenerife. *s.m.* forno, estufa.
chicharro *s.m.* torresmo; chicharro, carapau.
chicharrón *s.m.* torresmo; pessoa bronzeada; fiambre.
chiche *s.m.* peito de mulher; bijuteria.
chichear *v.* ciciar, sibilar.
chicheo *s.m.* cicio.
chichi *adj.* cômodo, fácil. *s.f.* peito. *s.m.* (*Vulg.*) xoxota.
chichón *s.m.* inchaço, galo.
chichonera *s.f.* capacete.
chicle *s.m.* chiclete.
chiclé *s.m.* (*Aut.*) giclê.
chico,-a *adj.* pequeno, criança. *s.* garoto(a), rapaz, moço(a); moço de recados; noivo. *s.f.* criada, empregada.
chicolear *v.* galantear.
chicoleo *s.m.* galanteio.
chicoria *s.f.* chicória.
chicote,-a *s.* rapagão. *s.m.* charuto; chicote.
chifla *s.f.* assobio, apito; troça.
chiflado,-a *adj.* maluco, adoidado; gamado, louco por.
chifladura *s.f.* loucura, doidice; mania, moda.
chiflar *v.* assobiar; vaiar; apitar; encantar, fascinar; troçar.
chiflido *s.m.* apito, assobio.
chigua *s.f.* cesto grande.
chigüin *s.m.* criança raquítica.
chiita *adj./s.* xiita.
chilaba *s.f.* cafetã.
chilar *s.m.* pimental.
chile *s.m.* pimenta.
chilena *s.f.* (*Fut.*) bicicleta.
chileno,-a *adj./s.* chileno.
chilillo *s.m.* chicote.
chilindrina *s.f.* bagatela, ninharia; piada, troça.
chilindrón *s.m.* chilindrão; carne refogada com tomate, pimenta e especiarias.
chilla *s.f.* (*caça*) chamariz.
chillar *v.* gritar; guinchar; ranger; protestar; destoar; chorar.
chillería *s.f.* gritaria; bronca.
chillido *s.m.* grito; rangido.

chillón,-ona *adj.* chiador, berrante, estridente; gritante, chocante; chorão.
chilmole *s.m.* carne, tomate, cebola e molho de pimenta.
chimenea *s.f.* chaminé; lareira; greta vertical na rocha.
chimpancé *s.m.* chimpanzé.
china *s.f.* seixo, pedrinha; riqueza; porcelana; concubina; maconha.
chinchar *v.* aborrecer, chatear, encher. **chincharse** *vr.* fastidiar-se; encher-se.
chincharrero *s.m.* pulgueiro.
chinche *s.f.* percevejo; pessoa chata, enfadonha.
chincheta *s.f.* tacha, percevejo.
chinchilla *s.f.* chinchila.
¡chinchín! *interj.* tintim!, saúde!
chinchinear *v.* brindar.
chinchón *s.m.* licor de anis.
chinchona *s.f.* quinino.
chinchorrería *s.f.* impertinência, chatice; fastio; fofoca.
chinchorrero,-a *adj.* insolente; fofoqueiro.
chinchorro *s.m.* rede; bote.
chinchoso,-a *adj.* tedioso, cansativo.
chinchulín *s.m.* tripa de vaca.
chinear *v.* (*bebê*) mimar; carregar no colo.
chinela *s.f.* chinelo, tamanco.
chinero *s.m.* guarda-louça; despensa.
chinesco,-a *adj.* chinês.
chinga *s.f.* guimba, bituca, bebedeira; chatice.
chingado,-a *adj.* (*Vulg.*) fodido.
chingana *s.f.* biboca, bar.
chingar *v.* beber demais; aborrecer, (*Vulg.*) trepar, foder; roubar. **chingarse** *vr.* fracassar; embebedar-se.
chingo,-a *adj.* sem gume, cego; sem rabo; curto; arrebitado; ávido; baixo. *s.m.* montão.
chino¹,-a *adj./s.* chinês
chino² *adj.* careca. *s.* mestiço, índio; criado; homem do povo; querido, namorado; seixo, pedra; (*jogo*) porrinha. **chinos** (*cabelo*) cachos. *s.m.* aborrecimento. *s.f.* haxixe.
chipa *s.f.* cesto para frutas.

chipe *s.m.* dinheiro, riqueza.
chipén *adj. de* ~estupendo.
chipirón *s.m.* lula.
chipriota *adj./s.* cipriota.
chiquear *v.* mimar.
chiquero *s.m.* chiqueiro, touril.
chiquigüite *s.m.* cesto sem asas.
chiquillada *s.f.* travessura, molecagem.
chiquillería *s.f.* criançada, molecada, molecagem.
chiquillo,-a *s.* criança, moleque.
chiquitín,-ina *adj.* pequenino.
chiquito,-a *adj./s.* pequeno; copo de vinho; *no andarse con chiquitas* ir direto ao assunto.
chirapa *s.f.* andrajo; chuva e sol.
chiribita *s.f.* chispa, fagulha; margarida; lampejo.
chiribitil *s.m.* desvão; casinha.
chirigota *s.f.* chiste, motejo, troça, brincadeira.
chirigotero,-a *adj.* brincalhão.
chirimbolo *s.m.* coisa, treco.
chirimía *s.f.* charamela.
chirimiri *s.m.* garoa.
chirimoya *s.f.,* **cherimoyo** *s.m.* cherimólia.
chiringo *s.m.* pedacinho; andrajo, farrapo.
chiringuito *s.m.* barraca de praia; bar de estrada.
chirinola *s.f.* debate, discussão; boliche; ninharia.
chiripa *s.f.* bambúrrio, sorte.
chirivia *s.f.* chirívia, pastinaca.
chirla *s.f.* mexilhão.
chirle *adj.* insípido, sem graça.
chirlo *s.m.* ferida, cicatriz.
chirola *s.f.* tostão, moeda.
chirona *s.f.* cadeia, prisão.
chirrear ou **chirriar** *v.* ranger, guinchar; cantar mal.
chirrido *s.m.* rangido, grasnido.
chiruca *s.f.* bota de lona com sola de borracha.
chirusa *s.f.* mulher vulgar.
¡chis! *interj.* silêncio!
chiscón *s.m.* cabana, biboca.
chisgarabís *s.m.* intrometido.
chisguete *s.m.* jato; trago.
chisme *s.m.* boato; fofoca, mexerico; bugiganga; treco.
chismear *v.* fofocar, mexericar.
chismografía *s.f.* mexerico.
chismorrear *v.* mexericar.
chismorreo *s.m.* fofoca, mexe-

rico.
chismoso,-a *adj./s.* mexeriqueiro.
chispa *s.f.* faísca; pedacinho; pingo de chuva; embriaguez; graça, espírito; mentira; êxito.
chisparse *vr.* embebedar-se.
chispazo *s.m.* clarão de luz; foco; fofoca; sinal; boato.
chispeante *adj.* faiscante, cintilante; espirituoso.
chispear *v.* faiscar, cintilar, brilhar; reluzir; chuviscar.
chispo,-a *adj.* grogue. *s.m.* trago.
chisporrotear *v.* faiscar; crepitar.
chisquero *s.m.* isqueiro.
chist *interj.* silêncio!; psiu!
chistar *v.* chamar alguém com um psiu; falar.
chiste *s.m.* chiste; piada; atrativo, graça; caricatura.
chistera *s.f.* cartola; cesta de pescador.
chistoso,-a *adj.* chistoso, engraçado. *s.m.* cômico.
chita *s.f.* astrágalo; *a la ~ callando* discretamente.
chitacallando *adv.* pé ante pé.
chitón *interj.* silêncio!; psiu!
chivarse *vr.* dedurar, dedar.
chivatada *s.f.* ou **chivatazo** *s.m.* denúncia, delação.
chivatear *v.* delatar, denunciar.
chivato,-a *s.* delator; dedo-duro. *s.m.* chibo; alarme; figurão.
chivo,-a *s.* chibo; poça. *s.f.* microônibus; *~ expiatorio* bode expiatório.
chivudo,-a *adj./s.* barbudo.
chocante *adj.* estranho; surpreendente; antipático.
chocar *v.* colidir, chocar; discordar; estranhar; aborrecer; tinir, brindar.
chocarrería *s.f.* brincadeira de mau gosto.
chocarrero,-a *adj.* vulgar, grosseiro.
chocha *s.f.* mexilhão, amêijoa.
chochaperdiz *s.f.* galinhola.
chochear *v.* ficar gagá, caducar; enlevar-se, babar.
chochera ou **chochez** *s.f.* caduquice.
chochín *s.m.* uirapuru, carriça.
chocho,-a *adj.* caduco, senil; caído por, babado. *s.m.* tremo-

ço; confeito de canela; (*Vulg.*) vagina, xoxota.
choclo *s.m.* tamanco; espiga de milho verde.
choco,-a *adj.* vesgo; crespo.
chocolate *s.m.* chocolate; (*Gír.*) maconha.
chocolatera *s.f.* chocolateira.
chocolatería *s.f.* chocolataria, fábrica de chocolates.
chocolatero,-a *adj. chocólatra*; chocolateiro.
chocolatín *s.m.*, **chocolatina** *s.f.* tablete de chocolate.
chófer ou **chofer** *s.m.* chofer.
cholla *s.f.* cachola, cabeça; preguiça.
chollar *v.* depenar, esfolar.
chollo *s.m.* moleza, pechincha.
cholo,-a *adj.* mestiço.
chomba *s.f.* suéter.
chompa *s.f.* suéter, jaqueta.
chongo *s.m.* coque (de cabelo); trança; faca cega; troça.
chontal *adj./s.* rústico, inculto.
chopera *s.f.* choupal.
chopo *s.m.* choupo; arma de fogo, fuzil.
choque *s.m.* choque, colisão; contenda, briga.
choquezuela *s.f.* patela, rótula.
chorcha *s.f.* reunião de amigos para bater papo.
choricero,-a *s.* lingüiceiro; (*Gír.*) ladrãozinho.
chorizar *v.* beliscar, roubar.
chorizo *s.m.* chouriço; ladrão.
chorlitejo ou **chorlito** *s.m.* tarambola.
chorra *adj./s.* tolo, idiota. *s.f.* sorte; (*Vulg.*) vara, pica.
chorrada *s.f.* chorinho (bebida a mais que se dá de graça); ninharia; asneira.
chorrear *v.* jorrar; pingar; fluir; repreender.
chorreo *s.m.* jorro; repreensão.
chorrera *s.f.* calha; vala, rego; goteira; guarnição de camisa.
chorretada *s.f.* jorro; chorinho, dose extra.
chorrillo *s.m.* chorrilho.
chorro *s.m.* jorro; pingo; torrente.
chotacabras *s.m.* (*Zool.*) noitibó, bacurau.
chotearse *vr.* caçoar.

choteo *s.m.* caçoada, gozação.
chotis *s.m.* xote.
choto,-a *s.* cabrito; trapaceiro.
chova *s.f.* gralha, corvo.
chovinismo *s.m.* chauvinismo.
chovinista *adj./s.* chauvinista.
choza *s.f.* choça.
chozno,-a *s.* tetraneto.
chubasco *s.m.* chuvarada, aguaceiro; contratempo.
chubasquero *s.m.* capa impermeável.
chúcaro,-a *adj.* xucro; tímido.
chucear *v.* lancear.
chucha *s.f.* cadela; (*Fam.*) querida; peseta; (*Vulg.*) xoxota.
chuchada *s.f.* fraude, engano.
chuchería *s.f.* ninharia; petisco, guloseima.
chucho *s.m.* cão vira-latas; interruptor; calafrio; medo.
chuchoca *s.f.* milho torrado.
chuchurrido,-a *adj.* murcho, estragado, enrugado.
chueca *s.f.* toco de árvore; troça, zombaria.
chueco,-a *adj.* cambaio, torto.
chufa *s.f.* (*Bot.*) chufa, junça; (*Fam.*) tapa, bofetada.
chufla *s.f.* zombaria, motejo.
chufletear *v.* troçar, brincar.
chulada *s.f.* graça, garbo.
chulanchar *v.* vangloriar-se.
chulapo,-a *s.* gracejador; exibicionista; castiço.
chulear *v.* zombar de; pavonear-se; roubar.
chulería *s.f.* graça, brilho; atrevimento; bravata; chulice.
chulesco,-a *adj.* descarado.
chuleta *s.f.* costeleta; bofetada; (*entre estudantes*) cola.
chulo,-a *adj.* convencido; vistoso; bonito. *s.* rufião, cafetão.
chulón,-ona *adj.* pelado, nu.
chumacera *s.f.* chumaceira.
chumbe *s.m.* faixa, cinta.
chumbera *s.f.* figueira-da-índia.
chumero *s.m.* aprendiz.
chunga *s.f.* pilhéria, brincadeira.
chungar *v.* brincar, troçar.
chungo,-a *adj.* ruim, difícil, inútil.
chungón,-ona *adj.* brincalhão.
chunguearse *vr.* brincar, zombar.
chupa *s.f.* casaco curto, jaqueta.

chupacirlos s.m. beato.
chupachup s.m. pirulito.
chupada s.f. chupada; tragada.
chupado,-a adj. fraco, magro; justo; muito fácil.
chupador s.m. chupador; mordedor.
chupar v. chupar, sugar, bebericar, lamber, absorver. **chuparse** vr. definhar, suportar, agüentar.
chupatintas s.m. empregado de escritório.
chupete s.m. chupeta; pirulito.
chupetear v. chupitar.
chupeteo s.m. chupadela.
chupetón s.m. chupada com força; marca de chupada na pele.
chupi adj. excelente, estupendo.
chupinazo s.m. chute forte, tiro; foguetada.
chupón,-ona adj. chupão; parasita. s.m. chupeta, mamadeira; marca de chupada na pele; (*Fut.*) individualista.
churrasco s.m. churrasco.
churre s.m. banha.
churrería s.f. barraca de churros.
churrero,-a s. vendedor de churros; sortudo.
churrete s.m. mancha.
churretoso,-a adj. sujo, imundo.
churriana s.f. rameira, puta.
churrigueresco,-a adj. estilo barroco espanhol.
churro,-a adj. (lã) churdo, angorá. s.m. churro; coisa malfeita; filme ruim; lance de sorte.
churrullero,-a adj./s. tagarela.
churruscar v. queimar.
churrusco s.m. pão queimado.
churumbel s.m. criancinha.
chuscada s.f. chiste, pilhéria.
chusca s.f. prostituta; amante.
chusco,-a adj. gracioso. s.m. pãozinho, munício.
chusma s.f. gentalha, ralé.
chuspa s.f. bolsa, embornal.
chut s.m. chute.
chutar v. chutar. **chutarse** vr. drogar-se.
chute s.m. chute; dose de droga.
chuzo s.m. bastão, chuço; *caer ~s de punta* cair um pé-d'água.
chuzón,-ona adj. astuto, gracioso.
chuzonada s.f. gracejo.

cianuro s.m. cianeto.
ciática s.f. ciática.
ciático,-a adj. ciático.
ciberespacio s.m. ciberespaço.
cibernética s.f. cibernética.
cibernético,-a adj. cibernético.
cicatear v. mesquinhar.
cicatería s.f. mesquinharia.
cicatero,-a adj. mesquinho.
cicatriz s.f. cicatriz.
cicatrización s.f. cicatrização.
cicatrizar v. cicatrizar.
cicerón s.m. pessoa eloqüente.
cicerone s. cicerone, guia.
ciclamen s.m. (*Bot.*) ciclame.
cíclico,-a adj. cíclico.
ciclismo s.m. ciclismo.
ciclista s.f. ciclístico. s. ciclista.
ciclo s.m. ciclo.
ciclomotor s.m. ciclomotor.
ciclón s.m. ciclone.
ciclónico,-a adj. ciclônico.
ciclópeo,-a ou **ciclópico,-a** adj. ciclópeo, ciclópico.
ciclostil s.m. mimeógrafo.
ciclostilar v. mimeografar.
cicuta s.f. cicuta.
cidra s.f. cidra.
cidrera s.f. ou **cidro** s.m. cidreira.
ciego,-a adj./s. cego; obstruído, entupido. s.m. (*Anat.*) ceco.
cielo s.m. céu; teto.
ciempiés s.m. centopéia.
cien adj./s.m. cem.
ciénaga s.f. lamaçal, brejo.
ciencia s.f. ciência.
cienmilésimo,-a adj./s. centésimo milésimo.
cieno s.m. lama, lodo.
científico,-a adj./s. científico.
ciento adj. cem.
cierne s.m. florescência; *en ~* em potencial.
cierre s.m. fechamento, fecho; paralisação, encerramento.
cierto,-a adj. certo, exato, preciso. adv. certamente.
ciervo,-a s. cervo.
cierzo s.m. vento frio do norte.
cifra s.f. cifra, algarismo, dígito, código.
cifrado,-a adj. codificado.
cifrar v. cifrar.
cigala s.f. pitu, lagostim.
cigarra s.f. cigarra.
cigarral s.m. sítio, casa de campo.
cigarrera s.f. cigarreira.

cigarrillo s.m. cigarro.
cigarro s.m. charuto; cigarro.
cigüeña s.f. cegonha.
cigüeñal s.f. manivela.
cilantro s.m. coentro.
cilicio s.m. cilício.
cilindrada s.f. cilindrada.
cilíndrico,-a adj. cilíndrico.
cilindro s.m. cilindro.
cima s.f. cume, topo, auge.
cimarrón,-a adj./s. chimarrão, escravo fugitivo.
címbalo s.m. címbalo.
cimborio ou **cimborrio** s.m. zimbório.
cimbra s.f. cimbre, cambota.
cimbrar ou **cimbrear** v. arquear, vibrar; balançar, requebrar.
cimbreante adj. flexível.
cimbreo s.m. requebrado, balanço.
cimentación s.f. cimentação, fundação, alicerce.
cimentar v. cimentar, alicerçar; consolidar.
cimientos s.m.pl. fundações, alicerces.
cinamomo s.m. canela.
cinc s.m. zinco.
cincel s.m. cinzel, formão.
cincelado,-a adj. cinzelado. s.m. cinzelamento.
cincelar v. cinzelar.
cincha s.f. cincha, cilha.
cincho s.m. cinto, arco de barril.
cinco adj./s.m. cinco.
cincuenta adj./s.m. cinqüenta.
cincuentavo,-a adj./s. qüinquagésimo.
cincuentena s.f. cinqüentena, meia centena.
cincuentenario s.m. cinqüentenário.
cincuentón,-ona adj./s. cinqüentão.
cine s.m. cinema.
cineasta s. cineasta.
cineclub s.m. cineclube.
cinéfilo,-a s. cinéfilo.
cinegética s.f. cinegética.
cinegético,-a adj. cinegético.
cinema s.m. cinema.
cinemateca s.f. cinemateca.
cinemática s.f. cinemática.
cinematografía s.f. cinematografia.
cinematográfico,-a adj. cine-

matográfico.
cinematógrafo *s.m.* cinematógrafo, projetor de cinema.
cinerama *s.m.* cinerama.
cinética *s.f.* cinética.
cinético,-a *adj.* cinético.
cingalés, esa *adj./s.* cingalês.
cíngaro,-a *adj./s.* zíngaro.
cínico,-a *adj./s.* cínico.
cinismo *s.m.* cinismo.
cinta *s.f.* fita; filme; esteira; pente (de balas).
cinto *s.m.* cinto.
cintura *s.f.* cintura.
cinturón *s.m.* cinto, faixa, cinturão, cordão.
cipe *adj. niño* ~ criança doentia.
cipote *adj.* bobo, estúpido. *s.m.* (*Vulg.*) cacete, caralho.
ciprés *s.m.* cipreste.
circense *adj.* circense.
circo *s.m.* circo.
circuito *s.m.* circuito.
circulación *s.f.* circulação.
circular *v.* circular, mover, fluir; (*Aut.*) dirigir. *adj.* circular.
circulatorio,-a *adj.* circulatório.
círculo *s.m.* círculo.
circuncidar *v.* circuncidar.
circuncisión *s.f.* circuncisão.
circunciso,-a *adj.* circunciso.
circundante *adj.* circundante.
circundar *v.* circundar.
circunferencia *s.f.* circunferência.
circunflejo *s.m.* circunflexo.
circunloquio *s.m.* circunlóquio.
circunscribir *v.* circunscrever.
circunscripción *s.f.* circunscrição.
circunscrito,-a *adj.* circunscrito.
circunspección *s.f.* circunspeção.
circunspecto,-a *adj.* circunspecto.
circunstancia *s.f.* circunstância.
circunstancial *adj.* circunstancial.
circunvalación *s.f.* circunvalação; anel viário.
circunvalar *v.* circunvalar.
cirílico,-a *adj.* cirílico.
cirio *s.m.* círio.
cirro *s.m.* cirro.
cirrosis *s.f.* cirrose.
cirroso,-a *adj.* cirroso.

cirrótico,-a *adj.* cirrótico.
ciruela *s.f.* ameixa.
ciruelo *s.m.* ameixeira.
cirugía *s.f.* cirurgia.
cirujano,-a *s.* cirurgião.
ciscarse *vr.* sujar-se.
cisco *s.m.* carvão vegetal; balbúrdia, confusão.
cisma *s.m.* cisma, cisão.
cismático,-a *adj./s.* cismático.
cisne *s.m.* cisne.
cisterna *s.f.* cisterna.
cistitis *s.f.* cistite.
cita *s.f.* encontro marcado, entrevista; citação, nota.
citación *s.f.* citação.
citar *v.* marcar um encontro; citar, intimar; mencionar.
cítara *s.f.* cítara.
cítola *s.f.* taramela.
citología *s.f.* citologia.
citoplasma *s.m.* citoplasma.
cítrico,-a *adj.* cítrico. **cítricos** *s.m.pl.* frutas cítricas.
ciudad *s.f.* cidade.
ciudadanía *s.f.* cidadania.
ciudadano,-a *ad* citadino, civil; urbano. *s.m.* cidadão.
ciudadela *s.f.* cidadela.
ciudarealeño,-a *adj./s.* de Ciudad Real.
civet *s.m.* guisado, ragu.
civeta *s.f.* zibeta.
cívico,-a *adj.* cívico.
civil *adj.* civil. *s.m.* civil; guarda civil.
civilista *s.* civilista.
civilización *s.f.* civilização.
civilizado,-a *adj.* civilizado.
civilizar *v.* civilizar.
civismo *s.m.* civismo.
cizalla *s.f.* cisalha.
cizaña *s.f.* cizânia, joio.
clamar *v.* clamar.
clamor *s.m.* clamor.
clamoroso,-a *adj.* clamoroso.
clan *s.m.* clã.
clandestinidad *s.f.* clandestinidade.
clandestino,-a *adj.* clandestino.
claque *s.f.* claque.
claqué *s.m.* sapateado.
clara *s.f.* clara; calva.
claraboya *s.f.* clarabóia.
clarear *v.* clarear, iluminar; amanhecer; (*Tempo*) limpar, abrir; transparentar.

clarete *adj./s.m.* clarete.
claridad *s.f.* claridade; clareza, nitidez.
clarificación *s.f.* clarificação.
clarificador,-a *adj./s.* clarificador.
clarificar *v.* clarear, aclarar, esclarecer.
clarín *s.m.* clarim.
clarinete *s.m.* clarineta, clarinetista.
clarinetista *s.* clarinetista.
clarividencia *s.f.* clarividência.
clarividente *adj./s.* clarividente.
claro,-a *adj.* claro. *s.m.* clareira. *adv.* claramente.
claroscuro *s.m.* claro-escuro.
clase *s.f.* classe, sala de aula.
clasicismo *s.m.* classicismo.
clasicista *adj./s.* classicista.
clásico,-a *adj./s.* clássico.
clasificación *s.f.* classificação.
clasificador,-a *adj.* classificador. *s.m.* arquivo.
clasificar(se) *v.,vr.* classificar(-se).
clasismo *s.m.* espírito de classe.
clasista *adj./s.* classista.
claudicación *s.f.* claudicação.
claudicar *v.* claudicar.
claustro *s.m.* claustro; mosteiro; conselho administrativo.
claustrofobia *s.f.* claustrofobia.
cláusula *s.f.* cláusula.
clausura *s.f.* encerramento, fechamento; clausura.
clausurar *v.* encerrar, concluir, fechar.
clavado,-a *adj.* cravado, fixo; exato.
clavar *v.* cravar, pregar, fixar; cobrar caro, explorar.
clave *s.m.* (*Mús.*) cravo. *s.f.* chave; código; tonalidade. *adj.* importante.
clavel *s.m.* cravo, craveiro.
clavellina *s.f.* cravina.
clavetear *v.* cravejar.
clavicordio *s.m.* clavicórdio.
clavícula *s.f.* clavícula.
clavija *s.f.* cavilha; cravelha; plugue.
clavo *s.m.* cravo, cravo-da-índia; prego; (*Vulg.*) pênis, pica.
claxon *s.m.* buzina.
clemencia *s.f.* clemência.
clemente *adj.* clemente.
clementina *s.f.* clementina.

cleptomanía s.f. cleptomania.
cleptómano,-a s. cleptomaníaco.
clerecía s.f. clerezia, clero.
clergyman s.m. vestes sacerdotais.
clerical adj. clerical. s. clericalista.
clericalismo s.m. clericalismo.
clérigo s.m. clérigo.
clero s.m. clero.
cliché s.m. (Fot.) negativo; clichê.
cliente s. cliente, freguês.
clientela s.f. clientela, freguesia.
clima s.m. clima; atmosfera.
climaterio s.m. climatério.
climático,-a adj. climático.
climatización s.f. condicionamento de ar.
climatizado,-a adj. climatizado.
climatizar v. climatizar.
climatología s.f. climatologia.
climatológico,-a adj. climatológico.
clímax s.m. clímax.
clínica s.f. clínica.
clínico,-a adj./s. clínico, médico.
clip s.m. clipe; grampo.
clíper s.m. (Náut.) clíper.
clítoris s.m. clítoris.
cloaca s.f. cloaca, esgoto.
cloquear v. cacarejar.
cloqueo s.m. cacarejo.
clorado,-a adj. clorado. s.m. cloração.
clorhídrico,-a adj. clorídrico.
cloro s.m. cloro.
clorofila s.f. clorofila.
clorofílico,-a adj. clorofílico.
cloroformio s.m. clorofórmio.
cloruro s.m. cloreto.
club s.m. clube.
clueca adj. choca. s.f. galinha choca.
coacción s.f. coação.
coaccionar v. coagir.
coactivo,-a adj. coercivo.
coadjutor,-a adj./s. coadjutor.
coadyuvante adj./s. coadjuvante.
coadyuvar v. coadjuvar.
coagulación s.f. coagulação.
coagulante adj./s.m. coagulante.
coagular v. coagular.
coágulo s.m. coágulo.
coala s.m. coala.
coalición s.f. coalizão.

coaligar(se) v.vr., coligar(-se).
coartada s.f. álibi, coarctada.
coartar v. coarctar, restringir.
coautor,-a s. co-autor.
coba s.f. adulação, bajulação.
cobalto s.m. cobalto.
cobarde,-a adj./s. covarde.
cobardía s.f. covardia.
cobaya s.f., **cobayo** s.m. cobaia.
cobertizo s.m. coberto, telheiro, beiral.
cobertor s.m. colcha, manta.
cobertura s.f. cobertura.
cobija s.f. cobertor, manta.
cobijar v. cobrir; proteger, abrigar.
cobijo s.m. refúgio, amparo, proteção.
cobista adj./s. adulador.
cobla s.m. copla; banda catalã.
cobra s.f. naja.
cobrador,-a s. cobrador.
cobrar v. cobrar, receber; recuperar. **cobrarse** vr. recobrar-se.
cobre s.m. cobre.
cobrizo,-a adj. acobreado.
cobro s.m. pagamento, cobrança.
coca s.f. coca; (Fam.) cocaína.
cocaína s.f. cocaína.
cocainómano,-a s. cocainômano.
cocción s.f. cocção.
cocear v. escoicear.
cocer v. cozinhar; ferver, cozer. **cocerse** vr. torrar de calor; tramar, maquinar.
cochambre s.f. sujeira, imundície.
cochambroso,-a adj. sujo.
coche s.m. automóvel, carro; vagão, carruagem.
cochera s.f. garagem; depósito.
cochero s.m. cocheiro.
cochinada s.f. porcaria, sujeira, obscenidade.
cochinería s.f. sujeira.
cochinilla s.f. cochonilha; bicho-de-conta, tatu-bola.
cochinillo s.m. leitão.
cochino,-a adj./s. sujo, pessoa suja, porco.
cocido,-a adj./s.m. cozido.
cociente s.m. quociente.
cocina s.f. cozinha.

cocinar v. cozinhar.
cocinero,-a s. cozinheiro.
cocinilla s.f. fogareiro, forninho.
cocker s.m. cocker.
cocktail s.m. coquetel.
coco s.m. coco, coqueiro; fantasma, bicho-papão.
cocodrilo s.m. crocodilo.
cócora s.f. pessoa impertinente; chato.
cocotel s.m. coqueiro.
cóctel ou **coctel** s.m. coquetel.
coctelera s.f. coqueteleira.
codazo s.m. cotovelada.
codear v. acotovelar. **codearse** vr. equiparar-se, ombrear-se.
codeína s.f. codeína.
codera s.f. remendo no cotovelo.
códice s.m. códice, códex.
codicia s.f. cobiça, avidez.
codiciable adj. cobiçável, desejável.
codiciado,-a adj. cobiçado.
codiciar v. cobiçar.
codicioso,-a adj./s. cobiçoso, ganancioso.
codificación s.f. codificação.
codificador,-a s. codificador.
codificar v. codificar.
código s.m. código.
codillo s.m. codilho, mocotó.
codo s.m. cotovelo, codilho.
codorniz s.f. codorniz.
coeducación s.f. co-educação.
coeficiente s.m. coeficiente
coercitivo,-a adj. coercitivo.
coetáneo,-a adj./s. coetâneo.
coexistencia s.f. coexistência.
coexistir v. coexistir.
cofa s.f. cesto da gávea.
cofia s.f. touca.
cofrade s. confrade.
cofradía s.f. confraria.
cofre s.m. baú, arca, cofre.
coger v. agarrar, pegar, tomar, apanhar, prender; aceitar; emprestar, alugar; adquirir; pegar (doença); entender; colher; atropelar; anotar; abater; surpreender; caber; (Vulg.) trepar; *cogerla* embriagar-se.
cogestión s.f. sociedade.
cogida s.f. (Tour.) ferimento por chifrada; (Fam.) colheita.
cogido s.m. prega, plissê.
cognición s.f. cognição.

cognoscitivo,-a *adj.* cognoscitivo.
cogollo *s.m.* broto; miolo (de verdura); o melhor (de uma coisa), o centro.
cogorza *s.f.* bebedeira.
cogotazo *s.m.* pescoção.
cogote *s.m.* cangote, nuca.
cogotudo,-a *s.* novo-rico.
cogujada *s.f.* cotovia-dos-campos; calandra.
cohabitación *s.f.* coabitação.
cohabitar *v.* coabitar.
cohecho *s.m.* suborno.
coherencia *s.f.* coerência.
coherente *adj.* coerente.
cohesión *s.f.* coesão.
cohete *s.m.* foguete.
cohibición *s.f.* coibição.
cohibido,-a *adj.* inibido.
cohibir *v.* coibir.
coima *s.f.* suborno.
coincidencia *s.f.* coincidência.
coincidente *adj.* coincidente.
coincidir *v.* coincidir; ajustar-se; encontrar-se.
coito *s.m.* coito.
cojear *v.* coxear, mancar; balançar; titubear.
cojera *s.f.* manqueira.
cojín *s.m.* coxim.
cojinete *s.m.* coxinete.
cojo,-a *adj./s.* coxo, manco.
cojón *s.m.* (*Vulg.*) colhão, bolas; *de cojones* do cacete.
cojonudo,-a *adj.* (*Vulg.*) bom paca; do cacete.
col *s.f.* couve.
cola *s.f.* cauda, rabo; pênis; fila; cola.
colaboración *s.f.* colaboração.
colaboracionismo *s.m.* colaboracionismo.
colaboracionista *adj./s.* colaboracionista.
colaborador,-a *adj./s.* colaborador.
colaborar *v.* colaborar.
colación *s.f.* colação, refeição leve; drágea, confeito.
colacionar *v.* cotejar.
colada *s.f.* lavagem de roupa.
coladera *s.f.* cano de esgoto.
colado,-a *adj.* coado, filtrado; apaixonado.
colador *s.m.* coador; escorredor de macarrão; peneira.
coladura *s.f.* erro, gafe; coadura.

colapso *s.m.* colapso; (*Trânsito*) engarrafamento.
colar *v.* coar, filtrar; passar (moeda falsa); colar. **colarse** *vr.* entrar como penetra; furar uma fila; cometer uma gafe.
colateral *adj.* colateral.
colcha *s.f.* colcha.
colchón *s.m.* colchão.
colchonería *s.f.* colchoaria.
colchonero,-a *s.* colchoeiro.
colchoneta *s.f.* colchonete.
çolear *v.* (*cão*) rabear.
colección *s.f.* coleção.
coleccionar *v.* colecionar.
coleccionista *s.* colecionador.
colecta *s.f.* coleta.
colectívero *s.m.* motorista de ônibus.
colectividad *s.f.* coletividade.
colectivismo *s.m.* coletivismo.
colectivista *s.* coletivista.
colectivización *s.f.* coletivização.
colectivizar *v.* coletivizar.
colectivo,-a *adj.* coletivo. *s.m.* associação, coletividade; microônibus; lotação.
colector *s.m.* coletor.
colega *s.* colega, amigo.
colegiado, *adj./s.m.* afiliado; coletivo; juiz.
colegial *adj./s.* colegial, aluno; novato, inexperiente.
colegiala *s.f.* colegial, aluna.
colegiarse *vr.* associar-se, agremiar-se.
colegiata *s.f.* igreja colegiada.
colegio *s.m.* colégio, associação, corporação.
colegir *v.* deduzir, inferir.
cólera *s.f.* cólera, ira. *s.m.* cólera.
colérico,-a *adj.* colérico.
colesterol *s.m.* colesterol.
coleta *s.f.* rabo-de-cavalo.
coletazo *s.m.* rabanada; rabeio; últimos momentos.
coletilla *s.f.* adição breve.
coleto *s.m.* colete; o íntimo (de uma pessoa).
colgado,-a *adj.* pendurado; suspenso; drogado.
colgador *s.m.* cabide.
colgadura *s.f.* colgadura, tapeçaria.
colgajo *s.m.* trapo; cacho de uva; enxerto.
colgante *s.m.* pingente.

colgar *v.* pendurar; suspender, pender, depender; enforcar; atribuir; desistir, abandonar; (*Tel.*) desligar. **colgarse** *vr.* enforcar-se.
colibrí *s.m.* colibri.
cólico,-a *adj.* cólico. *s.m.* cólica.
coliflor *s.f.* couve-flor.
colilla *s.f.* bituca, guimba.
colimbo *s.m.* mergulhão.
colín *s.m. grissini, biscuit.*
colina *s.f.* colina.
colindante *adj.* confinante.
colindar *v.* confinar.
colirio *s.m.* colírio.
colirrojo *s.m.* rouxinol.
coliseo *s.m.* coliseu.
colisión *s.f.* colisão.
colisionar *v.* colidir.
colista *s.* (*Esp.*) lanterninha.
colitis *s.m.* colite.
collado *s.m.* colina; desfiladeiro.
collage *s.m.* colagem.
collar *s.m.* colar; coleira; braçadeira.
collarín *s.m.* colar cervical.
collera *s.f.* coleira; parelha.
colmado,-a *adj.* cheio, lotado. *s.m.* mercearia.
colmar *v.* colmar, encher até a boca; cumular, amontoar; satisfazer.
colmena *s.f.* colméia.
colmenar *s.m.* apiário.
colmenero,-a *s.* apicultor.
colmillo *s.m.* colmilho, presa.
colmo *s.m.* cúmulo.
colocación *s.f.* colocação; emprego.
colocado,-a *adj.* colocado, empregado; bêbado, baratinado.
colocar *v.* colocar; empregar; casar; impingir; investir, drogar. **colocarse** *vr.* classificar-se; embebedar-se.
colocho *s.m.* cavaco; cacho.
colocón *s.m.* baratino.
colofón *s.m.* colofão; remate.
coloidal *adj.* coloidal.
coloide *s.m.* colóide.
colombiano,-a *adj./s.* colombiano.
colombino,-a *adj.* colombiano.
colombofilia *s.f.* columbofilia.
colombófilo,-a *adj./s.* columbófilo.
colon *s.m.* cólon.

colonia *s.f.* colônia; água-de-colônia.
coloniaje *s.m.* período colonial.
colonial *adj.* colonial.
colonialismo *s.m.* colonialismo.
colonialista *adj./s.* colonialista.
colonización *s.f.* colonização.
colonizador,-a *adj./s.* colonizador.
colonizar *v.* colonizar.
colono *s.m.* colono.
coloquial *adj.* coloquial.
coloquialismo *s.m.* coloquialismo.
coloquio *s.m.* colóquio.
color *s.m.* cor, matiz; tinta. colores bandeira.
coloración *s.f.* coloração.
colorado, *adj./s.m.* vermelho.
colorante *adj.* corante.
colorear *v.* colorir.
colorete *s.m.* rouge.
colorido *s.m.* colorido.
colorín *s.m.* cor viva; pintassilgo.
colorismo *s.m.* colorismo.
colorista *adj./s.* colorista.
colosal *adj.* colossal.
coloso *s.m.* colosso.
coludo,-a *adj.* distraído.
columbario *s.m.* columbário.
columbrar *v.* vislumbrar; conjeturar.
columna *s.f.* coluna.
columnata *s.f.* colunata.
columnista *s.* colunista.
columpiar *v.* balançar.
columpio *s.m.* balanço.
colza *s.f.* colza.
coma *s.f.* vírgula. *s.m.* coma.
comadre *s.f.* parteira; comadre; vizinha, amiga; alcoviteira.
comadrear *v.* fofocar, mexericar.
comadreja *s.f.* doninha.
comadreo *s.m.* comadrice, mexerico, fofoca.
comadrona *s.f.* parteira.
comandancia *s.f.* comando, quartel.
comandante *s.m.* comandante; piloto.
comandar *v.* comandar.
comandita *s.f.* comandita.
comanditar *v.* comanditar.
comanditario,-a *adj.* comanditário.

comando *s.m.* comando.
comarca *s.f.* comarca.
comatoso,-a *adj.* comatoso.
comba *s.f.* curva; jogo de pular corda.
combadura *s.f.* empenamento.
combar *v.* curvar, empenar; vergar.
combate *s.m.* combate.
combatiente *adj./s.* combatente.
combatir *v.* combater, lutar.
combatividad *s.f.* combatividade.
combativo,-a *adj.* combativo.
combinación *s.f.* combinação; integração; coquetel.
combinado,-a *adj./s.* combinado; mistura; coquetel.
combinar *v.* combinar.
combo,-a *adj.* empenado, vergado.
combustible *adj./s.m.* combustível.
combustión *s.f.* combustão.
comecocos *s.m.* caça-níqueis.
comedero *s.m.* comedouro, manjedoura.
comedia *s.f.* comédia, farsa.
comediante,-a *s.* ator, atriz, farsante.
comedido,-a *adj.* comedido; prestativo.
comedimiento *s.m.* moderação.
comediógrafo,-a *s.* comediógrafo.
comedirse *vr.* conter-se; oferecer-se.
comedor,-a *adj.* comilão, comedor. *s.m.* sala de jantar; refeitório.
comensal *s.* comensal.
comentar *v.* comentar, criticar.
comentario *s.m.* comentário.
comentarista *s.* comentarista.
comenzar *v.* começar.
comer *v.* comer; gastar, consumir; corroer; desbotar. comerse *vr.* roer; omitir.
comercial *adj.* comercial.
comercialización *s.f.* comercialização; marketing.
comercializar *v.* comercializar.
comerciante *adj./s.* comerciante.
comerciar *v.* comerciar.
comercio *s.m.* comércio; loja.
comestible *adj.* comestível.
cometa *s.m.* cometa; papagaio de papel, pipa.

cometer *v.* cometer. perpetrar.
cometido *s.m.* tarefa, dever.
comezón *s.m.* comichão.
cómic *s.m.* história em quadrinhos.
comicial *adj.* comicial.
comicidad *s.f.* comicidade.
comicios *s.m.pl.* eleições.
cómico,-a *adj./s.* cômico; comediante.
comida *s.f.* comida, refeição.
comidilla *s.f.* mexerico, fofoca.
comido,-a *adj.* comido.
comienzo *s.m.* começo.
comilón,-ona *adj.* comilão, glutão.
comilona *s.f.* festim, banquete.
comillas *s.f.pl.* aspas.
comino *s.m.* cominho.
comisaría *s.f.* delegacia.
comisario *s.m.* delegado.
comiscar *v.* comiscar, lambiscar.
comisión *s.f.* comissão; comitê; perpetração.
comisionado,-a *adj.* comissionado. *s.* comissário.
comisionar *v.* comissionar.
comisionista *s.* comissionista.
comistrajo *s.m.* mixórdia.
comisura *s.f.* comissura.
comité *s.m.* comitê.
comitiva *s.f.* comitiva.
como *adv.* como; aproximadamente. *conj.* assim que, porque.
cómo *adv.* como; por que?; ¿a ~? quanto? *s.m.* como.
cómoda *s.f.* cômoda.
comodidad *s.f.* comodidade.
comodín *s.m.* curinga; pretexto; faz-tudo.
cómodo,-a *adj.* cômodo, confortável, útil.
comodón,-ona *adj./s.* comodista.
comodoro *s.m.* comodoro.
comoquiera *adv.* de qualquer maneira; posto que.
compactar *v.* compactar.
compacto,-a *adj.* compacto.
compadecerse *vr.* compadecer-se.
compadraje *s.f.* conspiração, trama.
compadre *s.m.* compadre, amigo, colega.
compadrear *v.* ser amigos; jactar-se; ostentar-se.

compaginar v. conciliar, compatibilizar.
compaña s.f. companhia.
compañerismo s.m. companheirismo.
compañero,-a s. companheiro; par.
compañia s.f. companhia.
comparable adj. comparável.
comparación s.f. comparação.
comparar v. comparar.
comparativo,-a adj./s. comparativo.
comparecencia s.f. comparecimento.
comparecer v. comparecer.
comparsa s.f. bloco carnavalesco; figurante.
compartimentado,-a adj. particionado.
compartimento ou **compartimiento** s.m. compartimento.
compartir v. compartir, repartir, compartilhar.
compás s.m. compasso; bússola, cadência.
compasión s.f. compaixão.
compasivo,-a adj. compassivo.
compatibilidad s.f. compatibilidade.
compatible adj. compatível.
compatriota s. compatriota.
compeler v. compelir, forçar.
compendiar v. resumir.
compendio s.m. resumo, sinopse.
compenetración s.f. compenetração, identificação.
compenetrarse vr. identificar-se, compenetrar-se.
compensación s.f. compensação.
compensador, adj./s.m. compensador.
compensar v. compensar.
competencia s.f. competência; competição, concorrência; incumbência.
competente adj. competente, adequado, capaz.
competer v. competir, incumbir, concernir.
competición s.f. competição, concorrência.
competidor,-a adj./s. competidor.
competir v. competir, concorrer.

competitivo,-a adj. competitivo.
compilación s.f. compilação.
compilador,-a s. compilador.
compilar v. compilar.
compinche s. cúmplice.
complacencia s.f. complacência.
complacer v. complacerse vr. comprazer(-se).
complácido,-a adj. satisfeito.
complaciente adj. complacente, generoso.
complejidad s.f. complexidade.
complejo, adj./s.m. complexo.
complementar v. **complementarse** vr. complementar(-se).
complementario,-a adj. complementar.
complemento s.m. complemento.
completar v. completar.
completo,-a adj. completo, cheio.
complexión s.f. compleição.
complicación s.f. complicação.
complicado,-a adj. complicado, implicado.
complicar v. complicar, envolver, implicar. **complicarse** vr. complicar-se.
cómplice s. cúmplice.
complicidad s.f. cumplicidade.
complot s.m. complô.
componenda s.f. acordo suspeito; conluio.
componente adj./s.m. componente.
componer v. compor, formar, decorar, montar. **componerse** vr. consistir de, arranjar-se.
comportamiento s.m. comportamento.
comportar v. implicar, envolver. **comportarse** vr. comportar-se.
composición s.f. composição, acordo.
compositor,-a s. compositor.
compostelano,-a adj./s. santiaguês, santiagueiro.
compostura s.f. composição, acordo, conserto, dignidade, moderação.
compota s.f. compota.
compra s.f. compra.
comprador,-a s. comprador.
comprar v. comprar, subornar.

compraventa s.f. compra e venda.
comprender v. compreender.
comprensible adj. compreensível.
comprensión s.f. compreensão.
comprensivo,-a adj. compreensivo.
compresa s.f. compressa; absorvente feminino.
compresibilidad s.f. compressibilidade.
compresible adj. compressível.
compresión s.f. compressão.
compresor,-a adj./s.m. compressor.
comprimible adj. comprimível.
comprimido, adj./s.m. comprimido.
comprimir v. comprimir, apertar, reduzir.
comprobable adj. comprovável.
comprobación s.f. comprovação.
comprobante s.m. comprovante, recibo.
comprobar v. comprovar.
comprometedor,-a adj./s. comprometedor.
comprometer v. **comprometerse** vr. comprometer(-se).
comprometido,-a adj. arriscado, comprometido, obrigado, difícil.
compromisario,-a adj./s. representante, delegado.
compromiso s.m. compromisso, encontro; dificuldade.
compuerta s.f. comporta.
compuesto,-a adj./s.m. composto; s.f.pl. Compostas.
compulsa s.f. cotejo; cópia autenticada.
compulsar v. cotejar, autenticar.
compulsión s.f. compulsão.
compulsivo,-a adj. compulsivo.
compunción s.f. compunção.
compungido,-a adj. triste.
compungir v. **compungirse** vr. entristecer(-se).
computable adj. computável.
computación s.f. computação.
computador,-a s. computador.
computar v. computar.
cómputo s.m. cômputo.
comulgante s. comungante.
comulgar v. comungar; dar a Comunhão.

comulgatorio *s.m.* mesa de comunhão.
común *adj.* comum. *s.m.* comunidade.
comuna *s.f.* comunidade; câmara municipal.
comunal *adj.* comum, comunitário.
comunicable *adj.* comunicável, comunicativo.
comunicación *s.f.* comunicação.
comunicado,-a *adj./s.m.* comunicado.
comunicante *adj.* comunicante. *s.* informante.
comunicar *v.* comunicar, transmitir, (*Tel.*) dar sinal de ocupado; corresponder-se.
comunicativo,-a *adj.* comunicativo.
comunidad *s.f.* comunidade.
comunión *s.f.* comunhão.
comunismo *s.m.* comunismo.
comunista *adj./s.* comunista.
comunitario,-a *adj.* comunitário.
con *prep.* com, se, apesar de.
conato *s.m.* esforço, tendência, tentativa.
concadenar *v.* concatenar.
concatenación *s.f.* concatenação.
concatenar *v.* concatenar.
concavidad *s.f.* concavidade.
cóncavo,-a *adj.* côncavo.
concebible *adj.* concebível.
concebir *v.* conceber.
conceder *v.* conceder, admitir.
concejal,-a *s.* conselheiro municipal.
concejalía *s.f.* cargo de conselheiro.
consejo *s.m.* conselho municipal.
concelebrar *v.* concelebrar.
concentración *s.f.* concentração.
concentrado,-a *adj./s.m.* concentrado.
concentrar *v.* **concentrarse** *vr.* concentrar(-se).
concéntrico,-a *adj.* concêntrico.
concepción *s.f.* concepção.
concepto *s.m.* conceito, idéia, aspecto.
conceptual *adj.* conceitual.
conceptuar *v.* conceituar.

conceptuoso,-a *adj.* conceituoso.
concerniente *adj.* concernente.
concernir *v.* concernir.
concertado,-a *adj.* combinado.
concertar *v.* planejar; ajustar; combinar; chegar a um acordo; afinar; concordar.
concertina *s.f.* concertina.
concertista *s.* concertista.
concesión *s.f.* concessão.
concesionario,-a *adj./s.* concessionário.
concha *s.f.* concha; carapaça de tartaruga; (*Teat.*) caixa do ponto; audácia; (*Vulg.*) xoxota.
conchabar *v.* conchavar, confabular.
concho *s.m.* resíduo, sobras.
conciencia *s.f.* consciência.
concienciar *v.* conscientizar.
concienzudo,-a *adj.* conciencioso.
concierto *s.m.* acordo; concerto, harmonia.
conciliábulo *s.m.* conciliábulo.
conciliación *s.f.* conciliação.
conciliador,-a *adj.* conciliador.
conciliar *v.+adj.* conciliar.
conciliatorio,-a *adj.* conciliatório.
concilio *s.m.* concílio.
concisión *s.f.* concisão.
conciso,-a *adj.* conciso.
concitar *v.* concitar, incitar.
conciudadano,-a *s.* concidadão.
cónclave ou **conclave** *s.m.* conclave.
concluir *v.* concluir; deduzir.
conclusión *s.f.* conclusão.
concluso,-a *adj.* concluso.
concluyente *adj.* concludente.
concomerse *vr.* consumir-se, ansiar.
concomitancia *s.f.* concomitância.
concomitante *adj.* concomitante.
concordancia *s.f.* concordância.
concordante *adj.* concordante.
concordar *v.* concordar.
concordato *s.m.* concordata.
concorde *adj.* concordante.
concordia *s.f.* concórdia, harmonia.
concreción *s.f.* concreção; concisão.
concretar *v.* especificar, fixar, limitar, resumir. **concretarse** *vr.* limitar-se, concretizar.
concreto,-a *adj.* concreto.
concubina *s.f.* concubina.
concubinato *s.m.* concubinato.
conculcar *v.* conculcar, infringir.
concuñado,-a *s.* concunhado.
concupiscencia *s.f.* concupiscência.
concupiscente *adj.* concupiscente.
concurrencia *s.f.* concorrência, afluência, público.
concurrente *adj./s.* presente.
concurrido,-a *adj.* concorrido, cheio.
concurrir *v.* concorrer, coincidir, contribuir, competir.
concursante *s.* concorrente, candidato.
concursar *v.* concorrer, competir.
concurso *s.m.* concurso.
condado *s m* condado.
condal *adj.* condal.
conde *s.m.* conde.
condecoración *s.f.* condecoração.
condecorar *v.* condecorar.
condena *s.f.* condenação.
condenable *adj.* condenável.
condenación *s.f.* condenação.
condenado,-a *adj./s.* condenado; maldito; miserável.
condenar *v.* condenar; fechar (*porta, janela*).
condenatorio,-a *adj.* condenatório.
condensable *adj.* condensável.
condensación *s.f.* condensação.
condensado,-a *adj.* condensado.
condensador *s.m.* condensador.
condensar *v.* condensar.
condesa *s.f.* condessa.
condescendencia *s.f.* condescendência.
condescender *v.* condescender.
condescendiente *adj.* condescendente.
condestable *s.m.* condestável.
condición *s.f.* condição.
condicionado,-a *adj.* condicionado.
condicional *adj./s.m.* condicional.

condicionamiento *s.m.* condicionamento.
condicionar *v.* condicionar.
cóndilo *s.m.* côndilo.
condimentación *s.f.* condimentação.
condimentar *v.* condimentar.
condimento *s.m.* condimento.
condiscípulo,-a *s.* condiscípulo.
condolencia *s.f.* condolência.
condolerse *vr.* condoer-se.
condominio *s.m.* condomínio.
condón *s.m.* camisinha.
condonación *s.f.* perdão.
condonar *v.* perdoar.
cóndor *s.m.* condor.
conducción *s.f.* condução; canalização.
conducir *v.* conduzir, dirigir.
conducirse *vr.* conduzir-se.
conducta *s.f.* conduta; seguro-saúde.
conductibilidad *s.f.*, **conductividad** *s.f.* condutividade.
conducto *s.m.* conduto, via, meio, canal.
conductor *adj.* condutor. *s.m.* motorista, condutor.
condumio *s.m.* (*Fam.*) comida, bóia.
conectar *v.* conectar, ligar.
coneja *s.f.* lebre, coelha.
conejar *s.m.*, **conejera** *s.f.* coelheira.
conejero, adj./s.m. coelheiro.
conejillo *s.m.* porquinho-da-índia, cobaia.
conejo *s.m.* coelho; (*Vulg.*) xoxota.
conexión *s.f.* conexão; ligação.
conexo *adj.* conectado.
confabulación *s.f.* confabulação.
confabulador,-a *s.* confabulador, conspirador.
confabular *v.* confabular.
confalón *s.m.* estandarte.
confaloniero,-a *s.* porta-bandeira.
confección *s.f.* confecção.
confeccionador,-a *s.* confeccionador.
confeccionar *v.* confeccionar.
confeccionista *s.* confeccionista.
confederación *s.f.* confederação.
confederado,-a *adj.* confederado.

confederal *adj.* confederativo.
confederar *v.* confederar.
conferencia *s.f.* conferência, palestra; (*Tel.*) chamada, ligação.
conferenciante *s.* conferencista.
conferenciar *v.* conferenciar.
conferir *v.* conferir, conceder.
confesar *v.* confessar.
confesión *s.f.* confissão.
confesional *adj.* confessional.
confesionario *s.m.* confessionário.
confeso,-a *adj.* confesso; judeu convertido.
confesonario *s.m.* confessionário.
confesor *s.m.* confessor.
confeti *s.m.* conféti.
confiado,-a *adj.* presumido, confiante; ingênuo, boa-fé.
confianza *s.f.* confiança.
confiar *v.* confiar.
confidencia *s.f.* confidência.
confidencial *adj.* confidencial.
confidente *s.* confidente; informante.
configuración *s.f.* configuração.
configurar *v.* configurar.
confín *s.m.* confim, limite, fronteira.
confinación *s.f.*, **confinamiento** *s.m.* confinamento.
confinar *v.* confinar.
confirmación *s.f.* confirmação.
confirmar *v.* confirmar.
confirmatorio,-a *adj.* confirmatório.
confiscación *s.f.* confisco.
confiscar *v.* confiscar.
confitado,-a *adj.* confeitado.
confitar *v.* confeitar; conservar.
confite *s.m.* confeito.
confitería *s.f.* confeitaria.
confitero,-a *s.* confeiteiro.
confitura *s.f.* geléia, compota.
conflagración *s.f.* conflagração.
conflictivo,-a *adj.* conflituoso.
conflicto *s.m.* conflito.
confluencia *s.f.* confluência.
confluente *adj.* confluente.
confluir *v.* confluir.
conformación *s.f.* conformação.
conformar *v.* conformar, configurar, concordar, compor. **conformarse** *vr.* conformar-se.
conforme *adj./conj.* conforme,

logo que; à medida que. *s.m.* aprovação.
conformidad *s.f.* conformidade.
conformismo *s.m.* conformismo.
conformista *adj./s.* conformista.
confort *s.m.* conforto.
confortable *adj.* confortável.
confortador,-a *adj.*, confortante *adj.* confortante.
confortar *v.* confortar.
confraternar *v.* confraternizar.
confraternidad *s.f.* confraternidade.
confraternizar *v.* confraternizar.
confrontación *s.f.* confrontação.
confrontar *v.* confrontar.
confundible *adj.* confundível.
confundir *v.* confundir, misturar.
confusión *s.f.* confusão.
confusionismo *s.m.* confusão.
confuso,-a *adj.* confuso.
conga *s.f.* conga.
congelación *s.f.* congelamento.
congelado,-a *adj.* congelado. **congelados** alimento congelado.
congelador *s.m.* congelador.
congelar *v.* congelar.
congénere *adj./s.* congênere.
congeniar *v.* dar-se bem, simpatizar-se.
congénito,-a *adj.* congênito.
congestión *s.f.* congestão.
congestionar *v.* congestionar.
conglomeración *s.f.* conglomeração.
conglomerado,-a *s.m.* conglomerado.
conglomerar *v*, **conglomerarse** *vr.* conglomerar(-se).
congoja *s.f.* angústia.
congoleño,-a *adj./s.* congolês.
congraciar *v.* congraçar.
congratulación *s.f.* congratulação.
congratular *v*, **congratularse** *vr.* congratular(-se).
congregación *s.f.* congregação.
congregante *s.* congregado.
congregar(se) *v.*, *vr.* congregar(-se).
congresista *s.* congressista.
congreso *s.m.* congresso.
congrio *s.m.* congro.
congruencia *s.f.* congruência.

congruente *adj.* congruente.
cónico,-a *adj.* cônico.
conífero,-a *adj.* conífero.
conjetura *s.f.* conjetura.
conjeturar *v.* conjeturar.
conjugable *adj.* conjugável.
conjugación *s.f.* conjugação.
conjugar *v.* conjugar.
conjunción *s.f.* conjunção.
conjuntado,-a *adj.* coordenado.
conjuntar *v.* coordenar.
conjuntiva *s.f.* conjuntiva.
conjuntivitis *s.f.* conjuntivite.
conjuntivo,-a *adj.* conjuntivo.
conjunto,-a *adj./s.m.* conjunto.
conjura ou **conjuración** *s.f.* conjura, conjuro.
conjurado,-a *adj.* conjurado. *s.* conspirador.
conjurar *v.* conjurar; invocar, exorcizar, conspirar. **conjurarse** *vr.* conjurar-se.
conjuro *s.m.* conjuro, exorcismo.
conllevar *v.* suportar, agüentar.
conmemoración *s.f.* comemoração.
conmemorar *v.* comemorar.
conmemorativo,-a *adj.* comemorativo.
conmensurable *adj.* comensurável.
conmigo *pron. pes.* comigo.
conminación *s.f.* cominação.
conminar *v.* cominar.
conminativo,-a, **conminatorio,-a** *adj.* cominativo, cominatório.
conmiseración *s.f.* comiseração.
conmoción *s.f.* comoção.
conmocionar *v.* comover, abalar.
conmovedor,-a *adj.* comovente.
conmover *v.* comover, tocar.
conmutabilidad *s.f.* comutabilidade.
conmutable *adj.* comutável.
conmutación *s.f.* comutação.
conmutador *s.m.* comutador; mesa telefônica.
conmutar *v.* comutar.
conmutativo,-a *adj.* comutativo.
connatural *adj.* conatural.
connivencia *s.f.* conivência.
connotación *s.f.* conotação.
connotar *v.* conotar.

connubio *s.m.* conúbio.
cono *s.m.* cone.
conocedor,-a *adj./s.* conhecedor, expert.
conocer *v,* **conocerse** *vr.* conhecer(-se).
conocido,-a *adj./s.* conhecido.
conocimiento *s.m.* conhecimento, maturidade, consciência.
conque *conj* por isto, portanto.
conquense *adj./s.* natural de Cuenca.
conquista *s.f.* conquista.
conquistador,-a *adj./s.* conquistador.
conquistar *v.* conquistar.
consabido,-a *adj.* consabido, familiar.
consagración *s.f.* consagração.
consagrado,-a *adj.* consagrado.
consagrar *v,* **consagrarse** *vr.* consagrar(-se).
consanguíneo,-a *adj./s.* consangüíneo.
consanguinidad *s.f.* consangüinidade.
consciencia *s.f.* consciência.
consciente *adj.* consciente, cônscio.
consecución *s.f.* consecução.
consecuencia *s.f.* conseqüência; coerência.
consecuente *adj.* conseqüente.
consecutivo,-a *adj.* consecutivo.
conseguir *v.* conseguir.
conseja *s.f.* fábula, lenda.
consejero,-a *s.* conselheiro.
consejo *s.m.* conselho.
consenso *s.m.* consenso.
consensual *adj.* consensual.
consentido,-a *adj./s.* mimado.
consentimiento *s.m.* consentimento.
consentir *v.* consentir, tolerar, mimar; afrouxar.
conserje *s.m.* porteiro, zelador.
coserjería *s.f.* portaria, zeladoria, recepção.
conserva *s.f.* conserva, compota.
conservación *s.f.* conservação.
conservador, *adj./s.* conservador. *s.m.* curador.
conservadurismo *s.m.* conservadorismo, conservantismo.
conservante *s.m.* conservante.

conservar *v.* conservar.
conservatorio *s.m.* conservatório.
conservería *s.f.* conservaria.
conservero,-a *adj./s.* conserveiro.
considerable *adj.* considerável.
consideración *s.f.* consideração.
considerado,-a *adj.* considerado, apreciado, atento.
considerar *v.* considerar, respeitar.
consigna *s.f.* ordens; guarda-volumes; senha, lema.
consignación *s.f.* anotação; consignação.
consignar *v.* anotar, consignar.
consignatario,-a *s.* consignatário.
consigo *pron. pes.* consigo.
consiguiente *s.f.* resultante, conseqüente; *por* ~ por conseguinte.
consistencia *s.f.* consistência.
consistente *adj.* consistente.
consistir *v.* consistir.
consistorial *adj.* consistorial; *casa* ~ prefeitura.
consistorio *s.m.* consistório; câmara municipal.
consocio,-a *s.* consócio.
consola *s.f.* console, consolo.
consolación *s.f.* consolação.
consolador,-a *adj.* consolador.
consolar *v.* consolar.
consólida *s.m.* confrei.
consolidación *s.f.* consolidação.
consolidar *v.* **consolidarse** *vr.* consolidar(-se).
consolidativo,-a *adj.* consolidativo.
consomé *s.m.* consomê.
consonancia *s.f.* consonância.
consonante *adj./s.f.* consoante.
consonántico,-a *adj.* consonantal.
consonar *v.* consonar, concordar.
consorcio *s.m.* consórcio.
consorte *s.* consorte.
conspicuo,-a *adj.* conspícuo.
conspiración *s.f.* conspiração.
conspirador,-a *s.* conspirador.
conspirar *v.* conspirar.
constancia *s.f.* constância; prova, evidência; certeza.

constante *adj.* constante.
constar *v.* constar; consistir.
constatación *s.f.* constatação.
constatar *v.* constatar.
constelación *s.f.* constelação.
constelado,-a *adj.* estrelado.
consternación *s.f.* consternação.
consternar *v.* consternar.
constipación *s.f.* constipação.
constipado,-a *adj.* constipado. *s.m.* resfriado.
constiparse *vr.* constipar-se.
constitución *s.f.* constituição.
constitucional *adj.* constitucional. *s.m.* constitucionalista.
constituir *v.* constituir; ser, representar. **constituirse** *vr.* constituir-se.
constitutivo,-a *adj.* constitutivo.
constituyente *adj./s.* constituinte.
constreñimiento *s.m.* constrangimento.
constreñir *v.* constranger; constringir.
constricción *s.f.* constrição.
construcción *s.f.* construção; edifício.
constructivo,-a *adj.* construtivo.
constructor,-a *adj./s.* construtor.
construir *v.* construir.
consuegro,-a *s.* consogro.
consuelo *s.m.* consolo, consolação.
cónsul *s.m.* cônsul.
consulado *s.m.* consulado.
consular *adj.* consular.
consulta *s.f.* consulta.
consultar *v.* consultar.
consultivo,-a *adj.* consultivo.
consultorio *s.m.* consultório; ambulatório.
consumación *s.f.* consumação; perpetração.
consumado,-a *adj.* consumado; perfeito.
consumar *v.* consumar; cometer.
consumición *s.f.* consumição; consumação.
consumido,-a *adj.* consumido, fraco, acabado.
consumidor,-a *adj./s.* consumidor.

consumir *v.* consumir.
consumismo *s.m.* consumismo.
consumo *s.m.* consumo.
consunción *s.f.* consunção.
consuno *adv.* de comum acordo.
consustancial *adj.* consubstancial.
contabilidad *s.f.* contabilidade.
contabilizar *v.* contabilizar.
contable *adj.* contável, contábil. *s.* contador, guarda-livros.
contactar *v.* contatar.
contacto *s.m.* contato; ignição.
contado,-a *adj.* contado; raro, pouco; *pagar al* ~ pagar em dinheiro.
contador,-a *adj.* contador, narrador. *s.m.* medidor.
contaduría *s.f.* contadoria.
contagiar *v.* contagiar. **contagiarse** *vr.* transmitir-se.
contagio *s.m.* contágio.
contagioso,-a *adj.* contagioso.
contaminación *s.f.* contaminação.
contaminador,-a *adj.* contaminador.
contaminar *v.* contaminar.
contante *adj. dinero* ~ *y sonante* dinheiro vivo.
contar *v.* contar. **contarse** *vr.* contar-se, incluir-se.
contemplación *s.f.* contemplação.
contemporaneidad *s.f.* contemporaneidade.
contemporáneo *adj./s.* contemporâneo.
contemporizador,-a *adj./s.* contemporizador.
contemporizar *v.* contemporizar.
contención *s.f.* contenção, controle, moderação.
contencioso,-a *adj.* contencioso.
contendedor,-a *s.* contendedor.
contender *v.* contender.
contendiente *adj./s.* contendedor.
contener *v.*, **contenerse** *vr.* conter(-se).
contenido,-a *adj.* contido. *s.m.* conteúdo, assunto.
contenta *s.f.* acolhida, reconhecimento.

contentadizo,-a *adj.* contentadiço.
contentar *v.* contentar, agradar.
contento,-a *adj.* contente. *s.m.* contentamento.
contera *s.f.* conteira; *echar la* ~ terminar; *por* ~ finalmente.
contertulio,-a *s.* companheiro de tertúlia.
contestable *adj.* contestável.
contestador *s.m.* secretária eletrônica.
contestación *s.f.* contestação; resposta.
contestar *v.* responder; contestar; questionar.
contestatario,-a *adj./s.* agressor, dissidente.
contexto *s.m.* contexto; ambiente.
contextura *s.f.* contextura.
contienda *s.f.* contenda.
contigo *pron. pes.* contigo.
contigüidad *s.f.* contigüidade.
contiguo,-a *adj.* contíguo.
continencia *s.f.* continência.
continental *adj.* continental.
continente *s.m.* continente.
contingencia *s.f.* contingência risco.
contingente *adj./s.m.* contingente; cota.
continuación *s.f.* continuação.
continuador,-a *adj.* continuador.
continuar *v.* continuar.
continuidad *s.f.* continuidade.
continuo,-a *adj.* contínuo.
contonearse *vr.* bambolear-se requebrar-se.
contoneo *s.m.* requebr(ad)o.
contorno *s.m.* contorno; periferia.
contorsión *s.f.* contorção.
contorsionarse *vr.* contorcer-se.
contorsionista *s.* contorcionista.
contra *prep.*+*s.m.* contra. *s.f.* dificuldade.
contraalmirante *s.m.* contra-almirante.
contraatacar *v.* contra-atacar.
contraataque *s.m.* contra-ataque.
contrabajo *s.m.* contrabaixo.
contrabandista *s.* contrabandista.
contrabando *s.m.* contrabando

contracción s.f. contração.
ontracepción s.f. contracepção.
contrachapado s.m. madeira compensada.
contracorriente s.f. contracorrente.
contráctil adj. contrátil.
contractual adj. contratual.
contracultura s.f. contracultura.
contradanza s.f. contradança.
contradecir v., **contradecirse** vr. contradizer(-se).
contradicción s.f. contradição.
contradictorio,-a adj. contraditório.
contraer v. contrair.
contraespionaje s.f. contraespionagem.
contrafuerte s.m. contraforte.
contrahecho,-a adj. corcunda.
contraindicación s.f. contraindicação.
contralmirante s.m. contraalmirante.
contralto s. contralto.
contraluz s.m. contraluz.
contramaestre s.m. contramestre.
contramano loc. adv. a ~ na contramão.
contraofensiva s.f. contraofensiva.
contraorden s.f. contra-ordem.
contrapartida s.f. contrapartida; compensação.
contrapelo loc. adv. a ~ a contrapelo.
contrapesar v. contrapesar.
contrapeso s.m. contrapeso.
contraponer v., **contraponerse** vr. contrapor(-se).
contraportada s.f. verso, página anterior, rosto.
contraposición s.f. contraposição.
contraproducente adj. contraproducente.
contrapuerta s.f. anteporta.
contrapuesto,-a adj. contraposto.
contrapuntear v. contrapontear.
contrapunto s.m. contraponto.
contrariar v. contrariar.
contrariedad s.f. contrariedade.
contrario,-a adj./s. contrário, rival.
contrarrestar v. resistir, compensar.
contrarrevolución s.f. contrarevolução.
contrasentido s.m. contra-senso, disparate, má interpretação.
contraseña s.f. contra-senha.
contrastar v. contrastar, aferir, avaliar.
contraste s.m. contraste.
contrata s.f. contrato.
contratación s.f. contratação.
contratar v. contratar.
contratiempo s.m. contratempo.
contratista s. contratista, empreiteiro.
contrato s.m. contrato.
contravención s.f. contravenção.
contravenir v. contravir, infringir.
contraventana s.f. contravento.
contrayente adj./s. contraente.
contribución s.f. contribuição.
contribuir v. contribuir.
contribuyente s. contribuinte.
contrición s.f. contrição.
contrincante s. rival, opositor.
contristar v. contristar, afligir.
contrito,-a adj. contrito.
control s.m. controle.
controlador,-a adj./s. controlador.
controlar v. controlar.
controversia s.f. controvérsia.
controvertir v. controverter.
contubernio s.m. contubérnio.
contumacia s.f. contumácia.
contumaz adj. contumaz.
contundencia s.f. contundência.
contundente adj. contundente.
conturbación s.f. conturbação.
conturbado,-a adj. conturbado.
conturbar v. conturbar.
contusión s.f. contusão.
contusionar v. contundir.
conuco s.m. chácara.
convalecencia s.f. convalescença.
convalecer v. convalescer.
convaleciente adj./s. convalescente.
convalidación s.f. convalidação.
convalidar v. convalidar.

convección s.f. convecção.
convecino,-a adj. convizinho. s. vizinho.
convencer v., **convencerse** vr. convencer(-se).
convencimiento s.m. convencimento.
convención s.f. convenção.
convencional adj. convencional.
convencionalismo s.m. convencionalismo.
convenible adj. conveniente, razoável.
convenido,-a adj. combinado.
conveniencia s.f. conveniência.
conveniente adj. conveniente.
convenio s.m. convênio, acordo.
convenir v. concordar, convir.
conventillero,-a s. bisbilhoteiro.
convento s.m. convento; mosteiro.
conventual adj. conventual.
convergencia s.f. convergência.
convergente adj. convergente.
converger ou **convergir** v. convergir.
conversación s.f. conversação.
conversador,-a adj./s. conversador.
conversar v. conversar.
conversión s.f. conversão.
converso,-a adj./s. converso.
conversón,-ona adj. falador.
convertibilidad s.f. convertibilidade.
convertible adj. convertível. s.m. carro conversível.
convertir v. converter, transformar. **convertirse** vr. converter-se.
covexidad s.f. convexidade.
convexo,-a adj. convexo.
convicción s.f. convicção.
convicto,-a adj. convicto.
convidado,-a adj./s. convidado.
convidar v., **convidarse** vr. convidar(-se).
convincente adj. convincente.
convite s.m. convite.
convivencia s.f. convivência.
convivir v. conviver.
convocar v. convocar.
convocatoria s.f. convocatória.
convoy s.m. comboio, escolta.
convoyar v. comboiar.

convulsión *s.f.* convulsão.
convulsionar *v.* convulsionar.
convulsivo,-a *adj.* convulsivo.
convulso,-a *adj.* convulso.
conyugal *adj.* conjugal.
cónyuge *s.* cônjuge.
coña *s.f.* (*Vulg.*) piada, brincadeira, gozação.
coñac *s.m.* conhaque.
coñazo *s.m.* (*Vulg.*) chateação, saco.
coñearse *vr.* (*Vulg.*) ficar de saco cheio.
coño *s.m.* (*Vulg.*) xoxota. ¡coño! *interj.* (*Vulg.*) que merda!; que porra!
cooperación *s.f.* cooperação.
cooperador,-a *adj./s.* cooperador.
cooperar *v.* cooperar.
cooperativa *s.f.* cooperativa.
cooperativo,-a *adj.* cooperativo.
coordenado,-a *adj.* coordenado.
coordinación *s.f.* coordenação.
coordinador,-a *adj.* coordenador.
coordinar *v.* coordenar.
copa *s.f.* copo, copa, taça, cálice, bebida, trago. **copas** *s.f.pl.* (*Cartas*) copas.
copar *v.* levar, ganhar, ocupar.
copartícipe *adj./s.* coparticipante, sócio.
copear *v.* beber.
copeo *s.m.* venda de bebidas alcoólicas em doses.
copera *s.f.* cristaleira; copeira.
copete *s.m.* topete, penacho; cume; cobertura; atrevimento.
copia *s.f.* cópia; abundância.
copiador,-a *adj.* copiador. *s.f.* copiadora, ampliador.
copiar *v.* copiar, imitar; (*escola*) colar.
copiloto *s.m.* co-piloto.
copinar *v.* esfolar, desatar.
copión,-ona *s.* trapaceiro, imitador.
copiosidad *s.f.* copiosidade.
copioso,-a *adj.* copioso.
copista *s.* copista.
copita *s.f.* tacinha.
copla *s.f.* copla, estrofe; lenga-lenga.
copo *s.m.* floco; chumaço; pesca.
copón *s.m.* cibório; *del* — baita.
coproducción *s.f.* co-produção.

coproductor *s.m.* co-produtor.
copropiedad *s.f.* co-propriedade.
copropietario *adj./s.* co-proprietário.
copudo,-a *adj.* copudo.
cópula *s.f.* cópula; conjunção.
copular *v.* copular.
copulativo,-a *adj.* copulativo.
coque *s.m.* coque.
coquetear *v.* coquetear, flertar.
coquetería *s.f.* coqueteria, flerte, sedução.
coqueto,-a *adj./s.* coquete, namorador, sedutor.
coquetón,-ona *adj.* coquete, galanteador, gracioso.
coraje *s.m.* coragem; ira, raiva.
corajudo,-a *adj.* corajoso; irritadiço, colérico.
coral *s.m.* (*cobra*) coral. *adj.* coral.
coralina *s.f.* coralina.
coralino,-a *adj.* coralino.
corambre *s.f.* courama, peles.
Corán *s.f.* Corão, Alcorão.
coraza *s.f.* couraça, carapaça.
corazón *s.m.* coração; núcleo; caroço; ânimo, valor; querido. **corazones** copas.
corazonada *s.f.* pressentimento; impulso.
corbata *s.f.* gravata; bandana.
corbatín *s.m.* gravata-borboleta.
corbeta *s.f.* corveta.
corcel *s.m.* corcel.
corchea *s.f.* (*Mús.*) colcheia.
corchero,-a *adj.* corticeiro.
corchete *s.m.* colchete.
corcho *s.m.* cortiça, rolha.
córcholis *interj.* nossa!; puxa!; meu Deus!
corcova *s.f.* corcova, corcunda.
corcovado,-a *adj.* corcovado, corcunda.
corcovear *v.* resmungar; irritar-se; ter medo.
corcovo *s.m.* corcovo.
cordaje *s.m.* cordame.
cordel *s.m.* cordel, barbante.
cordelería *s.f.* cordoaria, cordame.
cordelero,-a *s.* cordoeiro.
cordero,-a *s.* cordeiro. *s.m.* pele de cordeiro.
cordial *adj./s.m.* cordial.

cordialidad *s.f.* cordialidade.
cordillera *s.f.* cordilheira.
cordobán *s.m.* cordovão.
cordobés, esa *adj./s.* natural de Córdoba.
cordón *s.m.* cordão, (*Eletr.*) cabo.
cordoncillo *s.m.* cordãozinho, cadarço.
cordura *s.f.* bom senso, cordura, juízo.
corea *s.f.* (*Med.*) coréia.
coreano,-a *adj./s.* coreano.
corear *v.* cantar em coro; aclamar.
coreografía *s.f.* coreografia.
coreográfico,-a *adj.* coreográfico.
coreógrafo,-a *s.* coreógrafo.
corista *s.f.* corista.
coriza *s.f.* (*Med.*) coriza.
cormorán *s.m.* corvo-marinho.
cornada *s.f.* cornada, chifrada.
cornamenta *s.f.* cornadura; (*do marido*) chifres.
córnea *s.f.* córnea.
cornear *v.* cornear, chifrar.
corneja *s.f.* corvo, gralha.
cornejo *s.m.* corniso.
córneo,-a *adj.* córneo.
córner *s.m.* (*Fut.*) escanteio.
corneta *s.f.* corneta. *s.m.* corneteiro.
cornetín *s.m.* cornetim.
cornisa *s.f.* cornija.
corno *s.m.* (*Mús.*) corne, trompa.
cornucopia *s.f.* cornucópia.
cornudo,-a *adj.* cornudo, cornífero.
coro *s.m.* coro.
corola *s.f.* corola.
corolario *s.m.* corolário.
corona *s.f.* coroa.
coronación *s.f.*, **coronamiento** *s.m.* coroação.
coronar *v.* coroar.
coronario,-a *adj.* coronário.
coronel *s.m.* coronel.
coronilla *s.f.* cocoruto; tonsura.
corpiño *s.m.* corpete.
corporación *s.f.* corporação.
corporal *adj./s.m.* corporal.
corporativo,-a *adj.* corporativo.
corpóreo,-a *adj.* corpóreo,

corpulencia *s.f.* corpulência.
corpulento,-a *adj.* corpulento.
corpus *s.m.* corpo.
corpúsculo *s.m.* corpúsculo.
corral *s.m.* quintal, curral, pátio; chiqueirinho.
correa *s.f.* correia; cinto; estiramento.
correaje *s.m.* correame.
correazo *s.m.* correada.
corrección *s.f.* correção.
correccional *adj.* correcional.
correctivo,-a *adj./s.m.* corretivo.
correcto,-a *adj.* correto.
corrector,-a *adj./s.* corretor, revisor.
corredera *s.f.* trilho, corrediça.
corredizo,-a *adj.* corrediço.
corredor,-a *adj./s.* corredor, corretor, passadiço, galeria.
corregible *adj.* corrigível.
corregir *v.* corrigir.
correlación *s.f.* correlação.
correlativo,-a *adj.* correlativo.
correligionario,-a *s.* correligionário.
corremolinos *s.m.* narceja.
correntoso,-a *adj.* torrencial.
correo *s.m.* correio, correspondência.
correoso,-a *adj.* flexível; rígido.
correr *v.* correr, deslocar; *(tempo)* passar; *(cortina)* fechar; *(vento)* soprar.
correría *s.f.* correria; incursão.
correspondencia *s.f.* correspondência, comunicação, conexão.
corresponder *v.* corresponder; tocar a; devolver.
correspondiente *adj.* correspondente.
corresponsal *s.* *(Impr.)* correspondente.
corresponsalía *s.f.* *(Impr.)* cargo de correspondente.
corretaje *s.m.* corretagem.
corretear *v.* correr, vagar, perambular, perseguir.; afugentar.
correteo *s.m.* grande movimento.
correvedile ou **correveidile** *s.* fofoqueiro, mexeriqueiro.
corrida *s.f.* corrida; tourada.
corrido,-a *adj.* corrido, pesado, vivido, envergonhado. *s.m.* romance, seguidilha.
corriente *adj.* corrente, comum. *s.m.* corrente.
corrillo *s.m.* rodinha, panelinha.
corrimiento *s.m.* deslizamento.
corro *s.m.* roda; praça; cirandinha.
corroboración *s.f.* corroboração.
corroborar *v.* corroborar.
corroborativo,-a *adj.* corroborante.
corroer *v.* corroer.
corromper *v.* corromper; subornar.
corrosión *s.f.* corrosão.
corrosivo,-a *adj.* corrosivo.
corrupción *s.f.* corrupção.
corruptela *s.f.* corruptela, abuso.
corrupto,-a *adj.* corrupto.
corruptor,-a *adj./s.* corruptor.
corrusco *s.m.* pedaço de pão.
corsario,-a *adj./s.m.* corsário.
corsé *s.f.* espartilho.
corsetería *s.f.* loja de lingerie.
corso,-a *adj./s.* corso.
corta *s.f.* corta, poda.
cortacésped *s.* cortador de grama.
cortacircuitos *s.m.* disjuntor.
cortado,-a *adj.* ajustado, proporcionado, lacônico; embaraçado, tímido. *s.m.* pingado.
cortador,-a *adj./s.m.* cortador.
cortadura *s.f.* corte; desfiladeiro. **cortaduras** retalhos.
cortafuego *s.m.* guarda-fogo.
cortante *adj.* cortante; incisivo.
cortapapeles *s.m.* espátula; guilhotina.
cortapisa *s.f.* restrição, condição.
cortaplumas *s.m.* canivete.
cortar *v.* cortar; atravessar; talhar; bloquear. **cortarse** *vr.* envergonhar-se.
cortaúñas *s.m.* cortador de unhas.
corte *s.m.* corte; seção transversal; galhardia; resposta brusca; séquito, comitiva; tribunal.
cortedad *s.f.* curteza; timidez; falta.
cortejar *v.* cortejar.
cortejo *s.m.* cortejo; séquito.
cortés *adj.* cortês.
cortesano,-a *adj./s.* cortesão.
cortesía *s.f.* cortesia, polidez.
corteza *s.f.* córtex; casca, crosta; aparência.
cortijero,-a *s.* sitiante.
cortijo *s.m.* sítio, granja.
cortina *s.f.* cortina.
cortinaje *s.f.* cortinado, tapeçaria.
cortinilla *s.f.* cortininha.
cortisona *s.f.* cortisona.
corto,-a *adj.* curto, pouco; tolo. *s.m.* curta-metragem.
cortocircuito *s.m.* curto-circuito.
cortometraje *s.m.* curta-metragem.
coruñés, esa *adj./s.* corunhês.
corva *s.f.* dobra do joelho.
corvadura *s.f.* curvatura.
corvejón *s.m.* curvejão, esporão.
corvina *s.f.* corvina.
corvo,-a *adj.* curvo.
corzo,-a *s.* corso, corsa.
cosa *s.f.* coisa; assunto; nada; ~ **de** cerca de.
cosaco,-a *adj./s.* cossaco.
coscorrón *s.m.* carolo, coque, cascudo.
cosecha *s.f.* colheita, vindima.
cosechadora *s.f.* colheideira.
cosechar *v.* colher; conquistar.
cosechero,-a *s.* colheiteiro.
coser *v.* coser, costurar; grampear; atravessar, furar.
cosido,-a *adj.* costurado.
cosijoso,-a *adj.* melindroso; queixumeiro.
cosmético,-a *adj./s.m.* cosmético.
cósmico,-a *adj.* cósmico.
cosmografía *s.f.* cosmografia.
cosmográfico,-a *adj.* cosmográfico.
cosmología *s.f.* cosmologia.
cosmológico,-a *adj.* cosmológico.
cosmonauta *s.* cosmonauta.
cosmopolita *adj./s.* cosmopolita.
cosmos *s.m.* cosmos.
coso *s.m.* arena, rua principal; carcoma.

cosquillas s.f.pl. cócegas.
cosquillear v. fazer cócegas.
cosquilleo s.m. cócegas.
costa s.f. costa, litoral; custo, preço. costas custas, preço.
costado s.m. lado; costado, flanco.
costal s.m. saco, fardo. adj. costal.
costalada s.f., **costalazo** s.m. queda de costas.
costanero,-a adj. declivoso, ladeirento; costeiro.
costanilla s.f. rua íngreme.
costar v. custar.
costarricense ou **costarriqueño,-a** adj. costarriquenho, costarriquense.
coste s.m. custo, preço, despesa.
costear v. custear; costear.
costera s.f. costaneira; lateral; ladeira.
costero,-a adj. costeiro. s.m. navio costeiro; costaneira.
costilla s.f. costela; costeleta; esposa. costillas costas.
costillar s.m. costilhar, costelas.
costo s.m. custo, preço; costo, maconha.
costoso,-a adj. custoso, caro.
costra s.f. crosta.
costumbre s.f. costume, hábito.
costumbrismo s.m. costumbrismo.
costumbrista adj./s. costumbrista.
costura s.f. costura; confecção.
costurera s.f. costureira.
costurero s.m. costureiro; cesto de costura.
costurón s.m. costura malfeita; cicatriz.
cota s.f. cota, altitude; tabardo.
cotangente s.f. co-tangente.
cotarro s.m. hospital de indigentes; multidão ruidosa.
cotejable adj. comparável.
cotejar v. cotejar, comparar.
cotejo s.m. cotejo.
coterráneo,-a adj./s. conterrâneo.
cotidiano,-a adj. cotidiano.
cotilla s.f. cinta; fofoqueiro.
cotillear v. fofocar.
cotilleo s.m. fofoca, mexerico.
cotillón s.m. cotilhão.

cotizable adj. cotizável.
cotización s.f. cotação, preço.
cotizar v. cotar, contribuir. cotizarse vr. ter cotação.
coto s.m. coutada, reserva, baliza.
cotón s.m. chita, gibão.
cotona s.f. camisa de algodão.
cotorra s.f. papagaio; periquito; tagarela.
cotorrear v. tagarelar.
cotorreo s.m. tagarelice.
covacha s.f. cova; cubículo.
covachuela s.f. repartição pública.
coxis s.m. coxa.
coyote s.m. coiote.
coyuntura s.f. junta, articulação; conjuntura.
coz s.f. coice.
crac s.m. estalo; craque.
craneal ou **craneano,-a** adj. craniano.
cráneo s.m. crânio.
crápula s.f., s.m. crápula.
craso,-a adj. gordo, obeso; crasso.
cráter s.m. cratera.
creación s.f. criação.
creador,-a adj./s. criador.
crear v. criar, fundar.
creatividad s.f. criatividade.
creativo,-a adj. criativo.
crecer v. crescer, aumentar.
creces s.f.pl. acréscimos; con ~ amplamente.
crecida s.f. cheia, enchente.
crecido,-a adj. crescido; grande.
creciente adj. crescente. s.f. cheia.
crecimiento s.m. crescimento.
credencial adj. credencial. credenciales s.f.pl. credenciais.
credibilidad s.f. credibilidade.
crediticio,-a adj. creditício.
crédito s.m. crédito; empréstimo.
credo s.m. credo.
credulidad s.f. credulidade.
crédulo,-a adj. crédulo.
creencia s.f. crença.
creer v. crer, admitir, achar. creerse vr. convencer-se, aceitar.
creíble adj. crível.
creído,-a adj. arrogante, convencido.
crema s.f. creme; nata, fina-

flor. adj. creme.
cremación s.f. cremação.
cremallera s.f. zíper, cremalheira.
crematorio,-a s.m. crematório.
cremoso,-a adj. cremoso.
crepé s.m. crepe; peruca; sola de borracha.
crepe s.f. crepe, panqueca.
crepitar v. crepitar.
crepuscular adj. crepuscular.
crepúsculo s.m. crepúsculo.
crescendo adv. crescendo
crespo,-a adj. crespo, irritado, confuso.
crespón s.m. crepe.
cresta s.f. crista; topete.
creta s.f. greda.
cretino,-a adj./s. cretino.
cretona s.f. cretone.
creyente s. crente.
cría s.f. cria, criação.
criada s.f. criada.
criadero adj. fecundo, fértil. s.m. viveiro; veio.
criadilla s.f. testículo de boi; túbera, trufa.
criado,-a adj./s. criado.
crianza s.f. criação; período de lactação; polidez.
criar v. criar, produzir, gerar; procriar.
criatura s.f. criatura; bebê.
criba s.f. peneira, crivo.
cribado s.m. tipo de bordado.
cribar v. peneirar.
cric s.m. (Aut.) macaco.
crimen s.m. crime.
criminal adj. criminal. s.m. criminoso.
criminalidad s.f. criminalidade.
criminalista s. criminalista.
criminología s.f. criminologia.
criminologista s. criminologista.
crin s.f., **crines** s.f.pl. crina.
crio,-a adj./s. criança.
criollo,-a adj./s. crioulo.
cripta s.f. cripta.
críptico,-a adj. críptico.
criptografía s.f. criptografia.
criquet s.m. críquete.
crisálida s.f. crisálida.
crisantemo s.m. crisântemo.
crisis s.f. crise, ataque.
crisma s.m. crisma. s.f. cachola.
crisol s.m. crisol.

crispación s.f. tensão, irritação.
crispar v. irritar.
cristal s.m. cristal, vidro. **cristales** caco de vidro.
cristalería s.f. vidraçaria, vidraria.
cristalero,-a s. vidraceiro.
cristalino,-a adj./s.m. cristalino.
cristalización s.f. cristalização.
cristalizar v. cristalizar.
cristianar v. batizar.
cristiandad s.f. Cristandade.
cristianismo s.f. Cristianismo.
cristianizar v. cristianizar.
cristiano,-a adj. cristão.
criterio s.m. critério, discernimento, opinião.
crítica s.f. crítica; censura.
criticar v. criticar; fofocar.
criticismo s.m. criticismo.
crítico,-a s. crítico.
criticón,-ona adj./s.m. criticador.
croar v. coaxar.
croata adj./s. croata.
crocante s.m. amêndoa tostada.
croché s.m. crochê.
croissant s.m. veja cruasán.
crol s.m. crawl, nado livre.
cromado,-a adj. cromado. s.m. cromação.
cromar v. cromar.
cromático,-a adj. cromático.
cromo s.m. cromo; decalque.
cromosoma s.m. cromossomo.
crónica s.f. crônica.
crónico,-a adj. crônico.
cronista s. cronista, colunista.
cronología s.f. cronologia.
cronológico,-a adj. cronológico.
cronometraje s.m. cronometragem.
cronometrar v. cronometrar.
cronómetro s.m. cronômetro.
croquet s.m. croque.
croqueta s.f. croquete.
croquis s.m. croqui.
crótalo s.m. cascavel.
cruasán s.m. croissant.
cruce s.m. cruzamento, encruzilhada; (Tel.) linha cruzada.
crucero s.m. transepto; cruzeiro, cruzador.
crucial adj. crucial.
crucífero,-a adj. crucífero.
crucificado,-a adj. crucificado.
crucificar v. crucificar.

crucifijo s.m. crucifixo.
crucifixión s.f. crucificação.
crucigrama s.m. palavras cruzadas.
cruda s.f. embriaguez.
crudeza s.f. crueza; crueldade, rigor, rudeza.
crudo,-a adj. cru; cruel, rigoroso, forte; natural. s.m. ressaca; petróleo bruto.
cruel adj. cruel, severo.
crueldad s.f. crueldade, severidade.
cruento,-à adj. cruento.
crujido s.m. rangido, chiado.
crujiente adj. crocante.
crujir v. ranger, chiar.
crustáceo,-a adj. crustáceo.
cruz s.f. cruz; (moeda) coroa.
cruzada s.f. cruzada.
cruzado,-a adj. cruzado, traspassado. s.m. cruzado.
cruzadora s.f. batedora de carteiras.
cruzar v. cruzar; pôr de través; atravessar.
cuadernillo s.m. caderninho.
cuaderno s.m. caderno; diário de bordo.
cuadra s.f. cocheira; cavalariça; haras; quadra.
cuadrado,-a adj. quadrado; forte, rígido. s.m. quadrado.
cuadragésimo,-a adj./s. quadragésimo.
cuadrangular adj. quadrangular.
cuadrante s.m. quadrante; relógio de sol, escala.
cuadrar v. quadrar; concordar com; enquadrar. **cuadrarse** vr. manter-se firme; perfilar-se.
cuadratura s.f. quadratura.
cuadrícula s.f. quadrícula.
cuadricular v./adj. quadricular.
cuadrilátero adj. quadrilateral. s.m. quadrilátero.
cuadriplicar v. quadruplicar.
cuadrilla s.f. quadrilha, time, equipe.
cuadro s.m. quadrado, quadro, painel, cenário; gráfico; pessoal.
cuadrúpede ou **cuadrúpedo,-a** adj./s.m. quadrúpede.
cuádruple ou **cuádruplo** adj. quádruplo.

cuajada s.f. coalhada.
cuajado,-a adj. coalhado, coagulado.
cuajar v. coalhar, coagular; ter êxito; solidificar; mentir; fofocar.
cuajo s.m. coalho; calma, paciência.
cual pron. rel. qual, que, como.
cuál pron. inter. qual; como.
cualidad s.f. qualidade.
cualificado,-a adj. qualificado.
cualificar v. qualificar.
cualitativo,-a adj. qualitativo.
cualquier adj. indef. qualquer.
cualquiera adj. indef. qualquer, qualquer um; ninguém. s. joão-ninguém.
cuan adv. tão.
cuán adv. quão.
cuando adv. quando; desde, porque, se. conj. ainda que, já que.
cuándo adv. quando?
cuantía s.f. quantia, soma.
cuantificar v. quantificar.
cuantioso,-a adj. quantioso, numeroso.
cuantitativo,-a adj. quantitativo.
cuanto s.m. quantum.
cuanto,-a adj. quanto, tudo quanto. adv. em quanto.
cuánto,-a adj. quanto?
cuáquero,-a adj./s. quacre.
cuarenta adj. quarenta.
cuarentavo,-a adj./s. quadragésimo.
cuarentena s.f. quarentena.
cuarentón,-ona adj./s. quarentão.
cuaresma s.f. quaresma.
cuartear v. esquartejar; quartear. **cuartearse** vr. acovardar-se, rachar.
cuartel s.m. quartel.
cuartelada s.f., **cuartelazo** s.m. golpe de estado.
cuartelero,-a adj. quarteleiro.
cuartelillo s.m. quartel.
cuartería s.f. quarteirão.
cuarterón,-ona s.m. quarterão; postigo.
cuarteto s.m. quarteto.
cuartilla s.f. folha de papel.
cuartillo s.m. quartilho.
cuarto,-a adj./s. quarto.

cuartucho s.m. cubículo.
cuarzo s.m. quartzo.
cuás s.m. melhor amigo.
cuate,-a adj./s. gêmeo, parecido; amigo.
cuatezón,-ona s. touro descornado.
cuati s.m. coati, quati.
cuatrero,-a adj. traiçoeiro. s. ladrão de gado.
cuatrillizo,-a adj./s. quadrigêmeo.
cuatrimestral adj. quadrimestral.
cuatrimestre s.m. quadrimestre.
cuatrimotor s.m. quadrimotor.
cuatro adj. quatro; quarto. s.m. quatro; (*Fam.*) alguns.
cuatrocientos,-as adj./s. quatrocentos.
cuba s.f. barril.
cubalibre s.m. cuba-libre.
cubano,-a adj./s. cubano.
cubata s.m. cuba-libre.
cubertería s.f. talheres, faqueiro.
cubeta s.f. balde, tina, cuba.
cúbico,-a adj. cúbico.
cubículo s.m. cubículo.
cubierta s.f. coberta, tampa; capa; pneu; teto; convés.
cubierto,-a adj. coberto, (*vaga*) preenchido; (*céu*) encoberto. s.m. talher; cabeça; telhado; (*Restaur.*) prato do dia.
cubil s.m. covil.
cubilete s.m. pires para doce; copo para jogar dados; cartola.
cubiletear v. jogar os dados; trapacear.
cubismo s.m. cubismo.
cubista adj./s. cubista.
cubito s.m. cubinho de gelo.
cubo s.m. balde; cubo.
cubrecama s.m., **cubrepié** s.m. colcha.
cubrir v. cobrir; encobrir, esconder; encher, ocupar. **cubrirse** vr. cobrir-se.
cuca s.f. pênis. **cucas** caramelos; dinheiro; massa.
cucamonas s.f.pl. agrados.
cucaña s.f. pau-de-sebo; ganho fácil.
cucaracha s.f. barata.
cuchara s.f. colher.
cucharada s.f. colherada.

cuchareta s. intrometido.
cucharilla s.f. colherinha.
cucharón s.m. concha.
cuche s.m., **cuchi** s.m. porco.
cuchichear v. cochichar.
cuchicheo s.m. cochicho.
cuchilla s.f. lâmina; canivete.
cuchillada s.f., **cuchillazo** s.m. facada.
cuchillería s.f. cutelaria.
cuchillero,-a s. cuteleiro.
cuchillo s.m. faca.
cuchipanda s.f. comezaina, farra.
cuchitril s.m. pocilga.
cucho,-a adj. corcunda.
cuchufleta s.m. zombaria, gozação.
cuchugo s.m. alforje.
cuchumbo s.m. funil; balde.
cuclillas *loc. adv.* **en ~** de cócoras.
cuclillo s.m. cuco.
cuco,-a adj. bonito; astuto. s.m. cuco; peixe-cabra.
cucú s.m. canto do cuco.
cucurucho s.m. cartucho; capirote; vértice.
cuello s.m. pescoço; gargalo; gola.
cuenca s.f. bacia; escudela; órbita.
cuenco s.m. tigela, conca.
cuenta s.f. conta.
cuentagotas s.m. conta-gotas.
cuentakilómetros s.m. odômetro.
cuentarrevoluciones s.m. conta-giros.
cuentista s. contista; fofoqueiro.
cuento s.m. conto; estória.
cuereada s.f. surra, sova.
cuerda s.f. corda.
cuerdo,-a adj. cordato, prudente, sensato.
cuerna s.f. cornadura, trompa de caça.
cuerno s.m. chifre, corno; corne.
cuero s.m. couro; odre de vinho; (*Fut.*) bola; chicote.
cuerpo s.m. corpo.
cuervo s.m. corvo.
cuesta s.f. encosta; *a cuestas* às costas.
cuestación s.f. peditório.
cuestión s.f. pergunta, questão.

cuestionable adj. questionável.
cuestionar v. questionar.
cuestionario s.m. questionário.
cuete s.m. carne da perna da rês.
cueva s.f. caverna, covil.
cuévano s.m. paneiro.
cuidado,-a adj. cuidado. s.m. cuidado, zelo. *interj.* cuidado!; atenção!
cuidador,-a s. enfermeiro; babá.
cuidadoso,-a adj. cuidadoso.
cuidar v. cuidar, zelar. **cuidarse** vr. cuidar-se, conservar-se, preocupar-se
cuita s.f. preocupação, desventura; esterco.
cuja s.f. cama; envelope.
culada s.f. cuada, cuzada.
culamen s.m. (*Vulg.*) cu.
culata s.f. culatra; anca, traseiro.
culatazo s.f. ricochete, recuo.
culebra s.f. serpente, cobra; conta; chuvarada.
culebrear v. ziguezaguear.
culebrilla s.f. ziguezague; (*Med.*) tinha.
culebrina s.f. raio em ziguezague.
culebrón s.m. novela de TV ou rádio.
culeco,-a adj. contente; apaixonado.
culero s.m. cinto de couro.
culimiche adj. sem valor, inútil.
culimpinarse vr. inclinar-se, curvar-se.
culinario,-a adj. culinário.
culminación s.f. culminação.
culminante adj. culminante.
culminar v. culminar, acabar.
culo s.m. traseiro, bunda, nádegas; fundilho; fundo; (*Vulg.*) cu.
culón,-ona adj. bundudo.
culpa s.f. culpa.
culpabilidad s.f. culpabilidade.
culpable adj. culpável, culpado. s.m. criminoso.
culpar v., **culparse** vr. culpar, culpar-se.
cultivado,-a adj. cultivado.
cultivar v. cultivar, praticar.
cultivo s.m. cultivo; cultura.
culto,-a adj. culto, refinado.

s.m. culto.
cultura *s.f.* cultura.
cultural *adj.* cultural.
culturismo *s.m.* musculação.
cumbarí *adj./s.m.* cumari.
cumbía *s.f.* cúmbia.
cumbre *s.m.* cume, topo; auge, pináculo; conferência de cúpula.
cumiche *s.m.* bebê.
cumpleaños *s.m.* aniversário.
cumplido,-a *adj.* cumprido; vencido; bem-educado; polido. *s.m.* cortesia.
cumplidor,-a *adj.* confiável, seguro.
cumplimentar *v.* cumprimentar, cumprir.
cumplimiento *s.m.* cumprimento; cortesia, educação.
cumplir *v.* cumprir; completar, fazer anos; ser educado.
cúmulo *s.m.* cúmulo, montão.
cuna *s.f.* berço; terra natal; origem; família.
cundir *v.* espalhar, ir longe; dar muito de si; crescer.
cuneta *s.f.* rego, valeta.
cuña *s.f.* cunha; (*Recipiente*) comadre; (*TV*) comercial; pistolão; carro-esporte.
cuñado,-a *s.* cunhado.
cuño *s.m.* cunho; troquel; selo, marca.
cuota *s.f.* cota.
cuotidiano,-a *adj.* quotidiano.
cupé *s.m.* cupê.
cuplé *s.m.* copla, canção.
cupletista *s.* cancionista.

cupo *s.m.* cota; contingente; assento; prisão.
cupón *s.m.* cupão, cupom.
cúpula *s.f.* cúpula.
cuquería *s.f.* velhacaria; coisinha linda, gracinha.
cura *s.m.* cura, padre.
curaca *s.m.* curaca, cacique.
curación *s.f.* cura, tratamento.
curado,-a *adj.* curado, sarado; curtido; bêbado.
curador,-a *adj.* curador.
curandero,-a *s.* curandeiro.
curar *v.* curar, tratar; bronzear; (*madeira*) secar. **curarse** *vr.* recuperar-se.
curare *s.m.* curare.
curasao *s.m.* curaçau.
curato *s.m.* curato.
curco,-a *adj./s.f.* corcunda.
curda *s.f.* bebedeira, pileque.
curia *s.f.* cúria.
curiosear *v.* curiosar, mexericar, fuçar.
curiosidad *s.f.* curiosidade; asseio.
curioso,-a *adj./s.* curioso, indiscreto, estranho, asseado.
currante *s.* operário, mouro.
currar *v.* ou **currelar** *v.* mourejar, trabalhar.
curre *s.m.* (*Fam.*) trabalho.
curriculum *s.m.* currículo.
curro,-a *adj.* elegante, galante. *s.m.* trabalho; surra; curra.
curruca *s.m.* pintarroxo.
currutaco,-a *adj.* rechonchudo.
currutacos *s.m.pl.* diarréia.
cursado,-a *adj.* expedido; cursado.
cursante *s.* estudante.
cursar *v.* expedir; tramitar; cursar, freqüentar um curso.
cursi *adj./s.* afetado, brega, cafona.
cursilada *s.f.* cafonice.
cursilería *s.f.* vulgaridade, mau gosto, cafonice.
cursillo *s.m.* curso, cursinho.
cursivo,-a *adj.* cursivo.
curso *s.m.* curso.
cursor *s.m.* cursor.
curtido,-a *adj.* curtido, endurecido. *s.m.* curtimento.
curtidos *s.m.* curtidor.
curtiduría *s.f.* curtume.
curtir *v.* curtir; endurecer; açoitar.
curva *s.f.* curva.
curvar *v.* curvar, arquear.
curvatura *s.f.* curvatura.
curvilíneo,-a *adj.* curvilíneo.
curvo,-a *adj.* curvo.
cusca *s.f.* prostituta.
cuscurro *s.m.* ponta do pão.
cuscús *s.m.* cuscuz.
cúspide *s.f.* auge, cume, ápice.
custodia *s.f.* custódia.
custodiar *v.* custodiar.
custodio *s.m.* guardião.
cususa *s.f.* cachaça.
cutacha *s.f.* facão.
cutáneo,-a *adj.* cutâneo.
cutara *s.f.* sandália.
cutícula *s.f.* cutícula.
cutis *s.f.* cútis.
cuy *s.m.* porquinho-da-índia.
cuyo,-a *pron. rel./pes.* cujo.

D

D, d *s.f.* D, d.
dable *adj.* possível.
dabute *adj.* excelente.
dactilar *adj.* digital.
dactilografía *s.f.* datilografia.
dactilógrafo,-a *s.* datilógrafo.
dadaísmo *s.m.* dadaísmo.
dadaísta *adj./s.* dadaísta.
dádiva *s.f.* dádiva.
dadivoso,-a *adj.* dadivoso.
dado,-a *adj./s.m.* dado.
dador,-a *s.* doador; sacador; dador.
daga *s.f.* adaga.
daguerrotipo *s.m.* daguerreótipo.
dalia *s.f.* dália.
dálmata *adj./s.m.* dálmata.
daltoniano,-a *adj./s.* daltônico.
daltonismo *s.m.* daltonismo.
dama *s.f.* dama.
damajuana *s.f.* garrafão.
damasco *s.m.* damasco.
damasquinado *s.f.* damasquinagem.
damasquinar *v.* damasquinar.
damasquino,-a *adj.* damasquino.
damisela *s.f.* donzela.
damnificado,-a *adj./s.* ferido, vítima.
damnificar *v.* ferir, vitimar, prejudicar.
danés,-esa *adj./s.* dinamarquês.
dantesco,-a *adj.* dantesco.
danza *s.f.* dança, baile; negociata; barulho, balbúrdia.
danzante *adj.* dançante. *s.* dançarino; pessoa ativa, cabeça-de-vento.
danzar *v.* dançar; intrometer-se.
danzarin,-ina *s.* dançarino.
dañado,-a *adj.* estragado; ruim.
dañar *v.* estragar; ferir, quebrar.
dañino,-a *adj.* danoso.
daño *s.m.* dano; dor; prejuízo.
dañoso,-a *adj.* danoso, prejudicial.

dar *v.* dar, entregar, bater, (Cine., Teat.) levar, passar; produzir. **darse** *vr.* entregar-se, achar-se.
dardo *s.m.* dardo, flecha.
dársena *s.f.* doca.
darvinismo *s.m.* darwinismo.
darvinista *adj./s.* darwinista.
data *s.f.* data.
datar *v.* datar.
dátil *s.m.* tâmara.
datilera *s.f.* tamareira.
dativo,-a *adj./s.m.* dativo.
dato *s.m.* dado.
de *prep.* de.
deambular *v.* passear, vaguear.
deambulatorio *s.m.* deambulatório.
deán *s.m.* deão.
debacle *s.f.* debacle, ruína.
debajo *adv.* debaixo, embaixo.
debate *s.m.* debate.
debatir *v.* debater.
debe *s.m.* débito, deve.
deber *s.m./v.* dever.
debidamente *adv.* devidamente.
debido,-a *adj.* devido, conveniente; ~ a devido a.
débil *adj./s.* débil, fraco.
debilidad *s.f.* debilidade.
debilitación *s.f.* debilitação.
debilitador,-a *adj.* debilitador.
debilitamiento *s.m.* debilitação.
debilitar *v.* debilitar.
debilucho,-a *adj.* fraquinho, delicado.
débito *s.m.* débito, dívida.
debocar *v.* vomitar.
debut *s.m.* debute, estréia.
debutante *s.* debutante.
debutar *v.* debutar.
década *s.f.* década.
decadencia *s.f.* decadência.
decadente *adj./s.* decadente.
decaedro *s.m.* decaedro.
decaer *v.* decair.

decágono *s.m.* decágono.
decaído,-a *adj.* decaído, abatido.
decaimiento *s.m.* decaimento.
decalitro *s.m.* decalitro.
decálogo *s.m.* decálogo.
decámetro *s.m.* decâmetro.
decanato *s.m.* decanato.
decano,-a *s.* decano, deão.
decantación *s.f.* decantação.
decantar *v.* decantar.
decapitación *s.f.* decapitação.
decapitar *v.* decapitar.
decasílabo,-a *adj.* decassilábico. *s.m.* decassílabo.
deceleración *s.f.* desaceleração.
decelerar *v.* desacelerar.
decena *s.f.* dezena.
decencia *s.f.* decência.
decenio *s.m.* decênio.
decentar *v.* encetar; prejudicar.
decente *adj.* decente.
decepción *s.f.* decepção.
decepcionante *adj.* decepcionante.
decepcionar *v.* decepcionar.
deceso *s.m.* decesso, óbito.
dechado *s.m.* modelo, exemplo.
decibel ou **decibelio** *s.m.* decibel.
decididamente *adv.* decididamente.
decidido,-a *adj.* decidido.
decidir *v.* decidir.
decidor,-a *adj.* gracioso, fluente.
decigramo *s.m.* decigrama.
decilitro *s.m.* decilitro.
décima *s.f.* décimo, décima.
decimal *adj.* decimal.
decímetro *s.m.* decímetro.
décimo,-a *adj.* décimo.
decimoctavo,-a *adj./s.* décimo oitavo.
decimocuarto,-a *adj./s.* décimo quarto.
decimonónico,-a *adj.* do sécu-

lo dezenove.
decimonono,-a *adj./s.* ou **decimonoveno,-a** *adj./s.* décimo nono.
decimoquinto,-a *adj./s.* décimo quinto.
decimoséptimo,-a *adj./s.* décimo sétimo.
decimosexto,-a *adj./s.* décimo sexto.
decimotercero,-a *adj./s.* ou **decimotercio,-a** *adj./s.* décimo terceiro.
decir *s.m.* dito. *v.* dizer, contar, sugerir.
decisión *s.f.* decisão.
decisivo,-a *adj.* decisivo.
declamación *s.f.* declamação.
declamar *v.* declamar.
declamatorio,-a *adj.* declamatório.
declaración *s.f.* declaração; depoimento.
declarado,-a *adj.* declarado.
declarante *adj./s.* declarante.
declarar *v.*, **declararse** *vr.* declarar(-se).
declaratorio,-a *adj.* declaratório.
declinable *adj.* declinável.
declinación *s.f.* declinação.
declinar *v.* declinar.
declive *s.m.* declive, declínio.
decodificar *v.* decodificar.
decoloración *s.f.* descoloração.
decolorante *s.m.* descolorante.
decolorar *v.*, **decolorarse** *vr.* descolorir(-se).
decomisar *v.* confiscar, apreender.
decomiso *s.m.* confisco, apreensão.
decoración *s.f.* decoração.
decorado *s.m.* cenário.
decorador,-a *adj./s.* decorador.
decorar *v.* decorar.
decorativo,-a *adj.* decorativo.
decorazonar *v.* descoroçoar, desanimar.
decoro *s.m.* decoro, dignidade.
decoroso,-a *adj.* decoroso.
decrecer *v.* decrescer.
decreciente *adj.* decrescente.
decrecimiento *s.m.* decréscimo.
decrépito,-a *adj.* decrépito.
decrepitud *s.f.* decrepitude.
decretar *v.* decretar.

decreto *s.m.* decreto.
decúbito *s.m.* decúbito.
decurso *s.m.* decurso.
dedada *s.f.* dedada, pouquinho.
dedal *s.m.* dedal.
dédalo *s.m.* dédalo, labirinto.
dedicación *s.f.* dedicação.
dedicar *v.* dedicar.
dedicatoria *s.f.* dedicatória.
dedicatorio,-a *adj.* dedicatório.
dedil *s.m.* dedeira.
dedillo *s.m.* dedinho; *al ~ de cor.*
dedo *s.m.* dedo; artelho.
deducción *s.f.* dedução.
deducible *adj.* deduzível.
deducir *v.* deduzir.
deductivo,-a *adj.* dedutivo.
defecación *s.f.* defecação.
defecar *v.* defecar.
defección *s.f.* defecção, deserção.
defectivo,-a *adj.* defectivo.
defecto *s.m.* defeito.
defectuoso,-a *adj.* defeituoso.
defender *v.*, **defenderse** *vr.* defender(-se).
defendible *adj.* defensável.
defendido,-a *adj.* defendido. *s.* réu.
defenestración *s.f.* defenestração.
defenestrar *v.* defenestrar.
defensa *s.f.* defesa; pára-choque; (*Fut.*) zagueiro.
defensiva *s.f.* defensiva.
defensivo,-a *adj.* defensivo.
defensor,-a *adj.* defensor. *s.* advogado de defesa.
deferencia *s.f.* deferência.
deferente *adj.* deferente, atencioso.
deferir *v.* deferir.
deficiencia *s.f.* deficiência.
deficiente *adj./s.* deficiente.
déficit *s.m.* déficit.
deficitario,-a *adj.* deficitário.
definible *adj.* definível.
definición *s.f.* definição.
definido,-a *adj.* definido.
definir *v.* definir.
definitivo,-a *adj.* definitivo.
deflación *s.f.* deflação.
deflacionista *adj.* deflacionário.
deflagrar *v.* deflagrar.
deflector *s.m.* defletor.
defoliación *s.f.* desfolhação.

deformación *s.f.* deformação.
deformar *v.* deformar.
deforme *adj.* disforme.
deformidad *s.f.* deformidade.
defraudación *s.f.* desilusão, frustração.
defraudado,-a *adj.* desiludido.
defraudador,-a *adj.* decepcionante, enganoso.
defraudar *v.* defraudar, frustrar.
defunción *s.f.* disfunção.
degeneración *s.f.* degeneração.
degenerado,-a *adj./s.* degenerado.
degenerar *v.* degenerar.
degenerativo,-a *adj.* degenerativo.
deglución *s.f.* deglutição.
deglutir *v.* deglutir.
degollación *s.f.* decapitação, degola.
degolladero *s.m.* matadouro.
degolladura *s.f.* degoladura.
degollar *v.* degolar, decapitar.
degollina *s.f.* matança, massacre.
degradación *s.f.* degradação.
degradante *adj.* degradante.
degradar *v.*, **degradarse** *vr.* degradar(-se).
degüello *s.m.* degola.
degustación *s.f.* degustação.
degustar *v.* degustar.
dehesa *s.f.* pasto, prado.
deidad *s.f.* divindade.
deificación *s.f.* deificação.
deificar *v.* deificar.
deísmo *s.m.* deísmo.
deísta *s.* deísta. *adj.* deístico.
dejadez *s.f.* desleixo, apatia, desânimo.
dejado,-a *adj./s.* desleixado, apático.
dejante *adv.* além de; não obstante.
dejar *v.* deixar, pôr, colocar; omitir; esperar. **dejarse** *vr.* permitir; descuidar-se; esquecer.
deje ou **dejo** *s.m.* sotaque; tom; gosto.
del *contr.* do.
delación *s.f.* delação.
delantal *s.m.* avental.
delante *adv.* na frente.
delantera *s.f.* dianteira, frente; ataque; (*Vulg.*) tetas.

delantero,-a *adj.* dianteiro. *s.m.* (*Fut.*) atacante.
delatar *v.* delatar.
delator,-a *adj./s.* delator, informante.
delco *s.m.* (*Aut.*) distribuidor.
deleble *adj.* delével.
delectación *s.f.* deleitação, deleite.
delegación *s.f.* delegação.
delegado,-a *adj./s.* representante.
delegar *v.* delegar.
delegatorio,-a *adj.* delegatório.
deleitar *v.,* **deleitarse** *vr.* deleitar(-se).
deleite *s.m.* deleite.
deleitoso,-a *adj.* deleitoso.
deletéreo,-a *adj.* deletério.
deletrear *v.* soletrar.
deletreo *s.m.* soletração.
deleznable *adj.* escorregadio; frágil; efêmero.
delfín *s.m.* delfim; golfinho.
delgadez *s.f.* delgadeza, magreza.
delgado,-a *adj.* magro, delgado, fino.
delgaducho,-a *adj.* magricela.
deliberación *s.f.* deliberação.
deliberado,-a *adj.* deliberado.
deliberar *v.* deliberar.
deliberativo,-a *adj.* deliberativo.
delicadeza *s.f.* delicadeza, fineza; fragilidade.
delicado,-a *adj.* delicado, refinado; frágil, sensível.
delicaducho,-a *adj.* doentio, fraco.
delicia *s.f.* delícia.
delicioso,-a *adj.* delicioso.
delictivo,-a *adj.* delituoso.
delicuescencia *s.f.* deliqüescência.
delimitación *s.f.* delimitação.
delimitar *v.* delimitar.
delincuencia *s.f.* delinqüência.
delincuente *adj./s.* delinqüente.
delineación *s.f.* delineação.
delineante *s.* desenhista.
delinear *v.* delinear.
delinquir *v.* delinqüir.
delirante *adj.* delirante.
delirar *v.* delirar.
delirio *s.m.* delírio; disparate; euforia.
delito *s.m.* delito, crime.

delta *s.m.* delta.
demacrado,-a *adj.* definhado.
demacrarse *vr.* definhar.
demagogia *s.f.* demagogia.
demagógico,-a *adj.* demagógico.
demagogo,-a *s.* demagogo.
demanda *s.f.* demanda, pergunta, procura.
demandado,-a *s.* acusado.
demandante *s.* demandante.
demandar *v.* processar; pedir, rogar.
demarcación *s.f.* demarcação.
demarcar *v.* demarcar.
demás *adj./pron.* demais. *adv.* além disso; *por* ~em vão; inutilmente; *por lo* ~ de resto, quanto ao mais.
demasía *s.f.* demasia; abuso, insolência.
demasiado,-a *adj./adv.* demasiado.
demencia *s.f.* demência, loucura.
demencial *adj.* demente, caótico.
demente *adj./s.* demente.
demérito *s.m.* demérito.
democracia *s.f.* democracia.
demócrata *adj./s.* democrata.
democrático,-a *adj.* democrático.
democratización *s.f.* democratização.
democratizar *v.* democratizar.
demografía *s.f.* demografia.
demográfico,-a *adj.* demográfico.
demoledor,-a *adj.* demolidor.
demoler *v.* demolir.
demolición *s.f.* demolição.
demoniaco ou **demoníaco,-a** *adj.* demoníaco.
demonio *s.m.* demônio.
demonología *s.f.* demonologia.
demontre *interj.* dane-se!; demônio!
demora *s.f.* demora, atraso.
demorar *v.* demorar, atrasar. **demorarse** *vr.* atrasar-se, deter-se.
demostrable *adj.* demonstrável.
demostración *s.f.* demonstração, prova.
demostrar *v.* demonstrar.
demostrativo,-a *adj./s.* demonstrativo.
demudado,-a *adj.* pálido, alterado.
demudar *v.,* **demudarse** *vr.* alterar(-se).
denario *s.m.* denário.
dendrita *s.f.* dendrite.
denegación *s.f.* negação, rejeição.
denegar *v.* negar, rejeitar.
dengue *s.f.* melindre, denguice.
denigración *s.f.* denigração.
denigrar *v.* denegrir, degradar, ultrajar.
denominación *s.f.* denominação, nome.
denominado,-a *adj.* denominado.
denominador,-a *adj./s.m.* denominador.
denominar *v.* denominar.
denominativo,-a *adj.* denominativo.
denonado,-a *adj.* bravo, corajoso.
denostar *v.* insultar, injuriar.
denotar *v.* denotar.
densidad *s.f.* densidade.
densificar *v.* densificar.
denso,-a *adj.* denso.
dentado,-a *adj.* dentado.
dentadura *s.f.* dentição, dentadura.
dental *adj.* dental.
dentar *v.* dentear.
dentario,-a *adj.* dentário.
dentellada *s.f.* dentada.
dentellar *v.* bater os dentes.
dentellear *v.* mordicar.
dentera *s.f.* aflição; *dar* ~ *a algn.* irritar alguém.
dentición *s.f.* dentição.
dentífrico,-a *adj.* dentifrício. *s.m.* creme dental.
dentista *s.* dentista.
dentón,-ona *adj./s.* dentuço. *s.m.* (*peixe*) dentudo.
dentro *adv.* dentro.
dentudo,-a *adj./s. veja* **dentón**.
denuedo *s.m.* denodo.
denuesto *s.m.* insulto.
denuncia *s.f.* denúncia.
denunciable *adj.* denunciável.
denunciador,-a *s.,* **denunciante** *s.* denunciante.
denunciar *v.* denunciar.
deontología *s.f.* deontologia.

deparar v. proporcionar.
departamental adj. departamental.
departamento s.m. departamento, divisão, seção; apartamento.
departir v. conversar.
depauperación s.f. depauperação.
depauperar v. depauperar.
depender v. depender.
dependienta s.f. balconista.
dependiente adj. dependente. s.m. balconista, antendente.
depilación s.f. depilação.
depilar v. depilar.
depilatorio,-a adj./s.m. depilatório.
deplorable adj. deplorável.
deplorar v. deplorar.
deponente adj./s.m. depoente, testemunha.
deponer v. depor.
deportación s.f. deportação.
deportado,-a adj./s. deportado.
deportar v. deportar.
deporte s.m. esporte.
deportista adj./s. esportista.
deportividad s.f. esportividade.
deportivo,-a adj. esportivo. s.m. carro-esporte.
deposición s.f. deposição; evacuação.
depositador,-a s., **depositante** s. depositante.
depositar v. depositar, colocar.
depositarse vr. depositar-se.
depositaría s.f. tesouraria.
depositario,-a s. depositário; tesoureiro.
depósito s.m. depósito; tanque; armazém; sedimento.
depravación s.f. depravação.
depravado,-a adj. depravado.
depravar v., **depravarse** vr. depravar(-se).
depre s.f. depressão.
depreciación s.f. depreciação.
depreciar v. depreciar.
depredación s.f. depredação.
depredador,-a adj./s. predador, saqueador.
depredar v. depredar.
depresión s.f. depressão.
depresivo,-a adj. depressivo.
depresor,-a adj./s. depressor.
deprimente adj. deprimente.

deprimido,-a adj. deprimido.
deprimir v. deprimir.
deprisa adv. depressa.
depuración s.f. depuração.
depurador, adj. depurador, purificador.
depurar v. depurar, purificar.
depurativo adj./s.m. depurativo.
derecha s.f. direita, mão direita.
derechamente adv. diretamente.
derechazo s.m. (Boxe) direita.
derechismo s.m. direitismo.
derechista adj./s. direitista.
derecho,-a adj. direito. s.m. direito, privilégio.
deriva s.f. (Náut.) deriva.
derivada s.f. derivada.
derivado,-a adj./s.m. derivado.
derivar v. derivar, desviar. **derivarse** vr. proceder de,
derivativo,-a adj./s.m. derivativo.
dermatitis s.m. dermatite.
dermatología s.f. dermatologia.
dermatólogo,-a s. dermatologista.
dermatosis s.f. dermatose.
dérmico,-a adj. dérmico.
dermis s.f. derme.
derogable adj. derrogável, revogável.
derogación s.f. derrogação, revogação.
derogar v. derrogar, revogar.
derogatorio,-a adj. derrogatório.
derrama s.f. derrama.
derramamiento s.m. derramamento.
derramar v. derramar. **derramarse** vr. espalhar, esparramar.
derrame s.m. derrame, perda, vazamento.
derrapar v. derrapar.
derredor s.m. derredor, arredores.
derrengar v. derrengar, derrear, desancar.
derretido,-a adj. derretido.
derretimiento s.m. derretimento; paixão.
derretir v. derreter.
derribar v. derrubar, demolir.
derribo s.m. demolição.

derrocamiento s.m. derrocada.
derrocar v. derrocar, demolir.
derrochador,-a adj./s. esbanjador, gastador.
derrochar v. desperdiçar, esbanjar.
derroche s.m. esbanjamento.
derrota s.f. derrota.
derrotado,-a adj. derrotado.
derrotar v. derrotar.
derrote s.m. cornada, chifrada.
derrotero s.m. (Náut.) derroteiro, caminho, rota, rumo.
derrotismo s.m. derrotismo.
derrotista adj./s. derrotista.
derruido,-a adj. em ruínas.
derruir v. derruir, demolir.
derrumbadero s.m. despenhadeiro.
derrumbamiento s.m. derrubamento, desmoronamento.
derrumbar v. demolir, derrubar. **derrumbarse** vr. desmoronar; precipitar-se.
derrumbe s.m. despenhadeiro.
derviche s.m. derviche.
desabastecido,-a adj. desabastecido.
desaborido,-a adj. insípido.
desabotonar v. desabotoar.
desabrido,-a adj. desabrido, insípido; (tempo) desagradável.
desabrigado,-a adj. desagasalhado.
desabrigar v. desagasalhar.
desabrochar v. desabotoar.
desacatar v. desacatar.
desacato s.m. desacato.
desacertado,-a adj. inadequado, inoportuno, falho.
desacertar v. falhar, errar.
desacierto s.m. desacerto, erro.
desacompañado,-a adj. só, desacompanhado.
desaconsejado,-a adj. desaconselhado.
desaconsejar v. desaconselhar.
desacoplar v. separar, desconectar.
desacorde adj. discorde, desafinado.
desacostumbrado,-a adj. incomum, desacostumado.
desacostumbrar v. desacostumar.
desacreditar v. desacreditar.
desactivar v. desativar.

desacuerdo s.m. desacordo.
desafecto,-a adj. oposto, contrário. s.m. desafeição.
desafiante adj. desafiante.
desafiar v. desafiar.
desafinado,-a adj. desafinado.
desafinar v. desafinar.
desafío s.m. desafio.
desaforado,-a adj. desaforado, desmedido.
desaforarse vr. desaforar-se, descomedir-se.
desafortunado,-a adj. desafortunado, infeliz.
desafuero s.m. desaforo, abuso.
desagradable adj. desagradável.
desagradar v. desagradar.
desagradecer v. desagradecer, ser ingrato.
desagradecido,-a adj./s. malagradecido.
desagradecimiento s.m. desagradecimento.
desagrado s.m. desagrado.
desagraviar v. desagravar.
desagravio s.m. desagravo.
desaguadero s.m. desaguadouro.
desaguar v. desaguar.
desagüe s.m. desaguadouro, cano de esgoto.
desaguisado,-a adj. ilegal. s.m. agravo, doesto.
desahogado,-a adj. desafogado.
desahogar v. desafogar.
desahogo s.m. desafogo.
desahuciado,-a adj. desenganado; despejado.
desahuciar v. (*doente*) desenganar; (*inquilino*) despejar.
desahucio s.m. despejo.
desairado,-a adj. desairoso, rejeitado.
desairar v. desprezar, ignorar.
desaire s.m. desprezo, afronta.
desajustar v. desajustar.
desajuste s.m. desajuste, avaria.
desalado,-a adj. dessalgado; apressado, desasado.
desalar v. dessalgar; desasar.
desalentado,-a adj. desalentado.
desalentar v. desalentar.
desaliento s.m. desalento.
desaliñear v. desalinhar.
desaliñado,-a adj. desalinhado.
desaliñar v. desalinhar.
desaliño s.m. desalinho.

desalmado,-a adj. desalmado.
desalojamiento s.m. desalojamento, despejo.
desalojar v. desalojar, despejar, evacuar, desocupar.
desalojo s.m. desalojamento.
desalquilado,-a adj. desalugado, vago.
desalquilar v. desalugar.
desamarrar v. desamarrar, desatar.
desambientado,-a adj. desambientado.
desamor s.m. desamor.
desamortizable adj. desamortizável.
desamortización s.f. desamortização.
desamortizar v. desamortizar.
desamparado,-a adj. desamparado.
desamparar v. desamparar.
desamparo s.m. desamparo.
desamueblado,-a adj. desmobiliado.
desamueblar v. desmobiliar.
desandar v. desandar, retroceder.
desangrado,-a adj. sangrado.
desangramiento s.m. sangramento.
desangrar v. sangrar.
desanidar v. desaninhar.
desanimado,-a adj. desanimado.
desanimar v., **desanimarse** vr. desanimar(-se).
desánimo s.m. desânimo.
desanudar v. desatar, desamarrar, desemaranhar.
desapacible adj. desagradável; dissonante.
desaparecer v. desaparecer.
desaparecido,-a adj./s. desaparecido.
desaparejar v. desaparelhar.
desaparición s.f. desaparecimento.
desapasionado,-a adj. desapaixonado, imparcial.
desapego s.m. desapego.
desapercibido,-a adj. desapercebido.
desaplicado,-a adj./s. descuidado, desatento.
desapolillarse vr. desenferrujar-se.
desaprensión s.f. falta de escrúpulos.
desaprensivo,-a adj./s. inescrupuloso.
desaprobación s.f. desaprovação.
desaprobador,-a adj. desaprovador.
desaprobar v. desaprovar.
desapropiarse vr. desapossar-se.
desaprovechado,-a adj. desperdiçado.
desaprovechar v. desperdiçar.
desarbolar v. desarvorar, desmastrar.
desarmable adj. desmontável.
desarmar v. desarmar, desmontar.
desarme s.m. desarmamento.
desarraigado,-a adj. desarraigado.
desarraigar v. desarraigar.
desarraigo s.m. desarraigamento.
desarrapado,-a adj./s. esfarrapado.
desarreglado,-a adj. desarrumado, desregrado, desleixado.
desarreglar v. desarrumar, desordenar, desarranjar, desregrar.
desarreglo s.m. desordem, desarrumação.
desarrollado,-a adj. desenvolvido.
desarrollar v. desenvolver; estender. **desarrollarse** vr. crescer, desenrolar-se.
desarrollo s.m. desenvolvimento, crescimento.
desarropar v. desvestir, despir.
desarrugar v. desenrugar, alisar.
desarticulación s.f. desarticulação.
desarticulado,-a adj. desarticulado.
desarticular v. desarticular.
desaseado,-a adj. desasseado.
desasear v. desassear.
desaseo s.m. desasseio.
desasir v. soltar, desprender. **desasirse** vr. despegar-se.
desasnar v. desasnar.
desasosegado,-a adj. desassossegado.
desasosegar v. desassossegar.
desasosiego s.m. desassossego.
desastrado,-a adj./s. desas-

trado, relaxado.
desastre s.m. desastre.
desastroso,-a adj. desastroso.
desatado,-a adj. desatado; descontrolado.
desatar v. desatar, provocar, descontrolar. **desatarse** vr. desencadear-se.
desatascar v. desatascar, desentupir.
desatención s.f. desatenção.
desatender v. desatender.
desatento,-a adj. desatento.
desatinado,-a adj./s. desatinado.
desatinar v. desatinar.
desatino s.m. desatino.
desatornillar v. desparafusar.
desatracar v. desatracar.
desatrancar v. desentupir; destrancar.
desautorización s.f. desautorização.
desautorizado,-a adj. desautorizado.
desavenencia s.f. desavença.
desavenido,-a adj. desavindo.
desavenir v. desavir.
desaventajado,-a adj. desvantajoso.
desayunar v. desjejuar.
desayuno s.m. desjejum.
desazón s.f. insipidez; desgosto.
desazonado,-a adj. insípido; desgostoso.
desazonar v. tirar o sabor; desgostar; sentir-se mal.
desbancar v. desbancar; suplantar.
desbandada s.f. debandada.
desbandarse vr. debandar.
desbarajustar v. desordenar.
desbarajuste s.m. confusão, desordem.
desbaratado,-a adj. desbaratado.
desbaratamiento s.m. desbaratamento.
desbaratar v. desbaratar.
desbarrar v. disparatar, delirar.
desbastar v. desbastar.
desbloquear v. desbloquear.
desbloqueo s.m. desbloqueio.
desbocado,-a adj. desbocado; desembestado.
desbocar v. desbocar; deformar. **desbocarse** vr. desembestar.

desbordamiento s.m. transbordamento.
desbordante adj. transbordante.
desbordar v. transbordar.
desbravar v. desbravar, amansar.
desbrozar v. limpar o mato.
desbrozo s.m. limpeza; mato.
descabalar v. desemparelhar.
descabalgar v. desmontar.
descabellado,-a adj. despropositado, descabido.
descabellar v. descabelar, despentear.
descabello s.m. descabelo.
descabezar v. decapitar; aparar as pontas. **descabezarse** vr. (Fig.) quebrar a cabeça.
descacharrante adj. hilário.
descacharrar v. quebrar, enguiçar.
descafeinado,-a adj. descafeinado.
descafeinar v. descafeinar.
descalabazarse vr. (Fig.) quebrar a cabeça.
descalabrado,-a adj. escalavrado.
descalabradura s.f. escalavradura.
descalabrar v. escalavrar.
descalabro s.m. descalabro.
descalcificación s.f. descalcificação.
descalcificar v. descalcificar.
descalificación s.f. desqualificação.
descalificar v. desqualificar.
descalzar v. descalçar.
descalzo,-a adj./s. descalço.
descamación s.f. descamação.
descamarse v. descamar-se.
descambiar v. destrocar.
descaminar v., **descaminarse** vr. desencaminhar(-se).
descamisado,-a adj./s. descamisado, maltrapilho.
descampado,-a adj./s.m. descampado.
descansado,-a adj. descansado.
descansar v. descansar, dormir.
descansillo s.m. patamar.
descanso s.m. descanso; alívio; intervalo.
descapotable adj./s.m. conversível.
descarado,-a adj./s. descarado,

insolente.
descarga s.f. descarga.
descargadero s.m. cais, desembarcadouro.
descargador,-a s. descarregador.
descargar v., **descargarse** vr. descarregar(-se).
descargo s.m. descarregamento, descargo, saída.
descarnado,-a adj. descarnado, magro; cru, desagradável.
descarnar v. descarnar.
descaro s.m. descaramento.
descarriar v. extraviar-se, desgarrar, desencaminhar.
descarrilamiento s.m. descarrilhamento.
descarrillar v. descarrilhar.
descartar v. descartar.
descarte s.m. descarte.
descasar v. descasar, separar.
descascarar v., **descascarillarse** vr. descascar.
descastado,-a adj./s. desnaturado, ingrato.
descendencia s.f. descendência.
descendente adj. descendente.
descender v. descender, descer, baixar.
descendiente s. descendente.
descendimiento s.m. descida.
descenso s.m. descida, baixa, queda.
descentrado,-a adj. descentrado; desorientado.
descentralización s.f. descentralização.
descentralizar v. descentralizar.
descentrar v. descentrar, desorientar, desfocar.
desceñir v. descingir.
descepar v. desarraigar.
descerrajar v. arrombar; atirar, detonar.
descifrable adj. decifrável.
descifrar v. decifrar.
desclavar v. despregar.
descoagulación s.f. descoagulação.
descoagulante adj. descoagulante.
descoagularse vr. descoagular.
descocado,-a adj. atrevido, descarado.
descocarse vr. atrever-se.
descoco s.m. descaramento,

atrevimento.
descojonado,-a *adj.* mijado de tanto rir.
descojonante *adj.* (*Vulg.*) gozado pacas.
descojonarse *vr.* (*Vulg.*) mijar de rir.
descolgar *v.* despendurar; arriar; (*Tel.*) tirar do gancho. **descolgarse** *vr.* descer.
descollante *adj.* sobressalente.
descollar *v.* sobressair, destacar-se.
descolocar *v.* desacomodar.
descolonizar *v.* descolonizar.
descoloramiento *s.m.* descoloracão.
descolorar *v.* descolorir.
descolorido,-a *adj.* descolorido, descorado.
descombrar *v.* desentulhar.
descomedido,-a *adj.* descomedido.
descomedimiento *s.m.* descomedimento.
descomedirse *v.* descomedir-se.
descompaginar *v.* descompor, desordenar.
descompás *s.m.* descompasso.
descompasado,-a *adj.* descompassado.
descompensar *v.* descompensar.
descomponer *v.* descompor, desordenar, decompor, desmontar. **descomponerse** *vr.* perder a paciência.
descomposición *s.f.* decomposição; diarréia.
descompostura *s.f.* descompostura, insolência.
descompresión *s.f.* descompressão.
descomprimir *v.* descomprimir.
descompuesto,-a *adj.* decomposto, alterado; bêbado.
descomunal *adj.* descomunal.
desconcertante *adj.* desconcertante.
desconcertar *v.* desconcertar, desconcertar.
desconchado,-a *adj.* descascado.
desconchar *v.* descascar.
desconchón *s.m.* lasca.
desconcierto *s.m.* desconcerto.

desconcordia *s.f.* discórdia.
desconectado,-a *adj.* desconectado.
desconectar *v.* desconectar.
desconexión *s.f.* desconexão.
desconfiado,-a *adj.* desconfiado. *s.* suspeito.
desconfianza *s.f.* desconfiança.
desconfiar *v.* desconfiar.
descongelar *v.* descongelar.
descongestión *s.f.* descongestionamento.
descongestionar *v.* descongestionar.
desconocer *v.* desconhecer.
desconocido,-a *adj./s.* desconhecido, estranho.
desconocimiento *s.m.* desconhecimento.
desconsideración *s.f.* desconsideração.
desconsiderado,-a *adj./s.* desconsiderado.
desconsiderar *v.* desconsiderar.
desonsolado,-a *adj.* desconsolado.
desconsolador,-a *adj.* desconsolador.
desconsolar *v.* desconsolar.
desconsuelo *s.m.* desconsolo.
descontado,-a *adj.* descontado; *dar por* ~ dar como certo.
descontaminación *s.f.* descontaminação.
descontaminar *v.* descontaminar.
descontar *v.* descontar.
descontentadizo,-a *adj.* descontentadiço.
descontentar *v.* descontentar.
descontento,-a *adj.* descontente. *s.m.* descontentamento.
descontrol *s.m.* descontrole.
descontrolado,-a *adj.* descontrolado.
descontrolarse *v.* descontrolar-se.
desconvocar *v.* cancelar.
descorazonador,-a *adj.* descorçoador.
descorazonar *v.* descorçoar.
descorchador *s.m.* saca-rolhas.
descorchar *v.* desarrolhar, descorticar.
descorche *s.m.* descorticamento, descasque.
descornar *v.* descornar.

descorrer *v.* retroceder, recuar, (*cortina*) abrir; escorrer.
descorrimiento *s.m.* escorrimento.
descortés *adj.* descortês.
descortesía *s.f.* descortesia.
descortezar *v.* escorchar, descascar.
descoser *v.* descosturar.
descosido *adj./s.m.* descosturado.
descoyuntar *v.* desconjuntar.
descrédito *s.m.* descrédito.
descreído,-a *adj./s.* incrédulo.
descreimiento *s.m.* descrença.
descremado,-a *adj.* desnatado.
descremar *v.* desnatar.
describir *v.* descrever.
descripción *s.f.* descrição.
descriptible *adj.* descritível.
descriptivo,-a *adj.* descritivo.
descrito,-a *adj.* descrito.
descruzar *v.* descruzar.
descuadernar *v.* desencadernar.
descuajar *v.* descoalhar; desarraigar.
descuajaringar *v.* esbodegar, desconjuntar.
descuajilotado,-a *adj.* perturbado; pálido.
descuartizamiento *s.m.* esquartejamento.
descuartizar *v.* esquartejar.
descubierta *s.f.* descoberta.
descubierto,-a *adj./s.* descoberto; negativo.
descubridor,-a *s.* descobridor.
descubrimiento *s.m.* descobrimento.
descubrir *v.*, **descubrirse** *vr.* descobrir(-se).
descuento *s.m.* desconto.
descuidado,-a *adj.* descuidado.
descuidar *v.*, **descuidarse** *vr.* descuidar(-se).
descuidero *s.m.* gatuno.
descuido *s.m.* descuido; *al* ~ casualmente.
desde *adv.* desde; de, a partir de.
desdecir *v.* não combinar; destoar. **desdecirse** *vr.* desdizer-se.
desdén *s.m.* desdém.
desdentado,-a *adj.* desdentado.
desdeñable *adj.* desprezível.

desdeñar v. desdenhar.
desdeñoso,-a adj. desdenhoso.
desdibujado,-a adj. mal desenhado, borrado.
desdibujar v. borrar.
desdicha s.f. desdita.
desdichado,-a adj. desditoso. s. infeliz, coitado.
desdoblamiento s.m. desdobramento.
desdoblar v. desdobrar.
desdoro s.m. desdouro.
deseable adj. desejável.
deseado,-a adj. desejado.
desear v. desejar.
desecación s.f. dessecação.
desecar v. dessecar, secar.
desechable adj. descartável.
desechar v. descartar, pôr de lado, jogar fora.
desecho s.m. descarte, refugo.
deselectrizar v. descarregar de eletricidade.
desembalaje s.m. desembalagem.
desembalar v. desembalar.
desembarazado,-a adj. desembaraçado.
desembarazar v. desembaraçar; desocupar; dar a luz.
desembarazo s.m. desembaraço; parto.
desembarcadero s.m. desembarcadouro, cais.
desembarcar v. desembarcar.
desembarco s.m. desembarque.
desembargar v. desembargar.
desembargo s.m. desembargo
desembarque s.m. desembarque.
desembarrancar v. desencalhar.
desembocadura s.f. desembocadura.
desembocar v. desembocar; ir parar em.
desembolsar v. desembolsar.
desembolso s.m. desembolso.
desemborrachar v. desembriagar.
desembozar v. desembuçar, mostrar.
desembragar v. desembrear.
desembrague s.m. desembreagem.
desembriagar v. desembriagar.
desembridar v. desbridar.
desembrollar v. esclarecer, deslindar.
desembuchar v. desembuchar; lançar fora.
desemejante adj. dessemelhante.
desemejanza s.f. dessemelhança.
desemejar v. dessemelhar.
desempacar v. desempacotar.
desempachar v. desempachar.
desempacho s.m. desempacho, alívio, autoconfiança.
desempañar v. desembaçar.
desempapelar v. desembrulhar, desempapelar.
desempaquetar v. desempacotar.
desemparejado,-a adj. desemparelhado.
desemparejar v. desemparelhar.
desempatar v. desempatar.
desempate s.m. desempate.
desempedrar v. desempedrar, descalçar.
desempeñar v. desempenhar.
desempeño s.m. desempenho.
desempleado,-a adj./s. desempregado.
desempleo s.m. desemprego.
desempolvar v. desempoeirar, desenterrar.
desencadenamiento s.m. desencadeamento.
desencadenar v. desencadear.
desencajado,-a adj. desencaixado, deslocado.
desencajar v. desencaixar. desencajarse vr. desfigurar-se.
desencajonar v. desencaixotar.
desencallar v. desencalhar.
desencaminar v. desencaminhar.
desencantamiento s.m. desencantamento, desencanto.
desencantar v. desencantar.
desencanto s.m. desencanto.
desencapotarse vr. (céu) descobrir-se, abrir-se.
desencapricharse vr. dissuadir-se, desinteressar-se.
desencarcerar v. desencarcerar.
desenchufar v. desconectar, tirar da tomada.
desencofrar v. desencofrar, descimbrar.

desencojer v. desencolher, esticar.
desencolar v. descolar, desgrudar.
desenconarse vr. acalmar-se.
desencuadernar v. desencardernar.
desenfadado,-a adj. desenfadado.
desenfadar vr. desenfadar.
desenfado s.m. desenfado.
desenfocado,-a adj. desfocado.
desenfocar v. desfocar.
desenfoque s.m. ação de desfocar.
desenfrenado,-a adj. desenfreado.
desenfrenar v., **desenfrenarse** vr. desenfrear(-se).
desenfreno s.m. desenfreio, desenfreamento.
desenfundar v. desencapar, desenfronhar.
desenganchar v. desenganchar.
desengañar v. desenganar.
desengaño s.m. desengano.
desengoznar v. desengonçar.
desengrasar v. desengordurar.
desenhebrar v. desenfiar.
desenlace s.m. desenlace.
desenlazar v. desenlaçar.
desenmarañar v. desemaranhar.
desenmascarar v. desmascarar.
desenredar v. desenredar, desembaraçar.
desenrolar v. desenrolar.
desenroscar v. desenroscar.
desensillar v. desencilhar.
desentenderse vr. fazer-se de desentendido; desinteressar-se.
desenterrar v. desenterrar.
desentoldarse v. (céu) abrir-se.
desentonar v. destoar, desafinar.
desentramar v. desmontar.
desentrañar v. desentranhar.
desentrenado,-a adj. destreinado.
desentumecer v. desentorpecer.
desenvainar v. desembainhar.
desenvoltura s.f. desenvoltura.
desenvolver v. desembrulhar. **desenvolverse** vr. virar-se, desembaraçar-se.
desenvolvimiento s.m. desen-

volvimento.
desenvuelto,-a *adj.* desenvolto.
deseo *s.m.* desejo.
deseoso,-a *adj.* desejoso.
desequilibrado,-a *adj.* desequilibrado.
desequilibrar *v.* desequilibrar.
desequilibrio *s.m.* desequilíbrio.
deserción *s.f.* deserção.
desertar *v.* desertar.
desértico,-a *adj.* desértico.
desertización *s.f.* desertificação.
desertor,-a *s.* desertor.
desesperación *s.f.* desespero.
desesperado,-a *adj.* desesperado, furioso.
desesperante *adj.* desesperante.
desesperanza *s.f.* desesperança.
desesperanzar *v.* desesperançar.
desesperar *v.,* **desesperarse** *vr.* desesperar(-se).
desestabilización *s.f.* desestabilização.
desestabilizar *v.* desestabilizar.
desestimar *v.* recusar, negar.
desfachatez *s.f.* desfaçatez.
desfalcar *v.* desfalcar.
desfalco *s.m.* desfalque.
desfallecer *v.* desfalecer.
desfallecido,-a *adj.* desfalecido.
desfallecimiento *s.m.* desfalecimento.
desfasado,-a *adj.* defasado.
desfasar *v.* defasar.
desfase *s.m.* defasagem.
desfavorable *adj.* desfavorável.
desfavorecer *v.* desfavorecer.
desfibrar *v.* desfibrar.
desfigurado,-a *adj.* desfigurado, deturpado, distorcido.
desfigurar *v.* desfigurar, deturpar, distorcer.
desfiladero *s.m.* desfiladeiro.
desfilar *v.* desfilar; afluir.
desfile *s.m.* desfile.
desfloración *s.f.* defloração.
desflorar *v.* deflorar.
desfogar *v.* desafogar.
desfondar *v.* desfundar; enfraquecer.
desfonde *s.m.* exaustão.
desforestación *s.f.* desmatamento.

desforestar *v.* desmatar.
desgaire *s.m.* indiferença.
desgajar *v.* desgalhar, arrancar, romper.
desgalichado,-a *adj.* desajeitado, desalinhado.
desgana *s.f.* inapetência, apatia.
desganado,-a *adj.* inapetente; apático.
desganar *v.* tirar o apetite, enfastiar, entediar. **desganarse** *vr.* desinteressar-se.
desgañitarse *vr.* esganiçar-se, esgoelar-se.
desgarbado,-a *adj.* desgracioso, desajeitado.
desgarrador,-a *adj.* dilacerante.
desgarramiento *s.m.* dilaceração.
desgarrar *v.* dilacerar, rasgar.
desgarriare *s.m.* desastre; estrago, caos, falta de ordem.
desgarro *s.m.* rasgo; descaramento; escarro.
desgarrón *s.m.* rasgão.
desgastar *v.,* **desgastarse** *vr.* desgastar(-se).
desgaste *s.m.* desgaste, corrosão; puimento.
desglosar *v.* suprimir, separar.
desglose *s.m.* supressão, separação.
desgobernar *v.* desgovernar.
desgobierno *s.m.* desgoverno.
desgracia *s.f.* desgraça.
desgraciado,-a *adj./s.* desgraçado, infeliz.
desgraciar *v.* estragar; pôr a perder; ferir seriamente.
desgranadora *s.f.* debulhadeira.
desgranamiento *s.m.* debulha.
desgranar *v.* debulhar; soltar-se (contas de um colar).
desgrane *s.m.* debulha.
desgravable *adj.* dedutível.
desgravación *s.f.* dedução.
desgravar *v.* deduzir, reduzir.
desgravio *s.m.* indenização.
desgreñado,-a *adj.* desgrenhado.
desgreñar *v.,* **desgreñarse** *vr.* desgrenhar(-se).
desguace *s.m.* desmantelamento, desmanche.
desguanzo *s.m.* fraqueza.
desguañangar *v.* destruir, destroçar.
desguardo *s.m.* medalhão, talismã.

desguarnecer *v.* desguarnecer.
desguazar *v.* desmantelar, desmanchar.
deshabitado,-a *adj.* desabitado.
deshabitar *v.* desabitar, despovoar.
deshabituar *v.* desabituar.
deshacer *v.* desfazer; destruir; derreter; arrasar. **deshacerse** *vr.* ruir; desfazer-se.
desharrapado,-a *adj.* esfarrapado
deshecho,-a *adj.* desfeito; arrasado, rasgado; derretido.
deshelar *v.* degelar.
desherbar *v.* capinar, sachar.
desheredado,-a *adj./s.* deserdado.
desheredar *v.* deserdar.
deshidratación *s.f.* desidratação.
deshidratado,-a *adj.* desidratado.
deshidratar *v.* desidratar.
deshidrogenar *v.* desidrogenar.
deshielo *s.m.* degelo.
deshilachado,-a *adj.* desfiado.
deshilachar *v.* desfiar.
deshilado,-a *adj.* desfiado.
deshilar *v.* desfiar.
deshilvanado,-a *adj.* desalinhavado.
deshilvanar *v.* desalinhavar.
deshinchado,-a *adj.* desinchado.
deshinchar *v.* desinchar.
deshojar *v.* desfolhar.
deshollinador,-a *s.* vasculhador; limpa-chaminés.
deshollinar *v.* vasculhar; limpar chaminés.
deshonestidad *s.f.* desonestidade.
deshonesto,-a *adj.* desonesto.
deshonor *m.,* **deshonra** *s.f.* desonra.
deshonrar *v.* desonrar.
deshonroso,-a *adj.* desonroso.
deshora *loc. adv. a* ~a desoras.
deshuesadora *s.f.* desossadora.
deshuesar *v.* desossar.
deshumanización *s.f.* desumanização.
deshumanizado,-a *adj.* desumanizado.
deshumanizar *v.* desumanizar.

desiderata *s.f.* desiderato.
desiderativo,-a *adj.* desiderativo.
desidia *s.f.* desídia.
desidioso,-a *adj.* desidioso.
desierto,-a *adj./s.m.* deserto.
designación *s.f.* designação.
designar *v.* designar.
designio *s.m.* desígnio.
desigual *adj.* desigual.
desigualar *v.* desigualar.
desigualdad *s.f.* desigualdade.
desilusión *s.f.* desilusão.
desilusionado,-a *adj.* desiludido.
desilusionar *v.*, **desilusionarse** *vr.* desiludir(-se).
desimanar *v.*, **desimantar** *v.* desimantar, desmagnetizar.
desinencia *s.f.* desinência.
desinfección *s.f.* desinfecção.
desinfectante *adj./s.m.* desinfetante.
desinfectar *v.* desinfetar.
desinflamación *s.f.* desinflamação.
desinflamar *v.*, **desinflamarse** *vr.* desinflamar(-se).
desinflar *v.*, **desinflarse** *vr.* desinflar(-se).
desinfectación *v.* fumigação, desinfecção.
desintegración *s.f.* desintegração.
desintegrar *v.*, **desintegrarse** *vr.* desintegrar(-se).
desinterés *s.m.* desinteresse.
desinteresado,-a *adj.* desinteressado.
desinteresarse *vr.* desinteressar-se.
desintoxicación *s.f.* desintoxicação.
desintoxicar *v.*, **desintoxicarse** *vr.* desintoxicar(-se).
desistir *v.* desistir.
deslavar *v.* lavar mal; ser levado pela água.
deslavazado,-a *adj.* sem firmeza; desconjunto.
desleal *adj.* desleal.
deslealtad *s.f.* deslealdade.
desleír *v.* diluir, dissolver.
deslenguado,-a *adj.* insolente, desbocado.
deslenguarse *vr.* desbocar-se.
desliar *v.* desatar.
desligar *v.* desamarrar, desatar, separar.
deslindar *v.* deslindar.
deslinde *s.m.* deslinde.
desliz *s.m.* deslize, escorregão.
deslizamiento *s.m.* deslizamento.
deslizar *v.* deslizar, escorregar; dizer, insinuar. **deslizarse** *vr.* evadir-se, fraquejar; fluir; entrar.
deslomar *v.* deslombar; esgotar, extenuar. **deslomarse** *vr.* arrebentar-se.
deslucido,-a *adj.* desluzido.
deslucir *v.* desluzir.
deslumbrador,-a *adj.* deslumbrante.
deslumbramiento *s.m.* deslumbramento.
deslumbrante *adj.* deslumbrante.
deslumbrar *v.* deslumbrar.
deslustrar *v.* deslustrar, manchar.
desmadejado,-a *adj.* exausto, derreado, alquebrado.
desmadejamiento *s.m.* abatimento.
desmadejar *v.* abater, derrear, alquebrar.
desmadrado,-a *adj.* rebelde, travesso, pirado.
desmadrarse *vr.* exceder-se, ficar insuportável; pirar.
desmadre *s.m.* caos, barulho, pândega.
desmagnetizar *v.* desmagnetizar.
desmalezar *v.* capinar, sachar.
desmán *s.m.* desmando, abuso.
desmanchar *v.* tirar as manchas. **desmancharse** *vr.* afastar-se, sair correndo.
desmandado,-a *adj.* amotinado, desmandado.
desmandarse *vr.* desmandar-se.
desmano *loc. adv. a ~* fora de mão.
desmantelado,-a *adj.* desmantelado.
desmantelamiento *s.m.* desmantelamento.
desmantelar *v.* desmantelar.
desmañado,-a *adj.* desajeitado.
desmaquillador,-a *adj./s.m.* removedor de maquiagem.
desmaquillarse *vr.* remover a maquiagem.
desmarañar *v.* desemaranhar.
desmarcarse *vr.* (*Fut.*) desmarcar-se.
desmarrido,-a *adj.* desfalecido.
desmayado,-a *adj.* desmaiado.
desmayarse *vr.* desmaiar.
desmayo *s.m.* desmaio.
desmedido,-a *adj.* desmedido.
desmedrado,-a *adj.* desmedrado, raquítico.
desmejorar *v.*, **desmejorarse** *vr.* deteriorar(-se).
desmelenado,-a *adj.* desgrenhado, despenteado.
desmelenar *v.* desgrenhar, despentear.
desmembración *f*, **desmembramiento** *s.m.* demembramento.
desmembrar *v.* desmembrar.
desmemoriado,-a *adj.* desmemoriado.
desmentir *v.* desmentir.
desmenuzar *v.* esmiuçar, esmigalhar.
desmerecer *v.* desmerecer.
desmerecimiento *s.m.* desmerecimento.
desmesura *s.f.* imoderação, desmesura.
desmesurado,-a *adj.* desmesurado.
desmigajar *v.*, **desmigar** *v.* esmigalhar.
desmilitarización *s.f.* desmilitarização.
desmilitarizar *v.* desmilitarizar.
desmineralización *s.f.* desmineralização.
desmineralizar *vr.* desmineralizar.
desmirriado,-a *adj.* mirrado.
desmontable *adj.* desmontável.
desmontar *v.* desmontar.
desmoralización *s.f.* desmoralização.
desmoralizador,-a *adj.* desmoralizador.
desmoralizar *v.* desmoralizar.
desmoronar *v.*, **desmoronarse** *vr.* desmoronar(-se).
desmotar *v.* esbarbotar.
desmovilización *s.f.* desmobilização.
desmovilizar *v.* desmobilizar.
desnacionalización *s.f.* desnacionalização.

desnacionalizar v. desnacionalizar.
desnatar v. desnatar.
desnaturalización s.f. desnaturação.
desnaturalizado,-a adj. desnaturado; adulterado.
desnivel s.m. desnível.
desnivelación s.f. desnivelação.
desnivelado,-a adj. desnivelado.
desnivelar v. desnivelar.
desnucar v. desnucar.
desnuclearizar v. desnuclearizar.
desnudar v. desnudar.
desnudez s.f. nudez.
desnudismo s.m. nudismo.
desnudista s. nudista.
desnudo,-a adj./s.m. nu.
desnutrición s.f. desnutrição.
desnutrido,-a adj. desnutrido.
desnutrirse vr. desnutrir-se.
desobedecer v. desobedecer.
desobediencia s.f. desobediência.
desobediente adj./s. desobediente.
desocarse vr. torcer o pé ou a mão.
desocupación s.f. desocupação, desemprego.
desocupado,-a adj. vago, vazio, desempregado.
desocupar v. vagar, esvaziar. **desocuparse** vr. desempregar-se.
desodorante adj./s.m. desodorante.
desodorar v. desodorizar.
desoir v. ignorar, deixar de ouvir.
desojarse v. olhar atentamente.
desolación s.f. desolação.
desolado,-a adj. desolado.
desolar v. desolar, assolar.
desoldar v. dessoldar.
desollar v. esfolar.
desorbitado,-a adj. exorbitado, exagerado.
desorbitar v. exorbitar, exagerar.
desorden s.m. desordem, confusão, distúrbio.
desordenado,-a adj. desordenado, bagunçado, desarrumado.
desordenar v. desordenar, bagunçar.

desorejado,-a adj. desorelhado, sem alças.
desorganización s.f. desorganização.
desorganizar v. desorganizar.
desorientación s.f. desorientação.
desorientado,-a adj. desorientado.
desorientar v., **desorientarse** vr. desorientar(-se).
desosar v. desossar, descaroçar.
desovar v. desovar.
desove s.m. desova.
desoxidación s.f. desoxidação.
desoxidante adj./s.m. desoxidante.
desoxidar v. desoxidar.
desoxirribonucleico,-a adj. desoxirribonucléico.
despabilado,-a adj. espevitado, sem sono; vivo.
despabilar v. despertar, desembotar, apressar.
despachar v. despachar, resolver, apressar; vender. **despacharse** vr. desembaraçar-se de.
despacho s.m. despacho, comunicado; venda.
despachurrar v. espremer, amassar.
despacio adv. lentamente, devagar; em voz baixa.
despacioso,-a adj. lento, moroso.
despampanante adj. assombroso, deslumbrante, chamativo.
despampanar v. pasmar, despampanar.
despancar v. debulhar o milho.
despanzurrar vr. estripar, esmagar.
desparejado,-a adj. separado, sem parceiro.
desparejar v., **desparejarse** vr. separar-se, desemparelhar-se.
desparejo,-a adj. díspar, desigual.
desparpajo s.m. desembaraço; desordem, confusão.
desparramar v., **desparramarse** vr. esparramar(-se).
despatarrado,-a adj. escarranchado.
despatarrar v. pasmar, assombrar. **despatarrarse** vr. escarranchar-se.
despavorido,-a adj. apavorado,

espavorido.
despechado,-a adj. despeitado.
despechar v. despeitar.
despecho s.m. despeito.
despechugado,-a adj. de peito nu, de peito aberto.
despechugar v. cortar o peito de uma ave. **despechugarse** vr. desnudar o peito.
despectivo,-a adj. depreciativo, pejorativo.
despedazar v. despedaçar.
despedida s.f. despedida.
despedir v. despedir, lançar, emitir, atirar. **despedirse** vr. despedir-se, esquecer, desistir.
despegado,-a adj. descolado; solto; decolado.
despegar v. descolar; decolar. **despegarse** vr. separar-se, desprender-se.
despego s.m. desapego.
despegue s.m. decolagem.
despeinado,-a adj. despenteado.
despeinar v., **despeinarse** vr. despentear(-se).
despejado,-a adj. largo, espaçoso; claro, desanuviado; desperto.
despejar v. desocupar; desembaraçar, aclarar; despertar; resolver uma equação; (Fut.) rebater, desviar. **despejarse** vr. clarear, espairecer.
despeje s.m. desobstrução.
despellejar v. esfolar; criticar.
despelotado,-a adj. pelado, nu em pêlo.
despelotarse vr. desnudar-se; morrer de rir.
despelote s.m. nudez; risada.
despensa s.f. despensa.
despeñadero s.m. despenhadeiro.
despeñar v., **despeñarse** vr. despencar(-se), despenhar(-se).
despepitar v. descaroçar.
despercudir v. tornar esperto, animar, despertar.
desperdiciar v. desperdiçar.
desperdicio s.m. desperdício.
desperdigar v. dispersar, separar, desunir.
desperezarse vr. espreguiçar-se.
desperfecto s.m. falha, defeito.
despersonalizar v. despersonalizar.

despertador s.m. despertador.
depertar v. despertar.
despezuñarse vr. andar depressa; esforçar-se.
despiadado,-a adj. desapiedado, desumano.
despido s.m. demissão, dispensa.
despierto,-a adj. desperto; esperto.
despilarar v. remover os pilares.
despilfarrador,-a adj./s. esbanjador.
despilfarrar v. esbanjar.
despilfarro s.m. esbanjamento.
despintar v. despintar, apagar.
despiojar v. despiolhar.
despique s.m. despique, desforra.
despistado,-a adj. distraído; avoado.
despistar v. despistar; distrair.
despiste s.m. engano, distração.
desplante s.m. desplante.
desplatear v. depenar.
desplazado,-a adj. deslocado.
desplazamiento s.m. deslocamento.
desplazar v. deslocar; suplantar.
desplegado,-a adj. aberto, espalhado.
desplegar v. desdobrar, abrir, mostrar, estender.
despliegue s.m. mostra.
desplomarse vr. cair, desabar.
desplome 'm, **desplomo** s.m. saliência, desaprumo.
desplumar v. desplumar, depenar.
despoblación s.f. despovoamento.
despoblar v. despovoar.
despojar v., **despojarse** vr. despojar(-se).
despojo s.m. despojo. **despojos** s.m.pl. despojos, restos.
desportillar v., **desportillarse** vr. desbeiçar.
desposado,-a adj. recém-casado.
desposar v., **desposarse** vr. desposar(-se), casar(-se).
desposeer v. desapossar, expropriar.
desposeído,-a adj. sem recursos.

desposorios s.m.pl. esponsais.
despostar v. esquartejar.
déspota s.m. déspota.
despótico,-a adj. despótico.
despotismo s.m. despotismo.
despotizar v. despotizar.
despotricar v. disparatar.
despreciable adj. desprezível.
depreciar v. desprezar.
depreciativo,-a adj. depreciativo, desdenhoso.
desprecio s.m. desprezo, desdém.
desprejuiciarse vr. livrar-se de preconceitos.
desprender v. desprender. **desprenderse** vr. separar-se; desprender-se.
desprendido,-a adj. desprendido.
desprendimiento s.m. desprendimento.
despreocupación s.f. despreocupação.
despreocupado,-a adj. despreocupado.
despreocuparse vr. despreocupar-se.
desprestigiar v. desprestigiar.
desprestigio s.m. desprestígio.
desprevenido,-a adj. desprevenido.
desproporción s.f. desproporção.
desproporcionado,-a adj. desproporcionado.
despropósito s.m. despropósito.
desproveer v. desprover.
desprovisto,-a adj. desprovido.
después adv. depois, mais tarde; então; logo, em seguida; seguinte; desde.
despuntado,-a adj. despontado.
despuntar v. despontar.
desquiciar v. desquiciar; descontrolar, transtornar.
desquitarse vr. vingar-se, desforrar-se.
desquite s.m. vingança; desforra.
destacado,-a adj. destacado, saliente.
destacamento s.m. destacamento.
destacar v. destacar.

destajo s.m. empreitada; trabalho por peça.
destapar v. abrir, destampar, revelar.
destape s.m. strip-tease.
destartalado,-a adj. desconjuntado; caindo aos pedaços.
destellar v. cintilar, brilhar.
destello s.m. resplendor, clarão.
destemplado,-a adj. desafinado, destemperado; indisposto.
destemplanza s.f. indisposição, mal-estar; instabilidade.
destemplar v. destemperar, desafinar; desarranjar. **destemplarse** vr. ficar indisposto.
destemple s.m. destempero.
desteñir v. descolorir, descorar, manchar.
desternillarse v. (Fig.) morrer de rir.
desterrado s. exilado.
desterrar v. desterrar, exilar.
destetar v. desmamar.
destete s.m. desmama.
destiempo loc adv a ~ na hora errada.
destierro s.m. desterro, exílio.
destilación s.f. destilação.
destilado,-a adj. destilado.
destilador,-a adj./s. destilador.
destilar v. destilar.
destilería s.f. destilaria.
destinado,-a adj. destinado.
destinar v. destinar.
destinatario,-a s. destinatário.
destino s.m. destino, fim.
destitución s.f. destituição.
destituir v. destituir.
destornillado,-a adj. (Fig.) doido, louco.
destornillador s.m. chave de fenda; (Fam.) vodca e laranja.
destornillar v. desaparafusar.
destorrentado,-a adj. mão-aberta.
destorrentarse vr. perder o juízo, desencaminhar-se.
destratar v. romper-se.
destrenzar v. destrançar.
destreza s.f. destreza.
destripar v. estripar; desentranhar; esmagar.
destronamiento s.m. destrona-

mento.
destronar v. destronar.
destroncar v. destroncar.
destrozado,-a adj. destroçado.
destrozar v. destroçar, despedaçar; abalar; esbanjar.
destrozo s.m. destroço, estrago.
destrucción s.f. destruição.
destructivo,-a adj. destrutivo.
destructor,-a adj. destruidor. s.m. destróier.
destruir v. destruir; arruinar.
desuello s.m. esfoladura.
desuetud s.f. dessuetude.
desuncir v. desjungir.
desunión s.f. desunião.
desunir v. desunir.
desusado,-a adj. desusado.
desusar v. desusar.
desuso s.m. desuso.
desvaído,-a adj. esvaído, desbotado.
desvalido,-a adj./s. devalido.
desvalijamiento s.m. roubo.
desvalijar v. roubar, depenar.
desvalorización s.f. desvalorização.
desvalorizar v. desvalorizar.
desván s.m. sótão, desvão.
desvanecer v., **desvanecerse** vr. desvanecer(-se); dissipar(-se); desmaiar.
desvanecimiento s.m. desvanecimento, desmaio.
desvariar v. desvairar, delirar.
desvarío s.m. desvario, delírio.
desvelado,-a adj. sem sono, desperto.
desvelar v. desvelar, tirar o sono; revelar. **desvelarse** vr. devotar-se, dedicar-se.
desvelo s.m. desvelo.
desvencijado,-a adj. quebrado, encrencado.
desvencijar v. quebrar, encrencar, desvencilhar. **desvencijarse** vr. afrouxar-se, quebrar-se.
desventaja s.f. desvantagem.
desventajoso,-a adj. desvantajoso.
desventura s. desventura.
desventurado,-a adj. desventurado.
desvergonzado,-a adj. desenvergonhado.
desvergonzarse vr. desavergonhar-se.
desverguenza s.f. desvergonha.
desvestir v., **desvestirse** vr. desvestir(-se).
desviación s.f. desvio.
desviacionismo s.m. desviacionismo.
desviacionista adj./s. desviacionista.
desviar v. desviar.
desvinculación s.f. desvinculação.
desvincular v. desvincular.
desvío s.m. desvio.
desvirgar v. desvirginar.
desvirtuar v. desvirtuar.
desvivirse vr. morrer de amores; desvelar-se.
detallado,-a adj. detalhado.
detallar v. detalhar; vender a retalho.
detalle s.m. detalhe, pormenor; delicadeza.
detallista adj./s. detalhista; retalhista.
detección s.f. detecção.
detectar v. detectar.
detective s. detetive.
detector,-a s. detector.
detención s.f. detenção; parada; prisão.
detener v. deter, reter; prender.
detenido,-a adj. parado, detalhado. s. detido, preso.
detenimiento s.m. con ~ com atenção.
detentar v. reter; deter.
detergente adj./s. detergente.
deteriorado,-a adj. deteriorado.
deteriorar v., **deteriorarse** vr. deteriorar(-se).
deterioro s.m. deterioração.
determinable adj. determinável.
determinación s.f. determinação.
determinado,-a adj. determinado.
determinante adj./s.m. determinante.
determinar v. determinar. **determinarse** vr. decidir-se.
determinativo,-a adj. determinativo.

determinismo s.m. determinismo.
determinista adj./s. determinista.
detestable adj. detestável.
detestación s.f. detestação.
detestar v. detestar.
detonación s.f. detonação.
detonador s.m. detonador.
detonante adj. detonante. s.m. detonador.
detonar v. detonar.
detractar v. detratar, detrair.
detractor,-a adj./s. detrator.
detraer v. subtrair, desviar.
detrás adv detrás, atrás.
detrimento s.m. detrimento.
detrito m, **detritus** s.m. detrito.
deuda s.f. dívida, débito.
deudo,-a s. parente.
deudor,-a adj./s. devedor.
devalimiento s.m. destituição.
devaluación s.f. desvalorização.
devaluar v. desvalorizar.
devanador s.m. enrolador; carretel.
devanar v. enrolar, bobinar. **devanarse** vr. cismar.
devaneo s.m. devaneio; flerte.
devastación s.f. devastação.
devastador,-a adj./s. devastador.
devastar v. devastar.
devengado,-a adj. merecido, ganho.
devengar v. merecer, ter direito.
devenir v. suceder, chegar a ser. s.m. devir.
devisar v. parar, deter.
devoción s.f. devoção.
devocionario s.m. devocionário.
devolución s.f. devolução.
devolver v. devolver; vomitar.
devorador,-a adj. devorador.
devorar v. devorar, consumir.
devoto,-a adj./s. devoto.
devuelto,-a adj. devolvido.
dextrina s.f. dextrina.
deyección s.f. dejeção; fezes.
día s.m. dia.
diabetes s.f. diabetes.
diabético,-a adj./s. diabético.
diablesa s.f. diaba.
diablillo s.m. diabinho, dia-

brete.
diablo *s.m.* diabo.
diablura *s.f.* diabrura.
diabólico,-a *adj.* diabólico.
diábolo *s.m.* diabolô.
diaconato *s.m.* diaconato.
diácono *s.m.* diácono.
diacrónico,-a *adj.* diacrônico.
diadema *s.f.* diadema.
diafanidad *s.f.* diafaneidade.
diáfano,-a *adj.* diáfano.
diafragma *s.m.* diafragma.
diagnosis *s.f.* diagnose.
diagnosticar *v.* diagnosticar.
diagnóstico,-a *adj./s.m.* diagnóstico.
diagonal *adj.* diagonal.
diagrama *s.m.* diagrama.
dial *s.m.* dial.
dialectal *adj.* dialetal.
dialéctica *s.f.* dialética.
dialéctico,-a *adj.* dialético.
dialecto *s.m.* dialeto.
dialectología *s.f.* dialetologia.
diálisis *s.f.* diálise.
dialogar *v.* dialogar.
diálogo *s.m.* diálogo.
dialtiro *adv* inteiramente.
diamante *s.m.* diamante.
diamantino,-a *adj.* diamantino.
diametral *adj.* diametral.
diametralmente *adv.* diametralmente.
diámetro *s.m.* diâmetro.
diana *s.f.* toque de alvorada; alvo.
diantre *interj.* diacho!
diapasón *s.m.* diapasão.
diapositiva *s.f.* eslaide.
diario,-a *adj.* diário. *s.m.* jornal.
diarrea *s.f.* diarréia.
diáspora *s.f.* diáspora.
diástole *s.f.* diástole.
diátesis *s.m.* diátese.
diatónico,-a *adj.* diatônico.
diatriba *s.f.* diatribe.
dibujante *s.* desenhista.
dibujar *v.* desenhar. **dibujarse** *vr.* esboçar-se, delinear-se.
dibujo *s.m.* desenho.
dicción *s.f.* dicção, dizer.
diccionario *s.m.* dicionário.
díceres *s.m.pl.* fofoca, rumores.
dicha *s.f.* dita, felicidade.
dicharachero,-a *adj.* tagarela, falador.
dicho,-a *adj.* dito.
dichoso,-a *adj.* ditoso, feliz.
diciembre *s.m.* dezembro.
dicotomía *s.f.* dicotomia.
dictado *s.m.* ditado.
dictador,-a *s.* ditador.
dictadura *s.f.* ditadura.
dictáfono *s.m.* ditafone.
dictamen *s.m.* ditame, opinião, parecer.
dictaminar *v.* opinar, dar um parecer.
dictar *v.* ditar, ordenar.
dictatorial *adj.* ditatorial.
didáctica *s.f.* didática.
didáctico,-a *adj.* didático.
diecinueve *adj./s.m.* dezenove; décimo nono.
diecinueveavo,-a *adj./s.m.* um dezenove avos.
dieciochavo,-a *adj./s.m.* um dezoito avos.
dieciochesco,-a, dieciochista *adj.* do século dezoito; setecentista.
dieciocho *adj./s.m.* dezoito; décimo oitavo.
dieciséis *adj./s.m.* dezesseis; décimo sexto.
dieciseisavo,-a *adj./s.m.* um dezesseis avos.
diecisiete *adj./s.m.* dezessete; décimo sétimo.
diecisieteavo,-a *adj./s.m.* um dezessete avos.
diente *s.m.* dente.
diéresis *s.m.* diérese.
diesel *adj./s.m.* diesel.
diestra *s.f.* destra.
diestro,-a *adj.* destro. *s.m.* toureiro.
dieta *s.f.* dieta.
dietario,-a *adj./s.m.* dietário.
dietética *s.f.* dietética.
dietético,-a *adj.* dietético.
dietista *s.* dietista.
diez *adj./s.m.* dez; décimo.
diezmar *v.* dizimar.
diezmero,-a *s.* dizimeiro, dizimista.
diezmesino,-a *adj.* de dez meses.
diezmilésimo,-a *adj./s.* décimo milésimo.
diezmo *s.m.* décimo.
difamación *s.f.* difamação.
difamador,-a *adj.* difamador.
difamar *v.* difamar.
difamatorio,-a *adj.* difamatório.
dieferencia *s.f.* diferença.
diferenciación *s.f.* diferenciação.
diferencial *adj./s.m.* diferencial.
diferenciar *v.* diferenciar.
diferente *adj.* diferente.
diferido,-a *adj. en* ~ *(TV)* em gravação.
diferir *v.* adiar, diferir.
difícil *adj.* difícil.
dificultad *s.f.* dificuldade.
dificultar *v.* dificultar.
dificultoso,-a *adj.* dificultoso.
difteria *s.m.* difteria.
diftérico,-a *adj.* diftérico.
difuminar *v.* esfumar.
difundir *v.* difundir.
difunto,-a *adj./s.* defunto.
difusión *s.f.* difusão.
difuso,-a *adj.* difuso.
difusor,-a *adj.* difusor.
digerible *adj.* digerível.
digerir *v.* digerir.
digestión *s.f.* digestão.
digestivo,-a *adj./s.m.* digestivo.
digital *adj.* digital.
dígito *s.m.* dígito.
dignarse *v.* dignar-se.
dignatario,-a *s.* dignitário.
dignidad *s.f.* dignidade.
dignificante *adj.* dignificante.
dignificar *v.* dignificar.
digno,-a *adj.* digno.
digresión *s.f.* digressão.
dije *s.m.* dixe.
dilación *s.f.* dilação.
dilapidación *s.f.* dilapidação.
dilapidar *v.* dilapidar.
dilatación *s.f.* dilatação.
dilatado,-a *adj.* dilatado.
dilatar *v.* dilatar.
dilatoria *s.f.* procrastinação.
dilatorio,-a *adj.* dilatório.
dilema *s.m.* dilema.
diletante *s.* diletante.
diligencia *s.f.* diligência.
diligenciar *v.* diligenciar.
diligente *adj.* diligente.
dilucidación *s.f.* elucidação.
dilucidar *v.* elucidar.
diluir *v.* diluir.
diluviar *v.* diluviar.

diluvio *s.m.* dilúvio.
dimanar *v.* dimanar.
dimensión *s.f.* dimensão.
dimensional *adj.* dimensional.
dimes y diretes *m.pl.* discussões, disputas.
diminutivo,-a *adj./s.* diminutivo.
diminuto,-a *adj.* diminuto.
dimisión *s.f.* demissão.
dimisionario,-a *adj.* demissionário.
dimitir *v.* demitir.
dinamarqués,-esa *adj./s.* dinamarquês.
dinámica *s.f.* dinâmica.
dinámico,-a *adj.* dinâmico.
dinamismo *s.m.* dinamismo.
dinamita *s.f.* dinamite.
dinamitar *v.* dinamitar.
dinamitero,-a *s.* dinamitador.
dinamo *f*, **dínamo** *s.f.* dínamo.
dinamoeléctrico,-a *adj.* dinamoelétrico.
dinamometría *s.f.* dinamometria.
dinamómetro *s.m.* dinamômetro.
dinar *s.m.* dinar.
dinastía *s.f.* dinastia.
dinástico,-a *adj.* dinástico.
dineral *s.m.* dinheirão.
dinerillo *s.m.* ninharia, bagatela.
dinero *s.m.* dinheiro.
dinosaurio *s.m.* dinossauro.
dintel *s.m.* dintel, lintel.
diñar *v.* morrer; *diñarla* bater as botas.
diocesano,-a *adj./s.* diocesano.
diócesis *s.f.* diocese.
dioptría *s.f.* dioptria.
dios *m.* deus, Deus.
diosa *s.f.* deusa.
diploma *s.m.* diploma.
diplomacia *s.f.* diplomacia.
diplomado,-a *adj.* diplomado.
diplomarse *vr.* diplomar-se, graduar-se.
diplomático,-a *adj.* diplomático.
díptero,-a *adj./s.* díptero.
díptico *s.m.* díptico.
diptongo *s.m.* ditongo.
diputación *s.f.* assembléia, conselho.
diputado,-a *s.* deputado, congressista.
dique *s.m.* dique.
dire *s.* manda-chuva.
dirección *s.f.* direção; cargo de diretor; endereço.
direccional *s.m.* (*Aut.*) pisca-pisca.
directivo,-a *adj.* diretivo. *s.* diretor, gerente; *s.f.* diretoria.
directo,-a *adj.* direto; (*TV*) en ~ ao vivo; *s.m.* (*Boxe*) direto. *s.f.* (*Aut.*) quinta marcha.
director,-a *s.* diretor.
directorio *s.m.* diretoria; normas; instruções; guia, catálogo.
directriz *adj./s.f.* diretriz.
dirigente *adj./s.* dirigente.
dirigible *adj./s.m.* dirigível.
dirigir *v.* dirigir; gerenciar, guiar. *dirigirse vr.* dirigir-se.
dirigismo *s.m.* dirigismo.
dirigista *s.* dirigista.
dirimente *adj.* dirimente.
dirimir *v.* dirimir.
discar *v.* (*Tel.*) discar.
discente *adj.* discente.
discernimiento *s.m.* discernimento.
discernir *v.* discernir.
disciplina *s.f.* disciplina.
disciplinado,-a *adj.* disciplinado.
disciplinar *v.* disciplinar.
disciplinario,-a *adj.* disciplinar.
discípulo,-a *s.* discípulo.
disco *s.m.* disco; semáforo, sinal.
discóbolo *s.m.* discóbolo.
discografía *s.f.* discografia.
discográfico,-a *adj.* discográfico.
díscolo,-a *adj.* díscolo, rebelde.
disconforme *adj.* desconforme.
disconformidad *s.f.* desconformidade.
discontinuidad *s.f.* descontinuidade.
discontínuo,-a *adj.* descontínuo.
discordancia *s.f.* discordância, desarmonia, dissonância.
discordante *adj.* discordante; dissonante.
discordar *v.* discordar.
discorde *adj.* discorde.
discordia *s.f.* discórdia.
discoteca *s.f.* discoteca.
discotequero,-a *adj.* relativo a discoteca. *s.* pessoa que freqüenta discotecas.
discreción *s.f.* discrição.
discrecional *adj.* discricional.
discrepancia *s.f.* discrepância.
discrepante *adj.* discrepante.
discrepar *v.* discrepar.
discreto,-a *adj./s.* discreto.
discriminación *s.f.* discriminação.
discriminar *v.* discriminar.
discriminatorio,-a *adj.* discriminatório.
disculpa *s.f.* desculpa.
disculpable *adj.* desculpável.
disculpar *v.*, **disculparse** *vr.* desculpar(-se).
discurrir *v.* pensar; transcorrer; andar; inferir.
discursivo,-a *adj.* discursivo.
discurso *s.m.* discurso, decurso.
discusión *s.f.* discussão.
discutible *adj.* discutível.
discutir *v.* discutir.
disecación *s.f.* dissecação.
disecar *v.* dissecar.
disección *s.f.* dissecação.
diseminación *s.f.* disseminação.
diseminar *v.* disseminar.
disensión *s.f.* dissensão.
disentería *s.f.* disenteria.
disentimiento *s.m.* dissentimento, dissensão.
disentir *v.* dissentir.
diseñador,-a *s.* desenhista.
diseñar *v.* desenhar.
diseño *s.m.* desenho.
disertación *s.f.* dissertação.
disertar *v.* dissertar.
disfraz *s.m.* disfarce, máscara, fantasia.
disfrazar *v.*, **disfrazarse** *vr.* disfarçar(-se).
disfrutar *v.* desfrutar; receber.
disfrute *s.m.* desfrute.
disgregación *s.f.* desagregação.
disgregar *v.* desagregar.
disgustado,-a *adj.* desgostoso.
disgustar *v.* desgostar; desagradar. **disgustarse** *vr.* enfadar-se; inimizar-se, desentender-se.
disgusto *s.m.* desgosto; desen-

tendimento; problema, desgraça.
disidencia *s.f.* dissidência.
disidente *adj./s.* dissidente.
disidir *v.* dissentir.
disimilitud *s.f.* dissimilitude, dessemelhança.
disimulación *s.f.* dissimulação.
disimulado,-a *adj.* dissimulado.
disimular *v.* dissimular.
disimulo *s.m.* dissimulação.
disipado,-a *adj.* dissipado.
disipar *v.* dissipar.
dislate *s.m.* absurdo, disparate.
dislexia *s.f.* dislexia.
disléxico,-a *adj./s.* disléxico.
dislocar *v.* deslocar, distorcer, deturpar.
disloque *s.m.* cúmulo, suprasumo.
disminución *s.f.* diminuição.
disminuído,-a *adj./s.* deficiente.
disminuir *v.* diminuir.
disociable *adj.* dissociável.
disociación *s.f.* dissociação.
disociar *v.* dissociar.
disolubilidad *s.f.* solubilidade.
disoluble *adj.* solúvel.
disolución *s.f.* dissolução; (*Quím.*) solução.
disoluto,-a *adj./s.* dissoluto.
disolvente *adj./s.m.* solvente.
disolver *v.* dissolver.
disonancia *s.f.* dissonância, discordância.
disonante *adj.* dissonante, discordante.
dispar *adj.* díspar, desigual.
disparada *s.f.* disparada.
disparadero *m.*, **disparador** *s.m.* disparador; gatilho; escapo.
disparar *v.* disparar.
disparatado,-a *adj.* disparatado.
disparatar *v.* disparatar.
disparate *s.m.* disparate.
disparejo,-a *adj.* díspar, desigual.
disparidad *s.f.* disparidade.
disparo *s.m.* disparo, tiro, arremesso.
dispendio *s.m.* dispêndio.
dispensa *s.f.* dispensa.
dispensar *v.* dispensar; perdoar.
dispensario *s.m.* dispensário.

dispersar *v.*, **dispersarse** *vr.* dispersar(-se).
dispersión *s.f.* dispersão.
disperso,-a *adj.* disperso.
displicencia *s.f.* displicência.
displicente *adj.* displicente.
disponer *v.* dispor, preparar; ter, usar. **disponerse** *vr.* dispor-se.
disponibilidad *s.f.* disponibilidade.
disponible *adj.* disponível.
disposición *s.f.* disposição; aptidão.
dispositivo *s.m.* dispositivo.
dispuesto,-a *adj.* disposto.
disputa *s.f.* disputa.
disputar *v.* disputar, debater.
disquete *s.m.* disquete.
disquisición *s.f.* disquisição.
distancia *s.f.* distância.
distanciado,-a *adj.* distanciado.
distanciamiento *s.m.* distanciamento.
distanciar *v.*, **distanciarse** *vr.* distanciar(-se).
distante,-a *adj.* distante.
distar *v.* distar, estar a.
distender *v.* distender; relaxar.
distensión *s.f.* distensão; relaxação.
distinción *s.f.* distinção.
distinguido,-a *adj.* distinguido, ilustre.
distinguir *v.*, **distinguirse** *vr.* distinguir.
distintivo,-a *adj./s.m.* distintivo.
distinto,-a *adj.* distinto.
distorsión *s.f.* distorção.
distracción *s.f.* distração.
distraer *v.* distrair; roubar. **distraerse** *vr.* distrair-se.
distraído,-a *adj./s.* distraído.
distribución *s.f.* distribuição.
distribuidor,-a *adj./s.* distribuidor.
distribuir *v.* distribuir.
distributivo,-a *adj.* distributivo.
distrito *s.m.* distrito.
disturbar *v.* disturbar.
disturbio *s.m.* distúrbio.
disuadir *v.* dissuadir.
disuasión *s.f.* dissuasão.
disuasivo,-a *adj,* **disuasorio,-a** *adj.* dissuasivo.
disuelto,-a *adj.* dissolvido.

disyuntiva *s.f.* disjuntiva.
dita *s.f.* dívida.
diuresis *s.f.* diurese.
diurético,-a *adj./s.m.* diurético.
diurno,-a *adj.* diurno.
divagación *s.f.* divagação.
divagar *v.* divagar.
diván *s.m.* divã.
diver *adj.* divertimento.
divergencia *s.f.* divergência.
divergente *adj.* divergente.
divergir *v.* divergir.
diversidad *s.f.* diversidade.
diversificación *s.f.* diversificação.
diversificar *v.* diversificar.
diversión *s.f.* diversão.
diverso,-a *adj.* diverso.
divertido,-a *adj.* divertido. *s.m.* bêbado.
divertir *v.*, **divertirse** *vr.* divertir(-se).
dividendo *s.m.* dividendo.
dividir *v.*, **dividirse** *vr.* dividir(-se).
divieso *s.m.* furúnculo.
divinidad *s.f.* divindade.
divinización *s.f.* divinização.
divinizar *v.* divinizar.
divino,-a *adj.* divino.
divisa *s.f.* divisa. **divisas** *fpl* divisas.
divisar *v.* divisar.
divisibilidad *s.f.* divisibilidade.
divisible *adj.* divisível.
división *s.f.* divisão.
divisor,-a *adj./s.m.* divisor.
divisorio,-a *adj.* divisório. *s.f.* divisor hidrográfico.
divo,-a *s.* divo, diva.
divorciado,-a *adj./s.* divorciado.
divorciar *v.*, **divorciarse** *vr.* divorciar(-se).
divorcio *s.m.* divórcio.
divulgación *s.f.* divulgação.
divulgador,-a *adj.* divulgador.
divulgar *v.* divulgar.
do *s.m.* (*Mús.*) dó.
dobla *s.f.* (*Fam.*) dobra.
dobladillar *v.* preguear.
dobladillo *s.m.* bainha, prega.
doblaje *s.m.* dublagem.
doblar *v.* dobrar, dublar; matar a tiro; virar, tombar. **doblarse** *vr.* dobrar-se.
doble *adj.* dobro, duplo. *s.m.*

dobre (de sinos); bainha. s. dublê, sósia, clone. adv. o dobro.
doblemente adv. duplamente; fingidamente.
doblegar v. dobrar, ceder. doblegarse vr. desistir.
dobles s.m.pl. duplas.
doblete s.m. reprise.
doblez s.m. dobra, prega. s. dobrez.
doce adj./s.m. doze; décimo segundo.
doceavo,-a adj./s.m. um doze avos.
docena s.f. dúzia.
docencia s.f. docência.
docente adj./s. docente.
dócil adj. dócil.
docilidad s.f. docilidade.
dock s.m. doca. docks armazém.
docto,-a adj./s. douto.
doctor,-a s. doutor.
doctorado s.m. doutorado.
doctoral adj. doutoral, doutorado.
doctorando,-a s. doutorando.
doctorarse vr. doutorar-se.
doctrina s.f. doutrina.
doctrinal adj. doutrinal.
doctrinario,-a adj. doutrinário.
documentación s.f. documentação, documentos.
documentado,-a adj. documentado.
documental adj./s.m. documentário.
documentar v. documentar.
documento s.m. documento.
dodecaedro s.m. dodecaedro.
dodecafónico,-a adj. dodecafônico.
dodecágono adj./s.m. dodecágono.
dodecasílabo,-a adj. dodecassílabo.
dogal s.f. cabresto, baraço.
dogaresa s.f. dogesa.
dogma s.m. dogma.
dogmático,-a adj./s. dogmático.
dogmatismo s.m. dogmatismo.
dogmatista s. dogmatista.
dogmatizar v. dogmatizar.
dogo s.m. dogue.
dólar s.m. dólar.
dolencia s.f. doença.

doler v. doer, padecer; condoer-se, dar dó; queixar-se.
doliente adj. dolente.
dolmen s.m. dólmen.
dolo s.m. dolo, fraude.
dolor s.m. dor, pesar; pena.
dolorido,-a adj. dolorido.
dolorosa s.f. Nossa Senhora das dores; dolorosa (conta).
doloroso,-a adj. doloroso.
doloso,-a adj. doloso.
doma s.f. doma, domação.
domador,-a s. domador.
domar v. domar.
domesticable adj. domesticável.
domesticación s.f. domesticação.
domesticar v. domesticar.
doméstico,-a adj. doméstico.
domiciliación s.f. débito automático.
domiciliado,-a adj. domiciliado.
domiciliar v. pagar por débito automático. domiciliarse vr. domiciliar-se.
domiciliario,-a adj. domiciliar.
domicilio s.m. domicílio.
dominación s.f. dominação.
dominante adj. dominante.
dominar v., dominarse vr. dominar(-se).
domingas s.f.pl. peitos.
domingo s.m. domingo.
dominguejo s.m. pobre diabo.
dominguero,-a adj./s.m. domingueiro.
dominguillo s.m. (boneco) joão-teimoso.
dominical adj. dominical.
dominicano,-a adj./s. dominicano.
dominico,-a adj. (Rel.) dominicano.
dominio s.m. domínio.
dominó ou dómino s.m. dominó.
don s.m. dom.
donación s.f. doação.
donaire s.m. donaire; dito chistoso; gentileza.
donante s. doador.
donar v. doar.
donativo s.m. donativo.
doncella s.f. donzela; criada.
doncellez s.f. donzelice.
doncellueca s.f. solteirona.

donde adv., dónde adv. onde, aonde, em que.
dondequiera adv. em todo lugar; onde quer que.
dondiego s.m. (Bot.) maravilha, bonina.
donjuán s.m. dom-juan, dom-joão.
donjuanesco,-a adj. dom-juanesco.
donoso,-a adj. donoso, donairoso.
donostiarra adj./s. de San Sebastián.
doña s.f. dona.
dopar v. dopar, drogar.
doping s.m. doping.
doquier adv., doquiera adv. onde quer que.
dorada s.f. dourada (peixe).
dorado,-a adj./s.m. dourado.
dorar v. dourar.
dórico,-a adj. dórico.
dormido,-a adj. adormecido; sonolento.
dormilón,-ona adj./s. dorminhoco.
dormir v. dormir.
dormitar v. dormitar, cochilar.
dormitorio s.m. dormitório, quarto para dormir.
dorsal adj. dorsal. s.m. (Esp.) número de identificação.
dos adj./s.m. dois; segundo.
doscientos,-as adj./s.m. duzentos.
dosel s.m. dossel.
dosificación s.f. dosagem.
dosificar v. dosar, dosificar.
dosis s.m. dose.
dossier s.m. dossiê.
dotación s.f. dotação; pessoal, tripulação.
dotado,-a adj. dotado; equipado.
dotar v. dotar.
dote s.f. dote. dotes dotes, talento.
dracma s.f. dracma.
draconiano,-a adj. draconiano.
draga s.f. draga.
dragado,-a adj./s.m. dragagem.
dragar v. dragar.
drago s.m. drago, dragoeiro.
dragón s.m. dragão.
dragonear v. posar de; fazer alarde.

rama s.m. drama.
ramático,-a adj. dramático.
ramatismo s.m. dramatismo, dramatização.
ramatizar v. dramatizar.
ramaturgia s.f. dramaturgia.
ramaturgo,-a s. dramaturgo.
ramón s.m. dramalhão.
rástico,-a adj. drástico.
renaje s.f. drenagem.
renar v. drenar.
riblar v. driblar.
ril s.m. dril, cotil.
roga s.f. droga.
rogadicto,-a adj./s. viciado em drogas.
rogado,-a adj./s. drogado.
rogar v., **drogarse** vr. drogar(-se).
rogata s., **drogota** s. viciado em heroína.
roguería s.f. drogaria, farmácia.
roguero,-a s. droguista; vigarista, caloteiro.
romedario s.m. dromedário.
druida,-esa adj./s. druida.
dual adj. dual.
dualidad s.f. dualidade.
dualismo s.m. dualismo.
dualista adj./s. dualista.

dubitativo,-a adj. dubitativo.
dublinés,-esa adj./s. dublinense.
ducado s.m. ducado.
ducal adj. ducal.
ducha s.f. ducha.
duchar v. duchar.
ducho,-a adj. hábil, expert.
duco s.m. laca, verniz.
dúctil adj. dúctil.
ductilidad s.f. ductilidade.
duda s.f. dúvida.
dudar v. duvidar.
dudoso,-a adj. duvidoso.
duela s.f. aduela.
duelo s.m. duelo; luto, enterro.
duende s.m. duende.
duendo,-a adj. manso.
dueña s.f. dona, proprietária.
dueño s.m. dono, proprietário.
dulce adj. doce, gentil. s.m. doce, caramelo, bolo.
dulcería s.f. doçaria, confeitaria.
dulcero,-a adj. louco por doces. s. doceiro, confeiteiro.
dulcificar v. adoçar, dulcificar.
dulzaina s.f. (Mús.) doçaina.
dulzaino,-a adj. açucarado.
dulzarrón,-ona ou **dulzón,-ona** adj. muito doce.
dulzor s.m. ou **dulzura** s.f. doçura; (Fig.) suavidade.
duna s.f. duna.
duo s.m. dueto.
duodécimo,-a adj./s. duodécimo, décimo segundo.
duodenal adj. duodenal.
duodeno s.m. duodeno.
dúplex adj./s.m. dúplex.
duplicación s.f. duplicação.
duplicado,-a adj./s.m. duplicata.
duplicar v. duplicar.
duplicidad s.f. duplicidade.
duplo,-a adj./s. duplo.
duque s.m. duque.
duquesa s.f. duquesa.
durabilidad s.f. durabilidade.
durable adj. durável.
duración s.f. duração.
duradero,-a adj. duradouro.
durante prep. durante.
durar v. durar.
durazno s.m. pêssego; pessegueiro.
dureza s.f. dureza; calo.
durmiente adj./s. dormente.
duro,-a adj. duro, penoso, difícil, áspero. s.m. moeda de cinco pesetas; valentão, durão.
dux s.m. doge.

E

E, e *s.f.* E, e.
easonense *adj./s.* de San Sebastian.
ebanista *s.m.* marceneiro.
ebanistería *s.f.* marcenaria.
ébano *s.m.* ébano.
ebonita *s.f.* ebonite.
ebriedad *s.f.* embriaguez.
ebrio,-a *adj.* ébrio, bêbado.
ebulición *s.f.* ebulição.
eccehomo *s.m. estar hecho un* ~ estar um caco.
eccema *s.m.* eczema.
echado,-a *adj.* caído, jogado, descartado.
echador,-a *adj.* convencido; *~a de cartas* cartomante.
echar *v.* lançar, arremessar, jogar; pôr, depositar; postar; expulsar; despedir; demolir, derrubar; estragar, destruir; crescer, brotar; emanar; soltar; servir, ajudar; passar, exibir; levar, gastar; acusar; começar; dar; deitar; calcular; fechar; inclinar; ~ *a* começar a; ~ *en falta* sentir falta; *echarse atrás* pular fora, roer a corda. **echarse** *vr.* lançar-se; cair; deitar-se; afastar-se; pôr-se a; deteriorar-se; ~ *novio* ficar noivo.
echarpe *s.m.* xale, estola.
echazón *s.f.* coisa jogada fora.
echona *s.f.* foice.
eclampsia *s.f.* eclampsia.
eclecticismo *s.m.* ecletismo.
ecléctico,-a *adj./s.* eclético.
eclesial *adj.* eclesial, eclesiástico.
eclesiástico,-a *adj.* eclesiástico. *s.m.* padre.
eclipsar *v.*, **eclipsarse** *vr.* eclipsar(-se).
eclipse *s.m.* eclipse.
eclíptico,-a *adj.* eclíptico.
eclosión *s.f.* eclosão.
eclosionar *v.* eclodir.
eco *s.m.* eco.
ecografía *s.f.* ecografia.
ecología *s.f.* ecologia.
ecológico,-a *adj.* ecológico.
ecologista *adj./s.* ecologista.
ecólogo,-a *s.* ecologista.
economato *s.m.* economato.
econometría *s.f.* econometria.
economía *s.f.* economia.
económico,-a *adj.* econômico.
economista *s.* economista.
economizar *v.* economizar.
ecónomo *s.m.* ecônomo.
ecosistema *s.m.* ecossistema.
ectoplasma *s.m.* ectoplasma.
ecuación *s.f.* equação.
ecuador *s.m.* equador.
ecualizador *s.m.* equalizador.
ecuánime *adj.* equânime.
ecuanimidad *s.f.* equanimidade.
equatorial *adj.* equatorial.
ecuatoriano,-a *adj./s.* equatoriano.
ecuestre *adj.* eqüestre.
ecuménico,-a *adj.* ecumênico.
ecumenismo *s.m.* ecumenismo.
eczema *s.m.* eczema.
edad *s.f.* idade.
edema *s.m.* edema.
edén *s.m.* éden.
edénico,-a *adj.* edênico.
edición *s.f.* edição.
edicto *s.m.* édito. edital.
edificable *adj.* edificável.
edificación *s.f.* edificação.
edificador,-a *adj.* edificador; edificante.
edificante *adj.* edificante.
edificar *v.* edificar.
edificio *s.m.* edifício.
edil,-a *s.* edil; vereador.
editar *v.* editar.
editor,-a *adj./s.* editor.
editorial *adj./s.m.* editorial.
editorialista *s.* editorialista.
edredón *s.m.* edredom, acolchoado.
educación *s.f.* educação.
educado,-a *adj.* educado, polido.
educador,-a *adj./s.* educador, professor.
educando,-a *s.* educando, aluno.
educar *v.* educar, ensinar, treinar.
educativo,-a *adj.* educativo.
edulcorante *s.m.* edulcorante, adoçante.
edulcorar *v.* adoçar, edulcorar.
efe *s.f.* efe, nome da letra F.
efectismo *s.m.* ostentação, pompa.
efectista *adj.* pomposo, espetaculoso.
efectividad *s.f.* efetividade.
efectivo,-a *adj.* efetivo, real. *s.m.* dinheiro; *en* ~ em dinheiro.
efecto *s.m.* efeito; impressão, objetivo. **efectos** pertences.
efectuación *s.f.* efetuação.
efectuar *v.* efetuar.
efeméride *s.f.* efeméride.
efervescencia *s.f.* efervescência.
efervescente *adj.* efervescente.
eficacia *s.f.* eficácia.
eficaz *adj.* eficaz.
eficiencia *s.f.* eficiência.
eficiente *adj.* eficiente.
efigie *s.m.* efígie.
efímero,-a *adj.* efêmero.
efluvio *s.m.* eflúvio.
efusión *ou* **efusividad** *s.f.* efusão.
efusivo,-a *adj.* efusivo.
égida *s.f.* égide.
egipcio,-a *adj./s.* egípcio.
egiptología *s.f.* egiptologia.
egiptólogo,-a *s.* egiptólogo.
eglefino *s.m.* hadoque.
ego *s.m.* ego.
egocéntrico,-a *adj.* egocêntrico.
egocentrismo *s.m.* egocentrismo.

egoísmo *s.m.* egoísmo.
egoísta *adj./s.* egoísta.
ególatra *adj./s.*ególatra.
egolatría *s.f.* egolatria.
egotismo *s.m.* egotismo.
egotista *adj./s.* egotista.
egregio,-a *adj.* egrégio.
egreso *s.m.* colação de grau.
¡eh! *interj.* eh!
eje *s.m.* eixo.
ejecución *s.f.* execução.
ejecutante *s.* executante.
ejecutar *v.* executar.
ejecutivo,-a *adj./s.m.* executivo. *s.f.* executiva.
ejecutor,-a *s.* executor.
ejecutoria *s.f.* título de nobreza.
ejecutoría *s.f.* executoria.
ejecutorio,-a *adj.* executório.
¡ejem! *interj.* hmm!; hã hã!
ejemplar *adj./s.m.* exemplar.
ejemplaridad *s.f.* exemplaridade.
ejemplarizar *v.* dar exemplo.
ejemplificación *s.f.* exemplificação.
ejemplificar *v.* exemplificar.
ejemplo *s.m.* exemplo.
ejercer *v.* exercer.
ejercicio *s.m.* exercício.
ejercitar *v.*, **ejercitarse** *vr.* exercitar(-se).
ejército *s.m.* exército.
ejido *s.m.* terreno sem dono.
ejote *s.m.* vagem.
el *art. def.* o.
él *pron. pes.* ele.
elaboración *s.f.* elaboração.
elaborar *v.* elaborar.
elasticidad *s.f.* elasticidade.
elástico,-a *adj./s.m.* elástico.
ele *s.f.* ele, nome da letra L.
¡ele! *interj.* oba!
elección *s.f.* escolha, opção. elecciones eleições.
electivo,-a *adj.* eletivo.
electo,-a *adj.* eleito.
elector,-a *s.* eleitor.
electorado *s.m.* eleitorado.
electoral *adj.* eleitoral.
electoralismo *s.m.* eleitoralismo; campanha eleitoral.
electoralista *adj.* eleitoralista; eleitoreiro.
electorero,-a *s.* eleitoreiro.
electricidad *s.f.* eletricidade.
electricista *s.* eletricista.
eléctrico,-a *adj.* elétrico.
electrificación *s.f.* eletrificação.
electrificar *v.* eletrificar.
electrizante *adj.* eletrizante.
electrizar *v.* eletrizar.
electrocardiograma *s.m.* eletrocardiograma.
electrochoque *s.m.* eletrochoque.
electrocución *s.f.* eletrocução.
electrocutar *v.* eletrocutar.
electrodinámico,-a *adj.* eletrodinâmico. *s.f.* eletrodinâmica.
electrodo *s.m.* eletrodo.
electrodoméstico *s.m.* eletrodoméstico.
electroimán *s.m.* eletroímã.
electrólisis *s.f.* eletrólise.
electrolítico,-a *adj.* eletrolítico.
electrolito *s.m.* eletrolito.
electromagnético,-a *adj.* eletromagnético.
electromagnestimo *s.m.* eletromagnetismo.
electromotor *adj.* eletromotor.
electromotriz *adj.* eletromotriz.
electrón *s.m.* elétron.
electrónico,-a *adj.* eletrônico. *s.f.* eletrônica.
electroquímica *s.f.* eletroquímica.
electrostático,-a *adj.* eletrostático.
elefanta *s.f.* elefanta.
elefante *s.m.* elefante.
elefantiasis *s.f.* elefantíase.
elegancia *s.f.* elegância.
elegante *adj.* elegante.
elegía *s.f.* elegia.
elegiaco,-a *adj.* elegíaco.
elegibilidad *s.f.* elegibilidade.
elegible *adj.* elegível
elegido,-a *adj./s.m.* eleito.
elegir *v.* eleger, escolher.
elemental *adj.* elementar, básico, fundamental.
elemento *s.m.* elemento.
elenco *s.m.* elenco, lista.
elepé *s.m.* elepê, LP.
elevación *s.f.* elevação.
elevado,-a *adj.* elevado.
elevador,-a *adj./s.m.* elevador.
elevalunas *s.m.* (*Aut.*) ~ *eléctrico* vidro elétrico.
elevar *v.*, **elevarse** *vr.* elevar(-se).
elfo *s.m.* elfo.
elidir *v.* elidir.
eliminación *s.f.* eliminação.
eliminador,-a *adj./s.* eliminador.
eliminar *v.* eliminar.
eliminatorio,-a *adj.* eliminatório. *s.f.* eliminatória.
elipse *s.f.* (*Mat.*) elipse.
elipsis *s.f.* (*Ling.*) elipse.
elíptico,-a *adj.* elíptico.
elisión *s.f.* elisão.
elite ou **élite** *s.f.* elite.
elitismo *s.m.* elitismo.
elitista *adj.* elitista.
elixir ou **elíxir** *s.m.* elixir.
ella *pron. pes.* ela.
ellas *pron. pes.* elas
elle *s.f.* nome do dígrafo espanhol Ll.
ello *pron. pes.* isto, isso.
ellos *pron. pes.* eles.
elocución *s.f.* elocução.
elocuencia *s.f.* eloqüência.
elocuente *adj.* eloqüente.
elogiable *adj.* elogiável.
elogiar *v.* elogiar.
elogio *s.m.* elogio.
elogioso,-a *adj.* elogioso.
elongación *s.f.* elongação.
elote *s.m.* espiga de milho nova.
elucidación *s.f.* elucidação.
elucidar *v.* elucidar.
elucidario *s.m.* elucidário.
elucubración *s.f.* (e)lucubração.
elucubrar *v.* (e)lucubrar.
eludible *adj.* evitável.
eludir *v.* eludir, evitar, evadir.
elusivo,-a *adj.* elusivo.
emanación *s.f.* emanação.
emanar *v.* emanar.
emancipación *s.f.* emancipação.
emancipado,-a *adj.* emancipado.
emancipador,-a *adj.* emancipador.
emancipar *v.*, **emanciparse** *vr.* emancipar(-se).
emasculación *s.f.* emasculação.
embabiamiento *s.m.* embeveci-mento, devaneio.
embadurnar *v.* (en)lambuzar.
embajada *s.f.* embaixada.
embajador,-a *s.* embaixador.
embalador,-a *s.* empacotador.
embalaje *s.m.* embalagem.
embalar *v.* empacotar; apressar.

embaldosado s.m. ladrilhagem.
embaldosar v. ladrilhar.
embalsadero s.m. brejo, pântano.
embalsamador,-a s. embalsamador.
embalsamar v. embalsamar.
embalsar v. represar; eslingar, içar com balso.
embalse s.m. represa.
embanastar v. encanastrar.
embancarse vr. (Náut.) encalhar.
embarazado,-a adj. embaraçado; grávido. s.f. mulher grávida.
embarazar v. engravidar, embaraçar.
embarazo s.m. gravidez; embaraço.
embarazoso,-a adj. embaraçoso.
embarcación s.f. embarcação.
embarcadero s.m. cais, embarcadouro.
embarcador s. estivador.
embarcar v., **embarcarse** vr. embarcar(-se).
embarco s.m. embarque.
embardar v. bardar.
embargar v. embargar.
embargo s.m. embargo; sin ~ todavia; no entanto.
embarnizar v. envernizar.
embarque s.m. embarque.
embarrado,-a adj. embarrado, enlameado.
embarrancarse vr. encalhar.
embarrar v. embarrar; enlamear; implicar.
embarrialarse vr. enlamear-se; atolar-se.
embarullar v. confundir, embaralhar.
embastar v. alinhavar.
embate s.m. embate; choque das ondas; brisa.
embaucador,-a adj. enganador. s. tapeador.
embaucar v. enganar.
embebecer v. entreter. **embellecerse** vr. embevecer-se.
embeber v., **embeberse** vr. embeber(-se).
embebido,-a adj. embebido.
embelecar v. enganar.
embeleco s.m. ou **embelequería** s.f. fraude, engano.
embelesado,-a adj. fascinado, embevecido.
embelesar v. embevecer, encantar.
embeleso s.m. fascínio.
embellecedor,-a adj. embelezador. s.m. (Aut.) calota.
embellecer v. embelezar.
embellecimiento s.m. embelezamento.
emberrenchinarse ou **emberrincharse** vr. enfurecer-se.
embestida s.f. investida.
embestir v. investir.
embetunar v. embetumar, enegrecer.
embicar v. (Náut.) embicar.
embijar v. sujar, manchar.
emblandecer v. abrandar.
emblanquecer v. embranquecer.
emblema s.m. emblema.
emblemático,-a adj. emblemático.
embobado,-a adj. fascinado.
embobamiento s.m. fascínio, pasmo.
embobar v. embevecer, pasmar.
embocadura s.f. embocadura.
embocar v. embocar.
embochinchar v. alvoroçar, brigar.
embolado s.m. (Teat.) figuração; touro embolado; mentira.
embolar v. embolar um touro; embebedar.
embolía s.f. embolia.
émbolo s.m. êmbolo.
embolsar v. embolsar, cobrar.
embolso s.m. embolso.
embonar v. encaixar; favorecer; adubar.
emboquillado adj. (cigarro) com filtro.
emborrachar v., **emborracharse** vr. embebedar(-se).
emborrascarse vr. emborrascar-se.
emborronar v. borrar, rabiscar.
emboscada s.f. emboscada.
emboscar v. emboscar.
embotado,-a adj. embotado.
embotadura s.f. embotadura.
embotar v. embotar.
embotellado,-a adj. engarrafado. s.m. engarrafamento.
embotellador,-a s. engarrafador.
embotellamiento s.m. engarrafamento.
embotellar v. engarrafar.
embozar v. embuçar; esconder o jogo.
embozo s.m. embuço; dobra das cobertas.
embragar v. embragar, embrear.
embrague s.m. embreagem.
embravecer v., **embravecerse** vr. embravecer(-se).
embrear v. pichar, embrear.
embriagado,-a adj. embriagado.
embriagador,-a adj. embriagador.
embriagar v., **embriagarse** vr. embriagar(-se).
embriaguez s.f. embriaguez.
embridar v. embridar.
embrión s.m. embrião.
embrionario,-a adj. embrionário.
embrocar v. emborcar.
embrollado,-a adj. confuso.
embrollador,-a adj. desordeiro.
embrollar v. confundir, embrulhar.
embrollo s.m. embrulhada, imbróglio; mentira; situação embaraçosa.
embromar v. caçoar de; prejudicar.
embrujado,-a adj. enfeitiçado.
embrujar v. enfeitiçar.
embrujo s.m. feitiço.
embrutecer v. embrutecer.
embuchacarse vr. embolsar.
embuchado,-a adj./s.m. embutido; fraude em eleições.
embuchar v. embutir; empanturrar.
embudo s.m. funil.
embullar v. fazer barulho.
embuste s.m. embuste.
embustero,-a adj./s. embusteiro.
embutido s.m. embutido.
embutir v. embutir; empanturrar.
eme s.f. eme; nome da letra M.
emergencia s.f. emergência.
emergente adj. emergente.
emerger v. emergir.
emérito,-a adj. emérito.
emigración s.f. emigração.

emigrado,-a s. emigrante.
emigrar v. emigrar.
eminencia s.f. eminência.
eminente adj. eminente.
emir s.m. emir.
emirato s.m. emirado.
emisario,-a s. emissário.
emisión s.f. emissão.
emisor,-a adj. emissor. s.m. transmissor. s.f. emissora.
emitir v. emitir.
emoción s.f. emoção.
emocionado,-a adj. emocionado.
emocional adj. emocional.
emocionante adj. emocionante.
emocionar v., emocionarse vr. emocionar(-se).
emolumento s.m. emolumento, honorário.
emotividad s.f. emotividade.
emotivo,-a adj. emotivo.
empacadora s.f. empacotadora.
empacar v. empacotar; irritar. empacarse vr. empacar-se, emperrar-se.
empachado,-a adj. tacanho, tapado; farto.
empachar v., empacharse vr. empachar(-se), fartar(-se), ter indigestão; aborrecer(-se).
empacho s.m. indigestão; náusea.
empachoso,-a adj. indigesto; vergonhoso.
empadrar v. acasalar.
empadronamiento s.m. recenseamento.
empadronar v. recensear.
empajar v. empalhar.
empalagamiento s.m. saciedade, fastio.
empalagar v. enjoar, fartar.
empalago s.m. fastio.
empalagoso,-a adj. enjoativo, maçador.
empalar v. empalar, teimar.
empalizada s.f. cerca.
empalmar v. unir, ligar, combinar; ter conexão. empalmarse vr. (Vulg.) ter uma ereção.
empalme s.m. conexão; junta; junção; emenda.
empanada s.f. empanada; empada.
empanadilla s.f. empanadilha.
empanado,-a adj. empanado.

empanar v. empanar; encher.
empantanado,-a adj. inundado; alagado.
empantanar v. empantanar, alagar; reter, empatar.
empañado,-a adj. embaciado; roufenho, empanado, (voz) embargada.
empañar v. fraldar; embaciar; enodoar.
empañetar v. caiar.
empapado,-a adj. empapado, encharcado.
empapar v. empapar, encharcar.
empapelado s.m. revestimento com papel de parede.
empapelar v. empapelar; revestir de papel; processar.
empapuzado,-a adj. cheio; empanturrado.
empapuzar v. empanturrar.
empaque s.m. empacotamento.
empaquetador,-a s. empacotador.
empaquetadura s.f. empacotamento.
empaquetar v. empacotar.
emparedado,-a adj. emparedado. s.m. sanduíche.
emparedar v. emparedar, murar.
emparejar v. emparelhar; nivelar; igualar; alcançar.
emparentado,-a adj. aparentado.
emparentar v. aparentar.
emparrillar v. grelhar.
empastar v. (dente) obturar.
empaste s.m. obturação.
empatar v. empatar.
empate s.m. empate.
empavesado s.m. pavesado.
empavonarse vr. embonecar-se, emperiquitar-se.
empecatado,-a adj. desastrado.
empecer v. danificar.
empecinado,-a adj. teimoso, obstinado.
empecinarse vr. obstinar-se.
empedernido,-a adj. empedernido.
empedrado,-a adj. empedrado. s.m. calçamento.
empedrar v. empedrar.
empega s.f. piche.
empeine s.m. púbis; peito do pé.

empellar v. empurrar.
empellón s.m. empurrão.
empelotarse vr. despir-se.
empeñar v. empenhar. empeñarse vr. insistir; endividar-se.
empeño s.m. empenho.
empeñoso,-a adj. persistente.
empeoramiento s.m. piora.
empeorar v. piorar.
empequeñecer v. minorar, encolher, diminuir. empequeñecerse vr. apequenar-se.
empequeñecimiento s.m. diminuição, apoucamento.
emperador s.m. imperador.
emperatriz s.f. imperatriz.
emperejillarse vr., emperifollarse vr. embonecar-se, emperiquitar-se.
empero conj. mas, porém.
emperramiento s.m. teimosia, obstinação.
emperrarse vr. obstinar-se.
empezar v. começar.
empiece ou empiezo s.m. começo.
empinado,-a adj. empinado, levantado; orgulhoso.
empinar v. erguer; ~ el codo beber muito. empinarse vr. pôr-se nas pontas dos pés; empinar-se.
empingorotado,-a adj. da classe alta; convencido.
empiparse vr. empanturrar-se.
empírico,-a adj. empírico.
empirismo s.m. esmpirismo.
empitonar v. escornar.
empizarrado s.m. telhado de ardósia.
emplastar v. emplastrar.
emplasto s.m. emplastro; mau negócio; pessoa teimosa.
emplazamiento s.m. emprazamento; convocação; demarcação.
emplazar v. situar; intimar.
empleado,-a adj. empregado.
emplear v. empregar.
empleo s.m. emprego.
emplomadura s.f. chumbamento.
emplomar v. chumbar; obturar.
emplumar v. emplumar; castigar; fugir.
empobrecer v., empobrecerse vr. empobrecer(-se).

empollar *v.* chocar, incubar; estudar muito.
empollón,-ona *adj. (Fam.)* cu-de-ferro.
empolvado,-a *adj.* empoeirado.
empolvar *v.* empoeirar. **empolvarse** *vr.* empoar; estar fora de prática.
emponchado,-a *adj.* encapotado; suspeito.
emponzoñamiento *s.m.* envenenamento.
empozoñar *v.* envenenar; corromper.
emporcar *v.* emporcalhar.
emporio *s.m.* empório; loja de departamentos.
emporrado,-a *adj.* drogado.
emporrarse *vr.* drogar-se.
empotrar *v.* encravar; engastar.
empreñar *v.* engravidar; emprenhar. **empreñarse** *vr.* engravidar-se.
emprendedor,-a *adj.* empreendedor.
emprender *v.* empreender.
empresa *s.f.* empresa; firma.
empresariado *s.m.* empresariado.
empresarial *adj.* empresarial.
empresario,-a *s.* empresário.
empréstito *s.m.* empréstimo.
empujar *v.* empurrar; forçar.
empuje *s.m.* impulso, empuxo, ímpeto; brio.
empujón *s.m.* empurrão.
empuñadura *s.f.* empunhadura.
empuñar *v.* empunhar.
emú *s.m. (Ornit.)* emu.
emulación *s.f.* emulação.
emulador,-a *adj.* emulador.
emular *v.* emular.
émulo,-a *s.* êmulo.
emulsión *s.f.* emulsão.
emulsionar *v.* emulsionar.
emulsivo,-a *adj.* emulsivo.
en *prep.* em, de.
enaceitar *v.* azeitar. **enaceitarse** *vr.* rançar.
enagua *s.f.* anágua.
enajenación *s.f.* distração, alheamento; alienamento.
enajenador,-a *adj.* alienador.
enajenamiento *s.m.* alheamento.
enajenar *v.* alienar; perturbar. **enajenarse** *vr.* enlouquecer.

enaltecer *v.* enaltecer.
enamoradizo,-a *adj.* namoradeiro.
enamorado,-a *adj.* enamorado, apaixonado; fã.
enamoramiento *s.m.* paixão, namoro.
enamorar *v.* enamorar, apaixonar; ganhar o amor de. **enamorarse** *vr.* enamorar-se.
enancarse *vr.* intrometer-se.
enanismo *s.m.* ananismo.
enano,-a *s.* anão.
enarbolar *v.* içar, arvorar; hastear. **enarbolarse** *vr.* zangar-se.
enarcar *v.* arquear.
enardecedor,-a *adj.* excitante.
enardecer *v.* excitar, exacerbar.
enardecimiento *s.m.* excitação, entusiasmo.
enarenar *v.* arear, cobrir com areia. **enarenarse** *vr.* encalhar.
enarmonar *v.* levantar.
enastar *v.* encabar.
encabestrar *v.* encabrestar.
encabezamiento *s.m.* cabeçalho.
encabezar *v.* encabeçar.
encabritarse *vr.* encabritar-se; enfurecer-se; *(avião)* perder velocidade.
encadenado,-a *s.m.* botaréu; *(Cine.)* fusão.
encadenar *v.* encadear; acorrentar; ligar.
encajar *v.* encaixar; ajustar; suportar; corresponder, coincidir; levar. **encajarse** *vr.* vestir-se; *(carro)* emperrar.
encaje *s.m.* encaixe; renda, galão.
encajonar *v.* encaixotar; reforçar com pilares; enfiar.
encalabrinar *v.* atordoar, irritar. **encalabrinarse** *vr.* obstinar-se.
encalado *s.m.* caiação.
encalambrarse *vr.* entorpecer-se, enregelar-se.
encalamocar ou **encalamucar** *v.* espantar, aturdir.
encalar *v.* caiar.
encalladero *s.m.* encalho.
encallar *v.* encalhar.
encallecer *v.* calejar.
encalmarse *vr.* acalmar-se.

encamar *v.*, **encamarse** *vr.* acamar(-se).
encaminar *v.*, **encaminarse** *vr.* encaminhar(-se).
encampanado,-a *adj.* campaniforme.
encandecer *v.*, **encandecerse** *vr.* incandescer(-se).
encandilado,-a *adj.* erguido; deslumbrado.
encandilar *v.* deslumbrar; seduzir.
encanecer *v.*, **encanecerse** *vr.* encanecer(-se).
encanijarse *vr.* definhar.
encantado,-a *adj.* encantado.
encantador,-a *adj./s.* encantador.
encantamiento *s.m.* encantamento.
encantar *v.* encantar.
encante *s.m.* leilão.
encanto *s.m.* encanto, encantamento.
encañado *s.m.* encanamento; caniçada.
encañar *v.* encanar, drenar; encaniçar.
encañonar *v.* apontar uma arma a; *(água)* encanar; criar penas.
encaperuzado,-a *adj.*, **encapirotado,-a** *adj.* encapuzado.
encapotado,-a *adj.* encoberto, nublado.
encapotarse *vr.* encobrir-se.
encaprichamiento *s.m.* enrabichamento.
encapricharse *vr.* afeiçoar-se; enrabichar-se; apaixonar-se.
encapuchado,-a *adj.* encapuzado.
encarado,-a *adj.* encarado; *mal ~* mal-encarado.
encaramar *v.* elevar, elogiar. **encaramarse** *vr.* encarapitar-se; enaltecer-se.
encarar *v.* encarar; enfrentar, confrontar; *(arma)* apontar.
encarcelación *s.f.* encarceramento.
encarcelar *v.* encarcerar.
encarecer *v.* encarecer.
encarecidamente *adv.* encarecidamente.
encarecimiento *s.m.* encarecimento, empenho.
encargado,-a *adj./s.* encarregado.

encargar v. encarregar, recomendar.
encargo s.m. encargo, incumbência; encomenda.
encariñado,-a adj. afeiçoado a.
encariñarse vr. afeiçoar-se.
encarnación s.f. encarnação.
encarnado,-a adj. encarnado.
encarnadura s.f. carnadura.
encarnar v. encarnar. **encarnarse** vr. entranhar-se.
encarnizado,-a adj. encarniçado.
encarnizamiento s.m. encarniçamento.
encarnizar v., **encarnizarse** vr. encarniçar(-se).
encarpetar v. anotar com cuidado.
encarrilar v. encarrilhar, encaminhar.
encarrujar v. franzir, enrugar.
encartar v. encartar; indiciar; proscrever.
encartuchar v. encanudar.
encasillado,-a adj. escalado, classificado.
encasillar v. escalar, classificar, enquadrar.
encasquetar v. encasquetar.
encasquillamiento s.m. (arma) emperramento.
encasquillar v., **encasquillarse** vr. emperrar(-se).
encausar v. processar.
encauzamiento s.m. canalização; orientação, encaminhamento.
encauzar v. canalizar, orientar, encaminhar.
encebollado,-a adj. acebolado.
encefalitis s.f. encefalite.
encéfalo s.m. encéfalo.
encelar v., **encelarse** vr. enciumar(-se).
encenagado,-a adj. enlameado; viciado.
encenagarse vr. enlamear-se; depravar-se.
encendedor s.m. isqueiro.
encender v. acender, atiçar, provocar, acirrar; ligar. **encenderse** vr. pegar fogo; ruborizar-se.
encendido,-a adj. aceso; ardente; ruborizado. s.m. (Aut.) ignição.

encerado,-a adj. encerado. s.m. enceramento; quadro-negro.
encerar v. encerar.
encerrar v., **encerrarse** vr. encerrar(-se).
encerrona s.f. encerro, armadilha, cilada; tourada privada.
encestar v. encestar.
enceste s.m. (Basquetebol) cesta.
enchaquetarse vr. vestir a jaqueta.
encharcado,-a adj. encharcado. s.f. charco.
encharcar v. encharcar.
enchicharse vr. embriagar-se; amuar-se.
enchilada s.f. torta de milho.
enchilar v. apimentar; irritar.
enchiloso,-a adj. apimentado.
enchironar v. encarcerar.
enchisparse vr. ficar de pileque.
enchivarse vr. encolerizar-se.
enchufado,-a adj. ligado. s. protegido.
enchufar v. ligar, combinar; pôr na tomada. **enchufarse** vr. apadrinhar-se; entrar com pistolão.
enchufe s.m. tomada, contato; ligação; pistolão; sinecura.
enchufismo s.m. clientelismo.
enchutar v. empanturrar.
encía s.f. gengiva.
encíclica s.f. encíclica.
enciclopedia s.f. enciclopédia.
enciclopédico,-a adj. enciclopédico.
encierro s.m. (protesto) ocupação; (Rel.) clausura; confinamento.
encima adv. sobre; em cima; além disso; ainda por cima.
encimar v. encimar.
encimero,-a adj. que está em cima. s.f. placa de aquecimento do fogão.
encina s.f. azinheira.
encinar s.m. azinhal.
encinta adj. grávida.
encintar v. ornar com fitas.
encizañar v. semear a discórdia.
enclaustrar v. enclausurar.
enclavar v. cravar, trespassar. **enclavarse** vr. encravar-se.
enclave s.m. enclave.
enclenque adj. adoentado; fraco.

enclítico,-a adj. enclítico.
encocorar v. molestar.
encofrar v. enformar.
encoger v. encolher.
encogido,-a adj. encolhido; tímido.
encogimiento s.m. encolhimento; timidez.
encolado,-a adj. colado. s.m. colagem.
encolar v. colar.
encolerizar v. encolerizar.
encomendar v. encomendar, incumbir.
encomiar v. encomiar.
encomiástico,-a adj. encomiástico.
encomienda s.f. encomenda.
encomio s.m. encômio.
enconado,-a adj. inflamado.
enconar v. inflamar, exasperar.
encono s.m. rancor.
encontradizo,-a adj. encontradiço.
encontrado,-a adj. encontrado; oposto, contrário.
encontrar v. encontrar; dar de cara com. **encontrarse** vr. encontrar-se; estar.
encontronazo s.m. encontrão.
encoñado,-a adj. apaixonado.
encoñarse vr. apaixonar-se.
encopetado,-a adj. presunçoso; de alta linhagem.
encorajar v. encorajar. **encorajarse** vr. irritar-se.
encorajinarse vr. perder a calma.
encorchar v. arrolhar.
encordonar v. encordoar.
encorvado,-a adj. encurvado.
encorvadura s.f. ou **encorvamiento** s.m. encurvamento.
encorvar v. encurvar.
encrespado,-a adj. encrespado.
encrespar v. encrespar. **encresparse** vr. encrespar-se; irritar-se.
encrucijada s.f. encruzilhada; cruzamento.
encrudecer v., **encrudecerse** vr. (tempo) piorar, esfriar.
encuadernación s.f. encadernação.
encuadernador,-a s. encadernador.
encuadernar v. encadernar.

encuadramiento s.m. enquadramento.
encuadrar v. enquadrar, incluir; emoldurar.
encuadre s.m. enquadramento.
encubar v. encubar, envasilhar.
encubierta s.f. fraude.
encubierto,-a adj. secreto, fraudulento, acobertado.
encubridor,-a s. acobertador.
encubrimiento s.m. acobertamento.
encubrir v. ocultar, encobrir, acobertar.
encucurucharse vr. chegar ao topo.
encuentro s.m. encontro; choque; jogo, partida.
encuesta s.f. pesquisa, investigação.
encuestador,-a s. pesquisador.
encuestar v. pesquisar.
encumbrado,-a adj. eminente, elevado.
encumbramiento s.m. elevação; status elevado.
encumbrar v. elevar, enaltecer.
encurtidos s.m.pl. picles.
encurtir v. curtir, pôr em conserva.
ende adv. portanto.
endeble adj. fraco, frágil.
endeblez s.f. fragilidade.
endemia s.f. endemia.
endémico,-a adj. endêmico.
endemoniado,-a adj. endemoninhado.
endentar v. endentar, engrenar.
enderezamiento s.m. endireitamento, correção.
enderezar v. endireitar, corrigir, emendar.
endeudamiento s.m. endividamento.
endeudarse vr. endividar-se.
endiablado,-a adj. endiabrado.
endibia s.f. endívia.
endilgar ou **endiñar** v. impingir; desferir.
endiosamiento s.m. endeusamento; altivez.
endiosar v. endeusar.
enditarse v. endividar-se.
endocrino,-a adj. endócrino. s. endocrinologista.
endocrinología s.f. endocrinologia.

endocrinólogo,-a s. endocrinologista.
endomingarse vr. endomingar-se.
endorsar ou **endosar** v. endossar.
endosante adj./s. endossante.
endoso s.m. endosso.
endrina s.f. abrunho.
endrino,-a adj. azul-escuro. s.m. abrunheiro.
endrogarse vr. endividar-se; drogar-se.
endulzar v. adoçar; mitigar.
endurecer v. endurecer.
endurecimiento s.m. endurecimento.
ene s.f. ene, nome da letra N.
enebro s.m. zimbro.
enema s.m. enema.
enemigo,-a adj./s. inimigo, contrário, adversário.
enemistad s.f. inimizade.
enemistar v. inimizar.
energético,-a adj. energético.
energía s.f. energia.
enérgico,-a adj. enérgico.
energúmeno,-a s. energúmeno.
enero s.m. janeiro.
enervación s.f. enervação.
enervante adj. enervante.
enervar v. enervar, enfraquecer; irritar.
enésimo,-a adj. enésimo.
enfadadizo,-a adj. enfadadiço.
enfadado,-a adj. enfadado.
enfadar v. enfadar.
enfado s.m. enfado.
enfadoso,-a adj. enfadoso, enfadonho.
enfangar v. enlamear. **enfangarse** vr. enlamear-se, sujar-se.
énfasis s.m. ênfase.
enfático,-a adj. enfático.
enfatizar v. enfatizar.
enfermar v. enfermar, adoecer.
enfermedad s.f. enfermidade, mal, doença.
enfermería s.f. enfermaria.
enfermero,-a s. enfermeiro.
enfermizo,-a adj. enfermiço.
enfermo,-a s. enfermo.
enfermucho,-a adj. enfermiço.
enfervorizar v. afervorar, estimular.
enfierecerse vr. enfurecer-se.
enfiestarse vr. divertir-se.

enfilar v. dirigir-se; ir, atravessar, enfileirar, alinhar.
enfisema s.m. enfisema.
enflaquecer v. enfraquecer, afinar, perder peso.
enflaquecido,-a adj. fino, fraco.
enflaquecimiento s.m. enfraquecimento, emagrecimento.
enflatarse vr. amuar-se, ficar de mau humor.
enfocar v. enfocar, focalizar, abordar.
enfoque s.m. enfoque; foco; abordagem.
enfoscar v. rebocar.
enfrascar v. engarrafar. **enfrascarse** vr. absorver-se, concentrar-se.
enfrenar v. enfrear.
enfrentamiento s.m. enfrentamento.
enfrentar v. confrontar, enfrentar. **enfrentarse** vr. enfrentar-se.
enfrente adv. defronte, em frente.
enfriador adj. esfriador. s.m. geladeira.
enfriamiento s.m. esfriamento, resfriamento; resfriado.
enfriar v. esfriar. **enfriarse** vr. resfriar-se; acalmar-se, arrefecer.
enfundar v. embrulhar, envolver, embainhar, guardar.
enfurecer v., **enfurecerse** vr. enfurecer(-se).
enfurecimiento s.m. enfurecimento.
enfurruñamiento s.m. enfado.
enfurruñarse v. ficar zangado.
engaitar v. enganar.
engalanado,-a adj. engalanado.
engalanar v., **engalanarse** vr. engalanar(-se).
engallarse vr. ficar arrogante.
enganchado,-a adj. (drogas) viciado.
enganchar v. enganchar; fisgar, pescar; engatar. **engancharse** vr. viciar-se em drogas.
enganche s.m. gancho; engate; alistamento; (drogas) dependência.
enganchón s.m. rasgão, fio puxado.
engañabobos s.m. vigarista, tapeação.

engañadizo,-a *adj.* ingênuo, crédulo.
engañar *v.*, **engañarse** *vr.* enganar(-se).
engañifa *s.f.* vigarice, trapaça, tapeação.
engaño *s.m.* engano.
engañoso,-a *adj.* enganoso.
engarce *s.m.* engranzagem.
engarzar *v.* engranzar; engastar; encadear.
engastar *v.* engastar.
engaste *s.m.* engaste.
engatusar *v.* convencer, persuadir.
engendrar *v.* engendrar, gerar; causar.
engendro *s.m.* feto, aborto, monstro.
englobar *v.* englobar.
engolado,-a *adj.* arrogante, convencido.
engolfarse *vr.* absorver-se.
engolosinar *v.* engulosinar; estimular.
engomar *v.* colar, grudar.
engordar *v.* engordar.
engorde *s.m.* engorda.
engorro *s.m.* incômodo, estorvo.
engorroso,-a *adj.* embaraçoso.
engranaje *s.f.* engrenagem.
engranar *v.* engrenar.
engrandecer *v.* engrandecer, crescer, exaltar.
engrandecimiento *s.m.* engrandecimento.
engrasar *v.* lubrificar, engordurar.
engrase *s.m.* lubrificação; graxa.
engreído,-a *adj.* convencido, orgulhoso.
engreimiento *s.m.* presunção.
engreír *v.*, **engreírse** *vr.* envaidecer(-se), orgulhar(-se).
engrosar *v.* engrossar, aumentar, engordar.
engrudar *v.* grudar.
engrudo *s.m.* grude.
enguantado,-a *adj.* enluvado.
enguaracarse *vr.* esconder-se.
enguatar *v.* entretelar.
engulir *v.* engolir.
enharinar *v.* enfarinhar.
emhebrar *v.* enfiar a linha na agulha.

enhiesto,-a *adj.* ereto.
enhorabuena *s.f.* parabéns, felicitações.
enhoramala *adv.* em má hora.
enhornar *v.* enfornar.
enigma *s.m.* enigma.
enigmático,-a *adj.* enigmático.
enjabonar *v.* ensaboar; bajular.
enjaezar *v.* ajaezar, arrear.
enjalbegar *v.* caiar.
enjambrar *v.* enxamear.
enjambre *s.m.* enxame; multidão.
enjaretar *v.* falar sem parar.
enjaular *v.* enjaular; prender.
enjoyar *v.* adornar com jóias.
enjuagar *v.* enxaguar.
enjuague *s.m.* enxágüe; intriga.
enjugar *v.*, **enjugarse** *vr.* enxugar(-se); (*dívida*) liqüidar, saldar.
enjuiciamiento *s.m.* julgamento; processo.
enjuiciar *v.* julgar, processar.
enjundia *s.f.* gordura, banha; importância; vigor.
enjundioso,-a *adj.* substancioso.
enjuto,-a *adj.* magro, fino.
enlace *s.m.* enlace; união; casamento; conexão.
enladrillado,-a *adj.* entijolado. *s.m.* piso de tijolos.
enladrillar *v.* entijolar.
enlatado,-a *adj.* enlatado.
enlatar *v.* enlatar.
enlazar *v.* enlaçar, ligar, fazer conexão; encadear.
enlodar *v.* enlamear; manchar.
enloquecedor,-a *adj.* enlouquecedor.
enloquecer *v.* enlouquecer.
enloquecimiento *s.m.* enlouquecimento
enlosado,-a *adj./s.m.* lajeado.
enlosar *v.* enlousar, lajear.
enlozar *v.* esmaltar.
enlucido,-a *adj.* rebocado. *s.m.* reboco.
enlucir *v.* rebocar; polir.
enlutado,-a *adj.* enlutado.
enlutar *v.* enlutar.
enmaderar *v.* emadeirar, apainelar.
enmarañamiento *s.m.* emaranhamento.
enmarañar *v.*, **emarañarse** *vr.* emaranhar-se, embaralhar-se.

enmarcar *v.* moldar, emoldurar, enquadrar.
enmascarado,-a *adj./s.* mascarado.
enmascarar *v.* mascarar, esconder. **enmascararse** *vr.* mascarar-se.
enmasillar *v.* emassilhar.
enmendadura *s.f.* emenda, correção.
enmendar *v.* emendar, corrigir; (*dano*) reparar.
enmienda *s.f.* emenda, reparação.
enmohecer *v.* embolorar, mofar.
enmontarse *vr.* desertificar-se.
enmoquetar *v.* atapetar.
enmudecer *v.* emudecer.
ennegrecer *v.* enegrecer, escurecer. **ennegrecerse** *vr.* anuviar-se.
ennoblecer *v.* enobrecer.
enojadizo,-a *adj.* irritadiço.
enojado,-a *adj.* rabugento, zangado.
enojar *v.* aborrecer, irritar.
enojo *s.m.* irritação, agastamento.
enojoso,-a *adj.* aborrecedor, irritante.
enorgullecer *v.*, **enorgullecerse** *vr.* orgulhar(-se).
enorgullecimiento *s.m.* orgulho.
enorme *adj.* enorme; extraordinário.
enormidad *s.f.* enormidade.
enrabiar *v.* encolerizar.
enraizado,-a *adj.* enraizado.
enraizar *v.*, **enraizarse** *vr.* enraizar(-se).
enramada *s.f.* folhagem, ramada.
enranciar *v.* rançar.
enrarecer *v.* rarefazer, rarear.
enrarecido,-a *adj.* rarefeito.
enrasar *v.* rasar, nivelar.
enredadera *s.f.* trepadeira.
enredador,-a *adj./s.* intrometido; fofoqueiro.
enredar *v.* enredar; traquinar; complicar; comprometer; perturbar. **enredarse** *vr.* envolver-se.
enredo *s.m.* enredo; emaranhado; confusão; caso de amor; intriga; travessura.

enredoso,-a adj. complicado, confuso.
enrejado s.m. grade; gradil.
enrejar v. gradear, cercar; remendar.
enrevesado,-a adj. complicado, arrevesado.
enriquecer v., **enriquecerse** vr. enriquecer(-se).
enriquecimiento s.m. enriquecimento.
enristrar v. enristar; enrestiar.
enrocar v. rocar.
enrojecer v. envermelhar; corar, enrubescer.
enrojecimiento s.m. avermelhamento; ruborização.
enrolar v. registrar, alistar, inscrever.
enrollable adj. de enrolar.
enrollado,-a adj. enrolado, envolvido; esplêndido.
enrollar v. enrolar. **enrollarse** vr. falar, comunicar-se, ter um caso.
enronquecer v. enrouquecer.
enronquecimiento s.m. rouquidão.
enroque s.m. roque.
enroscar v. enroscar, enrolar, bobinar.
enrostrar v. censurar.
ensacar v. ensacar.
ensaimada s.f. bolo em espiral.
ensalada s.f. salada.
ensaladera s.f. saladeira.
ensaladilla s.f. salada russa.
ensalmo s.m. ensalmo.
ensalzamiento s.m. elogio, exaltação.
ensalzar v. exaltar, elogiar.
ensamblador s.m. ensamblador.
ensambladura s.f. ensambladura.
ensamblaje s.f. ensamblagem.
ensamblar v. ensamblar.
ensañamiento s.m. assanhamento.
ensañarse vr. assanhar-se.
ensanchamiento s.m. alargamento.
ensanchar v. ensanchar, alargar. **ensancharse** vr. ficar convencido.
ensanche s.m. ensancha; alargamento.

ensangrentado,-a adj. ensangüentado.
ensangrentar v. ensangüentar.
ensartar v. ensartar, engranzar.
ensayar v. ensaiar.
ensayismo s.m. ensaísmo.
ensayista s. ensaísta.
ensayo s.m. ensaio.
enseguida ou **en seguida** adv. logo.
ensenada s.f. enseada.
enseña s.f. insígnia, bandeira.
enseñado,-a adj. treinado, ensinado, instruído.
enseñanza s.f. ensino.
enseñar v. ensinar.
enseñorearse vr. assenhorear-se; apoderar-se.
enseres s.m.pl. ferramentas, utensílios.
enseriarse vr. ficar sério.
ensillar v. selar, pôr a sela.
ensimismado,-a adj. ensimesmado.
ensimismamiento s.m. ensimesmamento.
ensimismarse vr. ensimesmar-se.
ensoberbecer v. ensoberbecer. **ensoberbecerse** vr. assoberbar-se.
ensombrecer v. ensombrar, sombrear.
ensoñación s.f. sonho, utopia.
ensoñador,-a adj./s. sonhador.
ensoñar v. fantasiar, sonhar.
ensopar v. ensopar.
ensordecedor,-a adj. ensurdecedor.
ensordecer v. ensurdecer.
ensordecimiento s.m. ensurdecimento.
ensortijado,-a adj. crespo.
ensortijarse vr. encrespar-se.
ensuciar v., **ensuciarse** vr. sujar(-se).
ensueño s.m. sonho.
entablado s.m. estrado, tablado.
entablar v. entabuar, entabular.
entable s.m. entabuamento.
entablillado s.m. tala.
entablillar v. entalar, encanar.
entalegar v. embolsar.
entallar v. entalhar; ajustar; cair bem.
entarimado,-a adj assoalhado. s.m. estrado.

entarimar v. assoalhar.
ente s.m. ente, ser.
enteco,-a adj. fraco.
entelerido,-a adj. fraco, magro.
entendederas s.f.pl. inteligência, entendimento.
entendedor,-a adj. entendedor.
entender v. entender. **entenderse** vr. entender-se; dar-se bem; ter um caso.
entendido,-a adj./s. entendido.
entendimiento s.m. entendimento.
entenebrecer v., **entenebrecerse** vr. entenebrecer(-se).
entente s.f. pacto, entendimento.
enterado,-a adj. inteirado. s. perito, sabichão.
enterar v., **enterarse** vr. inteirar(-se).
entereza s.f. inteireza.
enterizo,-a adj. inteiriço.
enternecedor,-a adj. enternecedor.
enternecer v. enternecer.
enternecimiento s.m. enternecimento.
entero,-a adj. inteiro, íntegro, firme. s.m. número inteiro; ponto.
enterrador s.m. coveiro.
enterramiento s.m. enterro.
enterrar v. enterrar; esquecer, desistir. **enterrarse** vr. enterrar-se.
entibar v. escorar.
entibiar v. entibiar, esfriar. **entibiarse** vr. moderar.
entidad s.f. entidade; valor, importância; companhia, firma.
entierro s.m. enterro, funeral.
entintar v. entintar.
entizar v. gizar um taco.
entoldado,-a adj. toldo; barraca.
entoldar v., **entoldarse** vr. toldar(-se).
entomología s.f. entomologia.
entomológico,-a adj. entomológico.
entomólogo,-a s. entomologista.
entonación s.f. entonação.
entonado,-a adj. arrogante.
entonar v. entoar; harmonizar cores, tonificar. **entonarse** vr. envaidecer-se.

entonces *adv.* então; *por aquel* ~ naquele tempo.
entono *s.m.* arrogância.
entontar *v.* entontecer.
entontecer *v.* enlouquecer, estontear.
entorchado *s.m.* galão, cordão de ouro.
entornado,-a *adj.* entreaberto.
entornar *v.* entreabrir.
entorno *s.m.* arredores, ambiente.
entorpecer *v.* entorpecer; retardar, dificultar.
entorpecimiento *s.m.* entorpecimento.
entortadura *s.f.* entortadura.
entortar *v.* entortar.
entosigar *v.* envenenar.
entrada *s.f.* entrada; ingresso; espectáculos, público; féria; introdução.
entrador,-a *adj.* ousado, corajoso.
entramado *s.m.* vigamento, armação, treliça.
entrambos,-as *adj./pron.* ambos.
entramparse *vr.* enredar-se, endividar-se.
entrante *adj.* entrante. *s.f.* (*Culin.*) entrada.
entraña *s.f.* entranha. **entrañas** entranhas, núcleo, cerne.
entrañable *adj.* chegado, caro, afetuoso.
entrañar *v.*, **entrañarse** *vr.* entranhar(-se).
entrapazar *v.* trapacear.
entrar *v.* entrar; caber; iniciar; ingressar.
entre *prep.* entre, dentre.
entreabierto,-a *adj.* entreaberto.
entreabrir *v.* entreabrir.
entreacto *s.m.* entreato.
entrecano,-a *adj.* grisalho.
entrecejo *s.m.* cenho, sobrecenho, intercílio.
entrechocarse *vr.* entrechocar-se.
entrecomillado,-a *adj.* entre aspas.
entrecomillar *v.* escrever entre aspas.
entrecortado,-a *adj.* entrecortado.
entrecot ou **entrecó** *s.m.* filé mignon.
entrecruzarse *vr.* entrelaçar-se.
entrecubiertas *s.f.pl.* (*Náut.*) entrecobertas.
entredicho,-a *adj.* interdito. *s.m.* interdição; *poner en* ~ pôr em dúvida.
entredós *s.m.* entremeio; aparador.
entrefilete *s.m.* breve; pequena notícia no jornal.
entrefino,-a *adj.* entrefino.
entrega *s.f.* entrega; esforço; fascículo; parte.
entregar *v.*, **entregarse** *vr.* entregar(-se).
entrelazar *v.* entrelaçar.
entrelinear *v.* entrelinhar.
entrelistado,-a *adj.* listrado.
entrelucir *v.* entreluzir, transparecer.
entremedias *adv.* entrementes, entretanto.
entremés *s.m.* entremez. **entremeses** (*Culin.*) entrada, antepasto.
entremeter *v.* interpor, enfiar. **entremeterse** *vr.* intrometer-se.
entremezclar *v.* misturar, entremesclar.
entrenador,-a *s.* treinador.
entrenamiento *s.m.* treinamento.
entrenar *v.* treinar.
entrenzar *v.* trançar.
entrepaño *s.m.* entrepano.
entrepiernas *s.f.pl.* entrepernas; genitália.
entreponer *v.* interpor.
entresacar *v.* desbastar, extrair.
entresijo *s.m.* mesentério; coisa oculta.
entresuelo *s.m.* mezanino, balcão, sobreloja.
entretanto *adv.* nesse meio tempo; entrementes.
entretecho *s.m.* sótão.
entretejer *v.* entretecer, entrelaçar.
entretela *s.f.* entretela. **entretelas** *s.f.pl.* entranhas.
entretención *s.f.* entretenimento.
entretenedor,-a *adj.* que entretém.
entretener *v.* entreter, divertir.
entretenida *s.f.* amante.

entretenido,-a *adj.* divertido.
entretenimiento *s.m.* entretenimento.
entretiempo *s.m.* meia-estação.
entrever *v.* entrever, adivinhar.
entreverado,-a *adj.* misturado, entremeado.
entrevía *s.f.* entrevia.
entrevista *s.f.* entrevista, reunião.
entrevistador,-a *s.* entrevistador.
entrevistar *v.*, **entrevistarse** *vr.* entrevistar(-se).
entristecedor,-a *adj.* entristecedor.
entristecer *v.* entristecer.
entrometerse *vr.* intrometer-se.
entrometido,-a *adj./s.* intrometido.
entromparse *vr.* embebedar-se; aborrecer-se.
entroncamiento *s.m.* entroncamento.
entroncar *v.* entroncar.
entronización *s.f.* entronização.
entronizar *v.* entronizar.
entronque *s.m.* entroncamento.
entrucharse *vr.* intrometer-se.
entubar *v.* sancionar.
entuerto *s.m.* ofensa, agravo. **entuertos** *s.m.pl.* cólicas.
entumecer *v.* entorpecer; intumescer.
entumecido,-a *adj.* entorpecido; cheio.
entumecimiento *s.m.* entorpecimento; cheia.
entumido,-a *adj.* tímido.
enturbiar *v.* turvar, perturbar.
entusiasmar *v.*, **entusiasmarse** *vr.* entusiasmar(-se).
entusiasmo *s.m.* entusiasmo.
entusiasta *adj.* entusiástico. *s.* entusiasta.
entusiástico,-a *adj.* entusiástico.
enumeración *s.f.* enumeração.
enumerar *v.* enumerar.
enunciación *s.f.* enunciação.
enunciado *s.m.* enunciado.
enunciar *v.* enunciar.
envainar *v.* embainhar.
envalentonamiento *s.m.* valentia.
envalentonar *v.*, **envalentonarse** *vr.* encorajar(-se).

envanecer v., **envanecerse** vr. envaidecer(-se).
envanecimiento s.m. envaidecimento.
envarado,-a adj. entorpecido.
envarar v. entorpecer.
envasado,-a adj. engarrafado, envasilhado. s.m. engarrafamento.
envasar v. engarrafar, envasilhar; enlatar.
envase s.m. embalagem, vasilhame; envasilhamento.
envedijarse vr. envencilhar-se; engalfinhar-se.
envejecer v. envelhecer.
envejecido,-a adj. envelhecido.
envejecimiento s.m. envelhecimento.
envenenamiento s.m. envenenamento.
envenenar v. envenenar.
enverdecer v. enverdecer, verdejar, esverdear.
envergadura s.f. envergadura.
envergar v. envergar.
envés s.m. avesso; reverso.
envestidura s.f. investidura.
enviado,-a s. enviado.
enviar v. enviar.
enviciar v. viciar, corromper, vicejar. **enviciarse** vr. viciar-se.
envidar v. convidar; fazer um convite.
envídia s.f. inveja.
envidiable adj. invejável.
envidiar v. invejar.
envidioso,-a adj. invejoso.
envilecer v. envilecer, aviltar.
envilecimiento s.m. aviltamento.
envío s.m. envio, remessa.
envite s.m. envite, aposta.
enviudar v. enviuvar.
envoltorio s.m. envoltório; embrulho, coberta.
envoltura s.f. envoltura.
envolver v. envolver; embrulhar.
envuelto,-a adj. envolto.
enyerbar v. enfeitiçar, encantar. **enyerbarse** vr. arrelvar-se; envenenar-se.
enyesado,-a adj. engessado.
enyesar v. engessar.
enzapatar v. pôr sapatos em.
enzarzar v. ensilvar; enfrentar.

enzarzarse vr. enredar-se.
enzima s.f. enzima.
eñe s.f. nome da letra Ñ.
eoceno s.m. eoceno.
eólico,-a adj. eólico.
eón s.m. éon.
epatar v. deixar perplexo.
épica s.f. poesia épica.
epicentro s.m. epicentro.
épico,-a adj. épico.
epicureísmo s.m. epicurismo.
epicúreo,-a adj. epicureu.
epidemia s.f. epidemia.
epidémico,-a adj. epidêmico.
epidérmico,-a adj. epidérmico.
epidermis s.f. epiderme.
epifanía s.f. epifania.
epiglotis s.f. epiglote.
epígrafe s.f. epígrafe.
epigrama s.m. epigrama.
epilepsia s.f. epilepsia.
epiléptico,-a adj./s. epiléptico.
epílogo s.m. epílogo.
episcopado s.m. episcopado, bispado, diocese.
episcopal adj. episcopal.
episódico,-a adj. episódico.
episodio s.m. episódio.
epístola s.f. epístola.
epistolario s.m. epistolário.
epitafio s.m. epitáfio.
epíteto s.m. epíteto.
epítome s.m. epítome.
época s.f. época.
epopeya s.f. epopéia.
epulón s.m. glutão, comilão.
equidad s.f. eqüidade.
equidistancia s.f. eqüidistância.
equidistante adj. eqüidistante.
equidistar v. eqüidistar.
equilátero adj. eqüilátero.
equilibrado,-a adj. equilibrado.
equilibrar v. equilibrar.
equilibrio s.m. equilíbrio.
equilibrismo s.m. equilibrismo.
equilibrista s. equilibrista.
equino,-a adj./s.m. eqüino.
equinoccio s.m. equinócio.
equipaje s.m. bagagem; tripulação.
equipar v. equipar.
equiparar v. equiparar.
equipo s.m. equipamento; equipe, time.
equis s.f. xis; nome da letra X.
equitación s.f. equitação.
equitador s.m. equitador.

equitativo,-a adj. eqüitativo.
equivalencia s.f. equivalência.
equivalente adj. equivalente.
equivaler v. equivaler.
equivocación s.f. equívoco.
equivocado,-a adj. equivocado.
equivocar v., **equivocarse** vr. equivocar(-se).
equívoco,-a adj./s.m. equívoco.
era s.f. era; eira; canteiro.
erario s.m. erário.
ere s.f. erre; nome da letra R.
erección s.f. ereção; fundação, instituição.
eréctil adj. erétil.
erecto,-a adj. ereto.
eremita s.m. eremita.
erguido,-a adj. ereto; orgulhoso.
erguir v. erguer. **erguirse** vr. erguer-se, orgulhar-se.
erial adj. baldio. s.m. terra inculta.
erica s.f. érica, urze.
erigir v. erigir, fundar.
erizado,-a adj. eriçado.
erizarse vr. eriçar-se.
erizo s.m. ouriço; pessoa carrancuda.
ermita s.f. ermida.
ermitaño,-a s. ermitão; s.m. paguro, eremita-bernardo.
erogación s.f. divisão de bens.
erogar v. distribuir.
erógeno,-a adj. erógeno.
erosión s.f. erosão.
erosionar v. erodir.
erótico,-a adj. erótico.
erotismo s.m. erotismo.
errabundo,-a adj. erradio.
erradicación s.f. erradicação.
erradicar v. erradicar.
errado,-a adj. errado.
errante adj. errante.
errar v. errar, vagar.
errata s.f. errata.
errático,-a adj. errático.
erre s.f. erre; nome da letra R.
erro s.m. erro.
erróneo,-a adj. errôneo.
error s.m. erro.
eructar v. eructar, arrotar.
eructo s.m. arroto.
erudición s.f. erudição.
erudito,-a adj./s. erudito.
erupción s.f. erupção.
esbarar v. escorregar.
esbeltez s.f. esbeltez.

esbelto,-a *adj.* esbelto.
esbirro *s.m.* jagunço, capanga.
esbozar *v.* esboçar.
esbozo *s.m.* esboço.
escabechar *v.* pôr de escabeche; matar; reprovar.
escabeche *s.m.* escabeche.
escabechina *s.f.* massacre; reprovação em massa.
escabel *s.m.* escabelo.
escabrosidad *s.f.* escabrosidade, aspereza.
escabroso,-a *adj.* escabroso, acidentado.
escabullirse *vr.* escapulir, escapar.
escachalandrado,-a *adj.* desmazelado.
escacharrar *v.* quebrar.
escafandra *s.f. ou* **escafandro** *s.m.* escafandro.
escala *s.f.* escada de mão; escala.
escalabrar *v.* arruinar.
escalada *s.f.* escalada.
escalador,-a *adj./s.* escalador, alpinista.
escalafón *s.m.* graduação, lista de oficiais.
escalar *v.* escalar.
escaldado,-a *adj.* escaldado.
escaldadura *s.f.* escaldadura.
escaldar *v.* escaldar, queimar.
escalera *s.f.* escada; *(Cartas)* seqüência; ~ *mecánica* escada rolante.
escalerilla *s.f.* passadiço; escadinha.
escalfar *v.* escaldar; enganar no troco.
escalinata *s.f.* escadaria.
escalofriante *adj.* calafriente, arrepiante.
escalofriar *v.* calafriar, arrepiar.
escalofrío *s.m.* calafrio.
escalón *s.m.* degrau; escalão, grau.
escalonado,-a *adj.* escalonado.
escalonar *v.* escalonar.
escalope *s.m.* escalope.
escalpelo *s.m.* escalpelo.
escama *s.f.* escama; desconfiança.
escamado,-a *adj.* escamado.
escamar *v.* escamar; causar desconfiança.
escamoso,-a *adj.* escamoso.

escamotear *v.* escamotear; evitar.
escamoteo *s.m.* escamoteação.
escampar *v.* escampar; fazer a limpeza; parar de chover.
escanciador *s.m.* esanção.
escanciar *v.* escancear, servir o vinho.
escandalera *s.f.* escândalo, gritaria.
escandalizar *v.* escandalizar; fazer barulho. **escandalizarse** *vr.* escandalizar-se.
escandallar *v.* sondar; tabelar o preço.
escandallo *s.m.* sonda; tabelamento.
escándalo *s.m.* escândalo, tumulto.
escandaloso,-a *adj.* escandaloso.
escandinavo,-a *adj./s.* escandinavo.
escaño *s.m.* banco de jardim, assento; *(Parl.)* cadeira.
escapada *s.f.* escapada, fuga.
escapar *v.* escapar. **escaparse** *vr.* vazar.
escaparate *s.m.* vitrina.
escaparatista *s.* vitrinista.
escapatoria *s.f.* escapatória.
escape *s.m.* escape, fuga, vazamento, escapamento.
escapulario *s.m.* escapulário.
escaque *s.m.* escaque.
escaqueado,-a *adj.* enxadrezado.
escaquearse *vr.* esquivar-se, tirar o corpo fora.
escarabajo *s.m.* escaravelho. **escarabajos rabiscos**.
escaramujo *s.m.* roseira brava.
escaramuza *s.f.* escaramuça.
escaramuzar *v.* escaramuçar.
escarapela *s.f.* roseta, topo do chapéu.
escarapelar *v.* descascar.
escarbar *v.* escarvar, esgaravatar, cutucar.
escarceo *s.m.* escarcéu; tentativa; caso; divagação.
escarcha *s.f.* geada.
escarchado,-a *adj.* coberto de geada; cristalizado.
escarchar *v.* gear; cristalizar.
escarda *s.f.* escardilho.
escardar *v.* escardear; roçar; escolher.

escardilla *s.f. ou* **escardillo** *s.m.* escardilho.
escariar *v.* escarear.
escarlata *adj.* escarlate. *s.f.* escarlatina.
escarlatina *s.f.* escarlatina.
escarmentar *v.* escarmentar, castigar.
escarmiento *s.m.* escarmento, castigo.
escarnecer *v.* escarnecer.
escarnio *s.m.* escárnio.
escarola *s.f.* escarola.
escarpa *s.f.* escarpa.
escarpado,-a *adj.* escarpado.
escarpadura *s.f.* escarpa.
escarpelo *s.m.* escalpelo.
escarpia *s.f.* escápula.
escasear *v.* escassear, rarear.
escasez *s.f.* escassez.
escaso,-a *adj.* escasso, raro.
escatimar *v.* restringir, regatear.
escatimoso,-a *adj.* mesquinho, malicioso.
escatología *s.f.* escatologia.
escatológico,-a *adj.* escatológico.
escayola *s.f.* escaiola, gesso, estuque.
escayolar *v.* estucar, engessar.
escena *s.f. ou* **escenario** *s.m.* cena, palco, cenário, quadro.
escénico,-a *adj.* cênico.
escenografía *s.f.* cenografia.
escenógrafo,-a *s.* cenógrafo.
escepticismo *s.m.* ceticismo.
escéptico,-a *adj./s.* cético.
escindible *adj.* cindível.
escindir *v.* cindir.
escisión *s.f.* cisão.
esclarecer *v.* esclarecer, clarear, afamar, amanhecer.
esclarecido,-a *adj.* esclarecido, ilustre.
esclarecimiento *s.m.* esclarecimento.
esclava *s.f.* escrava, pulseira.
esclavina *s.f.* esclavina, pelerine, romeira.
esclavitud *s.f.* escravidão.
esclavizar *v.* escravizar.
esclavo,-a *adj./s.* escravo.
esclerosis *s.f.* esclerose.
esclusa *s.f.* eclusa, comporta.
escoba *s.f.* vassoura.
escobazo *s.m.* vassourada.

escobilla s.f. escovinha; vassourinha; rodinho; palheta do limpador de pára-brisas.
escobón s.m. vasculho; vassourão.
escocedura s.f. ardência, comichão.
escocer v. arder, pungir. **escocerse** vr. doer-se, irritar-se.
escocés,-esa adj./s. escocês.
escoger v. escolher.
escogido,-a adj. escolhido. s.f. escolha.
escogimiento s.m. escolha, escolhimento.
escolanía s.f. (Igreja) coro.
escolar adj./s. escolar, estudante, aluno.
escolaridad s.f. escolaridade.
escolarización s.f. escolarização.
escolástica s.f. escolástica.
escolástico,-a adj. escolástico.
escoliosis s.f. escoliose.
escollera s.f. molhe, quebra-mar.
escollo s.m. escolho, recife.
escolopendra s.f. centopéia.
escolta s.f. escolta.
escoltar v. escoltar.
escombrera s.f. entulheira.
escombros s.m.pl. escombros, entulho.
esconder v., **esconderse** vr. esconder(-se).
escondidas adv. a ~ às escondidas.
escondite s.m. esconderijo; esconde-esconde.
escondrijo s.m. esconderijo.
escoñado,-a adj. exausto.
escopeta s.f. escopeta.
escopetazo s.f. tiro de escopeta; (notícia) bomba.
escopio s.m. escopro, cinzel.
escora s.f. escora.
escorar v. escorar.
escorbuto s.m. escorbuto.
escoria s.f. escória.
escoriación s.f. escoriação.
escoriar v. escoriar, esfolar.
escorpión s.m. escorpião.
escorzar v. escorçar.
escorzo s.m. escorço.
escota s.f. escota.
escotado,-a adj. decotado. s.m. decote.

escotadura s.f. decote.
escotar v. decotar; pagar sua parte.
escote s.m. decote; cota-parte.
escotilla s.f. escotilha.
escotillón s.m. alçapão; escotilhão.
escozor s.m. ardor, ardência; desgosto.
escriba s.m. escriba, escrevedor.
escribanía s.f. escrivania; escrivaninha.
escribano,-a s. escrivão; tabelião.
escribiente s. escrevente.
escribir v. escrever.
escrito,-a adj. escrito. s.m. escrito, carta.
escritor,-a s. escritor.
escritorio s.m. escritório; escrivaninha.
escritura s.f. escrita; escritura.
escriturar v. escriturar, registrar.
escrotal adj. escrotal.
escroto s.m. escroto.
escrúpulo s.m. escrúpulo, nojo.
escrupulosidad s.f. escrupulosidade.
escrupuloso,-a adj. escrupuloso.
escrutador,-a adj. escrutador, escrutinador.
escrutar v. escrutar, escrutinar.
escrutinio s.m. escrutínio.
escuadra s.f. esquadra; esquadro.
escuadrar v. esquadrar.
escuadrilla s.f. esquadrilha.
escuadrón s.m. esquadrão.
escualidez s.f. esqualidez.
escuálido,-a adj. esquálido.
escualo s.m. esqualo.
escucha s.f. escuta; (Gír.) grampo.
escuchar v. escutar.
escuchimizado,-a adj. fraco, raquítico, esquelético.
escudar v. escudar.
escudería s.f. escuderia.
escudero s.m. escudeiro.
escudilla s.f. escudela, tigela.
escudo s.m. escudo.
escudriñar v. esquadrinhar.
escuela s.f. escola, doutrina, experiência.

escueto,-a adj. simples, conciso.
esculcar v. averiguar; revistar.
esculpir v. esculpir.
escultismo s.m. escotismo.
escultor,-a s. escultor.
escultórico,-a adj. escultural.
escupidera s.f. cuspideira, escarradeira; urinol.
escupidor s.m. urinol; fogos de artifício.
escupir v. cuspir.
escupitajo s.m. cuspe, escarro.
escurreplatos ou **escurridero** s.m. escorredor de pratos.
escurridizo,-a adj. escorregadio; arisco.
escurrido,-a adj. escorrido, justo. s.m. (lavadora) torcimento.
escurridor s.m. escorredor.
escurrir v. escorrer.
escúter s.m. motoneta.
ése,-a pron. dem. essa.
ese,-a adj. esse, essa. s.f. esse; nome da letra S.
esencia s.f. essência.
esencial adj. essencial.
esfera s.f. esfera.
esférico,-a adj. esférico. s.m. bola.
esferoide s.m. esferóide.
esfinge s.f. esfinge.
esfínter s.m. esfincter.
esforzado,-a adj. esforçado, valente.
esforzar v. esforçar; forçar, fortalecer. **esforzarse** vr. esforçar-se.
esfuerzo s.m. esforço; empenho.
esfumar ou **esfuminar** v. esfumar. **esfumarse** vr. desaparecer.
esgrima s.f. esgrima.
esgrimidor,-a s. esgrimidor.
esgrimir v. esgrimir.
esgrimista s. esgrimista.
esguince s.m. entorse.
eslabón s.m. elo.
eslabonamiento s.m. encadeamento.
eslabonar v. encadear.
eslalon s.m. canoagem.
eslavo,-a adj./s. eslavo.
eslip s.m. cueca, slip.
eslogan s.m. slogan.
eslora s.f. comprimento do navio.

eslovaco,-a adj./s. eslovaco.
esloveno,-a adj./s. esloveno.
esmaltado,-a adj. esmaltado.
esmaltar v. esmaltar.
esmalte s.m. esmalte.
esmerado,-a adj. esmerado.
esmeralda s.f. esmeralda.
esmerar v. esmerar, polir. esmerarse vr. esmerar-se, esforçar-se.
esmerejón s.m. esmerilhão.
esmerilar v. esmerilhar.
esmero s.m. esmero.
esmirriado,-a adj. mirrado.
esmoquin s.m. smoking.
esnifar v. (drogas) cheirar.
esnob adj. esnobe.
esnobismo s.m. esnobismo.
eso pron. dem. isso.
esofágico,-a adj. esofágico.
esófago s.m. esôfago.
esotérico,-a adj. esotérico.
esoterismo s.m. esoterismo.
espabilado,-a adj. espevitado, vivo, esperto; desperto.
espabilar v. (vela) apagar; despertar; apressar.
espachurrar v. esmagar.
espaciado s.m. espaçamento.
espaciador. s.m. espaçador.
espacial adj. espacial.
espaciar v. espaçar; espacejar. espaciarse vr. divertir-se.
espacio s.m. espaço; intervalo de tempo; (TV, Rádio) programa.
espaciosidad s.f. espaço.
espacioso,-a adj. espaçoso.
espada s.f. espada. s.m. matador.
espadachín s.m. espadachim.
espadaña s.f. campanário; tabua.
espadista s.m. arrombador.
espagueti s.m. espaguete.
espadón s.m. figurão.
espalda s.f. costas; avesso, fundos; nado de costas.
espaldar v. espaldar.
espaldarazo s.m. espadeirada; força, ajuda; tapinha nas costas.
espaldera s.f. espaleira; espaldeira. espalderas treliça.
espaldilla s.f. quarto dianteiro; paleta, omoplata.
espaldista s. nadador que pratica a modalidade de nado de costas.
espantada s.f. debandada, estouro, fuga.
espantadizo,-a adj. espantadiço.
espantajo s.m. espantalho
espantapájaros s.m. espantalho.
espantar v. assustar, afugentar, espantar.
espanto s.m. espanto, medo, pavor, terror; fantasma.
espantoso,-a adj. espantoso.
español,-a adj./s. espanhol.
españolada s.f. espanholada.
españolear v. espanholizar.
españolismo s.m. espanholismo.
españolista adj./s. hispanófilo.
españolizar v. espanholizar.
esparadrapo s.m. esparadrapo.
esparaván s.m. gavião.
esparcido,-a adj. esparramado; alegre, divertido.
esparcimiento s.m. esparramo; espairecimento; divulgação.
esparcir v. esparramar; espalhar. esparcirse vr. esparecer-se.
espárrago s.m. aspargo.
esparraguera s.f. aspargo.
espartano,-a adj. espartano.
espartero s.m. esparteiro.
esparto s.m. esparto.
espasmo s.m. espasmo.
espasmódico,-a adj. espasmódico.
espástico,-a adj. espástico.
espatarrarse vr. escarranchar-se.
espátula s.f. espátula.
especia s.f. especiaria.
especial adj. especial.
especialidad s.f. especialidade.
especialista s. especialista.
especialización s.f. especialização.
especializado,-a adj. especializado.
especializarse vr. especializar-se.
especie s.f. espécie; tema, notícia.
especiero s.m. especieiro.
especificación s.f. especificação.
especificar v. especificar.
específico,-a adj./s.m. específico.
espécimen s.m. espécime.
espectacular adj. espetacular.
espectacularidad s.f. aparato, exagero.
espectáculo s.m. espetáculo.
espectador,-a s. espectador.
espectral adj. espectral.
espectro s.m. espectro; fantasma; gama.
espectrografía s.f. espectrografia.
espectrógrafo s.m. espectrógrafo.
espectroscopía s.f. espectroscopia.
espectroscopio s.m. espectroscópio.
especulación s.f. especulação.
especulador,-a s. especulador.
especular v. especular.
especulativo,-a adj. especulativo.
espejear v. reluzir, espelhar.
espejismo s.m. miragem.
espejo s.m. espelho.
espejuelos s.m.pl. óculos.
espeleología s.f. espeleologia.
espeleólogo,-a s. espeleologista.
espeluznante adj. horripilante, arrepiante.
espeluznar v. horripilar, arrepiar o cabelo.
espera s.f. espera.
esperanto s.m. esperanto.
esperanza s.f. esperança.
esperanzador,-a adj. encorajador.
esperanzar v., **esperanzarse** vr. esperançar(-se).
esperar v. esperar.
esperma s.m. esperma.
espermaticida adj. espermicida.
espermatozoide s.m. espermatozóide.
espermicida adj./s.m. espermicida.
esperpéntico,-a adj. grotesco, macabro.
esperpento s.m. pessoa feia; espantalho.
espesante s.m. espessante.
espesar v. espessar, engrossar.
espeso,-a adj. espesso, denso, grosso.
espesor s.m. espessura.
espesura s.f. espessura; mata fechada; complicação.
espetar v. espetar; impingir, dizer na cara.

espeto ou **espetón** s.m. espeto.
espía s. espião. s.f. espia.
espiar v. espiar, espionar.
espichar v. espetar. **espicharla** v. morrer, bater as botas.
espiche s.m. arenga.
espiga s.f. espiga; badalo; prego.
espigado,-a adj. espigado.
espigar v. espigar.
espigón s.m. espigão.
espiguilla s.f. espiguilha.
espina s.f. espinho; espinha; receio; pesar.
espinaca s.f. espinafre.
espinal adj. espinhal.
espinapez s.m. espinha de peixe.
espinar s.m. espinhal.
espinazo s.m. coluna vertebral; espinha.
espingarda s.f. espingarda.
espinilla s.f. espinha; tíbia, canela.
espinillera s.f. (Fut.) caneleira.
espino s.m. espinheiro; arame farpado.
espinosillo s.m. (peixe) espinhela, esgana-gata.
espinoso,a adj. espinhoso.
espionaje s.m. espionagem.
espira s.f. espira.
espiración s.f. expiração.
espiral s.f. espiral.
espirar v. expirar; exalar.
espiritismo s.m. espiritismo.
espiritista adj./s. espírita.
espiritoso,-a adj. alcoólico.
espíritu s.m. espírito; álcool; ânimo, essência.
espiritual adj. espiritual.
espiritualidad s.f. espiritualidade.
espiritualismo s.m. espiritualismo.
espiritualista adj. espiritualista.
espiritualizar v. espiritualizar.
espirituoso,-a adj. alcoólico.
espita s.f. torneira de pipa.
espléndido,-a adj. esplêndido.
esplendor s.m. esplendor.
esplendoroso,-a adj. esplendoroso.
espliego s.m. alfazema.
esplín s.m. melancolia.
espolada s.f. esporada; trago.
espolear v. esporear; estimular.
espoleta s.f. espoleta; forquilha.
espolio s.m. espólio.
espolón s.m. esporão.
espolvorear v. polvilhar.
esponja s.f. esponja.
esponjar v. esponjar.
esponjoso,-a adj. esponjoso.
esponsales s.m.pl. noivado.
espontanearse vr. confidenciar.
espontaneidad s.f. espontaneidade.
espontáneo,-a adj. espontâneo. s. espectador que participa de uma tourada.
espora s.f. espora.
esporádico,-a adj. esporádico.
esporangio s.m. esporângio.
esporrondigarse vr. esbanjar dinheiro; despedaçar-se.
esportilla s.f. esportela.
esposado,-a adj. recém-casado; algemado.
esposar v. algemar.
esposas s.f.pl. algemas.
esposo,-a s. esposo, esposa. s.f. anel de bispo.
espot s.m. comercial de TV.
espray s.m. aerosol.
exprèsso s.m. café expresso.
esprín ou **esprint** s.m. (Bicic.) sprint.
esprintar v. (Bicicl.) correr a toda velocidade.
esprínter s. velocista.
espuela s.f. espora; esporão; estímulo; saideira.
espuerta s.f. esporta.
espulgar v. espulgar, espiolhar; (Fig.) examinar.
espuma s.f. espuma, escuma.
espumadera s.f. escumadeira.
espumajear v. espumejar.
espumante s. espumante.
espumar v. espumar.
espumarajo s.m. espumarada.
espumilla s.f. merengue.
espumillón s.m. fita de enfeite natalino.
espumoso,-a adj. espumoso; espumante.
espúreo,-a ou **espurio,-a** adj. espúrio,
espurriar v. borrifar com a boca.
esputar v. cuspir. escarrar.
esputo s.m. esputo, cuspe, escarro.
esqueje s.f. estaca, muda, galho.
esquela s.f. bilhete; nota de falecimento; necrológio.
esquelético,-a adj. esquelético.
esqueleto s.m. esqueleto.
esquema s.m. esquema, diagrama.
esquemático,-a adj. esquemático.
esquematizar v. esquematizar.
esquí s.m. esqui.
esquiador,-a s. esquiador.
esquiar v. esquiar.
esquife s.m. esquife.
esquijama s.m. pijama de malha.
esquila s.f. sineta, chocalho; tosquia.
esquilador,-a adj. tosquiador.
esquilar v. tosar, tosquiar.
esquileo s.m. tosa, tosquia.
esquilmar v. colher; empobrecer; exaurir, esgotar.
esquilmo s.m. colheita, safra.
esquilón s.m. chocalho grande.
esquimal adj./s. esquimó.
esquina s.f. esquina.
esquinado,-a adj. esquinado; irritadiço.
esquinazo s.m. esquina; serenata; dar ~ esquivar-se.
esquinera s.f. cantoneira; prostituta das esquinas.
esquirla s.f. esquirola.
esquirol,-a s. fura-greve.
esquite s.m. pipoca.
esquivar v. esquivar.
esquivez s.f. esquivez.
esquivo,-a adj. esquivo.
esquizofrenia s.f. esquizofrenia.
esquizofrénico,-a adj./s. esquizofrênico.
esquizoide adj./s. esquizóide.
esta adj. dem. esta.
estabilidad s.f. estabilidade.
estabilización s.f. estabilização.
estabilizador,-a adj./s.m. estabilizador.
estabilizante s.m. estabilizante.
estabilizar v., **estabilizarse** vr. estabilizar(-se).
estable adj. estável.
establecer v., **establecerse** vr. estabelecer(-se).
establecimiento s.m. estabelecimento.

establo *s.m.* estábulo.
estabulación *s.f.* estabulação.
estabular *v.* estabular.
estaca *s.f.* estaca; prego; cacete, porrete; concessão de mina.
estacada *s.f.* estacada, estacaria.
estacazo *s.m.* porretada, paulada.
estación *s.f.* estação.
estacional *adj.* estacional.
estacionamiento *s.m.* estacionamento.
estacionar *v.* estacionar.
estacionario,-a *adj.* estacionário.
estadio *s.m.* estádio; estágio, fase.
estadista *s.* estadista.
estadística *s.f.* estatística.
estadístico,-a *adj./s.* estatístico.
estado *s.m.* estado; *mujer en ~* mulher grávida.
estadounidense *adj./s.* estadunidense.
estafa *s.f.* vigarice, fraude.
estafador,-a *s.* vigarista.
estafar *v.* fraudar, enganar.
estafeta *s.f.* correio; estafeta.
estafilococo *s.m.* estafilococo.
estalactita *s.f.* estalactite.
estalagmita *s.f.* estalagmite.
estalinismo *s.m.* estalinismo.
estalinista *adj./s.* estalinista.
estallar *v.* estourar, rebentar, explodir, eclodir.
estallido *s.m.* estouro, explosão; eclosão.
estambre *s.m.* estame.
estamento *s.m.* estamento, classe.
estameña *s.f.* estamenha, sarja.
estampa *s.f.* estampa, figura; aspecto.
estampación *s.f.* estampagem.
estampado,-a *adj.* estampado. *s.m.* impressão; estampagem.
estampar *v.* estampar; arremessar.
estampía *s.f. de ~* de repente.
estampida *s.f.* estouro, debandada.
estampido *s.m.* estampido.
estampilla *s.f.* estampilha, selo.
estampillado,-a *adj.* estampilhado.
estampillar *v.* estampilhar.

estampita *s.f.* santinho.
estancación *s.f.* estancamento.
estancado,-a *adj.* estagnado; estancado.
estancamiento *s.m.* estancamento.
estancar *v.* estancar, estagnar; monopolizar. **estancarse** *vr.* estagnar-se.
estancia *s.f.* estadia; quarto; estância; estrofe.
estanciero *s.m.* estancieiro.
estanco *adj.* estanque. *s.m.* tabacaria.
estándar *adj./s.m.* padrão; padronizado.
estandarización *s.f.* estandardização.
estandarizar *v.* estandardizar.
estandarte *s.m.* estandarte.
estanque *s.m.* tanque.
estanquero,-a *s.* vendedor de tabaco.
estanquidad *s.f.* estanqueidade.
estante *s.f.* estante; prateleira.
estantería *s.f.* móvel de prateleiras.
estantigua *s.f.* fantasma; pessoa alta, magra e mal vestida.
estañado,-a *adj.* soldado. *s.m.* banho de estanho.
estañar *v.* estanhar, soldar.
estaño *s.m.* estanho.
estaquilla *s.f.* tacha, prego, cavilha.
estaquillar *v.* encavilhar.
estar *v.* estar, existir, achar-se, ser, ficar; *¿a cuantos estamos?* que dia é hoje?; *¿a cuanto está?* quanto custa?; *~ al caer* estar chegando; *~ con* morar com; *en seguida está* logo estará pronto.
estarcido *s.m.* estêncil.
estatal *adj.* estatal, estadual.
estatalizar *v.* estatizar.
estático,-a *adj.* estático. *s.f.* estática.
estatificar *v.* estatizar.
estatua *s.f.* estátua.
estatuario,-a *adj.* estatuário. *s.f.* estatuária.
estatuilla *s.f.* estatueta.
estatuir *v.* estatuir.
estatura *s.f.* estatura.
status *s.m.* status.
estatutario *adj.* estatutário.

estatuto *s.m.* estatuto.
este *adj./s.m.* leste.
este,-a *adj. dem.* este, esta.
estela *s.f.* esteira, rastro, monolito.
estelar *adj.* estelar.
estenografía *s.f.* estenografia.
estenografiar *v.* estenografar.
estenográfico,-a *adj.* estenográfico,
estenógrafo,-a *s.* estenógrafo.
estenotipia *s.f.* estenotipia.
estenotipista *s.* estenotipista.
estentóreo,-a *adj.* estentóreo.
estepa *s.f.* estepe; esteva.
estepario,-a *adj.* estépico.
estera *s.f.* esteira.
esterar *v.* esteirar.
estercolero *s.m.* esterqueira; chiqueiro.
estéreo *s.m.* ou **estereofonía** *s.f.* estéreo, estereofonia.
estereofónico,-a *adj.* estereofônico, estéreo.
estereografíaestereografia.
estereográfico,-a *adj.* estereográfico.
estereógrafo,-a *s.* estereógrafo.
estereotipado,-a *adj.* estereotipado.
estereotipar *v.* estereotipar.
estereotipo *s.m.* estereótipo.
estéril *adj.* estéril.
esterilete *s.m.* (Med.) diu.
esterilidad *s.f.* esterilidade.
esterilización *s.f.* esterilização.
esterilizador,-a *adj./s.* esterilizador.
esterilizar *v.* esterilizar.
esterilla *s.f.* esteira pequena; vime.
esterlina *adj./s.f.* esterlina.
esternón *s.m.* esterno.
estero *s.m.* esteiro; pântano; arroio.
esteroide *s.m.* esteróide.
estertor *s.m.* estertor.
esteta *s.* esteta.
esteticismo *s.m.* esteticismo.
esteticista *s.* esteticista.
estético,-a *adj.* estético. *s.f.* estética.
estetoscopio *s.m.* estetoscópio.
estevado,-a *adj.* cambaio.
estiba *s.f.* estiva.
estibador *s.m.* estivador.
estibar *v.* estivar, arrumar, co-

locar.
estiércol *s.m.* esterco.
estigma *s.m.* estigma.
estigmatizar *v.* estigmatizar.
estilar *v.* estar na moda; usar; redigir um documento.
estilete *s.m.* estilete.
estilista *s.* estilista.
estilística *s.f.* estilística.
estilístico,-a *adj.* estilístico.
estilización *s.f.* estilização.
estilizar *v.* estilizar.
estilo *s.m.* estilo, estilete.
estilográfica *s.f.* ou **estilógrafo** *s.m.* caneta-tinteiro.
estima *s.f.* estima.
estimable *adj.* estimável; considerável.
estimación *s.f.* estima, estimativa.
estimado,-a *adj.* estimado.
estimar *v.* estimar, avaliar, considerar.
estimativo,-a *adj.* estimativo.
estimulación *s.f.* estimulação.
estimulante *adj./s.m.* estimulante.
estimular *v.* estimular.
estímulo *s.m.* estímulo.
estío *s.m.* verão.
estipendio *s.m.* estipêndio.
estipulación *s.f.* estipulação.
estipular *v.* estipular.
estirado,-a *adj.* estirado, esticado; formal.
estirar *v.* esticar, alisar, crescer, estirar.
estirón *s.m.* puxão, estirão; espichada.
estirpe *s.f.* estirpe.
estival *adj.* estival.
esto *pron. dem.* isso, isto; *en* ~ naquele momento; ~ *es* isto é.
estocada *s.f.* estocada.
estofa *s.f.* estofa, classe.
estofado,-a *adj./s.m.* guisado.
estofar *v.* guisar; acolchoar.
estoicismo *s.m.* estoicismo.
estoico,-a *s.* estóico.
estola *s.f.* estola.
estolidez *s.f.* estolidez.
estólido,-a *adj.* estólido.
estomacal *adj.* estomacal.
estomagante *adj.* irritante.
estomagar *v.* estomagar, irritar.
estómago *s.m.* estômago.
estomatología *s.f.* estomatologia.
estomatólogo *s.m.* estomatologista.
estoniano,-a *ou* **estonio,-a** *adj./s.* estoniano.
estopa *s.f.* estopa.
estoperol *s.m.* tacha.
estopilla *s.f.* estopinha.
estoque *s.m.* estoque, espada.
estoquear *v.* estocar.
estor *s.m.* estore.
estorbar *v.* estorvar.
estorbo *s.m.* estorvo.
estornino *s.m.* estorninho.
estornudar *v.* espirrar.
estornudo *s.m.* espirro.
estos,-as *pron. dem.* estes, estas.
estrábico,-a *adj./s.* estrábico.
estrabismo *s.m.* estrabismo.
estrado *s.m.* estrado; coreto. estrados sala do tribunal.
estrafalario,-a *adj.* extravagante; relaxado.
estragar *v.* estragar.
estrago *s.m.* estrago.
estragón *s.m.* estragão.
estrambote *s.m.* estrambote.
estrambótico,-a *adj.* estrambótico.
estrangulación *s.f.* estrangulação, estrangulamento.
estrangulador,-a *adj./s.* estrangulador. *s.m. (Aut.)* afogador.
estrangulamiento *s.m. veja* **estrangulación**.
estrangular *v.* estrangular.
estraperlear *v.* comerciar ilegalmente.
estraperlista *s.* pessoa que negocia no mercado negro.
estraperlo *s.m.* mercado negro.
estratagema *s.f.* estratagema.
estratega *s.* estrategista.
estrategia *s.f.* estratégia.
estratégico,-a *adj.* estratégico.
estratificación *s.f.* estratificação.
estratificar *v.*, **estratificarse** *vr.* estratificar(-se).
estrato *s.m.* estrato, camada.
estratosfera *s.f.* estratosfera.
estraza *s.f.* trapo.
estrechamente *adv.* estreitamente, intimamente.
estrechamiento *s.m.* estreitamento.
estrechar *v.* estreitar, apertar,
estrecharse *vr.* apertar-se, abraçar-se; economizar.
estrechez *s.f.* estreiteza; carência, falta; intimidade.
estrecho,-a *adj.* estreito; apertado; íntimo; rígido. *s.m.* estreito.
estrechura *s.f.* estreiteza, intimidade.
estregar *v.* esfregar.
estrella *s.f.* estrela.
estrellado,-a *adj.* estrelado; despedaçado.
estrellar *v.* despedaçar. **estrellarse** *vr.* estrelar-se; chocar-se, despedaçar-se; ferrar-se.
estrellato *s.m.* estrelato.
estrellón *s.m.* colisão, batida.
estremecedor,-a *adj.* estremecedor.
estremecer *v.* estremecer; tremer.
estremecido,-a *adj.* estremecido, trêmulo.
estremecimiento *s.m.* estremecimento, tremor.
estrena *s.f.* presente, dádiva.
estrenar *v.* estrear.
estreno *s.m.* estréia; première.
estreñido,-a *adj.* constipado.
estreñimiento *s.m.* prisão de ventre, constipação.
estreñir *v.*, **estreñirse** *vr.* constipar(-se); causar prisão de ventre.
estrépito *s.m.* estrépito.
estrepitoso,-a *adj.* estrepitoso.
estreptococo *s.m.* estreptococo.
estreptomicina *s.f.* estreptomicina.
estrés *s.m.* estresse.
estría *s.f.* estria, ranhura.
estriar *v.* estriar.
estribación *s.f.* espigão, contraforte.
estribar *v.* estribar.
estribillo *s.m.* estribilho.
estribo *s.m.* estribo; espigão.
estribor *s.m.* estibordo.
estrictez *s.f.* rigorosidade.
estricto,-a *adj.* estrito.
estridencia *s.f.* estridência.
estridente *adj.* estridente.
estripazón *s.m.* aperto, destruição.
estrofa *s.f.* estrofe.
estrógeno *s.m.* estrogênio.

estroncio s.m. estrôncio.
estropajo s.m. esfregão, bucha.
estropajoso,-a adj. embaraçado, enrolado; sujo, andrajoso; desleixado.
estropear v. danificar, quebrar, estragar.
estropicio s.m. quebra; desordem, desastre, rebuliço.
estructura s.f. estrutura.
estructuración s.f. estrutura.
estructural adj. estrutural.
estructurar v. estruturar.
estruendo s.m. estrondo, tumulto.
estruendoso,-a adj. estrondoso.
estrujar v. espremer; torcer; amassar; explorar, sugar.
estrujón s.m. apertão, espremedura.
estuario s.m. estuário.
estucado,-a adj. estucado. s.m. estuque.
estucar v. estucar.
estuche s.m. estojo.
estuco s.m. estuque.
estudiado,-a adj. estudado; falso; rebuscado.
estudiantado s.m. estudantada.
estudiante s. estudante.
estudiantil adj. estudantil.
estudiantina s.f. estudantina.
estudiar v. estudar.
estudio s.m. estudo; estúdio; flat. estudios estudos, educação.
estudioso,-a adj. estudioso. s. estudante.
estufa s.f. estufa.
estufilla s.f. braseiro; regalo.
estulticia s.f. estultícia.
estulto,-a adj. estulto.
estupefacción s.f. estupefação.
estupefaciente s.m. droga, entorpecente.
estupefacto,-a adj. estupefato.
estupendo,-a adj. estupendo.
estupidez s.f. estupidez.
estúpido,-a adj./s. estúpido, idiota.
estupor s.m. estupor.
estupro s.m. estupro.
estuquista s.m. estucador.
esturión s.m. esturjão.
esvástica s.f. suástica.
ETA s.f. abr de Eurkadi Ta Askatasuna (Pátria vasca e Liberdade).
etano s.m. etano.
etapa s.f. etapa.
etarra adj. da ETA. s. membro da ETA.
etcétera adv. etcétera (abr. etc).
éter s.m. éter.
etéreo,-a adj. etéreo.
eternidad s.f. eternidade.
eternizar v. eternizar.
eterno,-a adj. eterno.
ética s.f. ética.
ético,-a adj. ético.
etílico,-a adj. etílico.
etilo s.m. etilo.
etimología s.f. etimologia.
etimológico,-a adj. etimológico.
etíope ou **etiope** adj./s. etíope.
etiqueta s.f. etiqueta.
etiquetaje s.m. etiquetagem.
etiquetar v. etiquetar; apelidar.
etiquetero,-a adj. etiqueteiro, formal.
etnia s.f. etnia.
étnico,-a adj. étnico.
etnografía s.f. etnografia.
etnográfico,-a adj. etnográfico.
etnógrafo,-a s. etnógrafo.
etnología s.f. etnologia.
etnológico,-a adj. etnológico.
etnólogo,-a s. etnologista.
etología s.f. etologia.
etopeya s.f. etopéia.
estrusco,-a adj./s. etrusco.
eucalipto s.m. eucalipto.
eucaristía s.f. eucaristia.
eucarístico,-a adj. eucarístico.
euclidiano, a adj. euclidiano.
eufemismo s.m. eufemismo.
eufemístico,-a adj. eufemístico.
eufonía s.f. eufonia.
eufónico,-a adj. eufônico.
euforia s.f. euforia.
eufórico,-a adj. eufórico.
eunuco s.m. eunuco.
¡eureka! interj. eureka!
euroasiático,-a adj./s. eurasiático, eurasiano.
eurocomunismo s.m. eurocomunismo.
eurocomunista adj./s. eurocomunista.
eurodiputado,-a s. eurodeputado.
europeismo s.m. europeísmo.
europeísta adj./s. europeísta.
europeización s.f. europeização.
europeizar v. europeizar.
europeo,-a adj./s. europeu.
euscalduna,-a adj./s. basco, vasconço.
euskera ou **eusquera** adj./s. vasconço.
eutanasia s.f. eutanásia.
evacuación s.f. evacuação.
evacuado,-a adj./s. evacuado.
evacuar v. evacuar.
evadido,-a adj. evadido. s. fugitivo.
evadir v. evadir.
evaluación s.f. avaliação.
evaluar v. avaliar.
evanescente adj. evanescente.
evangélico,-a adj. evangélico.
evangelio s.m. evangelho.
evangelismo s.m. evangelismo.
evangelista s.m. evangelista.
evangelización s.f. evangelização.
evangelizador,-a adj. evangelizador. s. evangelista.
evangelizar v. evangelizar.
evaporable adj. evaporável.
evaporación s.f. evaporação.
evaporar v. evaporar.
evasión s.f. evasão.
evasiva s.f. evasiva.
evasivo,-a adj. evasivo.
evento s.m. evento.
eventual adj. eventual. s. empregado temporário.
eventualidad s.f. eventualidade.
evicción s.f. evicção.
evidencia s.f. evidência, prova.
evidenciar v. evidenciar.
evidente adj. evidente.
evitable adj. evitável.
evitación s.f. evitação.
evitar v. evitar.
evocación s.f. evocação.
evocador,-a adj. evocador.
evocar v. evocar.
evolución s.f. evolução.
evolucionar v. evoluir; evolucionar.
evolucionismo s.m. evolucionismo.
evolucionista adj./s. evolucionista.
evolutivo,-a adj. evolutivo.

ex pref. ex.
exabrupto s.m. indelicadeza.
exacción s.f. exação.
exacerbación s.f. exacerbação.
exacerbante adj. exacerbante.
exacerbar v. exacerbar.
exactitud s.f. exatidão.
exacto,-a adj. exato.
exageración s.f. exagero.
exagerado,-a adj. exagerado; forçado.
exagerar v. exagerar.
exaltación s.f. exaltação; fanatismo.
exaltado,-a adj. exaltado. s. fanático.
exaltar v. exaltar.
exalumno,-a s. ex-aluno.
examen s.m. exame.
examinador,-a adj./s. examinador.
examinando,-a s. examinando.
examinar v. examinar.
exangüe adj. exangue.
exánime adj. exânime.
exasperación s.f. exasperação.
exasperante adj. exasperante.
exasperar v., exasperarse vr. exasperar(-se).
excarcelación s.f. excarceração, libertação.
excarcelar v. excarcerar, libertar.
excavación s.f. escavação.
excavadora s.f. escavadeira.
excavar v. escavar.
excedencia s.f. ausência, licença.
excedente adj./s. excedente; de licença.
exceder v., excederse vr. exceder(-se).
excelencia s.f. excelência.
excelente adj. excelente.
excelentísimo,-a adj. excelentíssimo.
excelso,-a adj. excelso.
excentricidad s.f. excentricidade.
excéntrico,-a adj. excêntrico,
excepción s.f. exceção.
excepcional adj. excepcional.
excepto adv. exceto.
exceptuación s.f. exceção.
exceptuar v. excetuar.
excesivo,-a adj. excessivo.
exceso s.m. excesso; abuso.

excipiente s.m. excipiente.
excitabilidad s.f. excitabilidade.
excitable adj. excitável.
excitación s.f. excitação.
excitante adj. excitante.
excitar v., excitarse vr. excitar(-se).
exclamación s.f. exclamação.
exclamar v. exclamar.
exclamativo,-a adj., exclamatorio,-a adj. exclamatório, exclamativo.
exclaustración s.f. secularização.
exclaustrado,-a adj./s. secularizado.
exclaustrar v. secularizar.
excluir v. excluir.
exclusión s.f. exclusão.
exclusiva s.f. exclusividade; privilégio.
exclusive adv. exclusive.
exclusividad s.f. esclusividade.
exclusivismo s.m. exclusivismo.
exclusivista adj. exclusivista.
exclusivo,-a adj. exclusivo.
excluyente adj. excludente.
excomulgar v. excomungar.
excomunión s.f. excomunhão.
excoriación s.f. escoriação.
excoriar v. escoriar, esfolar.
excrecencia s.f. excrescência.
excreción s.f. excreção.
excremento s.m. excremento.
excretar v. excretar.
excretor,-a adj. excretor.
exculpación s.f. escusa, justificativa.
exculpar v. desculpar, isentar.
excursión s.f. excursão.
excursionismo s.m. excursionismo.
excursionista s. excursionista.
excusa s.f. escusa, desculpa.
excusable adj. escusável.
excusado,-a adj. escusado, desculpado. s.m. banheiro, privada.
excusar v., excusarse vr. escusar-se, desculpar(-se).
execrable adj. execrável.
execración s.f. execração.
execrar v. execrar.
exención s.f. isenção.
exento,-a adj. isento.
exequias s.f./pl. exéquias.
exfoliación s.f. esfoliação.

exfoliar v. esfoliar.
exhalación s.f. exalação.
exhalar v. exalar.
exhaustivo,-a adj. exaustivo.
exhausto,-a adj. exausto.
exheredación s.f. deserdação.
exheredar v. deserdar.
exhibición s.f. exibição.
exhibicionismo s.m. exibicionismo.
exhibicionista s. exibicionista.
exhibir v. exibir.
exhortación s.f. exortação.
exhortar v. exortar.
exhorto s.m. precatória.
exhumación s.f. exumação.
exhumar v. exumar.
exigencia s.f. exigência.
exigente adj. exigente.
exigir v. exigir.
exigüidad s.f. exigüidade.
exiguo,-a adj. exíguo.
exilado ou exiliado,-a adj. exilado.
exilar ou exiliar v., exilarse ou exiliarse vr. exilar(-se).
exilio s.m. exílio.
eximio,-a adj. exímio.
eximir v., eximirse vr. eximir(-se).
exinanido,-a adj. debilitado.
existencia s.f. existência. existencias estoque.
existencial adj. existencial.
existencialismo s.m. existencialismo.
existencialista adj./s. existencialista.
existente adj. existente; em estoque.
existir v. existir.
exitazo s.m. sucesso estrondoso.
éxito s.m. sucesso, êxito.
éxodo s.m. êxodo.
exoneración s.f. exoneração.
exonerar v. exonerar.
exorable adj. exorável.
exorbitancia s.f. exorbitância.
exorbitante adj. exorbitante.
exorbitar v. exorbitar.
exorcismo s.m. exorcismo.
exorcista s. exorcista.
exorcizar v. exorcizar.
exordio s.m. exórdio.
exosfera s.f. exosfera.
exotérico,-a adj. exotérico.

exótico,-a adj. exótico.
exotismo s.m. exotismo.
expandir v. expandir; divulgar.
expansión s.f. expansão; diversão.
expansionarse vr. expandir-se; divertir-se.
expansionismo s.m. expansionismo.
expansionista adj. expansionista.
expansivo,-a adj. expansivo; franco.
expatriación s.f. expatriação.
expatriado,-a adj./s. expatriado.
expatriar v., **expatriarse** vr. expatriar(-se), exilar(-se).
expectación s.f. expectativa.
expectante adj. expectante.
expectativa s.f. expectativa.
expectoración s.f. expectoração.
expectorante s.m. expectorante.
expectorar v. expectorar.
expedición s.f. expedição.
expedicionário,-a adj./s. expedicionário.
expedidor,-a s. expedidor.
expedientar v. abrir inquérito; fazer sindicância.
expediente s.m. dossiê, currículo, expediente.
expedienteo s.m. burocracia.
expedir v. expedir, despachar; redigir.
expeditar v. resolver.
expeditivo,-a adj. expeditivo.
excpedito,-a adj. expedito; livre.
expelente adj. expelente.
expeler v. expelir.
expendedor,-a adj./s. varejista.
expendeduría s.f. tabacaria.
expender v. vender no varejo; expender, gastar.
expensas s.f.pl. expensas.
experiencia s.f. experiência.
experimentación s.f. experimentação.
experimentado,-a adj. experiente; experimentado, testado.
experimental adj. experimental.
experimentar v. experimentar.
experimento s.m. experimento.
experto,-a adj. experto. s. perito, especialista.

expiación s.f. expiação.
expiar v. expiar.
expiración s.f. expiração; validade.
expirar v. expirar.
explanada s.f. esplanada.
explanar v. explanar; nivelar.
explayar v. espraiar. **explayarse** vr. confidenciar-se; divertir-se; desabafar.
expliable adj. explicável.
explicación s.f. explicação.
explicaderas s.f.pl. forma de se explicar.
explicar v. explicar; expor. **explicarse** vr. entender.
explicativo,-a adj. explicativo.
explicitar v. explicitar.
explícito,-a adj. explícito.
explicotearse vr. explicar-se.
exploración s.f. exploração; pesquisa.
explorador,-a adj./s. explorador.
explorar v. explorar; pesquisar.
exploratorio,-a adj. exploratório.
explosión s.f. explosão.
explosionar v. explodir.
explosivo,-a adj./s.m. explosivo.
explotable adj. explorável, aproveitável.
explotación s.f. exploração.
explotador,-a adj. explorador.
explotar v. explorar; explodir.
expoliación s.f. espoliação, saque.
expoliador,-a s. espoliador, saqueador.
expoliar v. espoliar, saquear.
expolio s.m. espoliação. saque.
exponente s. expoente.
exponer v., **exponerse** vr. expor(-se).
exportable adj. exportável.
exportación s.f. exportação.
exportador,-a adj./s. exportador.
exportar v. exportar.
exposición s.f. exposição.
expositivo,-a adj. expositivo.
expósito,-a s. enjeitado.
expositor,-a s. explicador; expositor.
exprés adj. expresso.
expresado,-a adj. supracitado.
expresar v., **expresarse** vr. expressar(-se).

expresión s.f. expressão. expresiones saudações.
expresionismo s.m. expressionismo.
expresionista s. expressionista.
expresividad s.f. expressividade.
expresivo,-a adj. expressivo; carinhoso.
expreso,-a adj. expresso. s.m. (trem.) expresso.
exprimidor s.m. espremedor.
exprimir v. espremer; explorar, sugar.
expropiación s.f. expropriação.
expropiar v. expropriar.
expuesto,-a adj. exposto; arriscado, perigoso.
expulsar v. expulsar.
expulsión s.f. expulsão.
expulsor,-a adj./s.m. ejetor.
expurgación s.f. expurg(aça)o.
expurgar v. expurgar.
exquisitez s.f. delicadeza, primor.
exquisito,-a adj. excelente, refinado, delicioso.
extasiado,-a adj. extasiado.
extasiarse vr. extasiar-se.
éxtasis s.m. êxtase.
extemporáneo,-a adj. extemporâneo.
extender v. estender, espalhar; ampliar; redigir. **extenderse** vr. estender-se; abranger, alcançar.
extendido,-a adj. estendido, espalhado.
extensible adj. extensível.
extensión s.f. extensão; área, duração.
extensivo,-a adj. extensivo.
extenso,-a adj. extenso.
extensor,-a adj. extensor.
extenuación s.f. extenuação.
extenuado,-a adj. extenuado.
extenuante adj. extenuante.
extenuar v., **extenuarse** vr. extenuar(-se).
exterior adj. exterior, externo. s.m. exterior. **exteriores** (Cine., TV) externas.
exterioridad s.f. exterioridade.
exteriorización s.f. exteriorização.
exteriorizar v. exteriorizar, externar.

exterminación *s.f.* exterminação, extermínio.
exterminador,-a *adj./s.* exterminador.
exterminar *v.* exterminar.
exterminio *s.m.* extermínio.
externo,-a *adj.* externo, exterior. *s.* aluno semi-interno.
extinción *s.f.* extinção.
extinguir *v.*, **extinguirse** *vr.* extinguir(-se).
extinto,-a *adj.* extinto.
extintor *s.m.* extintor.
extirpable *adj.* extirpável.
extirpación *s.f.* extirpação.
extirpar *v.* extirpar.
extorsión *s.f.* extorsão.
extorsionar *v.* extorquir.
extra *adj./s.* extra.
extracción *s.f.* extração.
extractar *v.* resumir.
extracto *s.m.* extrato, sumário, excerto.
extractor *s.m.* extrator.
extradición *s.f.* extradição.
extraer *v.* extrair.
extraescolar *adj.* extracurricular.
extrafino,-a *adj.* extrafino.
extrajudicial *adj.* extrajudicial.
extralimitación *s.f.* excesso, abuso.
extralimitarse *vr.* exceder-se; extrapolar.
extramuros *adv.* extramuros.
extranjería *s.f.* estraneidade.
extranjerismo *s.m.* estrangeirismo.
extranjero,-a *adj./s.* estrangeiro.
extranjis *loc. adv. de* ~ às escondidas.
extrañamiento *s.m.* desterro, exílio.
extrañar *v.* desterrar; estranhar; sentir falta, ter saudades.
extrañeza *s.f.* estranheza.
extraño,-a *adj.* estranho. *s.* estrangeiro.
extraoficial *adj.* extra-oficial.
extraordinario,-a *adj.* extraordinário. *s.f.* edição extra.
extrarradio *s.m.* subúrbios.
extraterrestre *adj./s.* extraterrestre.
extraterritorial *adj.* extraterritorial.
extrauterino,-a *adj.* extrauterino.
extravagancia *s.f.* extravagância.
extravagante *adj.* extravagante.
extravertido,-a *adj.* extrovertido.
extraviado,-a *adj.* extraviado.
extraviar *v.* extraviar; desviar o olhar; desencaminhar.
extravío *s.m.* extravio; mau comportamento.
extremado,-a *adj.* extremado; exagerado.
extremar *v.* extremar, levar ao extremo. **extremarse** *vr.* esmerar-se.
extremaunción *s.f.* extrema-unção.
extremidad *s.f.* extremidade.
extremismo *s.m.* extremismo.
extremista *adj./s.* extremista.
extremo,-a *adj./s.* extremo, último; (*Fut.*) ponta.
extremoso,-a *adj.* extremoso.
extrínseco,-a *adj.* extrínseco.
extroversión *s.f.* extroversão.
extrovertido,-a *adj.* extrovertido.
exuberante *adj.* exuberante.
exudar *v.* exsudar.
exultación *s.f.* exultação.
exultar *v.* exultar.
exvoto *s.m.* ex-voto.
eyaculación *s.f.* ejaculação.
eyacular *v.* ejacular.
eyección *s.f.* ejeção.
eyectable *adj.* ejetável.
eyectar *v.* ejetar.
eyector *s.m.* ejetor.

F

F, f *s.f.* F, f.
F *abr de* Fahrenheit.
fa *s.m.* (*Mús.*) fá.
fabada *s.f. fabada*, espécie de feijoada.
fábrica *s.f.* fábrica; alvenaria; invenção.
fabricación *s.f.* fabricação.
fabricante *s.* fabricante.
fabricar *v.* fabricar.
fabril *adj.* fabril.
fábula *s.f.* fábula, boato.
fabulista *s.m.* fabulista.
fabuloso,-a *adj.* fabuloso.
faca *s.f.* facão curvo.
facción *s.f.* facção. **facciones** traços.
faccioso,-a *adj.* faccioso. *s.* rebelde.
faceta *s.f.* faceta.
faceto,-a *adj.* enjoado, minucioso.
facha *s.f.* cara, aparência; fascista.
fachada *s.f.* fachada.
fachado,-a *adj. bien* (*mal*) ~ bom (mau) aspecto.
fachenda *s.f.* vaidade. *s.* vaidoso, faroleiro.
fachendear *v.* jactar-se, exibir-se.
fachendoso,-a *adj.* exibicionista.
fachoso,-a *adj.* de aspecto feio.
facial *adj.* facial.
fácil *adj.* fácil; provável; dócil.
facilidad *s.f.* facilidade; aptidão.
facilitación *s.f.* facilitação; fornecimento.
facilitar *v.* facilitar; proporcionar.
facilón,-ona *adj.* facílimo; banal, comum.
facineroso,-a *s.* delinqüente habitual.
facistol *s.m.* facistol, estante.
facón *s.m.* facão reto.
facsimil ou **facsímile** *s.m.* facsímile.
factible *adj.* factível.
factício,-a *adj./s.* factício, artificial.
fáctico,-a *adj.* formal.
factor *s.m.* fator; ferroviário do setor de bagagens.
factoría *s.f.* feitoria, fábrica.
factótum *s.m.* faz-tudo; intrometido.
factura *s.f.* nota fiscal, fatura; feitura.
facturación *s.f.* faturamento.
facturar *v.* faturar, registrar, expedir.
facultad *s.f.* faculdade.
facultar *v.* facultar, autorizar.
facultativo,-a *adj./s.* facultativo; médico.
facundia *s.f.* facúndia, eloqüência.
facundo,-a *adj.* facundo, loquaz; tagarela.
faena *s.f.* tarefa, faina, trabalho; tourada; golpe baixo.
faenar *v.* abater; pescar, trabalhar a terra.
fagot *s.m.* fagote. *s.* fagotista.
falsán *s.m.* faisão.
faja *s.f.* faixa; cinta, banda, tira.
fajar *v.* enfaixar; surrar.
fajilla *s.f.* tira, cinta de impressos.
fajín *s.m.* (*Mil.*) faixa.
fajina *s.f.* faxina, gravetos.
fajo *s.m.* maço; trago; cinto; soco.
falacia *s.f.* falácia, engano.
falange *s.f.* falange.
falangista *adj./s.* falangista.
falaz *adj.* falaz, enganoso.
falca *s.f.* empeno; cunha.
falda *s.f.* saia, fralda; colo; sopé; toalha de mesa redonda; alcatra.
faldellín *s.m.* anágua, saiote.
faldero,-a *adj.* mulherengo.
faldón *s.m.* fralda; espigão.
falibilidad *s.f.* falibilidade.
falible *adj.* falível.
fálico,-a *adj.* fálico.
falla *s.f.* falha, defeito, erro; figura de papelão. **Fallas** festas valencianas.
fallar *v.* (*sentença*) proferir; (*prêmio*) conceder; (*cartas*) trunfar; falhar, fracassar; ceder.
falleba *s.f.* tranqueta.
fallecer *v.* falecer.
fallecido,-a *adj.* falecido.
fallecimiento *s.m.* falecimento.
fallero,-a *adj./s.* relativo às *Fallas*.
fallido,-a *adj.* falido.
fallo *s.m.* erro, falta; defeito; sentença; premiação.
falo *s.m.* falo.
falocracia *s.f.* chauvinismo masculino.
falócrata *s.m.* porco chauvinista.
falsario,-a *s.* falsário; mentiroso.
falseamiento *s.m.* falsificação.
falsear *v.* falsificar, distorcer; chanfrar; fraquejar; falsear.
falsedad *s.f.* falsidade.
falsete *s.m.* falsete.
falsía *s.f.* falsidade.
falsificación *s.f.* falsificação.
falsificador,-a *adj./s.* falsificador.
falsificar *v.* falsificar.
falso,-a *adj.* falso.
falta *s.f.* falta, escassez; infração; defeito.
faltar *v.* faltar; não respeitar.
falto,-a *adj.* falto; carente.
faltón,-ona *adj.* que costuma faltar; desrespeitoso.
faltriquera *s.f.* algibeira.
falúa *s.f.* falua, lancha.
fama *s.f.* fama, reputação.
famélico,-a *adj.* famélico.
familia *s.f.* família.

familiar adj./s. familiar.
familiaridad s.f. familiaridade.
familiarizar v., **familiarizarse** vr. familiarizar(-se).
famoso,-a adj. famoso.
fan s. fã, admirador.
fanal s.m. farol; campana.
fanático,-a adj./s. fanático.
fanatismo s.m. fanatismo.
fanatizar v. fanatizar.
fandango s.m. fandango.
fandanguero,-a s. fandangueiro, farrista.
fanega s.f. fanega, fanga.
fanfarria s.f. fanfarra; fanfarrice.
fanfarrón,-ona adj./s. fanfarrão.
fangal s.m. lamaçal.
fango s.m. lama.
fangoso,-a adj. lamacento.
fantasear v. fantasiar.
fantasioso,-a adj. fantasioso.
fantasma s.m. fantasma; pessoa presunçosa.
fantasmagoría s.f. fantasmagoria.
fantasmal adj. fantasmagórico.
fantasmón,-ona adj. presunçoso.
fantástico,-a adj. fantástico.
fantochada s.f. fantochada, farsa.
fantoche s.m. fantoche; títere.
fantochería s.f. fantochada.
faquir s.m. faquir.
faralá s.m. falbalá, babado.
farallón s.m. rochedo.
faramalla s.f. palestra, prosa; bugiganga.
farándula s.f. profissão de ator; palestra.
farandulero,-a s. ator. adj. falador, trapaceiro.
faraón s.m. faraó.
faraónico adj. faraônico.
fardada s.f. exibição.
fardar v. presumir, exibir-se; ser vistoso.
fardo s.m. fardo, pacote; gordo.
fardón,-ona adj. exibido, vistoso.
farellón s.m. rochedo.
farero,-a s. faroleiro.
fárfara s.f. farfara.
farfolla s.f. casca; coisa de pouco valor.

farfulla s.f. gaguejo.
farfullar v. gaguejar.
farfullero,-a adj. gago.
faria s. charuto puro.
farináceo,-a adj. farináceo.
faringe s.f. faringe.
faríngeo,-a adj. faríngeo.
faringitis s.f. faringite.
farisaico,-a adj. hipócrita.
fariseísmo s.m. hipocrisia.
fariseo,-a s. fariseu, hipócrita.
farmacéutico,-a adj./s. farmacêutico.
farmacia s.f. farmácia.
fármaco s.m. fármaco, remédio.
farmacología s.f. farmacologia.
farmacológico,-a adj. farmacológico.
faro s.m. farol.
farol s.m. lanterna, lampião; jactância; blefe.
farola s.f. lampião, candeeiro, poste de luz.
farolear v. jactar-se, pavonear-se.
farolero,-a adj./s. faroleiro, convencido.
farolillo s.m. lanterna; campânula; ~ rojo lanterninha.
farra s.f. farra, bebedeira.
fárrago s.m. mixórdia, confusão.
farragoso,-a adj. confuso.
farrear v. farrear; esbanjar; zombar.
farruco,-a adj. convencido, arrogante.
farruto,-a adj. fraco, doentio.
farsa s.f. farsa.
farsante adj./s. farsante.
fas loc. adv. por ~ o por nefas por uma coisa ou por outra.
fascículo s.m. fascículo.
fascinación s.f. fascinação.
fascinador,-a ou **fascinante** adj. fascinante.
fascinar v. fascinar.
fascismo s.m. fascismo.
fascista adj./s. fascista.
fase s.f. fase.
fastidiado,-a adj. enfastiado; aborrecido; doente.
fastidiar v. aborrecer, enfastiar; estragar, chatear. **fastidiarse** vr cansar-se; agüentar.
fastidio s.m. fastio, enfado, cansaço.
fastidioso,-a adj. fastidioso,

chato.
fasto s.m. pompa, aparato. fastos anais, história.
fastuosidad s.f. pompa.
fastuoso,-a adj. fasteroso, pomposo.
fatal adj. fatal; terrível; inevitável; horrível. adv. terrivelmente, pessimamente.
fatalidad s.f. fatalidade.
fatalismo s.m. fatalismo.
fatalista adj./s. fatalista.
fatídico,-a adj. fatídico, profético.
fatiga s.f. fadiga, cansaço, sufocação. **fatigas** transtornos.
fatigar v. fadigar, cansar, aborrecer.
fatigoso,-a adj. fatigante.
fatuidad s.f. fatuidade.
fatuo,-a adj. fátuo, néscio, presunçoso.
fauces s.f.pl. fauces, goela.
fauna s.f. fauna.
fauno s.m. fauno.
fausto,-a adj./s.m. fausto.
fauvismo s.m. fauvismo.
fauvista s. fauvista.
favor s.m. favor, apoio.
favorable adj. favorável.
favorecedor,-a adj. favorecedor.
favorecer v. favorecer; ajudar, apoiar, beneficiar, melhorar a aparência.
favorecido,-a adj. favorecido.
favoritismo s.m. favoritismo.
favorito,-a adj./s. favorito.
faz s.f. face, rosto, cara.
fe s.f. fé; certidão.
fealdad s.f. fealdade, feiúra.
febrero s.m. fevereiro.
febrifugo,-a adj./s.m. febrífugo.
febril adj. febril.
febrilidad s.f. febre.
fecal adj. fecal.
fecha s.f. data, dia.
fechador s.m. datador.
fechar v. datar.
fechoría s.f. má ação, travessura, delito.
fécula s.f. fécula, amido.
feculento,-a adj. feculento.
fecundable adj. fecundável.
fecundación s.f. fecundação.
fecundar v. fecundar.
fecundidad s.f. fecundidade.
fecundizar v. fecundar.

fecundo,-a *adj.* fecundo.
federación *s.f.* federação.
federado,-a *adj.* federado.
federal *adj./s.* federal.
federalismo *s.m.* federalismo.
federalista *adj./s.* federalista.
federar *v.* (con)federar.
federativo,-a *adj./s.* federativo.
féferes *s.m.pl.* rebotalho, sucata.
fehaciente *adj.* autêntico, irrefutável.
feldspato *s.m.* feldspato.
felicidad *s.f.* felicidade.
felicitación *s.f.* felicitação.
felicitar *v.* felicitar. **felicitarse** *vr.* congratular-se.
félido,-a *adj.* felídeo.
feligrés,-a *s.* freguês, paroquiano.
ferligresía *s.f.* paróquia, freguesia.
felino,-a *adj./s.* felino.
feliz *adj.* feliz; acertado, oportuno.
felón,-ona *adj.* traidor.
felonía *s.f.* felonia, traição.
felpa *s.f.* felpa; pelúcia.
felpar *v.* felpar; (*Fam.*) morrer.
felpudo,-a *adj.* felpudo. *s.m.* capacho.
femenino,-a *adj.* feminino.
fementido,-a *adj.* falso, enganoso.
fémina *s.f.* mulher.
femineidad ou **feminidad** *s.f.* feminilidade.
feminismo *s.m.* feminismo.
feminista *s.* feminista.
femoral *adj.* femoral.
fémur *s.m.* fêmur.
fenecer *v.* fenecer.
fenecimiento *s.m.* fenecimento.
fenicio,-a *adj./s.* fenício; esperto.
fénix *s.m.* fênix; prodígio.
fenol *s.m.* fenol.
fenomenal *adj.* fenomenal, fantástico, enorme. *adv.* maravilhosamente.
fenómeno *s.m.* fenômeno, prodígio, monstro. *interj.* fantástico!
feo,-a *adj./s.* feio; alarmante. *s.m.* desconsideração.
feracidad *s.f.* fertilidade.
feraz *adj.* feraz, fértil.

féretro *s.m.* féretro, caixão.
feria *s.f.* feira, festival.
feriado,-a *adj./s.m.* feriado.
ferial *adj.* feiral, ferial.
feriante *s.* feirante.
feriar *v.* vender barato.
ferino,-a *adj.* tos ~ coqueluche.
fermentable *adj.* fermentável.
fermentación *s.f.* fermentação.
fermentar *v.* fermentar.
fermento *s.m.* fermento.
ferocidad *s.f.* ferocidade.
feroz *adj.* feroz.
férreo,-a *adj.* férreo.
ferraría *s.f.* siderurgia, fundição.
ferretería *s.f.* casa de ferragens.
ferretero,-a *s.* ferrageiro.
férrico,-a *adj.* férrico.
ferrita *s.f.* ferrite.
ferrocarril *s.m.* estrada de ferro; trem.
ferroso,-a *adj.* ferroso.
ferroviario,-a *adj./s.* ferroviário.
ferruginoso,-a *adj.* ferruginoso.
ferry *s.m.* balsa.
fértil *adj.* fértil.
fertilidad *s.f.* fertilidade.
fertilización *s.f.* fertilização.
fertilizante *adj./s.m.* fertilizante.
fertilizar *v.* fertilizar.
férula *s.f.* férula; tala; opressão, tirania.
férvido,-a *adj.* ardente.
ferviente *adj.* fervente.
fervor *s.m.* fervor.
fervoroso,-a *adj.* fervoroso.
festejar *v.* festejar, homenagear; cortejar.
festejo *s.m.* festejo. **festejos** festeios, celebrações.
festín *s.m.* festim, banquete.
festinar *v.* apressar; homenagear.
festival *s.m.* festival.
festividad *s.f.* festividade.
festivo,-a *adj.* festivo.
festón *s.m.* festão, grinalda.
festonear *v.* engrinaldar.
fetal *adj.* fetal.
fetén *adj.* ótimo; cem por cento; *la* ~ a verdade.
fetiche *s.m.* fetiche.
fetichismo *s.m.* fetichismo.
fetichista *s.* fetichista.

fetidez *s.f.* fetidez.
fétido,-a *adj.* fétido.
feto *s.m.* feto; monstro.
feucho,-a *adj.* simples, sem atrativos.
feudal *adj.* feudal.
feudalismo *s.m.* feudalismo.
feudo *s.m.* feudo.
fiabilidad *s.f.* confiabilidade.
fiable *adj.* confiável.
fiado,-a *adj.* fiado; confiado.
fiador,-a *s.* fiador; ferrolho.
fiambre *adj.* frio; velho. *s.m.* frios; cadáver, presunto.
fiambrera *s.f.* marmita.
fianza *s.f.* fiança.
fiar *v.* fiar, garantir; confiar. **fiarse** *vr.* fiar-se.
fiasco *s.m.* fiasco.
fibra *s.f.* fibra.
fibrilar *adj.* fibrilar.
fibroma *s.m.* fibroma.
fibroso,-a *adj.* fibroso.
fíbula *s.f.* fíbula, fivela.
ficción *s.f.* ficção.
ficha *s.f.* ficha; cartão de ponto; peça de jogo; (*Cine.*) créditos; vigarista.
fichaje *s.f.* contratação, inscrito.
fichar *v.* fichar; inscrever, contratar; bater o ponto.
fichero *s.m.* arquivo.
ficticio,-a *adj.* fictício.
fidedigno,-a *adj.* fidedigno.
fideicomisario,-a *s.* fideicomissário.
fideicomiso *s.m.* fideicomisso.
fidelidad *s.f.* fidelidade.
fideo *s.m.* macarrão; pessoa muito magra.
fiduciario,-a *adj./s.* fiduciário.
fiebre *s.f.* febre.
fiel *adj.* fiel, leal; exato. *s.m.* fiel, ponteiro.
fieltro *s.m.* feltro.
fiera *s.f.* fera.
fiereza *s.f.* ferocidade.
fiero,-a *adj.* feroz, selvagem; intenso.
fierro *s.m.* ferro; arma branca.
fiesta *s.f.* feriado, férias, festa, festividade; alegria.
fifiriche *adj.* doente, fraco.
figle *s.m.* figle, oficlide.
figón *s.m.* taberna, baiúca.
figura *s.f.* figura, forma, cara,

estátua ou pintura de pessoa; nota musical; destaque, vulto; carta de jogo com figura.
figuración s.f. imaginação.
figurado,-a adj. figurado.
figurante,-a s. figurante, extra.
figurar v. figurar, representar, fingir; destacar-se. **figurarse** vr. imaginar-se.
figurativo,-a adj. figurativo.
figurín s.m. desenho de moda; figurino; dândi.
figurinista s. figurinista.
figurón s.m. figurão, exibido; acróstolio.
fijacarteles s. afixador de cartazes.
fijación s.f. fixação.
fijador s.m. fixador.
fijapelo s.m. gel para cabelo.
fijar v., **fijarse** vr. fixar(-se).
fijativo,-a adj. fixador.
fijeza s.f. fixidez, firmeza, certeza, persistência.
fijo,-a adj. fixo, firme.
fila s.f. fila, ordem, linha. **filas** fileiras.
filamento s.m. filamento.
filantropía s.f. filantropia.
filantrópico,-a adj. filantrópico.
filántropo,-a s. filântropo.
filarmónico,-a adj. filarmônico.
filatelia s.f. filatelia.
filatélico,-a adj. filatélico.
filatelista s. filatelista.
filazo s.m. ferimento.
filete s.m. filé; filete, rosca.
filfa s.f. mentira, trote.
filiación s.f. filiação; dependência; origem; dados pessoais.
filial adj./s.f. filial.
filibusterismo s.m. pirataria.
filibustero,-a s. flibusteiro.
filigrana s.f. filigrana; linha d'água.
filípica s.f. sátira violenta.
filipino,-a adj./s. filipino.
filisteo,-a adj./s. filisteu.
film s.m. filme.
filmación s.f. filmagem.
filmar v. filmar.
filme s.m. filme.
fílmico,-a adj. fílmico.
filmina s.f. slide.
filmografía s.f. filmografia.
filmoteca s.f. filmoteca.
filo s.m. fio, corte; auge; linha divisória.
filología s.f. filologia.
filológico,-a adj. filológico.
filólogo,-a s. filólogo, filologista.
filón s.m. filão, veio; (*Fig.*) mina de ouro.
filoso,-a adj. afiado.
filosofal adj. **piedra ~** pedra filosofal.
filosofar v. filosofar.
filosofía s.f. filosofia.
filosófico,-a adj. filosófico.
filósofo,-a s. filósofo.
filtración s.f. filtração; vazamento de informações.
filtrador,-a adj. filtrador. s.m. filtro.
filtrar(se) v., vr. filtrar(-se).
filtro s.m. filtro.
filudo,-a adj. afiado.
fimbria s.f. fímbria, franja.
fin s.m. fim; propósito, finalidade.
finado,-a adj./s. finado.
final adj./s. final.
finalidad s.f. finalidade.
finalista adj./s. finalista.
finalizar v. finalizar.
financiación ou **financiamiento** s.m. financiamento.
financiar v. financiar.
financiero,-a adj. financeiro, financista. s.f. financeira.
finanzas s.f.pl. finanças.
finar v. morrer, falecer. **finarse** vr. ansiar por.
finca s.f. propriedade; **~ rústica** sítio; **~ urbana** casa.
finés,-a adj./s. finlandês.
fineza s.f. fineza, cortesia.
fingido,-a adj. fingido, falso.
fingimiento s.m. fingimento.
fingir v. fingir.
finiquitar v. saldar, pagar, quitar; encerrar.
finiquito s.m. quitação, remate, saldo; aviso prévio.
finito,-a adj. finito.
finlandés,-a adj./s. finlandês.
fino,-a adj. fino, delicado, seleto; aguçado; educado.
finolis adj. afetado, enjoado.
finta v. finta, simulação.
fintar v. fintar.
finura s.f. finura, fineza.
fiordo s.m. fiorde.
fique s.m. fibra de pita.
firma s.f. assinatura; firma.
firmamento s.m. firmamento.
firmante adj./s. signatário; **abajo ~** abaixo assinado.
firmar v. assinar.
firme adj. firme, estável. s.m. terreno sólido, pavimento. adv. fortemente.
firmeza s.f. firmeza.
firulete s.m. adorno barato.
fiscal adj./s. fiscal; promotor público.
fiscalía s.f. promotoria; fiscalização.
fiscalidad s.f. impostos e tributos.
fiscalización s.f. fiscalização.
fiscalizar v. fiscalizar.
fisco s.m. fisco, erário.
fisgar v. bisbilhotar.
fisgón,-ona adj. bisbilhoteiro.
fisgonear v. bisbilhotar.
física s.f. física.
físico,-a adj./s. físico (*professor*). s.m. físico (*aspecto*).
fisiología s.f. fisiologia.
fisiológico,-a adj. fisiológico.
fisiólogo,-a s. fisiologista.
fisión s.m. fissão.
fisioterapeuta s. fisioterapeuta.
fisioterapia s.f. fisioterapia.
fisonomía s.f. fisionomia.
fisonomista s. fisionomista.
fístula s.f. fístula.
fisura s.f. fissura.
flaccidez ou **flacidez** s.f. flacidez.
fláccido,-a ou **flácido,-a** adj. flácido.
flaco,-a adj. magro; fraco. s.m. ponto fraco.
flacucho,-a adj. magricela.
flacura s.f. magreza.
flagelación s.f. flagelação.
flagelar v. flagelar, açoitar; censurar.
flagelo s.m. flagelo, chicote, açoite; calamidade.
flagrante adj. flagrante; claro, evidente.
flama s.f. chama.
flamante adj. vistoso, brilhante; novo.
flambear v. flambar.
flameado,-a adj. flambado.
flamear v. flambar; flamejar;

ondear.
flamenco,-a *adj./s.* flamengo, flamingo, flamenco.
flámula *s.f.* flâmula.
flan *s.m.* pudim, flã.
flanco *s.m.* flanco, lado.
flanera ou **flanero** *s.m.* fôrma para pudim.
flanquear *v.* flanquear.
flaquear *v.* fraquejar.
flaqueza *s.f.* fraqueza.
flas ou **flash** *s.m.* flash.
flato *s.m.* flatulência; melancolia, tristeza.
flatulencia *s.f.* flatulência.
flatulento,-a *adj.* flatulento.
flauta *s.f.* flauta. *s.* flautista.
flautín *s.m.* flautim. *s.* flautinista.
flautista *s.* flautista.
flebitis *s.f.* flebite.
flecha *s.f.* flecha, seta.
flechar *v.* flechar; inspirar amor a.
flechazo *s.m.* flechada; amor à primeira vista.
fleco *s.m.* franja, passamanaria.
fleje *s.m.* cinta metálica, arco de barril.
flema *s.f.* fleuma, catarro, muco.
flemático,-a *adj.* fleumático.
flemón *s.m.* abscesso, fleimão.
flequillo *s.m.* franja.
fleta *s.f.* esfrega, açoite, fricção.
fletador,-a *s.* fretador.
fletamiento *s.m.* fretamento.
fletar *v.* fretar, embarcar; despedir. **fletarse** *vr.* (*Fam.*) entrar de penetra.
flete *s.m.* frete; carga; cavalo ligeiro.
fletero,-a *adj.* alugado. *s.m.* cobrador.
flexibilidad *s.f.* flexibilidade.
flexible *adj.* flexível.
flexión *s.f.* flexão.
flexionar *v.* flexionar.
flexivo,-a *adj.* flexivo.
flexo *s.m.* luminária de braço regulável.
flipado,-a *adj.* drogado.
flipar *v.* gostar muito. **fliparse** *vr.* drogar-se.
flipe *s.m.* viagem sob efeito de drogas.

flirt *s.m.* flerte.
flirtear *v.* flertar.
flirteo *s.m.* flerte.
flojear *v.* fraquejar, afrouxar.
flojedad *s.f.* fraqueza, frouxidão, moleza.
flojera *s.f.* fraqueza.
flojo,-a *adj.* frouxo, fraco, preguiçoso, negligente.
flor *s.f.* flor; galanteio, elogio.
flora *s.f.* flora.
floración *s.f.* floração.
floral *adj.* floral.
florar *v.* florescer.
floreado,-a *adj.* florido; ornado com flores.
florear *v.* ornar com flores; galantear; florear; florescer.
florecer *v.* florescer; crescer, prosperar. **florecerse** *vr.* embolorar, mofar.
floreciente *adj.* florescente.
florecimiento *s.m.* florescimento; prosperidade.
florentino,-a *adj./s.* florentino.
floreo *s.m.* floreio.
florería *s.f.* (loja) floricultura.
florero *adj.* galanteador. *s.* florista. *s.m.* floreira.
florescencia *s.f.* florescência.
floresta *s.f.* bosque, floresta.
florete *s.m.* florete.
floricultor,-a *s.* floricultor.
floricultura *s.f.* floricultura.
florido,-a *adj.* florido, seleto.
florilegio *s.m.* florilégio.
florín *s.m.* florim.
floripondio *s.m.* floripôndio; adorno de mau gosto.
florista *s.* florista.
floristería *s.f.* (loja) floricultura.
floritura *s.f.* fioritura.
florón *s.m.* florão.
flota *s.f.* frota.
flotación *s.f.* flutuação.
flotador *s.m.* flutuador, bóia.
fotante *adj.* flutuante.
flotar *v.* flutuar, boiar.
flote *s.m.* flutuação; *salir a ~* sair de um apuro.
flotilla *s.f.* flotilha.
fluctuación *s.f.* flutuação.
fluctuante *adj.* flutuante.
fluctuar *v.* flutuar, vacilar.
fluente *adj.* fluente.
fluidez *s.f.* fluidez.

fluido,-a *adj./s.m.* fluido; fluente; corrente elétrica.
fluir *v.* fluir.
flujo *s.m.* fluxo; maré-cheia.
fluminense *adj./s.* fluminense.
flúor *s.m.* flúor.
fluoración *s.f.* fluoração.
fluorescencia *s.f.* fluorescência.
fluorescente *adj.* fluorescente.
fluorización *s.f.* fluoração.
fluoruro *s.m.* fluoreto.
fluvial *adj.* fluvial.
fluviómetro *s.m.* fluviômetro.
fobia *s.f.* fobia.
foca *s.f.* foca; pessoa muito gorda.
focal *adj.* focal.
focha *s.f.* adem.
foco *s.m.* foco; lâmpada, projetor, farol.
fofo,-a *adj.* fofo, macio, mole, flácido.
fogaje *s.m.* fogagem.
fogata *s.f.* fogueira.
fogón *s.m.* fogão; fornalha; fogueira.
fogonazo *s.m.* clarão.
fogonero *s.m.* foguista.
fogosidad *s.f.* fogosidade.
fogoso,-a *adj.* fogoso.
foguear *v.* endurecer, calejar.
fogueo *s.m.* disparos, tiros.
foja *s.f.* adem.
folclor *m,* **folclore** *s.m.* folclore.
folclórico *adj.* folclórico; bizarro. *s.m.* cantor flamengo.
folclorista *s.* folclorista.
folia *s.f.* folia.
foliación *s.f.* folheação, foliação.
foliar *v.* folhar, paginar, numerar.
folículo *s.m.* folículo.
folio *s.m.* folha, página.
folklore *s.m.* folclore.
folla *s.f.* (*Vulg.*) *mala ~* azar.
follada *s.f.* (*Vulg.*) foda.
follaje *s.f.* folhagem.
follar *v.* (*Vulg.*) trepar, foder; ferrar.
folletín *s.m.* folhetim.
folletinesco,-a *adj.* folhetinesco.
folletinista *s.* folhetinista.
folleto *s.m.* folheto; panfleto, brochura; manual de instruções.

follisca s.f. briga, rixa.
follón s.m. balbúrdia, bagunça, confusão.
follonero,-a adj./s.bagunceiro.
fomentar v. fomentar.
fomento s.m. fomento.
fonda s.f. hospedaria, taverna.
fondeadero s.m. fundeadouro.
fondeado,-a adj. fundeado; rico, endinheirado.
fondear v. fundear; sondar, examinar; procurar, revistar.
fondearse vr. enriquecer-se.
fondeo s.m. sondagem; procura, revista; ancoragem.
fondillos s.m.pl. fundilhos.
fondilludo,-a adj. cadeirudo; dominado pela mulher.
fondista s. fundista.
fondo s.m. fundo; fim; profundidade; patrimônio, acervo.
fondón,-ona adj. gordo, cadeirudo.
fonducha ou **fonducho** s.m. pensão barata, botequim.
fonema s.m. fonema.
fonendoscopio s.m. estetoscópio.
fonético,-a adj. fonético.
foniatra s. foniatra.
foniatría s.f. foniatria.
fónico,-a adj. fônico.
fonocaptor s.m. toca-discos.
fonógrafo s.m. fonógrafo.
fonología s.f. fonologia.
fonológico,-a adj. fonológico.
fonoteca s.f. discoteca.
fontana s.f. fonte.
fontanería s.f. encanamento, canalização.
fontanero,-a s. encanador.
footing s.m. corrida moderada.
foque s.m. vela triangular.
forajido,-a adj. foragido.
foral adj. foral.
foráneo,-a adj. forâneo.
forastero,-a adj./s.forasteiro.
forcejear v. lutar, opor-se, resistir.
forcejeo s.m. esforço, luta, resistência.
fórceps s.m. fórceps.
forense adj. forense. s. médico legista.
forestal adj. florestal.
forja s.f. forja, fundição.
forjado,-a adj. forjado. s.m. peça forjada.
forjar v. forjar; criar, imaginar, fingir.
forma s.f. forma, modo, maneira, hóstia.
formación s.f. formação, educação.
formal adj. formal; sério; educado.
formaldehido s.m. (Quím.) formaldeído.
formalidad s.f. formalidade, seriedade, requisito.
formalina s.f. formalina.
formalismo s.m. formalismo.
formalista adj./s. formalista.
formalizar v. formalizar, legalizar. **formalizarse** vr. educarse.
formar v. formar, integrar, constituir. **formarse** vr. formar-se, educar-se.
formativo,-a adj. formativo.
formato s.m. formato, tamanho.
formica® s.f. fórmica.
fórmico,-a adj. fórmico.
formidable adj. formidável, excelente. *¡formidable!* ótimo!
formol s.m. formol.
formón s.m. formão.
fórmula s.f. fórmula.
formulación s.f. formulação.
formular v. formular, fazer.
formulario,-a adj. rotineiro, formal. s.m. formulário.
formulismo s.m. formulismo.
fornicación s.f. fornicação.
fornicador,-a s. fornicador.
fornicar v. fornicar.
fornido,-a adj. forte, robusto.
fornitura s.f. cartucheira; acessórios.
foro s.m. foro, fórum; tribunal, fundo de cenário.
forofo,-a s. fã, tiete, torcedor.
forrado,-a adj. forrado, atapetado; rico.
forraje s.m. forragem; mistura, confusão.
forrajear v. forragear.
forrajero,-a adj. forrageiro.
forrar v. forrar, atapetar; surrar. **forrarse** vr. ganhar muito dinheiro.
forro s.m. forro; invólucro; tapeçaria.
fortachón,-ona adj. robusto, muito forte.
fortalecedor,-a adj. fortalecedor.
fortalecer v. fortalecer. **fortalecerse** vr. fortificar-se.
fortalecimiento s.m. fortalecimento.
fortaleza s.f. fortaleza, vigor.
fortificación s.f. fortificação.
fortificante adj./s. fortificante.
fortificar v. fortificar.
fortin s.m. fortim.
fortísimo,-a adj. fortíssimo.
fortuito,-a adj. fortuito.
fortuna s.f. fortuna, destino, sorte.
forúnculo s.m. furúnculo.
forzado,-a adj. forçado, obrigado.
forzar v. forçar, compelir, violentar.
forzoso,-a adj. forçoso, inevitável, obrigatório.
forzudo,-a adj. forçudo.
fosa s.f. fossa; cova, vala, sepultura.
fosco,-a adj. fosco. s.m. escuro.
fosfato s.m. fosfato.
fosforecer v. fosforescer.
fosforero,-a s. fosforeiro.
fosforescencia s.f. fosforescência.
fosforescente adj. fosforescente.
fosfórico,-a adj. fosfórico.
fósforo s.m. fósforo.
fósil adj./s.m. fóssil.
fosilización s.f. fossilização.
fosilizado,-a adj. fossilizado.
fosilizarse vr. fossilizar-se.
foso s.m. fosso, valado.
fotingo s.m. calhambeque.
foto s.f. foto.
fotocalco s.m. fotogravura.
fotocomposición s.f. fotocomposição.
fotocopia s.f. fotocópia, xerox®.
fotocopiadora s.f. fotocopiadora.
fotocopiar v. fotocopiar.
fotoeléctrico,-a adj. fotoelétrico.
fotogénico,-a adj. fotogênico.
fotograbado s.m. fotogravura.

fotograbar v. fotograr.
fotografía s.f. fotografia, retrato.
fotografiar v. fotografar.
fotográfico,-a adj. fotográfico.
fotógrafo,-a s. fotógrafo.
fotograma s.f. fotograma.
fotolito s.m. fotolito
fotomatón s.m. cabina para foto rápida operada por ficha.
fotómetro s.m. fotômetro.
fotomontaje s.m. fotomontagem.
fotón s.m. fóton.
fotosíntesis s.f. fotossíntese.
fotostato s.m. fotóstato.
fototeca s.f. fototeca.
frac s.m. fraque.
fracasado,-a adj./s. fracassado.
fracasar v. fracassar.
fracaso s.m. fracasso.
fracción s.f. fração.
fraccionamiento s.m. fracionamento.
fraccionar v. fracionar, dividir.
fraccionario,-a adj. fracionário.
fractura s.f. fratura.
fracturar v. fraturar.
fragancia s.f. fragrância.
fragante adj. fragrante.
fragata s.f. fragata.
frágil adj. frágil, débil, fraco.
fragilidad s.f. fragilidade.
fragmentación s.f. fragmentação.
fragmentar v. fragmentar.
fragmentario,-a adj. fragmentário.
fragmento s.m. fragmento; passagem.
fragor s.m. fragor.
fragoroso,-a adj. fragoroso.
fragosidad s.f. fragosidade, aspereza.
fragoso,-a adj. fragoso, áspero.
fragua s.f. forja.
fraguado s.m. forjado.
fraguar v. forjar, fraguar; urdir, inventar; endurecer, consolidar-se.
fraile s.m. frade, monge.
frailecillo s.m. fradinho; (ave) carambola.
frailesco,-a adj., **frailuno,-a** adj. tradesco.
frambuesa s.f. framboesa.
francachela s.f. comezaina, patuscada.
francés,-esa adj./s. francês. s.m. (Vulg.) chupeta, felação.
francesilla s.f. ranúnculo.
franciscano,-a adj./s. franciscano.
francmasón,-ona s. maçom.
francmasonería s.f. maçonaria.
franco,-a adj. franco, aberto, livre; grátis. s.m. franco.
francófilo,-a adj./s.francófilo.
francófono,-a adj./s. francófono.
francofonía s.f. francofonia.
francote,-a adj. franco, sincero.
francotirador,-a s. francoatirador.
franela s.f. flanela; camiseta.
frangollón,-ona adj. malfeito, matado.
franja s.f. franja, faixa.
franjolín,-ina adj. rabicó.
franqueable adj. franqueável.
franquear v. franquear, cruzar; superar, atravessar, transpor.
franqueo s.m. franquia postal.
franqueza s.f. franqueza.
franquicia s.f. isenção; franquia.
franquismo s.m. franquismo.
franquista s. franquista.
frasco s.m. frasco.
frase s.f. frase.
fraseología s.f. fraseologia.
fraternal adj. fraternal.
fraternidad s.f. fraternidade.
fraternización s.f. fraternização.
fraternizar v. fraternizar.
fraterno,-a adj. fraterno, fraternal.
fratricida adj./s. fratricida.
fratricidio s.m. fratricídio.
fraude s.m. fraude.
fraudulencia s.f. fraudulência.
fraudulento,-a adj. fraudulento.
fray s.m. frei, irmão.
frecuencia s.f. freqüência.
frecuentado,-a adj. freqüentado.
frecuentar v. freqüentar, visitar.
frecuente adj. freqüente.
fregadero s.m. pia (de cozinha).
fregado,-a adj. cansativo, enfadonho, velhaco. s.m. esfregação; negócio sujo.
fregar v. esfregar, lavar; irritar, cansar.
fregón,-a adj. tolo, estúpido.
fregona s.f. esfregão; faxineira.
fregotear v. esfregar depressa, lavar mal.
fregoteo s.m. esfregadela.
freidora s.f. frigideira elétrica.
freiduría s.f. lugar onde se frita peixe para venda.
freír v. fritar, frigir; matar a tiros, fuzilar. **freírse** vr. passar muito calor.
fréjol s.m. feijão.
frenado s.m. brecada, freada.
frenar v. frear, brecar, conter.
frenazo s.m. freada brusca, brecada.
frenesí s.m. frenesi.
frenético,-a adj. frenético.
frenillo s.m. (Anat.) freio.
freno s.m. freio.
frente s.m. frente, fachada; fronte. adv ~ a em frente de.
fresa adj. vermelho. s.f. morangueiro; morango; fresa; broca.
fresadora s.f. fresadora, fresa.
fresar v. fresar.
fresca s.f. ar fresco; fresca; insolência.
frescachón,-ona adj. frescalhão, robusto.
frescales s.f. insolente, descarado.
fresco,-a adj. fresco, recente; (roupa) leve; suave; tranqüilo; descarado. s.m. frio moderado; insolência; afresco.
frescor s.m. frescor.
frescura s.f. frescura, descaramento, impertinência.
fresno s.m. freixo.
fresón s.m. morangão.
fresquera s.f. guarda-comida.
fresquería s.f. bar, sorveteria.
freudiano,-a adj. freudiano.
frialdad s.f. frialdade; frieza, indiferença.
fricativo,-a adj. fricativo.
fricción s.f. fricção; esfrega; atrito.
friccionar v. friccionar.
friega s.f. massagem; incômodo, maçada; surra; pito.

friegaplatos s. lava-louças.
frigidez s.f. frigidez.
frígido,-a adj. frígido.
frigio,-a adj./s. frígio.
frigorífico,-a adj. frigorífico. s.m. refrigerador, congelador, geladeira.
frijol ou **fríjol** s.m. feijão.
frío,-a adj. frio; (Fig.) indiferente.
friolera s.f. bagatela, ninharia.
friolero,-a adj. friorento.
frisar v. frisar.
friso s.m. friso.
frisón,-ona adj./s. frisão.
fritada s.f. fritada.
fritanga s.f. fritada gordurosa.
fritar v. fritar.
frito,-a adj. frito; adormecido; de saco cheio; morto; ferrado. s.m. fritura.
fritura s.f. fritura.
frivolidad s.f. frivolidade.
frívolo,-a adj. frívolo.
fronda s.f. fronde, folhagem.
frondosidad s.f. frondosidade.
frondoso,-a adj. frondoso.
frontal adj. frontal.
frontera s.f. fronteira.
fronterizo,-a adj. fronteiriço.
frontero,-a adj. fronteiro.
frontis ou **frontispicio** s.m. frontispício, fachada, frontão.
frontón s.m. frontão; jogo da péla; parede do jogo da péla.
frotación ou **frotamiento** s.m. esfregação.
frotar v. esfregar.
frote s.m. esfregadura.
fructífero,-a adj. frutífero.
fructificar v. frutificar.
fructuoso,-a adj. frutuoso.
frugal adj. frugal.
frugalidad s.f. frugalidade.
fruición s.f. fruição, posse, gozo.
frunce ou **fruncido** s.m. franzido.
fruncir v. franzir.
fruslería s.f. bagatela, ninharia.
frustración s.f. frustração.
frustrado,-a adj. frustrado.
frustrar v. frustrar.
frustre s.m. frustração.
fruta s.f. fruta, fruto.
frutal adj. frutífero.
frutería s.f. frutaria.
frutero,-a s. fruteiro; fruteira.

frutilla s.f. morango.
fruto s.m. fruto; resultado.
fu interj ni ~ ni fa mais ou menos; assim, assim.
fucsia s.f. fúcsia, brinco-de-princesa.
fuego s.m. fogo; tiro; ardor, paixão; fogão.
fuel s.m. óleo combustível.
fuelle s.m. fole; fôlego.
fuente s.f. fonte; prato, travessa.
fuer s.m. a ~ de à maneira de.
fuera adv. fora; afora. interj. fora!.
fueraborda s.m. motor de popa.
fuerano,-a adj. estrangeiro.
fuero s.m. foro; privilégio, imunidade; estatuto.
fuerte adj./s.m. forte. adv. muito.
fuerza s.f. força.
fuete s.m. chicote.
fuga s.f. fuga, perda.
fugacidad s.f. fugacidade.
fugarse vr. fugir, escapar.
fugaz adj. fugaz.
fugitivo,-a adj./s. fugitivo.
ful adj. falso.
fulano,-a s. fulano. s.f. prostituta.
fular s.m. fular, raiom.
fulcro s.m. fulcro.
fulero,-a adj. desleixado, fraudulento. s. trapaceiro.
fúlgido,-a adj. fúlgido, brilhante.
fulgor s.m. fulgor, brilho.
fulgurante adj. fulgurante.
fulgurar v. fulgurar.
fullería s.f. trapaça.
fullero,-a adj./s. trapaceiro.
fulminación s.f. fulminação.
fulminado,-a adj. fulminado.
fulminante adj. fulminante.
fulminar v. fulminar.
fumada s.f. baforada.
fumadero s.m. fumadouro.
fumado,-a adj. drogado.
fumador,-a adj./s. fumante.
fumar v. fumar. **fumarse** vr. esbanjar, torrar; gazetear, cabular.
fumarola s.f. fumarola, emanação vulcânica.
fumeta s. viciado em drogas.

fumigación s.f. fumigação.
fumigar v. fumigar.
fumista s.m. consertador de fogões, aquecedores, etc.
funámbulo,-a s. funâmbulo, equilibrista.
funche s.m. mingau de farinha de milho.
función s.f. função, cargo; espetáculo.
funcional adj. funcional.
funcionalidad s.f. funcionalidade.
funcionalismo s.m. funcionalismo.
funcionamiento s.m. funcionamento.
funcionar v. funcionar.
funcionario,-a s. funcionário.
funda s.f. capa, estojo; bainha.
fundación s.f. fundação.
fundado,-a adj. firme, justo.
fundador,-a s. fundador.
fundamental adj. fundamental.
fundamentar v. fundamentar, basear.
fundamento s.m. base; seriedade, confiança; fundação.
fundar v., **fundarse** vr. fundar(-se); basear(-se).
fundición s.f. fusão, fundição.
fundido s.m. (Cine.) fusão.
fundidor s.m. fundidor.
fundir v. fundir; reunir; (dinheiro) gastar, torrar. **fundirse** vr. derreter-se, queimar.
fúnebre adj. fúnebre, lúgubre.
funeral adj. funeral, enterro.
funerala loc. adv. a la ~ em funeral.
funeraria s.f. empresa funerária.
funerario,-a adj. funerário.
funesto,-a adj. funesto, fatal.
fungible adj. fungível.
fungicida adj./s. fungicida.
fungir v. fingir-se de.
funicular s.m. funicular.
fuñir v. atrapalhar. **fuñirse** vr. aborrecer-se.
furcia s.f. prostituta; puta.
furgón s.m. furgão; vagão de carga.
furgoneta s.f. perua.
furia s.f. fúria.
furibundo,-a adj. furioso, fanático.

furor s.m. furor.
furriel s.m. furriel.
furtivo,-a adj. furtivo, secreto.
furúnculo s.m. furúnculo.
fusa s.f. (Mús.) fusa.
fuselaje s.m. fuselagem.
fusible adj./s.m. fusível.
fusil s.m. fuzil.
fusilamiento s.m. fuzilamento.
fusilar v. fuzilar; plagiar.
fusilería s.f. fuzilaria; fuzileiros.
fusilero s.m. fuzileiro.

fusión s.f. fusão.
fusionar v., **fusionarse** vr. fundir(-se).
fusta s.m. chicote.
fustal, ou **fustán** ou **fustaño** s.m. fustão; anágua.
fuste s.m. fuste; importância, valor.
fustigar v. fustigar.
futbito s.m. futebol de salão.
fútbol s.m. futebol.
futbolero,-a s. fã do futebol.
futbolín s.m. pebolim.

futbolista s. futebolista.
futebolístico,-a adj. futebolístico.
futesa s.f. ninharia, bagatela.
fútil adj. fútil.
futilidad s.f. futilidade.
futón s.m. colchonete.
futriaco,-a s. sujeito, garota, cara.
futurismo s.m. futurismo.
futurista adj./s.futurista.
futuro,-a adj./s. futuro; noivo, prometido.
futurología s.f. futurologia.
futurólogo,-a s. futurólogo.

G

G, g *s.f.* G, g.
g *abr. de* **gramo** grama.
gabacho,-a *adj.* francês.
gabán *s.m.* capote, sobretudo.
gabardina *s.f.* capa de chuva; gabardina; cobertura à milanesa.
gabarra *s.f.* gabarra, chata.
gabela *s.f.* imposto.
gabinete *s.m.* gabinete, ministério; estúdio, consultório.
gablete *s.m.* empena, parede triangular.
gabonés,-esa *adj./s.* gabonês.
gacela *s.f.* gazela.
gaceta *s.f.* gazeta; fofoqueiro.
gacetilla *s.f.* gazetilha, notícia curta em jornal; boateiro.
gacetillero *s.m.* gazetilheiro, jornalista.
gacha *s.f.* papa, mingau; lama.
gachí *s.f.* moça, rapariga.
gachó *s.m.* rapaz, sujeito.
gacho,-a *adj.* encurvado, inclinado. **gachas** mingau.
gachón,-ona *adj.* atraente, gracioso.
gachumbo *s.m.* vasilha feita com casca de fruta.
gachupín,-a *s.* espanhol.
gaditano,-a *adj./s.* gaditano; de Cádis.
gaélico,-a *adj./s.* gaélico, gael.
gafa *s.f.* braçadeira, grampo. **gafas** óculos.
gafar *v.* enganchar; azarar.
gafe *adj./s.* azarado.
gafete *s.m.* colchete.
gafudo,-a *adj./s.* (*Fam.*) quatro-olhos.
gag *s.m.* (*Teat.*) gague.
gaguear *v.* gaguejar.
gaita *s.f.* gaita de foles; aborrecimento; coisa difícil; galego.
gaitero,-a *adj.* vistoso, berrante; apalhaçado. *s.* gaiteiro.
gajes *s.m.pl.* salário; ~ **del** *oficio* ossos do ofício.

gajo *s.m.* cacho; penca; gomo.
gala *s.f.* gala; traje de rigor; a fina flor, a nata; espetáculo; refinação.
galáctico,-a *adj.* galáctico.
galaico,-a *adj.* galego.
galán *s.m.* galã; pretendente; ~ *de noche* (*móvel*) mancebo.
galán,-ana *adj.* elegante.
galancete *s.m.* janota; galã.
galano,-a *adj.* elegante.
galante *adj.* galante.
galanteador,-a *adj.* galanteador.
galantear *v.* galantear, cortejar.
galanteo ou **galantería** *s.f.* galanteio.
galanura *s.f.* elegância, graça.
galápago *s.m.* tartaruga; sela; lingote.
galardón *s.m.* galardão.
galardonado,-a *adj.* galardoado, premiado.
galardonar *v.* galardoar.
galaxia *v.* galáxia.
galbana *s.f.* preguiça.
galena *s.f.* galena.
galeno *s.m.* médico, doutor.
galeón *s.m.* galeão.
galeote *s.m.* galeote.
galera *s.f.* galera; carroça coberta; cartola; prova de galé.
galerada *s.f.* carrada; prova de galé.
galería *s.f.* galeria; corredor; vulgo, público.
galerín *s.m.* galé pequena.
galerna ou **galerno** *s.m.* pé-de-vento.
galerón *s.m.* hall, saguão.
galés,-esa *adj./s.* galês.
galga *s.f.* pedra grande rolada.
galgo *s.m.* galgo.
galguear *v.* almejar, desejar.
gálibo *s.m.* gabarito.
galicismo *s.m.* galicismo.
gálico,-a *adj.* gálico, gaulês.

galileo,-a *adj./s.* galileu.
galimatias *s.m.* galimatias, aranzel, lengalenga.
gallardear *v.* galhardear, pavonear.
gallardete *s.m.* galhardete.
gallardía *s.f.* galhardia, garbo.
gallardo,-a *adj.* galhardo, elegante, bravo.
gallear *v.* pavonear-se; galar.
gallego,-a *adj.* galego, espanhol. *s.* galego.
galleguismo *s.m.* galeguismo.
gallera *s.f.* gaiola; rinha.
gallero,-a *s.* criador de galos de briga.
galleta *s.f.* bolacha, bofetada.
galletear *v.* demitir, despedir.
galletero *s.m.* biscoiteira.
gallina *s.f.* galinha. *adj./s.* covarde.
gallináceo,-a *adj./s.* galináceo.
gallinaza *s.f.* galinhaça, esterco de galinha.
gallinejas *s.f.pl.* (*Culin.*) tripa de galinha.
gallinero *s.m.* galinheiro; (*Teat.*) galeria; lugar de confusão e barulho.
gallineta *s.f.* galeirão.
gallito *s.m.* mandachuva, figurão.
gallo *s.m.* galo; peixe de São Pedro; pessoa mandona; (*Mús.*) nota dissonante; artigo usado; serenata; trapaceiro.
gallote,-a *adj.* convencido.
galo,-a *adj./s.* galo, gaulês.
galocha *s.f.* tamanco, galocha.
galón *s.m.* galão.
galopada *s.f.* galope.
galopante *adj.* galopante.
galopar *v.* galopar.
galope *s.m.* galgo.
galopín *s.m.* garoto maltrapilho; velhaco.
galpón *s.m.* galpão, abrigo.
galvánico,-a *adj.* galvânico.

galvanismo s.m. galvanismo.
galvanizado,-a adj. galvanizado. s.m. galvanização.
galvanizar v. galvanizar.
galvanómetro s.m. galvanômetro.
gama s.f. escala musical, gama.
gamba s.f. pitu, lagostim; perna; nota de cem pesetas.
gamberrada ou **gamberrismo** s.m. malcriadez, molecagem; arruaça.
gamberro,-a adj. malcriado. s. moleque, arruaceiro.
gambito s.m. gambito.
gamella s.f. gamela.
gameto s.m. gameto.
gamma s.f. gama (letra grega).
gamo s.m. gamo.
gamonal s.m. cacique.
gamonalismo s.m. caciquismo.
gamusino s.m. chupa-cabras.
gamuza s.f. camurça.
gana s.f. gana, desejo, apetite, fome.
ganadería s.f. pecuária, rebanho, gado; raça.
ganadero,-a adj. pecuário. s. pecuarista.
ganado,-a s. gado, criação, rebanho; multidão.
ganador,-a adj./s. ganhador, vencedor.
ganancia s.f. ganho, lucro; propina. **ganancias** salário.
ganancial adj. salarial; rendoso.
ganancioso,-a adj. lucrativo.
ganapán s.m. mensageiro; serviçal humilde; homem rústico.
ganar v. ganhar; merecer; conquistar; alcançar; prosperar; melhorar; superar.
ganchillo s.m. crochê; agulha de crochê.
gancho s.m. gancho; cajado; charme; chamariz; isca; grampo; soco, golpe.
ganchudo,-a adj. em forma de gancho.
gandul,-a adj./s. preguiçoso, vagabundo, vadio.
gandulear v. vagabundar, vadiar.
gandulería s.f. vagabundagem, vadiagem.

ganga s.f. (Zool., Min.) ganga; pechincha, coisa fácil.
ganglio s.m. gânglio.
gangoso,-a adj. nasal, fanhoso.
gangrena s.f. gangrena.
gangrenarse vr gangrenar-se.
gangrenoso,-a adj. gangrenoso.
gángster s.m. gângster.
ganguear v. falar fanhosamente.
gangueo s.m. fala fanhosa.
gansada s.f. sandice, asneira.
gansear v. fazer ou dizer tolices.
ganso,-a s. ganso; tolo, idiota.
ganzúa s.f. gazua; ladrão.
gañán s.m. colono; homem rude.
gañido,-a s.m. ganido.
gañir v. ganir.
gañote s.m. goela, gasganete.
garabatear v. rabiscar, garatujar.
garabato s.m. gancho; forcado; garatujas.
garaje s.m. garagem.
garambaina s.f. atavio, enfeite de mau gosto; bobagem.
garandumba s.f. balsa grande.
garante adj./s. garantidor, garante.
garantía s.f. garantia.
garantizado,-a adj. garantido.
garantizar v. garantir.
garañón s.m. garanhão.
garapiña s.f. glacê, caramelo.
garapiñado,-a adj. caramelado, glacê.
garapiñar v. caramelar.
garbanzo s.m. grão-de-bico.
garbearse v. dar uma volta.
garbeo s.m. passeio, volta.
garbo s.m. garbo, graça, generosidade.
garboso,-a adj. garboso; generoso.
gardenia s.f. gardênia.
garduña s.f. marta.
garduño,-a s. larápio, ladrão.
garete s.m. irse al ~ ir para a Cucuia.
garfio s.m. garra, gancho.
gargajear v. pigarrear; escarrar.
gargajo s.m. cuspo, escarro.
garganta s.f. garganta.
gargantilla s.f. gargantilha.
gárgaras s.f.pl. gargarejo.
gargarismo s.m. gargarejo.

gargarizar v. gargarejar.
gárgola s.f. gárgula.
garguero ou **gargüero** s.f. garganta.
garita s.f. guarita.
garito s.m. casa de jogo; espelunca.
garlar v. tagarelar.
garlito s.m. rede de pesca; cilada.
garlopa s.f. plaina grande.
garnacha s.f. espécie de uva; vinho feito com esta uva; tortinha de carne, feijão e pimenta.
garra s.f. garra; mão, pata; atrativo. **garras** garras.
garrafa s.f. garrafão; botijão.
garrafal adj. colossal, monumental, gritante.
garrafón s.m. garrafão empalhado.
garrapata s.f. carrapato.
garrapatear v. rabiscar, garatujar.
garrapato s.m. garrancho, rabisco.
garrapatoso,-a adj. rabiscado.
garrapiñar v. caramelar.
garrapiñado,-a adj. caramelado.
garrear v. explorar, roubar.
garrido,-a adj. garrido, janota, elegante.
garrocha s.f. garrocha, lança.
garrochazo s.m. garrochada.
garrota s.f. bastão, bordão.
garrotazo s.m. cacetada, bordoada.
garrote s.m. garrote, bordão, porrete, cacete.
garrotillo s.m. crupe.
garrucha s.f. roldana, polia.
garrulería s.f. garrulice, tagarelice.
gárrulo,-a adj. gárrulo, chilreante.
garza s.f. garça.
garzo,-a adj. garço.
gas s.m. gás. **gases** gases.
gasa s.f. gaze.
gasear v. gaseificar.
gaseosa s.f. refrigerante.
gaseoso,-a adj. gasoso.
gasificar v. gaseificar.
gasoducto s.m. gasoduto.
gasógeno s.m. gasogênio.

gasoil ou **gasóleo** *s.m.* óleo diesel.
gasolina *s.f.* gasolina.
gasolinera *s.f.* posto de gasolina; lancha.
gasómetro *s.m.* gasômetro.
gasta *s.f.* pedacinho; fatia.
gastado,-a *adj.* gasto; batido; acabado.
gastador,-a *adj./s.* gastador, esbanjador. *s.m.* (*Mil.*) sapador.
gastar *v.* gastar, malgastar, usar, vestir, ter. **gastarlas** agir.
gasto *s.m.* gasto, despesa, consumo.
gástrico,-a *adj.* gástrico.
gastritis *s.m.* gastrite.
gastroenteritis *s.f.* gastrenterite.
gastronomía *s.f.* gastronomia.
gastronómico,-a *adj.* gastronômico.
gastrónomo,-a *s.* gastrônomo.
gata *s.f.* gata.
gatas *loc. adv.* a ~ de gatinhas.
gatear *v.* engatinhar.
gatera *s.f.* gateira.
gatillazo *s.m.* (*arma*) recuo; *dar* ~ malograr-se; dar pra trás.
gatillo *s.m.* gatilho.
gato *s.m.* gato; (*Aut.*) macaco; (*Fam.*) madrileno; *cuatro* ~*s* pouca gente.
gatuno,-a *adj.* gatesco.
gatuperio *s.m.* mistura, confusão.
gauchada *s.f.* gauchada; favor; piada.
gaucho,-a *adj./s.* gaúcho; (*Fig.*) grosseiro; agradável; astuto. *s.f.* mulher-macho.
gaudeamus *s.m.* festa.
gaveta *s.f.* gaveta; (*Aut.*) porta-luvas.
gavilán *s.m.* gavião.
gavilla *s.f.* gavela, feixe; quadrilha.
gavillero *s.m.* brigão, arruaceiro.
gaviota *s.f.* gaivota.
gay *adj./s.* guei; homossexual.
gayo,-a *adj.* gaio, alegre.
gayumbos *s.m.pl.* cuecas.
gazapo *s.m.* caçapo, coelho novo; erro, engano.
gazmoñada ou **gazmoñería** *s.f.* fingimento, hipocrisia.

gazmoñero,-a ou **gazmoño,-a** *adj.* fingido, hipócrita.
gaznate *s.m.* garganta.
gazpacho *s.m.* gaspacho.
gazuza *s.f.* fome.
ge *s.f.* gê, nome da letra G.
géiser *s.m.* gêiser.
geisha *s.f.* gueixa.
gel *s.m.* gel.
gelatina *s.f.* gelatina.
gelatinoso,-a *adj.* gelatinoso.
gélido,-a *adj.* gélido.
gema *s.f.* gema.
gemelo,-a *adj./s.* gêmeo. **gemelos** abotoaduras; binóculos; (*turfe*) dupla.
gemido *s.m.* gemido.
geminación *s.f.* geminação.
geminado,-a *adj.* geminado.
geminar *v.* geminar.
gemir *v.* gemer.
gen *s.m.* gene.
genciana *s.f.* genciana.
gendarme *s.m.* gendarme.
gendarmería *s.f.* gendarmaria.
genealogía *s.f.* genealogia.
genealógico,-a *adj.* genealógico.
genealogista *s.* genealogista.
generación *s.f.* geração, criação.
generador,-a *adj./s.m.* gerador.
general *adj.* geral. /*s.m.* general; *en* ~ em geral.
generala *s.f.* generala.
generalato *s.m.* generalato.
generalidad *s.f.* generalidade.
generalísimo *s.m.* generalíssimo.
generalización *s.f.* generalização.
generalizado,-a *adj.* generalizado.
generalizador,-a *adj.* generalizador.
generalizar *v,* **generalizarse** *vr* generalizar(-se).
generar *v.* gerar.
generativo,-a *adj.* generativo.
generatriz *s.f.* geratriz.
genérico,-a *adj.* genérico.
género *s.m.* gênero, classe; artigo.
generosidad *s.f.* generosidade.
generoso,-a *adj.* generoso.
g;enesis *s.f.* gênese.
genético,-a *adj.* genético.
genial *adj.* genial.

genialidad *s.f.* genialidade.
genio *s.m.* gênio.
genital *adj.* genital. **genitales** *s.m.pl.* genitais.
genitivo *s.m.* genitivo.
geniudo,-a *adj.* genioso.
genocidio *s.m.* genocídio.
genotipo *s.m.* genótipo.
genovés,-esa *adj./s.* genovês.
gente *s.f.* gente, família; pessoal; tropas.
gentil *adj.* gentio, pagão; gentil, amável.
gentileza *s.f.* gentileza, cortesia.
gentilhombre *s.m.* cavalheiro.
gentilicio *adj./s.m.* gentílico.
gentilidad ou **gentilismo** *s.m.* gentilidade.
gentío *s.m.* multidão.
gentuza *s.f.* gentalha.
genuflexión *s.f.* genuflexão.
genuino,-a *adj.* genuíno.
geocéntrico,-a *adj.* geocêntrico.
geodesia *s.f.* geodésia.
geofísica *s.f.* geofísica.
geofísico *adj./s.* geofísico.
geografía *s.f.* geografia.
geográfico,-a *adj.* geográfico.
geógrafo,-a *s.* geógrafo.
geología *s.f.* geologia.
geológico,-a *adj.* geológico.
geólogo,-a *s.* geólogo.
geomagnético,-a *adj.* geomagnético.
geómetra *s.* geômetra.
geometría *s.f.* geometria.
geométrico,-a *adj.* geométrico.
geomorfología *s.f.* geomorfologia.
geopolítica *s.f.* geopolítica.
geórgica *s.f.* geórgica.
geranio *s.m.* gerânio.
gerencia *s.f.* gerência.
gerente *s.* gerente.
geriatra *s.* geriatra.
geriatría *s.f.* geriatria.
gerifalte *s.m.* gerifalte; (*Fig.*) manda-chuva, chefão.
germanía *s.f.* gíria de ladrões; irmandade.
germánico,-a *adj./s.* germânico.
germanismo *s.m.* germanismo.
germanista *s.* germanista.
germano,-a *adj./s.* alemão.

gérmen s.m. germe, gérmen.
germicida adj./s.m. germicida.
germinación s.f. germinação.
germinal adj. germinal.
germinar v. germinar.
gerontología s.f. gerontologia.
gerontólogo,-a s. gerontologista.
gerundio s.m. gerúndio.
gesta s.f. gesta, proeza.
gestación s.f. gestação.
gestar v. gestar. **gestarse** vr. desenvolver, elaborar.
gesticulación s.f. gesticulação.
gesticular v. gesticular.
gestión s.f. gestão, negociação. **gestiones** trâmites.
gestionar v. conduzir, negociar.
gesto s.m. gesto, cara, sinal.
gestor,-a adj./s. gestor, gerenciador, procurador.
gestoría s.f. procuradoria; agência.
ghanés,-esa adj./s. ganês.
giba s.f. giba, corcunda.
gibar v. irritar, molestar.
giboso,-a adj. corcunda.
gibraltareño,-a adj./s. gibraltarino.
gigante,-a s. gigante.
gigante ou **gigantesco,-a** adj. gigante, gigantesco.
gigantismo s.m. gigantismo.
gigavatio s.m. gigawatt.
gigoló s.m. gigolô.
gil,-a s., **gili**, ou **gilí** ou **giliflautas** ou **gilipollas** s.m. tonto, idiota.
gilipollada ou **gilipollez** s.f. idiotice, tolice, bobagem, papo furado.
gimiente adj. choroso.
gimnasia s.f. ginástica.
gimnasio s.m. ginásio de esportes.
gimnasta s. ginasta.
gimnástico,-a adj. ginástico.
gimotear v. choramingar.
gimoteo s.m. choramingo.
ginebra s.f. (bebida) gim.
ginebrés,-esa adj./s., **ginebrino,-a** adj. genebrino, genebrês.
ginecología s.f. ginecologia.
ginecológico,-a adj. ginecológico.
ginecólogo,-a s. ginecologista.

gingibitis s.f. gengivite.
gira s.f. giro, passeio, turnê.
giradiscos s.m. toca-discos.
girado,-a s. sacado.
girador,-a s. sacador.
giralda s.f. cata-vento.
girar v. girar; virar; desviar-se; sacar, remeter, emitir vale postal.
girasol s.m. gisassol.
giratorio,-a adj. giratório.
giro s.m. giro, volta, rumo, direção; vale postal; circunlóquio, estrutura de frase; fanfarronada. adj. (galo) de penas amarelas; (pessoa) confiado.
girola s.f. nave semicircular atrás do altar.
gitanada s.f. adulação.
gitanear v. trapacear.
gitanería s.f. ciganada; lisonja.
gitanesco,-a adj. próprio de ciganos.
gitano,-a adj./s. cigano; sedutor; bajulador, trapaceiro; errante.
glaciación s.f. glaciação.
glacial adj. glacial; hostil.
glaciar s.m. geleira.
gladiador s.m. gladiador.
gladíolo ou **gladiolo** s.m. gladíolo.
glande s.m. glande.
glándula s.f. glândula.
glandular adj. glandular.
glaseado,-a s.m. glacê.
glasear v. tornar brilhante.
glauco,-a adj. esverdeado.
glaucoma s.m. glaucoma.
gleba s.f. gleba, torrão.
glicerina s.f. glicerina.
global adj. global.
globo s.m. globo, balão; (Gír.) camisinha.
globular adj. globular.
globulina s.f. globulina.
glóbulo s.m. glóbulo.
gloria s.f. glória; céu; fama; majestade; gosto.
gloriado s.m. ponche com aguardente.
gloriar v. glorificar. **gloriarse** vr. gangloriar-se.
glorieta s.f. caramanchão; praça pequena.
glorificación s.f. glorificação.
glorificar v. glorificar. **glorifi-**

carse vr. vangloriar-se.
glorioso,-a adj. glorioso.
glosa s.f. glosa, comentário.
glosar v. glosar, comentar.
glosario s.m. glossário.
glotis s.f. glote.
glotón,-ona adj./s. glutão.
glotonear v. comer com voracidade.
glotonería s.f. glutonaria.
glucemia s.f. glicemia.
glucosa s.f. glicose.
gluten s.m. glúten.
gluteo,-a s.m. glúteo.
gnomo s.m. gnomo.
gobernable adj. governável.
gobernación s.f. governo, direção.
gobernador,-a adj./s. governador.
gobernanta s.f. governanta.
gobernante adj./s. governante.
gobernar v. governar, dirigir, guiar, chefiar, dominar.
gobierno s.m. governo, comando, leme.
gobio s.m. gobião.
goce s.m. gozo, prazer.
godo,-a adj./s. godo; espanhol.
gofio s.m. farinha de milho torrada.
gol s.m. (Fut.) gol.
goleada s.f. goleada.
goleador,-a s. goleador.
golear v. golear.
goleta s.f. escuna.
golf s.m. golfe.
golfa s.f. vadia, prostituta.
golfante adj. cafajeste, malandro.
golfear v. vagabundear; fazer molecagem.
golfillo,-a s. moleque de rua.
golfista s. jogador de golfe.
golfo[1]**,a** s. vadio, malandro, salafrário. s.f. prostituta.
golfo[2] s.m. golfo.
gollete s.m. garganta; gargalo.
golondrina s.f. andorinha; lancha, iate.
golondrino s.m. andorinho; vagabundo; furúnculo na axila; desertor.
golosear v. gulosear.
golosina s.f. guloseima; comes e bebes.
golosinear v. gulosear.

goloso,-a adj. convidativo; que gosta de gulodices.
golpazo s.m. golpázio.
golpe s.m. golpe; pancada; (Aut.) batida; lance, trecho; acesso, ataque.
golpear v. golpear, bater.
golpetazo s.m. golpe forte.
golpetear v. golpear repetidamente.
golpeteo s.m. série de golpes.
golpismo s.m. golpismo.
golpista adj./s. golpista.
golpiza s.f. surra, canseira.
goma s.f. goma; borracha; elástico; mangueira; maconha; camisinha; ressaca.
gomaespuma s.f. espuma de borracha.
gomería s.f. borracharia.
gomero,-a adj./s. da ilha de La Gomera. s.m. seringueira..
gomoso,-a adj. grudento. s.m. janota.
gónada s.f. gônada.
góndola s.f. gôndola; carruagem.
gondolero,-a s. gondoleiro.
gong m, **gongo** s.m. gongo.
gongorino,-a adj. gongorista.
gongorista s. gongorista.
gonococo s.m. gonococo.
gonorrea s.f. gonorréia.
gordiano,-a adj. górdio.
gordinflas ou **gordinflón,-ona** adj./s. gordo, gorducho.
gordo,-a adj. gordo; grosso; importante, sério. s. gordo.
gordura s.f. gordura.
gorgojo s.m. gorgulho.
gorgorito s.m. gorjeio, garganteio.
gorgoteo s.m. gorgolejo, gargarejo.
gorguera s.f. gorjal; rufo.
gorigori s.m. canto fúnebre.
gorila s.m. gorila; guarda-costas.
gorjear v. gorjear.
gorjeo s.m. gorjeio.
gorra s.f. gorro, barrete; de ~ de graça.
gorrear v. viver às custas de outros.
gorrero,-a s. parasita.
gorrino,-a adj./s. sujo; porco, leitão.

gorrión,-ona s. pardal; beija-flor.
gorro s.m. gorro.
gorrón,-ona adj./s. parasita.
gorronear v. viver às custas de outros.
gota s.f. gota.
gotear v. gotejar; chuviscar.
gotelé s.m. (Pintura) têmpera, textura.
goteo s.m. gotejamento.
gotera s.f. goteira; mancha. **goteras** achaque.
goterón s.m. gota grande.
gótico,-a adj./s. gótico.
gourmet s.m. gastrônomo.
goyesco,-a adj. goiesco.
gozada s.f. enorme alegria; gostosura.
gozar v. gozar, divertir-se; desfrutar. **gozarse** vr. deliciar-se.
gozne s.m. gonzo, dobradiça.
gozo s.m. gozo, prazer, alegria.
gozoso,-a adj. gozoso, alegre, contente.
grabación s.f. gravação.
grabado,-a s.m. gravação, desenho, figura.
grabador,-a adj. registrador. s. gravador.
grabar v. gravar.
gracejada s.f. peça, pegada.
gracejo,-a s.m. charme, encanto. s. bufão, bobo.
gracia s.f. graça; perdão; boa impressão; nome; charme; garbo; piada. **gracias** agradecimento, obrigado.
grácil adj. gracioso, delicado.
gracilidad s.f. gracilidade.
gracioso,-a adj. gracioso, divertido. s. ator cômico.
grada s.f. grade; degrau; arquibancada; plataforma, estrado; (Náut.) carreira.
gradación s.f. gradação; escala.
gradería s.f. ou **graderío** s.m. arquibancada; geral.
gradiente s.m. gradiente. s.f. declive.
grado s.m. grau; fase; degrau; grado, vontade.
graduable adj. graduável.
graduación s.f. graduação, classe; (Mil.) patente.
graduado,-a adj. graduado. s.m. diplomado.

gradual adj. gradual.
graduar v. graduar; conferir uma patente; medir, regular.
graduarse vr. graduar-se, diplomar-se.
grafía s.f. grafia, escrita, ortografia.
gráfico,-a adj./s. gráfico.
grafismo s.m. grafismo, grafia, caligrafia.
grafista s. grafista, desenhista gráfico.
grafitti s.m.pl. grafite.
grafitero,-a s. grafiteiro.
grafito s.m. grafite.
grafología s.f. grafologia.
grafólogo,-a s. grafólogo, grafologista.
gragea s.f. drágea, comprimido.
grajilla s.f. gralha.
grajo,-a s. gralha. s.m. cheiro de corpo.
grama s.f. grama.
gramaje s.m. gramatura.
gramática s.f. gramática.
gramatical adj. gramatical.
gramático,-a adj. gramátical. s. gramático.
gramináceo,-a adj. gramíneo.
gramo s.m. grama.
gramófono s.m. gramofone.
gramola s.f. gramofone.
gran adj. grande, excelente.
grana s.f. semente; cochonilha, adj. escarlate, grená.
granada s.f. romã; Granada (cidade).
granadero s.m. granadeiro.
granadina s.f. xarope de romã; música flamenga.
granadino,-a adj./s. granadino.
granado,-a adj. maduro, seleto. s.m. romãzeira, romeira.
granar v. granar; amadurecer.
granate adj./s.m. grená, vermelho-escuro. s.m. granada.
grancanario,-a adj./s. das ilhas Canárias.
grande adj. grande. s. adulto.
grandeza s.f. grandeza, tamanho, importância, generosidade.
grandilocuencia s.f. grandiloqüência.
grandilocuente adj. grandiloqüente.

grandiosidad *s.f.* grandiosidade.
grandioso,-a *adj.* grandioso.
grandote ou **grandullón,-ona** *adj.* grandão, grandalhão.
granel *loc. adv. a ~* a granel.
granero *s.m.* silo, celeiro.
granítico,-a *adj.* granítico.
granito *s.m.* granito; grãozinho.
granizada *s.f.* saraiva, saraivada.
granizado *s.m.* raspadinha.
granizar *v.* cair granizo, chover pedras.
granizo *s.m.* granizo.
granja *s.f.* granja; leiteria.
granjearse *vr.* granjear.
granjero,-a *s.* granjeiro.
grano *s.m.* grão; espinha. **granos** cereais.
granuja *s.f.* bagulho; malandro, velhaco.
granujada *s.f.* malandrice.
granujería *s.f.* malandragem.
granulación *s.f.* granulação.
granulado,-a *adj.* granulado. *s.m.* preparado, preparação.
granular *adj./v.* granular.
gránulo *s.m.* grânulo; pequena pílula.
granuloso,-a *adj.* granuloso.
granzas *s.f.pl.* resíduos de cereais, escória.
grao *s.m.* praia, desembarcadouro.
grapa *s.f.* grampo; cacho (de uvas); aguardente.
grapadora *s.f.* grampeador.
grapar *v.* grampear.
grasa *s.f.* gordura, graxa, banha.
grasiento *adj.* gorduroso, oleoso.
graso,-a *adj.* gordo, gorduroso.
grasoso,-a *adj.* gordurento, oleoso.
gratén *s.m. al ~* gratinado.
gratificación *s.f.* gratificação.
gratificador,-a ou **gratificante** *adj.* gratificante.
gratificar *v.* gratificar, gostar.
gratinar *v.* gratinar.
gratis *adv.* grátis.
gratitud *s.f.* gratidão.
grato,-a *adj.* grato, agradável.
gratuidad *s.f.* gratuidade; arbitrariedade.
gratuito,-a *adj.* gratuito, arbitrário.
grava *s.f.* pedra britada; cascalho.
gravamen *s.m.* gravame.
gravar *v.* gravar, onerar, taxar. **gravarse** *vr.* agravar.
grave *adj.* grave, pesado, solene.
gravedad *s.f.* gravidade.
gravidez *s.f.* gravidez.
grávido,-a *adj.* cheio, pleno; prenhe, grávida.
gravilla *s.f.* brita fina, cascalho.
gravitación *s.f.* gravitação.
gravitacional *adj.* gravitacional.
gravitar *v.* gravitar; pesar, apoiar-se.
gravoso,-a *adj.* caro, custoso; pesado.
graznar *v.* grasnar, gralhar.
graznido *s.m.* grasnido; crocito.
greca *s.f.* (*Arquit.*) grega.
grecolatino,-a *adj.* greco-latino.
grecorromano,-a *adj.* greco-romano.
greda *s.f.* greda.
gregario,-a *adj.* gregário; sem idéias ou iniciativa própria. *s.* maria-vai-com-as-outras.
gregoriano,-a *adj.* gregoriano.
greguería *s.f.* rebuliço, algazarra; tipo de aforismo.
grelo *s.m.* broto de nabo.
gremial *adj.* gremial.
gremio *s.m.* grêmio, grupo, sindicato.
greña *s.f.* grenha.
greñudo,-a *adj.* desgrenhado.
gres *s.m.* grés, faiança.
gresca *s.f.* rebuliço; bulha.
grey *s.f.* rebanho, grei.
grial *s.m.* graal, gral.
griego,-a *adj./s.* grego.
grieta *s.f.* greta, rachadura.
grifa *s.f.* maconha.
grifería *s.f.* conjunto de torneiras e registros.
grifero,-a *s.* frentista.
grifo,-a *adj.* bêbado; zangado. *s.m.* torneira; (*Zool.*) grifo.
grilla *s.f.* fêmea do grilo; contrariedade.
grillado,-a *adj.* grilado, maluco.
grillete *s.m.* grilheta.
grillo *s.m.* grilo; grelo, espiga. **grillos** grilhões.
grima *s.f.* desgosto, inquietação, aflição.
grímpola *s.f.* galhardete.
gringo,-a *adj./s.* ianque; gringo.
gripal *adj.* gripal.
gripe *s.f.* gripe.
griposo,-a *adj.* gripado.
gris *adj.* cinzento; medíocre; triste. *s.* (*cor*) cinza; policial.
grisáceo,-a *adj.* acinzentado.
grisalla *s.f.* grisalho.
grisma *s.f.* migalha.
grisú *s.m.* grisu.
gritar *v.* gritar.
griterío *s.m.* gritaria.
grito *s.m.* grito.
gritón,-ona *adj.* ruidoso. *s.* gritador.
grog *s.m.* grogue.
grogui *adj.* grogue, bêbado.
grosella *s.f.* groselha.
grosellero *s.m.* groselheira.
grosería *s.f.* grosseria.
grosero,-a *adj.* grosseiro, mal-educado, vulgar. *s.* grosseirão.
grosor *s.m.* espessura, grossura.
grosura *s.f.* gordura, sebo.
grotesco,-a *adj.* grotesco, ridículo.
grúa *s.f.* grua, guindaste; guincho.
grueso,-a *adj.* grosso, grande, pesado. *s.m.* grossura, grosso, parte principal; grosa.
grulla *s.f.* grou.
grullo,-a *adj.* parasita.
grumete *s.m.* grumete.
grumo *s.m.* grumo, nódulo; coágulo.
gruñido *s.m.* grunhido.
gruñir *v.* grunhir, resmungar.
gruñón,-ona *adj./s.* resmungão.
grupa *s.f.* garupa, anca.
grupo *s.m.* grupo; conjunto.
grupúsculo *s.m.* grupelho.
gruta *s.f.* gruta, caverna.
gua *s.m.* jogo de bolinha de gude; furo no solo. *interj.* argh!; oba!
guaca *s.m.* tesouro enterrado; porquinho de poupança.
guacal *s.m.* cabaceiro; cesto de cabaça.

guacamayo,-a s. guacamaio, arara azul.
guacamole s.m. salada de abacate.
guachafita s.f. confusão, rebuliço.
guache s.m. guache.
guacho,-a adj./s. órfão.
guaco,-a adj. gêmeo. s.m. mutum; guaco.
guadalajareño,-a adj./s. natural de Guadalajara.
guadamecí ou **guadamecil** s.m. tapeçaria de couro.
guadaña s.f. foice, gadanha.
guadañador,-a s. ceifeiro.
guadañar v. gadanhar, ceifar.
guadarnés,-a s.m. guarda-arnês. s. cavalariço.
guagua s.f. coisa sem valor; ônibus; bebê.
guaico s.m. depressão.
guaina s. criança. s.f. menina.
guajada s.f. coisa tola.
guajalote s.m. idiota.
guaja s. malandro, vadio.
guaje s.m. acácia; menino; malandro; coisa inútil.
guajiro,-a s. camponês cubano.
guajolote s.m. peru; tonto.
gualdo,-a adj. amarelo.
gualdrapa s.f. xairel, gualdrapa.
guanaco,-a s. guanaco; bobo.
guanche adj./s. guanche, habitante das ilhas Canárias.
guandajo,-a adj. mal vestido.
guando s.m. padiola.
guanear v. defecar.
guano s.m. guano, adubo.
guantada s.f. bofetada.
guantazo s.m. bofetada.
guante s.m. luva.
guantear v. esbofetear.
guantera s.f. (Aut.) porta-luvas.
guaperas adj./s. bonito, vistoso.
guapetón,-ona adj. bonitão.
guapo,-a adj. bonito, vistoso, guapo. s.m. brigão; galã; valentão.
guapote,-a adj. bem apessoado.
guapura s.f. guapeza.
guaquear v. escavar.
guaraca s.f. estilingue.

guaragua s.f. bamboleio.
guarango,-a adj. mal-educado.
guarani adj./s. guarani.
guarapo,-a s. garapa.
guarda s. guarda; cobrador.
guardabarrera s. guarda-barreira.
guardabarros s.m. pára-lama.
guardabosque s. guarda florestal.
guardacoches s. manobrista.
guardacostas s.m. guarda-costas; navio pequeno, destinado à perseguição de contrabando.
guardador,-a adj./s. guardador.
guardaespaldas s. guarda-costas.
guardafrenos s. guarda-freio.
guardagujas s. (Estr. Ferro) agulheiro.
guardameta s. (Fut.) goleiro.
guardamuebles s.m. guarda-móveis.
guardapelo s.m. medalhão.
guardapolvo s.m. guarda-pó.
guardar v. guardar, conservar, reservar, proteger; (Inform.) salvar. **guardarse** vr. guardar-se, abster-se.
guardarropa s. guarda-roupa.
guardatren s.m. guarda.
guardavalla s.m. goleiro.
guardavía s. guarda-linha.
guardería s.f. creche.
guardés,-esa s. caseiro.
guardia s.f. guarda, vigia, defesa, turno, plantão. s. policial.
guardián, ana s. guardião.
guardilla s.f. sótão.
guardón,-ona s. avaro, pão-duro.
guarecer v. proteger, abrigar.
guaricha s.f. garota.
guarida s.f. guarida, covil, esconderijo.
guarismo s.m. algarismo.
guarnecer v. guarnecer, equipar; rebocar, revestir.
guarnecido s.m. revestimento.
guarnición s.f. guarnição, (Culin.) acompanhamento; engaste, adereço.
guarnicionería s.f. selaria.
guarnicionero,-a s. seleiro.
guaro s.m. cachaça; papagaio.

guarrada f, **guarrería** s.f. canalhice, sujeira, porcaria.
guarro,-a adj./s. sujo, porco.
guarura s.m. guarda-costas; búzio.
guasa s.f. gozação, brincadeira.
guasango,-a s. gritaria, algazarra.
guasca s.f. guasca; (Vulg.) pênis, cacete.
guasearse vr. caçoar.
guaso,-a adj. rude.
guasón,-ona adj./s. gozador, brincalhão.
guata s.f. pança; manta de algodão.
guatacudo,-a adj. orelhudo.
guatana adj. distraído.
guatemalteco,-a adj./s. guatemalteco.
guateque s.m. festa, animação.
guau interj. uau!
guau-guau s.m. cachorro, au-au.
guaya s.f. choro, lamento.
guayaba s.f. goiaba; mentira.
guayabal s.m. goiabal.
guayabate s.m. goiabada.
guayabear v. ter caso com garotinhas; mentir.
guayabera s.f. casaquinho curto; camisão.
guayabero,-a adj. mentiroso.
guayabo s.m. goiabeira.
guayaca s.f. bolsa; amuleto.
guayanés,-esa adj./s. guianês.
gubernamental ou **gubernativo,-a** adj. governamental.
gubernista adj. governista.
gubia s.f. goiva.
guedeja s.f. juba, cabelo comprido.
güegüecho,-a adj. papudo; mentiroso. s.m. papeira.
güelfo,-a s. guelfo.
guepardo s.m. guepardo.
güero,-a adj. louro.
guerra s.f. guerra.
guerrear v. guerrear.
guerrera s.f. casaco militar.
guerrero,-a adj. guerreiro; traquinas. s.m. soldado.
guerrilla s.f. guerrilha.
guerrillear v. guerrilhar.
guerrillero,-a s. guerrilheiro.
gueto s.m. gueto.
guía s. guia; diretriz, manual,

norma; lista; guidão (de bicicleta).
uiar v. guiar, dirigir, pilotar.
uija s.f. seixo, calhau; ervilhaca.
uijarral s.m. seixal.
uijarro s.m. seixo, pedra.
uijo s.m. pedregulho.
uillado,-a adj. maluco, doido.
uilladura s.f. loucura.
uillame s.m. (Carp.) guilherme.
uillarse vr. endoidecer; fugir de medo.
uillotina s.f. guilhotina.
uillotinar v. guilhotinar.
üincha s.f. fita de lã.
güinche s.m. guincho, grua.
guinda s.f. ginja; auge, remate.
guindaleza s.f. (Náut.) espia.
guindar v. guindar, enganar, roubar, enforcar.
guindilla s.f. pimenta malagueta.
guindo s.m. ginjeira.
guindola s.f. andaime; salva-vidas.
guinea s.f. guinéu.
guineano,-a adj./s. guineense.
guineo,-a adj./s. guineense. s.m. banana.
guiñada s.f. piscadela; guinada.
guiñapo s.m. andrajo, farrapo; canalha; doente.
guiñar v. piscar; guinar.
guiño s.m. piscadela.

guiñol s.m. teatro de marionetes.
guión s.m. guião; roteiro; hífen; estandarte.
guionista s. roteirista.
guipar v. ver.
guipur s.m. renda fina.
guipuzcoano,-a adj./s. natural de Guipúzcoa.
guiri s. estrangeiro, turista.
guirigay s.m. gritaria; linguagem confusa.
guirlache s.m. torrão de amêndoas.
guirnalda s.f. grinalda.
guiropa s.f. guisado de carne com batatas.
guisa s.f. guisa, modo, maneira; a ~ de à guisa de.
guisado s.m. guisado.
guisante s.m. ervilha.
guisar v. cozinhar, guisar.
guiso s.m. guisado, refogado.
güisqui s.m. uísque.
guita s.f. barbante, dinheiro.
guitarra s.f. violão; ~ electrica guitarra elétrica. s. violonista.
guitarrear v. tocar violão ou guitarra.
guitarrería s.f. loja de instrumentos musicais.
guitarrero s. guitarreiro, violeiro.
guitarrillo s.m. cavaquinho.
guitarrista s. violonista, guitarrista.
guitarro s.m. cavaquinho.
guitarrón s.m. homem esperto.
güito s.m. caroço; chapéu. güitos jogo com caroços.
gula s.f. gula.
gurí,-isa s. guri; criança mestiça.
guripa s.m. meganha, guarda; vagabundo.
gurmet s. gastrônomo.
gurrumino,-a adj. mesquinho, mau; rapazinho.
gurú s.m. guru.
gusanillo s.m. vermículo; lavor feito em pano; canutilho; fome.
gusano s.m. verme; minhoca, larva; pessoa desprezível.
gusarapo s.m. verme.
gusgo,-a adj. louco por doces.
gustar v. gostar, agradar, provar, apreciar.
gustativo,-a adj. gustativo.
gustazo s.m. gostinho; grande prazer.
gustillo s.m. sabor que fica na boca; gostinho.
gusto s.m. gosto, prazer; inclinação, vontade, capricho.
gustosidad s.f. bom gosto.
gustoso,-a adj. gostoso.
gutapercha s.f. guta-percha.
gutural adj. gutural.
guyanés,-esa adj./s. guianense.
guzgo,-a adj. glutão.

H

H, h *s.f.* H, h.
¡ha! *interj.* ha!
haba *s.f.* fava, faveira; bolha, verruga.
habanera *s.f.* habanera.
habanero,-a *adj./s.* havanês.
habano,-a *adj.* havanês, (*cor*) havana. *s.f.* (*charuto*) havana.
haber *v.* haver, ter, dever, ter que; acontecer, ter lugar; estar, existir; realizar. *s.m.* haver, bens.
haberío *s.m.* besta de carga.
habichuela *s.f.* feijão.
hábil *adj.* hábil, apto.
habilidad *s.f.* habilidade.
habilidoso,-a *adj.* habilidoso.
habilitación *s.f.* adaptação, adequação; habilitação; autorização; pagadoria.
habilitado,-a *s.* pagador.
habilitar *v.* adequar, habilitar, autorizar, financiar.
habiloso,-a *adj.* habilidoso.
habitabilidad *s.f.* habitabilidade.
habitable *adj.* habitável.
habitación *s.f.* habitação.
habitáculo *s.m.* habitação, ambiente, habitat.
habitante *adj./s.* habitante; (*Fam.*) piolho.
habitar *v.* habitar, morar.
habitat *s.m.* habitat.
hábito *s.m.* hábito; costume; experiência; dependência.
habituación *s.f.* hábito, uso.
habitual *adj.* habitual.
habituar *v.*, **habituarse** *vr.* habituar(-se).
habla *s.f.* fala; idioma, língua, dialeto; *al ~* falando.
hablada *s.f.* mentira.
hablado,-a *adj.* falado; *mal ~* grosseirão.
hablador, a *adj.* fofoqueiro, tagarela.
habladuría *s.f.* boato, fofoca.

hablante *s.* falante.
hablar *v.* falar; conversar; confessar, murmurar; decidir; tratar de. **hablarse** *vr.* falar-se; correr o boato.
hablilla *s.m.* tumor; boato.
hablista *s.* purista.
habón *s.m.* inchaço, picadura.
hacedero,-a *adj.* possível.
hacedor,-a *s.* fazedor.
hacendado,-a *adj.* fundiário. *s.* pecuarista, fazendeiro.
hacendar *v.* comprar terras.
hacendista *s.* financista.
hacendoso,-a *adj.* caprichoso, aplicado.
hacer *v.* fazer, criar, produzir, compor, conseguir, obrigar, causar, arrumar; ganhar; deixar; dar, somar; percorrer; acostumar; cursar; coser; caber, conter; estudar; afiliar-se; adaptar; imitar.
hacha *s.f.* acha, machado, tocha; *ser un ~ en* sobressair-se em.
hachazo *s.m.* machadada.
hache *s.f.* agá; nome da letra H.
hachís *s.m.* haxixe.
hacia *prep.* para; rumo a; cerca de; perto de.
hacienda *s.f.* fazenda, bens, patrimônio.
hacina *s.f.* montão, pilha.
hacinamiento *s.m.* amontoamento, empilhamento.
hacinar *v.* empilhar, amontoar.
hada *s.f.* fada.
hado *s.m.* fado, destino.
hagiografía *s.f.* hagiografia.
hagiográfico,-a *adj.* hagiográfico.
hagiógrafo *s.* hagiógrafo.
haitiano,-a *adj./s.* haitiano.
¡hala! *interj.* ânimo!; depressa!; quê isso!; que exagero!

halagador,-a *adj.* lisonjeiro.
halagar *v.* lisonjear; adular, agradar, orgulhar.
halago *s.m.* lisonja, bajulação.
halagüeño,-a *adj.* elogioso, promissor.
halar *v.* içar, puxar.
halcón *s.m.* falcão.
halconería *s.f.* falcoaria.
halconero,-a *s.* falcoeiro.
halda *s.f.* saia; pano de estopa.
¡hale! *interj.* anda!; venha!; de pressa!
haldada *s.f.* sacada.
haleche *s.m.* anchova.
hálito *s.m.* hálito, alento, brisa.
halitosis *s.f.* halitose.
hall *s.m.* hall, saguão.
hallar *v.* achar, encontrar, averiguar, descobrir. **hallarse** *vr.* achar-se, encontrar-se.
hallazgo *s.m.* achado, descoberta.
halo *s.m.* halo, aura.
halógeno,-a *adj./s.* halogêneo.
halterofilia *s.f.* halterofilia.
hamaca *s.f.* rede; cadeira de balanço.
hamacar ou **hamaquear** *v.* balançar-se.
hambre *s.f.* fome; penúria.
hambriento,-a *adj./s.* faminto, desejoso.
hamburgués,-esa *adj./s.* hamburguês.
hamburguesa *s.f.* hambúrguer.
hampa *s.f.* submundo; delinqüência.
hampesco,-a *adj.* criminoso, marginal.
hampón,-ona *adj./s.* brigão, arruaceiro, valentão.
hámster *s.m.* hamster.
hándicap *s.m.* handicap.
hangar *s.m.* hangar.
haragán,-ana *adj./s.* preguiçoso, vagabundo.
haraganear *v.* vagabundear.

harakiri s.m. haraquiri.
harapiento,-a adj. farrapento.
harapo s.m. farrapo.
harén s.m. harém.
harina s.f. farinha.
harinoso,-a adj. farinhento.
harnero s.m. peneira.
harón,-ona adj. lerdo, indolente.
haronía s.f. ociosidade.
harpa s.f. harpa.
harpía s.f. harpia.
harpillera s.f. aniagem.
harre! interj. arre.
hartar v., **hartarse** vr. fartar(-se), empanturrar(-se), cansar(-se), irritar(-se), encher(-se).
hartazgo ou **hartazón** s.m, saciedade, empanturramento, indigestão; encheção.
harto,-a adj. farto, cheio, cansado, bastante, muito.
hartón s.m. veja hartazgo.
hartura s.f. fartura, abundância, excesso, satisfação.
hasta prep., conj. até.
hastial s.m. espigão; homem rústico.
hastiar v. enfastiar-se.
hastío s.m. fastio; tédio.
hatajo s.m. rebanho; montão; bando.
hatillo s.m. pequena trouxa.
hato s.m. rebanho; trouxa; bando; fato; fazenda de gado.
hawaiano,-a adj./s. havaiano.
haya s.f. faia.
haz s.m. feixe; face.
haza s.f. terreno.
hazaña s.f. façanha, proeza.
hazmerreír s.m. bobo, palhaço.
he adv. eis. **ihe!** interj. ei!.
hebdomadario,-a adj. semanal.
hebilla s.f. fivela.
hebra s.f. linha, fio, fibra, cabelo, fio (de discurso).
hebraico,-a adj. hebraico.
hebraísta s. hebraísta.
hebreo,-a adj./s. hebreu.
hecatombe s.f. hecatombe.
hechicería s.f. feitiçaria, feitiço.
hechicero,-a adj. fascinante. adj./s. feiticeiro.
hechizar v. enfeitiçar, encantar.
hechizo,-a adj. postiço, fabricado, artesanal. s.m. encanto, feitiço, sedução.

hecho,-a adj. feito; bem assado; maduro. s.m. fato, façanha, acontecimento, tema.
hechura s.f. forma, feitio; escultura; obra.
hectárea s.f. hectare.
hectolitro s.m. hectolitro.
hectómetro s.m. hectômetro.
hedentina s.f. fedentina, fedor.
heder v. feder; enfadar.
hediondez s.f. fedor.
hediondo,-a adj. fedorento; repugnante; enfadonho.
hedonismo s.m. hedonismo.
hedonista adj./s. hedonista.
hedor s.m. fedor.
hegemonía s.f. hegemonia.
hégira ou **héjira** s.f. hégira.
helada s.f. geada.
heladera s.f. geladeira.
heladería s. sorveteria.
heladero s. sorveteiro.
helado,-a adj. gelado; atônito. s.m. sorvete.
helador,-a adj. congelante.
heladora s.f. sorveteira.
helar v. gelar, congelar, gear; desanimar. **helarse** vr. congelar-se; (planta) queimar.
helechal s.m. samambaial.
helecho s.m. samambaia.
helénico,-a adj. helênico.
helenismo s.m. helenismo.
helenista s. helenista.
helenístico,-a adj. helenístico.
hélice s.f. hélice.
helicoidal adj. helicoidal.
helicón s.m. bombardino.
helicóptero s.m. helicóptero.
helio s.m. hélio.
heliocéntrico,-a adj. heliocêntrico.
heliograbado s.m. heliogravura.
heliografía s.f. heliografia.
heliográfico,-a adj. heliográfico.
heliotrop(i)o s.m. heliotrópio.
helipuerto s.m. heliporto.
helvético,-a adj./s. helvético, suíço.
hematíe s.m. hemácia.
hematología s.f. hematologia.
hematólogo,-a s. hematologista.
hematoma s.m. hematoma.
hembra s.f. fêmea; molde.

hembraje s.m. (Pop.) mulherio.
hemeroteca s.f. hemeroteca.
hemiciclo s.m. semicírculo.
hemisférico,-a adj. hemisférico.
hemisferio s.m. hemisfério.
hemofilia s.f. hemofilia.
hemofílico,-a adj./s. hemofílico.
hemoglobina s.f. hemoglobina.
hemorragia s.f. hemorragia.
hemorroides s.f.pl. hemorróidas.
henar s.m. terreno plantado de feno.
henchir v. encher. **enchirse** vr. encher-se, fartar-se.
hender v. fender; abrir passagem.
hendidura s.f. fenda, racha.
hendir v. fender.
henil s.m. palheiro.
heno s.m. feno.
hepático,-a adj. hepático.
hepatitis s.f. hepatite.
heptagonal adj. heptagonal.
heptágono s.m. heptágono.
heráldica s.f. heráldica.
heráldico,-a adj. heráldico.
heraldo s.m. arauto, mensageiro.
herbáceo,-a adj. herbáceo.
herbaje,-a s.m. mato.
herbario,-a adj. herbáceo. s.m. herbário.
herbicida s.m. herbicida.
herbívoro,-a adj./s. herbívoro.
herbolario,-a adj. idiota, louco. s. herbolário. s.m. ervanário.
herboristería s.f. ervanário.
herboso,-a adj. ervoso.
hercio s.m. hertz.
hercúleo,-a adj. hercúleo.
heredad s.f. herdade.
heredar v. herdar.
heredero,-a s. herdeiro.
hereditario,-a adj. hereditário.
hereje s. herege.
herejía s.f. heresia; disparate; injúria.
herencia s.f. herança.
herético,-a adj. herético.
herida s.f. ferida.
herido,-a adj./s. ferido.
herir v., **herirse** vr. ferir(-se).
hermafrodita adj./s. hermafrodita.

hermanablemente *adv.* fraternalmente.
hermanado,-a *adj.* irmanado.
hermanar *v.*, **hermanarse** *vr.* irmanar(-se).
hermanastro,-a *s.* meio-irmão.
hermandad *s.f.* irmandade, fraternidade.
hermano,-a *adj./s.* irmão, irmã.
hermenéutica *s.f.* hermenêutica.
hermético,-a *adj.* hermético, inescrutável.
hermetismo *s.m.* hermetismo.
hermosear *v.* aformosear, embelezar.
hermoso,-a *adj.* formoso.
hermosura *s.f.* formosura, beleza.
hernia *s.f.* hérnia.
herniado,-a *adj.* herniado.
herniario,-a *adj.* herniário, hernial.
herniarse *vr.* produzir-se uma hérnia; cansar-se.
héroe *s.m.* herói.
heroico,-a *adj.* heróico.
heroína *s.f.* heroína.
heroinómano,-a *s.* viciado em heroína.
heroísmo *s.m.* heroísmo.
herpe ou **herpes** *s.m.* herpes.
herpético,-a *adj.* herpético.
herrada *s.f.* balde.
herrador *s.m.* ferreiro.
herradura *s.f.* ferradura.
herraje *s.f.* ferragem.
herramienta *s.f.* ferramenta.
herrar *v.* ferrar, marcar.
herrería *s.f.* ferraria.
herrero,-a *s.* ferreiro.
herrete *s.m.* ferrete, agulheta.
herrumbrar *v.* enferrujar.
herrumbre *s.f.* ferrugem, gosto de ferro.
herrumbroso,-a *adj.* ferrugento, enferrujado.
hertziano,-a *adj.* hertziano.
hervidero *s.m.* fervura; agitação; fonte; multidão; estertor.
hervidor *s.m.* chaleira.
hervir *v.* ferver; fervilhar.
hervor *s.m.* fervor, fervura.
hervoroso,-a *adj.* fervoroso.
hesitación *s.f.* hesitação.
hesitar *v.* hesitar.
hetaira ou **hetera** *s.f.* hetera, prostituta.
heteróclito,-a *adj.* heteróclito.
heterodoxia *s.f.* heterodoxia.
heterodoxo,-a *adj./s.* heterodoxo.
heterogeneidad *s.f.* heterogeneidade.
heterogéneo,-a *adj.* heterogêneo.
heterosexual *adj./s.* heterossexual.
hético,-a *adj./s.* héctico.
hexaedro *s.m.* hexaedro.
hexagonal *adj.* hexagonal.
hexágono *s.m.* hexágono.
hexámetro *s.m.* hexâmetro.
hez *s.f.* sedimento, borra. **heces** fezes.
hiato *s.m.* hiato.
hibernación *s.f.* hibernação.
hibernar *v.* hibernar.
hibisco *s.m.* hibisco.
híbrido,-a *adj./s.* híbrido.
hico *s.m.* corda.
hidalgo *s.m.* fidalgo, nobre.
hidalguía *s.f.* fidalguia.
hidra *s.f.* hidra; pólipo.
hidratación *s.f.* hidratação.
hidratante *adj.* hidratante.
hidratar *v.* hidratar.
hidrato *s.m.* hidrato.
hidráulica *s.f.* hidráulica.
hidráulico,-a *adj.* hidráulico.
hídrico,-a *adj.* hídrico.
hidroavión *s.m.* hidravião.
hidrocarburo *s.m.* hidrocarboneto.
hidrocefalia *s.f.* hidrocefalia.
hidrodinámica *s.f.* hidrodinâmica.
hidrodinámico,-a *adj.* hidrodinâmico.
hidroelectricidad *s.f.* energia elétrica.
hidroeléctrico,-a *adj.* hidrelétrico.
hidrófilo,-a *adj.* hidrófilo.
hidrofobia *s.f.* hidrofobia.
hidrófobo,-a *adj./s.* hidrófobo.
hidrófugo,-a *adj.* hidrófugo.
hidrogenación *s.f.* hidrogenação.
hidrógeno *s.m.* hidrogênio.
hidrografía *s.f.* hidrografia.
hidrográfico,-a *adj.* hidrográfico.
hidrólisis *s.f.* hidrólise.
hidrología *s.f.* hidrologia.
hidrológico,-a *adj.* hidroló
hidromasaje *s.m.* hidromgem.
hidrómetro *s.m.* hidrômet
hidropatía *s.f.* hidropatia.
hidropesía *s.f.* hidropisia.
hidrópico,-a *adj.* hidrópic
hidropónico,-a *adj.* hidrnico.
hidroscopia *s.f.* hidroscop
hidrosfera *s.f.* hidrosfera.
hidrostática *s.f.* hidrostáti
hidrostático,-a *adj.* hidrost
hidroterapia *s.f.* hidrotera
hiedra *s.f.* hera.
hiel *s.f.* fel, bile, bílis.
hielera *s.f.* geladeira po porta-gelo.
hielo *s.m.* gelo.
hiena *s.f.* hiena.
hienda *s.f.* estrume.
hierático,-a *adj.* hiéráti rígido, solene.
hierba *s.f.* erva; chá; mac **hierbas** veneno.
hierbabuena *s.f.* hortelã, ta.
hierbajo *s.m.* erva de má c dade.
hierro *s.m.* ferro; ponta *gado*) marca de fogo.
higa *s.f.* figa; caçoada.
higadillo *s.m.* fígado de av
hígado *s.m.* fígado; (*Fig.*) ragem, valentia.
higiene *s.f.* higiene.
higiénico,-a *adj.* higiên *papel* ~ papel higiênico.
higienista *s.* higienista.
higo *s.m.* figo.
higuera *s.f.* figueira.
hija *s.f.* filha.
hijastro,-a *s.* enteado.
hijear *v.* adotar.
hijo *s.m.* filho; rebento, b **hijos** filhos.
hijodalgo *s.m.* fidalgo.
¡híjole! *interj.* nossa!; puxa
hijuela *s.f.* tira; parti testamento; atalho; can *(Rel.)* pala; (*Bot.*) broto mente; sítio
hijuelo *s.m.* rebento, ver tea.
hila *s.f.* fila, fileira; fiação po.

ha *s.f.* ou **hilacho** *s.m.*
...o.
la *s.f.* fila, fileira; fiada.
lillo *s.m.* cadarço.
lo,-a *adj.* fiado. *s.m.* fiação, ...
lor,-a *s.* fiandeiro.
dería *s.f.* tecelagem.
dero,-a *s.* fiandeiro, tecão.
. *v.* fiar, tecer; inferir, dezir.
rante *adj.* hilariante.
ridad *s.f.* hilaridade.
tura *s.f.* fiação.
ra *s.f.* fileira.
. *s.m.* fio, fibra, linha, arae.
án *s.m.* alinhavo.
anar *v.* alinhavar; esboçar éias; atamancar.
alayo,-a *adj.* himalaico.
en *s.m.* hímen,
eneo *s.m.* himeneu, boda.
no *s.m.* hino.
capié *s.m.* finca-pé; *hacer* ...* teimar, bater o pé.
car *v.* fincar, cravar. **hinarse** *vr.* ajoelhar-se; copular.
cha *s.f.* fã, torcedor; antiatia, ódio.
chada *s.f.* torcida.
chado,-a *adj.* inchado; preunçoso; pomposo.
char *v.* inchar, inflar; exaerar. **hincharse** *vr.* inchar-se, nvaidecer-se; ficar rico.
chazón *s.m.* inchaço; preunção; pomposidade.
ndú *adj./s.* hindu.
nduismo *s.m.* hinduísmo.
niesta *s.f.* giesta.
nojo *s.m.* funcho, erva-doce; oelho.
par *v.* soluçar; cansar; anelar, lamuriar.
pérbaton *s.m.* hipérbato.
pérbole *s.f.* hipérbole.
perbólico,-a *adj.* hiperbólico.
ipercrítico,-a *adj.* hipercrítico.
iperinflación *s.f.* hiperinflação.
ipermercado *s.m.* hipermercado.
ipermétrope *adj./s.* hipermétrope.

hipermetropía *s.f.* hipermetropia.
hipersensible *adj.* hipersensível.
hipertensión *s.f.* hipertensão.
hipertenso,-a *adj./s.* hipertenso.
hípico,-a *adj.* hípico.
hipnosis *s.f.* hipnose.
hipnótico,-a *adj.* hipnótico.
hipnotismo *s.m.* hipnotismo.
hipnotizador,-a *adj./s.* hipnotizador.
hipnotizar *v.* hipnotizar.
hipo *s.m.* soluço; ânsia, rancor.
hipocalórico,-a *adj.* hipocalórico.
hipocampo *s.m.* cavalo-marinho.
hipocondria *s.f.* hipocondria.
hipocondríaco,-a *adj./s.* hipocondríaco.
hipocrático,-a *adj.* hipocrático.
hipocresía *s.f.* hipocrisia.
hipócrita *adj./s.* hipócrita.
hipocromía *s.f.* hipocromia.
hipodérmico,-a *adj.* hipodérmico.
hipódromo *s.m.* hipódromo.
hipófisis *s.f.* hipófise.
hipoglucemia *s.f.* hipoglicemia.
hipopótamo *s.m.* hipopótamo.
hipotálamo *s.m.* hipotálamo.
hipoteca *s.f.* hipoteca.
hipotecar *v.* hipotecar.
hipotecario,-a *adj.* hipotecário.
hipotensión *s.f.* hipotensão.
hipotenusa *s.f.* hipotenusa.
hipótesis *s.f.* hipótese.
hipotético,-a *adj.* hipotético.
hiriente *adj.* feridor, ofensivo.
hirmar *v.* firmar, segurar.
hirsuto,-a *adj.* hirsuto, ouriçado, grosseiro.
hirviente *adj.* fervente.
hisopo *s.m.* hissope, asperges; broxa.
hispalense *adj./s.* sevilhano.
hispánico,-a *adj.* hispânico.
hispanidad *s.f.* hispanidade.
hispanismo *s.m.* hispanismo.
hispanista *s.* hispanista.
hispanizar *v.* hispanizar.
hispano,-a *adj./s.* hispânico; espanhol; hispano-americano.
Hispanoamérica *s.f.* América Latina.
hispanoamericanismo *s.m.* hispano-americanismo.

hispanoamericano,-a *adj./s.* hispano-americano; latino-americano.
hispanoárabe *adj.* hispano-árabe.
hispanófilo,-a *adj./s.* hispanófilo.
hispanófobo,-a *adj./s.* hispanófobo.
hispanohablante *adj./s.* hispanoparlante.
histamina *s.f.* histamina.
histeria *s.f.* histeria.
histérico,-a *adj.* histérico.
histerismo *s.m.* histerismo.
histograma *s.m.* histograma.
histología *s.f.* histologia.
histólogo,-a *s.* histólogo.
historia *s.f.* história; estória.
historiado,-a *adj.* historiado, florido.
historiador,-a *s.* historiador.
historial *s.m.* histórico.
historiar *v.* historiar, complicar.
historicidad *s.f.* historicidade.
historicismo *s.m.* historicismo.
historicista *adj./s.* historiógrafo.
histórico,-a *adj.* histórico, real, memorável.
historieta *s.f.* historieta.
historiografía *s.f.* historiografia.
historiógrafo,-a *s.* historiador, cronista.
histrión *s.m.* histrião, palhaço.
histriónico,-a *adj.* histriônico.
histrionismo *s.m.* histrionia, palhaçada.
hitita *adj./s.* hitita.
hito *s.m.* marco, baliza, linha divisória; fato; (*jogo*) malha; alvo.
hocicar *v.* afocinhar.
hocico *s.m.* focinho.
hockey *s.m.* hóquei.
hogar *s.m.* lar, lareira, fogão, família.
hogareño,-a *adj.* caseiro, familiar.
hogaza *s.f.* fogaça, pão grande.
hoguera *s.f.* fogueira.
hoja *s.f.* folha; pétala; lâmina; panfleto.
hojalata *s.f.* lata.
hojalatería *s.f.* funilaria.
hojalatero,-a *s.* funileiro.
hojaldrado,-a *adj.* de massa folhada.

hojaldre s.m. massa folhada.
hojarasca s.f. folhada, folhagem; coisa inútil.
hojear v. folhear.
hojoso,-a adj. folhoso, frondoso.
hojuela s.f. folíolo; filhós.
hola interj. olá!; alô!
holanda s.f. holanda.
holandés,-esa adj./s. holandês.
holandilla s.f. fumo holandês.
holgachón adj. folgazão.
holgado,-a adj. folgado, abastado; espaçoso.
holganza s.f. folgança, folga.
holgar v. folgar; sobrar, não ser necessário, **holgarse** vr. alegrar-se.
holgazán,-ana adj./s. preguiçoso, vagabundo.
holgazanear v. vadiar, vagabundear.
holgazanería s.f. vagabundagem.
holgura s.f. (roupa, dinheiro) folga.
hollar v. pisar, humilhar.
hollejo s.m. folhelho.
hollín s.m. fuligem.
holocausto s.m. holocausto.
holografía s.f. holografia.
holograma s.m. holograma.
hombrada s.f. ato de bravura.
hombradía s.f. hombridade.
hombre s.m. homem; (Fam.) marido. ¡hombre! interj. puxa!
hombrear v. ombrear, querer ser homem.
hombrera s.f. ombreira; dragona.
hombretón s.m. homenzarrão.
hombría s.f. ombridade.
hombro s.m. ombro.
hombruno,-a adj. mulher-macho; sapatão.
homenaje s.m. homenagem.
homenajear v. homenagear.
homeópata adj. homeopático. s. homeopata.
homeopatía s.f. homeopatia.
homeopático,-a adj. homeopático.
homérico,-a adj. homérico.
homicida adj./s. homicida.
homicidio s.m. homicídio.
homilía s.f. homilia.
homofonía s.f. homofonia.

homófono,-a adj. homófono.
homogeneidad s.f. homogeneidade.
homogeneizar v. homogeneizar.
homogéneo,-a adj. homogêneo.
homologación s.f. homologação.
homologar v. homologar.
homólogo,-a adj. homólogo.
homónimo,-a adj./s.m. homônimo.
homosexual adj./s. homossexual.
homosexualidad s.f. homossexualidade.
honda s.f. funda, estilingue.
hondo,-a adj./s.m. fundo
hondonada s.f. depressão.
hondura s.f. fundura.
hondureño,-a adj./s. hondurenho.
honestidad s.f. honestidade, pudor.
honesto,-a adj. honesto.
hongo s.m. fungo, cogumelo.
honor s.m. honra, reputação.
honorabilidad s.f. honorabilidade.
honorable adj. honorável.
honorario,-a adj. honorário. **honorarios** s.m.pl. honorários.
honorífico,-a adj. honorífico.
honra s.f. honra, dignidade.
honradez s.f. honradez, probidade.
honrado,-a adj. honrado, honesto.
honrar v. honrar, respeitar.
honrilla s.f. ponto de honra, amor próprio, vergonha.
honroso,-a adj. honroso.
hontanar s.m. fonte.
hora s.f. hora, encontro marcado.
horadar v. furar, perfurar, esburacar.
horario s.m. horário; ponteiro das horas.
horca s.f. forca, patíbulo, forcado; forquilha.
horcajadas loc. adv. a ~ escarranchado.
horcajo s.m. coalheira; confluência de dois rios.
horchata s.f. orchata.
horchatería s.f. bar onde se vende orchata.
horchatero,-a s. vendedor de orchatas.
horcón s.m. esteio, forquilha, espeque.
horda s.f. horda, bando.
horizontal adj. horizontal.
horizonte s.m. horizonte.
horma s.f. fôrma, molde.
hormiga s.f. formiga.
hormigón s.m. concreto; *armado* concreto armado.
hormigonera s.f. betoneira.
hormiguear v. formigar.
hormigueo s.m. formigamento; ansiedade.
hormiguero s.m. formigueiro.
hormiguilla s.f. formigação.
hormiguillo s.m. formigamento, cócegas.
hormiguita s.f. formiguinha.
hormona s.f. hormônio.
hormonal adj. hormonal.
hornacho s.m. escavação.
hornacina s.f. nicho.
hornada s.f. fornada.
hornaza s.f. fornalha.
hornazo s.m. torta enfeitada com ovos cozidos.
hornear v. assar.
hornillo s.m. fornilho; fogareiro.
horno s.m. forno; fornalha; padaria.
horóscopo s.m. horóscopo.
horqueta s.f. bifurcação.
horquilla s.f. grampo de cabelo; forcado, forquilha, garfo.
horrendo,-a adj. horrendo, horrível.
hórreo s.f. silo, celeiro.
horrible adj. horrível, horrendo.
horripilante adj. horripilante.
horripilar v. horripilar, assustar.
horrísono,-a adj. horríssono.
horro,-a adj. forro, alforriado, livre.
horror s.m. horror, terror; enorme quantidade. **horrores** coisas horríveis.
horrorizar v., **horrorizarse** vr. horrorizar(-se).
horroroso,-a adj. horroroso; medonho, muito feio.

ortaliza s.f. hortaliça, verdura.
ortelano,-a adj. hortícola. s.
hortelão, horticultor.
ortensia s.f. hortência.
ortera adj. vulgar, cafona. s.m. comerciário.
orterada s.f. cafonice.
ortícola adj. hortícola.
orticultor,-a s. horticultor.
orticultura s.f. horticultura.
osco,-a adj. carrancudo, antipático; escuro.
ospedaje s.f. horpedagem, hospedaria.
ospedar v., **hospedarse** vr. hospedar(-se).
ospedería s.f. hospedaria.
ospiciano s. asilado, órfão.
ospício s.m. orfanato, asilo.
ospital s.m. hospital.
ospitalario,-a adj. hospitaleiro, hospitalar.
ospitalidad s.f. hospitalidade.
ospitalización s.f. hospitalização.
ospitalizar v. hospitalizar.
osquedad s.f. aspereza (no trato).
ostal s.m. pousada; pensão.
ostelería s.f. hotelaria.
ostelero,-a adj./s. hoteleiro.
ostería s.f. pensão, pousada.
ostia s.f. hóstia; bofetada, batida.
ostiar v. esbofetear, bater.
ostigamiento s.m. fustigação; assédio.
ostigar v. fustigar, perseguir, importunar; enjoar.
ostil adj. hostil.
ostilidad s.f. hostilidade.
otel s.m. hotel; mansão.
otelaría s.f. hotelaria.
otelero,-a adj./s. hoteleiro.
hoy adv. hoje, agora.
hoya s.f. cova, sepultura; vale.
hoyo s.m. buraco, cova, sepultura.
hoyuelo s.m. covinha.
hoz s.f. foice; desfiladeiro.
hozar v. fossar, focinhar.
huacalón,-ona adj. obeso.
huachafería s.f. cafonice.
huachafo,-a adj. brega.
hucha s.f. cofrinho; pé-de-meia, economias.

huchear v. gritar, atiçar cães.
huebra s.f. jeira.
hueco,-a adj. vazio, oco; esponjoso; fútil; orgulhoso, pedante; solto. s.m. cavidade, vão; vazio; vaga; tempo livre.
huecograbado s.m. fotogravura.
huecú s.m. atoleiro.
huelga s.f. greve.
huelguista s. grevista.
huella s.f. pegada; rasto, trilha; ~ **dactilar** impressão digital.
huérfano,-a adj./s. órfão.
huero,-a adj. chocho, goro, vazio.
huerta s.f. horta grande; área irrigada.
huerto s.m. horta; pomar.
huesa s.f. cova, sepultura.
huesillo s.m. pêssego seco ao sol.
huesista s.m. funcionário público.
hueso s.m. osso; caroço; trabalho difícil; **huesos** restos mortais.
huesoso,-a adj. ósseo.
huésped,-a s. hóspede; anfitrião; hospedeiro.
hueste s.f. hoste, exército.
huesudo,-a adj. ossudo.
hueva s.f. ova de peixe.
huevazos s.m. homem dominado pela mulher.
huevear v. importunar.
huevera s.f. oveira.
huevería s.f. granja.
huevero,-a s. granjeiro; oveiro. s.f. caixa de ovos; suspensório.
huevo s.m. ovo; (Vulg.) bolas, saco.
huevón,-ona adj./s. pessoa lerda; imbecil; folgadão; valentão.
hugonote,-a adj./s. huguenote.
huida s.f. fuga, escapada.
huidizo,-a adj. fugidiço, esquivo.
huillón,-ona adj. ardiloso.
huipil s.m. regata (blusa).
huir v. fugir, escapar; evitar.
hule s.m. oleado, encerado, borracha; seringueira.
hulero,-a s. seringueiro.
hulla s.f. hulha, carvão.
hullero,-a adj. hulheiro.

humanar v. human(iz)ar.
humanidad s.f. humanidade; compaixão; corpulência.
humanismo s.m. humanismo.
humanista s. humanista.
humanístico,-a adj. humanístico.
humanitario,-a adj. humanitário.
humanitarismo s.m. humanitarismo.
humanización s.f. humanização.
humanizar v. humanizar.
humano,-a adj./s. humano.
humarada ou **humareda** s.f. fumarada, fumaceira
humeante adj. fumegante.
humear v. fumegar.
humedad s.f. umidade.
humedecer v., **humedecerse** vr. umidecer(-se).
húmedo,-a adj. úmido.
húmero s.m. úmero.
humildad s.f. humildade.
humilde adj. humilde.
humillación s.f. humilhação.
humillante adj. humilhante.
humillar v. humilhar, curvar, **humillarse** vr. humilhar-se.
humita s.f. pasta de milho ralado e alho.
humo s.m. fumaça, vapor. **humos** vaidade.
humor s.m. humor.
humorada s.f. piada.
humorado,-a adj. humorado.
humorismo s.m. humorismo.
humorista adj./s. humorista.
humorístico,-a adj. humorístico.
humoso,-a adj. esfumaçado.
humus s.m. humo, húmus.
hundible adj. submergível.
hundido,-a adj. abatido, deprimido.
hundimiento s.m. afundamento, naufrágio; fratura.
hundir v. afundar; abater, deprimir; arruinar; amassar; demolir.
húngaro,-a adj./s. húngaro.
huno,-a adj./s. huno.
huracán s.m. furacão.
huracanado,-a adj. forte, violento.
huraño,-a adj. anti-social.
hurgar v. remexer; cutucar, es-

garavatar; bisbilhotar.
hurgón *s.m.* atiçador.
hurgonear *v.* atiçar o fogo; estoquear.
hurí *s.f.* hurí.
hurón,-ona *adj.* furão. *s.* intrometido, abelhudo; anti-social.
hurra *interj.* hurra!

hurraca *s.f.* (*ave*) pega.
hurtadillas *adv a* ~ às escondidas.
hurtar *v.* furtar, roubar, plagiar. **hurtarse** *vr.* esconder-se.
hurto *s.m.* furto.
húsar *s.m.* hússar.
husillo *s.m.* parafuso; dreno;
fuso de lagar.
husmeador,-a *adj.* farejado curioso.
husmeo *s.m.* faro.
huso *s.m.* fuso; bobina; ~ *horario* fuso horário.
huy *interj.* ui!; nossa!; puxa!
huyuyo,-a *adj.* anti-social.

I

I, i *s.f.* I, i.
ibérico,-a *adj.* ibérico, íbero.
íbero ou **ibero,-a** *adj./s.* íbero.
iberoamérica *s.m.* América Latina.
iberoamericano,-a *adj./s.* íbero-americano.
íbice *s.m.* cabra montês.
ibicenco,-a *adj./s.* de Ibiza.
ibis *s.f.* íbis.
icono *s.m.* ícone.
iconoclasía *s.f.* iconoclasia.
iconoclasta *adj./s.* iconoclasta.
iconografía *s.f.* iconografia.
icterícia *s.f.* icterícia.
ida *s.f.* ida, partida.
idea *s.f.* idéia, noção, opinião, intenção.
ideal *adj./s.m.* ideal.
idealismo *s.m.* idealismo.
idealista *adj./s.* idealista.
idealización *s.f.* idealização.
idealizar *v.* idealizar.
idear *v.* idear, inventar.
ideario *s.m.* ideário, idelologia.
ideático,-a *adj.* maníaco, extravagante.
ídem *adv.* idem.
idéntico,-a *adj.* idêntico.
identidad *s.f.* identidade; *carnet de* ~ carteira de identidade.
identificable *adj.* identificável.
identificación *s.f.* identificação.
identificar *v.*, **identificarse** *vr.* identificar(-se).
ideograma *s.m.* ideograma.
ideología *s.f.* ideologia.
ideológico,-a *adj.* ideológico.
ideólogo,-a *s.* ideologista.
idílico,-a *adj.* idílico.
idilio *s.m.* idílio.
idioma *s.m.* idioma, língua.
idiomático,-a *adj.* idiomático.
idiosincrasia *s.f.* idiossincrasia.
idiota *adj./s.* idiota.
idiotez *s.f.* idiotice.

idiotismo *s.m.* idiotismo.
idiotizar *v.* idiotizar, pasmar.
ido,-a *adj.* distraído; biruta, louco. **los idos** os mortos.
idólatra *adj./s.* idólatra.
idolatrar *v.* idolatrar.
idolatría *s.f.* idolatria.
ídolo *s.m.* ídolo.
idoneidad *s.f.* idoneidade.
idóneo,-a *adj.* idôneo.
idus *s.m.pl.* idos.
iglesia *s.f.* igreja.
iglú *s.m.* iglu.
ígneo,-a *adj.* ígneo.
ignición *s.f.* ignição.
ignominia *s.f.* ignomínia.
ignominioso,-a *adj.* ignominioso.
ignorancia *s.f.* ignorância.
ignorante *adj./s.* ignorante.
ignorantismo *s.m.* ignorantismo.
ignorar *v.* ignorar.
ignoto,-a *adj.* ignoto.
igual *adj./s.* igual, idêntico, semelhante, proporcional. *s.m.* sinal de igual. *adv.* igualmente; talvez, provavelmente; apesar de tudo, como. **iguales** *s.m.pl.* empate; fração de bilhete de loteria.
iguala *s.f.* seguro-saúde; régua de pedreiro.
igualación *s.f.* igualamento; nivelamento.
igualada *s.f.* (*Fut.*) empate.
igualado,-a *adj.* igualado; empatado; grosseiro. *s.* segurado.
igualar *v.* igualar; nivelar; empatar; rivalizar com.
igualatorio,-a *adj.* que tende a igualar. *s.m.* empresa de assistência médica.
igualdad *s.f.* igualdade.
igualitario,-a *adj.* igualitário.
iguana *s.f.* iguana.
ijada ou **ijar** *s.m.* ilharga, flanco.
ilación *s.f.* ilação, dedução.
ilativo,-a *adj.* ilativo.

ilegal *adj.* ilegal.
ilegalidad *s.f.* ilegalidade.
ilegalmente *adv.* ilegalmente.
ilegibilidad *s.f.* ilegibilidade.
ilegible *adj.* ilegível.
ilegitimidad *s.f.* ilegitimidade.
ilegitimar *v.* ilegitimar.
ilegítimo,-a *adj.* ilegítimo.
íleon *s.m.* íleo.
ilerdense *adj./s.* natural de Lérida.
ileso,-a *adj.* ileso.
iletrado,-a *adj./s.* iletrado.
ilicitano,-a *adj./s.* natural de Elche.
ilícito,-a *adj.* ilícito.
ilícitamente *adv.* ilicitamente.
ilimitable *adj.* ilimitável.
ilimitado,-a *adj.* ilimitado.
ilion *s.m.* ílio.
ilógico,-a *adj.* ilógico.
iluminación *s.f.* iluminação.
iluminado,-a *adj./s.* iluminado.
iluminador,-a *adj./s.* iluminador.
iluminar *v.* iluminar, esclarecer.
ilusión *s.f.* ilusão, esperança, alegria.
ilusionar *v.* iludir, alegrar. **ilusionarse** *vr.* iludir-se.
ilusionismo *s.m.* ilusionismo.
ilusionista *s.* ilusionista.
iluso,-a *adj./s.* iludido; ingênuo, crédulo.
ilusorio,-a *adj.* ilusório.
ilustración *s.f.* ilustração, erudição.
ilustrado,-a *adj.* ilustrado; erudito.
ilustrador,-a *adj.* ilustrativo. *s.* ilustrador.
ilustrísimo,-a *adj.* ilustríssimo.
imagen *s.f.* imagem; estátua.
imaginable *adj.* imaginável, concebível.
imaginación *s.f.* imaginação.
imaginar *v.*, **imaginarse** *vr.* imaginar(-se).

imaginaria *s.f.* (*Mil.*) guarda noturna; plantão. *s.m.* vigia.
imaginario,-a *adj.* imaginário. *s.* santeiro.
imaginativo,-a *adj.* imaginativo.
imaginería *s.f.* imaginária, estatuária.
imaginero *s.m.* imagineiro, santeiro.
imam *s.m.* imã, ímame.
imán *s.m.* ímã, magnetismo; imã, imame.
imanación ou **imantación** *s.f.* magnetização, imantação.
imanar ou **imantar** *v.* magnetizar, imantar.
imbatible *adj.* imbatível, invencível.
imbatido,-a *adj.* invicto.
imbebible *adj.* intragável.
imbécil *adj./s.* imbecil, idiota.
imbecilidad *s.f.* imbecilidade.
imberbe *adj.* imberbe.
imborrable *adj.* indelével.
imbricar *v.* superpor.
imbuir *v.* imbuir.
imitable *adj.* imitável.
imitación *s.f.* imitação.
imitador,-a *adj./s.* imitador.
imitamonas *s.* (*Fam.*) macaco.
imitar *v.* imitar.
impaciencia *s.f.* impaciência.
impacientar *v.,* **impacientarse** *vr.* impacientar(-se).
impaciente *adj.* impaciente.
impacto *s.m.* impacto.
impagable *adj.* impagável.
impagado,-a *adj.* não pago.
impago *adj.* não pago. *s.m.* falta de pagamento.
impalpable *adj.* impalpável.
impar *adj.* ímpar.
imparable *adj.* que não se pode parar; bem-sucedido.
imparcial *adj.* imparcial.
imparcialidad *s.f.* imparcialidade.
impartir *v.* distribuir, dividir.
impasibilidad *s.f.* impassibilidade.
impasible *adj.* impassível.
impasse *s.m.* impasse, beco sem saída.
impavidez *s.f.* impavidez.
impávido,-a *adj.* impávido.
impecable *adj.* impecável.
impedancia *s.f.* impedância.

impedido,-a *adj.* inválido, incapacitado.
impedimenta *s.f.* bagagem militar.
impedimento *s.m.* impedimento.
impedir *v.* impedir, impossibilitar.
impelente *adj.* impelente.
impeler *v.* impelir; estimular, incitar.
impenetrabilidad *s.f.* impenetrabilidade.
impenetrable *adj.* impenetrável.
impenitencia *s.f.* impenitência.
impenitente *adj.* impenitente, inveterado.
impensable *adj.* impensável.
impensado,-a *adj.* impensado.
impepinable *adj.* indiscutível, indubitável, inegável; impepinablemente tão certo quanto dois e dois são quatro.
imperante *adj.* imperante, reinante.
imperar *v.* imperar.
imperativo,-a *adj./s.m.* imperativo.
imperceptibilidad *s.f.* imperceptibilidade.
imperceptible *adj.* imperceptível.
imperdible *adj.* imperdível.
imperdonable *adj.* imperdoável.
imperecedero,-a *adj.* imperecível, imortal.
imperfección *s.f.* imperfeição.
imperfecto,-a *adj./s.m.* imperfeito.
imperial *adj.* imperial.
imperialismo *s.m.* imperialismo.
imperialista *adj./s.* imperialista.
impericia *s.f.* imperícia.
imperio *s.m.* império.
imperioso,-a *adj.* imperioso, urgente.
impermeabilidad *s.f.* impermeabilidade.
impermeabilización *s.f.* impermeabilização.
impermeabilizar *v.* impermeabilizar.
impermeable *adj./s.m.* impermeável.
impersonal *adj.* impessoal; formal.

impersonalidad *s.f.* impersonalidade.
impertérrito,-a *adj.* impassível, imperturbável.
impertinencia *s.f.* impertinência.
impertinente *adj.* impertinente. **impertinentes** *s.m.pl.* luneta com cabo.
imperturbable *adj.* imperturbável.
ímpetu *s.m.* ímpeto.
impetuosidad *s.f.* impetuosidade.
impetuoso,-a *adj.* impetuoso.
impiedad *s.f.* impiedade.
impiedoso,-a *adj.* impiedoso.
impío,-a *adj./s.* ímpio.
implacabilidad *s.f.* implacabilidade.
implacable,-a *adj.* implacável.
implantación *s.f.* implantação.
implantar *v.* implantar.
implar *v.* inflar.
implemento *s.m.* implemento.
implicación *s.f.* implicação.
implicancia *s.f.* incompatibilidade.
implicar *v.* implicar.
implícito,-a *adj.* implícito.
imploración *s.f.* imploração.
implorar *v.* implorar.
implosión *s.f.* implosão.
implosivo,-a *adj./s.f.* implosivo.
impoluto,-a *adj.* impoluto.
imponderable *adj.* imponderável.
imponente *adj.* imponente. *s.* depositante.
imponer *v.* impor; impressionar; (*banco*) depositar; instruir; dar um nome a. **imponerse** *vr.* impor-se, prevalecer, tornar moda, ser necessário, informar-se.
imponible *adj.* tributável.
impopular *adj.* impopular.
impopularidad *s.f.* impopularidade.
importación *s.f.* importação.
importador,-a *adj./s.* importador.
importancia *s.f.* importância.
importante *adj.* importante.
importar *v.* importar, valer, vir ao caso.
importe *s.m.* importe, total.

importunar v. importunar.
importunidad s.f. importunidade.
importuno,-a adj./s. importuno.
imposibilidad s.f. impossibilidade.
imposibilitado,-a adj. inválido, incapacitado.
imposibilitar v. impossibilitar; incapacitar, impedir.
imposible adj./s.m. impossível.
imposición s.f. imposição; depósito; imposto; multa.
impositivo,-a adj. tributário.
impositor,-a s. depositante; impositor.
impostación s.f. impostação.
impostor,-a s. impostor.
impostura s.f. impostura, calúnia.
impotencia s.f. impotência.
impotente adj./s. impotente.
impracticable adj. impraticável, intransitável.
imprecación s.f. imprecação; praga.
imprecar v. imprecar, rogar pragas.
imprecisión s. imprecisão.
impreciso,-a adj. impreciso.
impredecible adj. imprevisível.
impregnación s.f. impregnação.
impregnar v., **impregnarse** vr. impregnar(-se).
impremeditado,-a adj. impensado.
imprenta s.f. imprensa.
imprescindible adj. imprescindível.
impresentable adj. inapresentável.
impresión s.f. impressão; efeito; opinião.
impresionabilidad s.f. impressionabilidade.
impresionable adj. impressionável.
impresionante adj. impressionante.
impresionar v. impressionar, gravar, (Foto) expor. **impresionarse** vr. impressionar-se.
impresionismo s.m. impressionismo.
impresionista s. impressionista.
impreso,-a adj./s.m. impresso, formulário.

impresor,-a s. impressor. **impresora** s.f. impressora.
imprevisible adj. imprevisível.
imprevisión s.f. imprevisão.
imprevisto,-a adj./s.m. imprevisto. **imprevistos** gastos extraordinários.
imprimación s.f. imprimadura.
imprimar v. imprimar.
imprímatur s.m. imprimátur.
imprimible adj. imprimível.
imprimir v. imprimir.
improbabilidad s.f. improbabilidade.
improbable adj. improvável.
ímprobo,-a adj. ímprobo, fatigante.
improcedencia s.f. improcedência.
improcedente adj. improcedente.
improductividad s.f. improdutividade.
improductivo,-a adj. improdutivo.
impronta s.f. impressão, marca.
impronunciable adj. impronunciável.
improperio s.m. impropério.
impropio,-a adj. impróprio.
improrrogable adj. improrrogável.
improvisación s.f. improvisação.
improvisado,-a adj. improvisado.
improvisar v. improvisar.
improviso,-a adj. improviso; **de ~** de improviso.
imprudencia s.f. imprudência.
imprudente adj. imprudente.
impúber adj./s. impúbere.
impublicable adj. impublicável.
impudicia ou **impudencia** s.f. impudícia, impudicícia.
impúdico,-a adj. impudico.
impudor s.m. impudor.
impuesto s.m. imposto.
impugnable adj. impugnável.
impugnación s.f. impugnação.
impugnar v. impugnar.
impulsar v. impulsionar, incitar.
impulsión s.f. impulsão, impulso.

impulsividad s.f. impulsividade.
impulsivo,-a adj. impulsivo.
impulso s.m. impulso.
impulsor,-a adj./s. impulsor.
impune adj. impune.
impunidad s.f. impunidade.
impureza s.f. impureza.
impuro,-a adj. impuro.
imputable adj. imputável.
imputación s.f. imputação.
imputar v. imputar.
inabarcable adj. inatingível.
inabordable adj. inabordável.
inacabable adj. inacabável.
inacabado,-a adj. inacabado.
inaccesible adj. inacessível.
inacción s.f. inação.
inacentuado,-a adj. inacentuado, átono.
inaceptable adj. inaceitável.
inactividad s.f. inatividade.
inactivo,-a adj. inativo.
inadaptable adj. inadaptável.
inadaptación s.f. inadaptação.
inadaptado,-a adj./s. inadaptado, desajustado.
inadecuación s.f. inadequação.
inadecuado,-a adj. inadequado.
inadmisible adj. inadmissível.
inadvertencia s.f. inadvertência.
inadvertido,-a adj. inadvertido, despercebido.
inagotable adj. inesgotável.
inaguantable adj. insuportável.
inalámbrico,-a adj. sem fio.
in albis loc. adv. sem entender nada.
inalcanzable adj. inatingível.
inalienable adj. inalienável.
inalterable adj. inalterável.
inalterado,-a adj. inalterado.
inamovible adj. inamovível.
inane adj. inane, vazio, vão.
inanición s.f. inanição.
inanidad s.f. inanidade.
inanimado,-a adj. inanimado.
inapelable adj. inapelável, irremediável.
inapetencia s.f. inapetência.
inapetente adj. inapetente.
inaplazable adj. inadiável, urgente.
inaplicable adj. inaplicável.
inapreciable adj. inapreciável, inestimável.
inapropiado,-a adj. inapropriado.

inarrugable *adj.* que não enruga.
inarticulado,-a *adj.* inarticulado.
inasequible *adj.* inexeqüível; inatingível, inacessível.
inasible *adj.* incompreensível.
inasistencia *s.f.* ausência.
inastillable *adj.* (*Vidro*) não estilhaçável.
inatacable *adj.* inatacável.
inatento,-a *adj.* desatento.
inaudible *adj.* inaudível.
inaudito,-a *adj.* inaudito, escandaloso.
inauguración *s.f.* inauguração.
inaugural *adj.* inaugural.
inaugurar *v.* inaugurar.
inca *adj./s.* inca.
incaico,-a *adj.* inca.
incalculable *adj.* incalculável.
incalificable *adj.* inqualificável.
incandescencia *s.f.* incandescência.
incandescente *adj.* incandescente.
incansable *adj.* incansável.
incapacidad *s.f.* incapacidade.
incapacitado,-a *adj.* incapacitado.
incapacitar *v.* incapacitar.
incapaz *adj.* incapaz.
incautación *s.f.* confisco, apreensão.
incautarse *vr.* confiscar, apropriar-se.
incauto,-a *adj./s.* incauto, ingênuo.
incendaja *s.f.* acendalha.
incendiar *v.* incendiar.
incendiario,-a *s.* incendiário. *adj.* incendiário, subversivo.
incendio *s.m.* incêndio.
incensario *s.m.* turíbulo.
incentivar *v.* incentivar.
incentivo *s.m.* incentivo.
incertidumbre *s.f.* incerteza.
incesante *adj.* incessante.
incesto *s.m.* incesto.
incestuoso,-a *adj.* incestuoso.
incidencia *s.f.* incidência; impacto, repercussão.
incidental *adj.* incidental.
incidente *s.m.* incidente.
incidir *v.* incidir; repercutir.
incienso *s.m.* incenso; adulação.
incierto,-a *adj.* incerto.

incineración *s.f.* incineração.
incinerar *v.* incinerar.
incipiente *adj.* incipiente.
incisión *s.f.* incisão.
incisivo,-a *adj./s.m.* incisivo.
inciso,-a *adj./s.m.* inciso, cortado.
incitación *s.f.* incitação.
incitador,-a *adj./s.* incitador.
incitante *adj.* incitante, instigador, provocante.
incitar *v.* incitar.
incivil *adj.* incivil, descortês, grosseiro.
incivilizado,-a *adj.* incivilizado.
inclasificable *adj.* inclassificável.
inclemencia *s.f.* inclemência.
inclemente *adj.* inclemente.
inclinación *s.f.* inclinação; reverência, tendência.
inclinado,-a *adj.* inclinado.
inclinar *v.* inclinar; curvar; persuadir. **inclinarse** *vr.* inclinar-se, tender.
ínclito,-a *adj.* ínclito.
incluido,-a *adj.* incluído, incluso.
incluir *v.* incluir, conter.
inclusa *s.f.* orfanato.
inclusero,-a *adj./s.* órfão, enjeitado.
inclusión *s.f.* inclusão.
inclusive *adv.* inclusive.
inclusivo,-a *adj.* inclusivo.
incluso *adv.* inclusive. *prep.* também. até. *conj.* mesmo.
incoación *s.f.* começo.
incoar *v.* iniciar, abrir, instaurar.
incógnito,-a *adj./s.m.* incógnito. *s.f.* incógnita, mistério, razão oculta.
incoherencia *s.f.* incoerência.
incoherente *adj.* incoerente.
incoloro,-a *adj.* incolor.
incólume *adj.* incólume.
incombustible *adj.* incombustível.
incomestible ou **incomible** *adj.* incomível, incomestível.
incomodar *v.* incomodar.
incomodidad *s.f.* incômodo, desconforto.
incomodo *s.m.* incômodo.
incómodo,-a *adj.* desconfortável, descômodo.

incomparable *adj.* incomparável.
incomparecencia *s.f.* não comparecimento.
incompartible *adj.* indivisível.
incompasible *adj.* incompassivo.
incompatibilidad *s.f.* incompatibilidade.
incompatible *adj.* incompatível.
incompetencia *s.f.* incompetência.
incompetente *adj.* incompetente.
incompleto,-a *adj.* incompleto.
incomprensible *adj.* incompreensível.
incomprensión *s.f.* incompreensão.
incomprensivo,-a *adj.* incompreensivo.
incomunicación *s.f.* incomunicação.
incomunicado,-a *adj.* incomunicável.
incomunicar *v.* incomunicar, isolar.
inconcebible *adj.* inconcebível.
inconciliable *adj.* inconciliável.
inconcluso,-a *adj.* inacabado.
inconcuso,-a *adj.* certo, evidente.
incondicional *adj./s.* incondicional.
inconexión *s.f.* desconexão.
inconexo,-a *adj.* desconexo.
inconfesable *adj.* inconfessável.
inconfesso,-a *adj.* inconfesso.
inconformismo *s.m.* inconformismo.
inconformista *adj./s.* inconformista.
inconfortable *adj.* desconfortável.
inconfundible *adj.* inconfundível.
incongruencia *s.f.* incongruência.
incongruente *adj.* incongruente.
incomensurable *adj.* incomensurável.
inconmovible *adj.* imperturbável.
inconocible *adj.* irreconhecível.
inconquistable *adj.* inconquistável, tenaz, invencível.

consciencia *s.f.* inconsciência.
consciente *adj./s.* inconsciente.
consecuencia *s.f.* inconseqüência.
consecuente *adj.* inconseqüente.
consideración *s.f.* desconsideração.
considerado,-a *adj.* desconsiderado.
consistencia *s.f.* inconsistência.
consistente *adj.* inconsistente.
consolable *adj.* inconsolável.
constancia *s.f.* inconstância.
constante *adj.* inconstante.
constitucional *adj.* inconstitucional.
constitucionalidad *s.f.* inconstitucionalidade.
contable *adj.* incontável.
contaminado,-a *adj.* incontaminado.
contenible *adj.* incontrolável.
contestable *adj.* incontestável.
continencia *s.f.* incontinência.
continente *adj.* incontinente. *adv.* incontinenti.
controlable *adj.* incontrolável.
controlado,-a *adj.* descontrolado.
controvertible *adj.* incontrovertível.
inconveniencia *s.f.* inconveniência.
inconveniente *adj./s.m.* inconveniente.
incordiar *v.* chatear, irritar.
incordio *s.m.* chato, maçante.
incorporación *s.f.* incorporação.
incorporar *v.* incorporar; recostar, soerguer. **incorporarse** *vr.* incorporar-se, integrar-se.
incorpóreo,-a *adj.* incorpóreo.
incorrección *s.f.* incorreção, descortesia.
incorrecto,-a *adj.* incorreto, grosseiro.
incorregible *adj.* incorrigível.
incorruptible *adj.* incorruptível.

incorrupto,-a *adj.* incorrupto.
incredulidad *s.f.* incredulidade.
incrédulo,-a *adj./s.* incrédulo.
increíble *adj.* incrível.
incrementar *v.* incrementar.
incremento *s.m.* incremento.
increpar *v.* repreender, insultar.
incriminación *s.f.* incriminação.
incriminar *v.* incriminar.
incruento,-a *adj.* incruento.
incrustación *s.f.* incrustação.
incrustar *v.*, **incrustarse** *vr.* incrustar(-se).
incubación *s.f.* incubação.
incubadora *s.f.* incubadora.
incubar *v.* incubar.
incuestionable *adj.* inquestionável.
inculcar *v.* inculcar.
inculpación *s.f.* inculpação.
inculpado,-a *adj.* inculpado.
inculpar *v.* inculpar.
inculto,-a *adj./s.* inculto.
incultura *s.f.* incultura.
incumbencia *s.f.* incumbência.
incumbir *v.* incumbir.
incumplido *adj.* descumprido.
incumplimiento *s.m.* descumprimento.
incumplir *v.* descumprir.
incunable *s.m.* incunábulo.
incurabilidad *s.f.* incurabilidade.
incurable *adj.* incurável.
incuria *s.f.* incúria.
incurrir *v.* incorrer, cometer.
incursión *s.f.* incursão.
incusar *v.* acusar.
indagación *s.f.* indagação.
indagar *v.* indagar.
indebidamente *adv.* indevidamente.
indebido,-a *adj.* indevido.
indecencia *s.f.* indecência.
indecente *adj.* indecente; sujo, vil.
indecible *adj.* indizível.
indecisión *s.f.* indecisão.
indeciso,-a *adj.* indeciso.
indeclinable *adj.* indeclinável, inevitável.
indecoro *s.m.* indecoro.
indecoroso, a *adj.* indecoroso.
indefectible *adj.* indefectível.
indefendible *adj.*, **indefensible** *adj.* indefensável.

indefenso,-a *adj.* indefeso.
indefinible *adj.* indefinível.
indefinidamente *adv.* indefinidamente.
indefinido,-a *adj.* indefinido.
indeformable *adj.* indeformável.
indeleble *adj.* indelével.
indelicadeza *s.f.* indelicadeza.
indemne *adj.* indene, ileso.
indemnidad *s.f.* indenidade.
indemnización *s.f.* indenização.
indemnizar *v.* indenizar.
indemostrable *adj.* indemonstrável.
independencia *s.f.* independência.
independentismo *s.m.* independentismo.
independentista *adj./s.* independentista.
independiente *adj.* independente.
independizar *v.*, **independizarse** *vr.* tornar(-se) independente, emancipar(-se).
indescifrable *adj.* indecifrável.
indescriptible *adj.* indescritível.
indeseable *adj.* indesejável.
indesmallable *adj.* (meia, tecido) que não desfia.
indestructible *adj.* indestrutível.
indeterminable *adj.* indeterminável.
indeterminación *s.f.* indeterminação.
indeterminado,-a *adj.* indeterminado.
indeterminismo *s.m.* indeterminismo.
indeterminista *adj./s.* indeterminista.
indexaciom *s.f.* indexação.
indexar *v.* indexar.
india *s.f.* **estar con la ~** estar rico.
indiada *s.f.* indiada.
indiano,-a *adj./s.m.* indiano.
indicación *s.f.* indicação.
indicado,-a *adj.* indicado.
indicador,-a *adj./s.m.* indicador.
indicar *v.* indicar, aconselhar.
indicativo,-a *adj.* indicativo. *s.m.* modo indicativo.

índice s.m. índice, indicação, indício.
indício s.m. indício.
índico,-a adj. indiano, índico.
indiferencia s.f. indiferença.
indiferente adj. indiferente.
indígena adj./s. indígena.
indigencia s.f. indigência.
indigenista s. indigenista.
indigente adj./s. indigente.
indigerible adj. indigesto, indigerível.
indigestarse vr. ter indigestão; cair mal, não agradar.
indigestión s.f. indigestão.
indigesto,-a adj. indigesto, carrancudo.
indignación s.f. indignação.
indignado,-a adj. indignado.
indignante adj. que causa indignação.
indignar v., **indignarse** vr. indignar(-se).
indignidad s.f. indignidade.
indigno,-a adj. indigno.
índigo s.m. índigo.
indio,-a adj./s. indiano, índio.
indirecta s.f. indireta.
indirecto,-a adj. indireto.
indisciplina s.f. indisciplina.
indisciplinado,-a adj. indisciplinado.
indisciplinarse vr. indisciplinar-se.
indiscreción s.f. indiscrição.
indiscreto,-a adj./s. indiscreto.
indiscriminado,-a adj. indiscriminado.
indiscutible adj. indiscutível.
indisoluble adj. indissolúvel.
indispensable adj. indispensável.
indisponer v., **indisponerse** vr. indispor(-se).
indisponible adj. indisponível.
indisposición s.f. indisposição.
indispuesto,-a adj. indisposto.
indistinto,-a adj. indistinto; cuenta ~a conta conjunta.
individual adj. individual.
individualidad s.f. individualidade.
individualismo s.m. individualismo.
individualista adj./s. individualista.
individualización s.f. individualização.

individualizar v. individualizar.
individuo s.m. indivíduo.
indivisible adj. indivisível.
indización s.f. indexação.
indizar v. indexar.
indo,-a adj./s. índio, indiano.
indochino,-a adj./s. indochinês.
indócil adj. indócil.
indocilidad s.f. indocilidade.
indocumentado,-a adj./s. sem identificação, ignorante.
indoeuropeo,-a adj./s. indo-europeu.
índole s.f. índole.
indolencia s.f. indolência.
indolente adj./s. indolente.
indoloro,-a adj. indolor.
indomable adj. indomável.
indómito,-a adj. indômito, incontrolável.
indonesio,-a adj./s. indonésio.
indubitable adj. indubitável.
inducción s.f. indução.
inducido,-a adj./s.m. induzido.
inducir v. induzir, deduzir.
inductivo,-a adj. indutivo.
inductor,-a adj./s. indutor.
indudable adj. indubitável.
indulgencia s.f. indulgência.
indulgente adj. indulgente.
indultar v. indultar.
indulto s.m. indulto.
indumentaria s.f. indumentária.
industria s.f. indústria.
industrial adj./s. industrial.
industrialización s.f. industrialização.
industrializar v. industrializar.
industrioso,-a adj. industrioso.
inédito,-a adj. inédito.
ineducado,-a adj. sem educação.
inefable adj. inefável.
inefectivo,-a adj. irreal.
ineficacia s.f. ineficácia.
ineficaz adj. ineficaz.
ineficiencia s.f. ineficiência.
ineficiente adj. ineficiente.
ineluctable ou **ineludible** adj. inevitável.
inenarrable adj. inenarrável.
ineptitud s.f. ineptidão, inépcia.
inepto,-a adj./s. inepto.
inequívoco,-a adj. inequívoco.
inercia s.f. inércia.
inerme adj. inerme.

inerte adj. inerte; lento.
inescrupuloso,-a adj. inescrupuloso.
inescrutable adj. inescrutável.
inesperado,-a adj. inesperado.
inestabilidad s.f. instabilidade.
inestable adj. instável.
inestimable adj. inestimável.
inevitable adj. inevitável.
inexactitud s.f. inexatidão.
inexacto,-a adj. inexato.
inexcusable adj. imperdoável, inevitável.
inexistencia s.f. inexistência.
inexistente adj. inexistente.
inexorable adj. inexorável.
inexperiencia s.f. inexperiência.
inexperto,-a adj. inexperiente.
inexplicable adj. inexplicável.
inexplorado,-a adj. inexplorado.
inexplotable adj. inaproveitável.
inexpresable adj. inexprimível.
inexpresivo,-a adj. inexpressivo.
inexpugnable adj. inexpugnável.
inextinguible adj. inextinguível.
inextricable adj. inextricável.
infalibilidad s.f. infalibilidade.
infalible adj. infalível.
infamante adj. difamante.
infamar v. difamar.
infame adj. infame.
infamia s.f. infâmia.
infancia s.f. infância.
infanta s.f. infanta.
infantazgo s.m. infantado.
infante s.m. infante; soldado de infantaria.
infantería s.f. infantaria.
infanticida adj./s. infanticida.
infanticidio s.m. infanticídio.
infantil adj. infantil.
infantilismo s.m. infantilismo.
infarto s.m. infarto, enfarte.
infatigable adj. infatigável.
infausto,-a adj. infausto.
infección s.f. infecção.
infeccioso,-a adj. infeccioso.
infectado,-a adj. infectado.
infectar v., **infectarse** vr. infectar(-se), infeccionar(-se).
infecto,-a adj. infeto, infecto.
infecundidad s.f. infecundidade.
infecundo,-a adj. infecundo.

infelicidad s.f. infelicidade.
infeliz adj./s. infeliz.
inferencia s.f. inferência.
inferior,-a adj. inferior. s. inferior, subordinado.
inferioridad s.f. inferioridade.
inferir v. inferir, causar, infligir.
infernal adj. infernal.
infestar v. infestar; infectar.
infidelidad s.f. infidelidade.
infiel adj./s. infiel, desleal.
infiernillo s.m. fogareiro, espiriteira.
infierno s.m. inferno.
infiltración s.f. infiltração.
infiltrado,-a s. espião.
infiltrar v., **infiltrarse** vr. infiltrar(-se).
ínfimo,-a adj. ínfimo; pior.
infinidad s.f. infinidade.
infinitesimal ou **infinitésimo,-a** adj. infinitesimal.
infinitivo,-a adj./s.m. infinitivo.
infinito,-a adj./s.m. infinito. adv. muito, em excesso.
inflación s.f. inflação.
inflacionario,-a ou **inflacionista** adj. inflacionário.
inflador s.m. bomba de encher pneus.
inflamable adj. inflamável.
inflamación s.f. inflamação.
inflamar v. inflamar, excitar. **inflamarse** vr. inflamar-se, incendiar-se.
inflamatorio,-a adj. inflamatório.
inflar v. inflar, encher de ar, inchar, exagerar. **inflarse** vr. ensoberbecer-se.
inflexibilidad s.f. inflexibilidade.
inflexible adj. inflexível.
inflexión s.f. inflexão.
infligir v. infligir.
inflorescencia s.f. inflorescência.
influencia s.f. influência.
influenciable adj. influenciável.
influenciar v. influenciar.
influenza s.f. gripe.
influir v. influir.
influjo s.m. influência.
influyente adj. influente.
información s.f. informação; notícia.

informado,-a adj. informado.
informador,-a adj./s. informante.
informal adj. informal.
informalidad s.f. informalidade.
informante adj./s. informante.
informar v. informar. **informarse** vr. informar-se, inteirar-se.
informática s.f. informática.
informático,-a adj. informático. s. pessoa que trabalha em informática.
informativo,-a adj./s.m. informativo.
informe adj./s.m. informe.
infortunado,-a adj. infortunado, infeliz.
infracción s.f. infração.
infractor,-a s. infrator.
infraestrutura s.f. infra-estrutura.
in fraganti loc. adv. em flagrante.
infrahumano,-a adj. subumano.
infranqueable adj. insuperável, intransponível.
infrarrojo,-a adj. infravermelho.
infrascripto,-a ou **infrascrito,-a** adj./s. abaixo-assinado.
infravalorar v. subestimar.
infrecuente adj. infreqüente.
infringir v. infringir.
infructuoso,-a adj. infrutuoso.
ínfula s.f., **ínfulas** s.f.pl. presunção, vaidade.
infundado,-a adj. infundado.
infundio s.m. mentira.
infundir v. infundir.
infusión s.f. infusão.
infuso,-a adj. infuso.
ingeniar v. inventar, maquinar; **ingeniárselas** arranjar-se.
ingeniería s.f. engenharia.
ingeniero,-a s. engenheiro.
ingenio s.m. engenho, talento, máquina.
ingenioso,-a adj. engenhoso.
ingente adj. ingente, enorme.
ingenuidad s.f. ingenuidade.
ingenuo,-a adj./s. ingênuo.
ingerir v. ingerir, beber.
ingestión s.f. ingestão.
ingle s.f. virilha.
inglés,-esa adj./s. inglês.
ingobernable adj. ingovernável.
ingratitud s.f. ingratidão.

ingrato,-a adj./s. ingrato, desagradável.
ingravidez s.f. leveza.
ingrávido,-a adj. leve, sem gravidade.
ingrediente s.m. ingrediente.
ingresar v. ingressar, ser admitido, internar; depositar.
ingreso s.m. depósito, admissão, entrada. **ingresos** renda, benefícios.
inhábil adj. inábil, incapaz, impróprio.
inhabilidad s.f. inabilidade, falta de jeito, inaptidão.
inhabilitación s.f. inabilidade, incapacidade.
inhabilitar v. incapacitar; desqualificar.
inhabitable adj. inabitável.
inhabitado,-a adj. inabitado.
inhalación s.f. inalação.
inhalador s.m. inalador.
inhalar v. inalar.
inherencia s.f. inerência.
inherente adj. inerente.
inhibición s.f. inibição.
inhibidor,-a adj./s. inibidor.
inhibir v. inibir. **inhibirse** vr. abster-se.
inhonesto,-a adj. desonesto.
inhóspito,-a adj. inóspito.
inhumación s.f. inumação.
inhumano,-a adj. inumano, desumano.
inhumar v. inumar.
iniciación s.f. iniciação, introdução.
iniciado,-a adj./s. iniciado.
iniciador,-a adj./s. iniciador.
inicial adj./s.f. inicial.
inicialización s.f. inicialização.
inicializar v. inicializar.
iniciar v. iniciar. **iniciarse** vr. iniciar-se, aprender.
iniciativa s.f. iniciativa.
inicio s.m. início.
inicuo,-a adj. iníquo.
inigualable adj. inigualável.
inigualado,-a adj. inigualado.
inimaginable adj. inimaginável.
inimitable adj. inimitável.
ininteligible adj. ininteligível.
ininterrumpido,-a adj. ininterrupto.
iniquidad s.f. iniqüidade.
injerencia s.f. ingerência.

injerir v. ingerir, intervir.
injertar v. enxertar.
injerto s.m. enxerto.
injuria s.f. injúria.
injuriar v. injuriar.
injurioso,-a adj. injurioso.
injusticia s.f. injustiça.
injustificable adj. injustificável.
injustificado,-a adj. injustificado.
injusto,-a adj. injusto.
inmaculado,-a adj. imaculado.
inmadurez s.f. imaturidade.
inmaduro,-a adj. imaturo.
inmarcesible adj., **inmarchitable** adj. imarcescível.
inmaterial adj. imaterial.
inmediaciones s.f.pl. imediações.
inmediatamente adv. imediatamente.
inmediato,-a adj. imediato.
inmejorable adj. insuperável, excelente.
inmemorial adj. imemorial.
inmensidad s.f. imensidade.
inmenso,-a adj. imenso.
inmerecido,-a adj. imerecido.
inmersión s.f. imersão.
inmerso,-a adj. imerso.
inmigración s.f. imigração.
inmigrante adj./s. imigrante.
inmigrar v. imigrar.
inminencia s.f. iminência.
inminente adj. iminente.
inmiscuirse v. imiscuir-se, intrometer-se.
inmobiliaria s.f. imobiliária.
inmobiliario,-a adj. imobiliário.
inmoderado,-a adj. imoderado, exagerado.
inmodestia s.f. imodéstia.
inmodesto,-a adj. imodesto.
inmolación s.f. imolação.
inmolar v. imolar.
inmoral adj. imoral.
inmoralidad s.f. imoralidade.
inmortal adj. imortal.
inmortalidad s.f. imortalidade.
inmortalizar v. imortalizar.
inmotivado,-a adj. imotivado.
inmóvil adj. imóvel.
inmovilidad s.f. imobilidade.
inmovilismo s.m. imobilismo.
inmovilista adj./s. imobilista.
inmovilización s.f. imobilização.

inmovilizado,-a adj. imobilizado.
inmovilizar v. imobilizar.
inmueble adj./s.m. imóvel.
inmundicia s.f. imundície.
inmundo,-a adj. imundo.
inmune adj. imune.
inmunidad s.f. imunidade.
inmunización s.f. imunização.
inmunizar v. imunizar.
inmunologia s.f. imunologia.
inmutabilidad s.f. imutabilidade.
inmutable adj. imutável.
inmutarse vr. imutar-se.
innato,-a adj. inato.
innecesario,-a adj. desnecessário.
innegable adj. inegável.
innocuo adj. inócuo.
innombrable adj. inominável.
innominado,-a adj. inominado.
innovación s.f. inovação.
innovador,-a adj./s. inovador.
innovar v. inovar.
innumerable adj. inumerável.
inobediencia s.f. desobediência.
inobservancia s.f. inobservância.
inocencia s.f. inocência.
inocentada s.f. trote, peça.
inocente adj./s. inocente.
inocentón,-ona adj./s. ingênuo, tonto.
inocuidad s.f. inocuidade.
inocuo,-a adj. inócuo.
inodoro,-a adj. inodoro.
inofensivo,-a adj. inofensivo.
inolvidable adj. inolvidável.
inoperante adj. inoperante.
inopia s.f. penúria, miséria.
inopinado,-a adj. inopinado.
inoportuno,-a adj. inoportuno.
inorgánico,-a adj. inorgânico.
inoxidable adj. inoxidável.
inquebrantable adj. inquebrantável.
inquietante adj. inquietante.
inquietar v. inquietar.
inquieto,-a adj. inquieto; ávido por.
inquietud s.f. inquietude.
inquilinato s.m. inquilinato; bloco de apartamentos.
inquilino,-a s. inquilino.
inquina s.f. antipatia, aversão.

inquirir v. inquirir.
inquisición s.f. inquisição.
inquisidor,-a adj./s. inquisidor.
inquisitivo,-a adj. inquisitivo.
inri s.m. **para más** ~ e ainda por cima.
insaciable adj. insaciável.
insalubre adj. insalubre.
insalubridad s.f. insalubridade.
insano,-a adj. insano.
insatisfacción s.f. insatisfação.
insatisfactorio,-a adj. insatisfatório.
insatisfecho,-a adj. insatisfeito.
inscribir v. inscrever, registrar, matricular, gravar.
inscripción s.f. inscrição.
inscrito,-a adj. inscrito.
insecticida adj./s.m. inseticida.
insectívoro,-a adj./s.m. insetívoro.
insecto s.m. inseto.
inseguridad s.f. insegurança, dúvida.
inseguro,-a adj. inseguro, perigoso.
inseminación s.f. inseminação.
inseminar v. inseminar.
insensatez s.f. insensatez.
insensato,-a adj./s. insensato.
insensibilidad s.f. insensibilidade.
insensibilizar v. insensibilizar.
insensible adj. insensível.
inseparable adj. inseparável.
inserción s.f. inserção.
insertar v. inserir.
inserto,-a adj. inserido.
inservible adj. inservível, inútil.
insidia s.f. insídia, cilada, malícia.
insidioso,-a adj. insidioso.
insigne adj. insigne.
insignia s.f. insígnia.
insignificancia s.f. insignificância.
insignificante adj. insignificante.
insinuación s.f. insinuação.
insinuante adj. insinuante.
insinuar v. insinuar.
insipidez s.f. insipidez.
insípido,-a adj. insípido.
insistencia s.f. insistência.
insistente adj. insistente.
insistir v. insistir.

insobornable *adj.* insubornável.
insociable *adj.* insociável.
insolación *s.f.* insolação.
insolencia *s.f.* insolência.
insolentarse *vr.* desaforar-se.
insolente *adj./s.* insolente.
insólito,-a *adj.* insólito.
insoluble *adj.* insolúvel.
insolvencia *s.f.* insolvência.
insolvente *adj.* insolvente.
insomne *adj.* ínsone.
insomnio *s.m.* insônia.
insondable *adj.* insondável.
insonorización *s.f.* insonorização.
insonorizado,-a *adj.* insonorizado.
insonorizar *v.* insonorizar.
insonoro,-a *adj.* insonoro.
insoportable *adj.* insuportável.
insoslayable *adj.* inevitável.
insospechado,-a *adj.* insuspeito.
insostenible *adj.* insustentável, indefensável.
inspección *s.f.* inspeção.
inspeccionar *v.* inspecionar.
inspector,-a *s.* inspetor.
inspiración *s.f.* inspiração.
inspirado,-a *adj.* inspirado.
inspirador,-a *adj./s.m.* inspirador.
inspirar *v.* inspirar, inalar. **inspirarse** *vr.* inspirar-se (em).
instalación *s.f.* instalação.
instalador,-a *s.* instalador.
instalar *v.*, **instalarse** *vr.* instalar(-se).
instancia *s.f.* instância.
instantánea *s.f.* (*Foto*) instantâneo.
instantáneo,-a *adj.* instantâneo.
instante *s.m.* instante; *al ~* imediatamente; *¡un ~!* um momento!
instar *v.* instar.
instauración *s.f.* instauração.
instaurador,-a *adj./s.* instaurador.
instaurar *v.* instaurar.
instigación *s.f.* instigação.
instigador,-a *adj./s.* instigador, instigante.
instigar *v.* instigar.
instintivo,-a *adj.* instintivo.

instinto *s.m.* instinto.
institución *s.f.* instituição.
institucional *adj.* institucional.
institucionalizar *v.* institucionalizar.
instituir *v.* instituir.
instituto *s.m.* instituto.
institutriz *s.f.* preceptora.
instrucción *s.f.* instrução.
instructivo,-a *adj.* instrutivo.
instructor,-a *adj./s.* instrutor.
instruido,-a *adj.* instruído.
instruir *v.* instruir.
instrumentación *s.f.* instrumentação.
instrumental *adj./s.m.* instrumental.
instrumentar *v.* instrumentar.
instrumentista *s.* instrumentista; (*Med.*) instrumentador.
instrumento *s.m.* instrumento.
insubordinación *s.f.* insubordinação.
insubordinado,-a *adj./s.* insubordinado.
insubordinar *v.*, **insubordinarse** *vr.* insubordinar(-se).
insuficiencia *s.f.* insuficiência.
insuficiente *adj./s.m.* insuficiente.
insufrible *adj.* insofrível.
insular *adj.* insular. *s.* insulano.
insularidad *s.f.* insularidade.
insulina *s.f.* insulina.
insulso,-a *adj.* insulso, insosso.
insultante *adj.* insultuoso.
insultar *v.* insultar.
insulto *s.m.* insulto.
insume *adj.* que custa caro.
insumergible *adj.* insubmergível.
insumisión *s.f.* insubmissão.
insumiso,-a *adj.* insubmisso.
insumo *s.m.* insumo.
insuperable *adj.* insuperável.
insurgente *adj./s.* insurgente, insurreto.
insurrección *s.f.* insurreição.
insurrecto,-a *adj./s.* insurreto.
insustancial *adj.* insubstancial.
insustancialidad *s.f.* insubstancialidade.
insustituible *adj.* insubstituível.
intacto,-a *adj.* intacto.
intachable *adj.* impecável, perfeito.
intangible *adj.* intangível.

integración *s.f.* integração.
integral *adj.* integral. *s.f.* (*Mat.*) integral.
integrante *adj./s.* integrante.
integrar *v.* integrar.
integridad *s.f.* integridade.
integrismo *s.m.* integrismo.
íntegro,-a *adj.* íntegro; inteiro.
intelecto *s.m.* intelecto.
intelectual *adj.* intelectual.
intelectualidad *s.f.* intelectualidade; os intelectuais.
intelectualismo *s.m.* intelectualismo.
intelectualista *adj./s.* intelectualista.
inteligencia *s.f.* inteligência, entendimento.
inteligente *adj.* inteligente.
inteligible *adj.* inteligível.
intemperie *s.f.* intempérie.
intempestivo,-a *adj.* intempestivo.
intención *s.f.* intenção.
intencionado,-a ou **intencional** *adj.* intencional.
intendencia *s.f.* intendência.
intendente *s.m.* intendente.
intensidad *s.f.* intensidade.
intensificación *s.f.* intensificação.
intensificar *v.* intensificar.
intensivo,-a *adj.* intensivo.
intenso,-a *adj.* intenso.
intentar *v.* tentar.
intento *s.m.* tentativa.
intentona *s.f.* intentona.
interacción *s.f.* interação.
intercalación *s.f.* intercalação.
intercalar *v.* intercalar.
intercambiable *adj.* intercambiável.
intercambiar *v.* intercambiar.
intercambio *s.m.* intercâmbio.
intrceder *v.* interceder.
interceptar *v.* interceptar.
interceptor *s.m.* interceptor.
intercesión *s.f.* intercessão.
intercesor,-a *adj./s.* intercessor.
intercomunicación *s.f.* intercomunicação.
intercomunicador *s.m.* intercomunicador.
interconectar *v.* interconectar.
interdecir *v.* interdizer, interditar.
interdependencia *s.f.* interdependência.

interdicción ou **interdicto** s.m. interdição, proibição.
interés s.m. interesse; benefício próprio; juros.
interesado,-a adj./s. interessado.
interesante adj. interessante.
interesar v., **interesarse** vr. interessar(-se).
interfecto,-a s. vítima de assassinato; a pessoa em questão.
interferencia s.f. interferência.
interferir v. interferir.
interfono s.m. interfone.
intergubernamental adj. intergovernamental.
ínterin s.m. ínterim.
interinidad s.f. interinidade.
interino,-a adj. interino. s. substituto.
interior adj./s. interior, interno; sem janelas para a rua. s.m. cueca; (Fut.) líbero.
interioridad s.f. intimidade. **interioridades** assuntos pessoais, segredos.
interiorizar v. interiorizar.
interjección s.f. interjeição.
interlínea s.f. entrelinha.
interlinear v. entrelinhar.
interlocutor,-a s. interlocutor.
interludio s.m. interlúdio.
intermediario,-a adj./s. intermediário.
intermedio,-a adj. intermediário. s.m. intervalo.
interminable adj. interminável.
interministerial adj. interministerial.
intermisión s.f. interrupção.
intermitencia s.f. intermitência.
intermitente adj. intermitente.
internacional adj./s.f. internacional.
internacionalismo s.m. internacionalismo.
internacionalizar v. internacionalizar.
internada s.f. (Fut.) avanço na área adversária.
internado,-a adj. internado, interno. s.m. internato.
internamiento s.m. internamento, internação.
internar v. internar. **internarse** vr. internar-se, penetrar, avançar, infiltrar.

internista adj./s. internista, generalista.
interno,-a adj. interno. s. (aluno, doente) interno.
interparlamentario,-a adj. interparlamentar.
interpelación s.f. interpelação.
interpelar v. interpelar.
interplanetario,-a adj. interplanetário.
interpolación s.f. interpolação.
interpolar v. interpolar.
interponer v. interpor. **interponerse** vr. intervir.
interposición s.f. interposição.
interpretación s.f. interpretação.
interpretar v. interpretar.
intérprete s. intérprete.
interpuesto,-a adj. interposto.
interracial adj. inter-racial.
interregno s.m. interregno.
interrogación s.f. interrogação.
interrogador,-a adj./s. interrogador.
interrogante adj. interrogante. s.m. ponto de interrogação.
interrogar v. interrogar.
interrogativo,-a adj./s.m. interrogativo.
interrogatorio s.m. interrogatório; questionário.
interrumpir v. interromper.
interrupción s.f. interrupção.
interruptor adj./s.m. interruptor.
intersección s.f. interseção.
intersindical adj. intersindical.
intersticio s.m. interstício.
interurbano,-a adj. interurbano; **conferencia ~a** chamada interurbana.
intervalo s.m. intervalo.
intervención s.f. intervenção.
intervencionismo s.m. intervencionismo.
intervencionista adj./s. intervencionista.
intervenir v. intervir; operar, mediar; confiscar; (telefone) grampear.
interventor,-a s. interventor; escrutinador, supervisor, auditor.
interviú s.m. entrevista.
intestinal adj. intestinal.
intestino,-a adj. interno, doméstico. s.m. intestino.

intimación s.f. intimação.
intimar v. intimar.
intimidación s.f. intimidação.
intimidad s.f. intimidade.
intimidar v. intimidar.
íntimo,-a adj. íntimo, privado. s. amigo íntimo.
intitular v. intitular.
intocable adj. intocável.
intolerable adj. intolerável.
intolerancia s.f. intolerância.
intolerante adj./s. intolerante.
intoxicación s.f. intoxicação.
intoxicar v. intoxicar.
intraducible adj. intraduzível.
intragable adj. intragável.
intramuros adv. intramuros.
intramuscular adj. intramuscular.
intranquilidad s.f. intranqüilidade.
intranquilizar v. intranqüilizar.
intranquilo,-a adj. intranqüilo.
intransferible adj. intransferível.
intransigencia s.f. intransigência.
intransigente adj. intransigente.
intransitable adj. intransitável.
intransitivo,-a adj./s.m. intransitivo.
intrascendencia s.f. insignificância, falta de importância.
intrascendente adj. insignificante, sem importância.
intratable adj. intratável.
intravenoso,-a adj. intravenoso.
intrépido,-a adj. intrépido.
intriga s.f. intriga.
intrigante adj./s. intrigante.
intrigar v. intrigar, interessar, maquinar.
intrincado,-a adj. intrincado, complicado.
intrincar v. intrincar, enredar, confundir.
intríngulis s.m. intenção oculta; complicação.
intrínseco,-a adj. intrínseco.
introducción s.f. introdução.
introducir v. introduzir. **introducirse** vr. intrometer-se.
introductor,-a adj./s. introdutor.
introductorio,-a adj. introdutório.

introito *s.m.* intróito.
intromisión *s.f.* intromissão.
introspección *s.f.* introspecção.
introspectivo,-a *adj.* introspectivo.
introversión *s.f.* introversão.
introvertido,-a *adj./s.* introvertido.
intrusión *s.f.* intrusão.
intrusismo *s.m.* charlatanismo.
intrusivo,-a *adj.* intrusivo.
intruso,-a *adj./s.* intruso, impostor.
intubación *s.f.* intubação.
intubar *v.* intubar.
intuición *s.f.* intuição.
intuir *v.* intuir.
intuitivo,-a *adj.* intuitivo.
inundación *s.f.* inundação.
inundar *v.* inundar.
inusitado,-a *adj.* inusitado.
inútil *adj.* inútil; incapacitado, inválido. *s.* inútil.
inutilidad *s.f.* inutilidade.
inutilizado,-a *adj.* inutilizado.
inutilizar *v.* inutilizar.
invadir *v.* invadir.
invalidación *s.f.* invalidação.
invalidar *v.* invalidar.
invalidez *s.f.* invalidez, invalidade.
inválido,-a *adj./s.* inválido.
invariabilidad *s.f.* invariabilidade.
invariable *adj.* invariável.
invariado,-a *adj.* inalterado.
invasión *s.f.* invasão.
invasor,-a *adj./s.* invasor.
invectiva *s.f.* invectiva.
invencibilidad *s.f.* invencibilidade.
invencible *adj.* invencível.
invención *s.f.* invenção.
inventar *v.* inventar.
inventariar *v.* inventariar.
inventario *s.m.* inventário.
inventiva *s.f.* imaginação.
inventivo,-a *adj.* inventivo.
invento *s.m.* invento.
inventor,-a *s.* inventor.
inverecundia *s.f.* semvergonhice.
invernada *s.f.* invernada
invernadero *s.m.* estufa, invernada.
invernal *adj.* invernal.

invernar *v.* hibernar; invernar.
inverosímil *adj.* inverossímil.
inverosimilitud *s.f.* inverossimilhança.
inversión *s.f.* inversão; investimento.
inversionista *s.* investidor.
inverso,-a *adj.* inverso; *a la ~ inversa* vice-versa.
inversor,-a *s.* investidor.
invertebrado,-a *adj./s.* invertebrado.
invertido,-a *adj.* invertido. *s.* homossexual.
invertir *v.* inverter; investir (*dinheiro*).
investidura *s.f.* investidura.
investigación *s.f.* investigação.
investigador,-a *adj./s.* investigador; detetive.
investigar *v.* investigar; pesquisar.
investir *v.* investir.
inveterado,-a *adj.* inveterado.
inviable *adj.* inviável.
invicto,-a *adj.* invicto.
invidente *adj./s.* cego.
invierno *s.m.* inverno.
inviolabilidad *s.f.* inviolabilidade.
inviolable *adj.* inviolável.
inviolado,-a *adj.* inviolado, intacto.
invisible *adj.* invisível.
invitación *s.f.* convite; ingresso, entrada.
invitado,-a *adj./s.* convidado.
invitar *v.* convidar.
invocación *s.f.* invocação.
invocar *v.* invocar.
involución *s.f.* involução.
involucionar *v.* retroceder.
involucionista *adj./s.* involucionista.
involucración *s.f.* envolvimento, comprometimento.
involucrado,-a *adj.* involucrado.
involucrar *v.*, **involucrarse** *vr.* envolver(-se).
involuntario,-a *adj.* involuntário.
involutivo,-a *adj.* retrocessivo.
invulnerable *adj.* invulnerável.
inyección *s.f.* injeção.
inyectable *adj.* injetável.
inyectar *v.* injetar.

inyector *s.m.* injetor.
iodo *s.m.* iodo.
ión *s.m.* íon.
iónico,-a *adj.* iônico.
ionizador *s.m.* ionizador.
ionizar *v.* ionizar.
ionosfera *s.f.* ionosfera.
ir *v.* ir. **irse** *vr.* ir-se.
ira *s.f.* ira, raiva, fúria.
iracundo,-a *adj.* iracundo, irascível.
iraní *adj./s.* iraniano.
iraquí *adj./s.* iraquiano.
irascibilidad *s.f.* irascibilidade.
irascible *adj.* irascível.
iridiscencia *s.f.* iridiscência.
iridiscente *adj.* iridiscente.
íris *s.m.* íris.
irisación *s.f.* irisação.
irisado,-a *adj.* iridescente.
irisar *v.* irisar, iriar.
irlandés,-esa *adj./s.* irlandês.
ironía *s.f.* ironia.
irónico,-a *adj.* irônico.
ironizar *v.* ironizar.
irracional *adj.* irracional.
irracionalidad *s.f.* irracionalidade.
irradiación *s.f.* irradiação.
irradiar *v.* irradiar; emanar.
irrazonable *adj.* irracional.
irreal *adj.* irreal.
irrealidad *s.f.* irrealidade.
irrealizable *adj.* irrealizável.
irrebatible *adj.* irrefutável.
irreconciliable *adj.* irreconciliável.
irreconocible *adj.* irreconhecível.
irrecuperable *adj.* irrecuperável.
irrecusable *adj.* irrecusável.
irreducible *adj*, **irreductible** *vr.* irredutível, inflexível.
irreemplazable *adj.* insubstituível.
irreflexión *s.f.* irreflexão.
irreflexivo,-a *adj.* irreflexivo, impetuoso.
irrefrenable *adj.* irrefreável.
irrefutable *adj.* irrefutável.
irregular *adj.* irregular.
irregularidad *s.f.* irregularidade.
irrelevante *adj.* irrelevante.
irremediable *adj.* irremediável.
irremisible *adj.* irremissível, imperdoável.

irremplazable *adj.* insubstituível.
irreparable *adj.* irreparável.
irreprimible *adj.* irreprimível.
irreprochable *adj.* irreprochável.
irresistible *adj.* irresistível.
irresoluto,-a *adj.* irresoluto.
irrespetuoso,-a *adj.* desrespeitoso.
irrespirable *adj.* irrespirável.
irresponsabilidad *s.f.* irresponsabilidade.
irresponsable *adj./s.* irresponsável.
irreverencia *s.f.* irreverência.
irreverente *adj.* irreverente.
irreversible *adj.* irreversível.
irrevocable *adj.* irrevogável.
irrigación *s.f.* irrigação.
irrigar *v.* irrigar.
irrisorio,-a *adj.* irrisório. ridículo.
irritabilidad *s.f.* irritabilidade.
irritable *adj.* irritável.
irritación *s.f.* irritação.
irritante *adj.* irritante.
irritar *v.* irritar. irritarse *vr.* enfadar-se, irritar-se.
irrompible *adj.* inquebrável.
irrumpir *v.* irromper.
irrupción *s.f.* irrupção.
isabelino,-a *adj.* isabelino.
isla *s.f.* ilha.
islam *s.m.* islã, islamismo.
islámico,-a *adj.* islâmico, islamítico.
islamismo *s.m.* islamismo.
islamita *adj./s.* islamita.
islandés,-esa *adj./s.* islandês.
isleño,-a *adj./s.* insulano.
isleta *s.f.* ilhota.
islote *s.m.* ilhote, ilhéu.
ismo *s.m.* (*Fam.*) ismo, doutrina.
isobara *s.f.* isóbare.
isobárico,-a *adj*, **isobaro** *adj.* isóbaro, isobárico.
isómero,-a *adj.* isômero.
isometría *s.f.* isometria.
isométrico,-a *adj.* isométrico.
isósceles *adj.* isósceles.
isoterma *s.f.* isoterma.
isotérmico,-a *adj.* isotérmico.
isótopo *s.m.* isótopo.
isquemia *s.f.* isquemia.
israelí *adj./s.* israelita.
istmo *s.m.* istmo.
italiano,-a *adj./s.* italiano.
ítem *s.m.* item.
itinerante *adj.* itinerante.
itinerario *s.m.* itinerário.
izada *s.f.* içamento.
izaga *s.f.* juncal; junqueira.
izar *v.* içar.
izquierda *s.f.* esquerda; mão esquerda.
izquierdear *v.* desviar-se do que é justo.
izquierdismo *s.m.* esquerdismo.
izquierdista *adj./s.* esquerdista.
izquierdo,-a *adj.* esquerdo; canhoto; torto.
izquierdoso,-a *adj./s.* esquerdista.

J

J, j *s.f.* J, j.
ja! *interj.* ah!
jaba *s.f.* cesto, caixão, rosto.
jabalí *s.m.* javali.
jabalina *s.f.* javalina; dardo, azagaia.
jabardo *s.m.* enxame, multidão.
jabato,-a *adj.* valente. *s.m.* filhote de javali.
jábega *s.f.* enxávega.
jabeque *s.m.* xaveco.
jabón *s.m.* sabão.
jabonado *s.m.* ensaboado; sabão, repriminenda.
jabonadura *s.f.* ensaboadura.
jabonar *v.* ensaboar.
jaboncillo *s.m.* sabonete; giz de alfaiate.
jabonera *s.f.* saboneteira.
jabonería *s.f.* saboaria.
jabonero,-a *s.* saboeiro.
jabonete *s.m.* sabonete.
jabonoso,-a *adj.* saponáceo; com sabão.
jaca *s.f.* pônei; égua; (*Gír.*) gostosona.
jacal *s.m.* choupana.
jácara *s.f.* xácara.
jacarandá *s.m.* jacarandá.
jacarandoso,-a *adj.* alegre, garboso.
jacarero ou **jacarista** *s.m.* folião, galhofeiro.
jácena *s.f.* viga mestra.
jacinto *s.m.* jacinto.
jaco *s.m.* rocim; (*droga*) heroína.
jacobeo,-a *adj.* de São Tiago.
jactancia *s.f.* jactância.
jactancioso,-a *adj./s.* jactancioso.
jactarse *vr.* gabar-se, jactar-se de.
jaculatorio,-a *adj.* fervoroso.
jade *s.m.* jade.
jadeante *adj.* ofegante.
jadear *v.* arquejar, ofegar, arfar.
jadeo *s.m.* arquejo, ofego.
jaenés,-esa *adj./s.* natural de Jaén.
jaez *s.m.* jaez; índole, caráter.
jaguar *s.m.* jaguar.
jai *s.f.* mulher, cigana.
jaique *s.m.* albornoz.
jalada *s.f.* excesso; tragada.
jalado,-a *adj.* ébrio; pálido.
jalar *v.* atrair, puxar; comer com apetite; ir-se depressa; ter relações sexuais. **jalarse** *vr.* embebedar-se.
jalbegar *v.* caiar.
jalea *s.f.* geléia.
jaleador,-a *adj./s.m.* animador.
jalear *v.* animar; açular.
jaleo *s.m.* algazarra, confusão, zona; galanteio.
jaleoso,-a *adj.* barulhento.
jalón *s.m.* baliza; marco; trago; tragada, puxão; trecho.
jalonar *v.* balizar, marcar.
jamaicano,-a *adj./s.* jamaicano.
jamancia *s.f.* comida, fome.
jamar *v.* comer.
jamás *adv.* jamais.
jamba *s.f.* batente.
jamelgo *s.m.* rocim.
jamón *s.m.* presunto.
jamona *adj.* (*Fam.*) gostosona; coroa gorda.
jamuga *s.f.* sela, silhão.
jamurar *v.* esgotar a água de.
jándalo,-a *adj./s.* andaluz.
jangada *s.f.* asneira; travessura; jangada, balsa.
japonés,-esa *adj./s.* japonês.
japuta *s.m.* xaputa.
jaque *s.m.* (*xadrez*) xeque.
jaquear *v.* dar xeque.
jaqueca *s.f.* enxaqueca.
jaquecoso,-a *adj.* aborrecido, amolante.
jáquima *s.f.* embriaguez, bebedeira.
jara *s.f.* esteva, xara.
jarabe *s.m.* xarope; dança mexicana.
jarana *s.f.* farra; gritaria; burla; viola.
jaranero,-a *adj./s.* farrista; violeiro.
jarcia *s.f.* enxárcia.
jardín *s.m.* jardim.
jardinera *s.f.* jardineira.
jardinería *s.f.* jardinagem.
jardinero *s.m.* jardineiro.
jareta *s.f.* bainha; cabo, corda; braguilha.
jarocho,-a *adj.* insolente. *adj./s.* de Veracruz.
jarra *s.f.* jarra.
jarrete *s.m.* jarrete, curvejão.
jarretera *s.f.* jarreteira, liga.
jarro *s.m.* jarro.
jarrón *s.m.* vaso, urna.
jaspe *s.m.* jaspe.
jaspeado,-a *adj.* jaspeado.
jaspear *v.* jaspear.
jauja *s.f.* riqueza, fartura.
jaula *s.f.* jaula, engradado; chiqueirinho.
jauría *s.f.* matilha.
javanés,-esa *adj./s.* javanês.
jayán,-ana *s.* homenzarrão, mulherão.
jazmín *s.m.* jasmim.
jazz *s.m.* jazz.
jazzman *s.m.* músico de jazz.
¡je! *interj.* ha!; **¡je! ¡je!** ha! ha!
jean *s.m.* jeans.
jebe *s.m.* alume; borracha. seringueira.
jeep *s.m.* (*Aut.*) jipe.
jefa *s.f.* (*mulher*) chefe, diretora; mãe.
jefatura *s.f.* chefia, chefatura.
jefe *s.m.* chefe.
jején *s.m.* borrachudo.
jengibre *s.m.* gengibre.
jenízaro,-a *adj.* misturado. *s.m.* janízaro.
jeque *s.m.* xeique.

jerarca s.m. hierarca, chefe.
jerarquía s.f. hierarquia; grau, categoria.
jerárquico,-a adj. hierárquico.
jeremías s. chorão, lamuriador.
jerez s.m. xerez.
jerga s.f. jargão, gíria, geringonça; xerga.
jergal adj. do jargão, da gíria.
jergón s.m. enxergão; pessoa gorda; vestido malfeito.
jeribeque s.m. careta.
jerigonza s.f. geringonça, extravagância.
jeringa s.f. seringa.
jeringar v. seringar; maçar, molestar.
jeringazo s.m. seringação; seringada.
jeringuilla s.f. seringa hipodérmica.
jeroglífico,-a adj. hieroglífico. s.m. hieróglifo; rébus.
jerosolimitano,-a adj./s. hierosolimitano.
jersey s.m. suéter, pulôver.
¡Jesucristo! interj. Jesus Cristo!
jesuita adj./s. jesuíta.
jesuítico,-a adj. jesuítico.
¡Jesús! interj. céus!; Jesus!; **en un decir ~** num instante.
jet s.m. (avião) jato.
jeta s.f. adj./s. cínico, sem-vergonha, cara-de-pau. s.f. cara; careta, focinho; cinismo.
ji interj. ih!; chi!
jibá s.f. coca (planta).
jíbaro,-a adj./s. jivaro; camponês.
jibia s.f. choco, siba, sépia.
jicama s.f. nabo.
jícara s.f. xícara.
jicarazo s.m. xicarada.
jícaro s.m. cabaceiro.
jicote s.m. vespa grande.
jicotera s.f. vespeiro.
jiennense adj./s. natural de Jaén.
jilguero,-a s. pintassilgo.
jilipollas s. palerma.
jilipollez s.f. estupidez.
jineta s.f. (Zool.) gineta; lança curta; dragona.
jinete s.m. ginete.
jinetear v. domar; montar.

jinetera s.f. prostituta.
jingoísmo s.m. jingoísmo.
jingoísta s. jingoísta.
jinjol s.m. jujuba.
jiña s.f. bosta; insignificância.
jiñar v. cagar.
jipa s.f. chapéu de palha.
jipato,-a adj. pálido.
jipi s.m. chapéu panamá.
jipiar v. gemer, soluçar.
jipido s.m. gemido, soluço.
jipipapa s.f. chapéu de palha.
jira s.f. piquenique; retalho.
jirafa s.f. girafa.
jirón s.m. rasgão; pedaço, trecho; girão; rua.
jiste s.m. espuma de cerveja, colarinho.
jitazo s.m. êxito.
jitomate s.m. tomate caqui.
¡jo! interj. que saco!; pô!; caramba!
job s.m. homem paciente.
¡jobar! interj. pô!; que saco!; caramba!
jockey s.m. jóquei.
jocó s.m. orangotango.
jocoque s.m. iogurte.
jocoserio,-a adj. tragicômico.
jocosidad s.f. jocosidade, gracejo.
jocoso,-a adj. jocoso, cômico.
jocundo,-a adj. alegre, agradável.
joda s.f. (Vulg.) saco, encheção; problema, amolação.
joder v. (Vulg.) foder; encher o saco, irritar; arruinar, quebrar; roubar. **joderse** vr. aguentar; lastimar-se; foder-se. **¡joder!** interj. cacete!; caramba!
jodido,-a adj. (Vulg.) fodido, maldito, infame; irritante; doente, perdido, arruinado.
jodienda s.f. (Vulg.) foda; saco, droga.
¡jodo! interj. caramba!
jodón,-ona adj. chato, pentelho.
jofaina s.f. pia, bacia.
jóker s.m. curinga.
jolgorio s.m. farra, diversão.
¡jolín! ou **¡jolines!** interj. puxa!; caramba!; porra!
jónico,-a adj./s. jônico.
jonja s.f. brincadeira, gozação.

jonjabar v. lisonjear.
joparse vr. fugir de medo.
¡jope! interj caramba!; puxa!
jordano,-a adj./s. jordaniano.
jorguín,-ina s. bruxo, bruxa.
jorguinería s.f. bruxaria.
jornada s.f. jornada, dia, vida, (Teat.) ato.
jornal s.m. salário diário; jeira; **a ~** por dia.
jornalar v. assalariar.
jornalero,-a s. diarista, jornaleiro, trabalhador braçal.
joroba s.f. corcunda, corcova; chateação.
jorobado,-a adj. corcunda.
jorobar v. chatear, aborrecer, encher o saco, arruinar. **jorobarse** vr. conformar-se.
josefino,-a adj./s. natural de San José.
jota s.f. jota; baile aragonês; coisa mínima; **ni ~ nada**.
joule s.m. joule.
joven adj./s. jovem, juvenil.
jovenado s.m. juvenato.
jovencito,-a ou **jovenzuelo,-a** adj./s. jovenzinho, garoto.
jovial adj. alegre, jovial.
jovialidad s.f. alegria, jovialidade.
joya s.f. jóia; dote.
joyería s.f. joalheria.
joyero,-a s. joalheiro.
joyo s.m. joio.
juan s.m. sujeito, cara.
juanesca s.f. caos, confusão.
juanete s.m. joanete.
jubilación s.f. aposentadoria, pensão.
jubilado,-a adj./s. aposentado, pensionista.
jubilar v, **jubilarse** vr. aposentar(-se); alegrar-se. adj. jubilar.
jubileo s.m. jubileu.
júbilo s.m. júbilo.
jubiloso,-a adj. jubiloso.
jubón s.m. gibão.
judaico,-a adj. judaico.
judaísmo s.m. judaísmo.
judaización s.f. judaização.
judaizar v. judaizar.
judas s.m. traidor.
judeoalemán,-ana adj./s. judeu-alemão.
judeocristiano,-a adj./s. judeu-

cristão.
judeoespañol,-a *adj./s.* judeu-espanhol.
judería *s.f.* judiaria, bairro judeu.
judía *s.f.* feijão.
judiada *s.f.* judiaria, chacota.
judicatura *s.f.* judicatura, magistratura; poder judiciário.
judicial *adj.* judicial.
judío,-a *adj./s.* judeu; (*Gír.*) pão-duro.
judo *s.m.* judô.
judoka *s.* judoca.
juego *s.m.* jogo; *estar en* ~ estar em jogo; *crear* ~ (*Fut.*) armar uma jogada.
juerga *s.f.* farra, boêmia, diversão.
juerguearse *vr.* farrear; zombar de.
juerguista *adj./s.* farrista.
jueves *s.m.* quinta-feira; *ser cosa del otro* ~ ser coisa do outro mundo.
juey *s.m.* pessoa avarenta; *hacerse el* ~ *dormido* fazer-se de sonso.
juez *s.m.* juiz; *ser* ~ *y parte* ter interesse em.
jugada *s.f.* jogada, lance; treta, tapaça.
jugador,-a *adj./s.* jogador.
jugar *v.* jogar; brincar, apostar, enganar. **jugarse** *vr.* pôr em perigo, arriscar.
jugarreta *s.f.* logro, cachorrada, desfeita.
juglar *s.m.* jogral, truão.
juglaresco,-a *adj.* jogralesco.
jugo *s.m.* suco, sumo, molho; conteúdo.
jugosidad *s.f.* suculência, substância.
jugoso,-a *adj.* suculento; substancioso.
juguete *s.m.* brinquedo, joguete.

jugueteo *s.m.* brincadeira, folguedo.
juguetear *v.* brincar.
juguetería *s.f.* loja ou comércio de brinquedos.
juguetón,-ona *adj.* brincalhão, folgazão.
juicio *s.m.* juízo; opinião; discernimento; julgamento, júri.
juicioso,-a *adj.* judicioso.
jula, julandrón ou **julay** *s.* bobo, trouxa; homossexual.
julepe *s.m.* julepo; jogo de cartas; trabalheira, canseira; castigo, surra, susto.
julepear *v.* assustar, insistir, atormentar, cansar.
julio *s.m.* julho; joule.
juma *s.f.* bebedeira.
jumarse *vr.* embriagar-se.
jumental ou **jumentil** *adj.* jumental.
jumento *s.m.* jumento.
jumera *s.f.* bebedeira.
juncal *adj.* esbelto. *s.m.* juncal.
juncia *s.f.* junça.
junco *s.m.* junco; bengala.
jungla *s.f.* selva.
junio *s.m.* junho.
júnior *adj./s.m.* júnior.
junípero *s.m.* junípero, zimbro.
junquera *s.f.* junco, juncal.
junquillo *s.m.* junquilho.
junta *s.f.* junta.
juntar *v.* juntar. **juntarse** *vr.* juntar-se, unir-se, amigar-se.
junto,-a *adj.* junto. *adv* juntamente, perto, próximo.
juntura *s.f.* juntura, junção.
jupa *s.f.* abóbora redonda; cabeça.
jura *s.f.* juramento; ~ *de bandera* juramento à bandeira.
jurado,-a *adj.* jurado, juramentado. *s.m.* júri.
juramentado,-a *adj.* juramen-

tado.
juramentar *v.* juramentar.
juramento *s.m.* juramento; blasfêmia.
jurar *v.* jurar; blasfemar; **jurársela** prometer se vingar.
jurásico *adj.* jurássico.
jurdía *s.f.* rede de pesca.
jurel *s.m.* chicharro.
jurídico,-a *adj.* jurídico.
jurisconsulto *s.m.* jurisconsulto.
jurisdicción *s.f.* jurisdição.
jurisdiccional *adj.* jurisdicional.
jurisperito *s.m.* jurista.
jurisprudencia *s.f.* jurisprudência.
jurista *s.m.* jurista.
jusello *s.m.* sopa de queijo, ovos, caldo de carne e salsinha.
justa *s.f.* torneio, concurso.
justeza *s.f.* justeza, precisão.
justicia *s.f.* justiça.
justicialista *adj./s.* justicialista.
justiciero,-a *adj.* justiceiro, severo.
justificable *adj.* justificável.
justificación *s.f.* justificação.
justificado,-a *adj.* justificado.
justificante *adj.* justificante. *s.m.* comprovante, justificativa, atestado.
justificar *v.*, **justificarse** *vr.* justificar(-se).
justillo *s.m.* espartilho.
justiprecio *s.m.* avaliação.
justo,-a *adj.* justo, correto; apertado; exato. *s.* justo. *adv.* exatamente, precisamente.
juvenil *adj.* juvenil.
juventud *s.f.* juventude.
juzgado *s.m.* tribunal, corte, jurisdição.
juzgador,-a *adj.* julgador, juiz.
juzgar *v.* julgar, crer.

K

K, k *s.f.* K, k.
ka *s.f.* cá, nome da letra K.
kafkiano,-a *adj./s.* kafkiano.
káiser *s.m.* kaiser.
kaki *s.m.* caqui, caquizeiro.
kamikaze *s.m.* kamikase.
kantiano,-a *adj.* kantiano.
kantismo *s.m.* kantismo.
karaoke *s.m.* karaokê.
kárate *s.m.* caratê.
karateka *s.* carateca.
kart *s.m.* kart.
karting *s.m.* karting.
kastán *s.m.* turbante turco.
katiusca *s.f.* bota impermeável.
kayak *s.m.* caiaque.
keniata *adj./s.* queniano.
kepis *s.m.* quépi.
kermes *s.m.* quermes.
kermés *s.f.* quermesse.
kerosén ou **keroseno** *s.m.* querosene.
kibbutz *s.m.* kibutz.
kif *s.m.* maconha.
kilo *s.m.* quilo; um milhão de pesetas.
kilociclo *s.m.* quilociclo.
kilogramo *s.m.* quilograma.
kilohercio *s.m.* quilohertz.
kilolitro *s.m.* quilolitro.
kilometraje *s.m.* quilometragem.
kilometrar *v.* quilometrar.
kilométrico,-a *adj.* quilométrico.
kilómetro *s.m.* quilômetro.
kilopondio *s.m.* quilograma-força.
kilovatio *s.m.* quilowatt.
kilovoltio *s.m.* quilovolt.
kilt *s.m.* kilt, saiote escocês.
kimono *s.m.* quimono.
kindergarten *s.m.* jardim de infância.
kiosco *s.m.* quiosque.
kipá *s.f.* kipá, solidéu judeu.
kiwi *s.m.* kiwi.
knock-out *s.m.* nocaute.
koala *s.m.* coala.
krausismo *s.m.* krausismo.
krausista *adj./s.* krausista.
kurdo,-a *adj./s.* curdo.
kwaití *adj./s.* de Kuwait (país asiático) ou relacionado com ele.

L

L, l *s.f.* L, l.
la *art. def.* a.
la *s.m.* (Mús.) lá.
lábaro *s.m.* lábaro.
laberíntico,-a *adj.* labiríntico.
laberinto *s.m.* labirinto.
labia *s.f.* lábia.
labiado,-a *adj.* labiado.
labial *adj./s.f.* labial.
lábil *adj.* lábil.
labilidad *s.f.* labilidade.
labio *s.m.* lábio.
labor *s.f.* trabalho, lavor, lavoura; lavra.
laborable *adj.* de trabalho; arável, cultivável; *día ~* dia útil.
laboral *adj.* do trabalho.
laboralista *adj./s.* advogado trabalhista.
laborar *v.* trabalhar, lavrar.
laboratorio *s.m.* laboratório.
laboriosidad *s.f.* laboriosidade.
laborioso,-a *adj.* trabalhador; árduo, trabalhoso.
laborismo *s.m.* laborismo.
laborista *adj./s.* laborista.
labra *s.f.* ou **labrado** *s.m.* lavra.
labrador *s.m.* lavrador.
labrantío,-a *adj./s.m.* lavradio.
labranza *s.f.* lavoura, agricultura, qualquer trabalho.
labrar *v.* lavrar, arar, cultivar, edificar; fazer, causar.
labriego,-a *s.* lábrego, lavrador.
laca *s.f.* laca; laquê, goma-laca.
lacayo *s.m.* lacaio.
laceración *s.f.* laceração.
lacerante *adj.* dilacerante.
lacerar *v.* dilacerar, padecer.
lacería *s.f.* laçaria.
lacero,-a *s.* laçador; apanhador de cães vadios para a carrocinha.
lacha *s.f.* anchova; vergonha
lachear *v.* galantear.
lacio,-a *adj.* lasso; liso; murcho, frouxo.

lacón *s.m.* pernil cozido.
lacónico,-a *adj.* lacônico.
laconismo *s.m.* laconismo.
lacra *s.f.* cicatriz, chaga, defeito físico, seqüela.
lacrado,-a *adj.* lacrado.
lacrar *v.* lacrar; contagiar; prejudicar a saúde.
lacre *s.m.* lacre.
lacrimal *adj.* lacrimal.
lacrimógeno,-a *adj.* lacrimogêneo.
lacrimoso,-a *adj.* lacrimoso.
lactancia *s.f.* lactação.
lactante *adj./s.* lactante.
lactar *v.* amamentar, mamar.
lácteo,-a *adj.* lácteo.
láctico,-a *adj.* láctico.
lactosa *s.f.* lactose.
lacustre *adj.* lacustre.
ladear *v.* ladear, inclinar; desviar. **ladearse** *vr.* inclinar-se a; virar-se para o outro lado.
ladeo *s.m.* inclinação.
ladera *s.f.* ladeira, declive.
ladilla *s.f.* piolho.
ladino,-a *adj.* ladino, astuto. *s.m.* (*língua*) judeu-espanhol.
lado *s.m.* lado.
ladra *s.f.* latido.
ladrador,-a *adj.* ladrador.
ladrar *v.* ladrar, latir.
ladrido *s.m.* latido.
ladrillar *s.m.* olaria.
ladrillazo *s.m.* tijolada.
ladrillo *s.m.* tijolo; chatice, maçada.
ladrón,-ona *adj./s.* ladrão; (*Eletr.*) benjamim.
ladronear *v.* roubar.
ladronera *s.f.* covil, ladroeira; roubo.
ladronzuelo,-a *s.* punguista, trombadinha.
lagaña *s.f.* remela.
lagar *s.m.* lagar.
lagarero,-a *s.* lagareiro.

lagarta *s.f.* lagarta; mulher astuta.
lagartear *v.* importunar.
lagartija *s.f.* lagartixa.
lagarto *s.m.* lagarto; homem astuto. ¡lagarto! *interj.* isola!; sai diabo!
lagartón,-ona *s.* espertalhão.
lago *s.m.* lago.
lagotear *v.* bajular.
lágrima *s.f.* lágrima.
lagrimal *adj.* lacrimal. *s.m.* canto do olho.
lagrimear *v.* lacrimejar, chorar com freqüência.
lagrimeo *s.m.* choro, lacrimejo.
lagrimoso,-a *adj.* lacrimoso.
laguna *s.f.* laguna, lagoa; lacuna.
lagunajo *ou* **lagunazo** *s.m.* charco.
laicado *s.m.* laicato.
laico,-a *adj./s.* leigo.
laísmo *s.m.* uso incorreto de *la, las* ao invés de *le, les*.
laja *s.f.* laje, lájea.
lama¹ *s.m.* (*Rel.*) lama.
lama² *s.f.* lama, lodo; prado; lhama.
lamber *s.m.* lamber, adular.
lambiscón,-ona *adj.* adulador.
lambisquear *v.* lambiscar.
lambrijo,-a *adj.* magricela.
lambrucio,-a, lambucero,-a *adj.* glutão, guloso.
lameculos *s.* (*Vulg.*) bajulador, puxa-saco.
lamedal *s.m.* lamaçal.
lamedor,-a *adj./s.* lambedor; xarope; lisonja.
lamedura *s.f.* lambid(el)a.
lamentable *adj.* lamentável.
lamentación *s.f.* lamentação.
lamentar *v.*, **lamentarse** *vr.* lamentar(-se).
lamento *s.m.* lamento.
lamentoso,-a *adj.* lamentoso.

lameplatos s. lambe-pratos, guloso; pessoa paupérrima.
lamer v. lamber.
lametón s.m. lambida.
lamia s.f. tubarão.
lamido,-a adj. magro, esquelético; afetado.
lámina s.f. lâmina; chapa; estampa; ilustração.
laminación s.f. laminação.
laminado,-a adj. laminado. s.m. laminação.
laminador,-a adj./s. laminador.
laminar adj./v. laminar.
lámpara s.f. lâmpada; válvula; lustre; mancha de óleo.
lamparería s.f. fábrica ou loja de lâmpadas.
lamparero,-a s. lampadeiro.
lamparilla s.f. lamparina; vela.
lamparón s.m. mancha de óleo.
lampazo s.m. bardana.
lampiño,-a adj. lampinho, imberbe.
lamprea s.f. lampréia.
lana s.f. lã; gentinha, ralé; dinheiro.
lanar adj. lanígero.
lance s.m. lance, lançamento; pesca; evento; rixa, disputa.
lancero s.m. lanceiro; (dança) quadrilha.
lanceta s.f. lanceta.
lancha s.f. lancha; laje; geada.
lanchero s.m. lancheiro.
lanchón s.m. barcaça, chata.
lancinante adj. lancinante.
landa s.f. charneca.
landó s.m. landô, landau.
lanero,-a adj. lanígero, de lã.
lángaro,-a adj. vagabundo; faminto.
langosta s.f. lagosta; gafanhoto.
langostino s.m. lagostim, pitu.
languidecer v. elanguescer, enfraquecer.
languidez s.f. languidez.
lánguido,-a adj. lânguido.
lanígero,-a adj. lanígero.
lanilla s.f. lanugem; flanela.
lanolina s.f. lanolina.
lanoso,-a adj. lanoso.
lanza s.f. lança, lanceiro; gatuno; varal.
lanzacabos s.m. foguetão.
lanzacohetes s.m. lança-foguetes.
lanzada s.f. lançada.
lanzadera s.f. lançadeira; nave espacial; lancha veloz.
lanzado,-a adj. resoluto; atirado.
lanzador,-a adj./s. lançador.
lanzagranadas s.m. lança-granadas.
lanzallamas s.m. lança-chamas.
lanzamiento s.m. lançamento; arremesso.
lanzaminas s.m. navio lança-minas.
lanzamisiles s.m. lança-mísseis.
lanzaplatos s.m. (Tiro) lança-discos de barro.
lanzar v. lançar, arremessar; gritar, suspirar; proferir; soltar, libertar; brotar. **lanzarse** vr. atirar-se, decidir-se.
lanzatorpedos s.m. lança-torpedos.
laña s.f. grampo; coco verde.
lañar v. grampear, rebitar.
laosiano,-a adj./s. laosiano.
lapa s.f. lapa; flor; pessoa chata, (Vulg.) pentelho.
lapicera s.f. caneta esferográfica.
lapicero s.m. lápis.
lápida s.f. lápide.
lapidación s.f. apedrejamento.
lapidar v. apedrejar; lapidar.
lapidario,-a adj./s. lapidário.
lapislázuli s.m. lápis-lazúli.
lápiz s.m. lápis.
lapo s.m. cuspida; cacetada; trago, drinque.
lapón,-ona adj./s. lapão.
lapso s.m. lapso.
lapsus s.m. lapso, erro.
laque s.m. boleadeiras.
laqueado,-a adj. laqueado; laqueação.
laquear v. laquear.
lar s.m. lar, fogão.
lardo s.m. toucinho.
larga s.f. calço; taco; (Aut.) luz alta.
largamente adv. folgadamente, longamente.
largar v. largar; afrouxar, soltar; dar, dizer; demitir; contar, falar demais. **largarse** vr. ir embora.
largo,-a adj. comprido, grande, demorado, longo; esperto; generoso; alto; abundante; frouxo; a mais. s.m. comprimento; (Cine.) longa; (Mús.) largo.
largometraje s.m. longa-metragem.
largomira s.m. telescópio.
larguero,-a adj. generoso, abundante. s.m. viga, travessa; trave, cabeceira, batente.
largueza s.f. comprimento; liberalidade.
larguirucho,-a adj. desengonçado, varapau.
largura s.f. comprimento.
laringe s.f. laringe.
laringeo,-a adj. laríngeo.
laringitis s.f. laringite.
laringología s.f. laringologia.
laringólogo,-a s. laringologista.
larva s.f. larva.
las art. def. pl. as.
lasaña s.f. lasanha.
lasca s.f. lasca.
lascivia s.f. lascivia.
lascivo,-a adj. lascivo.
láser s.m. laser.
lasitud s.f. lassidão.
laso,-a adj. lasso, cansado; bambo.
lástima s.f. lástima, pena, queixume.
lastimadura s.f. ferimento.
lastimar v. ferir, ofender, machucar. **lastimarse** vr. lastimar-se, condoer-se.
lastimero,-a, lastimoso,-a adj. lastimoso.
lastra s.f. laje.
lastrar v. lastrar.
lastre s.m. lastro; pedra frágil; obstáculo.
lata s.f. lata; ripa; estorvo, chatice.
latear v. chatear.
latente adj. latente.
latencia s.f. latência.
lateral adj. lateral, indireto, colateral. s.m. lateral.
latería s.f. lataria, funilaria.
látex s.m. látex.
latido s.m. batida (do coração), palpitação, pulsação.
latifundio s.m. latifúndio.
latifundismo s.m. sistema de latifúndios.
latifundista adj./s. latifundiário.

latigazo s.m. chicotada; pontada; trago, drinque; ofensa; chamada.
látigo s.m. chicote.
latiguear v. chicotear.
latiguillo s.m. clichê, chavão.
latín s.m. latim.
latinajo s.m. latinório, latinismo.
latinidad s.f. latinidade.
latinismo s.m. latinismo.
latinizar v. latinizar.
latino,-a adj./s. latino.
latinoamericano,-a adj./s. latino-americano.
latir v. bater, palpitar; latejar; latir, ladrar.
latitud s.f. latitude.
lato,-a adj. lato, amplo.
latón s.m. latão.
latoso,-a adj. irritante, tedioso, chato.
latrocinio s.m. roubo.
laucha s.f. rato; pessoa esperta; rapazote.
laúd s.m. alaúde; laúde.
laudable adj. louvável.
láudano s.m. láudano.
laudatoria s.f. panegírico.
laudatorio,-a adj. laudatório.
laudo s.m. laudo, veredito.
laureado,-a adj./s. laureado.
lauredal s.m. loureiral.
laurel s.m. laurel, louro; loureiro.
lava s.f. lava.
lavable adj. lavável.
lavabo s.m. pia, lavatório; banheiro.
lavacaras s. puxa-saco.
lavacoches s. lavador de carros.
lavacristales s. lavador de janelas.
lavada s.f. lavadura, lavagem; aguada.
lavadero s.m. lavadouro, lavanderia.
lavado s.m. lavagem; aguada, guache.
lavadora s.f. lavadora, lavadeira.
lavafrutas s.m. lavanda.
lavamanos s.m. lavanda, pia.
lavamiento s.m. lavagem; clister.
lavanco s.m. ganso bravo.

lavanda s.f. lavanda, alfazema.
lavandera s.f. lavadeira; (Zool.) lavandeira.
lavandería s.f. lavanderia.
lavandero s.m. lavadeiro.
lavandina s.f. barrela, lixívia.
lavándula s.f. alfazema, lavanda.
lavaojos s.m. lava-olhos.
lavaplatos s.m. lava-louças.
lavar v., **lavarse** vr. lavar(-se).
lavativa s.f. enema, clister, clisório; incômodo.
lavatorio s.m. (Rel.) lavabo, lava-pés; lavagem, pia, lavanda.
lavavajillas s.m. lava-louça; detergente.
lavazas s.f.pl. lavadura.
lavotear v. lavar às pressas.
lavoteo s.m. lavagem por alto.
laxante adj./s.m. laxante.
laxar v. laxar, purgar.
laxativo,-a adj./s.m. laxativo.
laxitud s.f. lassitude, lassidão.
laxo,-a adj. lasso, frouxo; libertino.
laya s.f. laia, espécie; pá.
layar v. cavar.
lazada s.f. nó, laço.
lazar v. laçar.
lazareto s.m. lazareto, leprosário.
lazarillo s.m. guia de cego.
lazo s.m. laço, laçada; nó; fita; gravata; união, vínculo; armadilha; corda.
le pron. pes. lhe, o, a ele, a ela.
leal adj./s. leal, fiel.
lealtad s.f. lealdade, fidelidade.
leandra s.f. (Fam.) peseta.
lebrato ou **lebratón** s.m. lebracho.
lebrel s.m. lebréu, galgo.
lebrillo s.m. bacia de louça.
lección s.f. lição.
lechada s.f. massa fina de cal, gesso e cimento.
lechal ou **lechar** adj. mamão, lactente.
leche s.f. leite; murro; sêmen; humor; chatice.
lechecillas s.f.pl. miúdos, fressura.
lechera s.f. leiteira; carro de polícia.
lechería s.f. leiteria.
lechero,-a adj./s.m. leiteiro; avaro.
lecho s.m. leito, cama; fundo; curral; camada.
lechón s.m. leitão; porco, imundo.
lechona s.f. leitoa.
lechosa s.f. papaia.
lechoso,-a adj. leitoso.
lechuga s.f. alface.
lechuguilla s.f. rufo, prega.
lechuguino s.m. janota; fedelho metido a homem.
lechuza s.f. coruja.
lectivo,-a adj. letivo.
lector,-a adj./s. leitor.
lectorado s.m. leitorado.
kectura s.f. leitura; interpretação.
leer v. ler.
legación s.f. legação.
legado s.m. legado.
legajo s.m. dossiê.
legal adj. legal; honesto, fiel.
legalidad s.f. legalidade.
legalismo s.m. legalismo.
legalista adj./s. legalista.
legalización s.f. legalização.
legalizar v. legalizar.
légamo s.m. lodo, limo.
legamoso,-a adj. lodoso.
legaña s.f. remela.
legañoso,-a adj. remeloso.
legar v. legar, delegar, juntar.
legatario,-a s. legatário.
legendario,-a adj. legendário, famoso.
legible adj. legível.
legión s.f. legião.
legionario,-a adj./s. legionário.
legislación s.f. legislação.
legislador,-a adj./s. legislador.
legislar v. legislar.
legislativo,-a adj. legislativo.
legislatura s.f. legislatura.
legitimación s.f. legitimação.
legitimar v. legitimar.
legitimidad s.f. legitimidade.
legítimo,-a adj. legítimo.
lego,-a adj. leigo, desinformado. s.m. irmão leigo.
legua s.f. légua.
leguleyo s.m. leguleio, rábula.
legumbre s.m. legume.
leguminoso,-a adj. leguminoso. s.f.pl. leguminosas.
leíble adj. legível.
leída s.f. lida.

leído,-a *adj.* lido, erudito.
leísmo *s.m.* uso incorreto de *le, les* ao invés de *la, las.*
lejanía *s.f.* distância.
lejano,-a *adj.* distante, longe.
lejía *s.f.* lixívia, barrela.
lejísimos *adv.* longíssimo, longínquo.
lejos *adv.* longe.
lelo,-a *adj./s.* tolo, bobo.
lema *s.m.* lema, slogan; pseudônimo, verbete; sinopse.
lemosín,-ina *adj./s.m.* limosino.
lempira *s.m.* moeda de Honduras.
lena *s.f.* alento, vigor.
lencería *s.f.* lingerie, roupa de cama, banho e mesa; armarinho; rouparia.
lencero,-a *s.* comerciante de lingerie e roupa branca.
lendrera *s.f.* pente fino.
lengua *s.f.* língua, linguagem; badalo; fiel de balança.
lenguado *s.m.* linguado.
lenguaje *s.m.* linguagem, língua, idioma.
lenguarada *s.f.* lambida.
lenguaraz *adj.* linguarudo, descarado.
lengüeta *s.f.* lingüeta; epiglote; palheta; fiel de balança.
lengüetada *s.f.* ou **lengüetazo** *s.m.* lambida.
lengüetear *v.* tagarelar.
leninismo *s.m.* leninismo.
leninista *adj./s.* leninista.
lenitivo,-a *adj./s.m.* lenitivo.
lenocinio *s.m.* lenocínio.
lente *s.f.* lente. **lentes** *pl.* óculos.
lenteja *s.f.* lentilha.
lentejuela *s.f.* lantejoula.
lentilla *s.f.* lente de contato.
lentisco *s.m.* lentisco.
lentitud *s.f.* lentidão.
lento,-a *adj.* lento.
leña *s.f.* lenha; surra, (*Fut.*) jogo desleal.
leñador,-a *s.* lenhador.
leñame *s.m.* madeira.
leñazo *s.m.* paulada; trombada.
¡leñe! *interj.* saco!; droga!; pô!
leñera *s.f.* lenheiro, depósito de lenha.
leño *s.m.* lenho, toro; cabeçadura; bobo.
leñoso,-a *adj.* lenhoso.
leo *s.m.* (*Signo*) leão.
león,-ona *s.* leão; pessoa valente.
leonado,-a *adj.* marrom-claro.
leonera *s.f.* leoneira; casa de jogo; bagunça.
leonés,-esa *adj./s.* leonês.
leonino,-a *adj.* leonino.
leontina *s.f.* corrente de relógio de bolso.
leopardo *s.m.* leopardo.
leotardo *s.m.* collant; meia-calça.
lépero,-a *adj.* grosseiro, ordinário; astuto.
leporino,-a *adj.* leporino.
lepra *s.f.* lepra.
leprosería *s.f.* leprosário.
leproso,-a *adj./s.* leproso.
lerdera ou **lerdeza** *s.f.* preguiça.
lerdo,-a *adj.* lerdo, lento, obtuso, torpe.
leridano,-a *adj./s.* de Lérida.
les *pron. pes.* a eles; lhes; os; los.
lesbiana *s.f.* lésbica.
lesbianismo *s.m.* lesbianismo.
lesión *s.f.* lesão, dano, prejuízo.
lesionado,-a *adj./s.* ferido, machucado.
lesionar *v.* ferir, lesar.
lesivo,-a *adj.* lesivo.
leso,-a *adj.* lesado, ofendido, perturbado; tonto, torpe.
letal *adj.* letal.
letanía *s.f.* ladainha.
letárgico,-a *adj.* letárgico.
letargo *s.m.* letargia; modorra.
letífico,-a *adj.* alegre, letífico.
letón,-ona *adj./s.* letão.
letra *s.f.* letra; caligrafia, carta; título.
letrado,-a *adj.* instruído, culto. *s.* advogado.
letrero *s.m.* letreiro.
letrilla *s.f.* quadra.
letrina *s.f.* latrina; sujeira, cloaca.
leucemia *s.f.* leucemia.
leucémico,-a *adj.* leucêmico. *s.* doente de leucemia.
leucocito *s.m.* leucócito.
leva *s.f.* leva, recrutamento; came; casaca; trapaça.
levadizo,-a *adj.* levadiço.
levadura *s.f.* levedura.
levantado,-a *adj.* elevado; vantado.
levantador,-a *s.* levantado agitador.
levantamiento *s.m.* levantamento, abolição, suspens levante; edificação.
levantar *v.* levantar, elev soltar; erigir; produ fundar; sublevar; abolir, pender; desmontar; rou **levantarse** *vr.* sobressair levantar-se; produzir-se.
levante *s.m.* levante.
levantino,-a *adj./s.* levantino
levantisco,-a *adj.* turbule rebelde.
levar *v.* levantar ânco zarpar. **levarse** *vr.* mover-s
leve *adj.* leve.
levedad *s.f.* leveza.
leviatán *s.m.* leviatã.
levita *s.m.* levita. *s.f.* casaca
levitación *s.f.* levitação.
levitar *v.* levitar.
levítico,-a *adj./s.m.* levítico
léxico,-a *adj.* léxico. *s.m.* di nário, léxico.
lexicografía *s.f.* lexicografia
lexicográfico,-a *adj.* lexico fico.
lexicógrafo,-a *s.* lexicógr dicionarista.
lexicología *s.f.* lexicologia.
lexicológico,-a *adj.* lexic gico.
lexicón *s.m.* dicionário, léx
ley *s.f.* lei; (*metal*) pureza, lidade.
leyenda *s.f.* lenda; legenda.
lezna *s.f.* sovela.
lía *s.f.* corda; fezes.
liana *s.f.* liana, cipó, tr deira.
liar *v.* atar, amarrar, enre envolver, confundir; em lhar, insistir, complicar. **li** *vr.* pôr-se, começar; pega ter um caso; enganar-se; rolar-se.
libación *s.f.* libação.
libanés,-esa *adj./s.* libanês.
libar *v.* chupar, libar, prova
libelista *s.* libelista.

libelo s.m. libelo, petição.
libélula s.f. libélula.
liberación s.f. libertação, (imposto) isenção, (hipoteca) cancelamento.
liberado,-a adj. libertado, liberado.
liberador,-a adj. libertador.
liberal adj./s. liberal, tolerante, generoso.
liberalidad s.f. liberalidade, generosidade, desprendimento.
liberalismo s.m. liberalismo, tolerância.
liberalización s.f. liberalização.
liberalizar v. liberalizar.
liberar v. libertar, livrar, eximir. **liberarse** vr. livrar-se; emitir.
liberatorio,-a adj. liberatório.
liberiano,-a adj./s. liberiano.
líbero s.m. (Fut.) líbero.
libertad s.f. liberdade.
libertador,-a adj./s. libertador.
libertar v. libertar.
libertario,-a adj./s. libertário.
libertinaje s.f. libertinagem.
libertino,-a adj./s. libertino.
libidinoso,-a adj. libidinoso.
libido s.f. libido.
líbio,-a adj./s. líbio.
libra s.f. libra.
libraco s.m. alfarrábio.
librado,-a s. sacado.
librador,-a s. sacador.
libramiento s.m. ou **libranza** s.f. ordem de pagamento.
librar v. livrar, (sentença) dar, pronunciar; (cheque) emitir; (luta) disputar; folgar; parir. **librarse** vr. escapar.
librazo s.m. golpe com um livro.
libre adj. livre.
librea s.f. libré, uniforme.
librecambio s.m. livre-câmbio.
librecambismo s.m. livre-cambismo.
librecambista adj./s. livre-cambista.
librepensador,-a adj./s. livre-pensador.
librepensamiento s.m. livre-pensamento.
librería s.f. livraria, estante, biblioteca; papelaria.
librero,-a s. livreiro. s.m. estante de livros.
libresco,-a adj. livresco.
libreta s.f. caderneta, agenda; pão redondo; ~ *de ahorros* caderneta de poupança.
libretista s. libretista.
libreto s.m. libreto.
librillo s.m. bloco de papel de cigarro; folhoso.
libro s.m. livro; (Zool.) folhoso.
licantropía s.f. licantropia.
licántropo adj./s.m. licantropo, lobisomem.
licencia s.f. licença; liberdade excessiva.
licenciado,-a adj./s. licenciado, formado; advogado.
licenciar v. licenciar, autorizar, diplomar, demitir, dar baixa. **licenciarse** vr. formar-se.
licenciatura s.f. licenciatura.
licencioso,-a adj. licencioso.
liceo s.m. liceu, grêmio literário, escola secundária.
licitación s.f. licitação.
licitador s.m. licitante.
licitar v. licitar.
lícito,-a adj. lícito, legal.
licitud s.f. licitude.
licor s.m. líquido, licor.
licorera s.f. licoreira; bar.
licorería s.f. fábrica ou loja de licores.
licoroso,-a adj. licoroso.
licuable adj. liquefatível.
licuación s.f. liquefação.
licuado s.m. vitaminado; refresco.
licuadora s.f. liquidificador.
licuar ou **licuecer** v. liquefazer.
licuefacción s.f. liquefação.
lid s.f. lide, luta; disputa.
líder s. líder.
liderar v. liderar.
liderato ou **liderazgo** s.m. liderança.
lidia s.f. tourada; luta, lida.
lidiador s.m. toureiro.
lidiar v. tourear; lidar.
liebre s.f. lebre; covarde; (Atlet.) pacemaker; microônibus.
liencillo s.m. pano grosseiro de algodão.
liendre s.f. lêndea.
lienzo s.m. linho, tela, quadro, fachada.
liga s.f. liga; torneio; visco, atadura, mistura.
ligada s.f. atadura, volta.
ligado,-a adj. ligado. s.m. ligação, ligatura.
ligadura s.f. atadura, ligadura; laço; amarra.
ligamento s.m. ligamento.
ligamentoso,-a adj. ligamentoso.
ligar v. ligar, unir; obrigar; amarrar; flagrar; (Culin.) engrossar, dar liga; conquistar, seduzir. **ligarse** vr. aliar-se.
ligazón s.f. união, ligação.
ligereza s.f. leveza, presteza, rapidez, leviandade.
ligero,-a adj. leve; ágil; inconstante, insensato; *light. adv.* rapidamente.
lignito s.m. lignito.
ligón,-a adj. conquistador. s.m. enxada.
ligue s.f. flerte, caso.
liguero,-a adj. da liga, do campeonato. s.m. cinta-liga.
liguilla s.f. fita; (Esp.) mini-copa.
lija s.f. lixa.
lijado s.m. lixação.
lijadora s.f. lixadeira.
lijar v. lixar.
lila adj./s. lilás; tonto, burro, palerma.
liliáceo,-a adj. liliáceo.
liliputiense adj./s. anão.
lima s.f. (Ferram.) lima, limadura; comilão; correção, emenda; (Bot.) lima; limeira; limada; sanca, cimalha.
limaco s.m. lesma.
limado s.m. ou **limadura** s.f. limadura.
limar v. limar, polir.
limaza s.f. lesma.
limbo s.m. limbo.
limeño,-a adj./s. limenho.
limero s.m. limeira.
limitación s.f. limitação, limite.
limitado,-a adj. limitado, burro.
limitar v., **limitarse** vr. limitar(-se).
limitativo,-a adj. limitativo, restritivo.
límite s.m. limite.

limítrofe *adj.* limítrofe.
limo *s.m.* limo, lama, barro.
limón *s.m.* limão, limoeiro.
limonada *s.f.* limonada.
limonera *s.f.* varal; viga inclinada.
limonero,-a *s.* limoeiro; vendedor de limões.
limonita *s.f.* limonita.
limosna *s.f.* esmola.
limosnear *v.* esmolar.
limosnero,-a *adj.* caridoso, que dá esmolas. *s.m.* mendigo.
limoso,-a *adj.* lamacento, barrento.
limpia *s.f.* limpeza; engraxate.
limpiabarros *s.m.* limpa-pés.
limpiabotas *s.m.* engraxate.
limpiachimeneas *s.m.* limpa-chaminés.
limpiador,-a *adj.* que limpa, de limpeza. *s.* limpador.
limpiaparabrisas *s.m.* limpador de pára-brisas.
limpiar *v.* limpar; furtar, roubar. **limpiarse** *vr.* limpar-se.
limpidez *s.f.* limpidez.
límpido,-a *adj.* límpido.
limpieza *s.f.* limpeza; integridade, pureza.
limpio,-a *adj.* limpo, honrado, claro; ignorante; arruinado.
limpión *s.m.* pano de prato.
limusina *s.f.* limusine.
linaje *s.m.* linhagem, estirpe, classe.
linajudo,-a *adj.* nobre, de sangue azul.
linaza *s.f.* linhaça.
lince *s.m.* lince.
linchamiento *s.m.* linchamento.
linchar *v.* linchar.
lindante *adj.* lindeiro.
lindar *v.* confinar, lindar.
linde *s.* linde, limite.
lindero,-a *adj.* lindeiro, vizinho. *s.m.* limite.
lindeza *s.f.* formosura, beleza. *pl* insultos.
lindo,-a *adj.* formoso, lindo.
línea *s.f.* linha; raia; limite; fila; conduta; silhueta; classe; descendência; dose de droga.
lineal *adj.* linear.
lineamiento *s.m.* delineação.
linfa *s.f.* linfa; vacina.
linfático,-a *adj.* linfático.

lingotazo *s.m.* trago, drinque.
lingote *s.m.* lingote; barra.
lingotera *s.f.* lingoteira.
lingual *adj./s.f.* lingual.
lingüete *s.m.* lingüeta.
lingüista *s.* lingüista.
lingüística *s.f.* lingüística.
lingüístico,-a *adj.* lingüístico.
linier *s.m.* (*Fut.*) bandeirinha, juiz de linha.
linimento *s.m.* linimento.
lino *s.m.* linho; (*Náut.*) vela.
linóleo *s.m.* linóleo.
linotipia *s.f.* linotipia.
linotipista *s.* linotipista.
linotipo *s.m.* linotipo.
linterna *s.f.* lanterna, clarabóia.
lío *s.m.* barulho, desordem; confusão; encrenca; caso; mentira; embrulho, trouxa.
liofilización *s.f.* liofilização.
liofilizar *v.* liofilizar.
lioso,-a *adj.* confuso, complicado. *s.* encrenqueiro.
lipidia *s.f.* pobreza, impertinência, chatice. *s.* chato.
lipidioso,-a *adj.* amolante, incômodo.
lípido *s.m.* lípide, lipídio.
liposoluble *adj.* lipossolúvel.
lipotimia *s.f.* vertigem, desmaio.
liquen *s.m.* líquen.
liquidación *s.f.* liquidação; (*Bolsa*) fechamento.
liquidar *v.* liquidar; saldar; encerrar; fechar; baratear, torrar; eliminar, matar.
liquidez *s.f.* liquidez.
líquido,-a *adj./s.* líquido.
lira *s.f.* lira.
lírico,-a *adj.* lírico. *s.m.* poeta. *s.f.* poesia lírica.
lirio *s.m.* íris; lírio.
lirismo *s.m.* lirismo.
lirón *s.m.* arganaz; dorminhoco; alisma, almez.
lirondo,-a *adj.* limpo, puro.
lis *s.f.* lírio, flor-de-lis.
lisa *s.f.* liça, tainha.
lisboeta *adj./s.* lisboeta.
lisiado,-a *adj./s.* aleijado, inválido.
lisiar *v.* lesar, aleijar.
liso,-a *adj.* liso, simples; (*Esp.*) raso; (*cor*) claro; atrevido.
lisonja *s.f.* lisonja; losango.

lisonjeador,-a *s.* adulador.
lisonjear *v.* lisonjear, adular. **lisonjearse** *vr.* deleitar-se, congratular-se.
lisonjero,-a *adj.* lisonjeiro, agradável, prometedor.
lista *s.f.* tira, lista, listra, faixa.
listado,-a *adj.* listrado. *s.m.* listagem.
listar *v.* listrar; listar.
listeza *s.f.* perspicácia, rapidez.
listillo,-a *adj./s.* sabe-tudo.
listín *s.m.* livrinho de endereços; lista telefônica.
listo,-a *adj.* rápido, esperto, inteligente, pronto.
listón *s.m.* ripa, sarrafo; nível; (*Esp.*) barra; fita de seda.
listura *s.f.* perspicácia.
lisura *s.f.* lisura; franqueza; grosseria; descaramento.
litera *s.f.* beliche; liteira.
literal *adj.* literal.
literario,-a *adj.* literário.
literato,-a *s.* literato; escritor.
literatura *s.f.* literatura.
lítico,-a *adj.* lítico.
litigación *s.f.* litígio.
litigante *adj./s.* litigante.
litigar *v.* litigar, pleitear.
litigio *s.m.* litígio, disputa.
litigioso,-a *adj.* litigioso.
litografía *s.f.* litografia.
litografiar *v.* litografar.
litográfico,-a *adj.* litográfico.
litógrafo,-a *s.* litógrafo.
litoral *adj.* costeiro, litorâneo. *s.m.* litoral.
litosfera *s.f.* litosfera.
litri *adj./s.* esnobe, pedante.
litro *s.m.* litro.
lituano,-a *adj./s.* lituano.
liturgia *s.f.* liturgia.
litúrgico,-a *adj.* litúrgico.
liviandad *s.f.* leveza; leviandade.
liviano,-a *adj.* leviano, leve; lascivo; inconstante. *s.m.* pulmão; burro-guia.
lividecer *v.* lividescer.
lividez *s.f.* lividez.
lívido,-a *adj.* lívido.
liza *s.f.* liça; luta.
LL, ll *s.f.* LL, ll.
llaga *s.f.* chaga, ferida; tristeza; junta.
llagar *v.* chagar, ferir.

llama s.f. chama, paixão, ardor; lhama.
llamada s.f. chamada, ligação; atração; aceno; toque de reunir.
llamado,-a adj. chamado. s.m. chamamento; chamada.
llamador,-a s.m. aldrava; botão de campainha.
llamamiento s.f. apelo, chamamento, convocação.
llamar v. chamar, atrair; (Tel.) ligar; bater à porta. **llamarse** vr. chamar-se.
llamarada s.f. labareda; rubor da face; arrebatamento.
llamativo,-a adj. chamativo, berrante, espalhafatoso.
llameante adj. ardente.
llamear v. chamejar.
llana s.f. trolha; página.
llanero,-a s. habitante das planícies.
llaneza s.f. simplicidade.
llano,-a adj. plano; franco, aberto; amável; claro; simples, comum. s.m. planície.
llanote,-a adj. franco, sincero.
llanque s.m. sandália rústica.
llanta s.f. roda, calota, aro, pneu, bóia.
llantén s.m. tanchagem.
llantera ou **llantina** s.f. choradeira.
llanto s.m. pranto, choro.
llanura s.f. planície.
llave s.f. chave; fecho de arma; clave; colchete.
llavero,-a s.m. chaveiro.
llavín s.m. chavinha.
llegada s.f. chegada.
llegar v. chegar, vir; ser suficiente, dar; conseguir; ser, importar em; alcançar.
llenador,-a adj. saciador.
llenar v. encher, preencher, satisfazer, saciar, cumular; fecundar, saturar; ocupar. **llenarse** vr. encher-se, empanturrar-se; cansar-se; manchar-se.
lleno,-a adj. cheio, satisfeito, repleto; saciado; gordo. s.m. lotação, casa cheia.
llenito,-a adj. gorducho.
llevadero,-a adj. suportável, tolerável.
llevar v. levar; conduzir, guiar; acompanhar; roubar; dirigir; vestir, usar; ter; cobrar; causar, provocar; tolerar, sofrer; amputar; consumir, requerer; conseguir; exceder; tratar; marcar. **llevarse** vr. tratar-se; encarregar-se de.
llorar v. chorar, lamentar.
lloredo s.m. loureiral.
llorera s.f. choradeira.
llorica s. choramingas.
llorido s.m. gemido, pranto.
lloriquear v. choramingar.
lloriqueo s.m. choradeira.
lloro s.m. choro, pranto.
llorón,-ona adj./s. chorão; penacho.
llorona s.f. carpideira; esporão.
lloroso,-a adj. choroso.
llovedera s.f. chuva contínua.
llover v. chover, abundar.
llovizna s.f. garoa, chuvisco.
lloviznar v. garoar, chuviscar.
lloviznoso,-a adj. chuvoso.
lluvia s.f. chuva; abundância.
lluvioso,-a adj. chuvoso.
lo art./pron. pes. o, lo.
loa s.f. loa, elogio.
loable adj. louvável.
loar v. louvar.
loba s.f. loba; prostituta.
lobagante s.m. lagosta.
lobanillo s.m. cisto, quisto.
lobato s.m. lobinho.
lobero,-a adj./s. lobeiro.
lobezno s.m. lobinho.
lobisón s.m. lobisomem.
lobo s.m. lobo.
lóbrego,-a adj. lôbrego, sombrio.
lobreguez s.f. escuridão, obscuridade.
lobular adj. lobular.
lóbulo s.m. lóbulo, lobo.
lobuno,-a adj. lupino.
loca s.f. bicha louca.
local adj. local. s.m. recinto, fechado.
localidad s.f. localidade; assento, lugar; ingresso, entrada.
localista adj. regionalista, localista.
localización s.f. localização.
localizar v. localizar; limitar.
locatario,-a s. locatário, inquilino.
locatis s. maluco, louco.
locaut s.m. locaute.
loción s.f. loção.
loco,-a adj./s. louco, insensato, excepcional.
locomoción s.f. locomoção.
locomotor,-a adj. locomotor.
locomotora s.f. locomotiva.
locomotriz adj./s.f. locomotriz, locomotiva.
locuacidad s.f. loquacidade.
locuaz adj. loquaz.
locución s.f. locução, frase.
locuelo,-a adj./s. doidivanas.
locura s.f. loucura; disparate.
locutor,-a s. locutor.
locutorio s.m. locutório, parlatório; cabine telefônica; estúdio.
lodazal s.m. lodaçal.
lodo s.m. lodo, lama.
lodoso,-a adj. lodoso, lamacento.
logarítmico,-a adj. logarítmico.
logaritmo s.m. logaritmo.
logia s.f. galeria aberta; loja maçônica.
logicismo s.m. logicismo.
lógica s.f. lógica, razão.
lógico,-a adj./s. lógico.
logística s.f. logística.
logístico,-a adj. logístico.
logopeda s. logopedista.
logopedia s.f. logopedia.
logotipo s.m. logotipo.
logrado,-a adj. bem-sucedido.
lograr v. conseguir, obter.
logrero,-a s. agiota; parasita.
logro s.m. consecução; lucro, sucesso; agiotagem.
logroñés,-esa adj./s. de Logroño.
loísmo s.m. uso incorreto de lo ou los em lugar de le ou les.
loma s.f. morro, colina.
lombardo,-a adj./s. lombardo.
lombriz s.f. lombriga.
lomillería s.f. selaria.
lomo s.m. lombo; dorso, lombinho; lombada; costas; leiva.
lona s.f. lona.
loncha s.f. fatia; pedra plana.
lonche s.m. lanche.
lonchear v. fatiar.
lonchería s.f. lanchonete.

londinense adj./s. londrino.
longanimidad s.f. longanimidade.
longânimo,-a adj. longânime.
longaniza s.f. lingüiça.
longevidad s.f. longevidade.
longevo,-a adj. longevo.
longitud s.f. comprimento; longitude.
longitudinal adj. longitudinal.
longui(s) s.m. *hacerse el* ~ fazer-se de distraído.
lonja s.f. fatia; tira de couro; bolsa, mercado; mercearia.
lonjista s. lojista, merceeiro.
lontananza s.f. fundo, segundo plano; *en* ~ ao longe.
loquera ou **loquería** s.f. manicômio, hospício.
loquero,-a s. enfermeiro de hospício; manicômio; psiquiatra; algazarra, loucura.
lorenzo,-a adj. rude, grosseiro. s.m. sol.
loriga s.f. couraça, armadura.
loro s.m. papagaio; tagarela; bruaca, rádio-gravador; urinol, comadre.
lorza s.f. dobra, prega.
los art def./pron. pes. m.pl. os.
losa s.f. laje, lápide, ratoeira; peso, fardo.
loseta s.f. azulejo, lajota.
lota s.f. porção maior ou menor do peixe leiloada nos lugares onde chegam os barcos pesqueiros. Lugar onde ocorre esse leilão.
lote s.m. lote, quinhão, prêmio.
lotería s.f. loteria.
lotero,-a s. vendedor de bilhetes de loteria.
loto s.f. loto, lótus; loteria.
loza s.f. cerâmica; louça, porcelana.
lozanía s.f. viço, vigor; altivez.
lozano,-a adj. viçoso, saudável.
lubigante s.m. lagosta.
lubina s.f. (peixe) perca.
lubricación s.f. lubrificação.
lubricador,-a adj./s. lubrificador.
lubricán s.m. crepúsculo.
lubricante adj./s.m. lubrificante.
lubricar v. lubrificar, engraxar.

lubricidad s.f. lubricidade.
lúbrico,-a adj. lúbrico, lascivo.
lubrificación s.f. lubrificação.
lubrificante adj./s. lubrificante.
lubrificar v. lubrificar.
lucense adj./s. natural de Lugo.
lucerna s.f. lustre, clarabóia.
lucero s.m. planeta, astro, postigo, esplendor; luzeiro. *luceros* os olhos.
lucha s.f. luta, briga, disputa, conflito.
luchador,-a adj./s. lutador.
luchar v. lutar, combater, brigar.
luchón,-a adj. esforçado.
lucidez s.f. lucidez.
lucido,-a adj. esplêndido, excelente.
lúcido,-a adj. lúcido; claro, inteligível.
luciente adj. luzente.
luciérnaga s.f. vaga-lume.
lucimiento s.m. brilho.
lucio s.m. (peixe) lúcio.
lucir v. luzir; sobressair; tirar proveito, render; iluminar; ostentar; dar prestígio; revestir com gesso. *lucirse* vr. engalanar-se; causar boa impressão; cair no ridículo.
lucrar v. lucrar, ganhar.
lucrativo,-a adj. lucrativo.
lucro s.m. lucro, ganho.
luctuoso,-a adj. lutuoso, triste.
lucubración s.f. lucubração, divagação.
lucubrar v. lucubrar, divagar.
lúcumo s.m. abieiro.
lúdico,-a adj. lúdico.
luego adv./conj. logo.
lueguito adv. já já.
luengo,-a adj. longo.
lúes s.f. sífilis.
lugano s.m. pintassilgo.
lugar s.m. lugar, posição, tempo, emprego; aldeia.
lugareño,-a adj./s. rural, aldeão, local.
lugarteniente s.m. lugar-tenente.
lúgubre adj. lúgubre.
lujo m. luxo.
lujoso,-a adj. luxuoso.
lujuria s.f. luxúria, excesso.
lujuriar v. luxuriar; (animal) copular.

lujurioso,-a adj. luxurioso, sensual. s.m. libertino.
lumbago s.m. lumbago.
lumbar adj. lombar.
lumbre s.m. fogo; fresta; claridade.
lumbrera s.f. clarabóia; luminar, sábio.
luminaria s.f. iluminação.
luminiscencia s.f. luminescência.
luminiscente adj. luminescente.
luminosidad s.f. luminosidade.
luminoso,-a adj. luminoso; claro, brilhante; alegre.
luminotecnia s.f. técnica de iluminação.
luminotécnico,-a adj. de iluminação. s. técnico em iluminação.
lumpen s.m. grupo dos excluídos; lumpesinato.
luna s.f. lua; luar; lunação; vidraça, espelho; mania; ~ *creciente* quarto crescente; ~ *de miel* lua-de-mel; ~ *llena* lua cheia; ~ *menguante* quarto minguante; ~ *nueva* lua nova; *a la* ~ ao luar; *quedarse a la* ~ ficar a ver navios; *estar en la* ~ estar no mundo da lua.
lunación s.f. lunação.
lunar adj. lunar. s.m. mancha, pinta; defeito, desonra.
lunarejo,-a adj./s. pessoa que tem muitas pintas.
lunario s.m. almanaque.
lunático,-a adj./s. lunático.
lunes s.m. segunda-feira; *cada* ~ *y cada martes* (Fam.) todo santo dia.
luneta s.f. janela semicircular; (Aut.) vidro traseiro; lente de óculos; (Teat.) lugar na primeira fileira; ostensório.
lunfa ou **lunfardo** s.m. rufião; gíria de Buenos Aires.
lúnula s.f. (unha) meia-lua; viril, âmbula.
lupa s.f. lupa.
lupanar s.m. lupanar.
lupanario,-a adj. relativo ao lupanar.
lupia s.f. quisto sebáceo; lobinho.
lupicia s.f. alopecia.

lupulino *s.m.* pó de lúpulo.
lúpulo *s.m.* lúpulo.
lupus *s.m.* lúpus.
luquete *s.m.* rodela de limão ou laranja que se põe na bebida para lhe dar sabor.
lusitanismo *s.m.* lusitanismo.
lusitano,-a *adj./s.* lusitano.
luso,-a *adj./s.* luso.
lustrabotas ou **lustrador** *s.m.* engraxate.
lustrar *v.* lustrar; (*sapato*) engraxar.
lustre *s.m.* lustre, brilho, esplendor, prestígio.
lustrear *v.* lustrar.
lustrín *s.m.* engraxate.
lustrina *s.f.* percalina; graxa de sapato.
lustro *s.m.* lustro.
lustroso,-a *adj.* lustroso.
luteranismo *s.m.* luteranismo.
luterano,-a *adj./s.* luterano.
luto *s.m.* luto; tristeza.
luxación *s.f.* luxação.
luxar *v.* luxar.
luxemburgués,-esa *adj./s.* luxemburguês.
luz *s.f.* luz; corrente elétrica; modelo, guia; dia; vão; esclarecimento; iluminação; caixilho, janela; calibre. **luces** cultura.

M

M, m *s.f.* M, m.
maca *s.f.* nódoa, mancha; (*fruta*) machucadura.
macabro,-a *adj.* macabro.
macacinas *s.m.* sapatos toscos sem salto.
macaco,-a *adj.* feio, disforme. *s.m.* macaco
macadam ou **macadán** *s.m.* macadame.
macana *s.f.* porrete; cilada; presente barato; mentira; xale; conversa fiada.
macanazo *s.m.* porretada.
macanear *v.* mentir; fazer à pressa e mal; trabalhar com assiduidade.
macanudo,-a *adj.* excelente; porreta.
macaquear *v.* roubar; caretear.
macarra *adj.* cafona, de mau gosto. *s.m.* cafetão.
macarrón *s.m.* macarrão.
macarronea *s.f.* macarrônea.
macarrónico,-a *adj.* macarrônico.
macarse *vr.* (*Fruta*) começar a apodrecer.
macedonia *s.f.* macedônia.
macedonio,-a *adj./s.* macedônio.
macereación *s.f.* maceração.
macerar *v.* macerar.
macero *s.m.* bedel, porta-maça.
maceta *s.f.* marreta; vaso; cabo de ferramenta.
macetero *s.m.* suporte de vaso.
macfarlán *s.m.* casaco sem mangas.
machaca *s.* (*Fam.*) cara chato, pentelho; pau-para-toda-obra; pé-de-boi.
machacadora *s.f.* trituradora.
machacante *s.m.* moeda de cinco pesetas.
machacar *v.* malhar, triturar, moer; derrotar, destruir; massacrar; insistir muito, cansar; estudar com afinco; (*Vulg.*) masturbar-se.
machacón,-ona *adj.* repetitivo, chato.
machaconería *s.f.* insistência.
machada *s.f.* exibição, fanfarronice, estupidez.
machado *s.m.* machado.
machamartillo *loc. adv. a ~* firmemente, obstinadamente.
machaqueo *s.m.* trituração; insistência.
machar *v.* moer, triturar. **macharse** *vr.* embriagar-se.
machete *s.m.* facão; (*Gír. escolar*) cola.
machetero,-a *s.* desbravador; cortador de cana; carregador; (*Gír. escolar*) cu-de-ferro.
machihembrado *s.m.* entalhadura.
machihembrar *v.* entalhar.
machina *s.f.* grua, bate-estacas.
machinar *v.* maquinar. **machinarse** *vr.* amancebar-se.
machismo *s.m.* machismo.
machista *adj./s.* machista.
macho *adj.* macho, forte. *s.m.* macho; plugue; arroz integral; mago.
machón *s.m.* pilar. *adj.* masculinizada (*mulher*).
machorra ou **machota** *s.f.* fêmea estéril; mulher-macho.
machote *s.m.* malho; borrador, formulário. *adj.* forte, viril, machão.
machucadura *s.f.* machucado.
machucar *v. veja* **machacar**; amassar.
machucho,-a *adj.* mais velho, maduro, sensato.
maciega *s.f.* erva daninha; pradaria.
macilento,-a *adj.* fraco, magro, triste.
macis *s.f.* arilo da noz-moscada.
macizo,-a *adj.* maciço; sólido, firme; estupendo. *s.m.* maciço; canteiro; arvoredo; bloco (de prédios).
macramé *s.m.* macramé.
macrobiótica *s.f.* macrobiótica.
macrobiótico,-a *adj.* macrobiótico.
macrocosmo *s.m.* macrocosmo.
macroscópico,-a *adj.* macroscópico.
macuco,-a *adj.* astuto; grandalhão; excelente.
mácula *s.f.* mácula.
macuto *s.m.* mochila; sacola de mendigo.
madama *s.f.* madama; dona de prostíbulo.
madeja *s.f.* madeixa, meada; vagabundo.
madera *s.m.* madeira; talento; vinho madeira.
maderaje ou **maderamen** *s.m.* madeiramento.
maderería *s.f.* depósito de madeira, madeireira.
maderero,-a *adj./s.* madeireiro.
madero *s.m.* tábua, toro, madeiro, lenho; (*Gír.*) idiota; barco; policial.
madona *s.f.* Virgem Maria.
madrás *s.m.* pano de algodão.
madrastra *s.f.* madrasta.
madraza *s.f.* mãe coruja.
madre *s.f.* mãe; madre; útero; leito de rio; origem; berço; causa; matriz.
madreperla *s.f.* madrepérola.
madrépora *s.f.* madrépora.
madreselva *s.f.* madressilva.
madrigal *s.m.* madrigal.
madriguera *s.f.* madrigueira; esconderijo, covil.
madrileño,-a *adj./s.* madrilenho.

madrina s.f. madrinha.
madrinazgo s.m. madrinhado.
madroñal s.m. medronhal.
madroño s.m. medronho, medronheiro.
madrugada s.f. madrugada.
madrugador,-a adj./s. madrugador.
madrugar v. madrugar; chegar antes, antecipar-se.
madrugón,-ona adj./s. madrugador.
maduración s.f. maturação.
madurar v. amadurecer, madurar.
madurativo,-a adj. maturativo.
madurez s.f. maturidade; madureza.
maduro,-a adj. maduro.
maestranza s.f. mestrança; arsenal.
maestrazgo s.m. mestrado.
maestre s.m. mestre.
maestría s.f. mestria, perícia.
maestro,-a adj. magistral; principal. s. mestre, professor; dono, chefe; maestro; matador, toureiro.
mafia s.f. máfia.
mafioso,-a adj./s. mafioso.
magacín ou **magazín** s.m. revista, (TV) talk show.
maganzón,-ona adj./s. folgazão, preguiçoso.
magdalena s.f. (Culin.) madalena.
magia s.f. magia, mágica.
magiar adj./s. magiar, húngaro.
mágico,-a adj./s. mágico.
magín s.f. imaginação.
magisterio s.m. magistério.
magistrado,-a s. magistrado, juiz.
magistral adj. magistral.
magistratura s.f. magistratura.
magma s.m. magma.
magnanimidad s.f. magnanimidade.
magnánimo,-a adj. magnânimo.
magnata s.m. magnata.
magnesia s.f. magnésia.
magnésico,-a adj. magnesiano.
magnesio s.m. magnésio.
magnético,-a adj. magnético.
magnetismo s.m. magnetismo.
magnetizar v. magnetizar, hipnotizar.
magneto s.m. magneto.
magnetofón ou **magnetófono** s.m. gravador de fita.
magnetofónico,-a adj. magnetofónico; de gravador.
magnicida s. magnicida.
magnicidio s.m. magnicídio.
magnificar v. magnificar; exaltar, elogiar.
magnificiencia s.f. magnificência.
magnífico,-a adj. magnífico, generoso.
magnitud s.f. magnitude, dimensão, grandeza.
magno,-a adj. magno.
magnolia s.f. magnólia.
mago,-a s. mago, mágico.
magra s.f. fatia de presunto.
magrear v. tatear; (Vulg.) bolinar.
magrebí adj./s. natural de Magreb.
magreo s.m. (Vulg.) bolinação.
magrez s.f. magreza.
magro,-a adj. magro. s.m. lombo de porco.
magua s.f. decepção.
maguey s.m. agave, piteira.
magulladura s.f. contusão.
magullar v., **magullarse** vr. contundir(-se).
mahometano,-a adj./s. maometano.
mahometismo s.m. maometismo, islamismo.
mahonesa s.f. maionese.
maí s.m. (Gír.) baseado.
maicena s.f. amido de milho.
maillot s.m. maiô; camiseta.
maitines s.m.pl. (Rel.) matinas.
maíz s.m. (grão de) milho.
maizal s.m. milharal.
majada s.f. malhada, curral, manada, estrume.
majaderear v. incomodar, importunar.
majadería s.f. tolice, asneira.
majadero,-a adj./s. tolo, pateta, idiota.
majador,-a adj./s. moedor, triturador.
majar v. moer, esmagar; molestar, enfadar.
majara ou **majareta** adj./s. louco, maluco, doido.
majestad s.f. majestade.
majestuosidad s.f. majestade.
majestuoso,-a adj. majestoso.
majeza s.f. simpatia; atrevimento/
majo,-a adj. bonito, simpático. s. manolo.
majuelo s.m. espinheiro-alvar; vinha nova.
mal s.m. mal; dano físico, ofensa moral; doença. adv. mal. adj. mau.
malabar adj./s. malabar.
malabarismo s.m. malabarismo.
malabarista s. malabarista.
malaca s.f. bengala malaquesa.
malacitano,-a adj./s. malaguenho.
malaconsejado,-a adj. mal-aconselhado.
malacostumbrado,-a adj. mal-acostumado.
malacrianza s.f. malcriação.
málaga s.m. (vinho) málaga.
malagueña s.f. malaguenha.
malagueño,-a adj. malaguenho.
malagueta s.f. pimenta-malagueta.
malaleche s. mau-caráter.
malandanza s.f. desgraça, azar.
malandrín,-ina adj. mau, mal-intencionado. s. patife, canalha.
malapata s. má sorte; pessoa azarenta; falta de graça.
malaquita s.f. malaquita.
malar adj. malar.
malaria s.f. malária.
malasangre adj./s. mau-caráter.
malasombra s. chato, estorvo.
malatoba s.m. galo vermelho.
malaúva s. má intenção.
malavenido,-a s. desavindo, desacorde, mal-avindo.
malaventura s.f. desventura.
malaventurado,-a adj./s. desventurado, mal-aventurado.
malaxar v. amassar, malaxar.
malaya s.f. costela de boi.
malayo,-a adj./s. maiaio.
malbaratar v. malbaratar, esbanjar, torrar.
malcarado,-a adj. mal-encarado.

malcasado,-a *adj.* malcasado, descasado; separado, divorciado.
malcomer *v.* comer pouco.
malcomido,-a *adj.* mal alimentado.
malcontento,-a *adj./s.* descontente.
malcriado,-a *adj./s.* malcriado.
malcriar *v.* educar mal, mimar.
maldad *s.f.* maldade; iniqüidade, travessura.
maldecir *v.* amaldiçoar, queixar-se, difamar.
maldiciente *adj./s.* maldizente, difamador.
maldición *s.f.* maldição. *interj.* maldição!
maldispuesto,-a *adj.* indisposto.
maldita *s.f.* a língua.
maldito,-a *adj.* maldito, mau; nenhum.
maldivo,-a *adj./s.* maldivano.
maleabilidad *s.f.* maleabilidade.
maleable *adj.* maleável.
maleante *adj./s.* delinqüente, meliante.
malear *v.*, **malearse** *vr.* corromper(-se), perverter(-se), estragar(-se).
malecón *s.m.* dique, paredão, molhe.
maledicencia *s.f.* maledicência.
maleducado,-a *adj./s.* maleducado.
maleficio *s.m.* malefício.
maléfico,-a *adj.* maléfico.
malentendido *s.m.* malentendido.
malestar *s.m.* mal-estar.
maleta *s.f.* mala, maleta, trouxa; toureiro sem mérito, perna-de-pau. *adj.* malvado, mau.
maletero *s.m.* maleiro; carregador; porta-malas.
maletilla *s.f.* toureiro novato.
maletín *s.m.* valise, pasta.
malevolencia *s.f.* malevolência.
malévolo,-a *adj.* malévolo.
maleza *s.f.* ervas daninhas; moita; achaque.
malformación *s.f.* má-formação.
malgache *adj./s.* malgaxe.
malgastador,-a *adj./s.* esbanjador.

malgastar *v.* malgastar.
malhablado,-a *adj./s.* maldizente, malfalante.
malhadado,-a *adj.* malfadado.
¡malhaya! *interj.* maldito!
malhechor,-a *s.* malfeitor.
malherir *v.* malferir.
malhumor *s.m.* mau humor.
malhumorado,-a *adj.* malhumorado.
malicia *s.f.* maldade, malícia, perspicácia, suspeita.
maliciar *v.* suspeitar; desencaminhar. **maliciarse** *vr.* suspeitar.
malicioso,-a *adj./s.* malicioso.
malignar *v.* machucar; malignar.
malignidad *s.f.* malignidade.
maligno,-a *adj.* maligno. *s.m.* diabo.
malintencionado,-a *adj./s.* malintencionado.
malla *s.f.* malha; rede; maiô; pulseira.
mallar *v.* fazer malha; cair na rede.
mallo *s.m.* malho, croque.
mallorquín,-ina *adj./s.* maiorquino.
malmirado,-a *adj.* malquisto, malvisto, indelicado.
malo,-a *adj.* mau, nocivo, trabalhoso, ruim, doente, travesso, malcriado.
maloca *s.f.* invasão de reserva indígena.
malogrado,-a *adj.* fracassado.
malograr *v.* desperdiçar. **malograrse** *vr.* malograr, fracassar.
maloliente *adj.* fedorento.
malón *s.m.* ataque de índios; arruaceiro; visita inesperada.
maloquear *v.* (*índios*) atacar; contrabandear.
malparado,-a *adj.* prejudicado.
malparido,-a *adj.* desprezível.
malparir *v.* abortar.
malpensado,-a *adj.* maldoso.
malqueda *s.* pessoa sem palavra.
malquerencia *s.f.* malquerença.
malquistar *v.* indispor, inimizar.
malquisto,-a *adj.* malquisto.
malsano,-a *adj.* malsão; enfermiço, doentio.
malsonante *adj.* malso(n)ante.
malta *s.f.* malte, cevada.
malteado,-a *adj.* maltado. *s.m.* maltagem.
maltés,-esa *adj./s.* maltês.
maltón,-ona *adj.* grande para a sua idade.
maltraer *v.* maltratar.
maltraído,-a *adj.* relaxado, desmazelado.
maltratar *v.* maltratar.
maltrato *s.m.* mau trato.
maltrecho,-a *adj.* maltratado.
maltusianismo *s.m.* maltusianismo.
maltusiano,-a *adj./s.* maltusiano.
malucho,-a *adj.* meio doente.
malva *adj./s.f.* malva.
malvado,-a *adj./s.* malvado.
malvasía *s.f.* malvasia.
malvavisco *s.m.* malvavisco.
malvender *v.* vender muito barato.
malversación *s.f.* malversação.
malversador,-a *adj./s.* malversador.
malversar *v.* malversar.
malvivir *v.* viver mal.
mamá *s.m.* mamãe.
mama *s.f.* mama, úbere; mamãe.
mamada *s.f.* mamada, mamadura; bebedeira; disparate; pechincha; (*Vulg.*) felação.
mamadera *s.f.* mamadeira.
mamado,-a *adj.* bêbado; fácil, moleza.
mamancona *s.f.* velha gorda.
mamar *v.* mamar, engolir; aprender na infância; cair no laço; estragar; (*Vulg.*) chupar. **mamarse** *vr.* ganhar na moleza; embriagar-se.
mamario,-a *adj.* mamário
mamarrachada *s.f.* palhaçada, papelão.
mamarracho,-a *s.* figura ridícula; pessoa que não merece respeito.
mambo *s.m.* mambo.
mameluco *s.m.* mameluco; pessoa idiota; (*roupa*) macacão; ceroula.
mamífero,-a *adj./s.* mamífero.
mamografía *s.f.* mamografia.
mamola *s.f.* carinho no quei-

xo.
mamón,-ona *adj./s.* que mama; mamão; bebum; cara, tio; dente de leite; pão-de-ló.
mamotreto *s.m.* calhamaço; trambolho.
mampara *s.f.* biombo.
mamporro *s.m.* pancada, soco.
mampostería *s.f.* alvenaria.
mampostero,-a *s.* pedreiro.
mampuesto *s.m.* tijolo, pedra bruta, parapeito, descanso de arma de fogo.
mamut *s.m.* mamute.
maná *s.m.* maná; manancial.
manada *s.f.* manada; mancheia; bando.
manager *s.m.* empresário, gerente.
managüense *adj./s.* managüense.
manantial *s.m.* fonte, manancial; origem.
manar *v.* manar; brotar.
manatí *s.m.* peixe-boi.
manazas *s.* desastrado.
mancar *v.* mutilar, aleijar.
mancarrón,-ona *adj.* dique; inválido.
manceba *s.f.* concubina.
mancebía *s.f.* bordel.
mancebo *s.m.* mancebo, jovem, solteiro.
mancha *s.f.* mancha; defeito, mácula.
manchado,-a *adj.* manchado.
manchar *v.* manchar; macular.
manchego,-a *adj./s.* manchego.
manchón *s.m.* manchão; mata espessa.
mancilla *s.f.* mancha.
mancillar *v.* manchar, difamar.
manco,-a *adj./s.* maneta, sem braço, manco.
mancomún *loc. adv. de ~* de comum acordo.
mancomunar *v.*, **mancomunarse** *vr.* mancomunar(-se).
mancomunidad *s.f.* comunidade, mancomunidade.
mancornas *s.f.pl.* abotoaduras.
manda *s.f.* promessa, voto, doação.
mandado,-a *s.* mandado, ordem, compra.
mandador *s.m.* chicote.
mandamás *s.* mandão. chefão.
mandamiento *s.m.* mandamento, mandado.
mandanga *s.f.* pachorra, preguiça; maconha; chateação.
mandangas conversa.
mandar *v.* mandar, dirigir, enviar; exagerar; *ia ~!* pois não!
mandarín *s.m.* mandarim; mandão.
mandarina *s.f.* tangerina.
mandarinero ou **mandarino** *s.m.* tangerineira.
mandatario,-a *s.* mandatário.
mandato *s.m.* mandato; sermão de lava-pés.
mandíbula *s.f.* mandíbula.
mandil *s.m.* mandil, avental, chairel.
mandioca *s.f.* mandioca.
mando *s.m.* comando, chefe; mandato; controle.
mandoble *s.m.* bofetada; cutilada; espadagão; repreensão.
mandolina *s.f.* bandolim.
mandón,-ona *adj./s.* mandão, capataz.
mandrágora ou **mandrágula** *s.f.* mandrágora.
mandril *s.m.* mandril.
manduca *s.f.* comida, rango.
manducar *v.* comer.
manducatoria *s.f.* comida, rango.
maneador *s.m.* peia, rédea.
manear *v.* pear, pôr maneias.
manecilla *s.f.* ponteiro.
manejabilidad *s.f.* manejabilidade.
manejable *adj.* manejável.
manejar *v.* manejar, usar, dirigir, manipular. dominar.
manejarse *vr.* mexer-se, lidar.
manejárselas virar-se.
manejo *s.m.* manejo, uso, funcionamento; intriga, gerenciamento.
manera *s.f.* maneira, modo.
maneras modos.
maneto,-a *adj.* maneta.
manferlán *s.m.* casaco sem mangas.
manfla *s.f.* concubina.
manflorita *adj./s.* maricas.
manga *s.f.* manga (*de roupa*); mangueira (*de jardim*); bico de doceiro; coador; rede de pesca; tromba d'água; largura de um barco.
manganeso *s.m.* manganês.
mangangá *s.m.* besourão; chato, peste; ladrão.
mangante *adj./s.* ladrão, parasita.
manganzón,-ona *adj.* vadio.
mangar *v.* mendigar; roubar.
manglar *s.m.* manguezal.
mangle *s.m.* mangue.
mango *s.m.* cabo; (*fruta*) manga; mangueira; dinheiro, peso.
mangón *s.m.* cambista.
mangoneador,-a *adj./s.* mandão; intrometido.
mangonear *v.* intrometer-se; mandar.
mangoneo *s.m.* intromissão; ociosidade, trapaça.
mangosta *s.f.* mangusto.
manguear *v.* manguear; pedir dinheiro emprestado; adular; vagar.
manguera *s.f.* mangueira, curral.
mangui *adj.* mau, falso. *s.* ladrão.
manguito *s.m.* regalo, manguito, manga postiça.
maní *s.m.* amendoim.
manía *s.f.* mania, capricho, paixão, ojeriza.
maniaco,-a *adj./s.* maníaco.
maniacodepresivo,-a *adj./s.* maníaco-depressivo.
maniatar *v.* atar as mãos.
maniático,-a *adj./s.* maníaco, exigente.
manicomio *s.m.* manicômio.
manicuro,-a *s.* manicuro, manicure.
manido,-a *adj.* batido, sovado, passado, podre.
manierismo *s.m.* maneirismo.
manierista *adj./s.* maneirista.
manifestación *s.f.* manifestação.
manifestador,-a *adj.* manifestador.
manifestante *s.* manifestante.
manifestar *v.*, **manifestarse** *vr.* manifestar(-se).
manifiesto,-a *adj./s.* manifesto.
manigueta *s.f.* cabo, punho; abita.
manija *s.f.* cabo, punho, maçaneta; maneia.

manilano,-a adj./s. de Manila.
manilargo,-a adj. mão-aberta.
manileño,-a adj./s. de Manila.
manilla s.f. cabo, punho; algema; ponteiro.
manillar s.m. guidão, guidom.
maniobra s.f. manobra.
maniobrable adj. manobrável.
maniobrar v. manobrar.
maniota s.f. maneia.
manipulación s.f. manipulação.
manipulador,-a adj./s. manipulador.
manipular v. manipular; interferir, adulterar.
manipuleo s.m. manipulação.
manípulo s.m. manípulo.
maniqueísmo s.m. maniqueísmo.
maniqueo,-a adj./s. maniqueu, maniqueísta.
maniquí s. manequim, modelo; boneco, fantoche.
manirroto,-a adj./s. esbanjador, mão-aberta.
manitas s. ser un ~ ser habilidoso com as mãos; hacer ~ acariciar as mãos.
manivela s.f. manivela.
manjar s.m. manjar.
mano[1] s.f. mão; lado; mão de pilão; pata dianteira; demão; ponteiro; habilidade, jeito; intervenção, ajuda; poder, influência; série de bofetadas; rodada; castigo; aventura; trapaça.
mano[2]**,-a** s. mano, amigo, colega.
manojo s.m. manojo, punhado, penca.
manómetro s.m. manômetro.
manopla s.f. manopla; luva, chicote, chave inglesa.
manoseado,-a adj. comum, banal.
manosear v. manusear.
manoseo s.m. manuseio.
manotazo s.m. tapa, palmada.
manotear v. esbofetear; gesticular.
manoteo s.m. gesticulação.
manquedad ou **manquera** s.f. manqueira.
mansalva loc. adv. a ~ sem perigo.

mansarda s.f. sótão.
mansedumbre s.f. mansidão.
mansión s.f. mansão.
manso,-a adj. manso. s.m. casa de campo; sinuelo.
mansurrón,-ona adj. mansinho.
manta s.f. manta, cobertor; pano de algodão; surra, tunda; pessoa inútil, traste; móbula, jamanta.
manteado s.m. barraca, tenda.
manteamiento s.m. manteação.
mantear v. mantear.
manteca s.f. manteiga, banha; pomada.
mantecada s.f. torrada com manteiga e açúcar; bolo assado numa caixinha de papel.
mantecado s.m. bolo feito com banha, farinha e açúcar; sorvete de creme suíço.
mantecoso,-a adj. manteigoso, gorduroso.
mantel s.m. toalha de mesa.
mantelería s.f. roupa de mesa.
manteleta s.f. xale.
mantelete s.m. mantelete.
mantenedor,-a s. membro do juri.
mantener v. manter, conservar, cumprir, sustentar.
mantenerse vr. manter-se.
mantenido,-a adj. contínuo. s. mantido, sustentado.
mantenimiento s.m. mantimento, manutenção.
manteo s.m. capa; manteação.
mantequera s.f. manteigueira.
mantequería s.f. manteigaria; loja de laticínios.
mantequero,-a adj./s. manteigueiro.
mantequilla s.f. manteiga.
mantequillera s.f. manteigueira.
mantilla s.f. mantilha, mantinha; cueiro.
mantillo s.m. humo, terriço.
mantillón,-ona adj. sem-vergonha. s.m. chairel.
mantis s.f. louva-a-deus.
manto s.m. manto.
mantón s.m. xale, mantão.
mantudo,-a s. máscara, pessoa disfarçada.
manual adj./s.m. manual.
manubrio s.m. manivela; guidom; (Aut.) volante.
manudo,-a adj. mãozudo.
manufactura s.f. manufatura, fábrica.
manufacturado,-a adj. manufaturado.
manufacturar v. manufaturar.
manufacturero,-a adj. manufatureiro.
manuscrito,-a adj./s. manuscrito.
manutención s.f. manutenção.
manzana s.f. maçã; quadra, quarteirão.
manzanal ou **manzanar** s.m. pomar de macieiras; macieira.
manzanilla s.f. camomila, chá de camomila; mançanilha; vinho branco; botão forrado.
manzano s.m. macieira.
maña s.f. habilidade, astúcia, destreza.
mañana s.f. manhã. s.m. o amanhã, o futuro. adv. amanhã.
mañanero,-a adj. madrugador, matutino.
mañanita s.f. liseuse.
maño,-a adj./s. aragonês.
mañoso,-a adj. manhoso, hábil, astuto.
maoísmo s.m. maoísmo.
maoísta s. maoísta.
maori adj./s. maori.
mapa s.m. mapa.
mapache s.m. texugo.
mapamundi s.m. mapa-múndi.
maqueta s.f. maquete; (Tipog.) boneco.
maquetista s. maquetista.
maqui s. veja **maquis**.
maquiavélico,-a adj. maquiavélico.
maquiavelismo s.m. maquiavelismo.
maquillador,-a s. maquiador.
maquillaje s.f. maquiagem.
maquillar v. maquiar.
máquina s.f. máquina.
maquinación s.f. maquinação.
maquinador,-a adj./s. maquinador.
maquinal adj. maquinal.
maquinar v. maquinar.
maquinaria s.f. maquinaria.
maquinilla s.f. barbeador, aparelho para barbear.

maquinismo s.m. maquinismo.
maquinista s. maquinista.
maquinización s.f. mecanização.
maquinizar v. mecanizar.
maquis s.m. guerrilha, guerrilheiro.
mar s.m. mar.
marabú s.m. marabu.
marabunta s.f. praga de formigas; multidão.
maraca s.f. maracá; chocalho; prostituta.
maracuyá s.f. maracujá.
maraña s.f. maranha; embrulhada; negócio difícil.
marañar v. emaranhar.
marasmo s.m. marasmo, apatia.
maratón s.m. maratona.
maratoniano,-a adj./s. maratonista.
maravedí s.m. maravedi.
maravilla s.f. maravilha.
maravillar v. maravilhar.
maravilloso,-a adj. maravilhoso.
marbete s.m. etiqueta.
marca s.f. marca; sinal; resultado; prostituta.
marcación s.f. ferrete.
marcado,-a adj. marcante.
marcador,-a adj./s. marcador, placar.
marcaje s.m. (Fut.) marcação.
marcapasos s.m. marca-passo.
marcar v. marcar; discar, teclar, indicar o endereço; etiquetar; (cabelo) ondear, pentear; classificar, taxar.
marcear v. tosar.
marcha s.m. marcha; animação, diversão, alegria.
marchamo s.m. marca, selo, estilo.
marchante a s. marchand; freguês; vendedor, fornecedor.
marchar v. andar, ir, marchar; funcionar. **marcharse** vr. ir-se embora.
marchitamiento s.m. murchamento.
marchitar v.vr. murchar(-se), enfraquecer(-se).
marchito,-a adj. murcho, sem viço.
marchoso,-a adj./s. animado, alegre.
marcial adj. marcial.
marcialidad s.f. marcialidade.
marciano,-a adj./s. marciano; extraterrestre.
marco s.m. marco; modelo, quadro, moldura; contexto, entorno; lugar; meta, traves.
marea s.f. maré; brisa; pesca; multidão.
mareado,-a adj. enjoado; aturdido; bêbado.
mareaje s.m. navegação, rota.
mareante adj. enjoativo, cansativo, pesado; navegante.
marear v. marear; dirigir, incomodar, leiloar. **marearse** vr. enjoar, embriagar-se; avariar-se; aturdir-se.
marejada s.f. marola; mal-estar, clamor.
maremagno ou **maremagnum** s.m. abundância, confusão.
maremoto s.m. maremoto.
marengo,-a adj. cinza-escuro.
mareo s.m. enjôo, mal-estar, aturdimento.
marfil s.m. marfim.
marfileño adj. ebúrneo.
marga s.f. marga; pano de estopa.
margarina s.f. margarina.
margarita s.f. margarida; (coquetel) margarita.
margen s. margem.
margenar v. marginar, margear.
marginación s.f. marginalização.
marginado,-a adj. marginalizado, marginado, excluído.
marginar v. marginalizar, marginar, deixar margens.
maría s.f. maconha; bolacha; matéria fácil, dona-de-casa.
mariachi s.m. mariachis.
marica s.m. maricas, homossexual.
maricón s.m. homossexual, cafajeste.
mariconada s.f. cafajestada, bobagem, sacanagem.
mariconera s.f. bolsa de mão, capanga.
mariconería s.f. homossexualismo; cafajestice.
maridaje s.f. maridagem.
maridar v. casar-se, unir(-se), coabitar.
marido s.m. marido.
mariguana, marihuana ou **marijuana** s.f. maconha.
marimacho s.m. (Vulg.) mulher-macho, sapatão.
marimandón,-ona adj./s. mandão, mandona.
marimba s.f. marimba.
marimbero,-a adj. desajeitado, rude.
marimorena s.f. rixa, confusão, barulho.
marina s.f. marinha; marina.
marinería s.f. marinharia, conjunto de marinheiros.
marinero,-a adj./s. marinheiro.
marino,-a adj. marinho. s.m. marinheiro.
marioneta s.f. marionete.
mariposa s.f. borboleta; homossexual; nado borboleta.
mariposear v. variar de afeições; rodear; borboletear.
mariposeo s.m. inconstância nos afetos.
mariposón s.m. maricas, veado; galanteador.
mariquita s.f. joaninha. s.m. veado, bicha.
marisabidilla s.f. sabichona.
mariscal s.m. marechal.
marisco s.m. marisco.
marisma s.f. marisma.
marisquería s.f. restaurante de frutos do mar.
marisquero,-a s. marisqueiro.
marista adj./s.m. marista.
marital adj. marital.
maritates s.m.pl. equipamento.
marítimo,-a adj. marítimo.
marjal s.m. pântano, brejo.
marlo s.m. espiga de milho, sabugo; rabicho.
marmita s.f. marmita.
marmitón,-ona s. ajudante de cozinha.
mármol s.m. mármore.
marmolería s.f. marmoraria.
marmolista s. marmorista.
marmóreo,-a adj. marmóreo.
marmota s.f. marmota; dorminhoco; faxineira.
maroma s.f. corda grossa; acrobacia, pirueta; mudança de partido ou opinião.
maromear v. piruetar; vacilar, mudar de partido.

maromo s.m. fulano, indivíduo.
marqués s.m. marquês.
marquesa s.f. marquesa.
marquesado s.m. marquesado.
marquesina s.f. marquise; abrigo.
marquesote s.m. torta de milho.
marquetería s.f. marchetaria.
marrajo,-a adj. matreiro, astuto. s.m. marraxo, tubarão.
marranada ou **marranería** s.f. porcaria, sujeira.
marrano,-a adj. sujo, canalha, ordinário. s.m. porco; judeu convertido.
marrar v. errar, faltar.
marras loc. adv. de ~ em questão.
marrasquino s.m. marasquino.
marro s.m. jogo de malha.
marrón adj./m. marrom; condenação; maçada, chatice; ~ glacé marrom glacê.
marroquí ou **marroquín** adj./s. marroquino.
marroquinería s.f. marroquinaria.
marrullería s.f. astúcia, trapaça, fingimento.
marrullero,-a adj./s. trapaceiro.
marsellés,-esa adj./s. marselhês.
marsopa s.f. toninha.
marsupial adj./s. marsupial.
marta s.f. marta.
martajar v. moer, triturar.
martes s.m. terça-feira.
martillar v. martelar.
martillazo s.m. martelada.
martillear v. martelar.
martilleo s.m. martelação.
martillo s.m. martelo.
martín s.m. martinete; ~ pescador martim-pescador.
martinete s.m. martelete, bate-estacas, martelo; martinete.
martingala s.f. ardil, artimanha; encheção, chatice.
mártir s. mártir.
martirio s.m. martírio.
martirizar v. martirizar.
marxismo s.m. marxismo.
marxista adj./s. marxista.
marzo s.m. março.
mas conj. mas, porém.

más adv. mais. s.m. (Mat.) mais.
masa s.f. massa, montão, multidão, povo.
masacrar v. massacrar.
masacre s.f. massacre.
masaje s.m. massagem.
masajista s. massagista.
masar v. amassar.
mascada s.f. masca; bocado; lenço de seda.
mascadura s.f. masca, mastigação; pão, bolo.
mascar v. mastigar, mascar; cochichar. **mascarse** vr. prenunciar, prever.
máscara s.f. máscara; fingimento; **máscaras** mascarada.
mascarada s.f. mascarada.
mascarilla s.f. máscara.
mascarón s.m. mascarão, carranca.
mascota s.f. mascote.
masculinidad s.f. masculinidade.
masculinizar v. masculinizar.
masculino,-a adj./s.m. masculino.
mascullar v. resmungar, mastigar.
masía s.f. casa de campo.
masilla s.f. massa de vidraceiro.
masivo,-a adj. maciço.
masoca s. masoquista.
masón s.m. maçom.
masonería s.f. maçonaria.
masónico,-a adj. maçônico.
masoquismo s.m. masoquismo.
masoquista adj./s. masoquista.
mastaba s.f. mastaba.
masticación s.f. mastigação.
masticador,-a adj. mastigador.
masticar v. mastigar.
mástil s.m. mastro, haste; (violão) braço; haste.
mastín s.m. mastim.
mastitis s.f. mastite.
mastodonte s.m. mastodonte.
mastodóntico,-a adj. corpulento.
mastoides adj./s.f. mastóide.
mastuerzo s.m. agrião. adj. estúpido, idiota, abobado.
masturbación s.f. masturbação.
masturbar v., **masturbarse** vr. masturbar(-se).
mata s.f. arbusto, ramo, galho, pé, arvoredo.
matacán s.m. matacão.
matachín s.m. provocador; magarefe.
matadero s.m. matadouro.
matador,-a adj. exaustivo; ridículo. s.m. matador; sedutor.
matadura s.f. matadura.
matalahúga ou **matalahúva** s.f. anis, erva-doce.
matalascallando s.m. hipócrita.
matamoscas s.m. mata-moscas.
matanza s.f. matança; mortandade; salsicharia.
mataperros s.m. moleque de rua.
matar v. matar; apagar; limar, arredondar; incomodar; decepcionar; inutilizar. **matarse** vr. matar-se; esforçar-se.
matarife s.m. magarefe.
matarratas s.m. mata-ratos.
matasanos s. médico inábil, charlatão, curandeiro.
matasellos s.m. carimbo postal.
matasiete s.m. valentão, fanfarrão.
matasuegras s.m. língua-de-sogra.
matazón s.f. massacre.
mate adj. mate, apagado, fosco. s.m. xeque-mate; mate, chá-mate; cuia; cabeça; (cartas) matador; (Esp.) cortada.
matear v. beber mate.
matemática s.f. matemática.
matemático,-a adj. matemático.
materia s.f. matéria, assunto, disciplina.
material adj. material, físico, materialista. s.m. material, ingrediente; utensílios.
materialidad s.f. materialidade.
materialismo s.m. materialismo.
materialista adj./s. materialista.
materialización s.f. materialização.
materializar v., **materializarse** vr. materializar(-se).
maternal adj. maternal.

maternidad s.f. maternidade.
materno,-a adj. materno.
matete s.f. confusão, disputa.
matinal adj. matinal. s.f. matinê.
matiné ou **matinée** s.f. matinê.
matiz s.m. matiz, nuança, cor.
matización s.f. matização.
matizar v. matizar; colorir, modular; esclarecer, precisar.
matojo s.m. arbusto.
matón,-ona s. brigão, valentão; guarda-costas.
matonear v. assassinar; limpar; alardear-se, exibir-se.
matorral s.m. matagal, moita.
matraca s.f. matraca; idéia fixa; (Gír.) pentelho, chato. **matracas** a matemática.
matraquear v. matraquear; aborrecer.
matraqueo s.m. pentelhação.
matraz s.m. matraz.
matrero,-a adj. matreiro; foragido.
matriarca s.f. matriarca.
matriarcado s.m. matriarcado.
matriarcal adj. matriarcal.
matricida s. matricida.
matricidio s.f. matricídio.
matrícula s.f. matrícula, registro, inscrição, lista; (Aut.) placa, chapa.
matriculación s.f. matrícula.
matricular v., **matricularse** vr. matricular(-se).
matrimonial adj. matrimonial.
matrimonio s.m. matrimônio; casal.
matritense adj. madrileno.
matriz s.f. útero; matriz, molde, porca; canhoto; original.
matrona s.f. matrona; parteira, apalpadeira.
matufia s.f. fraude.
matungo s.m. cavalo ruim.
maturrango s.m. cavaleiro ruim.
matute s.m. contrabando; antro de jogatina.
matutear v. contrabandear.
matutino,-a adj./s.m. matutino.
maula s.f. retalho; traste; treta; preguiçoso; caloteiro; covarde.
maular v. miar.

maullador,-a adj. miador.
maullido s.m. miado.
mauritano,-a adj./s. mauritano.
máuser s.m. máuser.
mausoleo s.m. mausoléu.
maxilar adj./s. maxilar.
máxima s.f. máxima.
máxime adv. máxime, principalmente.
máximo,-a adj./s. máximo.
maya adj./s. maia.
mayador,-a adj. miador.
mayar v. miar.
mayestático,-a adj. majestático.
mayido s.m. miado.
mayo s.m. maio.
mayólica s.f. majólica.
mayonesa s.f. maionese.
mayor adj. maior, mais velho, grande, adulto. s.m. diário; chefe, maioral. **mayores** antepassados.
mayoral s.m. maioral; capataz.
mayorazgo s.m. primogênito, morgadio; herdeiro.
mayordomo s.m. mordomo.
mayoría s.f. maioria.
mayoridad s.f. maioridade.
mayorista adj./s. atacadista.
mayoritario,-a adj. majoritário.
mayormente adv. mormente.
mayúscula adj./s.f. maiúscula.
mayúsculo,-a adj. enorme.
maza s.f. marreta, maça; baqueta; maçador, importuno.
mazacote s.m. concreto; papa, mingau; chato, importuno; mostrengo.
mazamorra s.f. mingau de milho; biscoito estragado; chaga.
mazapán s.m. maçapão, marzipã.
mazazo s.m. maçada, marretada; revés.
mazmorra s.f. masmorra.
maznar v. amassar, amolecer.
mazo s.m. maço, martelo grande; malho.
mazorca s.f. espiga, maçaroca.
mazurca s.f. mazurca.
me pron. pes. me.
meada s.f. mijada; mancha de urina.
meadero s.m. mictório.
mear v., **mearse** vr. mijar(-se).

meca s.f. meca, centro; esterco.
¡mecachis! interj. que problema!; que droga!
mecánica s.f. mecânica; mecanismo, processo.
mecánico,-a adj./s. mecânico.
mecanismo s.m. mecanismo.
mecanización s.f. mecanização.
mecanizar v. mecanizar.
mecano,-a adj./s. de Meca.
mecanografía s.f. datilografia.
mecanografiar v. datilografar.
mecanógrafo,-a s. datilógrafo,
mecatazo s.m. chicotada; trago.
mecate s.m. cordel.
mecedor,-a adj. balançador, mexedor. s.m. balanço.
mecenas s. mecenas, patrono.
mecenazgo s.m. mecenato.
mecer v. balançar.
mecha s.f. pavio, mecha, compressa, recheio, piada, pua, medo.
mechar v. rechear.
mechera s.f. ladra de loja; agulha de rechear.
mechero s.m. isqueiro; ladrão de loja.
mechificar v. zombar, mofar.
mechón s.m. mecha, tufo.
mechonear v., **mechonearse** vr. desgrenhar-se.
meco,-a adj. grosseiro, rude, vulgar.
medalla s.f. medalha.
medallista s. medalhista.
medallón s.m. medalhão.
médano ou **medano** s.m. duna, banco de areia.
media s.f. meia; média.
mediación s.f. mediação.
mediado,-a adj. meio cheio, meado.
mediador,-a adj./s. mediador.
mediagua s.f. meia-água.
medialuna s.f. meia-lua; *croissant*.
mediana s.f. mediana; mureta; passeio.
medianería s.f. muro de divisa.
medianero,-a adj. mediador, divisório.
medianía s.f. mediania, termo médio, mediocridade.
mediano,-a adj. médio, re-

gular, medíocre.
medianoche *s.f.* meia-noite; bolo doce recheado com presunto e queijo.
mediante *prep.* mediante.
mediar *v.* mediar, intermediar, interceder, transcorrer.
mediatización *s.f.* mediatização.
mediatizar *v.* mediatizar.
mediatriz *s.f.* mediatriz.
medicación *s.f.* medicação.
medicamento *s.m.* medicamento.
medicamentoso,-a *adj.* medicamentoso.
medicar *v.*, **medicarse** *vr.* medicar(-se).
medicina *s.f.* medicina.
medicinal *adj.* medicinal.
medicinar *v.* medicar.
medición *s.f.* medição.
médico,-a *adj./s.* médico.
medida *s.f.* medida, prudência, moderação.
medidor,-a *adj./s.m.* medidor.
medieval *adj.* medieval.
medievalismo *s.m.* medievalismo.
medievalista *s.* medievalista.
medievo *s.m.* Idade Média.
medio,-a *adj.* meio, médio. *s.m.* meio, centro, metade; ambiente; habitat; médium; setor; (*Fut.*) meio-campo. *s.m.pl.* recursos. *adv.* meio.
medioambiental *adj.* do meio ambiente.
mediocampista *s.* meio-campo.
mediocre *adj.* medíocre.
mediocridad *s.f.* mediocridade.
mediodía *s.m.* meio-dia; sul.
medioevo *s.m.* Idade Média.
mediofondista *adj./s.* meiofundista.
mediometraje *s.f.* médiametragem.
mediopensionista *adj./s.* semi-interno.
medir *v.* medir. **medirse** *vr.* comedir-se, conter-se, moderar-se.
meditabundo,-a *adj.* meditabundo.
meditación *s.f.* meditação.
meditar *v.* meditar.

meditativo,-a *adj.* meditativo.
mediterráneo,-a *adj.* mediterrâneo.
médium *s.* médium.
medo,-a *adj./s.* medo.
medrar *v.* medrar, melhorar, progredir.
medro *s.m.* medra, melhora, progresso.
medroso,-a *adj.* medroso, inquietante. *s.m.* medroso.
médula *s.f.* medula.
medular *adj.* medular.
medusa *s.f.* medusa.
mefítico,-a *adj.* mefítico.
megaciclo *s.m.* megaciclo.
megafonía *s.f.* megafonia.
megáfono *s.m.* megafone.
megalítico,-a *adj.* megalítico.
megalito *s.m.* megálito.
megalomanía *s.f.* megalomania.
megalómano,-a *adj.* megalomaníaco.
megatón *s.m.* megaton.
megavatio *s.m.* megawatt.
megavoltio *s.m.* megavolt.
mejicano,-a *adj./s.* mexicano.
mejilla *s.f.* face, bochecha.
mejillón *s.m.* mexilhão.
mejillonero,-a *adj.* mexilhoeiro. *s.* criador de mexilhões.
mejor *adj./adv.* melhor.
mejora *s.f.* melhora, melhoria; aumento; lance.
mejorable *adj.* melhorável.
mejorar *v.* melhorar.
mejoría *s.f.* melhoria.
mejunje *s.m.* mistura, bebida desagradável.
melado,-a *adj./s.m.* melado.
melancolía *s.f.* melancolia.
melancólico,-a *adj.* melancólico.
melanina *s.f.* melanina.
melaza *s.f.* melaço.
melcocha *s.f.* mel grosso.
melé *s.f.* (*Fut.*) melê.
melena *s.f.* cabeleira; juba.
melenudo,-a *adj./s.* cabeludo.
melifluo,-a *adj.* melífluo, doce.
melillense *adj./s.* de Melilla.
melindre *s.m.* melindre.
melindroso,-a *adj.* melindroso.
melisa *s.f.* melissa, erva-cidreira.
mella *s.f.* mossa, lasca; buraco, falha; impressão; dano; menoscabo.
mellado,-a *adj.* rachado, lascado; banguela; danificado.
mellar *v.* rachar, lascar, fazer mossas em; menoscabar.
mellizo,-a *adj./s.* gêmeo.
melocotón *s.m.* pêssego.
melocotonar *s.m.* pessegal.
melocotonero *s.m.* pessegueiro.
melodía *s.f.* melodia.
melódico,-a *adj.* melódico.
melodioso,-a *adj.* melodioso.
melodrama *s.m.* melodrama.
melodramático,-a *adj.* melodramático.
melomanía *s.f.* melomania.
melómano,-a *s.* melômano, melomaníaco.
melón *s.m.* melão; meloeiro; bobão, palerma; careca, cabeção.
melonar *s.m.* meloal.
melonero,-a *s.* vendedor de melões.
melopea *s.f.* melopéia; toada; bebedeira.
melosidad *s.f.* melosidade, suavidade, doçura.
meloso,-a *adj.* meloso; suave.
melva *s.f.* corvina.
membrana *s.f.* membrana.
membranoso,-a *adj.* membranoso.
membrete *s.m.* cabeçalho, lembrete; participação.
membrillo *s.m.* marmelo, marmeleiro; marmelada; (*Gír.*) dedo-duro.
membrudo,-a *adj.* forte, troncudo, corpulento.
memela *s.f.* torta de milho.
memez *s.f.* estupidez, asneira.
memo,-a *adj./s.* bobo, estúpido, pateta.
memorable *adj.* memorável.
memorándum *s.m.* memorando.
memoria *s.f.* memória, lembrança, relatório, ensaio, inventário.
memorial *s.m.* memorial.
memorión,-ona *adj./s.* que tem boa memória.
memorización *s.f.* memorização.
memorizar *v.* memorizar.

mena s.f. minério; surubim.
menaje s.m. mobília, guarnições.
mención s.f. menção.
mencionado,-a adj. mencionado.
mencionar v. mencionar.
menda pron. pes. (Fam.) eu, o papai aqui; o degas; fulano.
mendicante adj./s. mendicante.
mendicidad s.f. mendicidade.
mendigar v. mendigar, suplicar.
mendigo,-a s. mendigo.
mendrugo,-a adj. tonto, idiota. s.m. pedaço de pão duro.
menear v. menear, balançar, dirigir. **menearse** vr. mexer-se, apressar-se.
meneo s.m. meneio, balanço; bronca.
menester s.m. mister; falta, emprego; instrumento de trabalho.
menesteroso,-a adj./s. necessitado.
menestra s.f. sopa de legumes; rango.
mengano,-a s. beltrano.
mengua s.f. míngua; descrédito.
menguado,-a adj. tímido, bobo, tacanho, covarde. s. mate, ponto de meia.
menguante adj. minguante.
menguar v. minguar.
menhir v. menir.
meninge s.f. meninge.
meningitis s.f. meningite.
menisco s.m. menisco.
menopausia s.f. menopausa.
menor adj./s. menor.
menorquín adj./s. de Minorca.
menos adv./adj./prep./s.m. menos.
menoscabar v. menoscabar, estragar.
menoscabo s.m. menoscabo, dano.
menospreciable adj. menosprezível.
menospreciar v. menosprezar.
menosprecio s.m. menosprezo.
mensaje s.m. mensagem.
mensajería s.f. serviço de entregas, *delivery*.
mensajero,-a adj./s. mensageiro.
menstruación s.f. menstruação.
menstrual adj. menstrual.
menstruar v. menstruar.
menstruo s.m. mênstruo, regras.
mensual adj. mensal.
mensualidad s.f. mensalidade.
mensurable adj. mensurável.
menta s.f. menta; chá de hortelã; licor de menta.
mentada s.f. insulto.
mentado,-a adj. célebre; famoso.
mental adj. mental.
mentalidad s.f. mentalidade.
mentalización s.f. conscientização.
mentalizar v. conscientizar.
mentar v. mencionar; apelidar.
mente s.f. mente.
mentecato,-a adj./s. mentecapto.
mentidero s.m. mentideiro; fábrica de boatos.
mentir v. mentir.
mentira s.f. mentira.
mentirijillas loc. adv. de ~ de mentirinha.
mentiroso,-a adj./s. mentiroso.
mentís s.m. desmentido.
mentol s.m. mentol.
mentolado,-a adj. mentolado.
mentón s.m. queixo.
mentor s.m. mentor.
menú s.m. menu.
menudamente adv. minuciosamente.
menudear v. amiudar, detalhar.
menudencia s.f. minúcia, ninharia. **menudencias** miúdos, lingüiças.
menudeo s.m. repetição; venda a varejo.
menudillos s.m.pl. cabidela, miúdos de aves.
menudo,-a adj. miúdo, insignificante, minucioso; mesquinho; (Irôn.) belo. **menudos** miúdos, despojos.
meñique adj. mínimo. s.m. mindinho.
meollo s.m. miolo; essência, cérebro, medula; juízo.
meón,-ona adj. mijão.
mequetrefe s. mequetrefe, intriometido.
mercachifle s. mascate; mercenário, camelô.
mercadear v. mercadejar.
mercader s. mercador, negociante.
mercadillo s.m. feira.
mercado s.m. mercado.
mercadotecnía s.f. *marketing*, mercadologia.
mercancía s.f. mercadoria. **mercancias** trem de carga.
mercante adj. mercante.
mercantil adj. mercantil.
mercantilismo s.m. mercantilismo.
mercantilista adj./s. mercantilista.
mercar v. comprar.
merced s.f. mercê; *a ~ de* à mercê de; *~ a* graças a.
mercenario,-a adj./s. mercenário.
mercería s.f. armarinho; loja de aviamentos.
mercero,-a s. lojista de miudezas.
mercurio s.m. mercúrio.
merecedor,-a adj. merecedor.
merecer v. merecer.
merecido,-a adj./s.m. merecido.
merecimiento s.m. merecimento.
merendar v. lanchar, merendar.
merendero s.m. barraca de praia, local para piquenique.
merendola s.f. merendona.
merengue s.m. merengue; alfenim; desordem; time do Real Madrid.
meretriz s.f. meretriz.
meridiano,-a adj. meridiano, claro. s.m. meridiano
meridional adj. meridional. s. sulista.
merienda s.f. lanche; corcova.
merino,-a adj./s. merino.
mérito s.m. mérito.
meritorio,-a adj. meritório. s. estagiário sem salário.
merluza s.f. merluza; bebedeira.
merluzo,-a adj. tolo, bobo.
merma s.f. diminuição, perda.

mermar v. diminuir, reduzir.
mermelada s.f. geléia de frutas.
mero,-a adj. mero, puro. s.m. mero (peixe).
merodeador,-a adj. saqueador.
merodear v. saquear, rondar, farejar.
merodeo s.m. pilhagem; ronda.
mes s.m. mês; mensalidade; el ~ menstruação.
mesa s.f. mesa.
mesada s.f. mesada.
mesalina s.f. messalina.
mesana s.f. mezena.
mesar v. arrancar os cabelos.
meseta s.f. planalto; patamar.
mesiánico,-a adj. messiânico.
mesianismo s.m. messianismo.
mesilla s.f. criado-mudo.
mesnada s.f. séquito armado; congregação.
mesón s.m. pousada, hospedaria, restaurante.
mesonero,-a s. estalajadeiro.
mesopotámico,-a adj./s. mesopotâmico.
mestizaje s.f. mestiçagem.
mestizo,-a adj./s. mestiço.
mesura s.f. moderação, prudência.
mesurar v., **mesurarse** vr. conter(-se), moderar(-se).
meta s.f. meta, fim, objetivo; gol, goleiro.
metabólico,-a adj. metabólico.
metabolismo s.m. metabolismo.
metafísica s.f. metafísica.
metafísico,-a adj. metafísico.
metáfora s.f. metáfora.
metafórico,-a adj. metafórico.
metal s.m. metal; (Mús.) metais.
metálico,-a adj. metálico. s.m. dinheiro vivo.
metalista s. metalista.
metalización s.f. metalização.
metalizar v. metalizar.
metaloide s.m. metalóide.
metalirgia s.f. metalurgia.
metalúrgico,-a adj./s. metalúrgico,
metamórfico,-a adj. metamórfico.
metamorfismo s.m. metamorfismo.
metamorfosis s.f. metamorfose.
metano s.m. metano.
metanol s.m. metanol.
metapiles s.m.pl. lingotes de cobre.
metástasis s.f. metástase.
metedor,-a s. cueiro; contrabandista.
metedura s.f. ~ de pata gafe.
meteórico,-a adj. meteórico.
meteorito s.m. meteorito.
meteoro s.m. meteoro.
meteorología s.f. meteorologia.
meteorológico,-a adj. meteorológico.
meteorólogo,-a s. meteorologista.
meter v. pôr, meter, depositar, colocar, empregar; envolver, comprometer; dar; fazer; (roupa) encurtar, apertar; causar, provocar. **meterse** vr. entrar, introduzir, dedicar-se; estar, ir parar em; intrometer-se, intervir.
meticón s.m. metido, abelhudo.
meticulosidad s.f. meticulosidade.
meticuloso,-a adj. meticuloso.
metida s.f. punhalada, surra, arrancada.
metido,-a adj. ~ en abundante. s.m. repreensão; bainha; cueiro; arrancada.
metijón,-ona adj./s. intrometido.
metileno s.m. metileno.
metílico,-a adj. metílico.
metódico,-a adj. metódico.
metodismo s.m. metodismo.
metodista adj./s. metodista.
metodizar v. metodizar.
método s.m. método.
metodología s.f. metodologia.
metodológico,-a adj. metodológico.
metomentodo s. intrometido, enxerido.
metonimia s.f. metonímia.
metraje s.m. metragem.
metralla s.f. metralha.
metrallazo s.m. metralhada.
metralleta s.f. submetralhadora.
métrica s.f. métrica.
métrico,-a adj. métrico.
metro s.m. metro; metrô.
metrónomo s.m. metrônomo.
metrópoli ou **metrópolis** s.f. metrópole; catedral.
metropolitano,-a adj. metropolitano. s.m. metrô.
meublé s.m. bordel.
mexicano,-a adj./s. mexicano.
mezcla s.f. mistura; mescla; argamassa; mixagem.
mezclador,-a s. misturador; mixer.
mezclar v. misturar, mesclar, combinar, juntar, desordenar, envolver. **mezclarse** vr. intervir, misturar-se, envolver-se.
mezcolanza s.f. miscelânea, confusão.
mezquinar v. regatear, esquivar.
mezquindad s.f. mesquinharia, sordidez, vileza.
mezquino,-a adj. mesquinho, avarento, sórdido; miserável.
mezquita s.f. mesquita.
mi adj. meu(s), minha(s). s.m. (Mús.) mi.
mí pron. pes. mim; ¡a ~! socorro!
mía adj./pron. pos. minha.
miaja s.f. migalha.
miasma s.m. miasma.
miau s.m. miau.
mica s.f. mica.
micción s.f. micção.
micénico,-a adj. micênico.
michelín s.m. pneu (gordura na cintura).
mico,-a s. mico; pessoa feia; baixinho; libertino; mequetrefe; vagina.
micosis s.f. micose.
micra s.f. mícron, micro.
microbiano,-a adj. microbial.
microbio s.m. micróbio.
microbiología s.f. microbiologia.
microbiológico,-a adj. microbiológico.
microbús s.m. microônibus.
microcircuito s.m. microcircuito.
microclima s.m. microclima.

microcomputadora s.f. microcomputador.
microcosmos s.m. microcosmo.
microficha s.f. microficha.
microfilm s.m. microfilme.
micrófono s.m. microfone.
microlentilla s.f. lente de contato.
microonda s.f. microonda.
microordenador s.m. microcomputador.
microorganismo s.m. microorganismo.
microprocesador s.m. microprocessador.
microscópico,-a adj. microscópico.
microscopio s.m. microscópio.
microsurco s.m. long-playing.
miedica adj./s. medroso, covarde.
mieditis s.f. medo.
miedo s.m. medo, receio, temor.
miedoso,-a adj. medroso.
miel s.f. mel.
mielga s.f. alfafa.
mielina s.f. mielina.
miembro s.m. membro.
miente s.f. mente.
mientras adv. enquanto isso. conj. enquanto.
miércoles s.m. quarta-feira.
mierda s.f. merda, caca, cocô, porcaria, bebedeira, sujeira. s. pessoa desprezível.
mies s.f. messe, colheita, cereal maduro. **mieses** campos semeados.
miga s.f. miolo de pão, migalha; substância.
migaja s.f. migalha. **migajas** restos.
migar v. esmigalhar.
migración s.f. migração.
migraña s.f. enxaqueca.
migrar v. migrar.
migratorio,-a adj. migratório.
mijo s.m. painço, milho miúdo.
mil adj./s.m. mil.
milagrería s.f. crença em milagres.
milagrero,-a adj. milagreiro.
milagro s.m. milagre.
milagroso,-a adj. milagroso.

milano s.m. milhafre.
milenario,-a adj. milenário, milenar. s.m. milênio.
milenio s.m. milênio.
milésimo,-a adj. milésimo.
milhojas s.m. mil-folhas, milefólio.
mili s.f. serviço militar.
milibar s.m. milibar.
milicia s.f. milícia.
miliciano,-a adj./s. miliciano.
milico s.m. milico, militar.
miligramo s.m. miligrama.
mililitro s.m. mililitro.
milímetro s.m. milímetro.
militancia s.f. militância.
militante adj./s.m.f. militante.
militar adj./v. militar.
militarismo s.m. militarismo.
militarista adj./s. militarista.
militarización s.f. militarização.
militarizar v. militarizar.
milla s.f. milha.
millar s.m. milhar.
millón s.m. milhão.
millonada s.f. fortuna, dinheirama.
millonario,-a adj./s. milionário.
millonésimo,-a adj. milionésimo.
milonga s.f. milonga, engano, mentira.
milpa s.f. milharal.
miltomate s.m. tomate verde.
mimado,-a adj. mimado.
mimar v. mimar.
mimbre s.m. vime.
mimbrear v., **mimbrearse** vr. balançar(-se).
mimbrera s.f. vimeiro.
mimbreral s.m. vimieiro.
mimético,-a adj. mimético.
mimetismo s.m. mimetismo.
mímica s.f. mímica.
mímico,-a adj. mímico.
mimo s.m. ator mímico; afago, mimo.
mimosa s.f. mimosa.
mimoso,-a adj. mimoso.
mina s.f. mina; túnel, galeria; fonte; o que dá riqueza; grafite; artefato explosivo.
minador,-a adj. minador. s.m. navio lança-minas; sapador.
minar v. minar, solapar, colocar minas.
minarete s.m. minarete.

mineral adj./s. mineral.
mineralización s.f. mineralização.
mineralizar v. mineralizar.
mineralogía s.f. mineralogia.
mineralógico,-a adj. mineralógico.
minería s.f. mineração; conjunto de mineiros.
minero,-a adj./s. mineiro.
mineromedicinal adj. **aguas mineromedicinales** águas minerais.
minga s.f. mutirão; (Vulg.) pinto, pau, cacete.
mingitorio s.m. mictório.
miniatura s.f. miniatura.
miniaturista s. miniaturista.
miniaturizar v. miniaturizar.
minifalda s.f. minissaia.
minifundio s.m. minifúndio.
minifundista adj./s. minifundiário.
mínima s.f. (Temp.) mínima.
minimizar v. minimizar.
mínimo,-a adj./s.m. mínimo.
minino s.m. bichano, gato.
ministerial adj. ministerial.
ministerio s.m. ministério.
ministrable adj. ministeriável.
ministro,-a s. ministro.
minorar v., **minorarse** vr. minorar.
minoría s.f. minoria.
minoridad s.f. minoridade.
minoritario,-a adj. minoritário.
minucia s.f. minúcia.
minuciosidad s.f. minuciosidade.
minucioso,-a adj. minucioso.
minué s.m. minueto.
minuendo s.m. (di)minuendo.
minúscula s.f. letra minúscula.
minúsculo,-a adj. minúsculo.
minusvalía s.f. desvalorizaçãio, deficiência.
minusválido,-a adj./s. inválido, deficiente.
minusvalorar v. desvalorizar.
minuta s.f. conta de honorários, catálogo, minuta, nota, menu.
minutero s.m. ponteiro dos minutos.
minuto s.m. minuto.
miñango s.m. pedaço pequeno.
mío,-a adj./pron. pes. meu.

miocardio *s.m.* miocárdio.
miope *adj./s.* míope.
miopía *s.f.* miopia.
mir *s.* médico residente.
mira *s.f.* mira, fim, objetivo.
mirada *s.f.* mirada, modo de olhar, olhada.
miradero *s.m.* mirante.
mirado,-a *adj.* comedido; visto.
mirador,-a *adj.* mirador. *s.m.* mirante; varanda com vidraça.
miraguano *s.m.* paineira; paina.
miramiento *s.m.* respeito, consideração, atenção.
mirar *v.* olhar, mirar, visar, vigiar, observar, considerar, refletir, ter cuidado, verificar, dar para. **mirarse.** *vr.* pensar duas vezes, olhar-se.
mirasol *s.m.* girassol.
miríada *s.f.* miríade.
miriámetro *s.m.* miriâmetro.
mirilla *s.f.* visor, vigia, olho mágico.
miriñaque *s.m.* saia-balão, anquinhas, bijuteria; limpatrilhos.
miriópodo *s.m.* miriápode.
mirlo *s.m.* melro.
mirón,-ona *adj./s.* curioso; observador, voyeur.
mirra *s.f.* mirra.
mirto *s.m.* mirto, murta.
misa *s.f.* missa.
misal *s.m.* missal.
misantropía *s.f.* misantropia.
misántropo,-a *s.* misantropo.
miscelánea *s.f.* miscelânea.
misceláneo,-a *adj.* misto.
miscible *adj.* miscível.
miserable *adj./s.* miserável, perverso, canalha.
miseria *s.f.* miséria, desgraça, mesquinharia, sordidez, insignificância.
misericordia *s.f.* misericórdia.
misericordioso,-a *adj.* misericordioso.
mísero,-a *adj.* miserável, mísero.
misero,-a *adj.* misseiro.
misil *s.m.* míssil.
misión *s.f.* missão.
misionero,-a *adj./s.* missionário.

misiva *s.f.* missiva.
mismidad *s.f.* mesmice.
mismo,-a *adj.* mesmo.
misoginia *s.f.* misoginia.
misógino,-a *adj./s.* misógino.
miss *s.f.* senhorita; miss.
míster *s.m.* senhor; treinador.
misterio *s.m.* mistério.
misterioso,-a *adj.* misterioso.
mística *s.f.* mística.
misticismo *s.m.* misticismo.
místico,-a *adj./s.* místico.
mistificación *s.f.* mistificação.
mistificar *v.* mistificar.
mistral *s.m.* mistral.
mitad *s.f.* metade, meio, centro.
mítico,-a *adj.* mítico.
mitificar *v.* mitificar.
mitigador,-a *adj./s.* mitigador, mitigante.
mitigar *v.* mitigar.
mitin *s.m.* comício.
mito *s.m.* mito, fábula.
mitología *s.f.* mitologia.
mitológico,-a *adj.* mitológico.
mitomanía *s.f.* mitomania.
mitómano,-a *adj.* mitômano.
mitón *s.m.* mítene.
mitote *s.m.* baile índio; festinha; confusão; bulha; fofoca.
mitra *s.f.* mitra, diocese.
mitrado,-a *adj.* mitrado. *s.m.* bispo.
mixtificación *s.f.* mistificação, falseamento.
mixtificar *v.* falsear, mistificar.
mixto,-a *adj.* misto. *s.m.* trem misto; fósforo.
mixtura *s.f.* mistura.
mízcalo *s.m.* míscaro.
moabita,-a *adj./s.* moabita.
mobiliario,-a *adj./s.* móvel, mobiliário.
moblaje *s.m.* mobília.
moblar *v.* mobiliar.
moca *s.f.* moca, café.
mocasín *s.m.* mocassim.
mocedad *s.f.* mocidade.
mocerío *s.m.* grupo de jovens.
mocetón,-ona *s.* rapagão.
mochales *adj./s.* biruta, doido; apaixonado.
moche *loc. adv.* **a troche y ~** à beça.
mochila *s.f.* mochila.

mocho,-a *adj.* rombo, sem ponta, mocho, rapado, careca. *s.m.* cabo, coronha.
mochuelo *s.m.* mocho, coruja; chateação, responsabilidade.
moción *s.f.* moção, proposta.
mocionar *v.* apresentar uma moção.
moco *s.m.* monco, ranho; morrão; bebedeira.
mocoso,-a *adj.* moncoso, ranhoso; insignificante. *s.m.* fedelho.
moda *s.f.* moda.
modal *adj.* modal. **modales** maneiras, modos.
modalidad *s.f.* modalidade.
modelado *s.m.* modelagem.
modelador,-a *adj./s.* modelador.
modelar *v.* modelar, moldar.
modelista *s.* modelista, maquetista.
modelo *adj./s.m.f.* modelo.
modem *s.m.* modem.
moderación *s.f.* moderação.
moderado,-a *adj./s.* moderado.
moderador,-a *adj.* moderador. *s.* mediador.
moderar *v.* moderar; frear; mediar. **moderarse** *vr.* moderar-se.
modernidad *s.f.* modernidade.
modernismo *s.m.* modernismo.
modernista *adj./s.* modernista.
modernización *s.f.* modernização.
modernizar *v.*, **modernizarse** *vr.* modernizar(-se).
moderno,-a *adj.* moderno.
modestia *s.f.* modéstia.
modesto,-a *adj./s.* modesto.
módico,-a *adj.* módico.
modificable *adj.* modificável.
modificación *s.f.* modificação.
modificar *v.* modificar, moderar.
modismo *s.m.* modismo.
modistería *s.f.* butique.
modistilla *s.f.* aprendiz de modista.
modisto,-a *s.* estilista, modista.
modo *s.m.* modo, maneira.
modorra *s.f.* modorra.
modoso,-a *adj.* recatado, respeitoso, bem comportado.
modulación *s.f.* modulação.

modular *adj./v.* modular.
módulo *s.m.* módulo.
mofa *s.f.* mofa, gozação.
mofar *v.* **mofarse** *vr.* mofar, zombar.
mofeta *s.f.* cangambá; mofeta, grisu.
moflete *s.m.* bochecha.
mofletudo,-a *adj.* bochechudo.
mogol *adj./s.* mongol.
mogollón,-ona *adj.* intrometido. *s.* montão, confusão; *de* ~ grátis.
mogote *s.m.* montículo.
mohín *s.m.* careta, beicinho.
mohína *s.f.* enfado; rixa.
mohíno,-a *adj.* amuado, triste.
moho,-a *s.m.* mofo, bolor; ferrugem.
mohoso,-a *adj.* mofado, bolorento, enferrujado.
moisés *s.m.* moisés.
mojado,-a *adj.* molhado.
mojadura *s.f.* molhadura.
mojama *s.f.* atum seco e salgado; moxama.
mojar *v.* molhar; comemorar apunhalar; mijar na cama.
mojarse *vr.* participar, comprometer-se.
mojarra *s.f.* peixe marinho; faca larga.
moje *s.m.* molho, caldo.
mojicón *s.m.* tapa na cara; bolo, biscoito.
mojigatería *s.f.* beatice, piedade fingida.
mojigato,-a *adj./s.* hipócrita, dissimulado.
mojinete *s.m.* empena.
mojón *s.m.* baliza, marco.
moka *s.m.* moca.
mola *s.f.* mola, tumor da placenta; peixe-lua.
molar *adj./s.m.* molar. *v.* agradar; exibir-se.
molde *s.m.* molde, fôrma.
moldeable *adj.* moldável.
moldeado *s.m.* moldagem; (*cabelo*) permanente.
moldear *v.* moldar; fazer ondulação permanente.
moldura *s.f.* moldura.
mole *s. m* molho, guisado de frango; sangue. *s.f.* mole.
molécula *s.f.* molécula.
molecular *adj.* molecular.

moledor,-a *adj./s.* moedor; (*Fig.*) importuno.
moler *v.* moer; maltratar, cansar, importunar.
molestar *v.* molestar, incomodar; magoar.
molestia *s.f.* incômodo, enfado; dor, mal-estar.
molesto,-a *adj.* molesto, enfadonho; incômodo; agoniado, doente, magoado, chateado.
molibdeno *s.f.* molibdênio.
molicie *s.f.* suavidade; luxo, boa-vida.
molido,-a *adj.* moído; cansado.
molienda *s.f.* moagem, moenda, moedura, moinho.
molinero,-a *adj./s.* moleiro.
molinete *s.m.* exaustor; catavento, catraca.
molinillo *s.m.* moedor, catavento, batedor.
molino *s.m.* moinho; pessoa buliçosa.
molla *s.f.* carne magra; polpa; miolo; gordura, banha.
mollar *adj.* mole; proveitoso; ingênuo.
molledo *s.m.* miolo de pão; parte carnuda.
molleja *s.f.* moela; moleja.
mollera *s.f.* moleira; talento.
molón,-ona *adj.* bonito, vistoso.
molonquear *v.* espancar.
molote *s.m.* alvoroço; empada.
molturación *s.f.* moedura.
molturar *v.* moer.
molusco *s.m.* molusco.
momentáneo,-a *adj.* momentâneo.
momento *s.m.* momento.
momia *s.f.* múmia.
momificación *s.f.* mumificação.
momificar *v.* mumificar.
momio,-a *adj.* magro, seco. *s.m.* moleza, trabalho fácil.
mona *s.f.* macaca, mona, imitador, bebedeira.
monacal *adj.* monástico.
monacato *s.m.* monacato.
monada *s.f.* macacada, gracinha; afago.
monaguillo *s.m.* coroinha.
monarca *s.m.* monarca.
monarquía *s.f.* monarquia.
monárquico,-a *adj.* monárquico. *s.* monarquista.
monarquismo *s.m.* monarquismo.
monasterio *s.m.* mosteiro.
monástico,-a *adj.* monástico.
monda *s.f.* monda; casca.
mondadientes *s.m.* palito de dentes.
mondadura *s.f.* monda; casca.
mondar *v.* pelar, descascar, purificar, dragar, podar; surrar.
mondarse *v.r.* rir-se muito.
mondo,-a *adj.* limpo, pelado, sem dinheiro.
mondongo *s.m.* intestinos.
monear *v.* macaquear; jactar-se.
moneda *s.f.* moeda.
monedero *s.m.* bolsinho, porta-níqueis, moedeiro.
monegasco,-a *adj.* monegasco.
monería *s.f.* macaquice; gracinha; bajulação.
monetario,-a *adj./s.m.* monetário.
monetarismo *s.m.* monetarismo.
monetarista *adj./s.* monetarista.
mongol *adj./s.* mongol.
mongólico,-a *adj.* mongolóide, idiota.
mongolismo *s.m.* mongolismo.
mongoloide *adj./s.* mongolóide.
monigote *s.m.* boneco, palhaço; joguete; caricatura; coroinha, seminarista.
monitor,-a *s.* monitor, professor, instrutor.
monitorio,-a *adj.* monitório.
monja *s.f.* freira; cinzas de papel queimado.
monje *s.m.* monge, frade.
monjil *adj.* monjal, monacal. *s.m.* hábito.
mono,-a *adj.* bonito, gracioso; ruivo. *s.* macaco, mico; macacão; desejo, ansiedade; valete.
monocarril *adj./s.m.* monotrilho.
monocorde *adj.* monocorde; monótono.
monocromático *ou* **monocromo,-a** *adj.* monocromático.
monóculo *s.m.* monóculo.

monocultivo s.m. monocultura.
monofásico,-a adj. monofásico.
monogamia s.f. monogamia.
monógamo,-a adj. monógamo.
monografía s.f. monografia.
monográfico,-a adj. monográfico.
monograma s.m. monograma.
monokini s.m. monoquini.
monolingüe adj. monolíngüe.
monolítico,-a adj. monolítico.
monolito s.m. monólito.
monologar v. monologar.
monólogo s.m. monólogo.
monomanía s.m. monomania.
monomaníaco,-a adj. monomaníaco.
monoplano adj./m. monoplano.
monoplaza adj. de um só lugar; para um só ocupante.
monopolio s.m. monopólio.
monopolización s.f. monopolização.
monopolizar v. monopolizar.
monoquini s.m. monoquini.
monorraíl s.m. monotrilho.
monosabio s.m. ajudante de toureiro.
monosilábico,-a adj. monossilábico.
monosílabo,-a adj./s.m. monossílabo.
monote s. abobado; bagunça.
monoteísmo s.m. monoteísmo.
monoteísta adj./s. monoteísta.
monotonía s.f. monotonia.
monótono,-a adj. monótono.
monóxido s.m. monóxido.
monseñor s.m. monsenhor.
monserga s.f. conversa chata; linguagem confusa.
monstruo s.m. monstro; gênio, prodígio.
monstruosidad s.f. monstruosidade.
monstruoso,-a adj. monstruoso, colossal.
monta s.f. monta; montada; cruzamento; equitação.
montacargas s.m. monta-cargas.
montado,-a adj. montado; instalado. s.m. sanduíche.
montador,-a s. montador.
montadura s.f. montada; engaste.
montaje s.f. montagem; encenação; farsa, impostura.
montaña s.f. montanha; montão; obstáculo.
montañero,-a s. montanhista, alpinista.
montañés,-esa adj./s. montanhês.
montañismo s.m. montanhismo.
montañoso,-a adj. montanhoso.
montante s.m. montante; ombreira; bandeira, caixilho sobre porta.
montaplatos s.m. monta-cargas.
montar v. montar, ir montado; instalar, mobiliar; abrir; encenar, bater (*clara*, *leite*); cobrir; engastar; armar; organizar; totalizar, importar; subir.
montaraz adj. montês, intratável, bravio. s.m. guarda florestal.
montarral s.m. moita.
monte s.m. monte, mata; montão.
montea s.f. montéia.
montepío s.m. montepio.
montenegrino,-a adj./s. montenegrino.
montera s.f. montera; gorro, carapuça.
montería s.f. montaria.
montero,-a s. monteiro.
montés,-esa adj. montês.
montevideano,-a adj./s. montevideano.
montículo s.m. montículo.
montilla s.m. vinho de Montilha.
monto s.m. montante, total.
montón s.m. montão, pilha, monte.
montonera s.f. monte; guerrilha.
montubio,-a s. camponês da costa.
montuno,-a adj. grosseiro, rústico.
montuoso,-a adj. montanhoso.
montura s.f. montaria; armação de óculos; sela, arreio.
monumental adj. monumental.
monumento s.m. monumento.
monzón s.m. monção.
moña s.f. laço de fita; boneca; bebedeira.
moño s.m. chinó, coque; crista.
moñudo,-a adj. topetudo.
moquear v. ter corrimento nasal.
moqueo s.m. secreção nasal.
moquero s.m. lenço.
moqueta s.f. tapete.
moquillo s.m. cinomose; pevide.
mor s.m. por ~ de por amor de.
mora s.f. amora; mora, atraso.
morada s.f. morada.
morado,-a adj./s.m. roxo.
morador,-a s. morador.
moradura s.f. hematoma, equimose.
moral adj./s.f. moral. s.m. amoreira.
moraleja s.f. moral.
moralidad s.f. moralidade.
moralismo s.m. moralismo.
moralista adj./s. moralista.
moralización s.f. moralização.
moralizar v. moralizar.
morapio s.m. vinho tinto.
morar v. morar, residir.
moratoria s.f. moratória.
morbidez s.f. morbidez.
mórbido,-a adj. mórbido, brando, suave; doentio.
morbilidad s.f. morbidade.
morbo s.m., morbo; morbidez.
morbosidad s.f. morbosidade.
morboso,-a adj. mórbido, doente.
morcilla s.f. morcela; (*Teat.*) fala improvisada, caco.
mordacidad s.f. mordacidade.
mordaz adj. mordaz.
mordaza s.f. mordaça.
mordedor,-a adj. mordedor; maledicente.
mordedura s.f. mordedura, mordida.
morder v. morder; criticar; estar de mau humor.
mordida s.f. mordida.
mordido,-a adj. mordido.
mordiente adj./s.m. mordente.
mordiscar v. mordiscar.
mordisco s.m. mordida, bocaste.

do.
mordisquear v. mordiscar.
morena s.f. morena; enguia.
moreno,-a adj. moreno, bronzeado, escuro, preto. s. negro, mulato.
morera s.f. amoreira.
moreral s.m. amoreiral.
morería s.f. mouraria.
moretón s.m. equimose.
morfema s.m. morfema.
morfina s.f. morfina.
morfinomanía s.f. morfinomania.
morfinómano,-a adj./s. morfinômano.
morfología s.f. morfologia.
morfológico,-a adj. morfológico.
morgue s.f. necrotério.
moribundo,-a adj./s. moribundo.
morigeración s.f. moderação.
morigerado,-a adj. moderado.
morigerar v. moderar.
morir v. morrer, falecer. **morirse** vr. acabar, desaparecer, apagar-se.
morisco,-a adj./s. mourisco.
mormón,-ona adj./s. mórmon.
mormonismo s.m. mormonismo.
moro,-a adj./s. mouro, muçulmano, sarraceno; pagão; machista.
morocho,-a adj./s. robusto, forte, moreno.
morocota s.f. moeda de ouro.
morosidad s.f. morosidade.
moroso,-a adj. moroso, em mora.
morrada s.f. cabeçada, pancada.
morral s.m. embornal, mochila.
morralla s.f. peixe miúdo; gentalha, sucata, refugo, lixo.
morrear v., **morrearse** vr. beijar(-se), bolinar(-se).
morrena s.f. (*Geol.*) morena.
morreo s.m. (*Vulg.*) beijo.
morrillo s.m. cachaço; nuca.
morriña s.f. nostalgia, saudade; (*Vet.*) morrinha.
morrión s.m. elmo, barretina.
morro s.m. focinho; boca, lábios; nariz, frente; cara-de-pau; morro, penhasco.
morrocotudo adj. magnífico; rico, importante; grande.
morrón adj./s.m. pimentão vermelho; pancada, cabeçada.
morronguear v. bebericar, chupar; cochilar.
morroñoso,-a adj. áspero; egoísta; mesquinho.
morrudo,-a adj. beiçudo.
morsa s.f. morsa.
morse s.m. morse.
mortadela s.f. mortadela.
mortaja s.f. mortalha; papel de cigarro; entalhe.
mortal adj. mortal, letal, fatal. s. mortal.
mortalidad s.f. mortalidade.
mortandad s.f. mortandade.
mortecino,-a adj. apagado, mortiço.
morterada s.f. dinheirama, grana.
mortero s.m. pilão; morteiro; argamassa.
mortífero,-a adj. mortífero.
mortificación s.f. mortificação.
mortificar v., **mortificarse** vr. mortificar(-se).
mortual s.m. herança.
mortuorio,-a adj. mortuário. s.m. funeral.
morueco s.m. carneiro.
moruno,-a adj. mourisco.
mosaico,-a adj./s.m. mosaico.
mosca s.f. mosca; cavanhaque; grana, dinheiro.
moscada adj. *nuez* ~ nozmoscada.
moscarda s.f. varejeira.
moscardón s.m. moscardo, moscão; chato, impertinente.
moscatel adj./s. moscatel.
moscón *veja* **moscardón**.
mosconear v. chatear, importunar; fazer-se de bobo.
moscovita adj./s. moscovita.
mosén s.m. reverendo.
mosqueado,-a adj. mosqueado; chateado, aborrecido.
mosquearse vr. enfadar-se, aborrecer-se; desconfiar, suspeitar.
mosqueo s.m. enfado, mágoa; desconfiança.
mosquerío s.m. mosquitada.
mosquero s.m. mosqueiro, mosquitada.
mosquete s.m. mosquete.
mosquetero s.m. mosqueteiro.
mosquetón s.m. mosquetão, carabina.
mosquitera s.f. mosquiteira.
mosquitero s.m. mosquiteiro.
mosquito s.m. mosquito.
mostacho s.m. bigode.
mostachón s.m. bolinho de amêndoas e canela.
mostajo s.m. lódão branco.
mostaza s.f. mostarda.
mostellar s.m. lódão branco.
mosto s.m. mosto.
mostrador s.m. balcão de loja; mostrador.
mostrar v. mostrar, exibir, explicar. **mostrarse** vr. mostrar-se.
mostrenco,-a adj. sem dono; ignorante; lento, pesado, gordo. s. cabeçudo, bronco.
mota s.f. cisco, pinta, grão, fiapo; defeito; mota; cabelo-crespo; maconha.
mote s.m. apelido; lema, divisa; milho cozido.
moteado,-a adj. mosqueado.
motear v. mosquear.
motejar v. motejar.
motel s.m. motel.
motete s.m. motete; feixe.
motilidad s.f. motilidade.
motín s.m. motim.
motivación s.f. motivação, estímulo, justificação, causa.
motivar v. motivar, causar, justificar.
motivo s.m. motivo, tema.
moto s.f. moto; marco.
motobomba s.f. motobomba.
motocarro s.m. triciclo.
motocicleta s.m. motocicleta.
motociclismo s.m. motociclismo.
motociclista s. motociclista.
motociclo s.m. bicicleta a motor.
motocross s.m. motocross.
motocultivo s.m. motocultura.
motonáutica s.f. motonáutica.
motonáutico,-a adj. motonáutico.
motonave s.f. lancha, barco a motor.
motoniveladora s.f. motoniveladora.
motor,-a adj./s. motor.

motora s.f. lancha.
motorismo s.m. motociclismo.
motorista s. motociclista, motorista.
motorizado,-a adj. motorizado.
motorizar v., **motorizarse** vr. motorizar(-se).
motosierra s.f. motosserra.
motricidad s.f. motricidade.
motriz adj. motriz, motor.
movedizo,-a adj. movediço, instável.
mover v. mover, mexer; incitar, provocar, levar a; agitar, ativo, movimentado; agilizar. **moverse** vr. ir-se, apressar-se; virar-se; relacionar-se.
movible adj. móvel.
movida s.f. farra, animação, agitação, confusão.
movido,-a adj. animado, agitado, ativo, movimentado; (*Foto*) tremido. s.m. aborto.
móvil adj. móvel. s.m. motivo.
movilidad s.f. mobilidade.
movilización s.f. mobilização.
movilizar v. mobilizar.
movimiento s.m. movimento, atividade; (*Mús.*) ritmo, andamento.
moviola s.f. moviola.
moza s.f. moça, criada; suporte de frigideira.
mozalbete s.m. mocinho.
mozambiqueño,-a adj./s. moçambicano.
mozárabe adj./s. moçárabe.
mozo,-a adj. moço, jovem. s.m. moço; empregado, porteiro; mensageiro; recruta; escora.
mozuelo,-a s. mocinho.
muaré s.m. moiré, tafetá.
mucamo,-a s. criado.
muchacha s.f. mocinha; empregada.
muchachada ou **muchachería** s.f. criancice; rapaziada.
muchacho s.m. rapaz, moço.
muchedumbre s.f. multidão; monte.
mucho,-a adj./adv. muito.
mucosa s.f. mucosa.
mucosidad s.f. mucosidade, muco.
mucoso,-a adj. mucoso.
múcura adj. simplório. s.f. jarro, cântaro.
muda s.f. muda (*de roupa, de pêlo*); mudança de voz.
mudable adj. mutável.
mudada s.f. muda (*de roupa*); mudança (*de casa*).
mudanza s.f. mudança, mutação; inconstância.
mudar v., **mudarse** vr. mudar(-se), transformar(se), trocar(-se).
mudenco,-a adj. tartamudo; tolo.
mudez s.f. mudez.
mudo,-a adj./s. mudo.
mueblaje s.m. mobília.
mueble adj./s.m. móvel.
mueblería s.f. casa de móveis.
mueblista s. fabricante ou vendedor de móveis.
mueca s.f. careta, expressão.
muela s.f. mó, rebolo; dente molar; morro, cerro.
muelle adj. mole, brando, cômodo. s.m. mola; molhe, cais, plataforma.
muérdago s.m. visco.
muerdo s.m. mordida, bocado.
muérgano,-a adj. bobo. s.m. objeto inútil.
muermo s.m. mormo; enfado, tédio, chatice; cara chato.
muerte s.f. morte.
muerto,-a adj./s. morto.
muesca s.f. corte, entalhe.
mueso s.m. bocado, dentada.
muestra s.f. amostra, indício, prova, exemplo; modelo; tabuleta.
muestrario s.m. mostruário.
muestreo s.m. amostragem.
mugido s.m. mugido.
mugir v. mugir; berrar.
mugre s.f. sujeira, gordura.
mugriento,-a adj. sujo.
muguet ou **muguete** s.m. lírio; sapinho.
mujer s.f. mulher, esposa.
mujeriego adj. mulherengo; feminino. s.m. don juan; mulherada.
mujeril adj. feminino.
mujerío s.m. mulherio.
mujerzuela s.f. prostituta.
mújol s.m. mugem, tainha.
mula s.f. mula; (*dominó*) pedra dupla.
muladar s.m. monturo; esterqueira.
mular adj. muar.
mulato,-a adj./s. mulato.
muleque s.m. escravo negro; menino negro.
mulero s.m. muleteiro.
muleta s.f. muleta.
muletilla s.f. clichê, chavão, cacoete.
mullido,-a adj. fofo, macio.
mullir v. afofar, amolecer, abrandar.
mullo s.m. salmonete.
mulo s.m. mulo, mu.
multa s.f. multa.
multar v. multar.
multicanal adj. (*TV*) multicanal.
multicelular adj. multicelular.
multicolor adj. multicor.
multicopiar v. duplicar.
multicopista s.f. duplicadora, xerox®.
multidimensional adj. multidimensional.
multifamiliar s.m. prédio de apartamentos.
multiforme adj. multiforme.
multimillonario,-a adj. multimilionário.
multinacional adj./s.f. multinacional.
múltiple adj. múltiplo.
multiplexor s.m. multiplexor.
multiplicable adj. multiplicável.
multiplicación s.f. multiplicação.
multiplicador, adj./s.m. multiplicador.
multiplicando s.m. multiplicando.
multiplicar v., **multiplicarse** vr. multiplicar(-se).
multiplicidad s.f. multiplicidade.
múltiplo, adj./s.m. múltiplo.
multirriesgo adj. de risco múltiplo.
multitud s.f. multidão.
multitudinario,-a adj. multitudinário.
multiviaje adj. *tarjeta* ~ bilhete múltiplo.
mundanal ou **mundano,-a** adj. mundano.

mundial adj. mundial.
mundillo s.m. ambiente, círculo, esfera.
mundo s.m. mundo; baú.
mundología s.f. mundologia.
mundovisión s.f. (TV) transmissão via satélite.
munición s.f. munição.
municipal adj. municipal. s. guarda-civil; lixeiro.
municipalidad s.f. municipalidade.
municipio s.f. município.
munido,-a adj. defendido, preparado.
munificencia s.f. generosidade.
munífico,-a adj. generoso.
muñeca s.f. pulso, munheca; boneca, manequim; trapo.
muñeco s.m. boneco, fantoche.
muñequera s.f. pulseira, correia.
muñequilla s.f. trapo de limpeza.
muñidor s.m. andador; intrigante.
muñir v. convocar; manejar.
muñón s.m. coto; munhão; músculo deltóide.
mural adj./s.m. mural.
muralla s.f. muralha.
murar v. murar.
murciano,-a adj./s. murciano.

murciélago s.m. morcego.
murga s.f. banda de músicos de rua; chatice, incômodo.
murmullo s.m. murmúrio.
murmuración s.f. mexerico, fofoca.
murmurador,-a adj./s. fofoqueiro.
murmurar v. murmurar, sussurrar; queixar-se, fofocar.
muro s.m. parede, muro, muralha.
murría s.f. tristeza, melancolia.
mus s.m. mus, jogo de cartas.
musa s.f. musa.
musaraña s.f. musaranho; careta; nuvem.
muscular adj. muscular.
musculatura s.f. musculatura.
músculo s.m. músculo.
musculoso,-a adj. musculoso.
muselina s.f. musselina.
museo s.m. museu.
museografía s.f. museografia.
museología s.f. museologia.
musgo s.m. musgo.
musgoso,-a adj. musgoso.
música s.f. música.
musical adj./s.m. musical.
musicalidad s.f. musicalidade.
músico,-a adj. musical. s. músico.
musicología s.f. musicologia.
musicólogo,-a s. musicólogo.

musiquero s.m. armário para partituras.
musitar v. cochichar.
muslo s.m. coxa.
mustiarse vr. murchar.
mustio,-a adj. triste, murcho.
musulmán,-ana adj./s. muçulmano.
mutabilidad s.f. mutabilidade.
mutable adj. mutável.
mutación s.f. mutação.
mutante adj./s. mutante.
mutar v. mutar.
mutilación s.f. mutilação.
mutilado,-a adj./s. mutilado, deficiente.
mutilar v. mutilar; suprimir.
mutis s.m. (Teat.) saída. *¡mutis!* silêncio!
mutismo s.m. mutismo; silêncio.
mutua s.f. mútua.
mutual adj. mútuo.
mutualidad s.f. mutualidade; mútua (*cooperativa*).
mutualismo s.m. mutualismo.
mutualista adj./s. mutualista.
mutuo,-a adj. mútuo.
muy adv. muito.
muzárabe adj. moçárabe.

N

N, n *s.f.* N, n.
nabo *s.m.* nabo; (*Vulg.*) pau.
nácar *s.m.* nácar.
nacarado,-a ou **nacarino,-a** *adj.* nacarado.
nacer *v.* nascer, brotar, surgir, começar.
nacido,-a *adj.* nascido. *s.m.* tumor.
naciente *adj.* nascente, novo. *s.m.* leste.
nacimiento *s.m.* nascimento; origem, nascente.
nación *s.f.* nação.
nacional *adj./s.* nacional.
nacionalidad *s.f.* nacionalidade.
nacionalismo *s.m.* nacionalismo.
nacionalista *adj./s.* nacionalista.
nacionalización *s.f.* nacionalização.
nacionalizar *v.* nacionalizar.
nacionalizarse *vr.* naturalizar-se.
nacionalsocialismo *s.m.* nacional-socialismo.
naco *s.m.* tabaco de mascar; purê de batata; susto; covarde.
nada *pron./adv./s.f.* nada.
nadador,-a *s.* nadador.
nadar *v.* nadar, flutuar,
nadería *s.f.* bagatela.
nadie *pron./s.m.* ninguém.
nadir *s.m.* nadir.
nado *loc. adv.* a ~ a nado.
nafta *s.f.* nafta; gasolina.
naftalina *s.f.* naftalina.
nagüeta *s.f.* sobre-saia.
nahua *adj./s.* naua.
náhuatl *s.m.* náuatle.
naif *adj.* ingênuo.
nailon *s.m.* náilon.
naipe *s.m.* naipe, carta de baralho.
naja *s.f.* naja.

nalga *s.f.* nádega; anca.
nalgón,-ona *adj.*, **nalgudo,-a** *adj.* nadegudo.
nana *s.f.* nana, moisés, vovó, mamãe, babá, aia, dodói.
¡nanay! *interj.* de jeito nenhum!
nao *s.f.* nau.
napalm *s.m.* napalm.
napia *s.f.* napa, narigão.
napoleónico,-a *adj.* napoleônico.
napolitano,-a *adj./s.* napolitano.
naranja *s.f.* laranja. *adj./s.m.* alaranjado.
naranjada *s.f.* laranjada.
naranjal *s.m.* laranjal.
naranjero,-a *adj.* laranjeiro.
naranjo *s.m.* laranjeira.
narcisismo *s.m.* narcisismo.
narcisista *adj./s.* narcisista.
narciso *s.m.* narciso; narcisista.
narcosis *s.f.* narcose.
narcótico, *adj./s.m.* narcótico.
narcotizar *v.* narcotizar.
narcotraficante *s.* narcotraficante.
narcotráfico *s.m.* narcotráfico.
nardo *s.m.* nardo.
narigón,-ona ou **narigudo,-a** *s.* narigudo.
narina *s.f.* narina.
nariz *s.f.* nariz; narina; olfato.
narizón,-ona, narizotas *s.*, **narizudo,-a** *adj.* narigudo.
narración *s.f.* relato, narração.
narrador,-a *s.* narrador.
narrar *v.* narrar.
narrativa *s.f.* narrativa.
narrativo,-a *adj./s.* narrativo.
narria *s.f.* mulher gorda.
nasa *s.f.* nassa, cesto.
nasal *adj.* nasal.
nasalización *s.f.* nasalização.
nasalizar *v.* nasalizar.
nata *s.f.* nata, borra, creme; pudim.

natación *s.f.* natação.
natal *adj.* natal.
natalício,-a *adj./s.* natalício.
natalidad *s.f.* natalidade.
natillas *s.f.pl.* pudim de leite, creme.
natividad *s.f.* natividade, Natal.
nativismo *s.m.* nativismo.
nativo,-a *adj./s.* nativo, natal.
nato,-a *adj.* nato, nascido.
natura *s.f.* natureza.
natural *adj.* natural, espontâneo, normal, corrente, próprio. *s.* nativo, nascido.
naturaleza *s.f.* natureza, compleição, nacionalidade, espécie.
naturalidad *s.f.* naturalidade.
naturalismo *s.m.* naturalismo.
naturalista *adj./s.* naturalista.
naturalización *s.f.* naturalização.
naturalizar *v.*, **naturalizarse** *vr.* naturalizar(-se).
naturismo *s.m.* naturismo.
naturista *adj./s.* naturista.
naufragar *v.* naufragar, gorar.
naufragio *s.m.* naufrágio.
náufrago,-a *adj./s.* náufrago.
náusea *s.f.* náusea.
nauseabundo,-a *adj.* nauseabundo.
náutica *s.f.* náutica.
náutico,-a *adj.* náutico.
navaja *s.f.* navalha; lingüeirão; dente de javali; ferrão.
navajada *s.f.*, **navajazo** *s.m.* navalhada.
navajero *s.m.* navalhista.
naval *adj.* naval.
navarro,-a *adj./s.* navarro.
nave *s.f.* nave, navio, nau, galpão, armazém.
navegabilidad *s.f.* navegabilidade.
navegable *adj.* navegável.
navegación *s.f.* navegação.

navegante adj./s. navegante, navegador.
navegar v. navegar.
Navidad s.f. Natal.
navideño,-a adj. natalino.
naviero,-a adj. naval. s. armador, proprietário de navio.
navio s.m. navio, barco de guerra.
nazareno,-a adj. nazareno, penitente. s.m. el ~ Jesus de Nazaré.
nazi s.m. nazista.
nazismo s.m. nazismo.
neblina s.f. neblina.
neblinoso,-a adj.neblinoso.
nebulosa s.f. nebulosa.
nebulosidad s.f. nebulosidade.
nebuloso,-a adj. nebuloso, sombrio, nublado.
necedad s.f. estupidez, tontice.
necesario,-a adj. necessário.
neceser s.m. necessaire.
necesidad s.f. necessidade, fome, miséria; **necesidades** evacuação.
necesitado,-a adj./s. pobre, necessitado.
necesitar v. necessitar, precisar, procurar.
necio,-a adj./s. tolo, néscio, estúpido, idiota.
nécora s.f. caranguejo.
necrofilia s.f. necrofilia.
necrófilo,-a adj.necrófilo.
necrología s.f. necrologia.
necrológico,-a adj. necrológico.
necrologio s.m. necrológio.
néctar s.m. néctar.
nectarina s.f. nectarina.
neerlandés,-esa adj./s. holandês.
nefando,-a adj. nefando.
nefasto,-a adj. nefasto.
nefritis s.f. nefrite.
negación s.f. negação, negativa, carência, ausência.
negado,-a adj./s. incapaz, inepto.
negar v. negar, recusar, proibir. **negarse** vr. recusar-se; (Culin.) azedar.
negativa s.f. negativa, recusa.
negativismo s.m. negativismo.
negativo,-a adj. negativo. s.m. (Foto) negativo.

negligé s.m. négligé.
negligencia s.f. negligência.
negligente adj./s. negligente.
negligir v. negligir, descuidar.
negociable adj. negociável.
negociación s.f. negociação.
negociado adj. vendido. s.m. seção; negociata.
negociador,-a adj./s. negociador.
negociante s.m. negociante.
negociar v. negociar.
negocio s.m. negócio, transação, loja, assunto.
negocioso,-a adj. cuidadoso.
negral s.m. pinheiro; equimose.
negrear v. enegrecer, escurecer.
negrero,-a adj./s. negreiro.
negrilla ou **negrita** adj./s.f. negrito.
negritud s.f. negritude.
negro,-a adj. negro, preto, escuro, bronzeado, triste, pessimista, sujo, irritado, policial, ilegal. s. negro; escritor que escreve em nome de outro. s.f. (Mús.) semínima; azar.
negroide adj./s. negróide.
negrón s.m. pato marinho.
negrura s.f. negrura.
negruzco,-a adj.negrusco, anegrado.
neguilla s.f. nigelo.
nemónico,-a adj. mnemônico.
nemotecnia s.f. mnemotecnia, mnemônica.
nemotécnico,-a adj. mnemotécnico.
nene,-a s. nenê, querido.
nenúfar s.m. nenúfar.
neocelandés,-esa adj./s. neozelandês.
neoclasicismo s.m. neoclassicismo.
neoclásico,-a adj./s. neoclássico.
neófito,-a s. neófito, aprendiz.
neolítico,-a adj./s.m. neolítico.
neologismo s.m. neologismo.
neón s.m. néon, neônio, anúncio luminoso.
neorrealismo s.m. neo-realismo.
neoyorkino,-a adj./s. nova-iorquino.
neozelandés,-a adj./s. neozelandês.

nepalés,-esa adj./s. nepalês.
nepotismo s.m. nepotismo.
nervio s.m. nervo, tendão, brio, força, vigor, fibra, alma, nervura. **nerves** nervosismo.
nerviosidad s.f., **nerviosismo** s.m. nervosismo.
nervioso,-a adj. nervoso.
nervudo,-a adj. nervudo, forçudo, vigoroso, nervoso.
neto,-a adj. líquido, neto, claro, preciso, puro.
neumático,-a adj./s.m. pneumático, pneu.
neumonía s.f. pneumonia.
neura s.f. mania, neura. s. nervoso.
neuralgia s.f. nevralgia.
neurálgico,-a adj. nevrálgico.
neurastenia s.f. neurastenia.
neurasténico,-a adj./s. neurastênico.
neurólogo,-a adj./s. neurologista.
neurología s.f. neurologia.
neurona s.f. neurônio.
neurosis s.f. neurose.
neurótico,-a adj./s. neurótico.
neutral adj. neutro, imparcial.
neutralidad s.f. neutralidade.
neutralización s.f. neutralização; interrupção.
neutralizar v. neutralizar.
neutro,-a adj. neutro, vago, indiferente.
neutrón s.m. nêutron.
nevada s.f. nevada.
nevar v. nevar.
nevasca s.f. nevasca
nevera s.f. geladeira.
nevería s.f. sorveteria.
nevisca s.f. nevada ligeira.
neviscar v. neviscar.
nexo s.m. conexão, ligação.
ni conj. nem.
nica ou **nicaragüense** ou **nicaragüeño** adj./s. nicaragüense.
nicho s.m. nicho.
nicotina s.f. nicotina.
nidada s.f. ninhada.
nidal s.m. lugar onde as galinhas costumam pôr; ninho; indez; refúgio; motivo.
nido s.m. ninho; viveiro; toca.
niebla s.f. névoa, nevoeiro, bruma.
nieto,-a s. neto, neta.

nieve s.f. neve, nevada; cocaína; sorvete.
nigeriano,-a adj./s. nigeriano.
nigromancia s.f. necromancia.
nigromante s. necromante.
nihilismo s.m. niilismo.
nihilista adj./s. niilista.
nilón s.m. náilon.
nimbo s.m. nimbo.
nimiedad s.f. insignificância.
nimio,-a adj. insignificante; minucioso.
ninfa s.f. ninfa; mulher formosa.
ninfómana s.f. ninfomaníaca.
ninfomanía s.f. ninfomania.
ningún adj. nenhum.
ninguno,-a adj. nenhum.
niña s.f. menina, criança, menina do olho, pupila.
niñada s.f. criancice, infantilidade.
niñera s.f. pajem, babá.
niñería s.f. criancice.
niñez s.f. infância.
niño,-a s. menino, criança, garoto; bebê; filho, amo, ama.
nipón,-ona adj./s. japonês.
níquel s.m. níquel.
miquelado,-a adj. niquelado. s.m. niquelação.
niquelar v. niquelar.
niqui s.m. camiseta polo.
nirvana s.f. nirvana.
níspero s.m. nêspera; nespereira.
nitidez s.f. nitidez.
nítido,-a adj. nítido, claro, limpo.
nitrato s.m. nitrato.
nítrico,-a adj. nítrico.
nitrogenado,-a adj. nitrogenado.
nitrógeno s.m. nitrogênio.
nitroglicerina s.f. nitroglicerina.
nivel s.m. nível, categoria.
nivelación s.f. nivelamento, igualação.
nivelador,-a adj./s. nivelador.
nivelar v. nivelar.
níveo,-a adj. branco como a neve.
no adv./s.m. não.
nobiliario,-a adj. nobiliário.
noble adj./s. nobre.

nobleza s.f. nobreza.
noblote,-a adj. honesto.
noche s.f. noite; *buenas noches* boa noite; *de ~* de noite.
nochebuena s.f. noite de Natal.
nochebueno s.m. torta natalina.
nochecita s.f. noitinha, crepúsculo.
nocherniego,-a adj. noctívago.
nochevieja s.f. noite de Ano Novo.
noción s.f. noção. **nociones** noções, fundamentos.
nocividad s.f. nocividade.
nocivo,-a adj. nocivo, prejudicial.
noctambulismo s.m. noctambulismo.
noctámbulo,-a s. noctâmbulo, noctívago.
nocturno,-a adj./s.m. noturno.
nodo s.m. nodo.
nodriza s.f. ama de leite, nutriz; tanque; veículo-tanque, caminhão-tanque, navio-tanque.
nogal s.m. nogueira.
nogalina s.f. tintura de nogueira.
nómada adj./s. nômade.
nomadismo s.m. nomadismo.
nombradía s.f. reputação.
nombrado,-a adj. famoso, célebre.
nombramiento s.m. nomeação,
nombrar v. mencionar, nomear, designar.
nombre s.m. nome, substantivo.
nomenclador ou **nomenclátor** s.m. catálogo.
nomenclatura s.f. nomenclatura, terminologia, lista.
nomeolvides s.m. miosótis; escrava (*pulseira*).
nómina s.f. listagem, folha de pagamento, salário, amuleto.
nominación s.f. nomeação, eleição.
nominal adj. nominal.
nominar v. nomear.
nominativo,-a adj./s.m. nominativo.
nomografía s.f. nomografia.
non adj. ímpar. s.m. número ímpar. **nones** não.

nonagenario,-a adj./s. nonagenário.
nonagésimo,-a adj./s. nonagésimo.
nonato,-a adj. nonato; ainda não nascido.
noneco,-a adj. estúpido, grosseiro.
noningentésimo,-a adj. noningentésimo.
nono,-a adj. nono.
nopal s.m. nopal, figueira-do-inferno.
noquear v. nocautear.
norcoreano,-a adj./s. norte-coreano.
nordeste s.m. nordeste.
nórdico,-a adj./s. nórdico.
noreste s.m. nordeste.
noria s.f. nora, poço; roda-gigante.
norirlandés,-esa adj./s. da Irlanda do Norte.
norma s.f. norma, regra, lei.
normal adj. normal, lógico. s.f. normal, escola normal.
normalidad s.f. normalidade.
normalización s.f. normalização.
normalizar v., **normalizarse** vr. normalizar(-se).
normando,-a adj./s. normando.
normativa s.f. norma, código, regulamento.
normativo,-a adj. normativo.
noroeste s.m. noroeste, vento noroeste.
norte s.m. norte; meta, objetivo; vento norte; estrela polar.
norteafricano,-a adj./s. norte-africano.
norteamericano,-a adj./s. norte-americano.
norteño,-a adj./s. nortista.
noruego,-a adj./s. norueguês.
nos pron. pes. nos, a nós.
nosotros pron. pes. nós.
nostalgia s.f. nostalgia, saudade.
nostálgico,-a adj. nostálgico.
nosticismo s.m. gnosticismo.
nota s.f. nota, nota de rodapé; recado; fatura, conta; qualificação; toque; recibo.
notabilidad s.f. notabilidade; celebridade.

notable *adj.* notável, importante, considerável. *s.m* nota 10. *s.m.pl.* notáveis, celebridades.
notación *s.f.* notação.
notar *v.* notar, perceber; sentir.
notaría *s.f.* notariado, tabelionato, cartório.
notariado *s.m.* notariado.
notarial *adj.* notarial, cartorial.
notario,-a *s.* notário, tabelião.
noticia *s.f.* notícia.
noticiario ou **noticiero** *s.m.* noticiário.
notición *s.m.* (*notícia*) bomba.
notificación *s.f.* notificação.
notificar *v.* notificar, informar.
notoriedad *s.f.* notoriedade, fama.
notorio,-a *adj.* notório, conhecido, famoso.
novatada *s.f.* trote; inexperiência.
novato,-a *adj./s.* novato, calouro.
novecientos,-as *adj./s.* novecentos.
novedad *s.f.* novidade; **novedades** novidades; novas.
novedoso,-a *adj.* novo; moderno.
novel *adj.* novel, novato, calouro.
novela *s.f.* romance, novela.
novelar *v.* romancear.
novelería *s.f.* conjunto de contos ou ficção.
novelero,-a *adj./s.* novidadeiro, fantasioso.
novelesco,-a *adj.* romanesco.
novelista *s.* novelista, romancista.
novelística *s.f.* novelística, literatura romanesca.
novelístico,-a *adj.* romanesco.
novelón *s.m.* dramalhão.
novena *s.f.* novena.
noveno,-a *adj./s.* nono.
noventa *adj./s.m.* noventa.
noventavo,-a *adj./s.* nonagésimo.
novia *s.f.* namorada, noiva.
noviar *v.* namorar, noivar.
noviazgo *s.m.* namoro, noivado.
noviciado *s.m.* noviciado.
novicio,-a *s.* noviço; principiante.
noviembre *s.m.* novembro.
noviero,-a *adj.* namorador.
novillada *s.f.* novilhada.
novillero,-a *s.* novilheiro; gazeteiro.
novillo,-a *s.* novilho; *hacer ~s* matar a aula.
novilunio *s.m.* lua nova.
novio,-a *s.* namorado, noivo.
nubada *s.f.* chuvarada.
nubarrón *s.m.* nuvem negra.
nube *s.f.* nuvem; mancha na córnea; multidão.
nubio,-a *adj./s.* núbio.
nublado,-a *adj.* nublado. *s.m.* nuvem de tempestade.
nublar *v.*, **nublarse** *vr.* nublar(-se).
nubosidad *s.f.* nebulosidade.
nuboso,-a *adj.* nebuloso.
nuca *s.f.* nuca.
nuclear *adj.* nuclear.
núcleo *s.m.* núcleo; caroço; grupo.
nudillo *s.m.* nó dos dedos; taco.
nudismo *s.m.* nudismo.
nudista *adj./s.* nudista.
nudo *s.m.* nó; laço, enlace, ligação.
nudo,-a *adj.* nu.
nudoso,-a *adj.* nodoso.
nuégado *s.m.* nogado.
nuera *s.f.* nora.
nuestro,-a *adj./pron.* nosso.
nueva *s.f.* novidade, nova.
nuevamente *adv.* novamente.
nueve *adj.* nove.
nuevo,-a *adj.* novo; recente, novato.
nuez *s.f.* noz; pomo-de-adão.
nulidad *s.f.* nulidade.
nulo,-a *adj.* nulo, inútil, inepto, nenhum.
numeración *s.f.* numeração.
numerador *s.m.* numerador.
numeral *adj./s.* numeral.
numerar *v.* numerar.
numerario,-a *adj.* efetivo. *s.m* numerário.
numérico,-a *adj.* numérico.
número *s.m.* número, algarismo.
numeroso,-a *adj.* numeroso, muitos.
numismática *s.f.* numismática.
numismático,-a *adj.* numismático.
nunca *adv.* nunca.
nunciatura *s.f.* nunciatura.
nuncio *s.m.* núncio.
nupcial *adj.* nupcial.
nupcialidad *s.f.* nupcialidade.
nupcias *s.f.pl.* núpcias.
nurse *s.f.* babá.
nutria *s.f.* lontra.
nutrición *s.f.* nutrição.
nutrido,-a *adj.* nutrido; numeroso.
nutrir *v.* nutrir; alimentar, prover. **nutrirse** *vr.* alimentar-se.
nutritivo,-a *adj.* nutritivo.

Ñ

Ñ, ñ *s.f. ñ.*
ña *s.f. veja* doña.
ñácara *s.f.* chaga, ferida.
ñacurutú *s.m.* espécie de coruja.
ñam-ñam *s.m.* comida; *iñam-ñam! interj.* gostoso!
ñame *s.m.* inhame, batata-doce.
ñandú *s.m.* ema.
ñandutí *s.m.* renda fina paraguaia.
ñanga *s.f.* pântano, charco.
ñangada *s.f.* mordida; disparate.
ñango,-a *adj.* baixo; coxo; fraco, doentio.
ñangotado,-a *adj./s.* puxa-saco; desinteressado.

ñaña *s.f.* babá; irmã mais velha; excremento.
ñañaras *ou* **ñáñaras** *s.f.pl.* calafrios de medo.
ñaño,-a *adj.* mimado. *s.* irmão, irmã; amigo íntimo.
ñapa *s.f.* gorjeta; extra.
ñapango,-a *adj.* mestiço.
ñapear *v.* roubar, furtar.
ñaque *s.m.* bagulho, cacarecos.
ñato,-a *adj.* de nariz pequeno e arrebitado; chato; feio; perverso.
ñau *s.m.* miau.
ñeco *s.m.* soco, punhada.
ñeque *adj.* forte, vigoroso; azarento. *s.m.* força, valor, coragem.

ñero,-a *s.* companheiro.
ñiquiñaque *s.m.* lixo, droga; traste.
ñisca *s.f.* excremento; pingo, pouquinho.
ño *s.m.* sinhô.
ñoco,-a *adj.* que não tem um dedo ou uma mão.
ñoñería *s.f.* afetação, tontice, melindre, caduquice.
ñóñez *s.f.* bobice, tontice, afetação, melindrismo.
ñoño,-a *adj.* melindroso, sem graça, insulso.
ñoqui *s.m.* nhoque; empregado público que só aparece no dia do pagamento.
ñorda *ou* **ñórdiga** *s.f.* merda.
ñu *s.m.* gnu.

O

O, o *s.f.* O, o.
o *conj.* ou.
oasis *s.m.* oásis.
obcecación *m* obcecação, cegueira, teimosia.
obcecado,-a *adj.* obcecado.
obcecar *v.* obcecar.
obedecer *v.* obedecer, acatar, cumprir, ceder, proceder de.
obediencia *s.f.* obediência.
obediente *adj.* obediente.
obelisco *s.m.* obelisco.
obertura *s.f.* (*Mús.*) abertura.
obesidad *s.f.* obesidade.
obeso,-a *adj.* obeso, gordo.
óbice *s.m.* óbice, obstáculo.
obispado *s.m.* bispado.
obispal *adj.* episcopal.
obispo *s.m.* bispo; borrego.
óbito *s.m.* óbito.
obituario *s.m.* obituário.
objeción *s.f.* objeção.
objetar *v.* objetar.
objetivar *v.* objetivar.
objetividad *s.f.* objetividade.
objetivismo *s.m.* objetivismo.
objetivo,-a *adj.* objetivo. *s.m.* objetivo, meta; (*Foto*) objetiva.
objeto *s.m.* objeto; motivo, objetivo.
objetor,-a *adj.* objetante. *s.* pessoa que se recusa a fazer algo por questões de consciência.
oblea *s.f.* obreia; cápsula.
oblicuidad *s.f.* obliqüidade.
oblícuo,-a *adj.* oblíquo.
obligación *s.f.* obrigação.
obligacionista *s.* obrigacionista.
obligado,-a *adj.* obrigatório.
obligar *v.* obrigar, forçar. **obligarse** *vr.* comprometer-se.
obligatoriedad *s.f.* obrigatoriedade.
obligatorio,-a *adj.* obrigatório.

oblongo,-a *adj.* oblongo.
obnubilado,-a *adj.* ofuscado.
obnubilar *v.* ofuscar, escurecer, deslumbrar.
oboe *s.m.* oboé.
oboísta *s.* oboísta.
óbolo *s.m.* óbolo.
obra *s.f.* obra, criação, trabalho, livro, causa, ato, construção.
obrador,-a *adj.* obreiro. *s.m.* oficina.
obraje *s.m.* manufatura; serraria; açougue.
obrajero,-a *s.* mestre de obras; artesão; açougueiro.
obrar *v.* agir, atuar, produzir, construir; defecar; encontrar-se, achar-se.
obrerismo *s.m.* laborismo, classe trabalhadora.
obrerista *adj./s.* laborista.
obrero,-a *adj./s.* operário, trabalhador.
obscenidad *s.f.* obscenidade.
obsceno,-a *adj.* obsceno.
obscurantismo *s.m.* obscurantismo.
obscurantista *adj./s.* obscurantista.
obscurecer *v.* obscurecer, escurecer. **obscurecerse** *vr.* nublar-se, escurecer-se.
obscurecimiento *s.m.* obscurecimento.
obscuridad *s.f.* escuridade, obscuridade, escuridão.
obscuro,-a *adj.* escuro, obscuro, incerto, nublado.
obsequiar *v.* obsequiar, dar, presentear.
obsequio *s.m.* presente, obséquio, cortesia, deferência.
obsequioso,-a *adj.* obsequioso.
observable *adj.* observável, perceptível.
observación *s.f.* observação, comentário.

observador,-a *adj./s.* observador.
observancia *s.f.* observância.
observar *v.* observar, notar, cumprir.
observatorio *s.m.* observatório.
obsesión *s.f.* obsessão.
obsesionar *v.* obcecar.
obsesivo,-a *adj.* obsessivo.
obseso,-a *adj./s.* obcecado, obsessionado.
obsoleto,-a *adj.* obsoleto.
obstaculizar *v.* obstaculizar.
obstáculo *s.m.* obstáculo.
obstante *loc. adv.* **no ~** não obstante.
obstar *v.* obstar, impedir, opor-se.
obstetricia *s.f.* obstetrícia.
obstinación *s.f.* obstinação.
obstinado,-a *adj.* obstinado.
obstinarse *vr.* obstinar-se.
obstrucción *s.f.* obstrução, bloqueio, entupimento.
obstruccionismo *s.m.* obstrucionismo.
obstruccionista *s.* obstrucionista.
obstruir *v.* obstruir, obstaculizar, impedir. **obstruirse** *vr.* entupir-se.
obtemperar *v.* obtemperar.
obtención *s.f.* obtenção.
obtener *v.* obter, produzir, lograr. **obtenerse** *vr.* provir.
obturación *s.f.* obstrução.
obturador *s.m.* obturador.
obturar *v.* obturar.
obtuso,-a *adj.* obtuso.
obús *s.m.* obus.
obviar *v.* evitar; opor-se, omitir.
obvio,-a *adj.* óbvio.
oca *s.f.* ganso; oca, jogo-da-glória.
ocasión *s.f.* ocasião, oportunidade; motivo; perigo, risco.

ocasional *adj.* ocasional.
ocasionar *v.* ocasionar, causar.
ocaso *s.m.* ocaso, pôr-do-sol; declínio.
occidental *adj./s.* ocidental.
occidentalizar *v.* ocidentalizar.
occidente *s.m.* ocidente, poente.
occipital *adj/s.m.* occipital.
occiso,-a *adj.* assassinado.
oceánico,-a *adj.* oceânico.
océano *s.m.* oceano.
oceanografía *s.f.* oceanografia.
oceanográfico,-a *adj.* oceanográfico.
ocelo *s.m.* ocelo.
ocelote *s.m.* ocelote, jaguatirica.
ochava *s.f.* oitava; quina, canto.
ochavar *v.* chanfrar.
ochavo *s.m.* moeda espanhola, construção oitavada, ninharia.
ochenta *adj./s.* oitenta.
ochentavo,-a *adj./s.m.* octogésimo.
ochentón,-ona *adj./s.* oitentão, octogenário.
ocho *adj./s.* oito, oitavo.
ochocientos,-as *adj./s.* oitocentos.
ocio *s.m.* ócio, divertimento.
ociosidad *s.f.* ociosidade.
ocioso,-a *adj./s.* ocioso.
ocluir *v.* ocluir, obstruir.
oclusión *s.f.* oclusão.
oclusiva *s.f.* oclusiva.
oclusivo,-a *adj.* oclusivo.
ocre *s.m.* ocre.
octaédrico,-a *adj.* octaédrico.
octaedro *s.m.* octaedro.
octagonal *adj.* octogonal.
octágono *s.m.* octágono.
octanaje *s.f.* octanagem.
octano *s.m.* octano.
octava *s.f.* (Rel., Mús.) oitava, oitava-rima.
octavilla *s.f.* panfleto; oitavilha; oitava.
octavo,-a *adj./s.* oitavo.
octeto *s.m.* octeto.
octingentésimo,-a *adj./s.* octingentésimo.
octogenario,-a *adj./s.* octogenário.
octogésimo,-a *adj./s.* octogésimo.

octogonal *adj.* octogonal.
octógono *s.m.* octógono.
octosílabo, *adj./s.m.* octossílabo.
octubre *s.m.* outubro.
ocular *adj./s.m.* ocular.
oculista *s.m.* oculista.
óculo *s.m.* óculo, janela circular.
ocultación *s.f.* ocultação.
ocultar *v.* esconder, ocultar, silenciar.
ocultismo *s.m.* ocultismo.
ocultista *adj./s.* ocultista.
oculto,-a *adj.* oculto.
ocupación *s.f.* ocupação, atividade.
ocupado,-a *adj.* ocupado.
ocupante *adj.* ocupante.
ocupar *v.* ocupar, invadir, apossar-se, empregar, tomar tempo. **ocuparse** *vr.* encarregar-se, preocupar-se.
ocurrencia *s.f.* ocorrência; idéia brilhante, saída, tirada; acaso.
ocurrente *adj.* brilhante, espirituoso.
ocurrir *v.* ocorrer, acontecer. **ocurrirse** *vr.* pensar; ter uma idéia.
oda *s.f.* ode.
odalisca *s.f.* odalisca.
odeón *s.m.* odéon, odeão.
odiar *v.* odiar.
odio *s.m.* ódio.
odioso,-a *adj.* odioso.
odisea *s.f.* odisséia.
odómetro *s.m.* odômetro.
odontología *s.f.* odontologia.
odontológico,-a *adj.* odontológico.
odontólogo,-a *s.* odontologista, dentista.
odorífero *ou* **odorífico,-a** *adj,* odorífero.
odre *s.m.* odre; pinguço.
oeste *s.m.* oeste.
ofender *v.,* **ofenderse** *vr.* ofender(-se).
ofensa *s.f.* ofensa.
ofensión *s.f.* ofensa, agravo.
ofensiva *s.f.* ofensiva.
ofensivo,-a *adj.* ofensivo.
ofensor,-a *adj./s.* ofensor.
oferta *s.f.* oferta, proposta; promoção.

ofertar *v.* ofertar, oferecer vender, prometer, dar.
ofertorio *s.m.* ofertório.
off *adj.* desligado, deslocado.
office *s.m.* copa.
offset *s.m.* offset.
offside *s.m.* (Fut.) impedimento
oficial,-a *adj.* oficial, público *s.* oficial.
oficialía *s.f.* emprego de oficia de secretaria.
oficialidad *s.f.* oficialidade.
oficialismo *s.m.* oficialismo.
oficializar *v.* oficializar.
oficiante *s.m.* oficiante.
oficiar *v.* oficiar; atuar como.
oficina *s.f.* escritório, repartição.
oficinista *s.* empregado de es critório, escriturário.
oficio *s.m.* trabalho, profissão função; ofício, nota oficial.
oficioso,-a *adj.* oficioso.
ofidio *s.m.* ofídio.
ofimática *s.f.* informática aplicada aos escritórios.
ofrecer *v,* **ofrecerse** *vr.* oferecer(-se), apresentar(-se), ocorrer.
ofrecimiento *s.m.* oferecimento.
ofrenda *s.f.* oferenda.
ofrendar *v.* oferendar.
oftálmico,-a *adj.* oftálmico.
oftalmología *s.f.* oftalmologia.
oftalmólogo,-a *s.* oftalmologista.
ofuscación *s.f.,* **ofuscamiento** *s.m.* ofuscação.
ofuscar *v.* ofuscar.
ogro *s.m.* bicho-papão.
¡oh! *interj.* oh!
ohm *ou* **ohmio** *s.m.* ohm.
oída *s.f.* ouvida; *de oídas* de ouvido.
oído *s.m.* audição; ouvido.
oidor,-a *adj./s.* ouvidor.
oír *v.* ouvir; *¡oye!* hei!
ojal *s.m.* botoeira, furo.
¡ojalá! *interj.* oxalá!; queira Deus!
ojeada *s.f.* olhadela, olhada.
ojeador,-a *s.* (Caça) batedor; olheiro.
ojear *v.* olhar, dar uma olhada; pôr mau-olhado; (caça) bater.

ojeo *s.m. (caça)* batida.
ojeras *s.f.pl.* olheiras.
ojeriza *s.f.* ojeriza.
ojeroso,-a *adj.* que tem olheiras.
ojímetro *loc. adv. (Fam.) a ~ a* olho.
ojiva *s.f.* ogiva.
ojival *adj.* ogival.
ojo *s.m.* olho; olhar; furo, buraco; vão; chamada; ocelo, olho-d'água; atenção; visão; tato; ¡**ojo**! cuidado!; *a ~ a* olho; *a ~s vistas* a olhos vistos; *a ~s cerrados* de olhos fechados; *con el ~ tan largo* de olho bem aberto; *hasta los ~s* até o pescoço.
ojota *s.f.* sandália.
ola *s.f.* onda.
¡ole! ou **¡olé!** *interj.* olé!, bravo!
oleada *s.f.* onda, avalancha.
oleaginoso,-a *adj.* oleaginoso.
oleaje *s.m.* marulho, ondulação.
óleo *s.m.* óleo; quadro a óleo; azeite.
oleoducto *s.m.* oleoduto.
oleoso,-a *adj.* oleoso.
oler *v.* cheirar, sentir o cheiro; exalar; farejar. **olerse** *vr.* pressentir.
olfatear *v.* farejar; indagar.
olfateo *s.m.* olfação, indagação.
olfativo,-a *adj.* olfativo.
olfato *s.m.* olfato; astúcia, perspicácia.
oligarca *s.* oligarca.
oligarquía *s.f.* oligarquia.
oligárquico,-a *adj.* oligárquico.
oligofrenía *s.f.* debilidade mental.
oligofrénico,-a *adj./s.* débil mental.
olimpiada *s.f.* olimpíada.
olímpico,-a *adj.* olímpico.
oliscar ou **olisquear** *v.* cheirar, farejar, começar a feder; averiguar.
oliva *s.f.* azeitona.
oliváceo,-a *adj.* verde-oliva.
olivar *s.m.* olival, oliveiral.
olivarero,-a *adj.* oleícola. *s.* olivicultor.
olivicultura *s.f.* olivicultura.
olivo *s.m.* oliveira.

olla *s.f.* panela; *(Culin.)* cozido, olha.
ollao *s.m.* olhal.
olmeda *s.f.,* **olmedo** *s.m.* olmedal.
olmo *s.m.* olmo, olmeiro.
ológrafo, *adj./s.m.* hológrafo.
olor *s.m.* odor; cheiro, indício.
oloroso,-a *adj.* aromático.
olote *s.m.* espiga de milho.
olvidadizo,-a ou **olvidado,-a** *adj.* esquecido; mal-agradecido.
olvidar *v.* esquecer, ignorar.
olvido *s.m.* esquecimento, perda de afeto, descuido.
ombligo *s.m.* umbigo; centro.
ominoso,-a *adj.* abominável.
omisión *s.f.* omissão.
omiso,-a *adj.* omisso.
omitir *v.* omitir.
ómnibus *s.m.* ônibus.
omnímodo,-a *adj.* onímodo, ilimitado.
omnipotencia *s.f.* onipotência.
omnipotente *adj.* onipotente.
omnipresencia *s.f.* onipresença.
omnipresente *adj.* onipresente.
omnisciencia *s.f.* onisciência.
omnisciente ou **omniscio,-a** *adj.* onisciente.
omnívoro,-a *adj./s.* onívoro.
omóplato *s.m.,* **omoplato** *s.m.* omoplata.
onanismo *s.m.* onanismo.
once *adj./s.* onze, undécimo, décimo primeiro; time de futebol; lanche.
onceno,-a *adj./s.* undécimo.
oncología *s.f.* oncologia.
oncológico,-a *adj.* oncológico.
oncólogo,-a *s.* oncologista.
onda *s.f.* onda, ondulação; *(Cost.)* sinhaninha; *(Fig.)* assunto.
ondear *v.* ondear, tremular.
¡ondia! *interj.* puxa!; nossa!; caramba!
ondina *s.f.* ondina.
ondulación *s.f.* ondulação.
ondulado,-a *adj.* ondulado.
ondulador *adj./s.m.* ondulador.
ondulante *adj.* ondulante.
ondular *v.* ondear, ondular.
ondulatorio,-a *adj.* ondulatório.
oneroso,-a *adj.* oneroso.
ónice *s.m.* ônix.

onírico,-a *adj.* onírico.
ónix *s.m.* ônix.
onomástico,-a *adj.* onomástico.
onomatopeya *s.f.* onomatopéia.
onomatopéyico,-a *adj.* onomatopéico.
ontogénesis ou **ontogenia** *s.f.* ontogênese.
ontología *s.f.* ontologia.
ontológico,-a *adj.* ontológico.
onubense *adj./s.* natural de Hueva.
onza *s.f. (medida, Zool.)* onça.
onzavo,-a *adj./s.* undécimo.
opa *adj.* idiota, retardado.
opacidad *s.f.* opacidade.
opaco,-a *adj.* opaco.
opalescencia *s.f.* opalescência.
opalescente *adj.* opalescente, opalino.
opalino,-a *adj.* opalino.
ópalo *s.m.* opala.
opción *s.f.* opção, escolha, direito.
opcional *adj.* opcional.
open *s.m.* aberto; competição aberta.
opera *s.f.* ópera.
operable *adj.* operável.
operación *s.f.* operação, cirurgia.
operacional *adj.* operacional.
operado,-a *adj./s.* operado.
operador,-a *s.* operador; cirurgião; câmera; telefonista.
operar *v.* operar; produzir; atuar; negociar. **operarse** *vr.* ser operado; produzir-se.
operario *a s.* operário.
operativo,-a *adj.* eficiente.
operatorio,-a *adj.* operatório.
opereta *s.f.* opereta.
operístico,-a *adj.* operístico.
opiáceo,-a *adj.* opiado.
opinar *v.* opinar.
opinión *s.f.* opinião; reputação.
opio *s.m.* ópio.
opiómano *adj/s.* opiômano.
opíparo,-a *adj.* opíparo.
oponente *adj.* rival. *s.* adversário.
oponer *v.,* **oponerse** *vr.* opor(-se).
oporto *s.m. (vinho)* porto.

oportunidad *s.f.* oportunidade.
oportunismo *s.m.* oportunismo.
oportunista *adj./s.* oportunista.
oportuno,-a *adj.* oportuno.
oposición *s.f.* oposição; concurso, exame.
opositar *v.* concorrer.
opositor,-a *s.* opositor; candidato, concorrente.
opresión *s.f.* opressão.
opresivo,-a *adj.* opressivo.
opreso,-a *adj.* oprimido.
opresor,-a *adj./s.* opressor.
oprimir *v.* oprimir, apertar, tiranizar.
oprobio *s.m.* opróbrio.
optar *v.* optar, escolher, aspirar a, preferir.
optativo,-a *adj.* optativo, opcional.
óptica *s.f.* óptica.
óptico,-a *adj./s.* óptico.
optimismo *adj.* otimismo.
optimista *adj./s.* otimista.
optimizar *v.* otimizar.
óptimo,-a *adj.* ótimo.
opuesto,-a *adj.* oposto, contrário. *s.* adversário.
opulencia *s.f.* opulência.
opulento,-a *adj.* opulento.
oquedad *s.f.* vazio, espaço oco.
ora *conj.* agora, já.
oración *s.f.* oração.
oracional *adj.* oracional. *s.m.* devocionário.
oráculo *s.m.* oráculo.
orador,-a *s.* orador.
oral *adj.* oral.
orangután *s.m.* orangotango.
orante *adj./s.* orante.
orar *v.* orar, rezar.
orate *s.* idiota, louco.
oratoria *s.f.* oratória
oratorio *adj./s.m.* oratório.
orbe *s.m.* orbe, universo.
órbita *s.f.* órbita.
orbital *adj.* orbital.
orca *s.f.* orca.
órdago *s.m. de* ~ fantástico, excelente.
orden *s.m.* ordem.
ordenación *s.f.* ordenação, organização, disposição, preceito, ordem.
ordenada *s.f.* ordenada.
ordenado,-a *adj.* ordenado.

ordenador,-a *adj.* ordenador. *s.m.* computador.
ordenamiento *s.m.* código.
ordenanza *s.* contínuo. *s.m.* ordenança. *s.f.* regulamento; disposição.
ordenar *v.* organizar, ordenar, mandar, encaminhar.
ordeña *s.f.* ordenha.
ordeñadora *s.f.* ordenhadeira.
ordeñar *v.* ordenhar; usar até o fim; explorar.
ordeño *s.m.* ordenha.
¡órdiga! *interj.* ¡la ~! puxa vida!
ordinal *adj./s.m.* ordinal.
ordinariez *s.f.* vulgaridade, grosseria, indelicadeza.
ordinario,-a *adj.* ordinário, comum, grosseiro.
ordinograma *s.m.* fluxograma.
orear *v.* ventilar, arejar. orearse *vr.* tomar ar, espairecer-se.
orégano *s.m.* orégano.
oreja *s.f.* orelha; ouvido; pala do sapato; asa; espião.
orejano,-a *adj.* orelhano; acanhado, anti-social.
orejar *v.* espiar, espreitar.
orejeado,-a *adj.* avisado, prevenido.
orejear *v.* sacudir as orelhas; fazer de má vontade.
orejera *s.f.* orelheira.
orejero,-a *adj.* dedo-duro; fofoqueiro.
orejón,-ona[1] *adj./s.* orelhudo; tonto; frouxo.
orejón[2] *s.m.* pêssego ou damasco seco; puxão de orelha.
orejudo,-a *adj.* orelhudo. *s.m.* morcego.
orensano,-a *adj./s.* de Orense.
orfanato *s.m.* orfanato.
orfandad *s.f.* orfandade.
orfebre *s.m.* ourives.
orfebrería *s.f.* ourivesaria.
orfelinato *s.m.* orfanato.
orfeón *s.m.* orfeão.
orfeonista *s.* orfeonista.
organdí *s.m.* organdi.
orgánico,-a *adj.* orgânico.
organigrama *s.m.* organograma, fluxograma.
organillero,-a *s.* tocador de realejo.
organillo *s.m.* realejo.

organismo *s.m.* organismo; instituição.
organista *s.* organista.
organización *s.f.* organização.
organizador,-a *adj./s.* organizador.
organizar *v.*, **organizarse** *vr.* organizar(-se).
órgano *s.m.* órgão.
orgasmo *s.m.* orgasmo.
orgía *s.f.* orgia.
orgiástico,-a *adj.* orgiástico.
orgullo *s.m.* orgulho.
orgulloso,-a *adj.* orgulhoso.
orientación *s.f.* orientação.
orientador,-a *adj./s.* orientador.
oriental *adj./s.* oriental.
orientar *v.* orientar, situar, instruir.
oriente *s.m.* oriente.
orificio *s.m.* orifício.
origen *s.m.* origem.
original *adj./s.* original.
originalidad *s.f.* originalidade.
originar *v.*, **originarse** *vr.* originar(-se).
originario,-a *adj.* originário.
orilla *s.f.* borda, beira, orla, subúrbio; margem.
orillero,-a *adj.* suburbano.
orillo *s.m.* ourela.
orín *s.m.* ferrugem; urina.
orina *s.f.* urina.
orinal *s.m.* urinol, penico.
orinar *v.* urinar.
oriol *s.m.* verdelhão.
oriundo,-a *adj.* oriundo.
orla *s.f.* orla, ourela, barra; fotografia de formatura.
orlar *v.* orlar, debruar.
ornamentación *s.f.* ornamentação.
ornamental *adj.* ornamental.
ornamentar *v.* ornamentar.
ornamento *s.m.* enfeite, adorno, virtude; **ornamentos** paramentos
ornar *v.* adornar, enfeitar.
ornato *s.m.* adorno, ornato.
ornitología *s.f.* ornitologia.
ornitológico,-a *adj.* ornitológico.
ornitólogo,-a *s.* ornitologista.
ornitorrinco *s.m.* ornitorrinco.
oro *s.m.* ouro; jóias; dinheiro. **oros** (*baralho*) ouros. *adj.* dourado.

orogenia *s.f.* orogenia.
orografía *s.f.* orografia.
orográfico,-a *adj.* orográfico.
orondo,-a *adj.* pançudo, barrigudo; convencido, ufano.
oropel *s.m.* ouropel; bugiganga.
oropéndola *s.f.* verdelhão.
orquesta *s.f.* orquestra; local destinado aos músicos.
orquestación *s.f.* orquestração, arranjo; organização.
orquestal *adj.* orquestral.
orquestar *v.* orquestrar; organizar.
orquestina *s.f.* conjunto musical.
orquídea *s.f.* orquídea.
orsai ou **orsay** *s.m.* (*Fut.*) impedimento.
ortiga *s.f.* urtiga.
ortigal *s.m.* urtigal.
ortodoncia *s.f.* ortodontia.
ortodoxia *s.f.* ortodoxia.
ortodoxo,-a *adj./s.* ortodoxo.
ortogonal *adj.* ortogonal.
ortografía *s.f.* ortografia.
ortografiar *v.* ortografar.
ortográfico,-a *adj.* ortográfico.
ortopedia *s.f.* ortopedia.
ortopédico,-a *adj.* ortopédico. *s.* ortopedista.
ortopedista *s.* ortopedista.
oruga *s.f.* (*Zool., Téc.*) lagarta.
orujo *s.m.* bagaço, bagaceira.
orza *s.f.* jarro de barro; (*Náut.*) orça, bolina.
orzar *v.* orçar.
orzaya *s.f.* babá.
orzuelo *s.m.* terçol.
os *pron. pes.* vos, a vós.
osa *s.f.* ursa.
osadía *s.f.* ousadia.
osado,-a *adj.* ousado.
osamenta *s.f.* esqueleto, ossatura.
osar *v.* ousar, atrever.
osario *s.m.* ossuário.
oscense *adj./s.* de Huesca.
oscilación *s.f.* oscilação, flutuação.
oscilador *s.m.* oscilador.
oscilante *adj.* oscilante, flutuante.
oscilar *v.* oscilar, variar, flutuar.
osciloscopio *s.m.* osciloscópio.
ósculo *s.m.* ósculo, beijo.
oscurantismo *s.m.* obscurantismo.
oscurantista *adj./s.* obscurantista.
oscuras *loc. adv. a ~* às escuras.
oscurecer *v.* obscurecer.
oscurecimiento *s.m.* obscurecimento.
obscuridad *s.f.* obscuridade.
oscuro,-a *adj.* obscuro.
óseo,-a *adj.* ósseo.
osera *s.f.* covil de urso.
osezno *s.m.* filhote de urso.
osificación *s.f.* ossificação.
osificarse *vr.* ossificar-se.
osito *s.m.* ursinho de pelúcia.
osmio *s.m.* ósmio.
ósmosis ou **osmosis** *s.f.* osmose.
osmótico,-a *adj.* osmótico.
oso *s.m.* urso.
osobuco *s.m.* ossobuco.
ostensible *adj.* ostensivo, óbvio.
ostentación *s.f.* ostentação.
ostentar *v.* ostentar; ocupar (*um cargo*).
ostentoso,-a *adj.* ostentoso.
osteopatía *s.f.* osteopatia.
osteopático,-a *adj.* osteopático.
osteoporosis *s.f.* osteoporose.
ostra *s.f.* ostra. *¡ostras!* caramba!; puxa!
ostracismo *s.m.* ostracismo.
ostrero,-a *adj./s.* ostreiro. *s.m.* ostreicultor.
ostrícola *adj.* ostreícola.
ostricultura *s.f.* ostreicultura.
ostugo *s.m.* canto; tiquinho.
osuno,-a *adj.* ursino.
otario,-a *adj.* otário, tolo.
oteador,-a *s.* observador.
otear *v.* observar.
otero *s.m.* outeiro.
otitis *s.f.* otite.
otomán,-ana *adj./s.* otomano.
otoñal *adj.* outonal.
otoño *s.m.* outono.
otorgamiento *s.m.* outorga.
otorgante *s.* outorgante.
otorgar *v.* outorgar, conceder.
otorrinolaringología *s.f.* otorrinolaringologia.
otorrinolaringólogo,-a *s.* otorrinolaringologista.
otro,-a *adj.* outro.
otrora *adv.* outrora.
otrosí *adv.* outrossim.
ova *s.f.* ulva, alga.
ovación *s.f.* ovação.
ovacionar *v.* ovacionar.
oval ou **ovalado,-a** *adj.* oval.
ovalar *v.* ovalar.
óvalo *s.m.* oval.
ovárico,-a *adj.* ovariano, ovárico.
ovário *s.m.* ovário.
oveja *s.f.* ovelha; lhama.
ovejuno,-a *adj.* ovelhum.
overbooking *s.m.* excesso de reservas.
overear *v.* (*Culin.*) dourar no forno.
overol *s.m.* macacão.
ovetense *adj./s.* de Oviedo.
ovil *s.m.* ovil, aprisco.
ovillar *v.* enovelar.
ovillo *s.m.* novelo.
ovino,-a *adj.* ovino.
ovíparo,-a *adj.* ovíparo.
ovoide *adj./s.m.* ovóide.
ovulación *s.f.* ovulação.
ovular *adj./v.* ovular.
óvulo *s.m.* óvulo.
oxálico,-a *adj.* oxálico.
oxhídrico,-a *adj.* oxídrico.
oxidable *adj.* oxidável.
oxidación *s.f.* oxidação.
oxidante *adj.* oxidante.
oxidar *v.*, **oxidarse** *vr.* oxidar(-se).
óxido *s.m.* óxido; ferrugem.
oxigenación *s.f.* oxigenação.
oxigenado,-a *adj.* oxigenado.
oxigenar *v.* oxigenar. **oxigenarse** *vr.* arejar(-se); clarear os cabelos.
oxígeno *s.m.* oxigênio.
oyente *s.* ouvinte.
ozono *s.m.* ozônio.

P

P, p *s.f.* P, p.
pabellón *s.m.* pavilhão; dossel, bandeira.
pabilo ou **pábilo** *s.m.* pavio.
pábulo *s.m.* comida, sustento; estímulo
paca *s.f.* fardo; (*Zool.*) paca.
pacato,-a *adj.* moralista; pacato, tranqüilo.
pacense *adj./s.* de Badajoz.
paceño,-a *adj./s.* pacenho; de La Paz.
pacer *v.* pascer, pastar; desgastar.
pachá *s.m.* paxá.
pachaco,-a *adj.* inútil, frágil.
pachamanca *s.f.* carne assada entre pedras.
pachanga *s.f.* festa, folia.
pachanguero,-a *adj.* fácil, contagiante (*música, ritmo*).
pacha *s.f.* mamadeira; *loc. adv. a pachas* meio a meio.
pacho,-a *adj.* gorducho; preguiçoso.
pachón,-ona *adj./s.* perdigueiro; peludo; pessoa lenta, sossegada.
pachorra *s.f.* indolência, pachorra.
pachulí *s.m.* patchulí.
paciencia *s.f.* paciência.
paciente *adj./s.* paciente.
pacificación *s.f.* pacificação; tratado de paz.
pacificador,-a *adj./s.* pacificador.
pacificar *v.*, **pacificarse** *vr.* pacificar(-se).
pacífico,-a *adj.* pacífico.
pacifismo *s.m.* pacifismo.
pacifista *adj./s.* pacifista.
paco,-a *adj.* avermelhado. *s.* paca; lhama; policial; franco-atirador.
pacota *s.f.* lixo, droga; pessoa inútil.
pacotilla *s.f.* pacotilha, agasalhados; *de ~* mal-acabado.
pactar *v.* pactuar.
padecer *v.* padecer, sofrer.
padecimiento *s.m.* padecimento.
padrastro *s.m.* padrasto; espiga, sabugo; mau pai.
padrazo *s.m.* papai bonzinho.
padre *s.m.* pai; Criador; causa; reprodutor. *adj.* muito grande; baita. **padres** pai e mãe.
padrear *v.* sair ao pai; procriar.
padrenuestro *s.m.* Padre-Nosso, Pai-Nosso.
padrillo *s.m.* garanhão.
padrinazgo *s.m.* apadrinhamento, proteção.
padrino *s.m.* padrinho; protetor. **padrinos** padrinho e madrinha.
padrón *s.m.* paizão; censo; desonra; padrão; placa comemorativa; garanhão.
padrote *s.m.* garanhão; cafetão.
padrotear *v.* intimidar; sair com prostitutas.
paella *s.f.* (*Culin.*) paelha.
paellera *s.f.* panela para preparar paelha; (*Teat.*) projetor.
¡paf! *interj.* pá!; bumba!
paga *s.f.* salário, pagamento, mesada; castigo, penitência.
pagable ou **pagadero,-a** *adj.* pagável.
pagado,-a *adj.* pago.
pagador,-a *adj./s.* pagador.
pagaduría *s.f.* pagadoria.
paganismo *s.m.* paganismo.
paganizar *v.* paganizar.
pagano,-a *adj./s.* pagão; pagador; bode expiatório.
pagar *v.* pagar, expiar. **pagarse** *vr.* ufanar-se, afeiçoar-se.
pagaré *s.m.* nota promissória.
página *s.f.* página; episódio.
paginación *s.f.* paginação.
paginar *v.* paginar.
pago *s.m.* pagamento; mensalidade; recompensa; aldeia; região.
pagoda *s.f.* pagode.
pagote *s.m.* bode expiatório.
paila *s.f.* frigideira.
pailón *s.m.* (*Geogr.*) depressão.
paipái ou **paipay** *s.m.* abano.
país *s.m.* país; papel de leque.
paisaje *s.m.* paisagem.
paisajista *s.* paisagista.
paisanada *s.f.*, **paisanaje** *s.m.* grupo de conterrâneos.
paisano,-a *adj./s.* conterrâneo, paisano, civil.
paja *s.f.* palha; canudo; refugo, coisa inútil; (*Vulg.*) punheta.
pajar *s.m.* palheiro.
pájara *s.f.* papagaio de papel; mulher astuta; desmaio.
pajarear *v.* passarinhar; observar com interesse.
pajarera *s.f.* passareira.
pajarería *s.f.* aviário; passarada.
pajarero,-a *adj.* relativo aos pássaros; (*pessoa*) alegre; (*cor*) berrante. *s.* passarinheiro.
pajarita *s.f.* gravata-borboleta; passarinho de papel; alvéola.
pájaro *s.m.* pássaro; perdigão; pênis; espertalhão.
pajarota *s.f.* mentira, balela.
pajarraco *s.m.* passarolo; espertalhão, malandro.
paje *s.m.* pajem; camareiro.
pajear *v.* agir, atuar. **pajearse** *vr.* masturbar-se.
pajizo,-a *adj.* palhiço; cor de palha.
pajolero,-a *adj./s.* chato, maçante; infame.
pajón,-ona *adj.* crespo.
pajuate *adj.* tolo.
pajuerano,-a *s.* caipira.
pakistaní *adj./s.* paquistanês.
pala *s.f.* pá; raquete; pala; manha, astúcia; dente incisivo superior.

palabra *s.f.* palavra; fala; promessa verbal; permissão de falar. **palabras** palavras mágicas.
palabrear *v.* apalavrar; prometer se casar; xingar.
palabreja *s.f.* palavreado.
palabrería *s.f.* palavrório.
palabrota *s.f.* palavrão.
palacete *s.m.* palacete.
palacio *s.m.* palácio; mansão.
palada *s.f.* pazada; remada.
paladar *s.m.* paladar, sabor, sensibilidade.
paladear *v.* saborear, degustar.
paladeo *s.m.* degustação.
paladín *s.m.* paladino.
paladino,-a *adj.* claro, óbvio.
palafito *s.m.* palafita.
palafrén *s.m.* palafrém.
palafrenero *s.m.* palafreneiro, cavalariço.
palanca *s.f.* alavanca; trampolim; recomendação, pistolão.
palangana *s.f.* bacia. *s.m.* insolente.
palangre *s.m.* palangre.
palanqueta *s.f.* pé-de-cabra, palanqueta.
palastro *s.m.* espelho (*de fechadura*).
palatal *adj./s.f.* palatal.
palatino,-a *adj.* palatino; palatal.
palco *s.m.* camarote; palanque; ~ *escénico* palco.
palenque *s.m.* estacada, palicada.
palentino,-a *adj./s.* de Palencia.
paleografía *s.f.* paleografia.
paleolítico,-a *adj.* paleolítico.
paleontología *s.f.* paleontologia.
palestino,-a *adj./s.* palestino.
palestra *s.f.* palestra, arena.
paleta *s.f.* paleta; pá; colher de pedreiro; espátula, omoplata; dente incisivo; pirulito, picolé; raquete.
paletada *s.f.* pazada.
paletilla *s.f.* omoplata; paleta; espinhela; castiçal.
paleto,-a *adj.* rude, rústico. *s.* caipira, aldeão; gamo.
paliacate *s.m.* lenço grande estampado.
paliar *v.* paliar, aliviar.

paliativo,-a *adj./s.m.* paliativo.
palidecer *v.* empalidecer; diminuir.
palidez *s.f.* palidez.
pálido,-a, paliducho,-a *adj.* pálido.
palillero *s.m.* paliteiro; caneta.
palillo *s.m.* palito; baqueta; agulha de tricô. **palillos chinos** pauzinhos.
palinodia *s.f.* retratação.
palio *s.m.* pálio, capa, manto.
palique *s.m.* bate-papo, conversa.
palisandro *s.m.* palissandro.
palitoque ou **palitroque** *s.m.* pauzinho; bandarilha; boliche.
paliza *s.f.* surra, derrota, canseira.
palma *s.f.* palma; palmeira, palmito; glória, vitória. **palmas** palmas, aplausos.
palmada *s.f.* palmada; palmas.
palmar *s.m.* palmeiral. *adj.* palmar; evidente. *v.* morrer.
palmarés *s.m.* currículo; lista dos vencedores.
palmario,-a *adj.* óbvio, patente, evidente.
palmatoria *s.f.* castiçal; palmatória.
palmear *v.* aplaudir; palmear.
palmera *s.f.* palmeira.
palmeral *s.m.* palmeiral.
palmero,-a *adj./s.* palmeiro; natural de La Palma.
palmesano,-a *adj./s.* de Palma de Mallorca.
palmeta *s.f.* palmatória.
palmetazo *s.m.* palmatoada; correção feita com descortesia.
palmípedo,-a *adj./s.* palmípede.
palmito *s.m.* palmeira; palmito; rosto bonito; silhueta, corpo.
palmo *s.m.* palmo.
palmotear *v.* aplaudir.
palmoteo *s.m.* aplauso; palmatoada.
palo *s.m.* pau, madeira, vara; mastro; taco; trave; paulada; forca; (*náipe*) paus; haste, perna de letra; árvore; (*Fig*) golpe, chateação, tormento.
paloduz *s.m.* alcaçuz.
paloma *s.f.* pomba, pombo; pessoa ingênua; pacifista. **palomas** ondas espumosas.
palomar *s.m.* pombal.
palometa *s.f.* palombeta; cavalete.
palomilla *s.f.* mariposa; ninfa; cavalete; (*Ferram.*) porca de orelhas.
palomino *s.m.* pombo novo; mancha de cocô na roupa de baixo.
palomita *s.f.* pipoca; refresco de anis; (*Fut.*) defesa espetacular.
palomo *s.m.* pombo macho; moderado; propagandista; otário.
palotada *s.f.* paulada, baquetada.
palote *s.m.* garrancho; baqueta.
palpable *adj.* palpável, patente.
palpación *s.f.* palpação.
palpar *v.* apalpar; tatear.
palpitación *s.f.* palpitação.
palpitante *adj.* palpitante.
palpitar *v.* palpitar.
palpito *s.m.* palpite, pressentimento.
palta *s.f.* abacate.
palto *s.m.* abacateiro.
palúdico,-a *adj.* malárico.
paludismo *s.m.* malária.
palurdo,-a *adj.* rude, grosseiro. *s.* caipira.
palustre *adj.* palustre, pantanoso. *s.m.* colher (*de pedreiro*).
pambazo *s.m.* pão redondo chato.
pambiche *s.m.* tecido leve.
pamela *s.f.* chapéu de palha.
pampa *s.f.* pampa.
pámpana *s.f.* folha de videira.
pámpano *s.m.* pâmpano, parra.
pampeano,-a *adj./s.* pampiano.
pampero,-a *adj.* pampiano. *s.m.* pampeiro.
pampirolada *s.f.* molho de alhos e pão amassado; tolice.
pamplina *s.f.* besteira, frescura.
pamplinero,-a, pamplinoso,-a *adj.* tolo, néscio.
pamplonés,-esa *adj./s.* pamplonês.

pan s.m. pão; massa; trigo; hóstia; lâmina metálica; sustento diário.
pana s.f. veludo cotelê.
panacea s.f. panacéia.
panadería s.f. padaria.
panadero,-a s. padeiro.
panadizo s.m. panarício.
panal s.m. favo de mel.
panamá s.m. (tecido, chapéu) panamá.
panameño,-a adj./s. panamenho.
pancarta s.f. cartaz, faixa.
páncreas s.m. pâncreas.
panda s.m. (Zool.) panda; turma; quadrilha, bando.
pandear v., **pandearse** vr. vergar(-se), empenar-se.
pandeo s.m. empenamento, flambagem.
pandereta s.f. pandeiro.
panderetero,-a s. pandeirista.
pandero s.m. pandeiro; tagarela; papagaio, pipa; nádegas.
pandilla s.f. turma; quadrilha, bando.
pando,-a adj. arqueado, empenado; lento; raso.
panecillo s.m. pãozinho.
panegírico, adj./s.m. panegírico.
panel s.m. painel, divisória; reunião; perua.
panela s.f. biscoito doce.
panera s.f. cesto de pão.
pánfilo,-a adj. lento, ingênuo; bobo.
panfletario,-a adj. panfletário.
panfletista s. panfletista.
panfleto s.m. panfleto.
pánico s.m. pânico.
panificadora s.f. panificadora.
panino s.m. enxame; conjunto.
panizo s.m. painço.
panocha ou **panoja** s.f. espiga, cacho.
panoli adj. bobo, ingênuo.
panoplia s.f. armadura.
panorama s.m. panorama, cenário.
panorámica s.f. (Cine., TV) panorâmica.
panorámico,-a adj. panorâmico.
panqueque s.m. panqueca.
pantagruélico,-a adj. gigantesco.

pantaletas s.f.pl. calcinhas.
pantalla s.f. tela (de cine, TV), cinema; abajur, quebra-luz; anteparo, (chaminé) guarda-fogo; chamariz; alto-falante.
pantalón s.m. calça.
pantalonero,-a s. calceiro.
pantano s.m. pântano; represa; dificuldade.
pantanoso,-a adj. pantanoso; complicado.
panteísmo s.m. panteísmo.
panteón s.m. jazigo; cemitério.
pantera s.f. pantera.
pantomima s.f. pantomima; farsa.
pantomino s.m. mímico.
pantorrilla s.f. panturrilha.
pantufla s.f., **pantuflo** s.m. chinelo.
panty s.m. meia-calça.
panza s.f. barriga, pança; bojo.
panzada s.f. barrigada; excesso; saciedade.
panzudo,-a adj. barrigudo.
pañal s.m. fralda, cueiro. **pañales** noções: origem, linhagem.
pañería s.f. loja de tecidos.
pañito s.m. toalhinha.
paño s.m. tecido de lã, pano; largura de tecido; compressa; toalha, tapeçaria; remela; mancha, sarda; reboco; (Náut.) vela. **paños** roupa, trajes.
pañol s.m. (Náut.) despensa.
pañoleta s.f. lenço de pescoço; gravata de toureiro.
pañuelo s.m. lenço.
papa[1] s.m. Papa; papai; **papas** pai e mãe.
papa[2] s.f. batata. **papas** batatas fritas.
papa[3] s.f. tolice; papinha, sopa; bebedeira; mentira. adj. bom, fácil.
papá s.m. papai. **papás** papai e mamãe.
papacho s.m. carícia.
papada s.f. papada.
papado s.m. papado.
papagayo s.m. papagaio; tagarela.
papahigo s.m. capuz.
papal adj. papal.
papalote s.m. papagaio de papel.

papamoscas s.m. papa-moscas; simplório.
papanatas s. simplório, tonto.
papar v. comer; fazer pouco caso.
paparrucha s.f., **paparruchada** s.f. mentira, boato; tolice.
papaya s.f. mamão.
papayo s.m. mamoeiro.
papazgo s.m. papado.
papear v. balbuciar; comer.
papel s.m. papel, documento; papel-moeda. **papeles** documentos; jornais.
papela s.f. cartão de identidade, documentos; droga.
papeleo s.m. papelada.
papelera s.f. cesto de papéis usados; lixeira; papelada; papeleira; papelaria.
papelería s.f. papelaria; papelada.
papelerío s.m. documentação.
papelero,-a adj. papeleiro.
papeleta s.f. bilhete de rifa; cédula; folha de prova; folha de notas; dificuldade.
papelón s.m. exibido; papelão; fiasco.
papelote s.m. papelucho; escrito desprezível.
papeo s.m. bóia; rango.
papera s.f. papeira, bócio. **paperas** caxumba.
papila s.f. papila.
papilla s.f. mingau; treta; (raio X) contraste.
papiro s.m. papiro.
papirotazo ou **papirote** s.m. piparote; tonto.
papirusa s.f. mulher atraente.
papisa s.f. papisa.
papista s. papista.
papo,-a adj. tolo, estúpido. s.m. papo, bócio.
papón s.m. papão.
papú adj./s. papua.
paquebote s.m. paquebote, paquete.
paquete s.m. pacote; invólucro, maço; castigo, multa; (Náut.) paquete; garupa; pessoa chata.
paquetero,-a adj./s. empacotador.
paquidermo s.m. paquiderme.
paquistaní adj./s. paquistanês.

par *adj.* par, igual, semelhante, parecido. *s.m.* par; casal, dupla. **pares** *s.f.pl.* placenta.
para *prep.* para; pelo que; até; por; como.
parabién *s.m.* parabéns.
parábola *s.f.* parábola.
parabólico,-a *adj.* parabólico.
parabrisas *s.m.* pára-brisa.
paraca *s.f.* brisa do Pacífico. *s.* pára-quedista.
paracaídas *s.m.* pára-quedas.
paracaidismo *s.m.* pára-quedismo.
paracaidista *s.* pára-quedista.
parachoques *s.m.* pára-choque.
parada *s.f.* parada; pausa; ponto de ônibus; desfile.
paradero *s.m.* paradeiro; fim; parada de ônibus.
paradisíaco,-a *adj.* paradisíaco.
parado,-a *adj./s.* parado, quieto, desligado, desempregado; inativo; surpreso, desconcertado; de pé; orgulhoso.
paradoja *s.f.* paradoxo.
paradójico,-a *adj.* paradoxal.
parador *s.m.* motel, hotel.
paraestatal *adj.* parestatal.
parafernalia *s.f.* parafernália.
parafina *s.f.* parafina.
parafrasear *v.* parafrasear.
paráfrasis *s.f.* paráfrase.
paraguas *s.m.* guarda-chuva.
paraguay *s.m.* papagaio, louro do Brasil.
paraguaya *s.f.* tipo de pêssego.
paraguayo,-a *adj./s.* paraguaio.
paragüería *s.f.* loja de guarda-chuvas.
paragüero,-a *s.* fabricante de guarda-chuvas. *s.m.* porta-guarda-chuva.
parahúso *s.m.* broca.
paraíso *s.m.* paraíso; (*Teat.*) galeria, galinheiro.
paraje *s.m.* paragem; lugar distante ou isolado.
paralaje *s.f.* paralaxe.
paralela *s.f.* paralela. **paralelas** barras paralelas.
paralelepípedo *s.m.* paralelepípedo.
paralelismo *s.m.* paralelismo.
paralelo,-a *adj.* paralelo; similar; simultâneo. *s.m.* paralelo; comparação.
paralelogramo *s.m.* paralelogramo.
parálisis *s.f.* paralisia.
paralítico,-a *adj./s.* paralítico.
paralización *s.f.* paralização.
paralizador,-a *adj./s.* paralisante.
paralizar *v.* paralisar; petrificar.
paramento *s.m.* paramento; adorno; face; revestimento.
parámetro *s.m.* parâmetro.
paramilitar *adj.* paramilitar.
páramo *s.m.* páramo; garoa.
parangón *s.m.* comparação, paralelo.
paraninfo *s.m.* auditório, salão nobre.
paranoia *s.f.* paranóia.
paranoico,-a *adj./s.* paranóico.
parapetarse *vr.* entrincheirar-se, proteger-se, precaver-se.
parapeto *s.m.* parapeito; barricada, trincheira.
paraplejía *s.f.* paraplegia.
parapléjico,-a *adj./s.* paraplégico.
parar *v.* parar; caber a; acabar, dar em, ir até; hospedar-se; preparar; apostar; ficar; interceptar; pôr-se de pé.
pararrayos *s.m.* pára-raios.
parasicología *s.f.* parapsicologia.
parasicológico,-a *adj.* parapsicológico.
parasicólogo,-a *s.* parapsicólogo.
parasitario,-a *adj.* parasitário.
parasitismo *s.m.* parasitismo.
parásito,-a *adj./s.* parasita.
parasol *s.m.* guarda-sol; párasol.
parcela *s.f.* lote; parte, parcela, terreno.
parcelación *s.f.* loteamento; parcelamento.
parcelar *v.* parcelar, lotear, dividir, demarcar.
parche *s.m.* remendo; emplastro; retoque mal feito; quebra-galho; tambor.
parchear *v.* remendar; adular.
parchís *s.m.* ludo.
parcial *adj.* parcial; partícipe. *s.* partidário.
parcialidad *s.f.* parcialidade.

parco,-a *adj.* parco, moderado, escasso.
¡pardiez! *interj.* meu Deus!; por Deus!
pardillo,-a *s.* caipira. *s.m.* pintarroxo.
pardo,-a *adj.* pardo, escuro.
pardusco,-a *adj.* pardacento.
parear *v.* parear, emparelhar.
parecer *s.m.* parecer, opinião. aparência. *v.* parecer, ter indícios de; aparecer. **parecerse** *vr.* assemelhar-se.
parecido,-a *adj.* parecido, semelhante. *s.m.* semelhança.
pared *s.f.* parede; (*Fut.*) barreira.
paredón *s.f.* paredão; muro de fuzilamento.
pareja *s.f.* par, casal, dupla, parelha, parceiro.
parejero,-a *adj.* freqüentador; amigo. *s.m.* parelheiro.
parejo,-a *adj.* igual, análogo, semelhante, uniforme.
parentela *s.f.* parentela.
parentesco *s.m.* parentesco.
paréntesis *s.m.* parêntese; interrupção.
pareo *s.m.* pareô; emparelhamento.
paria *s.* pária.
parida *s.f.* parida; tolice.
paridad *s.f.* paridade.
parido,-a *adj.* **bien ~** legal.
parienta *s.f.* esposa.
pariente *adj.* parecido. *adj./s.* parente.
parietal *adj.* parietal.
parihuela *s.f.* maca, padiola.
paripé *s.m.* fingimento.
parir *v.* parir, criar; produzir; *parirla* pôr a perder.
parisiense *ou* **parisino,-a** *adj.* parisiense.
paritario,-a *adj.* paritário.
parking *s.m.* estacionamento.
parlamentar *v.* parlamentar.
parlamentario,-a *adj./s.* parlamentar.
parlamento *s.m.* parlamento.
parlanchín,-ina *adj./s.* tagarela.
parlante *adj.* falante. *s.m.* alto-falante.
parlar *v.* falar; tagarelar.
parlero,-a *adj./s.* que fala demais; canoro.

parlotear *v.* bater papo.
parloteo *s.m.* bate-papo.
parmesano,-a *adj./s.* parmesão.
parné *s.m.* grana.
paro *s.m.* parada; desemprego; greve.
parodia *s.f.* paródia.
parodiar *v.* parodiar.
paroxismo *s.m.* paroxismo.
parpadear *v.* piscar; cintilar.
parpadeo *s.m.* piscada.
párpado *s.m.* pálpebra.
parque *s.m.* parque; chiqueirinho; estacionamento; arsenal.
parqué *s.m.* parquete; campo; recinto da Bolsa.
parquedad *s.f.* sobriedade, parcimônia, moderação.
parqueo *s.m.* estacionamento.
parquet *s.m. veja* **parqué**.
parquímetro *s.m.* parquímetro.
parra *s.f.* parreira.
parrafada *s.f.* bate-papo; sermão.
párrafo *s.m.* parágrafo.
parral *s.m.* parreiral.
parranda *s.f.* farra; folia.
parrandear *v.* cair na farra.
parricida *adj./s.* parricida.
parricidio *s.m.* parricídio.
parrilla *s.f.* grelha; churrascaria; grid de largada; pau-de-arara; bagageiro.
parrillada *s.f.* prato grelhado; churrasco.
párroco *adj./s.m.* pároco.
parroquia *s.f.* paróquia; freguesia.
parroquial *adj.* paroquial.
parroquiano,-a *adj./s.* paroquiano; freguês, cliente.
parsimonia *s.f.* lentidão; calma, despreocupação.
parsimonioso,-a *adj.* calmo, lento.
parte *s.f.* parte, pedaço, porção, lugar, cota, lado, aspecto; oponente, (*Teat.*) papel; **por ~** parentesco. *s.m.* relatório, boletim. **partes** órgãos sexuais.
partehúmos *s.m.* parede corta-fogo.
parteluz *s.m.* janela dupla.
partero,-a *s.* parteiro.
parterre *s.m.* canteiro, jardim.

partición *s.f.* divisão, partilha.
participación *s.f.* participação, (*loteria*) fração, notificação; ação; convite.
participante *adj./s.* participante.
participar *v.* participar; receber; partilhar; notificar.
partícipe *adj.* partícipe.
participio *s.m.* particípio.
partícula *s.f.* partícula.
particular *adj.* particular, privado, peculiar, singular, individual. *s.* particular; assunto.
particularidad *s.f.* particularidade, circunstância, detalhe.
particularizar *v.* particularizar; distinguir; ressaltar. **particularizarse** *vr.* caracterizar-se, distinguir-se.
partida *s.f.* partida; registro, item; grupo, quadrilha; jogo; certidão; aposta.
partidario,-a *adj./s.* partidário.
partidismo *s.m.* partidarismo.
partidista *adj.* partidarista.
partido,-a *adj.* generoso. *s.m.* partido; partida; distrito, jogo; proveito; acordo; resolução.
partir *v.* partir, sair; dividir; quebrar, descascar; repartir; prejudicar. **partirse** *vr.* dividir-se; rir-se muito.
partitivo,-a *adj./s.* partitivo.
partitura *s.f.* partitura.
parto *s.m.* parto, produto, criação.
parturienta *adj./s.f.* parturiente.
parva *s.f.* parva, desjejum; montão; criançada; meda.
parvulario *s.m.* maternal; jardim-de-infância.
párvulo,-a *adj.* ingênuo; pequenino. *s.* criancinha.
pasa *s.f.* passa, uva seca.
pasable *adj.* passável.
pasacalle *s.m.* passacale.
pasada *s.f.* passada; mão, demão; retoque; limpadela; jogada; passadio; excepcional, fora de série.
pasadero,-a *adj.* passável. *s.m.* alpondras.
pasadizo *s.m.* corredor, passagem.

pasado,-a *adj./s.m.* passado.
pasador *s.m.* escorredor de macarrão; ferrolho; alfinete de gravata; abotoadura.
pasaje *s.f.* passagem; passageiros; viela; pedágio.
pasajero,-a *adj./s.* passageiro.
pasamano *s.m.* corrimão.
pasamontañas *s.m.* gorro.
pasant *s.m.* assistente.
pasaporte *s.m.* passaporte.
pasapurés *s.m.* espremedor de batatas.
pasar *v.* passar, atravessar; cruzar; dar; ultrapassar; superar; cessar; ter ou dar aula particular; coar; peneirar; engolir, comer; tolerar; omitir; aguentar; apodrecer. **pasarse** *vr.* passar-se, bandear-se; acabar-se, esquecer-se.
pasarela *s.f.* passarela; passadiço.
passatiempo *s.m.* passatempo.
pascana *s.f.* jornada; pousada; etapa; parada em viagem.
pascua *s.f.* páscoa.
pase *s.m.* passe; licença; exibição; desfile de modas.
paseante *s.* transeunte, andarilho.
pasear *v.* passear; exibir, levar para passear; passar, andar a passo. **pasarse** *vr.* ganhar facilmente; folgar.
paseíllo *s.m.* desfile de toureiros.
paseo *s.m.* passeio; trabalho fácil, moleza; distância curta.
pasillo *s.m.* corredor.
pasión *s.f.* paixão.
pasional *adj.* passional.
pasionaria *s.f.* maracujá.
pasito *adv.* suavemente.
pasividad *s.f.* passividade.
pasivo,-a *adj./s.m.* passivo.
pasma *s.f.* (*Gír.*) polícia.
pasmado,-a *adj.* pasmado, atônito, espantado.
pasmar *v.* pasmar.
pasmarota *ou* **pasmarotada** *s.f.* pasmo, desmaio fingido.
pasmarote *s.m.* basbaque.
pasmo *s.m.* pasmo; tétano; resfriamento.
paso,-a *adj.* (*fruta*) seco. *s.m.* passo; passada; passagem;

pegada; desfiladeiro; caminho; trâmite; degrau; avanço; passe. **passos** (*Fut.*) sobrepasso.
pasodoble *s.m.* passo-doble.
pasota *adj./s.* apático.
pasotismo *s.m.* apatia.
pasparse *vr.* (*pele*) rachar.
pasquín *s.m.* pasquim.
pasta *s.f.* pasta; massa de pastel, macarrão, etc; ; bolinho, biscoito; encadernação, capa; (*Fam.*) grana; caráter.
pastar *v.* pastar.
pastel *s.m.* bolo; torta; (*Pint.*) giz, pastel; tramóia; porcaria; trapaça.
pastelería *s.f.* doceria, confeitaria.
pastelero,-a *s.* confeiteiro, doceiro.
paste(u)rización *s.f.* pasteurização.
paste(u)rizar *v.* pasteurizar.
pastiche *s.m.* pasticho.
pastilla *s.f.* comprimido, pílula; tablete, barra.
pastillero *s.m.* pastilheiro; (*Fam.*) viciado em bolinhas.
pastizal *s.f.* pastagem.
pasto *s.m.* pasto, pastagem; alimento; gramado.
pastón *s.m.* dinheirão.
pastor,-a *s.* pastor.
pastoral *adj./s.f.* pastoral.
pastorear *v.* pastorear; mimar, cortejar.
pastoreo *s.m.* pastoreio.
pastoril *adj.* pastoril.
pastoso,-a *adj.* pastoso; pegajoso.
pasudo,-a *adj.* crespo.
pata *s.f.* pata; pé (*de móvel*); (*Fam.*) perna; etapa; descaramento.
patada *s.f.* pontapé; chute.
patalear *v.* espernear; protestar; bater o pé.
pataleo *s.m.* esperneamento; protesto.
pataleta *s.f.* chilique, faniquito.
patán *s.m.* caipira.
patasca *s.f.* briga; guisado de porco com milho.
patata *s.f.* batata; (*Fam.*) droga, porcaria.

patatal *ou* **patatar** *s.m.* batatal.
patatero,-a *adj.* tosco, grosseiro. *s.* batateiro.
patatín *loc. adv.* *que si ~ que si patatán* patati-patatá.
patatús *s.m.* faniquito.
paté *s.m.* patê.
patear *v.* chutar, pisotear, maltratar; vaiar; fechar a cara.
patearse *vr.* andar muito; palmilhar.
patena *s.f.* patena; medalha.
patentado,-a *adj.* patenteado.
patentar *v.* patentear.
patente *adj.* patente, óbvio. *s.f.* carta-patente, licença.
pateo *s.m.* pateada; vaia.
paternal *adj.* paternal.
paternalismo *s.m.* paternalismo.
paternalista *adj.* paternalista.
paternidad *s.f.* paternidade.
paterno,-a *adj.* paterno.
patético,-a *adj.* patético.
patetismo *s.m.* dramatismo, pateticismo.
patibulario,-a *adj.* sinistro, repulsivo.
patíbulo *s.m.* patíbulo.
paticojo,-a *adj./s.* coxo.
paticorto,-a *adj.* de pernas curtas.
patidifuso,-a *adj.* perplexo, pasmo, estupefato.
patilla *s.f.* costeleta; (*óculos*) haste; cara-de-pau; melancia.
patín *s.m.* patim; patinete; pedalinho.
pátina *s.f.* pátina.
patinador,-a *adj.* patinador.
patinaje *s.f.* patinação.
patinar *v.* patinar; deslizar, escorregar; derrapar; equivocar-se.
patinazo *s.m.* escorregão; derrapagem; gafe.
patinete *s.m.* patinete.
patio *s.m.* quintal, pátio; playground; platéia.
patitieso,-a *adj.* paralisado; surpreso, retesado.
patituerto,-a *ou* **patizambo,-a** *adj.* cambaio, torto.
pato *s.m.* pato; bicha; urinol, papagaio. *adj.* descuidado.
patochada *s.f.* disparate, estupidez.

patógeno,-a *adj.* patogênico.
patojo,-a *s.* coxo, cambaio.
patología *s.f.* patologia.
patológico,-a *adj.* patológico.
patólogo,-a *s.* patologista.
patoso,-a *adj.* desajeitado, descuidado.
patraña *s.f.* mentira, patranha.
patria *s.f.* pátria.
patriada *s.f.* façanha.
patriarca *s.m.* patriarca.
patriarcado *s.m.* patriarcado.
patriarcal *adj.* patriarcal.
patrício,-a *adj./s.* patrício.
patrimonial *adj.* patrimonial.
patrimonio *s.m.* patrimônio.
patrio,-a *adj.* pátrio, paternal.
patriota *s.* patriota.
patriotería *s.f.* patriotada.
patriotero,-a *adj./s.* patrioteiro.
patriótico,-a *adj.* patriótico.
patriotismo *s.m.* patriotismo.
patrocinador,-a *adj./s.* patrocinador.
patrocinar *v.* patrocinar.
patrocinio *s.m.* patrocínio.
patrón,-ona *s.* chefe, dono, patrão, patrono, padroeira, protetor; molde; padrão.
patronal *adj.* patronal. *s.f.* classe empresarial.
patronato *ou* **patronazgo** *s.m.* empresariado; fundação; sociedade; patronato.
patronear *v.* capitanear.
patronímico,-a *adj./s.m.* patronímico.
patrono,-a *s.* patrono, padroeiro.
patrulla *s.f.* patrulha; ronda.
patrullaje *s.f.* patrulhamento.
patrullar *v.* patrulhar.
patrullero,-a *adj./s.* patrulheiro.
patueco,-a *s.* moleque de rua.
paulatino,-a *adj.* paulatino.
paupérrimo,-a *adj.* paupérrimo.
pausa *s.f.* pausa, calma, lentidão.
pausado,-a *adj.* pausado, lento.
pauta *s.f.* régua; pauta; norma; modelo.
pautar *v.* pautar.
pava *s.f.* perua; fole; chaleira; guimba; franja.
pavada *s.f.* tolice; dito sem graça; bando de perus.

pavear v. dizer ou fazer tolices.
pavero,-a s. perueiro; chapéu de aba larga.
pavesa s.f. fagulha; cinza.
pavimentación s.f. pavimentação.
pavimentar v. pavimentar.
pavimento s.m. pavimento.
pavisoso,-a adj. bobo, sem graça.
pavita s.f. chapéu de coco.
pavo s.m. peru; pessoa tola; dinheiro; clandestino; ~ real pavão.
pavón s.m. pavão.
pavonearse vr. pavonear-se.
pavoneo s.m. ostentação, presunção.
pavor s.m. pavor.
pavoroso,-a adj. pavoroso.
payacate s.m. xale.
payada s.f. desafio.
payador s.m. repentista.
payar v. cantar improvisos.
payasada s.f. palhaçada; chocarrice, bobagem.
payaso s.m. palhaço.
payé s.m. amuleto; bruxaria.
payés,-esa s. camponês catalão.
payo,-a s. pessoa não cigana.; sujeito, cara.
paz s.f. paz.
pazguatería s.f. simploriedade; puritanismo.
pazguato,-a adj./s. puritano; simplório.
pazo s.m. paço.
pe s.f. pê.
peaje s.f. pedágio.
peana s.f. pedestal.
peatón s.m. pedestre.
peatonal adj. de pedestres.
peca s.f. sarda.
pecado s.m. pecado.
pecador,-a adj./s. pecador.
pecaminoso,-a adj. pecaminoso.
pecar v. pecar.
pecera s.f. aquário.
pechar v. pagar imposto; empurrar; assumir, arcar.
pechera s.f. peitilho; guarnição; peito; peitoral.
pechero s.m. babador.
pecho s.m. peito, busto, seio.
pechuga s.f. peito (de ave); peito.

pechugón,-ona adj./s. peitudo. s.m. peitada.
pécora s.f. ovelha; prostituta; velhaco.
pecoso,-a adj. sardento.
pectoral adj./s.m. peitoral; xarope para tosse.
peculiar adj. peculiar.
peculiaridad s.f. peculiaridade.
peculio s.m. pecúlio, poupança.
padagogía s.f. pedagogia.
pedagógico,-a adj. pedagógico.
pedagogo,-a s. pedagogo, professor.
pedal s.m. pedal; farra, bebedeira.
pedalear v. pedalar.
pedaleo s.m. pedalagem.
pedalero s.m. pedaleira.
pedania s.f. aldeia, distrito.
pedante adj./s. pedante.
pedantería s.f. pedantismo.
pedazo s.m. pedaço.
pederasta s.m. pederasta.
pederastia s.f. pederastia.
pedernal s.m. pederneira; coisa muito dura.
pedestal s.m. pedestal.
pedestre adj. pedestre, vulgar, inculto.
pediatra s. pediatra.
pediatría s.f. pediatria.
pedicuro,-a s. pedicuro.
pedida s.f. pedido de casamento.
pedido s.m. pedido.
pedigrí s.m. pedigree.
pedigüeño,-a adj./s. pedinchão, pidão.
pedir v. pedir; mendigar; requerer; pôr preço; reclamar.
pedo s.m. peido; bebedeira; problema.
pedorrera s.f. peidorrada.
pedorrero,-a adj. peidorreiro.
pedorreta s.f. peidorreta.
pedorro,-a adj. peidorreiro; pentelho.
pedrada s.f. pedrada; alfinetada, indireta.
pedrea s.f. apedrejamento; granizo; (loteria) prêmios menores.
pedregal s.m. pedregal.
pedregoso,-a adj. pedregoso.
pedregullo s.m. pedregulho.

pedrera s.f. pedreira.
pedrería s.f. pedraria, jóias.
pedrero,-a s. pedreiro; fundeiro, arremessador de pedras.
pedrisco s.m. chuva de pedra.
pedrusco s.m. pedra bruta.
pega s.f. pega; cola; senão, defeito, obstáculo; emprego.
pegada s.f. pancada, chute.
pegadizo,-a adj. pegajoso; contagiante; fácil de decorar.
pegado s.m. emplastro.
pegajoso,-a adj. pegajoso; contagiante; empolgante; enjoativo.
pegamento s.m. cola.
pegapega s.f. visco, chamariz.
pegar v. colar, pregar, grudar; encostar, ser contíguo; contagiar; bater; dar; estar na moda; combinar, cair bem; chocar, bater; rimar. **pegarse** vr. grudar-se, queimar-se; memorizar. **pegársela** enganar, ser infiel.
pegatina s.f. adesivo.
pego s.m. dar el ~ enganar.
pegote s.m. emplastro; remendo; pessoa chata; grude; mentira; coisa malfeita.
pegual s.m. cilha, barrigueira.
pegujal s.m. pecúlio; lote.
peinado,-a adj. penteado; (estilo) rebuscado. s.m. penteado; busca, varredura.
peinador,-a s. cabeleireiro. s.m. toucador; aventa.
peinar v. pentear; vasculhar, varrer.
peinazo s.m. pinázio.
peine s.m. pente.
peineta s.f. pente de enfeite.
pejiguera s.f. chatice.
pela s.f. peseta; dinheiro.
peladilla s.f. amêndoa confeitada.
pelado-a, adj. raspado; careca; redondo (número); justo; sem casca. adj./s. pobre, duro. s.m. corte de cabelo.
pelagatos s. pobre diabo.
pelaje s.m. pelagem; aparência; laia; cabeleira.
pelambre s.m. pelame; cabeleira.
pelambrera s.f. curtume; cabeleira; alopecia.

pelandusca s.f. prostituta.
pelar v. raspar, cortar o cabelo; depenar; esfolar; descascar; despojar; injuriar; **pelársela** masturbar-se.
peldaño s.m. degrau.
pelea s.f. briga, luta; lida.
pelear v. lutar, brigar, discutir. **pelearse** vr. desentender-se.
pelele s.m. boneco de palha; fantoche; macacão.
peleón,-ona adj./s. briguento; vinho barato.
peletería s.f. peleteria; peles.
peletero,-a adj./s. peleteiro.
peliagudo,-a adj. difícil, complicado; cabeludo.
pelícano s.m. pelicano; boticão.
pelicano,-a adj. grisalho. s.m. pelicano.
pelicorto,-a adj. de cabelo curto.
película s.f. película, filme, história.
peligrar v. perigar.
peligro s.m. perigo.
peligrosidad s.f. periculosidade.
peligroso,-a adj. perigoso.
pelillo s.m. bagatela.
pelirrojo,-a adj./s. ruivo.
pella s.f. massa em forma de bola; talo de couve-flor.
pelleja s.f. pele, couro cru; prostituta.
pellejerías s.f.pl. miséria, aperto.
pellejo s.m. pele, odre, couro; bêbado.
pellica s.f., **␣pelliza** s.f. peliça, cobertor ou casaco de peles.
pellizcar v. beliscar.
pellizco s.m. beliscão.
pelma s., **pelmazo,-a** s. chato, estorvo; moleirão.
pelo s.m. cabelo, pêlo; penugem; pele; fiapo; cerda; serra; seda crua; veio; ninharia.
pelón,-ona adj./s. careca, calvo; sem dinheiro, quebrado.
pelota s.f. bola; cabeça; problema; jogo da péla. s. puxa-saco. **pelotas** (Vulg.) culhões, saco.
pelotari s.m. jogador de péla.
pelotazo s.m. bolada; trago; mamata.
pelotear v. jogar bola; brigar; conferir contas.

peloteo s.m. batida de bola; puxação de saco.
pelotera s.f. rixa, briga.
pelotero,-a s. boleiro. s.m. briga; rola-bosta.
pelotilla s.f. bolinha de ranho.
pelotillero,-a s. puxa-saco, bajulador.
pelotón s.m. pelotão; grupo, bando; maranha de pêlos.
pelotudo,-a adj./s. estúpido, imbecil.
peluca s.f. peruca; repreensão, bronca.
peluco s.m. relógio.
peluche s.f. pelúcia; bichinho de pelúcia.
peludear v. resolver um problema; empacar; titubear.
peludo,-a adj. peludo, cabeludo, felpudo. s.m. bebedeira.
peluquear v., **peluquearse** vr. cortar(-se) o cabelo.
peluquería s.f. cabeleireiro; barbearia.
peluquero,-a s. cabeleireiro; barbeiro.
peluquín s.m. peruca.
pelusa ou **pelusilla** s.f. penugem, fiapo; ciúme entre crianças; pó.
pelvis s.f. pelvis, pelve.
pena s.f. pena, castigo, tristeza, dor; dificuldade; vergonha.
penacho s.m. penacho; presunção; poluição.
penado,-a s. condenado, preso.
penal adj. penal. s.m. prisão, cadeia.
penalidad s.f. sofrimento; pena, apuro.
penalista s. criminalista.
penalización s.f. penalidade, sentença.
penalizar v. punir, sentenciar.
penalti s.m. pênalti, penalidade máxima.
penar v. padecer, sofrer, punir; condenar.
penca s.f. penca, talo.
penco s.m. rocim; toleirão, palerma.
pendejo s.m. pentelho; covarde; vadio; bobo, imbecil.
pendencia s.f. briga, discussão.
pendenciero,-a adj. briguento.
pender v. pender, depender, estar pendente.

pendiente adj. pendente, inclinado; alerta, atento. s.m. pingente, brinco, caimento, vertente; preocupação.
péndola s.f. pêndulo; relógio de pêndulo.
pendón s.m. pendão, bandeira; depravado, vadio; mulher alta e desajeitada; prostituta.
pendonear v. andar à toa, arruar.
pendular adj. pendular.
péndulo s.m. pêndulo.
pene s.m. pênis.
penetrabilidad s.f. penetrabilidade.
penetrable adj. penetrável; claro.
penetración s.f. penetração; perspicácia, introdução, compreensão.
penetrante adj. penetrante, profundo, agudo, perspicaz, sutil.
penetrar v. penetrar; entrar; compreender.
penicilina s.f. penicilina.
península s.f. península.
peninsular adj. peninsular; da península ibérica.
penique s.m. pêni (moeda inglesa).
penitencia s.f. penitência.
penitenciaría s.f. penitenciária.
penitenciario,-a adj. penitenciário.
penitente adj./s. penitente.
penoso,-a adj. penoso, trabalhoso, ruim.
pensado,-a adj. pensado; bien ~ pensando bem; mal ~ malicioso.
pensador,-a s. pensador.
pensamiento s.m. pensamento; idéia; máxima; suspeita; intenção; bar; amor-perfeito.
pensar v. pensar, examinar, planejar, decidir, idealizar, achar, opinar.
pensativo,-a adj. pensativo.
pensión s.f. pensão.
pensionado,-a adj./s. pensionista. s.m. pensionato, internato.
pensionista s. pensionista; aluno interno.
pentaedro s.m. pentaedro.

pentagonal *adj.* pentagonal.
pentágono *s.m.* pentágono.
pentagrama *ou* **pentágrama** *s.m.* (*Mús.*) pentagrama.
Pentecostés *s.m.* Pentecostes.
penúltimo,-a *adj./s.* penúltimo.
penumbra *s.f.* penumbra.
penuria *s.f.* penúria.
peña *s.f.* rocha, penhasco; turma, bando; clube.
peñascal *s.m.* penhascal.
peñasco *s.m.* penhasco.
peñazo,-a *s.* pessoa chata.
peñón *s.m.* monte rochoso.
peón *s.m.* ajudante, aprendiz; peão; pião; colméia.
peonada *s.f.* peonada; trabalho de um dia.
peonaje *s.m.* peonagem, peonada.
peonía *s.f.* peônia.
peonza *s.f.* pião.
peor *adj./adv.* pior.
pepa *s.f.* caroço; *¡viva la ~! que cara-de-pau!*
pepazo *s.m.* pedrada, tiro; mentira.
pepe *s.m.* janota.
pepenar *v.* catar, recolher.
pepinazo *s.m.* explosão, tiro; (*Fut.*) chute forte.
pepinillo *s.m.* pepinilho.
pepino *s.m.* pepino; melão verde; nota de mil pesetas.
pepita *s.f.* semente; pepita.
pepito *s.m.* sanduíche de carne; bomba (*doce*).
pepitoria *s.f.* fricassê.
pepona *s.f.* boneca de papelão.
peque *s.m.* criança.
pequeñez *s.f.* pequenez; mesquinhez, ninharia; infância.
pequeño,-a *adj.* pequeno, mais novo, menor, fraco, baixo, breve.
pequinés,-esa *adj./s.* pequinês.
pera *s.f.* pêra. *adj.* cafona.
peral *s.m.* pereira.
peraleda *s.f.* pereiral.
peralte *s.m.* superelevação.
perca *s.f.* perca.
percal *s.m.* percal; dinheiro.
percance *s.m.* percalço.
percatarse *vr.* notar, perceber.
percebe *s.m.* perceve; idiota.
percepción *s.f.* percepção, idéia.

perceptible *adj.* perceptível.
perceptivo,-a *adj.* perceptivo.
percha *s.f.* percha, cabide.
perchero *s.m.* conjunto de cabides; guarda-roupa.
percherón,-ona *s.* percherão.
percibir *v.* perceber; receber.
perclorato *s.m.* perclorato.
perclórico,-a *adj.* perclórico.
percloruro *s.m.* percloreto.
percusión *s.f.* percussão.
percusionista *s.* percussionista.
percusor *ou* **percutor** *s.m.* percussor.
perdedor,-a *adj./s.* perdedor.
perder *v.* perder, piorar, desbotar. **perderse** *vr.* perder-se, destruir-se; desaparecer.
perdición *s.f.* perdição, ruína; desastre.
pérdida *s.f.* perda; vazamento, prejuízo.
perdida *s.f.* prostituta.
perdido,-a *adj.* perdido; acabado; sujo; viciado; completo, varrido.
perdigar *v.* assar de leve.
perdigón,-ona *s.* perdigão, perdedor, esbanjador; gastão; aluno reprovado. *s.m.* chumbo de caça.
perdigonada *s.f.* chumbada.
perdiguero,-a *adj./s.* perdigueiro.
perdiz *s.f.* perdiz.
perdón *s.m.* perdão.
perdonar *v.* perdoar; desculpar; liberar; não abrir mão de.
perdonavidas *s.m.* metido a valente.
perdulario,-a *adj.* descuidado; vicioso.
perdurar *v.* perdurar.
perecedero,-a *adj.* perecível. *s.m.* penúria.
perecer *v.* perecer, morrer.
peregrinación *ou* **peregrinaje** *s.f.* peregrinação.
peregrinar *v.* peregrinar.
peregrino,-a *adj.* peregrino, migratório, exótico, insólito. *s.* peregrino, romeiro.
perejil *s.m.* salsinha.
perendengue *s.m.* brinco; enfeite.
perengano *s.m.* fulano.

perennal *ou* **perenne** *adj.* perene, contínuo.
perennidad *s.f.* perenidade.
perentoriedad *s.f.* urgência.
perentorio,-a *adj.* urgente; final, decisivo, peremptório.
pereza *s.f.* preguiça, lentidão.
perezoso,-a *adj./s.* preguiçoso, lento. *s.m.* bicho preguiça.
perfección *s.f.* perfeição.
perfeccionamiento *s.m.* aperfeiçoamento, melhoria.
perfeccionar *v.* aperfeiçoar, melhorar.
perfeccionismo *s.m.* perfeccionismo.
perfeccionista *adj./s.* perfeccionista.
perfectamente *adv.* perfeitamente.
perfectibilidad *s.f.* perfectibilidade.
perfectible *adj.* perfectível.
perfectivo,-a *adj.* perfectivo.
perfecto,-a *adj.* perfeito.
perfidia *s.f.* perfídia; traição.
pérfido,-a *adj.* pérfido. *s.* traidor.
perfil *s.m.* perfil; característica; contorno; seção transversal.
perfilado,-a *adj.* (*rosto*) comprido e fino; (*nariz*) bem formado.
perfilador *s.m.* delineador.
perfilar *v.* delinear, dar forma, aperfeiçoar, retocar. **perfilarse** *vr.* enfeitar-se, vestir-se; esboçar-se.
perforación *s.f.* ou **perforado** *s.m.* perfuração, furo.
perforador,-a *adj.* perfurador.
perforadora *s.f.* furadeira.
perforar *v.* perfurar, furar, picotar.
performance *s.f.* representação.
perfumador,-a *adj./s.* perfumista. *s.m.* defumador.
perfumar *v.*, **perfumarse** *vr.* perfumar(-se).
perfume *s.m.* perfume.
perfumería *s.f.* perfumaria.
perfumero,-a *ou* **perfumista** *s.* perfumista.
perfusión *s.f.* perfusão.
pergamino *s.m.* pergaminho.

pergeñar v. esboçar, rascunhar; tramar.
pérgola s.f. pérgola.
pericardio s.m. pericárdio.
pericarpio s.m. pericarpo.
pericia s.f. perícia.
pericial adj. pericial.
periclitar v. periclitar.
perico s.m. periquito; leque; cocaína; urinol; vadio.
periferia s.f. periferia.
periférico,-a adj./s.m. periférico.
perifollo s.m. cerefólio; emperiquitamento.
periforme adj. periforme.
perifrasis s.f. perífrase.
perifrástico,-a adj. perifrástico.
perilla s.f. cavanhaque.
perillán,-ana s. esperto, ladino.
perimétrico,-a adj. perimétrico.
perímetro s.m. perímetro.
perinatal adj. perinatal.
perineal adj. perineal.
perineo s.m. períneo.
periodicidad s.f. periodicidade.
periódico,-a adj. periódico. s.m. jornal, diário.
periodismo s.m. jornalismo.
periodista s. jornalista.
periodístico,-a adj. jornalístico.
período ou **periodo** s.m. período; ciclo, menstruação; dízima periódica.
peripatético,-a adj. peripatético.
peripecia s.f. peripécia.
periplo s.m. périplo, viagem.
peripuesto,-a adj. embonecado, emperiquitado.
periquear v. adular, cortejar.
periquete s.m. instante; *en un ~* num instante.
periquito s.m. periquito; torcedor do Real de Barcelona.
periscopio s.m. periscópio.
perisodáctilo, adj./s.m. perissodátilo.
perista s. receptador.
peristilo s.m. peristilo.
peritaje s.f. peritagem, perícia; curso para ser perito.
perito,-a adj./s. perito.
peritoneal adj. peritoneal.
peritoneo s.m. peritônio.

peritonitis s.f. peritonite.
perjudicado,-a adj./s. vítima.
perjudicar v. prejudicar.
perjudicial adj. prejudicial.
perjuicio s.m. prejuízo.
perjurar v. perjurar.
perjurio s.m. perjúrio.
perjuro,-a adj./s. perjuro.
perla s.f. pérola; pílula; jóia; gota.
perlado,-a adj. perolado.
permanecer v. permanecer, estar, ficar.
permanencia s.f. permanência; estadia.
permanente adj. permanente. s.f. (*cabelo*) permanente.
permanganato s.m. permanganato.
permeabilidad s.f. permeabilidade.
permeable adj. permeável; influenciável.
pérmico,-a adj./s.m. permiano.
permisible adj. admissível.
permisión s.f. permissão; autorização.
permisividad s.f. permissividade.
permiso s.m. autorização; licença.
permitir v. permitir, autorizar, possibilitar. **permitirse** vr. permitir-se.
permuta s.f. permuta, troca.
permutable adj. permutável.
permutación s.f. troca; permutação.
permutar v. permutar, trocar.
pernada s.f. pernada, patada.
pernear v. espernear.
pernera s.f. perna (*de calça*).
pernicioso,-a adj. pernicioso, nocivo.
pernil s.m. pernil, anca, perna.
pernio s.m. dobradiça.
perno s.m. cavilha, pino.
pernocta s.f. pernoite.
pernoctar v. pernoitar.
pero conj. porém, mas. s.m. defeito, senão. interj. ora!
perogrullada s.f. asneira, tolice; trivialidade, lugar-comum.
perogrullesco adj. trivial, vulgar.
perol s.m. tacho, caçarola.
peroné s.m. fíbula, perônio.

peronismo s.m. peronismo.
peronista adj./s. peronista.
peroración s.f. peroração.
perorar v. discursar.
perorata s.f. discurso chato, arenga.
perpendicular adj./s.f. perpendicular.
perpendicularidad s.f. perpendicularidade.
perpetración s.f. perpetração.
perpetrar v. praticar, cometer (*crime*).
perpetuación s.f. perpetuação.
perpetuar v. perpetuar, prolongar.
perpetuo,-a adj. perpétuo, perene, vitalício.
perplejidad s.f. perplexidade, assombro.
perplejo,-a adj. perplexo, confuso.
perra s.f. cadela; dinheiro; mania, capricho; manha, birra; bebedeira.
perrera s.f. canil; carrocinha; caloteiro.
perrería s.f. cachorrada.
perrero s.m. perreiro, enxotacães.
perro,-a adj. mau, desprezível; teimoso. s.m. cachorro, cão; pessoa má; dano, prejuízo.
perruno,-a adj. canino.
persa adj./s. persa.
persecución s.f. perseguição; insistência.
persecutorio,-a adj. persecutório.
perseguidor,-a adj./s. perseguidor.
perseguir v. perseguir; importunar, reprimir; querer, estar atrás de.
perseverancia s.f. perseverança.
perseverante adj. perseverante.
perseverar v. perseverar.
persiana s.f. persiana.
persiano,-a adj./s. persa.
pérsico,-a adj. pérsico, persa. s.m. pessegueiro, pêssego.
persignar v., **persignarse** vr. persignar(-se).
persistencia s.f. persistência; duração.
persistente adj. persistente.
persistir v. persistir, durar.

persona s.f. pessoa, personagem, celebridade.
personaje s.f. personagem, celebridade.
personal adj./s.m. pessoal; gente. s.f. (Esp.) falta.
personalidad s.f. personalidade; celebridade.
personalismo s.m. personalismo.
personalista adj. personalista.
personalizar v. personalizar.
personarse vr. apresentar-se pessoalmente; avistar-se.
personificación s.f. personificação.
personificar v. personificar, simbolizar.
perspectiva s.f. perspectiva, panorama, ponto de vista.
perspicacia s.f. perspicácia.
perspicaz adj. perspicaz.
perspicuo,-a adj. perspícuo.
persuadir v., **persuadirse** vr. persuadir(-se), convencer(-se).
persuasión s.f. persuasão.
persuasiva s.f. persuasiva.
persuasivo,-a adj. persuasivo.
persuasor,-a s. persuasor.
pertenecer v. pertencer; caber, competir.
perteneciente adj. pertencente.
pertenencia s.f. propriedade; domínio. **pertenencias** pertences.
pértiga s.f. vara.
pertinacia s.f. pertinácia.
pertinaz adj. pertinaz.
pertinencia s.f. pertinência.
pertinente adj. pertinente.
pertrechar v. equipar, abastecer, apetrechar.
pertrechos s.m.pl. apetrechos.
perturbación s.f. perturbação.
perturbado,-a adj./s. desequilibrado, louco.
perturbador,-a adj./s. perturbador, agitador.
perturbar v. perturbar, alterar, agitar. **perturbarse** vr. enlouquecer.
peruano,-a adj./s. peruano.
perversidad s.f. perversidade.
perversión s.f. perversão.
perverso,-a adj./s. perverso, pervertido.
pervertidor,-a adj./s. pervertedor.
pervertir v., **perverterse** vr. perverter(-se), corromper(-se).
pervivencia s.f. sobrevivência.
pervivir v. sobreviver.
pesa s.f. peso, contrapeso; açougue.
pesabebés s.m. pesa-crianças.
pesacartas s.m. pesa-cartas.
pesada s.f. pesada, pesagem.
pesadez s.f. peso; chatice; impertinência; mal-estar.
pesadilla s.f. pesadelo.
pesado,-a adj. pesado; lento; cansativo; chato.
pesadumbre s.f. tristeza, aflição.
pesaje s.f. pesagem.
pésame s.m. pêsames.
pesantez s.f. gravidade.
pesar s.m. pesar, tristeza, arrependimento. v. pesar, influir, lamentar. **pesarse** vr. pesar-se.
pesario s.m. pessário.
pesaroso,-a adj. pesaroso.
pesca s.f. pesca; pescado.
pescada s.f. merluza.
pescadería s.f. peixaria.
pescadero,-a s. peixeiro.
pescadilla s.f. pescadinha.
pescado s.m. peixe; ~ *blanco* linguado.
pescador,-a adj./s. pescador.
pescante s.m. tramóia; boléia; pau-de-carga.
pescar v. pescar; prender; pegar (doença); conseguir; entender.
pescozada s.f., **pescozón** s.m. pescoção.
pescuezo s.m. pescoço.
pesebre s.m. manjedoura, estábulo; presépio.
peseta s.f. peseta.
pesetero,-a adj./s. pão-duro, avaro.
pesimismo s.m. pessimismo.
pesimista adj./s. pessimista.
pésimo,-a adj. péssimo.
peso s.m. peso; balança, carga, inquietude.
pespunt(e)ar v. pespont(e)ar.
pespunte s.m. pesponto.
pesquera s.f. pesqueiro.
pesquería s.f. pescaria; pesqueiro.
pesquero,-a adj. pesqueiro. s.m. barco pesqueiro; calçapescador.
pesquis s.m. perspicácia.
pesquisa s.f. pesquisa.
pestaña s.f. pestana, cílio; aba; aro.
pestañear v. pestanejar, piscar.
pestañeo s.m. piscadela.
pestazo s.m. fedor.
peste s.f. peste, epidemia, praga; fedor.
pesticida s.m. pesticida.
pestífero,-a adj. daninho, fedorento.
pestilencia s.f. pestilência; fedor.
pestilente adj. pestilento; fedorento.
pestillo s.m. fecho, ferrolho, lingüeta; noivo.
pestiño s.m. filhós; pentelhação, amolação.
petaca s.f. cigarreira, garrafinha de bebida; maleta. **petacas nádegas**. s. vadio.
pétalo s.m. pétala.
petanca s.f. bocha.
petardo s.m. foguete, petardo; pessoa feia; inútil; chato; cigarro de maconha; baseado.
petate s.m. bagagem, trouxa, esteira.
petenera s.f. canção andaluza.
peteretes s.m.pl. gulodices.
petición s.f. petição, pedido.
petimetre s.m. dândi, janota.
petirrojo s.m. pintarroxo.
petisú s.m. (Doce) sonho.
petizo,-a adj./s. baixinho.
peto s.m. peitilho; peitoral; jardineira.
petrel s.m. petrel.
pétreo,-a adj. pétreo.
petrificación s.f. petrificação.
petrificar v., **petrificarse** vr. petrificar(-se).
petrodólar s.m. petrodólar.
petróleo s.m. petróleo.
petrolero,-a adj./s.m. petroleiro.
petrolífero,-a adj. petrolífero.
petroquímica s.f. petroquímica.
petroquímico,-a adj. petroquímico.
petulancia s.f. petulância.

petulante adj. petulante.
petunia s.f. petúnia.
peúco s.m. sapatinho de lã.
peyorativo,-a adj. pejorativo.
peyote s.m. mescal, cacto mexicano.
pez s.m. peixe; piche.
pezón s.m. mamilo, bico do peito; pedúnculo; ponta.
pezuña s.f. unha, garra.
piadoso,-a adj. piedoso, compassivo.
piadosamente adv. piedosamente.
pialar v. mancar, coxear.
piamontés,-esa adj./s. piemontês.
pianísimo adv. pianíssimo.
pianista s. pianista.
pianístico,-a adj. pianístico.
piano s.m. piano. adv. piano, suavemente.
pianoforte s.m. piano.
pianola s.f. pianola.
piar v. piar; reclamar; falar; beber vinho.
piara s.f. vara de porcos.
piastra s.f. piastra.
pibe,-a s. criança.
pica s.f. pique, lança; garrocha; (*Baralho*) espada; caminho.
picacho s.m. pico.
picada s.f. picada; fisgada; caminho; dor aguda; aperitivo; racha.
picadero s.m. picadeiro; randevu, casa de tolerância.
picadillo s.m. picadinho.
picado,-a adj. picado; ofendido; despeitado; furado; cariado; bexigoso; (*Mús.*) staccato. s.m. (*Aer.*) picada; (*bola de bilhar*) pique.
picador s.m. picador, domador; cepo de cozinha.
picadora s.f. moedor.
picadura s.f. picada, mordida; bexigas; furo; cárie; picadilho.
picaflor s.m. beija-flor; conquistador, namorador.
picajoso,-a adj./s. melindroso.
picana s.f. aguilhão, aguilhada.
picante adj. picante, malicioso. s.m. sabor picante.
picapedrero s.m. canteiro.

picapica s.m. pó-de-mico.
picapleitos s.m. rábula.
picaporte s.m. aldrava, maçaneta.
picar v. picar, morder; bicar; trinchar, moer; cariar; coçar, arder, pinicar; incitar; bater à porta; furar, picotar; beliscar, comer pouco; cair no logro; pescar; (*sol*) esquentar ; corroer; esporear; animar. **picarse** vr. (*fruta*) apodrecer; (*vinho*) azedar; (*mar*) agitar-se; (*droga*) injetar-se; chatear-se, irritar-se.
picardía s.f. astúcia; malícia; insolência; ofensa; traquinagem. **picardías** camisola curta e calcinha.
picaresca s.f. velhacaria; literatura burlesca.
picaresco,-a adj. malicioso, picaresco.
pícaro,-a adj./s. travesso, astuto, patife.
picatoste s.m. fatia de pão torrado com manteiga.
picazón s.f. coceira; aborrecimento.
picea s.f. abeto falso.
picha s.f. (*Vulg.*) picá, piça.
pichana s.f. vassoura.
piche adj. pão-duro. s.m. medo.
pichear v. (*Beisebol*) lançar a bola ao batedor.
picher s.m. (*Beisebol*) lançador.
pichi s.m. avental.
pichón,-ona s. benzinho, amorzinho. s.m. pombo novo.
pichona s.f. noiva.
picnic s.m. piquenique.
pico s.m. bico; boca; eloqüência; ponta; pico, cume; (*Zool.*) pica-pau; tantos, alguns, pouco; quantia; picareta; droga (*injeção*); (*Vulg.*) piça, cacete.
picoleto s.m. guarda civil.
picor s.m. coceira; ardência.
picota s.f. picota, pelourinho; pico; nariz; variedade de cereja.
picotada s.f., **picotazo** s.m. bicada, picada.
picotear v. bicar; beliscar; conversar. **picotearse** vr. brigar.
pictografía s.f. pictografia.

pictórico,-a adj. pictórico, pictural.
picudo,-a adj. bicudo.
pidientero,-a s. mendigo.
pídola s.f. eixo-badeixo.
pie s.m. pé; pata; base; rodapé; legenda; fundamento; andamento; chance; borra; caução; (*Teat.*) deixa.
piedad s.f. piedade, devoção; dó; Pietà.
piedra s.f. pedra; lápide; granizo; pedra de isqueiro; mó; baseado; cálculo.
piejo s.m. piolho.
piel s.f. pele; couro.
pienso s.m. forragem, penso.
pierna s.f. perna. **piernas** títere.
pieza s.f. peça, pedaço; aposento; remendo.
pífano s.m. flautim, pífaro.
pifia s.f. erro, gafe; tacada em falso.
pifiar v. dar uma tacada em falso; dar uma rata.
pigmentación s.f. pigmentação.
pigmentar v. colorir, tingir.
pigmento s.m. pigmento.
pigmeo,-a adj./s. pigmeu.
pignoración s.f. penhora.
pignorar v. penhorar.
pija s.f. (*Vulg.*) picá, vara.
pijada s.f. besteira; coisa.
pijama s.m. pijama.
pijo,-a adj./s.m. mauricinho; patricinha; filhinho de papai; (*Vulg.*) piça, pau, vara.
pijotada s.f. *veja* **pijada**.
pijotear v. pechinchar.
pijotería s.f. *veja* **pijada**.
pijotero,-a adj. irritante, chato.
pila s.f. pia; pia batismal; pilha, bateria; paróquia; montão, porção; pilar.
pilar s.m. marco; pilar, arrimo.
pilastra s.f. pilastra.
pilcha s.f. peça de roupa.
pilche s.m. xícara de madeira.
píldora s.f. pílula; anticoncepcional; má notícia.
pileta s.f. pia de água benta, lavabo; piscina.
pilila s.f. (*Fam.*) pênis.
pillaje s.m. roubo, pilhagem.
pillar v. pilhar, roubar; pegar, apanhar; alcançar, atropelar;

achar-se. ficar. **pillarse** *vr.* prender.
pillastre *s.m.* malandro.
pillear *v.* vadiar, malandrar, malandrear.
pillería *s.f.* malandragem.
pillo,-a *adj./s.* malandro.
pilón *s.m.* pilar, poste; pilão; tanque; montão.
pilona *s.f.* noiva; mocinha.
pilonero,-a *adj.* sensacionalista.
pilonga *s.f.* castanha seca.
pilórico,-a *adj.* pilórico.
piloro *s.m.* piloro.
piloso,-a *adj.* peludo.
pilotaje *s.m.* pilotagem.
pilotar *v.* pilotar.
pilote *s.m.* estaca.
piloto *s.* piloto, motorista; lâmpada-piloto, luz; (*Aut.*) lanterna traseira; modelo.
piltra *s.f.* cama.
piltrafa *s.f.* fraco, frouxo; pelanca; migalhas.
pimentero *s.m.* pimenteira, pimenteiro.
pimentón *s.m.* pó de pimento; colorau.
pimienta *s.f.* pimenta.
pimiento *s.m.* pimentão.
pimpante *adj.* garboso; ufano.
pimpinela *s.f.* erva-doce.
pimplar *v.* beber em excesso.
pimpollo *s.m.* pimpolho; broto; botão de rosa; brotinho.
pimpón *s.m.* pingue-pongue.
pinacoteca *s.f.* pinacoteca.
pináculo *s.m.* pináculo.
pinar *s.m.* pinhal, pinheiral.
pincel *s.m.* pincel.
pincelada *s.f.* pincelada; idéia, toque.
pincelar *v.* pincelar, pintar.
pincha *s.f.* espinho.
pinchadiscos *s.* disc jóquei, DJ.
pinchar *v.* furar, punçar, espetar; estimular; provocar, irritar; aplicar injeção; tocar discos; (*Tel.*) grampear; derrapar, furar um pneu; bombear. **pincharse** *vr.* drogar-se.
pinchazo *s.m.* picada; furo no pneu; dor aguda; crítica; (*Tel.*) grampo.
pinche *s.m.* ajudante de cozinha; bico; parceiro.
pinchito *s.m.* aperitivo.

pincho,-a *adj./s.* chique. *s.m.* espinho; aperitivo; ~ *moruno* espetinho.
pinchulear *v.* embelezar.
pindonga *s.f.* mulher rueira.
pindonguear *v.* estar sempre na rua.
pineda *s.f.* pinhal.
pingajo *s.m.* trapo, farrapo.
pingar *v.* pingar, pender, saltar; inclinar.
pingo *s.m.* farrapo; trapo; farrista. **pingos andrajos**.
ping-pong *s.m.* pingue-pongue.
pingüe *adj.* abundante; gorduroso.
pingüino *s.m.* pingüim.
pinitos *s.m.pl.* primeiros passos.
pino *s.m.* pinheiro, pinho.
pinrel *s.m.* pé.
pinta *s.f.* pinta; mancha; gota; aspecto; marca em baralho; carta de maior valor; linhagem. *s.* sem-vergonha.
pintada *s.f.* grafita, pichação; galinha-d'angola.
pintado,-a *adj.* sarapintado, malhado; maquilado.
pintalabios *s.m.* batom.
pintamonas *s.* troca-tintas.
pintar *v.* pintar, colorir, desenhar, valer, mandar, descrever, fingir. **pintarse** *vr.* maquilar-se, mostrar-se; ser trunfo. **pintárselas** arranjar-se.
pintarraj(e)ar *v.*, **pintarraj(e)arse** *vr.* rabiscar, borrar, pintar(-se) mal.
pintarrajo *s.m.* rabisco, pintura malfeita.
pintaúñas *s.m.* esmalte de unha.
pintiparado,-a *adj.* parecido, feito sob medida.
pinto,-a *adj.* mosqueado.
pintón,-ona *adj./s.* bêbado.
pintor,-a *s.* pintor.
pintoresco,-a *adj.* pitoresco; excêntrico.
pintura *s.f.* pintura; tinta, quadro, retrato.
pinza *s.f.* pinça; (*Cost.*) pence; garra.
pinzar *v.* pinçar.
pinzón *s.m.* tentilhão; alavanca.

piña *s.f.* pinha; ananás; grupo, panelinha; porrada, trombada.
piñata *s.f.* panela cheia de doces.
piñón *s.m.* pinhão.
pío,-a *adj.* pio, piedoso.
piocha *s.f.* alvião; jóia, enfeite; pêra.
piojo *s.m.* piolho.
piojoso,-a *adj.* piolhento.
piolet *s.m.* gancho de alpinista.
piolín *s.m.* barbante.
pionero,-a *adj.* pioneiro.
piorrea *s.f.* piorréia.
pipa *s.f.* cachimbo; barril; caminhão-tanque; pistola; semente; semente de girassol torrada. *adv.* muito bem.
pipermín *s.m.* licor de menta.
pipeta *s.f.* pipeta.
pipí *s.m.* xixi.
pipián *s.m.* ensopado.
pipiolo,-a *s.* novato; criança; pipiolos dinheiro.
pipón,-ona *adj./s.* cheio; barrigudo.
pique *s.m.* ressentimento, amor próprio ferido.
piqué *s.m.* piquê.
piquera *s.f.* furo, buraco.
piqueta *s.f.* picareta, alvião.
piquete *s.m.* estaca; piquete; ferida, corte; pelotão.
piquiña *s.f.* coceira.
piquituerto *s.m.* cruza-bico.
pira *s.f.* pira, fogueira; fuga.
pirado,-a *adj.* pirado, louco.
piragua *s.f.* canoa.
piragüismo *s.m.* canoagem.
piragüista *s.* canoísta.
piramidal *adj.* piramidal.
pirámide *s.f.* pirâmide.
piraña *s.f.* piranha.
pirar *v.*, **pirarse** *vr.* cabular, dar o fora, ir embora.
pirata *adj./s.* pirata.
piratear *v.* piratear.
piretería *s.f.* pirataria.
pirenaico,-a *adj.* pirenaico.
pirindolo *s.m.* coisa; troço; treco.
piripi *adj.* bêbado, tocado.
pirita *s.f.* pirita.
piro *s.m.* pira, fuga; *darse el* ~ dar o fora.
pirómano,-a *s.* piromaníaco.
piropear *v.* dizer galanteios.

piropo s.m. galanteio.
pirotecnia s.f. pirotecnia.
pirotécnico,-a adj./s. pirotécnico.
pirueta s.f. pirueta.
piruetear v. piruetar.
pirujo,-a adj. descrente.
pirula s.f. sacanagem.
pirulí s.m. pirulito.
pis s.m. xixi, mijo.
pisada s.f. passo; pegada.
pisapapeles s.m. pesa-papéis.
pisar v. pisar, pisotear, entrar; tampar; humilhar; fazer antes, passar na frente.
pisaverde s.m. metido, fresco.
piscicultura s.f. piscicultura.
piscifactoría s.f. viveiro de peixes.
piscina s.f. piscina; tanque.
pisco s.m. pisco, aguardente peruana; peru.
piscolabis s.m. petisco; aperitivo; lanche.
piso s.m. pavimento, andar, piso; apartamento; sola; camada.
pisotear v. pisotear, calcar, humilhar.
pisotón s.m. pisão.
pista s.f. pista; trilha sonora, faixa; auto-estrada, rodovia; caminho.
pistache s.m. sorvete de pistache.
pistacho s.m. pistache.
pistero,-a adj./s. avarento; apisteiro; olheiras.
pistilo s.m. pistilo.
pisto s.m. apito; guisado de legumes; mixórdia; grana.
pistola s.f. pistola; baguete, filão.
pistolera s.f. coldre.
pistolero,-a adj. pistoleiro.
pistoletazo s.m. tiro, pistolada.
pistón s.m. pistão, êmbolo.
pistonudo,-a adj. muito bom; fantástico.
pita s.f. piteira, pita; galinha.
pitada s.f. apito; vaia; tragada.
pitanza s.f. ração, rango; vantagem, pechincha.
pitar v. apitar, buzinar; ir, funcionar; mandar; vaiar; fumar.
pitido s.m. apito, assobio.
pitillera s.f. cigarreira.

pitillo s.m. cigarro.
pitimini s.m. espécie de roseira.
pito s.m. apito, assobio, buzina, som agudo; cigarro, charuto; (Vulg.) pênis.
pitón s.m. cornicho; píton; bico (de moringa); pimpolho, rebento; buzina; mago.
pitonisa s.f. pitonisa.
pitorrearse vr. gozar, zombar.
pitorreo s.m. gozação; zombaria.
pitorro s.m. gargalo.
pitote s.m. zoeira.
pitre s.m. figurão.
pituitario,-a adj. pituitário.
pituso,-a adj./s. lindo, (Fam.) gracinha.
pivot s. (Esp.) pivô.
pivotar v. girar.
pivote s.m. pivô.
pizarra s.f. piçarra, ardósia; quadro-negro.
pizarral s.m. pedreira de ardósia.
pizarrín s.m. giz.
pizarrón s.m. lousa, quadro-negro.
pizarroso,-a adj. piçarroso.
pizca s.f. migalha, pitada.
pizpireta adj. viva, atraente.
pizza s.f. pizza.
placa s.f. placa, chapa, rótulo; distintivo; fogão elétrico.
placaje s.m. (Rugby) placagem.
placebo s.m. placebo.
placenta s.f. placenta.
placentero,-a adj. prazeroso.
placer s.m. prazer, diversão, gozo; banco de areia; areal. v. agradar, aprazer.
placidez s.f. placidez.
plácido,-a adj. plácido, sereno, tranqüilo.
plafón s.m. luminária, arandela, sofito.
plaga s.f. praga, peste, chaga, flagelo; bando, malta.
plagar v. cobrir, encher.
plagiar v. plagiar; seqüestrar.
plagiario,-a adj./s. plagiário.
plagio s.m. plágio; seqüestro.
plaguicida s.m. pesticida.
plan s.m. plano, programa; propósito, projeto; (Fam.) modo de passar o tempo, diversão; planta; gênio, atitude; caso de amor; nível, altitude; rol; dieta.
plana s.f. página, lauda; planície; desempenadeira.
plancton s.m. plâncton.
plancha s.f. chapa, grelha; ferro de passar; roupa passada ou para passar; ação de passar roupa; erro, gafe, fora; (Fut.) entrada faltosa.
planchado,-a adj. flagrado. s.m. ação de passar roupa.
planchar v. passar roupa; alisar.
planchazo s.m. gafe, fora; barrigada.
planchista s. funileiro.
planchistería s.f. funilaria.
planeador s.m. planador.
planeamiento s.m. vôo com planador; planejamento.
planear v. planejar; (Aer.) planar.
planeta s.m. planeta.
planetario adj./s.m. planetário.
planicie s.f. planície.
planificación s.f. planejamento.
planificar v. planejar.
planilla s.f. formulário.
plano,-a adj. plano, liso. s.m. plano, nível.
planta s.f. planta, sola; andar; aspecto; fábrica; planejamento; quadro de pessoal.
plantación s.f. plantação.
plantado,-a adj. dejar ~ dar o cano; bien ~ bem apessoado.
plantar v. plantar; fincar; instalar; implantar; colocar; pôr contra a vontade; abandonar; dar o cano; dizer na cara, soltar. **plantarse** vr. plantar-se; chegar depressa; empacar; negar-se; (jogo) passar.
plante s.m. levante, protesto; dar ~ a dar o cano em.
planteamiento s.m. exposição; enfoque.
plantear v. planejar, propor, expor, formular. **plantearse** vr. considerar, julgar.
plantel s.m. plantel; viveiro; escola.
plantificar v. implantar; dar, plantar; colocar. **plantificarse** vr. chegar depressa.

plantilla s.f. palmilha; molde, gabarito; plantel; quadro de pessoal; fingimento, arrogância.
plantillazo s.m. (Fut.) entrada faltosa; pé alto.
plantío s.m. campo, plantação.
plantón s.m. guarda; porteiro; sentinela; atraso, cano.
plañidera s.f. carpideira.
plañidero,-a adj. queixoso; triste, pesaroso.
plañido s.m. lamentação.
plañir v. prantear.
plaqué s.m. plaquê.
plaqueta s.f. plaqueta.
plasma s.m. plasma.
plasmar v. definir; refletir; moldar.
plasta adj./s. chato, pesado. s.f. pasta; estrume.
plástica s.f. plástica.
plasticidad s.f. plasticidade.
plástico,-a adj./s. plástico, dúctil. s.m. disco.
plastificación s.f., plastificado s.m. plastificação.
plastificar v. plastificar.
plata s.f. prata; dinheiro; medalha de prata.
platabanda s.f. platibanda; canteiro.
plataforma s.f. plataforma; estrado; (Fig.) trampolim; desculpa, pretexto; programa.
platanal ou **platanar** s.m. bananal.
platanera s.f. bananal.
platanero,-a adj. bananeiro. s.m. bananeira.
plátano s.m. banana; bananeira.
platea s.f. platéia.
plateado,-a adj. prateado. s.m. prateação.
platear v. pratear; encanecer.
platense adj./s. platino, rioplatense.
plateresco,-a adj./s. plateresco.
platería s.f. arte de prateiro; joalharia.
platero,-a s. ourives de prata.
plática s.f. bate-papo, conversa; sermão.
platicar v. bater papo, conversar.
platija s.f. patença.

platillo s.m. pratinho; (Mús.) pratos; prato de balança; guisado de carne e legumes.
platina s.f. (microscópio) platina, lâmina; (toca-discos) prato.
platino s.m. platina. **platinos** (Aut.) platinado.
plato s.m. prato; tema; disco de argila.
plató s.m. cenário.
platón s.m. bacia; travessa.
platónico,-a adj. platônico.
platonismo s.m. platonismo.
plausible adj. plausível.
playa s.f. praia.
playeras s.f. tênis.
playero,-a adj. de praia. s. peixeiro; manobrista.
playo,-a adj. raso, plano.
plaza s.f. praça; feira, mercado; lugar, assento; emprego, vaga.
plazo s.m. prazo; prestação; aluguel.
plazoleta ou **plazuela** s.f. pracinha.
pleamar s.f. maré cheia.
plebe s.f. plebe, massas.
plebeyo,-a adj./s. plebeu.
plebiscito s.m. plebiscito.
plegable adj. dobrável.
plegado ou **plegamiento** s.m. dobra.
plegar v., **plegarse** vr. dobrar(-se); submeter(-se).
plegaria s.f. prece, oração.
pleitear v. litigar, disputar.
pleitesía s.f. preito.
pleito s.m. pleito, litígio.
plenamar s.f. maré cheia.
plenario,-a adj. plenário.
plenilunio s.m. lua cheia.
plenipotencia s.f. plenos poderes.
plenitud s.f. plenitude.
pleno,-a adj. pleno, cheio. s.m. pleno.
pleonasmo s.m. pleonasmo.
plétora s.f. abundância, plenitude.
pletórico,-a adj. abundante, cheio.
pleura s.f. pleura.
pleuresía ou **pleuritis** s.f. pleuris, pleurite.
plexo s.m. plexo.

pléyade s.f. plêiade.
plica s.f. envelope confidencial.
pliego s.m. folha de papel, documento, carta fechada.
pliegue s.f. dobra, prega.
plinto s.m. plinto; cavalete.
plisar v. plissar.
plomada s.f. prumo; sonda; chumbada.
plomazo s.m. pessoa ou coisa chata.
plomería s.f. encanamento; hidráulica.
plomero,-a s. encanador.
plomífero,-a adj./s. chato, tedioso.
plomizo,-a adj. plúmbeo.
plomo s.m. chumbo; pessoa chata; prumo; bala; fusível.
pluma s.f. pluma, pena, caneta, escritor; (Boxe) pena.
plumaje s.f. plumagem; penas.
plúmbeo,-a adj. plúmbeo; chato, tedioso.
plúmbico,-a adj. plúmbico.
plumero s.m. espanador; penacho.
plumier s.m. caixa de lápis.
plumilla s.f., **plumín** s.m. pena.
plumón s.m. penugem; edredom.
plumoso,-a adj. plumoso.
plural adj./s.m. plural.
pluralidad s.f. pluralidade.
pluralismo s.m. pluralismo.
pluralizar v. pluralizar; generalizar.
pluriempleado,-a adj. que exerce mais de um emprego.
pluriempleo s.m. desempenho de mais de um emprego.
plurilingüe adj. plurilíngüe, poliglota.
pluripartidismo s.m. pluripartidarismo.
pluripartidista adj./s. pluripartidário.
plurivalente adj. polivalente.
plus s.m. bônus, gratificação.
pluscuamperfecto s.m. mais-que-perfeito.
plusmarca s.f. recorde.
plusmarquista s. recordista.
plusvalía s.f. valorização; lucro; imposto sobre o lucro.
plutocracia s.f. plutocracia.

plutócrata s. plutocrata.
plutonio s.m. plutônio.
pluvial adj. pluvial.
pluvímetro ou **pluviómetro** s.m. pluviômetro.
población s.f. população; cidade; povoação; favela.
poblada s.f. multidão; motim.
poblado s.m. povoado.
poblador s.m. habitante; favelado.
poblar v. povoar, habitar; residir. **poblarse** vr. encher-se.
pobre adj./s. pobre, indigente, infeliz, humilde, mendigo.
pobreza s.f. pobreza; escassez.
pocero s.m. poceiro.
pocho,-a adj. abatido, passado, fraco, triste. s. mexicano americanizado, hispano-americano.
pocholo,-a adj. bonito, gracioso.
pocilga s.f. pocilga.
pocillo s.m. xícara.
pócima s.f. poção; bebida desagradável.
poción s.f. poção.
poco,-a adj./pron. pouco.
poda s.f. poda.
podar v. podar, eliminar.
podenco s.m. podengo.
poder s.m. poder, autoridade; licença, procuração; posse; força. v. poder, ter permissão; superar.
poderío s.m. poderio, força; poder, riqueza.
poderoso,-a adj./s. poderoso.
podio ou **podium** s.m. pódio.
podólogo,-a s. podólogo.
podómetro s.m. podômetro.
podredumbre s.f. podridão.
podrido,-a adj. podre.
podrir v. apodrecer.
poema s.m. poema.
poesía s.f. poesia; poema.
poeta s. poeta.
poetastro s.m. mau poeta.
poética s.f. poética.
poético,-a adj. poético, lírico.
poetisa s.f. poetisa.
póker s.m. pôquer.
polaco,-a adj./s. polonês, polaco.
polaina s.f. polaina.
polar adj. polar.

polaridad s.f. polaridade.
polarización s.f. polarização.
polarizar v. polarizar, concentrar.
polca s.f. polca.
polea s.f. polia.
polémica s.f. polêmica.
polémico,-a adj. polêmico.
polemista s. polemista.
polemizar v. polemizar.
polen s.m. pólen.
poleo s.m. poejo; vaidade; vento frio.
poli s.m. (Fam.) policial.
policía s.f. polícia. s. policial.
policíaco ou **policiaco,-a** ou **policial** adj. policial.
policromo,-a adj. policromático.
policultivo s.m. policultura.
polichinela s.m. polichinelo.
polideportivo, adj./s.m. centro poliesportivo.
poliédrico,-a adj. poliédrico.
poliedro s.m. poliedro.
poliéster s.m. poliéster.
polietileno s.m. polietileno.
polifacético,-a adj. versátil, multiface.
polifonía s.f. polifonia.
polifónico,-a adj. polifônico.
poligamia s.f. poligamia.
polígamo,-a adj./s. polígamo.
poligloto ou **polígloto,-a** adj./s. poliglota.
poligonal adj. poligonal.
polígono s.m. polígono.
polígrafo,-a s. polígrafo.
polilla s.f. traça; caruncho.
polimorfismo s.m. polimorfismo.
polimorfo,-a adj. polimorfo.
polinesio,-a adj./s. polinésio.
polinización s.f. polinização.
polinizar v. polinizar.
polio ou **poliomielitis** s.f. poliomielite, pólio.
pólipo s.m. pólipo.
polisílabo s.m. polissílabo.
polisón s.m. anquinhas.
polista s. jogador de polo.
politécnico,-a adj./s. politécnico.
politeísmo s.m. politeísmo.
politeísta adj./s. politeísta.
política s.f. política; estratégia, diplomacia.

político,-a adj. político, diplomático; afim. s.m. político.
politiquear v. politicar, fazer politicalha.
politiqueo s.m. politicagem.
politizar v. politizar.
póliza s.f. apólice; selo, carimbo.
polizón s.m. clandestino.
polizonte s.m. tira, policial.
polla s.f. franga; mocinha; (Vulg.) pinto, cacete.
pollada s.f. criação de galinhas.
pollear v. interessar-se pelo sexo oposto.
pollera s.f. saia.
pollería s.f. loja de ovos e aves.
pollero,-a s. vendedor de frangos.
pollino,-a s. burrico; burro; ignorante.
pollito s.m. criança.
pollo s.m. frango, galinha, pinto; filhote, rapaz.
polluela s.f. codornizão.
polluelo,-a s. pintinho.
polo s.m. pólo; centro; camisa-pólo.
pololear v. importunar; paquerar.
pololo s.m. calça curta; calça de ginástica; paquera.
polonés,-esa adj./s. polonês.
poltrón,-a adj. vagabundo.
poltrona s.f. poltrona.
poltronear v. vadiar.
poltronería s.f. vagabundagem.
polución s.f. poluição; polução.
polvareda s.f. poeirada; escândalo.
polvera s.f. caixinha de pó-de-arroz.
polvete s.m. (Vulg.) trepada.
polvo s.m. pó, poeira;(Vulg.) trepada. **polvos** pó-de-arroz.
pólvora s.f. pólvora; gênio; fogos-de-artifício.
polvorera s.f. pozeira.
polvoriento adj. empoeirado, poeirento.
polvorín s.m. paiol, pó de pólvora.
polvorón s.m. brevidade.
pomada s.f. pomada.
pomar s.m. pomar de macieiras.

pomarrosa s.f. jambo.
pomelo s.m. pomelo, grapefruit.
pómez s.f. pedra-pomes.
pomo s.m. maçaneta; pomo; vidrinho, frasco.
pompa s.f. bolha; pompa; fole em roupa folgada; nádega.
pompis s.m. bumbum.
pomposidad s.f. pompa.
pomposo,-a adj. pomposo.
pómulo s.m. pômulo, maçã do rosto.
ponche s.m. ponche.
ponchera s.f. poncheira.
poncho s.m. poncho.
ponderación s.f. ponderação, elogio.
ponderado,-a adj. ponderado, prudente.
ponderar v. ponderar; elogiar.
ponedero s.m. poedouro.
ponedora adj. poedeira.
ponencia s.f. exposição, relatório.
ponente s. expositor, relator.
poner v. pôr, colocar; informar; vestir; empregar; empenhar; deixar; dispor; fazer; ligar, acender; calcular; supor; apostar; mandar; escrever; representar; passar, apresentar; dar nome; adaptar; nventar; imbuir. **ponerse** vr. por-se; começar a fazer; opor-se; manchar-se; comparar-se; vestir-se; tornar-se; chegar a; dedicar-se.
poney s.m. pônei.
poniente s.m. poente, ocidente.
pontazgo s.m. pedágio.
pontevedrés,-esa adj./s. de Pontevedra.
pontificado s.m. pontificado.
pontificar v. pontificar.
pontífice s.m. pontífice.
pontificio,-a adj. pontifício.
pontón s.m. (Náut.) pontão.
ponzoña s.f. veneno, peçonha.
ponzoñoso,-a adj. venenoso, peçonhento.
popa s.f. popa.
pope s.m. (Rel.) papa.
popelín s.m. popeline.
populachería s.f. popularidade fácil.

populachero,-a adj. vulgar.
populacho s.m. populaça, massas, povão.
popular adj. popular, conhecido, famoso; vulgar.
popularidad s.f. popularidade.
popularizar v. popularizar.
populista adj./s. populista.
populoso,-a adj. populoso.
popurrí s.m. pot-pourri; mistura.
póquer s.m. pôquer.
por prep. por; de; em; pelo, pela; perto; vezes; para.
porcelana s.f. porcelana.
porcentaje s.f. porcentagem.
porcentual adj. percentual.
porche s.m. átrio, alpendre.
porcino,-a adj. suíno.
porción s.f. porção, parte, ração.
porcuno,-a adj. porcino.
pordiosear v. esmolar, mendigar.
pordioseo s.m. mendicidade.
pordiosero,-a adj./s. mendigo.
porfía s.f. porfia, teima.
porfiar v. porfiar, discutir, insistir.
porfolio s.m. portfólio.
pormenor s.m. pormenor.
pormenorizar v. pormenorizar.
porno adj. pornô. s.m. pornografia.
pornografía s.f. pornografia.
pornográfico,-a adj. pornográfico.
poro s.m. poro.
pororó s.m. pipoca.
porosidad s.f. porosidade.
poroso,-a adj. poroso.
porque conj. porque; para que.
porqué s.m. porquê.
porquería s.f. imundície, sujeira, lixo; velharia; cachorrada; porcaria.
porqueriza s.f. chiqueiro.
porquerizo s.m. porqueiro.
porra s.f. cassetete, cacete, bastão; massinha frita; bolão, aposta; torcida; mecha, chato. ¡porras! que saco!
porrada s.f. cacetada, pancada; montão; disparate.
porrazo s.m. cacetada; pancada.
porrero,-a adj./s. maconheiro.

porreta s.f. *en* ~ nu, em pêlo.
porrillo loc. adv. *a* ~ aos montes.
porro s.m. alho-porro; (Gír.) baseado.
porrón s.m. moringa, porrão.
porta s.f. portinhola. adj. *vena* ~ aorta.
portaaviones s.m. porta-aviões.
portada s.f. página de rosto; capa; primeira página; fachada; (TV) abertura.
portador,-a adj./s. portador. s.m. bandeja. s.f. onda portadora.
portaequipajes s.m. porta-malas, bagageiro.
portaestandarte s.m. porta-estandarte.
portafolios s.m. pasta; portafólio.
portal s.m. saguão, arcada; vestíbulo; porta da rua; galeria.
portalada s.f. portal de mansão.
portalámparas s.m. soquete.
portalón s.m. portão; portaló.
portamaletas s.m. porta-malas.
portaminas s.m. lapiseira.
portamonedas s.m. porta-moedas, porta-níqueis; carteira.
portante s.m. andar, andadura; *coger el* ~ ir-se embora.
portaobjetos s.m. (Microscópio) lâmina.
portar v. levar. **portarse** vr. (com)portar-se.
portarretratos s.m. porta-retratos.
portarrollos s.m. porta-papel.
portátil adj. portátil.
portaviones s.m. porta-aviões.
portavoz s.m. porta-voz.
portazgo s.m. pedágio.
portazo s.m. batida de porta
porte s.m. porte; transporte, carreto, frete.
porteador s. carregador.
portear v. transportar; bater a porta.
portento s.m. portento, prodígio.
portentoso,-a adj. portentoso, prodigioso.
porteño,-a adj./s. portenho; de Buenos Aires.
portería s.f. portaria; meta, gol.

portero,-a s. porteiro; goleiro.
pórtico s.m. pórtico; átrio; arcada.
portilla s.f. porteira, cancela.
portillo s.m. postigo, porta lateral; saída.
portorriqueño,-a adj./s. portoriquenho.
portuario,-a adj. portuário.
portugués,-esa adj./s. português.
porvenir s.m. futuro, porvir.
posadv. en ~ de após, detrás.
posada s.f. pousada, moradia, hospedaria.
posaderas s.f.pl. nádegas.
posadero,-a s. hospedeiro.
posar v. posar; pousar; parar; depositar. **posarse** vr. aterrissar; precipitar-se.
posdata s.f. pós-escrito.
pose s.f. pose, postura.
poseedor,-a adj./s. possuidor.
poseer v. possuir. **poseerse** vr. dominar-se.
poseído,-a adj./s. possuído, possesso.
posesión s.f. posse, domínio, possessão.
posesionar v. dar posse. **posesionarse** vr. tomar posse, apoderar-se.
posesivo,-a adj./s. possessivo.
poseso,-a adj./s. possesso.
posguerra s.f. pós-guerra.
posibilidad s.f. possibilidade. posibilidades meios.
posibilitar v. possibilitar.
posible adj. possível, provável, factível. posibles meios.
posición s.f. posição; conduta; postura.
positivado s.m. (Foto) revelação.
positivismo s.m. positivismo.
positivo,-a adj./s. positivo, favorável, otimista; certo, verdadeiro; prático; afirmativo.
pósito s.m. cooperativa; depósito.
poso s.m. sedimento; vestígio.
posponer v. relegar, adiar, preterir.
posta s.f. posta; bala de chumbo.
postal adj. postal. s.f. cartão postal.

poste s.m. poste; trave.
póster s.m. pôster.
postergación s.f. adiamento, esquecimento.
postergar v. adiar; preterir, desprezar.
posteridad s.f. posteridade.
posterior adj. posterior.
posterioridad s.f. posterioridade.
postgraduado,-a adj./s. pósgraduado.
postigo s.m. postigo; veneziana.
postín s.m. presunção.
postizo,-a adj. postiço, falso, artificial. s.m. peruca.
postoperatorio,-a adj./s.m. pósoperatório.
postor s.m. licitante.
postración s.f. prostração.
postrado,-a adj. prostrado.
postrar v. prostrar, abater. **postrarse** vr. prostrar-se, ajoelhar-se.
postre s.m. sobremesa. adj. último.
postrero,-a adj. último.
postrimería s.f. última parte, fim.
postulación s.f. pedido de donativos.
postulado s.m. postulado.
postulante s. postulante.
postular v. postular; solicitar, pedir.
póstumo,-a adj. póstumo.
postura s.f. postura, atitude; lance, oferta.
postventa ou **posventa** adj./s.f. período de garantia.
potable adj. potável; (Fam.) passável.
potasa s.f. potassa.
potasio s.m. potássio.
pote s.m. pote, panela; comida galega; cara de choro.
potencia s.f. potência, poder, poderio; en ~ em potencial.
potenciación s.f. potenciação.
potencial adj./s.m. potencial.
potencialidad s.f. potencialidade.
potenciar v. incrementar.
potenciómetro s.m. potenciômetro.
potentado,-a s. potentado.

potente adj. potente, poderoso, forte.
potestad s.f. capacidade. s.f.pl. potestades.
potestativo,-a adj. opcional.
potingue s.m. xarope; creme facial; gororoba.
potito s.m. comida de bebê em potinhos.
poto s.m. vasilha de barro; trepadeira; nádega.
potosí s.m. dinheirão.
potra s.f. potra; sorte.
potranco,-a s. potranco.
potrear v. incomodar.
potrero,-a s. potreiro; veterinário.
potro s.m. potro; (Ginást.) cavalo.
poyo s.m. poial, banco de pedra.
poza s.f. poça; poço.
pozal s.m. balde (de poço).
pozo s.m. poço, fossa, buraco.
práctica s.f. prática; costume; experiência, estágio, residência.
practicable adj. possível, praticável, transitável.
practicante adj. praticante. s. prático; enfermeiro, ajudante de farmácia.
practicar v. praticar; exercer, executar, professar.
práctico,-a adj. prático, útil; habilidoso, realista. s.m. (Náut.) prático.
pradera s.f. pradaria.
prado s.m. prado.
pragmática s.f. pragmática.
pragmático,-a adj./s. pragmático.
pragmatismo s.m. pragmatismo.
praxis s.f. praxis, praxe.
preámbulo s.m. preâmbulo; rodeio.
preaviso s.m. aviso prévio.
prebenda s.f. prebenda, sinecura; moleza.
preboste s.m. preboste.
precalentamiento s.m. preaquecimento, aquecimento.
precalentar v. (pre)aquecer.
precariedad s.f. precariedade.
precario,-a adj. precário.
precaución s.f. precaução.

precaver v., **precaverse** vr. precaver(-se).
precavido,-a adj. precavido.
precedencia s.f. precedência, prioridade.
precedente adj./s. precedente.
preceder v. preceder.
preceptista s. preceptor.
preceptivo,-a adj. preceptivo.
precepto s.m. preceito, regra.
preceptor,-a s. preceptor, professor.
preces s.f.pl. preces.
preciarse vr. gabar-se, presumir.
precintar v. lacrar, fechar.
precinto s.m. lacre.
precio s.m. preço; valor.
preciosidad s.f. preciosidade.
preciosismo s.m. preciosismo.
precioso,-a adj. precioso, belo.
precipicio s.m. precipício.
precipitación s.f. precipitação; pressa, queda.
precipitado, adj./s.m. precipitado.
precipitar v., **precipitarse** vr. precipitar(-se).
precisar v. precisar.
precisión s.f. precisão.
preciso,-a adj. preciso.
precocidad s.f. precocidade.
precocinado,-a adj./s. pré-cozido.
preconcebir v. preconceber.
preconizar v. preconizar, elogiar.
precoz adj. precoce.
precursor,-a adj./s. precursor, pioneiro.
predecesor,-a s. predecessor, antepassado.
predecir v. predizer.
predestinación s.f. predestinação.
predestinado,-a adj./s. predestinado.
predestinar v. predestinar.
predeterminación s.f. predeterminação.
predeterminar v. predeterminar.
prédica s.f. sermão; arenga.
predicación s.f. pregação.
predicado, adj./s.m predicado.
predicador,-a s. pregador.
predicamento s.m. fama, prestígio.

predicar v. pregar, predicar, admoestar.
predicativo,-a adj. predicativo.
predicción s.f. predição, previsão.
predilección s.f. predileção.
predilecto,-a adj. predileto, favorito.
predio s.m. imóvel.
predisponer v. predispor.
predisposición s.f. predisposição.
predispuesto,-a adj. predisposto.
predominación s.f., **predominancia** s.f. predominância.
predominante adj. predominante.
predominar v. predominar.
predominio s.m. predomínio.
preeminencia s.f. preeminência.
preeminete adj. preeminente.
preescolar adj. pré-escolar.
preestablecer v. preestabelecer.
preestablecido,-a adj. preestabelecido.
preestreno s.m. pré-estréia.
preexistir v. preexistir.
prefabricado,-a adj. pré-fabricado.
prefabricar v. pré-fabricar.
prefacio s.m. prefácio.
prefecto s.m. prefeito.
prefectura s.f. prefeitura.
preferencia s.f. preferência.
preferente adj. preferencial.
preferible adj. preferível, melhor.
preferido,-a adj./s. favorito.
preferir v. preferir.
prefijar v. prefixar.
prefijo s.m. prefixo.
pregón s.m. pregão; discurso de apresentação.
pregonar v. apregoar, proclamar, divulgar.
pregonero s.m. pregoeiro.
pregunta s.f. pergunta, questão.
preguntar v., **preguntarse** vr. perguntar(-se).
preguntón,-ona adj./s. perguntão, curioso.
prehistoria s.f. pré-história.
prehistórico,-a adj. pré-histórico.

prejudicial adj. prévio.
prejudicio ou **prejuicio** s.m. preconceito.
prejuzgar v. prejulgar.
prelación s.f. prioridade.
prelado s.m. prelado; superior eclesiástico.
preliminar adj./s.m. preliminar.
preludiar v. preludiar; anunciar.
preludio s.m. prelúdio.
prematrimonial adj. pré-marital.
prematuro,-a adj./s. prematuro.
premeditación s.f. premeditação.
premeditar v. premeditar.
premiar v. premiar.
premier s.m. premiê.
premio s.m. prêmio.
premiosidad s.f. lerdeza, premência.
premioso,-a adj. desajeitado, apertado; premente.
premisa s.f. premissa.
premolar adj./s.m. pré-molar.
premonición s.f. premonição.
premonitorio,-a adj. premonitório.
premura s.f. urgência, pressa.
prenatal adj. pré-natal.
prenda s.f. roupa; garantia; prova; amor, bem, querido; jóia; prenda, virtude, qualidade. **prendas** jogo de prendas.
prendar v. penhorar; cativar. **prendarse** vr. enamorar-se.
prendedero s.m. prendedor, broche, fita de cabelo.
prendedor s.m. prendedor, broche.
prender v. prender; incendiar; espalhar-se; enraizar; acender, ligar. **prenderse** vr. enfeitar-se.
prendido s.m. fivela, tiara.
prendimiento s.m. prisão, captura.
prensa s.f. prensa, imprensa.
prensar v. prensar.
prensil adj. preênsil.
preñada adj. prenhe.
preñado,-a adj. bojudo; cheio. s.m. gravidez, feto.
preñar v. engravidar; encher.
preñez s.f. gravidez.

preocupación s.f. preocupação.
preocupar v. preocupar; importar, **preocuparse** vr. preocupar-se.
preparación s.f. preparo, preparação.
preparado,-a adj./s.m. preparado.
preparador,-a s. preparador, treinador, técnico.
preparar v. preparar, treinar. **prepararse** vr. preparar-se.
preparativo s.m. preparativo.
preparatorio,-a adj. preparatório.
preponderancia s.f. preponderância.
preponderante adj. preponderante.
preponderar v. preponderar.
preposición s.f. preposição.
prepotencia s.f. poder, domínio.
prepucio s.m. prepúcio.
prerrequisito s.m. pré-requisito.
prerrogativa s.f. prerrogativa.
presa s.f. prisão; presa, garra; barragem, represa, açude; canal.
presagiar v. pressagiar.
presagio s.m. presságio, premonição.
presbicia s.f. hipermetropia.
presbiterianismo s.m. presbiterianismo.
presbiteriano,-a adj./s. presbiteriano.
presbiterio s.m. presbitério.
presbítero s.m. presbítero, padre.
prescindir v. prescindir, omitir.
prescribir v. prescrever.
prescripción s.f. prescrição.
prescrito adj. prescrito.
preselección s.f. pré-seleção.
presencia s.f. presença, aparência; pompa.
presencial adj. presencial.
presenciar v. presenciar.
presentable adj. apresentável.
presentación s.f. apresentação, aparência; lançamento.
presentador,-a s. apresentador.
presentar v., **presentarse** vr. apresentar(-se), mostrar(-se), manifestar(-se), aparecer.

presente adj./s.m. presente.
presentimiento s.m. pressentimento, premonição.
presentir v. pressentir.
preservación s.f. preservação.
preservar v. preservar.
preservativo,-a adj./s.m. preservativo.
presidencia s.f. presidência.
presidencial adj. presidencial.
presidente,a s. presidente.
presidiario,-a s. presidiário.
presidio s.m. presídio, prisão.
presidir v. presidir, dirigir, dominar.
presilla s.f. presilha; caseado.
presión s.f. pressão.
presionar v. pressionar.
preso,-a adj./s. preso.
prestación s.f. favor, empréstimo; benefício. **prestaciones** rendimento.
prestado,-a adj. emprestado.
prestamista s. prestamista
préstamo s.m. empréstimo.
prestancia s.f. elegância.
prestar v. emprestar; prestar, dar; prestar atenção. **prestarse** vr. oferecer-se; prestar-se.
prestatario,-a s. mutuário.
presteza s.f. presteza.
prestidigitación s.f. mágica.
prestidigitador,-a s. mágico.
prestigiar v. prestigiar.
prestigioso,-a adj. prestigioso.
presto,-a adj. pronto, disposto, rápido. adv. logo.
presumible adj. provável.
presumido,-a adj./s. convencido.
presumir v. presumir, supor; vangloriar-se; cuidar-se, arrumar-se.
presunción s.f. presunção, convencimento; suposição.
presunto,-a adj. suposto, presumível.
presuntuosidad s.f. presunção.
presuntuoso,-a adj./s. vaidoso, presunçoso.
presuponer v. pressupor.
presupuestar v. orçar, estimar.
presupuestario,-a adj. orçamentário.
presupuesto s.m. orçamento; pressuposto.
presuroso,-a adj. pressuroso.

pretencioso,-a adj./s. presunçoso.
pretender v. pretender; afirmar; cortejar.
pretendido,-a adj. suposto, pretenso.
pretendiente s. pretendente.
pretensión s.f. pretensão, soberba.
pretérito,-a adj./s. pretérito, passado.
pretextar v. pretextar.
pretexto s.m. pretexto.
pretil s.m. parapeito, mureta.
pretina s.f. cinto, cinta, cintura.
prevalecer ou **prevaler** vr. prevalecer.
prevención s.f. prevenção; delegacia; serviço de prontidão.
prevenido,-a adj. prevenido, preparado, precavido.
prevenir v. prevenir, preparar, precaver-se, predispor, superar.
preventivo,-a adj. preventivo.
prever v. prever.
previo,-a adj. prévio.
previsible adj. previsível.
previsión s.f. previsão.
previsor,-a adj. previdente.
prez s.f. apreço, honra.
prieto,-a adj. apertado; escuro; mesquinho.
prima s.f. bônus, extra; prêmio (de seguro); (Mús.) prima.
primacia s.f. primazia.
primado s.m. primaz; primazia.
primar v. predominar; gratificar.
primario,-a adj. primário; primitivo.
primate s.m. primata; magnata.
primavera adj./s. ingênuo, trouxa. s.f. primavera; prímula.
primaveral adj. primaveril.
primer adj. primeiro.
primera s.f. (Aut.) primeira.
primeriza adj. primípara.
primerizo,-a adj. novato, principiante.
primero,-a adj. primeiro; principal. adv. antes, primeiro.
primicia s.f. primícias; novidade.

primigenio,-a *adj.* original.
primitivismo *s.m.* primitivismo.
primitivo,-a *adj.* original; primitivo; rude.
primo,-a *adj.* primo; trouxa. *s.* primo.
primogénito,-a *adj./s.* primogênito.
primor *s.m.* esmero; primor.
primordial *adj.* primordial, essencial, fundamental.
primoroso,-a *adj.* primoroso, delicado, excelente.
prímula *s.f.* prímula.
príncep s *adj.* edición ~ primeira edição.
princesa *s.f.* princesa.
principado *s.m.* principado; primazia.
principal *adj.* principal; essencial. *s.m.* primeiro andar.
príncipe *s.m.* príncipe.
principesco,-a *adj.* principesco.
principiante *adj.* principiante. *s.* aprendiz.
principio *s.m.* princípio, início; causa.
pringar *v.* sujar de gordura; besuntar; molhar o pão (*no molho*); implicar, comprometer; trabalhar duro. **pringarla** difamar; morrer.
pringue *s.m.* gordura, sujeira.
prior *s.m.* prior, superior.
priora *s.f.* priora, superiora.
priorato *s.m.* priorado.
prioridad *s.f.* prioridade.
prioritario,-a *adj.* prioritário.
prisa *s.f.* pressa, rapidez; gentarada.
prisión *s.f.* prisão.
prisionero,-a *s.* prisioneiro.
prisma *s.m.* prisma.
prismático,-a *adj.* prismático. **prismáticos** binóculos.
priva *s.f.* bebida alcoólica.
privación *s.f.* privação.
privada *s.f.* privada, latrina.
privado,-a *adj.* privado, particular, íntimo; bêbado. *s.m.* favorito.
privar *v.* privar; proibir; destituir; gostar muito; estar na moda; beber. **privarse** *vr.* renunciar.

privativo,-a *adj.* privativo, exclusivo.
privatización *s.f.* privatização.
privatizar *v.* privatizar.
prive *s.m.* (Gír.) bebida.
privilegiado,-a *adj./s.* privilegiado.
privilegio *s.m.* privilégio.
pro *s.m.* prol, lucro; pró.
proa *s.f.* proa.
probabilidad *s.f.* probabilidade.
probable *adj.* provável.
probado,-a *adj.* provado.
probador *s.m.* provador.
probar *v.* provar, examinar, demonstrar, comer, tentar, testar. **probarse** *vr.* experimentar.
probatura *s.f.* prova.
probeta *s.f.* proveta.
probidad *s.f.* probidade.
problema *s.m.* problema.
problemático,-a *adj.* problemático.
probo,-a *adj.* honesto.
procacidad *s.f.* atrevimento, insolência.
procaz *adj.* insolente, atrevido.
procedencia *s.f.* procedência, origem.
procedente *adj.* procedente, adequado.
proceder *v.* proceder, provir, originar-se; agir, ser oportuno; estar conforme, convir; executar. *s.m.* proceder, comportamento.
procedimiento *s.m.* procedimento, método, trâmites.
procela *s.f.* tempestade.
proceloso,-a *adj.* tempestuoso.
prócer *s.m.* magnata.
procesado,-a *adj./s.* acusado, réu.
procesador *s.m.* processador.
procesamiento *s.m.* processamento.
procesar *v.* processar.
procesión *s.f.* procissão; fila.
procesional *adj.* processional.
procesionaria *s.f.* lagarta.
procesionario *s.m.* processionário.
proceso *s.m.* processo, evolução, intervalo.
proclama *s.f.* proclama.
proclamación *s.f.* proclamação; panegírico.

proclamar *v.*, **proclamarse** *vr.* proclamar(-se).
proclítico,-a *adj.* proclítico.
proclive *adj.* propenso; inclinado.
procónsul *s.m.* procônsul.
proconsular *adj.* proconsular.
procreación *s.f.* procriação.
procreador,-a *adj./s.* procriador.
procrear *v.* procriar.
proctología *s.f.* proctologia.
proctológico,-a *adj.* proctológico.
proctólogo,-a *s.* proctologista.
procuración *s.f.* procuração.
procurador,-a *s.* procurador.
procurar *v.* procurar, tentar. **procurarse** *vr.* conseguir, proporcionar.
prodigalidad *s.f.* prodigalidade.
prodigar *v.* prodigalizar, esbanjar. **prodigarse** *vr.* exibir-se.
prodigio *s.m.* prodígio, milagre, portento.
prodigiosidad *s.f.* prodigiosidade.
prodigioso,-a *adj.* prodigioso, milagroso.
pródigo,-a *adj./s.* pródigo; generoso, dadivoso; esbanjador.
producción *s.f.* produção, fabricação, criação; produto.
producir *v.* produzir, render, fabricar; ocasionar; criar. **producirse** *vr.* acontecer.
productividad *s.f.* produtividade.
productivo,-a *adj.* produtivo, lucrativo.
producto *s.m.* produto, resultado, lucro.
productor,-a *adj./s.* produtor.
productora *s.f.* produtora.
proel *s.m.* proeiro.
proemio *s.m.* preâmbulo, prefácio.
proeza *s.f.* proeza, façanha.
profanación *s.f.* profanação.
profanador,-a *adj./s.* profanador.
profanar *v.* profanar.
profano,-a *adj.* profano, irreverente, leigo.

profecia *s.f.* profecia.
proferir *v.* proferir.
profesar *v.* professar, exercer, seguir, sentir.
profesión *s.f.* profissão.
profesional *adj./s.* profissional.
profesionalidad *s.f.*, **profesionalismo** *s.m.* profissionalismo, aptidão.
profesionalizar *v.* profissionalizar.
profeso,-a *adj./s.* professo.
profesor,-a *s.* professor.
profesorado *s.m.* professorado.
profesoral *adj.* professoral.
profeta *s.m.* profeta.
profético,-a *adj.* profético.
profetisa *s.f.* profetisa.
profetizar *v.* profetizar.
profiláctico,-a *adj.* profilático. *s.m.* camisinha.
profilaxis *s.f.* profilaxia.
prófugo,-a *adj./s.* fugitivo. *s.m.* desertor.
profundidad *s.f.* profundidade; fundo; profundeza.
profundizar *v.* aprofundar.
profundo,-a *adj.* profundo, fundo, intenso; complicado; (*voz*) grave.
profusión *s.f.* profusão.
profuso,-a *adj.* copioso, abundante.
progenie *s.f.* linhagem, prole.
progenitor,-a *s.* progenitor.
progenitura *s.f.* progenitura.
progesterona *s.f.* progesterona.
prognosis *s.f.* prognóstico.
programa *s.m.* programa.
programable *adj.* programável.
programación *s.f.* programação.
programador,-a *s.* programador.
programar *v.* programar.
programático,-a *adj.* programático.
progre *adj./s.* progressista.
progresar *v.* progredir.
progresía *s.f.* progressistas.
progresión *s.f.* progressão.
progresismo *s.m.* progressismo.
progresista *adj./s.* progressista.
progresivo,-a *adj.* progressivo.
progreso *s.m.* progresso; avanço.
prohibición *s.f.* proibição.

prohibicionista *s.* proibicionista.
prohibido,-a *adj.* proibido.
prohibir *v.* proibir.
prohibitivo,-a *adj.*, **prohibitorio,-a** *adj.* proibitivo.
prohijación *s.f.*, **prohijamiento** *s.m.* adoção, perfilhação.
prohijar *v.* adotar.
prohombre *s.m.* magnata.
prójima *s.f.* mulher de conduta duvidosa.
prójimo,-a *s.* próximo; sujeito.
prolapso *s.m.* prolapso.
prole *s.m.* prole.
prolegómeno *s.m.* prolegômeno, introdução.
proletariado *s.m.* proletariado.
proletario,-a *adj./s.* proletário.
proliferación *s.f.* proliferação.
proliferar *v.* proliferar.
prolífico,-a *adj.* prolífico, prolífero.
prolijidad *s.f.* prolixidade.
prolijo,-a *adj.* prolixo.
prologar *v.* prefaciar.
prólogo *s.m.* prefácio, prólogo.
prolongación *s.f.* prolongação.
prolongamiento *s.m.* prolongamento.
prolongar *v.* prolongar, dilatar.
promediar *v.* tirar a média; repartir; mediar.
promedio *s.m.* média.
promesa *s.f.* promessa.
prometedor,-a *adj.* promissor.
prometer *v.* prometer, garantir. **prometerse** *vr.* comprometer-se; esperar.
prometido,-a *adj./s.* noivo. *s.m.* promessa.
prominencia *s.f.* proeminência.
prominente *adj.* proeminente; ilustre.
promiscuidad *s.f.* promiscuidade.
promiscuo,-a *adj.* promíscuo; confuso.
promoción *s.f.* promoção; classe.
promocionar *v.* promover, disputar. **promocionarse** *vr.* gabar-se.
promontorio *s.m.* promontório; pilha.

promotor,-a *adj./s.* promotor.
promover *v.* promover, provocar.
promulgación *s.f.* promulgação.
promulgar *v.* promulgar.
pronación *s.f.* pronação.
prono,-a *adj.* prono, propenso.
pronombre *s.m.* pronome.
pronominal *adj.* pronominal.
pronosticador,-a *s.* prognosticador.
pronosticar *v.* prognosticar, prever.
pronóstico *s.m.* prognóstico, previsão.
prontitud *s.f.* rapidez, presteza.
pronto,-a *adj.* rápido, pronto, disposto. *s.m.* impulso; ataque, rompante. *adv.* logo, cedo.
pronunciación *s.f.* pronúncia, dicção.
pronunciado,-a *adj.* acentuado.
pronunciamiento *s.m.* levante; pronunciamento.
pronunciar *v.* pronunciar; proferir; acentuar, ressaltar. **pronunciarse** *vr.* rebelar-se, declarar-se.
propagación *s.f.* propagação.
propagador,-a *adj.* transmissor.
propaganda *s.f.* propaganda.
propagandista *s.* propagandista.
propagandístico,-a *adj.* publicitário.
propagar *v.*, **propagarse** *vr.* propagar(-se), transmitir(-se).
propalar *v.* divulgar, espalhar.
propano *s.m.* propano.
proparoxítono,-a *adj.* proparoxítono.
propasar *v.* exceder, ultrapassar. **propasarse** *vr.* exceder-se.
propender *v.* propender.
propensión *s.f.* propensão.
propenso,-a *adj.* propenso.
propiciar *v.* aplacar; conquistar; propiciar.
propiciatorio,-a *adj./s.m.* propiciatório, genuflexório.
propicio,-a *adj.* propício.
propiedad *s.f.* propriedade; qualidade, atributo; fidelidade, exatidão.

propietario,-a adj./s. proprietário, dono; titular.
propileo s.m. propileu, vestíbulo.
propina s.f. propina, gorjeta.
propinar v. dar, pespegar, impingir.
propio,-a adj. próprio, peculiar, adequado, natural. s.m. mensageiro.
proponer v. propor, apresentar, recomendar. **proponerse** vr. propor-se.
proporción s.f. proporção, alcance. **proporciones** tamanho.
proporcionado,-a adj. proporcionado.
proporcional adj. proporcional.
proporcionalidad s.f. proporcionalidade.
proporcionar v. proporcionar; dar; equilibrar.
proposición s.f. proposição, proposta.
propósito s.m. propósito.
propuesta s.f. proposta, moção.
propugnar v. propugnar.
propulsar v. propulsar, impelir.
propulsión s.f. propulsão.
propulsor, adj./s.m. propulsor.
prorrata s.f. parte, rateio.
prorratear v. ratear.
prorrateo s.m. rateio.
prórroga s.f. prorrogação.
prorrogable adj. prorrogável.
prorrogar v. prorrogar, adiar.
prorrumpir v. irromper, prorromper.
prosa s.f. prosa, palavreado.
prosaico,-a adj. prosaico.
prosaismo s.m. prosaísmo.
prosapia s.f. linhagem.
proscenio s.m. palco.
proscribir v. proscrever, exilar, proibir.
proscrito,-a adj./s. proscrito, exilado.
prosecución s.f., **proseguimiento** s.m. prosseguimento.
proseguir v. prosseguir.
proselitismo s.m. proselitismo.
proselitista adj. proselitista.
prosélito s.m. prosélito.

prosénquima s.m. prosênquima.
prosista s. prosista.
prosístico,-a adj. prosístico.
prosodia s.f. prosódia.
prosódico,-a adj. prosódico.
prosopopeya s.f. prosopopéia.
prospección s.f. prospecção, pesquisa.
prospectar v. prospectar.
prospecto s.m. prospecto, bula, manual de instruções.
prosperar v. prosperar, triunfar.
prosperidad s.f. prosperidade.
próspero,-a adj. próspero.
próstata s.f. próstata.
prostático,-a adj. prostático.
prosternación s.f. prostração.
prosternarse vr. prostrar-se.
prostíbulo s.m. prostíbulo, bordel.
prostitución s.f. prostituição.
prostituir v., **prostituirse** vr. prostituir(-se), corromper(-se).
prostituta s.f. prostituta.
prota s. (Fam.) protagonista.
protagonismo s.m. estrelismo; importância.
protagonista s. protagonista.
protagonizar v. protagonizar.
protección s.f. proteção.
proteccionismo s.m. protecionismo.
proteccionista adj./s. protecionista.
protector,-a adj./s. protetor.
protectorado s.m. protetorado.
proteger v. proteger.
protegido adj./s. protegido.
proteico,-a adj. protéico.
proteína s.f. proteína.
proteínico,-a adj. proteínico.
prótesis s.m. prótese.
protesta s.f. protesto, crítica.
protestante adj./s. protestante.
protestantismo s.m. Protestantismo.
protestar v. protestar.
protesto s.m. protesto.
protestón,-ona adj./s. resmungão.
protocolar adj./v. protocolar.
protocolario,-a adj. protocolar.

protocolo s.m. protocolo; etiqueta, formalidades.
protohistoria s.f. proto-história.
protohistórico,-a adj. proto-histórico.
protón s.m. próton.
protónico,-a adj. protônico.
protoplasma s.m. protoplasma.
prototipo s.m. protótipo.
protozoo s.m. protozoário.
protuberancia s.f. protuberância.
protuberante adj. protuberante.
provecho s.m. lucro, proveito, vantagem, benefício.
provechoso,-a adj. proveitoso, lucrativo, benéfico.
provecto,-a adj. idoso.
proveedor,-a s. provedor.
proveer v. prover, fornecer, resolver, providenciar, (empredo) dar, preencher.
proveniente adj. proveniente.
provenir v. provir.
provenzal adj./s. provençal.
proverbial adj. proverbial.
proverbio s.m. provérbio.
providencia s.f. providência, precaução, despacho.
providencial adj. providencial.
próvido,-a adj. providente.
província s.f. província.
provincianismo s.m. provincianismo.
provinciano,-a adj./s. provinciano.
provisión s.f. provisão, víveres; solução; (vagas) preenchimento; sentença provisória; quitanda.
provisional adj. provisório.
proviso loc. adv. al ~ imediatamente.
provisor s.m. provedor.
provisto,-a adj. provido, equipado.
provocación s.f. provocação, incitação.
provocador,-a adj./s. provocador.
provocar v. provocar, irritar; excitar; apetecer; vomitar.
provocativo,-a adj. provocante.
proxeneta s. cafetão, alcoviteiro.

proximidad *s.f.* proximidade.
próximo,-a *adj.* próximo, seguinte.
proyección *s.f.* projeção; filme; repercussão.
proyeccionista *s.* projecionista; projetista.
proyectar *v.* projetar; planejar.
proyectil *s.m.* projétil, bala.
proyectista *s.* projetista.
proyecto *s.m.* projeto; plano.
proyector *s.m.* projetor, refletor.
prudencia *s.f.* prudência, moderação.
prudencial *adj.* prudencial; moderado.
prudente *adj.* prudente.
prueba *s.f.* prova, teste, ensaio, sinal, exame, provação; degustação; competição.
pruna *s.f.* ameixa.
pruno *s.m.* ameixeira.
prurito *s.m.* coceira, prurido; anseio, zelo.
prusiano,-a *adj./s.* prussiano.
prúsico,-a *adj.* prússico.
pseudo *adj.* pseudo.
psicoanálisis *s.m.* psicanálise.
psicoanalista *s.* psicanalista.
psicoanalítico,-a *adj.* psicanalítico.
psicoanalizar *v.* psicanalisar.
psicodélico,-a *adj.* psicodélico.
psicodrama *s.m.* psicodrama.
psicofármaco *adj./s.m.* psicofármaco.
psicología *s.f.* psicologia.
psicológico,-a *adj.* psicológico.
psicólogo,-a *s.* psicólogo.
psiconeurosis *s.f.* psiconeurose.
psicópata *s.* psicopata.
psicopatía *s.f.* psicopatia.
psicopático,-a *adj.* psicopático.
psicopatología *s.f.* psicopatologia.
psicosis *s.f.* psicose.
psicosomático,-a *adj.* psicossomático.
psicoterapeuta *s.* psicoterapeuta.
psicoterapia *s.f.* psicoterapia.
psique *s.f.* psique.
psiquiatra *s.* psiquiatra.
psiquiatría *s.f.* psiquiatria.
psiquiátrico,-a *adj.* psiquiátrico. *s.m.* manicômio.

psíquico,-a *adj.* psíquico.
psiquis *s.f.* psique, mente.
psoriasis *s.f.* psoríase.
pta. *abr.* de peseta.
¡pu! *interj.* pô!; puf!
púa *s.f.* espinho, pua; dente; palheta.
pub *s.m.* pub; bar.
púber *adj./s.,* **púbero,-a** *adj./s.* adolescente.
pubertad *s.f.,* **pubescencia** *s.f.* puberdade.
púbico,-a *adj.* púbico.
pubis *s.m.* púbis.
publicable *adj.* publicável.
publicación *s.f.* publicação.
publicar *v.* publicar.
publicidad *s.f.* publicidade.
publicista *s.* publicista; colunista; jornalista; publicitário.
publicitario,-a *adj.* publicitário.
público,-a *adj.* público, sabido, comum. *s.m.* público; espectadores.
pucelano,-a *adj./s.* de Valladolid.
pucherazo *s.m.* fraude eleitoral.
puchero *s.m.* panela; rango, bóia; cozido; beicinho; cara de choro.
pucho *s.m.* sobra; guimba.
pudendo,-a *adj.* feio, indecente.
pudibundez *s.f.* afetação exagerada de pudor.
pudibundo,-a *adj.* moralista.
púdico-a *adj.* pudico.
pudiente *adj.* rico, opulento.
pudín *s.m.* pudim.
pudor *s.m.* pudor.
pudoroso,-a *adj.* pudico, envergonhado.
pudridero *s.m.* monte de lixo; capela-ardente.
pudrir *v.* apodrecer; causar mal. **pudrirse** *vr.* estar morto e enterrado.
pueblada *s.f.* motim.
pueblerino,-a *adj./s.* provinciano; rústico, caipirão.
pueblo *s.m.* povo, povoado, cidadezinha, população.
puente *s.m.* ponte; ponte de comando; feriado prolongado; (*Mús.*) cavalete; ligação; estrado.
puentear *v.* (*Aut.*) fazer ligação direta; não respeitar a hierarquia.
puentecilla *s.f.* (*Mús.*) cavalete.
puerco,-a *adj.* porco; sujo, imoral, canalha. *s.* porco, javali.
puericultor,-a *s.* puericultor, pediatra.
puericultura *s.f.* puericultura, pediatria.
pueril *adj.* infantil; pueril, fútil.
puerilidad *s.f.* infantilidade; bobagem.
puerperio *s.m.* puerpério.
puerro *s.m.* alho-porro; (*Gír.*) baseado.
puerta *s.f.* porta; gol; casa.
puerto *s.m.* porto; desfiladeiro; montanha; asilo, refúgio.
puertorriqueño,-a *adj./s.* porto-riquenho.
pues *conj.* pois, portanto, então, se.
puesta *s.f.* ocaso, pôr-do-sol; postura; posta; parada, aposta.
puesto,-a *adj.* vestido, versado em. *s.m.* lugar, posto, cargo; abrigo; emprego; banca, barraca; ~ *que* visto que.
puf *s.m.* pufe.
¡puf! *interj.* puf!; ugh!
pufo *s.m.* trapaça; sujeira.
púgil *s.m.* boxeador, pugilista.
pugilato *s.m.* luta de boxe; pugilato.
pugilístico,-a *adj.* pugilístico.
pugna *s.f.* batalha, luta, disputa.
pugnar *v.* pugnar, lutar.
puja *s.f.* esforço; (*leilão*) lance.
pujador,-a *s.* licitante.
pujante *adj.* pujante, possante.
pujanza *s.f.* pujança.
pujar *v.* vacilar; esforçar-se, lutar; ofertar um lance.
pujo *s.m.* puxo, tenesmo; ânsia.
pulcritud *s.f.* asseio, limpeza.
pulcro,-a *adj.* limpo, asseado.
pulga *s.f.* pulga.
pulgada *s.f.* polegada.
pulgar *s.m.* polegar.
pulgarada *s.f.* piparote; pitada;

polegada.
Pulgarcito s.m. Pequeno Polegar.
pulgón s.m. pulgão.
pulgoso,-a adj. pulguento.
pulguillas s. melindroso, suscetível.
pulido,-a adj. polido, asseado.
pulidor,-a adj./s.m. polidor.
pulimentar v. polir.
pulimento s.m. polimento; cera.
pulir v. polir; educar, refinar; revisar; roubar; gastar, esbanjar.
pulmón s.m. pulmão.
pulmonar adj. pulmonar.
pulmonía s.f. pneumonia.
pulpa s.f., **pulpejo** s.m. polpa.
pulpería s.f. bar, mercearia.
pulpero s.m. taberneiro; pescador de polvos.
púlpito s.m. púlpito.
pulpo s.m. polvo; homem bolinador.
pulposo,-a adj. polposo, canoso.
pulsación s.f. pulsação; toque, batida.
pulsador s.m. botão de pressão.
pulsar v. pressionar, apertar, tocar; averiguar, sondar; pulsar.
púlsar s.m. (Astron.) pulsar.
pulsátil adj., **pulsativo,-a** adj. pulsátil.
pulsera s.f. pulseira.
pulso s.m. pulso; vigor, firmeza; prudência; discreção, tato; quebra-de-braço.
pulular v. pulular, abundar.
pulverización s.f. pulverização.
pulverizador,-a adj./s.m. pulverizador.
pulverizar v. pulverizar, aniquilar.
pulverulento adj. pulverulento.
pulla s.f. alfinetada; crítica, pulha.
pullover s.m. pulôver.
¡pum! interj. pum!; bang!
puma s.m. puma.
¡pumba! interj. pumba!; bang!
puna s.f. planalto dos Andes; mal-das-montanhas.

punción s.f. punção.
puncionar v. puncionar.
pundonor s.m. dignidade, auto-estima.
pundonoroso,-a adj. honorável.
punible adj. castigável.
punición s.f. punição.
púnico,-a adj. púnico.
punir v. castigar, punir.
punitivo,-a adj. punitivo.
punta s.f. ponta, quina; guimba; preguinho; (Geogr.) cabo; chifre; pitada, punhado; toque; toco; **puntas** sapatilhas; *hora* ~ horário de pico.
puntada s.f. ponto (*de costura*), indireta; pontada; chifrada.
puntal s.m. pontalete, escora; esteio, suporte; pontal.
puntapié s.m. pontapé, chute.
puntazo s.m. picada, espetada; sucesso.
punteado s.m. pontilhado.
puntear v. pontilhar; (*violão*) tocar, dedilhar, pontear.
punteo s.m. dedilhação.
puntera s.f. (*sapato*) ponta, biqueira.
puntería s.f. pontaria.
puntero,-a adj. destacado. s.m. ponteiro.
puntiagudo,-a adj. pontiagudo, pontudo.
puntilla s.f. franja, renda, pontilha.
puntillismo s.m. pontilhismo.
puntilloso,-a adj. exigente, suscetível.
punto s.m. ponto; lugar; instante, momento; tema; situação; questão; grau, nível; furo; grau de cozimento, traço; pingo (*nas letras i e j*); bebedeira; pontada; (*baralho*) valor; ~ *muerto* ponto morto; *aquí finca el* ~ aí está o problema; *dar* ~ dar uma parada; ~ *por* ~ ponto por ponto, tintim por tintim; *y* ~ e chega, assunto encerrado.
puntoso,-a adj. exigente, susceptível.
puntuable adj. válido.
puntuación s.f. pontuação.

puntual adj. pontual, exato.
puntualidad s.f. pontualidade.
puntualizar v. detalhar, comentar, esclarecer.
puntuar v. pontuar, qualificar, marcar pontos.
punzada s.f. picada, pontada.
punzante adj. pungente, doloroso.
punzar v. picar; molestar, doer, torturar.
punzón s.m. punção.
punzonar v. puncionar; cisalhar.
puñada s.f. murro, soco.
puñado s.m. punhado.
puñal s.m. punhal.
puñalada s.f. punhalada.
puñalero,-a s. fabricante e vendedor de punhais.
puñera s.f. punhado.
puñeta s.f. punho; chatice.
puñetazo s.m. murro, soco.
puñetería s.f. chatice; ninharia, bobagem.
puñetero,-a adj./s. chato, pentelho; velhaco; mau intencionado.
puño s.m. punho; punhado; cabo; maçaneta; valor; *de propio* ~ de próprio punho; *creer a* ~ *cerrado* acreditar piamente..
pupa s.f. erupção nos lábios, casca (*de ferida*); dor, dodói.
pupila s.f. pupila.
pupilaje s.m. tutela, pupilagem; pensão; hospedaria; estacionamento, pernoite.
pupilar adj. pupilar.
pupilo,-a s. pupilo, órfão, pensionista.
pupitre s.m. escrivaninha, carteira; mesa.
pupo s.m. umbigo.
pupurrí s.m. pot-pourri, miscelânea.
pupusa s.f. torta de milho e queijo.
puquío s.m. fonte.
purasangre adj./s.m. puro-sangue.
puré s.m. purê.
pureza s.f. pureza; virgindade.
purga s.f. purgante; evacuação; expurgo.
purgación s.f. purgação; mêns-

truo; gonorréia, blenorragia.
purgante *s.m.* purgante.
purgar *v.* purgar, depurar, evacuar, expiar. **purgarse** *vr.* tomar um purgante.
purgatório *s.m.* purgatório.
purificación *s.f.* purificação.
purificador,-a *adj./s.* purificador.
purificar *v.* purificar.
purina *s.f.* purina.
purismo *s.m.* purismo.
puritanismo *s.m.* puritanismo.
puritano,-a *adj./s.* puritano.
puro,-a *adj.* puro; mero, simples; limpo; íntegro; teórico; casto. *s.m.* charuto; bronca, descompostura.
púrpura *adj./s.f.* púrpura.
purpurado *s.m.* cardeal.
purpúreo,-a *adj.* purpúreo.
purpurina *s.f.* purpurina.
purulencia *s.f.* purulência.
purulento,-a *adj.* purulento.
pus *s.m.* pus.
pusilánime *adj.* pusilânime, covarde.
pusilanimidad *s.f.* pusilanimidade, covardia.
pústula *s.f.* pústula.
puta *s.f.* puta.
putada *s.f.* sacanagem.
putañero *adj.* putanheiro.
putativo,-a *adj.* putativo, suposto.
putear *v.* sair com prostitutas; prostituir-se; ferrar, sacanear.
puteo *s.m.* sacanagem.
puterío *s.m.* putaria, prostituição.
putero,-a *adj.* puteiro.
puticlub *s.m.* bordel.
puto,-a *adj.* difícil, complicado. *s.m.* veado.
putrefacción *s.f.* putrefação.
putrefacto,-a *adj.* putrefato, podre.
pútrido,-a *adj.* pútrido.
puya *s.f.* pua, pampilho, pique.
puyar *v.* irritar, aborrecer.
puyazo *s.m.* picada; crítica; alfinetada.

Q

Q, q *s.f.* Q, q.
quantum *s.m.* quantum
que *pron. rel.* que, o qual, pois. *conj.* porque, posto que, para que, como se.
qué *pron. inter.* quêl *¿qué?* o quê?; quantos.
quebrada *s.f.* desfiladeiro.
quebradero *s.m.* ~ *de cabeza* dor de cabeça.
quebradizo,-a *adj.* quebradiço, frágil, delicado; caduco.
quebrado,-a *adj.* quebrado, tortuoso, abrupto; arruinado. *s.m.* fração.
quebradura *s.f.* racha, desfiladeiro; hérnia.
quebrantahuesos *s.m.* xofrango; pentelho.
quebrantamiento *s.m.* violação, enfraquecimento.
quebrantaolas *s.m.* quebramar.
quebrantar *v.* quebrar; quebrantar; moer; violar, profanar; molestar. **quebrantarse** *vr.* abalar-se; enfraquecer-se.
quebranto *s.m.* perda, quebra, dano; aflição; desânimo.
quebrar *v.* quebrar, romper; violar; ceder; dobrar; falir; suavizar, moderar. **quebrarse** *vr.* ter uma hérnia; desanimar, fraquejar; parar.
quechua *adj./s.m.* quíchua.
queda *s.f.* toque de recolher.
quedada *s.f.* estada; calmaria, gozação.
quedar *v.* quedar, ficar; restar; resultar, dar em; marcar, combinar, caber a; estar situado. **quedarse** *vr.* deter-se; morrer.
quedo,-a *adj.* quieto, silencioso. *adv.* com cuidado; em voz baixa.
quehacer *s.m.* afazeres.
queimada *s.f.* quentão.

queja *s.f.* queixa, gemido; protesto.
quejar *v.* gemer; protestar; afligir. **quejarse** *vr.* queixarse.
quejica *adj.* lamuriante, queixumeiro.
quejido *s.m.* lamento.
quejumbroso,-a *adj.* lamuriante.
quelonio *s.m.* quelônio.
quema *s.f.* incêndio.
quemada *s.f.* queimada.
quemadero *s.m.* incinerador.
quemado,-a *adj.* queimado; ressentido; esgotado; tesudo; desacreditado.
quemador *s.m.* queimador; incendiário.
quemadura *s.f.* queimadura, (*Bot.*) queima.
quemar *v.* queimar; incendiar; esgotar; irritar; secar; esbanjar; destruir; enganar; ferir à bala; estar muito quente. **quemarse** *vr.* queimar-se.
quemarropa *loc. adv. a* ~ à queima-roupa.
quemazón *s.f.* calorão, queimadura, queimação; alfinetada; mágoa.
quepis *s.m.* quepe.
queratina *s.f.* queratina.
querella *s.f.* querela; queixa, ação.
querellante *s.* queixoso.
querellarse *vr.* queixar-se; querelar.
querencia *s.f.* tendência a voltar onde se criou; apego.
querendón,-ona *adj./s.* muito carinhoso.
querer *v.* amar, gostar; desejar, querer. *s.m.* amor, carinho.
querido,-a *adj.* querido, caro; amante.
quermese *s.f.* quermesse.

queroseno *s.m.* querosene.
querube *s.m.*, **querubín** *s.m.* querubim; anjo.
quesadilla *s.f.* queijadinha.
quesera *s.f.* queijeira.
quesero,-a *adj./s.* queijeiro.
queso *s.m.* queijo; pé.
quevedos *s.m.pl.* pincenê.
¡quia! *interj.* não!; nunca!
quicio *s.m.* gonzo; dobradiça.
quichua *adj./s.* quíchua.
quid *s.m.* essência.
quiebra *s.f.* greta; falência, quebra; fracasso.
quiebro *s.m.* jogo de cintura; trinado; (*Fut.*) drible.
quien *pron. rel.* quem.
quién *pron. inter.* quem?
quienquiera *pron. indef.* quem quer que; qualquer que.
quietismo *s.m.* quietismo, inércia.
quieto,-a *adj.* quieto; parado; calmo.
quietud *s.f.* quietude; calma.
quijada *s.f.* maxilar, mandíbula.
quijotada *s.f.* quixotada.
quijote *s.m.* quixote.
quijotesco,-a *adj.* quixotesco.
quilate *s.m.* quilate.
quilatera *s.f.* quilateira.
quilco *s.m.* cesto grande.
quilla *s.f.* quilha.
quillotra *s.f.* amante; amásia.
quillotranza *s.f.* transe, conflito.
quillotrar *v.* excitar, namorar, cortejar.
quilo *s.m.* quilo.
quilogramo *s.m.* quilograma.
quilombo *s.m.* choça, lupanar; desordem.
quilometraje *s.m.* quilometragem.
quilométrico,-a *adj.* quilométrico.
quilómetro *s.m.* quilômetro.

quimba s.f. garbo; calçado rústico.
quimera s.f. quimera, ilusão, discussão.
quimérico,-a adj. quimérico.
química s.f. química.
químico,-a adj./s. químico.
quimil s.m. trouxa, monte de coisas.
quimioterapia s.f. quimioterapia.
quimono s.m. quimono.
quina s.f. quina; quinino.
quincalla s.f. quinquilharia.
quincallero s.m. quinquilheiro.
quince adj./s.m. quinze; décimo quinto.
quinceañero,-a adj./s. de quinze anos.
quincena s.f. quinzena.
quincenal adj. quinzenal.
quincuagenario,-a adj./s. qüinquagenário.
quicuagésimo,-a adj./s. qüinquagésimo.
quiniela s.f. loteria esportiva; loteca; volante.
quinielista s. apostador da loteca.
quinientos,-as adj. quinhentos; qüingentésimo.
quinina s.f. quinina.
quinqué s.m. lampião.
quinquenal adj. qüinqüenal.

quinquenio s.m. qüinqüênio.
quinqui s. ladrão; marginal.
quinta s.f. casa de campo, chácara; contingente; classe, geração; (*Auto, Mús.*) quinta.
quintacolumnista adj./s. quinta-coluna.
quintaesencia s.f. quintaessência.
quintal s.m. quintal (*medida*).
quintana s.f. quinta; casa de campo.
quintar v. quintar; (*Mil.*) recrutar.
quinteto s.m. quinteto.
quintilla s.f. quintilha.
quintillizo,-a s. quíntuplo.
quinto,-a adj. quinto, quinta parte. s.m. recruta.
quíntuplo,-a adj. quíntuplo.
quiñar v. bater.
quiosco s.m. quiosque; banca de revistas; coreto.
quiosquero,-a s. jornaleiro.
quiquiriquí s.m. cocorocó; pessoa que quer aparecer.
quirófano s.m. quirófano; centro cirúrgico.
quiromancia ou **quiromancía** s.f. quiromancia.
quiromántico,-a adj. quiromântico. s. quiromante.
quirúrgico,-a adj. cirúrgico.
quirurgo s.m. cirurgião.

quiscudo,-a adj. ouriçado.
quisicosa s.f. enigma.
quisque ou **quisqui** loc. **cada** ~ cada qual; **todo** ~ todo o mundo.
quisquilla s.f. camarão; bagatela.
quisquilloso,-a adj. melindroso, enjoado. s. suscetível.
quiste s.m. cisto, quisto.
quita s.f. prestação.
quitaesmaltes s.m. acetona.
quitaguas s.m. guarda-chuva.
quitamanchas s.m. tira-manchas.
quitamiedos s.m. corrimão, guarda-corpo.
quitamotas s. puxa-saco.
quitanieves s. máquina para remover a neve.
quitar v. remover, tirar; suprimir, eliminar; roubar, levar; impedir, proibir; revogar, eximir, livrar. **quitarse** vr. ir-se, livrar-se, deixar, largar.
quitasol s.m. sombrinha; guarda-sol.
quite s.m. estorvo; (*Esgrima*); parada (*Tourada*) quite.
quiteño,-a adj. quitenho.
quivi s.m. kiwi.
quizá adv., **quizás** adv. talvez.
quórum s.m. quorum.

R

R, r *s.f.* R, r.
rabada *s.f.* rabada.
rabadán *s.m.* rabadão, pastor chefe.
rabadilla *s.f.* cóccix; alcatra.
rabanillo *s.m.* pique; desdém; mau gênio.
rábano *s.m.* rabanete; (*Vulg.*) pênis.
rabera *s.f.* rabeira, traseira.
rabí *s.m.* rabino.
rabia *s.f.* raiva; ira; antipatia.
rabiar *v.* raivar; enfurecer-se; ter em excesso; ansiar, desejar; *a ~* demais, muito.
rábico,-a *adj.* hidrófobo, raivoso.
rabicorto,-a *adj.* rabicó.
rabieta *s.f.* mau humor; birra.
rabillo *s.m.* pecíolo, talo; rabicho; canto (*do olho*).
rabino *s.m.* rabino.
rabioso,-a *adj.* raivoso; furioso; intenso.
rabiza *s.f.* ponta da vara de pescar; rameira.
rabo *s.m.* rabo; talo; (*Vulg.*) pênis.
rabón,-ona *adj./s.* cotó, rabicó.
rabudo,-a *adj.* rabudo.
racanear *v.* trabalhar pouco; ser pão-duro.
rácano,-a *adj.* preguiçoso; pão-duro; astuto.
racha *s.f.* rajada, pé-de-vento; fase, maré.
racial *adj.* racial.
racimo *s.m.* cacho, conjunto.
raciocinio *s.m.* raciocínio.
ración *s.f.* porção.
racional *adj.* racional.
racionalidad *s.f.* racionalidade.
racionalismo *s.m.* racionalismo.
racionalista *adj./s.* racionalista.
racionalización *s.f.* racionalização.
racionalizar *v.* racionalizar.
racionamiento *s.m.* racionamento.
racionar *v.* racionar; distribuir rações.
racismo *s.m.* racismo.
racista *adj./s.* racista.
racor *s.m.* conector; (*Cine.*) continuidade.
rada *s.f.* baía.
radar *s.m.* radar.
radiación *s.f.* radiação.
radiactividad *s.f.* radioatividade.
radiactivo,-a *adj.* radioativo.
radiado,-a *adj.* radiado; radial.
radiador *s.m.* radiador; aquecedor.
radial *adj.* radial.
radiante *adj.* radiante.
radiar *v.* radiar; irradiar; tratar com raios X.
radicación *s.f.* radicação; arraigamento.
radical *adj.* radical, extremista. *s.m.* radical, raiz.
radicalismo *s.m.* radicalismo.
radicalizar *v.* radicalizar.
radicar *v.* residir, situar-se, enraizar. **radicarse** *vr.* estabelecer-se.
radio *s.m.* (*Geom.*) raio; (*Quím., Anat.*) rádio, radium. *s.f.* rádio.
radioactividad *s.f.* radioatividade.
radioactivo,-a *adj.* radioativo.
radioaficionado,-a *s.* radioamador.
radiocasete *ou* **radiocassette** *s.f.* radiogravador.
radiodespertador *s.m.* rádio relógio.
radiodifusión *s.f.* rádio, radiodifusão.
radioescucha *s.* radiouvinte.
radiofonía *s.f.* radiofonia.
radiofónico,-a *adj.* radiofônico.
radiografía *s.f.* radiografia, raio X.
radiografiar *v.* radiografar.
radiología *s.f.* radiologia.
radiólogo,-a *s.* radiologista.
radiómetro *s.m.* radiômetro.
radiorreceptor *s.f.* radiorreceptor; rádio.
radiotelefónico,-a *adj.* radiotelefônico.
radioteléfono *s.m.* radiotelefone.
radiotelegráfico,-a *adj.* radiotelegráfico.
radiotelegrafista *s.* radiotelegrafista.
radiotelescopio *s.m.* radiotelescópio.
radioterapia *s.f.* radioterapia.
radiotransmisión *s.f.* radiotransmissão.
radiotransmisor *s.m.* radiotransmissor.
radioyente *s.* radiouvinte.
raer *v.* raspar.
ráfaga *s.f.* rajada, lufada; jato de luz.
rafia *s.f.* ráfia.
raglán *adj.* raglã.
raid *s.m.* reide.
raído,-a *adj.* puído, gasto.
raigambre *s.f.* tradição, história; raizada.
rail *ou* **raíl** *s.m.* trilho.
raíz *s.f.* raíz.
raja *s.f.* corte, rachadura, fatia; (*Vulg.*) vagina.
rajá *s.m.* rajá.
rajado,-a *adj.* covarde, afinado.
rajadura *s.f.* rachadura.
rajante *adj.* rápido, imediato.
rajar *v.* rachar; fatiar; esfaquear; tagarelar; reclamar. **rajarse** *vr.* acovardar-se; cair fora.
rajatabla *loc. adv. a ~* ao pé da letra; rigorosamente.
ralea *s.f.* espécie, classe; laia.

ralentí s.m. câmara lenta; marcha lenta.
ralentizar v. lentar.
rallado,-a adj. ralado.
rallador s.m. ralador.
ralladura s.f. raspa, raspadura.
rallar v. ralar.
rallo s.m. ralador; escorredor.
rally s.m. rali.
ralo,-a adj. ralo, fino.
rama s.f. galho; ramo, rama.
ramaje s.m. ramagem.
ramal s.m. ramal; (*escada*) lanço; rédea.
ramalazo s.m. acesso, dor repentina; seqüela; jeitão de bicha.
rambla s.f. avenida; canal; doca.
ramblazo ou **ramblizo** s.m. canal, barranco.
ramera s.f. rameira, prostituta.
ramificación s.f. ramificação.
ramificarse vr. ramificar-se.
ramillete s.m. ramalhete; coletânea, seleção.
ramo s.m. ramo; ramalhete; galho; réstia; acesso.
rampa s.f. rampa; cãibra.
ramplón,-ona adj./s. vulgar, grosseiro.
ramplonería s.f. vulgaridade.
rana s.f. rã.
ranchera s.f. rancheira; caminhoneta.
ranchero,-a adj./s. rancheiro.
rancho s.m. rancho; sítio de criação; comida ruim; chapéu de palha.
rancidez ou **ranciedad** s.f. ranço.
rancio,-a adj. rançoso; antigo.
randa s.f. renda. s.m. batedor de carteiras.
ranfla s.f. rampa.
ranglán adj. raglã.
rango s.m. categoria; (*Mil.*) patente.
ranking s.m. classificação.
ranún s.m. salafrário.
ranura s.f. ranhura, fenda.
rapacidad s.f. hábito de roubar.
rapapolvo s.m. repreensão.
rapar v. raspar, rapar.
rapaz,-a adj./s.f. de rapina; predatório. s. rapaz, rapariga.

rape s.m. diabo-marinho, peixe-pescador; corte de cabelo bem curto.
rapé s.m. rapé.
rapidez s.f. rapidez.
rápido,-a adj. rápido. s.m. trem expresso; corredeira. adv. rapidamente.
rapiña s.f. roubo violento.
raposera s.f. raposeira.
raposo,-a s. raposa; pessoa astuta.
rapsodia s.f. rapsódia.
raptar v. raptar, seqüestrar.
rapto s.m. rapto, seqüestro; acesso, impulso.
raptor,-a s. raptor, seqüestrador.
raqueta s.f. raquete; frescobol; retorno; roseta.
raquítico,-a adj. raquítico; fraco; exíguo.
raquitismo s.m. raquitismo.
rareza s.f. peculiaridade, raridade, escassez, esquisitice.
rarificar v. rarefazer.
raro,-a adj. raro, singular, esquisito, estranho.
ras s.m. nível.
rasante adj. rasante. s.f. nível, grau de inclinação.
rasar v. roçar; nivelar.
rasca s.f. fome; frio; batepapo; bebedeira.
rascacielos s.m. arranha-céu.
rascador s.m. raspadeira.
rascar v. coçar, arranhar, riscar, tocar mal. **rascarse** vr. coçar-se.
rascón,-ona adj./s. carrascão.
rasera s.f. escumadeira.
rasero s.m. plaina, rasoura.
rasgadura s.f. rasgão, rasgo.
rasgar v., **rasgarse** vr. rasgar(-se).
rasgo s.m. traço, feições, característica; rasgo, arroubo.
rasgón s.m. rasgão.
rasguear v. (*violão*) rasgar; rasquear.
rasgueo s.m. (*violão*) rasgado, rasqueado.
rasguñar v. rascunhar, arranhar.
rasguño s.m. arranhão; rascunho.
rasilla s.f. sarja; tijolo fino.

rasmillado,-a s. arranhão.
raso,-a adj. raso, rasante, plano, liso; claro, limpo.
raspa s.f. espinha (*de peixe*); sabugo; barba (*de trigo*); reprimenda. s. pessoa vulgar.
raspada s.f. repreensão.
raspado s.m. arranhão; raspagem; raspadinha.
raspador s.m. raspadeira.
raspadura s.f. raspas.
raspar v. raspar; lixar; arranhar; apagar; ser picante; roubar; repreender.
raspón ou **rasponazo** s.m. raspão.
rasposo,-a adj. áspero; irascível; tacanho.
rastra s.f. rastelo; rastro, sinal; réstia; rede de arrasto.
rastreador s.m. rastreador.
rastrear v. rastrear; pescar com rede de arrasto.
rastreo s.m. rastreamento.
rastrero,-a adj. rasteiro, rasante; baixo, vil.
rastrillar v. rastelar, rastrear.
rastrillo s.m. rastelo, rodo, ancinho.
rastro s.m. rastro, vestígio; rastelo; feira.
rastrojo s.m. restolho, resteva.
rasurar v., **rasurarse** vr. barbear(-se).
rata s.f. rato, rata; pessoa desprezível. s. pão-duro; punguista.
rataplán s.m. rataplã.
ratear v. ratear; roubar; rastejar; tacanhear.
rateo s.m. rateio.
ratería s.f. ladroeira.
ratero,-a s. punguista, trombadinha.
raticida s.m. raticida.
ratificación s.f. ratificação.
ratificar v. ratificar.
rato s.m. momento, instante; (*Fam.*) muito.
ratón s.m. ratinho, camundongo; (*Inform.*) mouse.
ratonera s.f. ratoeira; casinhola; ninho de ratos; buraco de rato; armadilha.
ratonero s.m. búteo, gavião.
raudal s.m. torrente, caudal; abundância.

raudo,-a *adj.* rápido.
ravioliss.*m.pl.* ravióli.
raya *s.f.* linha, raia; arraia; fronteira; vinco; risca; risco; estria; travessão; (*Droga*) carreira de pó.
rayado,-a *adj.* raiado, pautado. *s.m.* pauta.
rayano,-a *adj.* limítrofe, vizinho, próximo.
rayar *v.* riscar; arranhar; pautar; raiar, surgir; sublinhar; vizinhar; beirar.
rayo *s.m.* raio; faísca elétrica; pessoa muito esperta ou rápida; estrago.
rayón *s.m.* raiom.
rayuela *s.f.* amarelinha.
raza *s.f.* raça.
razón *s.f.* razão; motivo; explicação; informação; recado; justiça.
razonable *adj.* razoável, suficiente.
razonado,-a *adj.* arrazoado.
razonamiento *s.m.* raciocínio.
razonar *v.* raciocinar; arrazoar; falar, expor.
re *s.m.* (*Mús.*) ré.
reabastecer *v.* reabastecer.
reabrir *v.* reabrir.
reacción *s.f.* reação.
reaccionar *v.* reagir.
reaccionario,-a *adj./s.* reacionário.
reacio,-a *adj.* relutante, renitente.
reactivación *s.f.* reativação.
reactivar *v.* reativar.
reactivo *adj./s.m.* reativo, reagente.
reactor *s.m.* reator; avião a jato.
readaptación *s.f.* readaptação.
readmisión *s.f.* readmissão.
readmitir *v.* readmitir.
reafirmación *s.f.* reafirmação.
reafirmar *v.* reafirmar.
reagrupación *s.f.*, **reagrupamiento** *s.m.* reagrupamento.
reagrupar *v.*, **reagruparse** *vr.* reagrupar(-se).
reajustar *v.* reajustar.
reajuste *s.m.* reajuste.
real *adj.* real; régio; nobre. *s.m.* moeda; área de feiras; arraial.

realce *s.m.* realce; relevo; esplendor.
realeza *s.f.* realeza.
realidad *s.f.* realidade.
realismo *s.m.* realismo.
realista *adj./s.* realista; monarquista.
realizable *adj.* realizável, possível.
realización *s.f.* realização; (*Cine.*) direção.
realizador,-a *s.* (*Cine.*) diretor.
realizar *v.* realizar, fazer; (*Cine.*) dirigir; vender por preço baixo. **realizarse** *vr.* satisfazer-se, realizar-se.
realquillar *v.* subalugar.
realzar *v.* realçar; levantar.
reanimación *s.f.* reanimação.
reanimar *v.* reanimar, confortar.
reanudación *s.f.* reinício.
renudar *v.* reiniciar.
reaparecer *v.* reaparecer.
reaparición *s.f.* reaparecimento.
reapertura *s.f.* reabertura.
reapretar *v.* reapertar.
reaprovisionar *v.* reabastecer.
rearmar *v.*, **rearmarse** *vr.* rearmar(-se).
rearme *s.m.* rearmamento.
reaseguro *s.m.* resseguro.
reasumir *v.* reassumir.
reata *s.f.* arreata, ajoujo, corda, junta.
reavivar *v.* reavivar.
rebaba *s.f.* rebarba.
rebaja *s.f.* redução, desconto. **rebajas** liqüidação.
rebajamiento *s.m.* rebaixamento.
rebajar *v.* rebaixar, diminuir, suavizar, diluir; dar desconto; menosprezar. **rebajarse** *vr.* rebaixar-se, humilhar-se.
rebaje *s.m.* (*Mil.*) dispensa.
rebanada *s.f.* fatia.
rebanar *v.* fatiar, dividir em dois.
rebañar *v.* comer tudo, limpar o prato; apoderar-se de.
rebaño *s.m.* rebanho.
rebasar *v.* exceder, ultrapassar.
rebatible *adj.* contestável.
rebatir *v.* rebater, contestar.
rebato *s.m.* alarme.

rebautizar *v.* rebatizar.
rebeca *s.f.* cardigã, jaqueta.
rebeco *s.m.* camurça.
rebelarse *vr.* rebelar-se.
rebelde *adj./s.* rebelde; persistente.
rebeldía *s.f.* rebeldia.
rebelión *s.f.* rebelião.
rebenque *s.m.* chicote.
reblandecer *v.* amolecer.
reblandecimiento *s.m.* amolecimento.
rebobinado *s.m.* rebobinamento.
rebobinar *v.* rebobinar.
reborde *s.m.* orla, borda.
rebosante *adj.* transbordante, abundante em.
rebosar *v.* transbordar; abundar, sobejar.
reboso *s.m.* madeira flutuante.
rebotado,-a *adj./s.* deslocado; mal-humorado; apóstata.
rebotar *v.* ricochetear, rebater; devolver (*um cheque*). **rebotarse** *vr.* enfurecer-se.
rebote *s.m.* rebote, ricochete; mau humor.
rebozar *v.* (*Culin.*) empanar; rebuçar; encobrir, manchar.
rebozo *s.m.* rebuço; disfarce.
rebrotar *v.* rebrotar, ressurgir.
rebufo *s.m.* deslocamento de ar.
rebujado,-a *adj.* enredado.
rebujo *s.m.* embrulho.
rebullir *v.* bulir, mover-se, mexer-se.
rebuscado,-a *adj.* complicado, afetado.
rebuscar *v.* rebuscar; esquadrinhar; xeretar; (*frutos*) recolher.
rebuznar *v.* zurrar.
rebuzno *s.m.* zurro.
recabar *v.* pedir, solicitar, obter.
recadero,-a *s.* mensageiro.
recado *s.m.* recado, mensagem; compra diária; precaução.
recaer *v.* recair; cair de novo; versar; caber a.
recaída *s.f.* recaída.
recalar *v.* fazer escala, arribar; chegar, aparecer; infiltrar-se.
recalcar *v.* enfatizar; reiterar; apertar, encher.

recalcitrante *adj.* recalcitrante.
recalentamiento *s.m.* superaquecimento.
recalentar *v.* requentar; aquecer demais; excitar. **recalentarse** *vr.* queimar-se.
recamado *s.m.* bordado.
recamar *v.* bordar.
recámara *s.f.* closet; recâmara; câmara (*de arma de fogo*); cautela.
recambiar *v.* trocar.
recambio *s.m.* troca; peça de reposição; refil.
recapacitar *v.* reconsiderar.
recapitulación *s.f.* recapitulação, resumo.
recapitular *v.* recapitular, resumir.
recarga *s.f.* refil, recarga.
recargable *adj.* recarregável.
recargar *v.* recarregar; sobrecarregar; aumentar; exagerar; carregar.
recargo *s.m.* sobretaxa.
recatado,-a *adj.* recatado, prudente, honesto.
recatar *v.* recatar, ocultar. **recatarse** *vr.* acautelar-se; agir discretamente.
recato *s.m.* recato, honestidade, modéstia.
recauchutado *s.m.* recauchutagem.
recauchutar *v.* recauchutar.
recaudación *s.f.* arrecadação, cobrança; renda.
recaudador,-a *s.* arrecadador.
recaudar *v.* arrecadar.
recaudería *s.f.* quitanda.
recaudo *s.m.* precaução; caução; *a buen* ~ bem guardado.
recelar *v.* recear.
recelo *s.m.* receio.
receloso,-a *adj.* receoso.
recensión *s.f.* resenha, crítica literária.
recental *adj.* que ainda não pastou.
recepción *s.f.* recepção; admissão num emprego.
recepcionista *s.* recepcionista.
receptáculo *s.m.* receptáculo.
receptividad *s.f.* receptividade.
receptivo,-a *adj.* receptivo.
receptor,-a *adj./s.* receptor.

recesión *s.f.* recessão.
recesivo,-a *adj.* recessivo.
receso *s.m.* recesso.
receta *s.f.* receita; fórmula, prescrição.
recetar *v.* receitar, prescrever.
recetario *s.m.* receituário.
recetoría *s.f.* recebedoria.
rechace *s.m.* rebote.
rechazar *v.* repelir, resistir, rejeitar; rebater.
rechazo *s.m.* rechaço, rejeição, negativa; rebote.
rechifla *s.f.* vaia; gozação; assobio.
rechiflar *v.* vaiar, assobiar; zombar. **rechiflarse** *vr.* rebelar-se.
rechinar *v.* ranger, chiar.
rechistar *v.* reclamar, chiar.
rechoncho,-a *adj.* rechonchudo.
rechupete *loc. adv. de* ~ muito bom, excelente.
recibí *s.m.* recibo.
recibidor *s.m.* ante-sala, entrada.
recibimiento *s.m.* recepção, acolhimento.
recibir *v.* receber, acolher, recepcionar, sofrer, atender, admitir, suportar. **recibirse** *vr.* graduar-se, investir-se.
recibo *s.m.* recibo, recebimento; ante-sala.
reciclaje *s.f.* reciclagem.
reciclar *v.* reciclar.
recién *adv.* recentemente; recém.
reciente *adj.* recente, novo, fresco.
recinto *s.m.* recinto.
recio,-a *adj.* forte, robusto, rigoroso; resistente.
recipiente *s.m.* recipiente.
reciprocidad *s.f.* reciprocidade.
recíproco,-a *adj.* recíproco.
recitación *s.f.,* **recitado** *s.m.* recitação.
recital *s.m.* recital.
recitar *v.* recitar.
recitativo *s.m.* recitativo, recital.
reclamación *s.f.* reclamação, protesto, queixa.
reclamar *v.* reclamar, exigir, apelar.
reclamo *s.m.* reclamo; reclame; chamada; protesto.

reclinable *adj.* reclinável.
reclinar *v.* reclinar.
reclinatorio *s.m.* genuflexório.
recluir *v.* recluir, confinar, encerrar.
reclusión *s.f.* reclusão, prisão.
recluso,-a *adj./s.* preso, recluso.
recluta *s.* recruta. *s.f.* recrutamento.
reclutamiento *s.m.* recrutamento.
reclutar *v.* recrutar.
recobrar *v.,* **recobrarse** *vr.* recuperar(-se).
recochinearse *vr.* zombar, rir-se de.
recochineo *s.m.* gozação.
recodo *s.m.* curva, volta, ângulo.
recogedor *s.m.* pá de lixo.
recogepelotas *s.* gandula.
recoger *v.* recolher, guardar; apanhar, pegar, buscar; acolher; reunir, colher; dobrar. **recogerse** *vr.* recolher-se, isolar-se; arregaçar.
recogida *s.f.* recolhimento, coleta, colheita.
recogido,-a *adj.* recolhido; retraído; afastado; (*cabelo*) preso.
recogimiento *s.m.* recolhimento.
recolección *s.f.* coleta, colheita; coletânea; cobrança; convento.
recolectar *v.* colher; juntar, coletar; agrupar.
recoleto,-a *adj.* retirado; isolado. *s.m.* recoleto.
recomendable *adj.* recomendável.
recomendación *s.f.* recomendação; proteção.
recomendado,-a *adj.* recomendado. *s.* protegido.
recomendar *v.* recomendar.
recomenzar *v.* recomeçar.
recompensa *s.f.* recompensa.
recompensar *v.* recompensar; indenizar; gratificar.
recomponer *v.* recompor; consertar.
recomposición *s.f.* conserto.
reconcentrar *v.* congregar; concentrar. **concentrarse** *vr.* concentrar-se.

reconciliable *adj.* reconciliável.
reconciliación *s.f.* reconciliação.
reconciliar *v.*, **reconciliarse** *vr.* reconciliar(-se).
reconcomerse *vr.* consumir-se.
reconcomio *s.m.* anseio; ressentimento.
recóndito,-a *adj.* recôndito.
reconducir *v.* reconduzir.
reconfortante *adj.* reconfortante.
reconfortar *v.* reconfortar.
reconocer *v.* reconhecer; admitir; examinar; identificar.
reconocerse *vr.* reconhecer-se; admitir.
reconocible *adj.* reconhecível.
reconocido,-a *adj.* reconhecido, agradecido.
reconocimiento *s.m.* reconhecimento; gratidão; exame, check-up.
reconquista *s.f.* reconquista.
reconquistar *v.* reconquistar.
reconstituir *v.* reconstituir.
reconstituyente *s.m.* tônico, reconstituinte.
reconstrucción *s.f.* reconstrução.
reconstruir *v.* reconstruir.
recontar *v.* recontar, narrar.
reconvención *s.f.* recriminação.
reconvenir *v.* censurar, recriminar.
reconversión *s.f.* reestruturação, modernização.
reconvertir *v.* reestruturar, modernizar.
recopilación *s.f.* resumo, sumário, compilação.
recopilar *v.* compilar, reunir.
¡recórcholis! *interj.* caramba!
récord *s.m. adj./s.m.* recorde.
recordar *v.* recordar, lembrar; despertar.
recordatorio *s.m.* aviso, lembrança, recordação.
recordman *s.m.* recordista.
recorrer *v.* percorrer; ler por alto.
recorrido *s.m.* trajeto, percurso.
recortable *s.m.* figura recortável.
recortado,-a *adj.* recortado; duro, sem dinheiro. *s.f.* figura recortada. *s.m.* arma.
recortar *v.* cortar, recortar.
recorte *s.m.* corte, recorte.

recostar *v.* encostar. **recostarse** *vr.* recostar-se.
recova *s.f.* mercado; granja; entrada.
recoveco *s.m.* curva; meandro; esconderijo; rodeios, subterfúgios.
recreación *s.f.* recriação; diversão.
recrear *v.* divertir; entreter; recriar, criar. **recrearse** *vr.* divertir-se.
recreativo,-a *adj.* recreativo.
recreo *s.m.* recreio, diversão.
recriminación *s.f.* recriminação.
recriminar *v.* repreender, censurar; recriminar.
recrudecerse *vr.* recrudescer.
recrudecimiento *s.m.* recrudescimento.
recta *s.f.* (linha) reta.
rectal *adj.* retal.
rectangular *adj.* retangular.
rectángulo,-a *adj./s.m.* retângulo.
rectificable *adj.* retificável.
rectificación *s.f.* retificação.
rectificador,-a *adj./s.m.* retificador.
rectificar *v.* retificar.
rectilíneo,-a *adj.* retilíneo.
rectitud *s.f.* retidão.
recto,-a *adj.* reto; direito, íntegro, justo; direto; próprio; frente. *s.m.* reto.
rector,-a *adj./s.* diretor, reitor.
rectorado *s.m.* reitorado, reitoria.
rectoral *adj.* reitoral. *s.f.* casa paroquial.
rectoría *s.f.* reitoria.
rectriz *s.f.* (*Ornit.*) retriz.
recua *s.f.* récua; fila.
recuadro *s.m.* quadrado; moldura.
recubrimiento *s.m.* revestimento, cobertura.
recubrir *v.* cobrir, recobrir.
recuento *s.m.* recontagem; inventário; apuração.
recuerdo *s.m.* recordação; lembrança. **recuerdos** saudações, lembranças.
recular *v.* recuar; ceder.
recuperación *s.f.* recuperação.
recuperar *v.*, **recuperarse** *vr.* recuperar(-se).

recurrencia *s.f.* recorrência.
recurrente *adj./s.* recorrente.
recurrir *v.* recorrer, apelar.
recurso *s.m.* recurso; retorno. **recursos** recursos, bens, meios.
recusable *adj.* recusável.
recusación *s.f.* recusa.
recusar *v.* recusar.
red *s.f.* rede; ardil; grade.
redacción *s.f.* redação.
redactar *v.* escrever; redigir.
redactor,-a *s.* redator.
redada *s.f.* redada; batida policial; quadrilha.
redaño *s.m.* mesentério. **redaños** brio, forças.
redecilla *s.f.* rede de cabelo; retículo.
redención *s.f.* redenção.
redentor,-a *adj./s.* redentor.
redentorista *s.* redentorista.
redicho,-a *adj.* afetado.
¡rediez! *interj.* meu Deus!
redil *s.m.* redil.
redimir *v.*, **redimirse** *vr.* redimir(-se).
¡rediós! *interj.* meu Deus!
redistribución *s.f.* redistribuição.
redistribuir *v.* redistribuir.
rédito *s.m.* juro, rendimento.
redivivo,-a *adj.* redivivo.
redoblar *v.* redobrar; rufar (*o tambor*); dobrar.
redoble *s.m.* rufo (*de tambor*); redobramento.
redoma *s.f.* matraz.
redomado,-a *adj.* completo, verdadeiro; astuto.
redonda *s.f.* (*Mús.*) semibreve; comarca; *a la ~* em torno, ao redor.
redondear *v.* arredondar; liqüidar dívidas; rematar.
redondel *s.m.* redondel; círculo.
redondez *s.f.* redondeza.
redondilla *s.f.* redondilha.
redondo,-a *adj.* redondo; categórico; perfeito. *s.m.* lombo; bife a rolê.
reducción *s.f.* redução.
reducido,-a *adj.* reduzido.
reducir *v.* reduzir, diminuir; resumir; vencer, subjugar. **reducirse** *vr.* reduzir-se.

reductible *adj.* redutível.
reducto *s.m.* reduto.
reductor,-a *adj.* redutor.
redundancia *s.f.* redundância.
redundante *adj.* redundante.
redundar *v.* redundar; transbordar; ~ *en* resultar.
reduplicación *s.f.* reduplicação.
reduplicar *v.* redobrar, reduplicar.
reedición *s.f.* reimpressão, reedição.
reedificación *s.f.* reconstrução.
reedificar *v.* reconstruir.
reeditar *v.* reeditar, reimprimir.
reeducación *s.f.* reeducação.
reeducar *v.* reeducar.
reelección *s.f.* reeleição.
reelecto,-a *adj.* reeleito.
reelegir *v.* reeleger.
reembolsable *adj.* reembolsável.
reembolsar *v.* reembolsar.
reembolso *s.m.* reembolso.
reemplazable *adj.* substituível.
reemplazar *v.* substituir.
reemplazo *s.m.* substituição; recrutamento.
reemprender *v.* reiniciar.
reencarnación *s.f.* reencarnação.
reencarnarse *vr.* reencarnar.
reencontrarse *vr.* reencontrar-se.
reencuentro *s.m.* reencontro.
reenganchar(se) *v./vr.* realistar(-se), reengajar(-se); voltar ao vício.
reenganche *s.m.* realistamento.
reestreno *s.m.* (*Teat., Cine.*) reapresentação.
reestructuración *s.f.* reestruturação.
reestructurar *v.* reestruturar.
reexpedir *v.* reexpedir.
refacción *s.f.* lanche; conserto; reforma.
refajo *s.m.* anágua, saiote.
refanfinflar *v.* não se importar, (*Fam.*) não dar a mínima.
refectorio *s.m.* refeitório.
referencia *s.f.* referência. **referencias** informações, referências.

referendo *s.m.*, **referéndum** *s.m.* referendo.
referente *adj.* referente.
referí *s.* (*Esp.*) juiz.
referir *v.* contar, narrar; relatar; referir. **referirse** *vr.* aludir; ater-se a.
refilón *loc. adv. de* ~ de soslaio; de passagem, de leve.
refinado *adj.* refinado; malicioso. *s.m.* refinação, refino.
refinador *s.m.* refinador.
refinamiento *s.m.* refinamento.
refinar *v.* refinar; aperfeiçoar. **refinarse** *vr.* educar-se.
refinería *s.f.* refinaria.
reflectante *adj./s.m.* refletor.
reflectar *v.* refletir.
reflector,-a *adj./s.m.* refletor.
reflejar *v.* refletir.
reflejo,-a *adj./s,m.* reflexo. imagem. **reflejos** reflexos.
réflex *s.* (*Fot.*) *reflex.*
reflexión *s.f.* reflexão.
reflexionar *v.* refletir, pensar.
reflexivo,-a *adj.* reflexivo.
reflotar *v.* flutuar novamente; reativar.
reflujo *s.m.* refluxo.
refocilación *s.f.* gozação.
refocilar *v.,* **refocilarse** *vr.* divertir(-se).
reforma *s.f.* reforma,
reformador,-a *adj./s.* reformador.
reformar *v.* reformar. **reformarse** *vr.* corrigir-se, conter-se.
reformatorio *s.m.* reformatório.
reformismo *s.m.* reformismo.
reformista *adj./s.* reformista.
reforzar *v.* reforçar.
refracción *s.f.* refração.
refractar(se) *v., vr.* refratar(-se).
refractario,-a *adj.* refratário.
refractivo,-a *adj.* refrativo.
refractor *s.m.* refrator.
refrán *s.m.* provérbio, adágio.
refranero *s.m.* adagiário.
refregar *v.* esfregar; ofender.
refregón *s.m.* esfregadela; pé-de-vento.
refreír *v.* tornar a fritar; fritar demais.
refrenar *v.,* **refrenarse** *vr.* refrear(-se); conter(-se).

refrendar *v.* validar; autenticar; visar; repetir.
refrendo *s.m.* autenticação; endosso; visto.
refrescante *adj.* refrescante.
refrescar *v.* refrescar; reiniciar. **refrescarse** *vr.* refrescar-se.
refresco *s.m.* refresco; lanche; coquetel.
refriega *s.f.* refrega; escaramuça.
refrigeración *s.f.* refrigeração; ar condicionado; lanche.
refrigerador,-a *adj./s.m.* refrigerador.
refrigerante *adj./s.m.* refrigerante.
refrigerar *v.* refrigerar.
refrigerio *s.m.* lanche; alívio, descanso.
refringente *adj.* refringente.
refrito,-a *adj.* requentado. *s.m.* tempero, molho; miscelânea.
refucilo *s.m.* relâmpago.
refuerzo *s.m.* reforço, ajuda. **refuerzos** (*Mil.*) reforços.
refugiado,-a *adj./s.* refugiado.
refugiar(se) *v., vr.* refugiar(-se); exilar(-se).
refugio *s.m.* refúgio; abrigo; ilha de tráfego.
refulgencia *s.f.* brilho, resplendor.
refulgente *adj.* resplandescente.
refulgir *v.* resplandecer.
refundición *s.f.* refundição; adaptação.
refundir *v.* refundir, adaptar, reestruturar; redundar. **refundirse** *vr.* perder-se.
refunfuñar *v.* reclamar, resmungar.
refunfuño *s.m.* resmungo.
refunfuñón,-ona *adj./s.* resmungão.
refutable *adj.* refutável.
refutación *s.f.* refutação.
refutar *v.* refutar.
regadera *s.f.* regador.
regadío,-a *adj.* irrigável. *s.m.* regadio.
regalado,-a *adj.* muito barato; cômodo; delicado.
regalar *v.* dar, presentear; agradar, adular, mimar; derreter.
regalía *s.f.* regalia; direitos au-

regaliz

torais.
regaliz *s.m.* alcaçuz.
regalo *s.m.* presente, prazer.
regañadientes *loc. adv.* a ~ de má vontade.
regañar *v.* brigar; repreender; discutir.
regañina *s.f.* repreensão.
regañón,-ona *adj./s.* resmungão, rabugento.
regar *v.* regar, banhar; derramar, irrigar.
regata *s.f.* rego; regata.
regate *s.m.* finta, furtadela; (*Fut.*) drible; subterfúgio.
regateador,-a *adj./s.* pechincheiro.
regatear *v.* pechinchar, regatear; poupar; driblar; participar de regata.
regateo *s.m.* regateio; pretexto; (*Fut.*) drible.
regato *s.m.* regato; rego.
regazo *s.m.* regaço.
regencia *s.f.* regência.
regeneración *s.f.* regeneração.
regenerador,-a *adj./s.* regenerador.
regenerar *v.* regenerar.
regenta *s.f.* mulher do regente.
regentar *v.* reger temporariamente; administrar; exercer cargo honorífico.
regente *s.* regente; gerente.
regicida *adj./s.* regicida.
regicidio *s.m.* regicídio.
regidor *s.* regente; vereador; diretor de cena.
regiego,-a *adj.* indomável.
régimen *s.m.* regime, sistema, dieta, ritmo; (*Gram.*) regência.
regimiento *s.m.* regimento.
regio,-a *adj.* régio, real; suntuoso; estupendo.
región *s.f.* região.
regional *adj.* regional.
regionalismo *s.m.* regionalismo.
regionalista *adj./s.* regionalista.
regir *v.* reger, governar, dirigir; guiar; estar em vigor; funcionar bem.
registrado,-a *adj.* registrado.
registrador,-a *adj./s.* registrador, medidor; escrivão.
registrar *v.* examinar, revistar; registrar; gravar; medir; marcar, assinalar. **registrarse**

228

vr. registrar-se; ocorrer.
registro *s.m.* revista; registro, cartório; censo.
regla *s.f.* régua; regra; norma, lema; regulamento; menstruação; moderação.
reglado,-a *adj.* regrado, moderado.
reglaje *s.f.* regulagem; pauta.
reglamentación *s.f.* regulamentação; regulamento.
reglamentar *v.* regulamentar.
reglamentario,-a *adj.* regulamentar.
reglamento *s.m.* regulamento.
reglar *v.* regular, regulamentar; pautar. **reglarse** *vr.* regrar-se.
regleta *s.f.* regreta; entrelinha; espaço.
regletear *v.* entrelinhar.
regocijar *v.*, **regocijarse** *vr.* regozijar(-se).
regocijo *s.m.* regozijo.
regodearse *vr.* deliciar-se, deleitar-se.
regodeo *s.m.* prazer; gozação, diversão.
regodeón,-ona *adj./s.* exigente.
regoldar *v.* arrotar.
regordete,-a *adj.* gordo, rechonchudo.
regresar *v.* regressar; devolver.
regresión *s.f.* regressão, retrocesso.
regreso *s.m.* regresso.
regüeldo *s.m.* arroto.
reguera *s.f.* regueira, rego; âncora.
reguero *s.m.* rasto; regueira; rego; fio.
regulable *adj.* regulável.
regulación *s.f.* graduação, regulação.
regulador,-a *adj./s.m.* regulador; controlador.
regular *adj.* regular; médio; uniforme. *adv.* mais ou menos. *v.* regular, regularizar; regulamentar.
regularidad *s.f.* regularidade.
regularización *s.f.* regularização.
regularizar *v.* regularizar.
regurgitar *v.* regurgitar.
regusto *s.m.* *gostinho*; sensação; semelhança com.
rehabilitación *s.f.* reabilitação; restauração; reintegração de

reja

posse.
rehabilitar *v.* reabilitar, restaurar.
rehacer *v.* refazer, reconstruir. **rehacerse** *vr.* recuperar-se; recuperar-se.
rehén *s.m.* refém.
rehenchir *v.* reencher, estofar.
rehilete *s.m.* dardo; peteca; farpa; moinho de vento.
rehogar *v.* refogar.
rehostia *loc. adv.* ser la ~ ser o máximo (de bom, de ruim, de feio, etc).
rehuir *v.* evitar.
rehusar *v.* recusar.
reidor,-a *adj.* risonho.
reimpresión *v.* reimpressão.
reimprimir *v.* reimprimir.
reina *s.f.* rainha; dama.
reinado *s.m.* reinado.
reinante *adj.* reinante, dominante.
reinar *v.* reinar; predominar.
reincidencia *s.f.* reincidência.
reincidente *adj./s.* reincidente.
reincidir *v.* reincidir.
reincorporación *s.f.* reincorporação.
reincorporar *v.* reincorporar, reintegrar.
reineta *s.f.* variedade de maçã.
reingresar *v.* regressar, reentrar.
reingreso *s.m.* reentrada.
reino *s.m.* reino.
reinserción *s.f.* reabilitação, reintegração.
reinsertar(se) *v.,vr.* reintegrar-se.
reintegración *s.f.* reintegração, restituição.
reintegrar *v.* restituir. **reintegrarse** *vr.* reintegrar-se.
reintegro *s.m.* reintegração; retirada (de dinheiro); (*Lotería*) restituição (do valor do bilhete), devolução.
reir(se) *v.*, *vr.* rir(-se); sorrir; zombar.
reiteración *s.f.* repetição.
reiterar *v.* reiterar, repetir. **reiterarse** *vr.* insistir.
reiterativo,-a *adj.* repetitivo.
reivindicación *s.f.* reivindicação.
reivindicar *v.* reivindicar.
reja *s.f.* relha; aradura; grade;

remendo.
rejego,-a *adj.* rebelde; irascível.
rejilla *s.f.* grade, ralo; grelha; palhinha; escalfeta.
rejón *s.m.* (*Tour.*) bandarilha.
rejoneador,-a *s.* (*Tour.*) bandarilheiro.
rejonear *v.* (*Tour.*) bandarilhar.
rejoneo *s.m.* ação de bandarilhar.
rejuela *s.f.* escalfeta, braseiro.
rejuvenecedor,-a *adj./s.* rejuvenescedor.
rejuvenecer *v.* rejuvenescer, modernizar.
rejuvenecimiento *s.m.* rejuvenescimento.
relación *s.f.* relação; vínculo; relato; lista. **relaciones** relações.
relacionar *v.* relacionar, listar, relatar. **relacionarse** *vr.* relacionar-se.
relajación *s.f.*, **relajamiento** *s.m.* relaxamento.
relajar *v.* relaxar, aliviar. **relajarse** *vr.* relaxar-se.
relajo *s.m.* desordem; alvoroço; relax; relaxamento.
relamer *v.* lamber. **relamerse** *vr.* lamber-se (os lábios), deleitar-se; enfeitar-se.
relamido,-a *adj.* afetado, empertigado.
relámpago *s.m.* relâmpago.
relampaguear *v.* relampaguear.
relampagueo *s.m.* relampagueamento; relampejo.
relanzamiento *s.m.* relançamento.
relanzar *v.* relançar.
relatar *v.* relatar.
relatividad *s.f.* relatividade.
relativismo *s.m.* relativismo.
relativista *s.* relativista.
relativo,-a *adj.* relativo. *s.m.* pronome relativo.
relato *s.m.* relato, conto.
relax *s.m.* relax, relaxação.
relé *s.m.* relê.
releer *v.* reler.
relegación *s.f.* relegação, desterro.
relegar *v.* relegar.

relente *s.m.* relento, sereno.
relevancia *s.f.* relevância.
relevante *adj.* relevante.
relevar *v.* substituir; liberar; render.
relevo *s.m.* substituição; mudança da guarda; revezamento.
relicario *s.m.* relicário.
relieve *s.m.* relevo, realce; renome.
religión *s.f.* religião.
religionario,-a *adj./s.* religionário; protestante.
religiosidad *s.f.* religiosidade; pontualidade.
religioso,-a *adj./s.* religioso; pontual.
relinchar *v.* relinchar, rinchar.
relincho *s.m.* relincho, rincho.
reliquia *s.f.* relíquia; resto; velharia.
rellano *s.m.* patamar, planície.
rellenar *v.* encher; abarrotar; rechear; tapar; preencher. **rellenarse** *vr.* fartar-se.
relleno,-a *adj.* recheado; preenchido; cheio. *s.m.* enchimento, recheio.
reloj *s.m.* relógio.
relojería *s.f.* relojoaria.
relojero,-a *s.* relojoeiro.
reluciente *adj.* reluzente.
relucir *v.* reluzir, brilhar; destacar-se.
reluctancia *s.f.* relutância.
reluctante *adj.* relutante.
relumbrar *v.* brilhar, reluzir.
relumbrón *s.m.* clarão.
remachar *v.* martelar; rebitar; repisar.
remache *s.m.* rebite.
remanente *adj.* resto, sobra, resíduo, saldo.
remangar *v.* arregaçar (*mangas, calças*). **remangarse** *vr.* decidir-se.
remanso *s.m.* remanso; ~ *de paz* lugar tranqüilo.
remar *v.* remar.
remarcable *adj.* destacável.
remarcar *v.* enfatizar, insistir em.
rematador,-a *s.* arrematador.
rematar *v.* acabar, rematar, arrematar, baixar (*preços*); liqüidar; derrubar, agravar. **rematarse** *vr.* morrer.
remate *s.m.* remate; fim, extremidade, agravamento; conclusão; arremate; liqüidação; leilão.
rembolsar *v.* reembolsar.
rembolso *s.m.* reembolso.
remedar *v.* remedar, imitar.
remediable *adj.* remediável, corrigível.
remediar *v.* remediar, ajudar; evitar.
remedio *s.m.* conserto, emenda; solução; remédio, recurso.
remedo *s.m.* arremedo, paródia.
remembranza *s.f.*, **rememoración** *s.f.* lembrança.
rememorar *v.* rememorar, relembrar.
remendar *v.* remendar, corrigir, cerzir.
remendón,-ona *adj./s.* remendão.
remera *s.f.* camiseta.
remero,-a *s.* remador.
remesa *s.f.* remessa.
remiendo *s.m.* remendo.
remilgado,-a *adj.* fresco, afetado.
remilgo *s.m.* afetação, frescura.
reminiscencia *s.f.* reminiscência.
remirado,-a *adj.* escrupuloso.
remirar *v.* tornar a olhar. **remirarse** *vr.* esmerar-se.
remisión *s.f.* remissão; referência.
remiso,-a *adj.* negligente.
remite *s.m.*, **remitente** *s.* remetente (*nome, endereço*).
remitir *v.* enviar, remeter; diminuir, ceder; remitir, adiar. **remitirse** *vr.* ater-se a, referir-se.
remo *s.m.* remo; braço, perna, asa.
remodelación *s.f.* remodelação.
remodelar *v.* remodelar.
remojar *v.* ensopar, embeber; brindar.
remojo *s.m.* remolho.
remojón *s.m.* banho.
remolacha *s.f.* beterraba.

remolcador *s.m.* rebocador.
remolcar *v.* (*Náut.*) rebocar.
remolino *s.m.* re(de)moinho; multidão, confusão de gente.
remolón,-ona *adj./s.* preguiçoso.
remolonear *v.* vadiar.
remolque *s.m.* reboque.
remontada *s.f.* (*Esp.*) virada.
remontar *v.* subir; superar. **remontarse** *vr.* levantar vôo; recuperar-se; remontar, datar de.
remoquete *s.m.* gracejo; murro; apelido.
rémora *s.f.* (*peixe*) rêmora; estorvo, obstáculo.
remorder *v.*, **remorderse** *vr.* inquietar(-se), atormentar(-se).
remordimiento *s.m.* remorso.
remoto,-a *adj.* remoto, distante.
remover *v.* remover, revolver; mudar; destituir. **removerse** *vr.* agitar-se.
remozamiento *s.m.* modernização.
remozar *v.* modernizar, remoçar, renovar.
remplazable *adj.* substituível.
remplazar *v.* substituir.
remplazo *s.m.* substituição.
remuneración *s.f.* remuneração.
remunerar *v.* remunerar.
renacentista *adj.* renascentista.
renacer *v.* renascer.
renacimiento *s.m.* renascimento.
renacuajo *s.m.* girino; criança, moleque.
renal *adj.* renal.
renano,-a *adj./s.* do Reno, renano.
rencilla *s.f.* rixa, briga.
rencilloso,-a *adj.* briguento.
rencor *s.m.* rancor, ressentimento.
rencoroso,-a *adj.* rancoroso.
rendición *s.f.* rendição.
rendido,-a *adj.* submisso; esgotado.
rendija *s.f.* fresta, brecha.
rendimiento *s.m.* rendimento, lucro; submissão; cansaço.
rendir *v.* vencer; produzir, dar lucro; cansar; prestar, oferecer. **renderse** *vr.* render-se, desanimar, ceder; devolver.
renegado,-a *adj./s.* renegado.
renegar *v.* renegar; negar, blasfemar; resmungar.
renegón,-ona *adj./s.* resmungão.
renegrido,-a *adj.* enegrecido.
renglón *s.m.* linha; renda, despesa; renglones impresso, texto.
reniego *s.m.* blasfêmia.
reno *s.m.* rena.
renombrado,-a *adj.* renomado.
renombre *s.m.* renome.
renovable *adj.* renovável.
renovación *s.f.* renovação.
renovar *v.* renovar, atualizar, reiniciar, reeditar.
renquear *v.* coxear; capengar, duvidar.
renta *s.f.* renda, dívida pública;¡ aluguel; imposto de renda.
rentabilidad *s.f.* rentabilidade.
rentabilizar *v.* tornar rentável.
rentable *adj.* rentável.
rentar *v.* render, produzir.
rentero,-a *s.* arrendatário, rendeiro.
rentista *s.* financista, capitalista, economista.
renuencia *s.f.* relutância.
renuevo *s.m.* renovo.
renuncia *ou* **renunciación** *s.f.* renúncia.
renunciar *v.* renunciar.
renuncio *s.m.* mentira, contradição.
reñido,-a *adj.* zangado.
reñir *v.* brigar; ralhar, repreender.
reo[1] *s.m.* truta.
reo[2],-a *s.* réu; turno, vez.
reoca *s.f. ser la ~* ser muito bom.
reojo *loc. adv. mirar de ~* olhar de soslaio.
reordenar *v.* reagrupar.
reorganización *s.f.* reorganização.
reorganizar *v.* reorganizar.
reostato *ou* **reóstato** *s.m.* reostato.
repajolero,-a *adj.* divertido.
¡repámpanos! *interj.* puxa!; nossa!
repanchigarse *vr.* refestelar-se.
repanocha *s.f. ser la ~* ser extraordinário.
repantigarse *vr.* refestelar-se.
reparable *adj.* consertável.
reparación *s.f.* conserto; reparação.
reparar *v.* consertar; reparar, corrigir; melhorar; notar.
reparo *s.m.* reparo; crítica; dificuldade; dúvida.
repartición *s.f.* repartição.
repartidor,-a *s.* distribuidor.
repartir *v.* distribuir; repartir, dividir; entregar; espalhar.
reparto *s.m.* distribuição, entrega; (*Teat., Cine.*) distribuição dos papéis, elenco.
repasar *v.* repassar, revisar, reler, dar uma passada de olhos; retocar.
repaso *s.m.* repasse, revisão; exame por alto; remendo.
repatear *v.* molestar, aborrecer.
repatriación *s.f.* repatriação.
repatriado,-a *adj./s.* repatriado.
repatriar *v.* repatriar.
repecho *s.m.* ladeira.
repelar *v.* (*cabelo*) arrancar, cortar, rapar.
repelente *adj.* repulsivo. *s.m.* repelente.
repeler *v.* repelir, desagradar.
repelús *s.m.*, **repeluzno** *s.m.* calafrio.
repente *s.m.* repente.
repentino,-a *adj.* repentino.
repentizar *v.* improvisar.
repera *s.f. ser la ~* ser fora de série.
repercusión *s.f.* repercussão.
repercutir *v.* repercutir, ecoar.
repertorio *s.m.* repertório.
repesca *s.f.* recuperação.
repescar *v.* dar uma segunda chance; recuperar.
repetición *s.f.* repetição.
repetidor,-a *adj.* repetidor. *s.* repetente.
repetir *v.* repetir; (*sabor*) vir à boca.
repicar *v.* picar; repicar. **repicarse** *vr.* vangloriar-se.
repintar *v.* repintar. **repintarse** *vr.* pintar-se, maquiar-se.
repipi *adj.* pedante, cafona.
repipiez *s.f.* cafonice.

repique s.m. repique.
repiquetearse vr. insultar-se.
repiqueteo s.m. repique; rufo.
repisa s.f. estante, prateleira.
replantar v. replantar, transplantar.
replantear v. reconsiderar, repensar; reestudar uma planta de um prédio.
replegarse vr. (Mil.) retroceder.
repleto,-a adj. repleto, cheio.
réplica s.f. réplica, resposta.
replicar v. replicar, objetar.
replicón,-ona adj./s. respondão.
repliegue s.m. dobra, ruga; (Mil.) retirada.
replobación s.f. repovoamento.
repoblar v. repovoar, reflorestar.
repollo s.m. repolho.
reponer v. repor, devolver; reapresentar; replicar. **reponerse** vr. restabelecer-se.
reportaje s.m. reportagem.
reportar v. conseguir, alcançar; reprimir; denunciar. **reportarse** vr. controlar-se.
repórter ou **reportero,-a** s. repórter.
reposacabezas s.m. suporte de cabeça.
reposado,-a adj. sossegado.
reposapiés s.m. suporte para os pés.
reposar v. descansar, repousar; jazer. **reposarse** vr. assentar.
reposición s.f. restituição; reapresentação.
reposo s.m. repouso.
repostar v. (re)abastecer.
repostería s.f. confeitaria, doçaria; doces; repostaria.
repostero,-a s. confeiteiro, doceiro; despensa.
reprender v. repreender.
reprensión s.f. repreensão.
represa s.f. represa.
represalia s.f. represália.
representación s.f. representação.
representante adj./s. representante; ator.
representar v. representar, reproduzir; interpretar; simbolizar; aparentar; significar. **representarse** vr. imaginar-se.
representatividad s.f. representatividade.
representativo,-a adj. representativo; relevante; típico.
represión s.f. repressão.
represivo,-a adj. repressivo.
reprimenda s.f. reprimenda.
reprimido,-a adj./s. reprimido.
reprimir v. reprimir.
reprise s.f. reprise; (Aut.) aceleração.
reprobable adj. reprovável.
reprobación s.f. reprovação.
reprobador,-a adj. reprovador.
reprobar v. reprovar; condenar.
réprobo,-a adj./s. réprobo.
reprochable adj. censurável.
reprochar v. censurar.
reproche s.m. censura, crítica.
reproducción s.f. reprodução, imitação; recaída.
reproducir v. reproduzir, repetir. **reproducirse** vr. repetir-se.
reproductor,-a adj./s. reprodutor.
reprografía s.f. reprografia.
reptar v. rastejar.
reptil ou **réptil** adj./s. réptil.
república s.f. república.
republicanismo s.m. republicanismo.
republicano,-a adj./s. republicano.
repudiar v. repudiar.
repudio s.m. repúdio.
repuesto,-a adj. refeito. s.m. peça de reposição, sobressalente; estoque; aparador.
repugnancia s.f. repugnância.
repugnante adj. repugnante.
repugnar v. repugnar.
repujado s.m. lavra de figuras em relevo.
repujar v. gravar em relevo.
repulsa s.f. repulsa; bronca.
repulsión s.f. repulsão.
repulsivo,-a adj. repulsivo.
repuntar v. (maré) repontar; (doença) manifestar-se.
reputación s.f. reputação.
reputar v. reputar, considerar.
requebrar v. galantear; adular.
requemado,-a adj. queimado.
requemar v. queimar, torrar; secar. **requemarse** vr. irritar-se; remoer-se.
requerimiento s.m. intimação; requerimento.
requerir v. requerer; intimar; pedir; persuadir; galantear.
requesón s.m. requeijão.
requete- pref. muito. **requetebién** adv. muito bem.
requiebro s.m. galanteio.
réquiem s.m. réquiem.
requintar v. apertar muito.
requisa s.f. inspeção; confisco.
requisar v. confiscar.
requisito s.m. requisito.
requisitoria s.f. precatória.
res s.f. rês.
resabio s.m. ressaibo; tendência, mau hábito.
resaca s.f. ressaca.
resalado,-a adj. gracioso.
resaltar v. sobressair; destacar-se.
resalte ou **resalto** s.m. ressalto, saliência.
resarcir v. ressarcir.
resbaladizo,-a adj. escorregadio.
resbalar v. escorregar; derrapar; cometer um deslize.
resbalón s.m. escorregão; gafe.
resbaloso,-a adj. escorregadio.
rescatar v. resgatar; recuperar.
rescate s.m. resgate, salvamento.
rescindible adj. rescindível.
rescindir v. rescindir.
rescisión s.f. rescisão.
rescoldo s.m. rescaldo; remorso.
resecar v. ressecar. **resecarse** vr. dissecar.
reseco,-a adj. ressecado, muito seco; fraco.
resentido,-a adj. ressentido.
resentimiento s.m. ressentimento.
resentirse vr. sentir dor; enfraquecer-se; ressentir-se.
reseña s.f. resenha, descrição, relato.
reseñar v. resenhar, narrar.
reserva s.f. reserva; provisão; cautela; restrição. s.m. vinho. s. reserva, suplente.
reservado,-a adj. reservado, guardado; confidencial, discreto. s.m. reservado.
reservar v. reservar, guardar. **reservarse** vr. reservar-se.

reservista s. reservista.
resfriado,-a adj./s.m. resfriado.
resfriar v. esfriar. **resfriarse** vr. resfriar-se.
resfrío s.m. resfriado.
resguardar v., **resguardarse** vr. resguardar(-se).
resguardo s.m. resguardo; abrigo; recibo.
residencia s.f. residência, casa, hotel, pensão, hospital.
residencial adj. residencial.
residente adj./s. residente.
residir v. residir, morar.
residual adj. residual.
residuo s.m. resíduo, resto, sobra.
resignación s.f. resignação.
resignar v. resignar, renunciar. **resignarse** vr. resignar-se, conformar-se.
resina s.f. resina.
resinoso,-a adj. resinoso.
resistencia s.f. resistência, energia.
resistente adj. resistente.
resistir v. resistir. **resistirse** vr. opor-se.
resma s.f. resma.
resol s.m. reflexo do sol.
resollar v. ofegar; aparecer; respirar.
resolución s.f. resolução.
resolver v. resolver, decidir, solucionar, resumir; desfazer. **resolverse** vr. resolver-se; reduzir-se a; decidir-se.
resonancia s.f. ressonância; repercussão.
resonante adj. ressonante; famoso.
resonar v. ressoar; ecoar.
resoplar v. bufar.
resoplido ou **resoplo** s.m. bufo.
resorte s.m. mola; recurso, meios.
respaldar s.m. espaldar, encosto. v. garantir, apoiar. **respaldarse** vr. amparar-se.
respaldo s.m. espaldar.
respectar v. dizer respeito, referir-se a.
respectivo,-a adj. respectivo.
respecto s.m. respeito, relação.
respetabilidad s.f. respeitabilidade.
respetable adj. respeitável.

respetar v. respeitar, acatar.
respeto s.m. respeito. **respetos** saudações.
respetuoso,-a adj. respeitoso.
respingar v. respingar, escoicear.
respingo s.m. sacudida; coice; bufo.
respingón,-ona adj. arrebitado.
respiración s.f. respiração, ventilação.
respiradero s.m. respiro.
respirar v. respirar; exalar cheiro; animar-se; descansar; falar.
respiratorio,-a adj. respiratório.
respiro s.m. respiração; descanso, trégua; prorrogação.
resplandecer v. resplandescer.
resplandeciente adj. resplandescente.
resplandor s.m. esplendor.
responder v. responder; atender, replicar; corresponder; render; agradecer; garantir; obedecer.
respondón,-ona adj./s. respondão.
responsabilidad s.f. responsabilidade.
responsabilizar(se) v., vr. responsabilizar(-se).
responsable adj. responsável.
responso s.m. oração pelos defuntos; repreensão.
responsorio s.m. responsório.
respuesta s.f. resposta.
resquebrajadura s.f. racha.
resquebrajar v., vr. rachar(-se).
resquemar v. arder; magoar.
resquemor s.m. mágoa.
resquicio s.m. fenda, fresta; ocasião oportuna.
resta s.f. resto, subtração.
restablecer v., **restablecerse** vr. restabelecer(-se).
restablecimiento s.m. restabelecimento.
restallar v. estalar.
restallido s.m. estalo.
restante adj. restante.
restañar v. estancar.
restar v. subtrair, diminuir; restar, faltar; devolver.
restauración s.f. restauração.
restaurador,-a adj./s. restau-

rador.
restaurante s.m. restaurante.
restaurar v. restaurar, restabelecer.
restitución s.f. restituição.
restituir v. restituir, restaurar, restabelecer.
resto s.m. resto; (Esp.) devolução (de um saque); quantia apostada. **restos** sobras, restos.
restregar v. esfregar.
restricción s.f. restrição.
restrictivo,-a adj. restritivo.
restringir v. restringir.
resucitar v. ressuscitar; reviver, animar.
resuello s.m. alento, ofego, fôlego.
resuelto,-a adj. valente, decidido.
resulta s.f. conseqüência; acordo; vaga.
resultado s.m. resultado.
resultante adj./s.f. resultante.
resultar v. resultar; ser, acabar sendo; render; custar, sair; acontecer.
resumen s.m. resumo.
resumir v. resumir. **resumirse** vr. reduzir-se.
resurgimiento s.m. ressurgimento.
resurgir v. ressurgir, ressuscitar, reaparecer.
resurrección s.f. ressurreição.
retablo s.m. retábulo; painel.
retacear v. recortar; economizar.
retaco,-a adj./s. atarracado.
retador,-a adj./s. desafiador.
retaguarda ou **retaguardia** s.f. retaguarda.
retahíla s.f. série.
retal s.m. retalho.
retama s.f. giesta.
retamal s.m. giestal.
retar v. reptar, desafiar; insultar; repreender.
retardado,-a adj. retardado.
retardar v. retardar, atrasar; deter, frear.
retardo s.m. retardação.
retasar v. taxar de novo; rebaixar.
retazo s.m. retalho.
retemblar v. tremer, vibrar.
retén s.m. reserva, tropa de

plantão, posto rodoviário.
retención *s.f.* retenção; congestionamento; desconto.
retener *v.* reter, guardar, memorizar, descontar; parar. **retenerse** *vr.* reprimir-se, conservar.
retentiva *s.f.* memória.
reticencia *s.f.* reserva, desconfiança; insinuação; reticência.
reticente *adj.* reservado, reticente; insinuante.
retícula *s.f.*, **retículo** *s.m.* retícula.
retina *s.f.* retina.
retintín *s.m.* retintim; ironia.
retinto,-a *adj.* castanho escuro.
retirada *s.f.* retirada; retiro; retreta.
retirado,-a *adj.* retirado, distante. *s.* aposentado; reformado.
retirar *v.* afastar; retirar; negar; abandonar. **retirarse** *vr.* retirar-se; aposentar-se.
retiro *s.m.* aposentadoria; afastamento; retiro.
reto *s.m.* desafio; repreensão.
retocar *v.* retocar, restaurar.
retoñar *v.* rebrotar, ressurgir.
retoño *s.m.* renovo, rebento; criança.
retoque *s.m.* retoque.
retorcer *v.* retorcer; distorcer. **retorcerse** *vr.* contorcer-se, dobrar-se.
retorcido,-a *adj.* maldoso; requintado.
retórica *s.f.* retórica.
retórico,-a *adj./s.* retórico.
retornable *adj.* retornável.
retornar *v.* retornar, devolver, retroceder.
retorno *s.m.* retorno; desconto.
retorta *s.f.* retorta.
retortero *s.m.* volta ao redor.
retortijón *s.m.* cólica.
retozar *v.* saltitar; brincar; acariciar-se.
retozón,-ona *adj./s.* brincalhão.
retracción *s.f.* retração.
retractable *adj.* retratável.
retractación *s.f.* retratação.
retractar *v.*, **retractarse** *vr.* retratar(-se).

retráctil *adj.* retrátil.
retraer *v.* dissuadir, recuar; trazer de novo; censurar; reproduzir. **retraerse** *vr.* retirar-se, isolar-se.
retraído,-a *adj.* retraído, tímido.
retraimiento *s.m.* retraimento.
retransmisión *s.f.* transmissão.
retransmisor *s.m.* transmissor.
retransmitir *v.* transmitir.
retrasado,-a *adj./s.* atrasado; retardado.
retrasar *v.* retardar, atrasar, demorar. **retrasarse** *vr.* atrasar-se.
retraso *s.m.* demora, atraso.
retratar *v.* retratar, fotografar, descrever.
retratista *s.* retratista.
retrato *s.m.* retrato, foto, descrição.
retreparse *vr.* recostar-se.
retreta *s.f.* retreta.
retrete *s.m.* privada, banheiro.
retribución *s.f.* pagamento, salário.
retribuir *v.* pagar, retribuir.
retro *adj.* retrógrado, antigo.
retracción *s.f.* retroação.
retroactivo,-a *adj.* retroativo.
retroceder *v.* retroceder, recuar.
retroceso *s.m.* retrocesso; piora; recúo.
retrocohete *s.m.* retrofoguete.
retrógrado,-a *adj./s.* retrógrado.
retropropulsión *s.f.* retropropulsão.
retrospección *s.f.* retrospecção.
restrospectiva *s.f.* retrospectiva.
retrospectivo,-a *adj.* retrospectivo.
retrovisor *s.m.* (*Aut.*) retrovisor.
retruécano *s.m.* trocadilho, jogo de palavras.
retumbante *adj.* retumbante, pomposo.
retumbar *v.* retumbar, estrondear.
reuma *ou* **reúma** *s.m.* reumatismo.
reumático,-a *adj./s.* reumático.
reumatismo *s.m.* reumatismo.

reunión *s.f.* reunião.
reunir *v.*, *v.r.* reunir, congregar, juntar.
reválida *s.f.* exame final.
revalidación *s.f.* revalidação.
revalidar *v.* revalidar, ratificar. **revalidarse** *vr.* fazer o exame final.
revalorización *s.f.* valorização.
revalorizar *v.*, **revalorizarse** *vr.* (re)valorizar(-se).
revancha *s.f.* revanche.
revanchismo *s.m.* revanchismo.
revanchista *adj./s.* revanchista.
revelación *s.f.* revelação.
revelado *s.m.* (*Fot.*) revelação.
revelador,-a *adj./s.m.* revelador.
revelar *v.* revelar, mostrar.
revendedor,-a *s.* revendedor, varejista.
revender *v.* revender.
reventa *s.f.* revenda, varejo, venda por cambista.
reventar *v.* rebentar, estourar; ter muita vontade; morrer; arruinar, fracassar; irritar, aborrecer; esgotar, cansar; (*árvore*) estar carregada. **reventarse** *vr.* estragar-se, cansar-se, explodir.
reventón *adj.* que rebenta, que abre. *s.m.* estouro, canseira.
reverberación *s.f.* reverberação.
reverberar *v.* reverberar.
reverbero *s.m.* reverberação; reflexo; fogareiro.
reverdecer *v.* reverdecer; reviver, renovar.
reverencia *s.f.* reverência.
reverendo,-a *adj./s.* reverendo.
reverente *adj.* reverente.
reversible *adj.* reversível; (*roupa*) dupla face.
reversión *s.f.* reversão.
reverso *s.m.* reverso.
reverter *v.* transbordar.
revertir *v.* reverter.
revés *s.m.* reverso; revés; bofetada; avesso.
revestimiento *s.m.* revestimento.
revestir *v.* revestir; ter; disfarçar, dissimular. **revestirse** *vr.* adornar-se; armar-se; di-

xar-se influir.
revezar(se) *v., vr.* revezar(-se).
revisar *v.* revisar, rever, reexaminar.
revisión *s.f.* revisão.
revisionismo *s.m.* revisionismo.
revisionista *adj./s.* revisionista.
revisor,-a *s.* revisor.
revista *s.f.* revista; inspeção.
revistar *v.* revistar.
revistero *s.m.* porta-revistas.
revitalizar *v.* revitalizar.
revival *s.m.* revivificação.
revivir *v.* reviver.
revocable *adj.* revogável.
revocar *v.* revogar; dissuadir; rebocar; pintar de novo.
revolada *s.f.* revoada.
revolcar *v.* derrubar; derrotar; reprovar. **revolcarse** *vr.* chafurdar; empenhar-se.
revolcón *s.m.* tombo, cambalhota; derrota, goleada; (*Gír.*) bolinação.
revolotear *v.* revolutear, esvoaçar; jogar para o alto.
revoloteo *s.m.* revoada.
revoltijo *s.m.*, **revoltillo** *s.m.* confusão, misturada, bagunça; guisado de carne.
revoltoso,-a *adj./s.* travesso, rebelde, bagunceiro.
revolución *s.f.* revolução, alvoroço, rotação.
revolucionar *v.* revolucionar, agitar, acelerar.
revolucionario,-a *s.* revolucionário.
revolver *v.* revolver, misturar, agitar, desordenar; virar, dar náuseas; irritar, revoltar; envolver; inimizar. **revolverse** *vr.* andar de um lado para o outro; investir, avançar; mudar (*o tempo*).
revólver *s.m.* revólver.
revoque *s.m.* reboco.
revuelco *s.m.* cambalhota.
revuelo *s.m.* revoada; agitação.
revuelta *s.f.* revolta, mudança.
revuelto,-a *adj.* revolto, confuso, mexido; tempestuoso, agitado, revoltoso, turbulento.
revulsión *s.f.* revulsão.
revulsivo,-a *adj.* revulsivo.

rey *s.m.* rei.
reyerta *s.f.* briga, rixa.
reyezuelo *s.m.* reizinho; corruíra.
rezagado,-a *adj./s.* retardatário.
rezagar *v.* deixar atrás, atrasar. **rezagarse** *vr.* atrasar-se.
rezar *v.* rezar, dizer, estar escrito.
rezo *s.m.* reza, oração.
rezongar *v.* resmungar.
rezongón,-ona *adj./s.* resmungão.
rezumar *v.* gotejar, suar, escoar.
ría *s.f.* estuário, foz.
riachuelo *s.m.* riacho, córrego.
riada *s.f.* enchente, inundação.
ribazo *s.m.* barranco; talude.
ribera *s.f.* margem, orla.
ribereño,-a *adj.* ribeirinho.
ribete *s.m.* debrum; ribetes indícios.
ribeteado,-a *adj.* debruado.
ribetear *v.* debruar.
ricacho,-a *s.*, **ricachón,-ona** *s.* ricaço.
ricino *s.m.* rícino.
rico,-a *adj.* rico; abundante, saboroso, bonito, excelente. *s.* pessoa rica.
rictus *s.m.* expressão.
ricura *s.f.* delícia, riqueza.
ridiculez *s.f.* ridiculez, ridicularia.
ridiculizar *v.* ridicularizar.
ridículo,-a *adj./s.m.* ridículo, irrisório.
riego *s.m.* irrigação, rega.
riel *s.m.* trilho.
rielar *v.* tremeluzir, bruxulear.
rienda *s.f.* rédea; sujeição; riendas rédeas, governo.
riesgo *s.m.* risco, perigo.
rifa *s.f.* rifa, sorteio.
rifar *v.* rifar; zangar-se. **rifarse** *vr.* disputar. **rifárselas** arriscar a vida.
rifle *s.m.* rifle.
rigidez *s.m.* rigidez.
rígido,-a *adj.* rígido, severo.
rigor *s.m.* rigor.
rigoroso,-a *ou* **riguroso,-a** *adj.* rigoroso.
rija *s.f.* fístula; rixa.
rijoso,-a *adj.* brigão; sensual, luxurioso.

rima *s.f.* rima, poema.
rimar *v.* rimar; compor versos.
rimbombante *adj.* retumbante, pomposo.
rímel *s.m.* rímel.
rincón *s.m.* canto, morada; cantinho.
rinconada *s.f.* esquina.
rinconera *s.f.* cantoneira.
ring *s.m.* ringue.
ringlera *s.f.* fileira, fila.
ringlete *s.m.* pessoa ativa.
ringorrango *s.m.* badulaque, arrebique.
rinoceronte *s.m.* rinoceronte.
riña *s.f.* rixa, briga; bronca, repreensão.
riñón *s.m.* rim. **riñones** rins.
riñonada *s.f.* rins; guisado de rins.
río *s.m.* rio; abundância; multidão.
rioja *s.m.* vinho de La Rioja.
riojano,-a *adj./s.* de La Rioja.
ripio *s.m.* resto, resíduo; entulho, cascalho; palavrório.
ripioso,-a *adj.* vazio, vão.
riqueza *s.f.* riqueza, abundância.
risa *s.f.* riso, risada; ridículo.
riscadillo *s.m.* (*Tecel.*) riscado.
risco *s.m.* penhasco, rochedo.
risible *adj.* risível, ridículo.
risilla *ou* **risita** *s.f.* risadinha.
risotada *s.f.* gargalhada.
ristra *s.f.* réstia; série, enfiada.
ristre *s.m.* riste; *en* ~ em riste.
risueño,-a *adj.* risonho, alegre, agradável, prometedor.
rita *interj.* *ique lo haga* ~!; *ivaya* ~! peça para outro!; eu não!
rítmico,-a *adj.* rítmico.
ritmo *s.m.* ritmo.
rito *s.m.* rito.
ritual *adj./s.m.* ritual; *de* ~ habitual.
ritualidad *s.f.*, **ritualismo** *s.m.* ritualismo.
rival *adj./s.* rival.
rivalidad *s.f.* rivalidade.
rivalizar *v.* rivalizar.
rivera *s.f.* regato, ribeiro.
rizado *s.m.* ondulação do cabelo.
rizador *s.m.* bóbi.
rizar *v.* encrespar, ondular;

ondear; dobrar, vincar.
rizo,-a *adj.* crespo, cacheado. *s.m.* cacho; caracol; (*Aer.*) loop, parafuso.
rizoma *s.m.* rizoma.
róbalo *ou* **robalo** *s.m.* robalo.
robar *v.* roubar, furtar, pegar; cativar; arrastar; raptar.
roble *s.m.* carvalho; pessoa forte.
robledal *ou* **robledo** *s.m.* carvalhal, robledo.
roblón *s.m.* rebite.
robo *s.m.* roubo.
robot *s.m.* robô.
robótica *s.f.* robótica.
robustecer(se) *v., vr.* robustecer(-se).
robusto,-a *adj.* robusto.
roca *s.f.* rocha.
rocalla *s.f.* rocalha.
rocambolesco,-a *adj.* incrível, fantástico.
roce *s.m.* roçadura, raspadura; contato; discussão, atrito.
rochela *s.f.* barulho, tumulto.
rociada *s.f.* borrifo, orvalho, (*Fig.*) chuva; fofoca; bronca.
rociar *v.* orvalhar, borrifar, salpicar, cobrir; acompanhar com uma bebida; disseminar; gratificar.
rocín *s.m.* rocim; cavalo de carga; pessoa ignorante.
rocío *s.m.* orvalho; chuvisco.
rockero,-a *adj./s.* roqueiro.
rococó *adj./s.* rococó.
roda *s.f.* roda.
rodaballo *s.m.* rodovalho.
rodada *s.f.* rodeira, trilha de pneu.
rodado,-a *adj.* malhado; sobre rodas; experiente.
rodaja *s.f.* fatia, rodela.
rodaje *s.m.* filmagem, rodagem; período de experiência; (*Aut.*) amaciamento.
rodamiento *s.m.* rolamento.
rodante *adj.* rodante.
rodapié *s.m.* rodapé.
rodar *v.* rodar, filmar, girar; circular; rolar; vagar; funcionar; (*Aut.*) amaciar.
rodear *v.* rodear; cercar, circundar. **rodearse** *vr.* rodear-se.
rodeo *s.m.* rodeio; giro, volta, desvio; invernada.

rodera *s.f.* rodeira.
rodesiano,-a *adj./s.* rodesiano.
rodete *s.m.* coque; rodilha.
rodilla *s.f.* joelho; rótula; rodilha; esfregão.
rodillada *s.f.,* **rodillazo** *s.m.* joelhada.
rodillera *s.f.* joelheira.
rodillo *s.m.* rolo; rolão.
roedor,-a *adj./s.* roedor.
roedura *s.f.* roedura; marca de coisa roída.
roer *v.* roer; corroer; atormentar, pesar.
rogar *v.* rogar.
rogativas *s.f.pl.* rogos.
roído,-a *adj.* roído.
rojear *v.* avermelhar.
rojez *s.f.* vermelhidão.
rojiblanco,-a *adj.* vermelho e branco.
rojizo,-a *adj.* avermelhado.
rojo,-a *adj./s.m.* vermelho.
rol *s.m.* rol, lista; papel.
rolar *v.* rolar, rodar; relacionar-se.
rollizo *adj.* roliço, gordo.
rollo *s.m.* rolo; filme; chato; chateação; assunto; caso.
romana *s.f.* balança romana.
romance *s.m.* romance; idioma espanhol. *adj.* românico.
romancero *s.m.* romanceiro.
románico,-a *adj./s.m.* românico.
romano,-a *adj./s.* romano.
romántico,-a *adj.* romântico.
romanza *s.f.* romança.
rombo *s.m.* losango.
romboide *s.m.* rombóide.
romería *s.f.* romaria.
romero,-a *s* romeiro. *s.m.* alecrim.
romo,-a *adj.* rombudo; achatado.
rompecabezas *s.m.* quebra-cabeça; enigma.
rompecorazones *s.* namorador.
rompehielos *s.m.* navio quebra-gelo.
rompeolas *s.m.* quebra-mar.
romper *v.* quebrar, partir, romper, gastar, rachar, abrir caminho, furar; descumprir; despontar, brotar; fazer sucesso; arrebentar. **romperse** *vr.* adquirir desembaraço.
rompible *adj.* quebrável.

rompiente *s.m.* escolho.
rompimiento *s.m.* rompimento, ruptura.
ron *s.m.* rum.
roncadora *s.f.* esporão.
roncal *s.m.* rouxinol.
roncar *v.* roncar.
roncear *v.* fazer com má vontade; adular.
roncha *s.f.* equimose, erupção; rodela.
ronchar *v.* mastigar com ruído.
ronco,-a *adj.* rouco.
ronda *s.f.* ronda; serenata; avenida marginal; rodada; corrida de ciclistas; (*cartas*) mão.
rondalla *s.f.* conto; serenata.
rondar *v.* rondar, patrulhar; cortejar; fazer serenata; passear à noite; estar perto.
rondón *loc. adv. de* ~ impetuosamente.
ronquear *v.* rouquejar.
ronquera *s.f.* rouquidão.
ronquido *s.m.* ronco.
ronronear *v.* ronronar.
ronzal *s.m.* rédea.
ronzar *v.* mastigar ruidosamente.
roña *s.f.* cascão, sujeira; ferrugem; sarna; mesquinhez; pão-duro; ojeriza.
roñería *s.f.* mesquinhez.
roñica *adj./s.* pão-duro.
roñosería *s.f.* pão-durismo.
roñoso,-a *adj.* sujo, sarnento; enferrujado. *adj./s.* pão-duro.
ropa *s.f.* roupa.
ropaje *s.m.* roupagem; linguagem.
ropavejero,-a *s.* roupavelheiro.
ropero *s.m.* roupeiro, guarda-roupa.
roque *s.m.* (*Xad.*) torre.
roqueda *s.f.,* **roquedal** *s.m.* penhascal.
roquero,-a *adj./s.* de rock; roqueiro.
rorro *s.m.* bebê.
ros *s.m.* quepe.
rosa *s.f.* rosa. *adj./s.m.* cor-de-rosa.
rosáceo,-a *adj.* rosáceo.
rosado,-a *adj.* cor-de-rosa, rosado. *s.m.* (*vinho*) rosé.
rosal *s.m.* roseira.
rosaleda *s.f.* roseiral.

rosario *s.m.* rosário.
rosbif *s.m.* rosbife.
rosca *s.f.* rosca; espiral; pneu, gordurinha.
rosco *s.m.* (*pão, bolo*) rosca; (*Fam.*) zero.
roscón *s.m.* rosca grande.
roseta *s.f.* rubor nas faces; crivo de regador; roseta; brinco. **rosetas** pipocas.
rosetón *s.m.* (*Arquit.*) rosácea.
rosquilla *s.f.* rosquinha.
rostro *s.m.* rosto; rostro, bico; caradura, cara-de-pau.
rotación *s.f.* rotação.
rotar *v.* rodar, girar, revezar.
rotativa *s.f.* rotativa.
rotativo,-a *adj.* rotativo. *s.m.* jornal.
rotatorio,-a *adj.* rotatório.
roto,-a *adj.* esfarrapado; esgotado; vicioso. *s.m.* rasgão; (*Fam.*) chileno.
rotonda *s.f.* rotunda.
rotor *s.m.* rotor.
rótula *s.f.* rótula.
rotulación *s.f.* rotulação.
rotulador *s.m.* rotulador; caneta hidrográfica.
rotular *v.* rotular; etiquetar; pôr um letreiro. *adj.* rotular.
rótulo *s.m.* letreiro, placa, anúncio; título.
rotundidad *s.f.* firmeza.
rotundo,-a *adj.* taxativo, categórico; preciso.
rotura *s.f.* ruptura, fratura, rasgão.
roturación *s.f.* aradura.
roturadora *s.f.* arado.
roturar *v.* arar, lavrar.
roulotte *s.f.* reboque, trailer.
rozadura *s.f.* raspão; arranhão, esfoladura.
rozagante *adj.* vistoso, chamativo.
rozamiento *s.m.* atrito; dissensão; roçada.
rozar *v.* roçar; raspar, arranhar, atritar; desgastar; chegar a. **rozarse** *vr.* assemelhar-se, relacionar-se.

rúa *s.f.* rua.
ruandés,-esa *adj./s.* ruandês.
rubéola *s.f.* rubéola.
rubí *s.m.* rubi.
rubia *s.f.* loira; peseta.
rubiales *s.* loiro.
rubicundo,-a *adj.* vermelho.
rubio,-a *adj.* loiro. *s.m.* peixe-cabra.
rublo *s.m.* rublo.
rubor *s.m.* rubor; vergonha.
ruborizarse *vr.* ruborizar-se; envergonhar-se.
ruboroso,-a *adj.* tímido, acanhado, envergonhado.
rúbrica *s.f.* rubrica; epígrafe; título.
rubricar *v.* rubricar, assinar, confirmar.
rubro,-a *adj.* vermelho, rubro. *s.m.* rótulo.
ruco,-a *adj.* velho, inútil.
ruda *s.f.* arruda.
rudeza *s.f.* rudez, rudeza.
rudimentario,-a *adj.* rudimentar.
rudimento *s.m.* rudimento.
rudo,-a *adj.* rude, grosseiro.
rueca *s.f.* fuso, roca.
rueda *s.f.* roda; rodela, fatia; turno, vez; nora.
ruedo *s.m.* arena; roda; contorno; bainha; fronteira; capacho.
ruego *s.m.* rogo, pedido, súplica.
rufián *s.m.* rufião, cafetão.
rufianesca *s.f.* submundo.
rufianesco,-a *adj.* rufianesco.
rugby *s.m.* rúgbi.
rugido *s.m.* rugido, bramido.
rugir *v.* rugir; bramir; urrar, gritar.
rugoso,-a *adj.* rugoso, enrugado.
ruibarbo *s.m.* ruibarbo.
ruido *s.m.* ruído; barulho; alvoroço; exagero.
ruidoso,-a *adj.* ruidoso; escandaloso.
ruin *adj.* ruim; fraco, mau; avarento.

ruina *s.f.* ruína; decadência; falência. **ruinas** ruínas, destroços.
ruindad *s.f.* ruindade; vileza; pão-durismo.
ruinoso,-a *adj.* ruinoso, em ruínas.
ruiseñor *s.m.* rouxinol.
ruleta *s.f.* roleta.
rulo *s.m.* rolo; bóbi; cacho.
rulot *s.f.* reboque, trailer.
rumano,-a *adj./s.* romeno.
rumba *s.f.* rumba.
rumbear *v.* dançar rumba; rumar, tomar rumo.
rumbo *s.m.* rumo, caminho; generosidade; aparato, pompa.
rumboso,-a *adj.* generoso, pomposo.
rumia *s.f.* ruminação.
rumiante *adj./s.m.* ruminante.
rumiar *v.* ruminar, remoer; resmungar.
rumor *s.m.* rumor, boato; barulho, murmúrio.
rumorearse *vr.* correr um boato, rumorejar-se.
rumoroso,-a *adj.* rumoroso, sussurrante.
runfla *ou* **runflada** *s.f.* montão, série; multidão.
runrún *s.m.* zunzum, boato.
runrunearse *vr.* correr o boato.
runruneo *s.m.* boato, murmúrio.
rupestre *adj.* rupestre.
rupia *s.f.* rupia.
ruptura *s.f.* ruptura, rompimento.
rural *adj.* rural.
ruso,-a *adj./s.* russo.
rústico,-a *adj.* rústico, rude. *s.* camponês.
ruta *s.f.* rota, rumo, trajetória, caminho.
rutilante *adj.* brilhante, reluzente.
rutilar *v.* brilhar, reluzir.
rutina *s.f.* rotina.
rutinario,-a *adj.* rotineiro.
rutón,-ona *adj./s.* resmungão.

S

S, s s.f. S, s.
sábado s.m. sábado.
sabana s.f. savana.
sábana s.f. lençol.
sabandija s.f. inseto, réptil, pessoa desprezível.
sabañón s.m. frieira.
sabático,-a adj. sabático.
sabatino,-a adj. sabatino.
sabedor,-a adj. sabedor, conhecedor.
sabelotodo s. sabe-tudo, sabichão.
saber s.m. saber. v. saber, conhecer, ter sabor.
sabido,-a adj. sabido.
sabiduría s.f. sabedoria, prudência.
sabiendas loc. adv. a ~ sabendo que.
sabihondo,-a adj. pedante. s. sabichão.
sabio,-a adj./s. sábio.
sablazo s.m. golpe de sabre; pedido de dinheiro, facada.
sable s.m. sabre.
sableador,-a s. facadista.
sablear v. pedir dinheiro; (Fam.) dar uma facada.
sablista s. facadista.
sabor s.m. sabor, semelhança.
saborear v. saborear, apreciar.
sabotaje s.f. sabotagem.
saboteador,-a s. sabotador.
sabotear v. sabotar.
sabroso,-a adj. saboroso.
sabrosura s.f. delícia, gostosura.
sabueso s.m. sabujo. s. detetive.
saca s.f. saca, saco.
sacaclavos s.m. torquês.
sacacorchos s.m. saca-rolhas.
sacacuartos ou **sacadineros** s. golpista, vigarista. s.m. trapaça.
sacafaltas s. crítico; o que põe defeito em tudo.

sacamanchas s.m. tira-manchas.
sacamuelas s. mau dentista; charlatão.
sacapuntas s.m. apontador de lápis.
sacar v. tirar, extrair, arrancar, separar, afastar, livrar; verificar, descobrir; eleger; conseguir, obter, ganhar (em sorteio); excetuar; excluir; copiar, citar; inventar; alargar; lançar; produzir, criar; sobrepujar; anotar; mostrar, dar a conhecer; sacar; comprar.
sacarina s.f. sacarina.
sacarosa s.f. sacarose.
sacerdocio s.m. sacerdócio.
sacerdotal adj. sacerdotal.
sacerdote s.m. sacerdote.
sacerdotisa s.f. sacerdotisa.
saciable adj. saciável.
saciar v. saciar, satisfazer.
saciedad s.f. saciedade.
saco s.m. bolsa; sacola; saco; casaco, paletó.
sacón,-ona adj./s. covarde.
sacralizar v. consagrar.
sacramental adj. sacramental.
sacramentar v. administrar os sacramentos; esconder.
sacramento s.m. sacramento.
sacratísimo s.m. sacratíssimo.
sacrificar v. sacrificar. **sacrificarse** vr. sacrificar-se, resignar-se.
sacrificio s.m. sacrifício.
sacrilegio s.m. sacrilégio.
sacrílego,-a adj. sacrílego.
sacristán s.m. sacristão.
sacristía s.f. sacristia.
sacro, adj. sacro, sagrado. s.m. sacro.
sacrosanto,-a adj. sacrossanto.
sacudida s.f. sacudida.

sacudir v. sacudir, agitar, espantar, bater. **sacudirse** vr. desfazer-se.
sádico,-a adj./s. sádico.
sadismo s.m. sadismo.
sadomasoquismo s.m. sadomasoquismo.
sadomasoquista s. sadomasoquista.
saeta s.f. flecha, ponteiro; canção andaluza.
saetera s.f. seteira.
safari s.m. safári.
saga s.f. saga.
sagacidad s.f. sagacidade.
sagaz adj. sagaz.
sagrado,-a adj. sagrado.
sagrario s.m. sacrário.
sagú s.m. sagu.
saharaui adj./s. saárico.
sahariana s.f. jaqueta folgada.
sahariano,-a adj./s. saariano.
sahumado,-a adj. tocado, ligeiramente bêbado.
sahumerio s.m., **sahúmo** s.m. incenso, defumadura.
sain s.m. gordura, banha, sebo.
sainete s.m. sainete.
sainetero ou **sainetista** s.m. escritor de sainetes.
sajón,-ona adj./s. saxônio.
sal s.f. sal; graça, charme. **sales** sais.
sala s.f. sala, tribunal.
salacot s.m. capacete.
saladería s.f. charqueada.
saladero s.m. salgadeira.
salado,-a adj. salgado; divertido, animado, gracioso; azarado; caro. s.m. salga.
saladura s.f. salga.
salamandra s.f. salamandra.
salamanqués,-esa adj./s. salamanquino.
salamanquesa s.f. lagartixa.
salame ou **salami** s.m. salame.

salar v. salgar; azarar, manchar, desonrar.
salariado s.m. assalariado.
salarial adj. salarial.
salario s.m. salário.
salaz adj. devasso.
salazón s.m. salgadura; azar. salazones carnes salgadas.
salchicha s.f. salsicha.
salchichería s.f. salsicharia.
salchichón s.m. salsichão.
salcochar v. cozer com água e sal.
saldar v. saldar; liquidar.
saldo s.m. saldo; liquidação; pagamento.
saledizo,-a adj. que sobressai. s.m. saliência.
salero s.m. saleiro; graça, charme.
saleroso,-a adj. gracioso, charmoso.
salesa adj./s.f. salésia, salesiana.
salesiano,-a adj./s. salesiano.
sálico,-a adj. sálico.
salida s.f. saída; recurso; tirada; nascer, raiar; início.
salido,-a adj. saliente, saltado; no cio; (Vulg.) tesudo.
saliente adj. saliente. s.m. saliência; nascente.
salífero,-a adj. salino.
salina s.f. salina; mina de sal.
salinero s.m. salineiro.
salinidad s.f. salinidade.
salino,-a adj. salino, salgado.
salir v. sair, partir; brotar, nascer, aparecer; encontrar, achar; tirar, desaparecer; custar; sobressair; parecer-se; solucionar; apresentar-se. **salirse** vr. transbordar; sair.
salitre s.m. salitre.
saliva s.f. saliva.
salivación s.f. salivação.
salival s.f. salivar.
salivar v. salivar.
salivazo s.m. cusparada.
salmantino,-a adj./s. salmantino; de Salamanca.
salmo s.m. salmo.
salmodia s.f. salmódia; cantilena.
salmodiar v. salmodiar.
salmón adj./s.m. salmão.
salmonelosis s.f. salmonelose.

salmonete s.m. salmonete.
salmorejo s.m. repreensão; espécie de molho.
salmuera s.f. salmoura.
salobre ou **salobreño,-a** adj. salobre.
salobridad s.f. salinidade.
salomónico,-a adj. salomônico.
salón s.m. salão, sala de visitas, sala de aula; exposição.
salpicadera s.f. (Aut.) pára-lamas.
salpicadero s.m. (Aut.) painel.
salpicadura s.f. salpico.
salpicar v. salpicar; espalhar, borrifar.
salpicón s.m. salpicão.
salpimentar v. condimentar; temperar.
salpullido s.m. erupção cutânea.
salsa s.f. molho; tempero; (Mús.) salsa.
saltador,-a adj. saltador. s.m. corda para saltar.
saltamontes s.m. gafanhoto.
saltaojos s.m. peônia.
saltar v. saltar, pular; omitir; elevar-se no ar; cair, soltar-se; explodir; esguichar; irritar-se; ressaltar. **saltarse** vr. infringir, descumprir.
saltarín,-a adj./s. inquieto; doidivanas.
salteador s.m. salteador.
saltear v. assaltar; saltear; pular; fritar ligeiramente.
salterio s.m. saltério.
saltimbanqui s. saltimbanco.
salto s.m. salto; pulo; omissão; avanço.
saltón,-ona adj. saltado, saliente.
salubre adj. salubre.
salubridad s.f. salubridade.
salud s.f. saúde.
saluda s.f. comunicado.
saludable adj. saudável; proveitoso.
saludador,-a adj. saudador. s. curandeiro.
saludar v. saudar, cumprimentar.
saludo s.m. saudação, cumprimento.
salva s.f. salva.
salvabarros s.m. pára-lama.

salvable adj. salvável.
salvación s.f. salvação.
salvado s.m. farelo, casca.
salvador,-a adj./s. salvador.
salvadoreño,-a adj./s. salvadorenho, salvatoriano.
salvaguarda s.f. salvaguarda.
salvaguardar v. salvaguardar.
salvaguardia s.f. salvaguarda. s.m. guardião.
salvajada s.f. selvageria.
salvaje adj./s. selvagem; inculto; violento; silvestre.
salvajismo s.m. selvageria.
salvamanteles s.m. descanso de pratos.
salvamento ou **salvamiento** s.m. salvamento, resgate.
salvar v. salvar, resgatar, livrar-se, percorrer, cruzar; superar; excetuar. **salvarse** vr. salvar-se, sobreviver.
salva-slip s.m. absorvente.
salvavidas adj./s.m. salva-vidas.
salve s.f. ave-maria.
salvedad s.f. exceção; condição, ressalva.
salvia s.f. sálvia.
salvo,-a adj. salvo, ileso. adv. salvo, excetuado.
salvoconducto s.m. salvo-conduto.
samaritano,-a adj./s. samaritano.
samba s.f. samba.
sambenitar v. difamar.
sambenito s.m. difamação, descrédito.
samovar s.m. samovar.
samurai ou **samuray** s.m. samurai.
san adj. são.
sanable adj. curável.
sanador adj. curativo. s. curandeiro.
sanagoria adj. tolo, simplório.
sanalotodo s.m. panacéia.
sanar v. curar, sarar, sanar.
sanatorio s.m. sanatório, hospital.
sancho,-a s. carneiro.
sanción s.f. sanção.
sancionable adj. sancionável.
sancionar v. sancionar.
sanco s.m. papa de farinha, cebola, alho e gordura.

sancochar v. escaldar, aferventar.
sancocho s.m. alimento meio cozido; (Fig.) confusão.
sanctasantórum s.m. santuário, Santíssimo.
sandalia s.f. sandália.
sándalo s.m. sândalo.
sandez s.f. sandice.
sandía s.f. melancia.
sandinista adj./s. sandinista.
sandio,-a adj./s. simplório.
sandunga s.f. graça, garbo; farra.
sandunguero,-a adj. gracioso.
sandwich s.m. sanduíche.
sandwichera s.f. sanduicheira.
sandwichería s.f. sanduicheria.
saneado,-a adj. livre de ônus.
saneamiento s.m. saneamento.
sanear v. sanear, remediar.
sanedrín s.m. sinédrio.
sangrado s.m. espaço, recuo.
sangradura s.f. sangradouro; sangria.
sangrante adj. que sangra; ofensivo.
sangrar v. sangrar; roubar; espaçar.
sangre s.f. sangue.
sangría s.f. sangria; recuo, espaço.
sangriento,-a adj. sangrento; cruel.
sanguijuela s.f. sanguessuga.
sanguinario,-a adj. sanguinário.
sanguíneo,-a adj. sangüíneo.
sanguino,-a adj./s. sanguíneo.
sanguinolencia s.f. sanguinolência.
sanguinolento,-a adj. sanguinolento.
sanidad s.f. sanidade, saúde.
sanitario,-a adj. sanitário. **sanitarios** s.m.pl. aparelhos sanitários. s. funcionário da Saúde.
sanjuanada s.f. festa junina.
sanjuanear v. bater, dar pancadas.
sano,-a adj. são, sadio, saudável, inteiro, bom, inocente, positivo, honesto.
sánscrito,-a adj./s.m. sânscrito.
¡sanseacabó! interj. chega!; acabou-se!; ponto final!

sansón s.m. sansão.
santacruceño ou **santacrucero,-a** adj./s. de Santa Cruz de Tenerife.
santanderino,-a adj./s. de Santander.
santateresa s.f. louva-a-deus.
santería s.f. santimônia; beatice; loja de artigos religiosos.
santero,-a adj./s. beato; santeiro; andador.
santiaguero,-a adj./s. de Santiago de Cuba.
santiagués,-esa adj./s. santiaguês.
santiaguino,-a adj./s. de Santiago do Chile.
santiamén s.m. santiâmen; *en un ~* num instante.
santidad s.f. santidade.
santificación s.f. santificação.
santificar v. santificar; desculpar.
santiguar v. benzer. **santiguarse** vr. persignar-se.
santísimo, adj./s.m. santíssimo.
santo,-a adj. santo, são; eficaz, s.m. santo; gravura; dia onomástico.
santón s.m. beato, santarrão.
santoral s.m. santoral.
santuario s.m. santuário.
santucho,-a ou **santurrón,-ona** adj./s. hipócrita, santarrão.
santurronería s.f. hipocrisia.
saña s.f. ira, raiva, furor.
sapiencia s.f. sabedoria.
sapiente adj. sábio.
sapo,-a adj. astuto, esperto. s.m. sapo.
saponificación s.f. saponificação.
saponificar v. saponificar.
saque s.m. (Fut.) chute inicial; (Tên.) saque; apetite.
saqueador,-a adj./s. saqueador.
saquear v. saquear, pilhar.
saqueo s.m. saque, pilhagem; assalto.
sarampión s.m. sarampo.
sarao s.m. sarau; algazarra.
sarape s.m. poncho com franjas coloridas.
sarasa s.m. veado, bicha.
sarazo,-a adj. maduro; tocado, alegre.
sarcasmo s.m. sarcasmo.

sarcástico,-a adj. sarcástico.
sarcófago s.m. sarcófago.
sarcoma s.m. sarcoma.
sardana s.f. dança catalã.
sardina s.f. sardinha.
sardinero,-a adj./s. sardinheiro.
sardo,-a adj./s. sardo.
sardónico,-a adj. sardônico.
sarga s.f. sarja.
sargento s.m. sargento; pessoa autoritária.
sari s.m. sari.
sarmentoso,-a adj. magro, esquelético.
sarmiento s.m. sarmento.
sarna s.f. sarna.
sarnoso,-a adj. sarnento.
sarpullido s.m. borbulha, erupção da pele.
sarraceno,-a adj./s. sarraceno.
sarracina s.f. tumulto, briga; massacre.
sarro s.m. sarro, saburra; tártaro.
sarta s.f. enfiada, fileira, fiada.
sartén s.f. frigideira.
sartenazo s.m. pancada com uma frigideira.
sastre a s. alfaiate.
sastrería s.f. alfaiataria.
satánico,-a adj. satânico.
satélite s.m. satélite.
satén s.m. cetim.
satinado,-a adj. acetinado.
satinar v. acetinar.
sátira s.f. sátira.
satírico,-a adj. satírico.
satirizar v. satirizar.
sátiro s.m. sátiro.
satisfacción s.f. satisfação; prêmio.
satisfacer v. satisfazer; premiar; pagar, reparar; responder. **satisfacerse** vr. vingar-se, satisfazer-se.
satisfactorio,-a adj. satisfatório.
satisfecho,-a adj. satisfeito.
sátrapa s.m. déspota; nababo.
saturación s.f. saturação.
saturado,-a adj. saturado.
saturar v. saturar, saciar, lotar.
saturnismo s.m. saturnismo.
sauce s.m. salgueiro.
saúco s.m. sabugueiro.
sauna s.f. sauna.
saurio,-a adj./s. sáurio, lagarto.

savia s.f. seiva; energia.
saxo s.m. (Mús.) sax, saxofonista.
saxofón s.m. saxofone.
saxofonista s. saxofonista.
saxófono s.m. saxofone.
saya s.f. saia; anágua.
sayal s.m. burel, aniagem.
sayo s.m. bata, saio.
sayón s.m. verdugo.
sazón s.m. madureza; tempero; ocasião, ponto ou perfeição.
sazonar v. temperar. **sazonarse** vr. amadurecer.
se pron. se; lhe.
sebáceo,-a adj. sebáceo.
sebo s.m. sebo.
seborrea s.f. seborréia.
seborreico,-a adj. seborréico.
seboso,-a adj. seboso.
seca s.f. seca; baforada.
secadero s.m. secadouro; estendedouro.
secado s.m. secagem.
secador,-a s. secador, secadora.
secano s.m. sequeiro; banco de areia; coisa muito seca.
secante adj. secante. s.m. mata-borrão. s.f. (Geom.) secante.
secar v. secar; enxugar; murchar; aborrecer. **secarse** vr. secar-se.
sección s.f. seção, corte.
seccionar v. secionar.
secesión s.f. secessão.
secesionista adj./s. secessionista.
seco,-a adj. seco, árido, murcho, fraco. s.m. soco, murro.
secoya s.f. sequóia.
secreción s.f. secreção.
secreta adj./s.f. polícia secreta; secreta.
secretar v. segregar, secretar.
secretaría s.f. secretaria.
secretariado s.m. secretariado.
secretario,-a s. secretário.
secretear v. segredar, cochichar.
secreteo s.m. cochicho.
secreter s.m. escrivaninha.
secreto,-a adj. secreto. s.m. segredo, enigma, truque, sigilo, reserva.
secretor s.m. secretor.

secta s.f. seita.
sectario,-a adj. sectário.
sectarismo s.m. sectarismo.
sector s.m. setor, divisão, zona.
sectorial adj. setorial.
secuaz s. sequaz, seguidor.
secuela s.f. seqüela.
secuencia s.f. seqüência.
secuencial adj. seqüencial.
secestrador,-a s. seqüestrador.
secuestrar v. seqüestrar, confiscar.
secuestro s.m. seqüestro, confisco.
secular adj./s.m. secular.
secularizar v. secularizar.
secundar v. apoiar.
secundario,-a adj. secundário.
secuoya s.f. sequóia.
sed s.f. sede.
seda s.f. seda.
sedación s.f. sedação.
sedal s.m. linha de pescar.
sedán s.m. (Aut.) sedan.
sedante adj./s.m. sedativo, calmante, relaxante.
sedar v. sedar.
sedativo,-a adj. sedativo.
sede s.f. sede.
sedentario,-a adj. sedentário.
sedente adj. sentado.
sedería s.f. comércio de seda.
sedero,-a adj. de seda.
sedición s.f. sedição.
sedicioso,-a adj. sedicioso. s. rebelde.
sediento,-a adj. sedento.
sedimentación s.f. sedimentação.
sedimentar v. sedimentar.
sedimentario,-a adj. sedimentar.
sedimento s.m. sedimento.
sedoso,-a adj. sedoso.
seducción s.f. sedução.
seducir v. seduzir.
seductor,-a adj./s. sedutor.
sefardí adj./s., **sefardita** adj./s. sefardim, judeu espanhol.
segador,-a s. segador, ceifeiro.
segar v. segar, ceifar; truncar.
seglar adj./s. secular, leigo.
segmentación s.f. segmentação.
segmento s.m. segmento.
segoviano,-a adj./s. de Segovia.

segregación s.f. segregação. secreção.
segregacionismo s.m. segregacionismo.
segregacionista adj./s. segregacionista.
segregar v. segregar, secretar.
segueta s.f. (Carp.) serra.
seguida s.f. seguida; dança antiga.
seguidilla s.f. seguidilha.
seguido,-a adj. seguido, contínuo; em linha reta.
seguidor,-a adj./s. seguidor.
seguimiento s.m. seguimento, rastreamento.
seguir v. seguir, continuar, cursar; compreender; exercer; professar; acompanhar; imitar. **seguirse** vr. inferir-se, seguir-se.
según prep. segundo, de acordo com, conforme. adv. dependendo de; à medida que.
segunda s.f. (Aut.) segunda. segundas segundas intenções.
segundero s.m. ponteiro dos segundos.
segundo,-a adj./s./s.m. segundo.
segundón s.m. secundogênito, segundo filho.
segur s.m. machado, foice.
seguramente adv. seguramente, provavelmente.
seguridad s.f. segurança; firmeza, certeza.
seguro,-a adj. seguro, firme, certo. s.m. seguro, licença; trava; alfinete de segurança. adv. certamente.
seis adj. seis, sexto.
seisavo, adj./s.m. sexto; seis avos.
seiscientos,-as adj./s. seiscentos.
seísmo s.m. sismo, terremoto.
selección s.f. seleção.
seleccionador,-a s. selecionador.
seleccionar v. selecionar.
selectividad s.f. seletividade.
selectivo,-a adj. seletivo.
selecto,-a adj. seleto.
selector s.m. seletor.
selenita s. selenita.

sellar v. selar, carimbar, pôr marca, encerrar, fechar.
sello s.m. selo, carimbo, marca, cunho.
selva s.f. selva.
selvático,-a adj. selvático.
semáforo s.m. semáforo, sinal.
semana s.f. semana.
semanada s.f. semanada.
semanal adj. semanal.
semanario,-a adj. semanal. s.m. semanário.
semántica s.f. semântica.
semántico,-a adj. semântico.
semblante s.m. semblante, rosto; aspecto.
semblanza s.f. esboço biográfico.
sembrado,-a adj. semeado. s.m. terra semeada.
sembrador,-a s. semeador.
sembradora s.f. plantadeira, semeadeira.
sembrar v. semear, disseminar, espalhar; enfeitar.
semejante adj./s.m. semelhante.
semejanza s.f. semelhança.
semejar v. assemelhar-se, parecer-se.
semen s.m. sêmen.
semental s.m. garanhão, semental.
sementera s.f. sementeira.
semestral adj. semestral.
semestre s.m. semestre.
semicircular adj. semicircular.
semicírculo s.m. semicírculo.
semicircunferencia s.f. semicircunferência.
semiconductor s.m. semicondutor.
semiconsciente adj. semiconsciente.
semicorchea s.f. semicolcheia.
semidesierto,-a adj. semidesértico.
semidesnudo,-a adj. seminu.
semidiós,-osa s. semideus.
semidirecto,-a adj. semidireto; expresso.
semiesférico,-a adj. semiesférico.
semifinal s.f. semifinal.
semifinalista s. semifinalista.
semifondo s.m. (Esp.) corrida de meia distância.
semifusa s.f. (Mús.) semifusa.
semilla s.f. semente.
semillero s.m. sementeira; origem.
seminal adj. seminal.
seminario s.m. seminário.
seminarista s.m. seminarista.
semiología s.f. semiologia.
semiótica s.f. semiótica.
semiprecioso,-a adj. semiprecioso.
semiseco,-a adj. (Vinho) meio seco.
semita adj./s. semita.
semítico,-a adj. semítico.
semitono s.m. semitom.
semivocal adj./s.f. semivogal.
sémola s.f. semolina.
sempiterno,-a adj. perpétuo, eterno.
senado s.m. senado.
senador,-a s. senador.
senaduría s.f. senatoria.
senatorial adj. senatorial.
sencillez s.f. simplicidade, facilidade.
sencillo,-a adj. fácil, simples, natural, ingênuo, incauto.
senda s.f., **sendero** s.m. senda, caminho.
sendos,-as adj. sendos, senhos.
senectud s.f. senectude, velhice.
senegalés,-esa adj./s. senegalês.
senil adj. senil.
senilidad s.f. senilidade.
seno s.m. seio, peito, cavidade, regaço, baía, golfo; interior; (Geom.) seno.
sensación s.f. sensação, impressão.
sensacional adj. sensacional.
sensacionalismo s.m. sensacionalismo.
sensacionalista adj./s. sensacionalista.
sensatez s.f. sensatez.
sensato,-a adj. sensato.
sensibilidad s.f. sensibilidade.
sensibilización s.f. sensibilização.
sensibilizar v. sensibilizar.
sensible adj. sensível.
sensiblería s.f. pieguismo.
sensiblero,-a adj. sentimentalista.

sensitivo,-a adj. sensível, sensitivo.
sensorial adj., **sensorio,-a** adj. sensório.
sensual adj. sensual.
sensualidad s.f. sensualidade, hedonismo.
sentada s.f. assentada; protesto.
sentado,-a adj. assentado, discreto.
sentador,-a adj. apropriado, satisfatório.
sentar v. sentar, assentar, cair bem, agradar. **sentarse** vr. sentar-se.
sentencia s.f. sentença.
sentenciar v. sentenciar; decidir.
sentencioso,-a adj. sentencioso.
sentido,-a adj. sentido, suscetível. s.m. sentido, sensatez, senso, lógica, direção.
sentimental adj. sentimental.
sentimentalismo s.m. sentimentalismo.
sentimentaloide adj./s. sentimentalão.
sentimiento s.m. sentimento; pesar.
sentir v. sentir, perceber, pressentir; lamentar. **sentirse** vr. sentir-se. s.m. opinião, juízo, sentimento.
seña s.f. sinal; senha; indício. **señas** endereço.
señal s.f. sinal, marca, indicação, gesto, indício; cicatriz.
señalado,-a adj. famoso, insígne; marcado.
señalar v. indicar, determinar, assinalar, apontar, marcar; fixar preço; designar. **señalarse** vr. destacar-se.
señalización s.f. sinalização.
señalizar v. sinalizar.
señero,-a adj. único, solitário, só, isolado, singular.
señor¹,-a adj. senhor, bom, nobre; (Fam.) grande.
señor²,-a s. senhor, senhora; homem, mulher; cavalheiro, dama; amo, ama; dono, dona.

señorear v. mandar, dominar. **señorearse** vr. assenhorear-se, empertigar-se.
señoría s.f. senhoria.
señorial adj. senhorial, nobre, majestoso.
señorío s.m. domínio, senhorio, distinção, circunspeção.
señorita s.f. senhorita; professora.
señorito s.m. filho do patrão; sinhozinho, sinhô, filhinho-de-papai.
señorón,-ona adj./s. mandachuva.
señuelo s.m. chamariz; isca.
sépalo s.m. sépala.
separable adj. separável, destacável.
separación s.f. separação; espaço.
separado,-a adj. separado.
separar v. separar, desunir, afastar, dividir, guardar, destituir. **separarse** vr. separar-se, afastar-se.
separata s.f. separata.
separatismo s.m. separatismo.
separatista adj./s. separatista.
sepelio s.m. enterro.
sepia s.f. sépia, siba. adj./s.m. sépia.
septentrión s.m. norte.
septentrional adj. setentrional.
septicemia s.f. septicemia.
séptico,-a adj. séptico.
septiembre s.m. setembro.
séptimo,-a adj./s. sétimo.
septuagenario,-a adj./s. septuagenário.
septuagésimo,-a adj./s. septuagésimo.
sepulcral adj. sepulcral.
sepulcro s.m. sepulcro.
sepultar v. sepultar.
sepultura s.f. sepultura, sepultamento.
sepulturero,-a s. coveiro.
sequedad s.f. secura, sequidão; aspereza.
sequía s.f. seca.
séquito s.m. séquito, cortejo.
ser[1] s.m. ser, pessoa, vida, valor, existência.
ser[2] v. ser, existir, haver, valer, pertencer, fazer parte de.
sera s.f. cesto.

seráfico,-a adj. seráfico, angélico.
serafín s.m. serafim.
serbal ou **serbo** s.m. sorveira.
serenar v. serenar, acalmar. **serenarse** vr. acalmar-se.
serenata s.f. serenata.
serenidad s.f. serenidade.
sereno,-a adj. sereno, calmo, sóbrio; (céu) claro, (tempo) bom. s.m. sereno; guarda-noturno.
serial s.m. seriado, novela.
seriar v. seriar.
serie s.f. série, sucessão; seriado.
seriedad s.f. seriedade.
serigrafía s.f. serigrafia.
serio,-a adj. sério, grave, sisudo, importante, formal, sóbrio.
sermón s.m. sermão, repreensão.
sermoneador,-a adj./s. pregador; repreendedor.
sermonear v. fazer sermões; pregar; repreender.
seroso,-a adj. seroso.
serpentear v. serpear.
serpentín s.m., **serpentina** s.f. serpentina.
serpiente s.f. serpente, cobra.
serraduras s.f.pl. serragem.
serrallo s.m. harém.
serranía s.f. serrania.
serranilla s.f. serranilha.
serrano,-a adj./s. serrano; montanhês.
serrar v. serrar.
serrería s.f. serraria.
serreta s.f. diminutivo de serra; merganso.
serrín s.m. serragem.
serrucho s.m. serrote.
servible adj. servível, prestável.
servicial adj. solícito, prestativo. adj./s. serviçal.
servicio s.m. serviço; criadagem; banheiro; favor, bem; jogo, conjunto; (Esp.) saque.
servidor,-a s. servidor, criado, servente, operário; eu mesmo.
servidumbre s.f. criadagem; servidão; obrigação; compulsão.

servil adj. servil, humilde.
servilismo s.m. servilismo, subserviência.
servilleta s.f. guardanapo.
servilletero s.m. argola de guardanapo; porta-guardanapos.
servio,-a adj./s. sérvio.
servir v. servir, ajudar, atender, valer, servir à mesa, fornecer; cortejar, sacar; dar culto. **servirse** vr. valer-se, dignar-se, querer; servir-se.
servofreno s.m. servofreio.
servomecanismo s.m. servomecanismo.
servomotor s.m. servomotor.
sésamo s.m. gergelim.
sesear v. pronunciar a letra c como s.
sesenta adj./s.m. sessenta, sexagésimo.
sesentavo,-a adj./s.m. sexagésimo; sessenta avos.
sesentón,-ona adj./s. sessentão, sexagenário.
seseo s.m. ciclo.
sesera s.f. cérebro, miolo, cabeça.
sesgadura s.f. corte enviesado.
sesgar v. enviesar, esguelhar, desviar.
sesgo s.m. oblíqüidade, desvio, rumo.
sesión s.f. sessão, reunião.
seso s.m. miolo, massa cefálica; prudência.
sestear v. dormir a sesta.
sesudo,-a adj. inteligente, sensato, prudente.
set s.m. (Tên.) set.
seta s.f. cogumelo.
setecientos,-as adj. setecentos; setingentésimo.
setenta adj./s.m. setenta; setuagésimo.
setentavo,-a adj./s. setuagésimo; setenta avos.
setentón,-ona adj./s. setentão.
setiembre s.m. setembro.
seto s.m. sebe.
setter s.m. séter.
seudónimo s.m. pseudônimo.
severidad s.f. severidade.
severo,-a adj. severo, exigente.
sevillanas s.f.pl. sevilhanas.
sevillano,-a adj./s. sevilhano.

sexagenario,-a *adj./s.* sexagenário.
sexagesimal *adj.* sexagesimal.
sexagésimo,-a *adj./s.* sexagésimo.
sexcentésimo,-a *adj./s.* seiscentésimo.
sexenal *adj.* sexenal.
sexenio *s.m.* sexênio.
sexi *adj.* sexy.
sexismo *s.m.* sexismo.
sexista *adj.* sexista.
sexma *s.f.* sesma, sexta parte.
sexo *s.m.* sexo; órgãos sexuais.
sexología *s.f.* sexologia.
sexólogo,-a *s.* sexólogo.
sextante *s.m.* sextante.
sexteto *s.m.* sexteto.
sexto,-a *adj./s.* sexto.
séxtuplo,-a *adj./s.m.* sêxtuplo.
sexual *adj.* sexual.
sexualidad *s.f.* sexualidade.
sexy *adj.* sexy.
shah *s.m.* xá.
sherry *s.m.* xerez.
short *s.m.* short.
show *s.m.* show.
si *conj.* se. *s.m.* (Mús.) si.
sí *pron. pes.* si. *adv./s.m.* sim.
siamés,-esa *adj./s.* siamês.
sibarita *adj./s.* sibarita.
sibaritismo *s.m.* sibaritismo.
siberiano,-a *adj./s.* siberiano.
sibila *s.f.* sibila.
sibilante *adj./s.f.* sibilante.
sibilino,-a *adj.* sibilino, enigmático.
sicalíptico,-a *adj.* erótico, pornográfico.
sicario *s.m.* sicário, pistoleiro.
siciliano,-a *adj./s.* siciliano.
sicoanálisis *s.m.* psicanálise.
sicoanalista *s.* psicanalista.
sicodélico,-a *adj.* psicodélico.
sicodrama *s.m.* psicodrama.
sicofanta *ou* **sicofante** *s.m.* sicofanta.
sicofármaco *s.m.* psicofármaco.
sicología *s.f.* psicologia.
sicológico,-a *adj.* psicológico.
sicólogo,-a *s.* psicólogo.
sicómoro *s.m.* sicômoro.
siconeurosis *s.f.* psiconeurose.
sicópata *s.* psicopata.
sicopatía *s.f.* psicopatia.
sicopático,-a *adj.* psicopático.

sicopatología *s.f.* psicopatologia.
sicosis *s.f.* psicose.
sicosomático,-a *adj.* psicossomático.
sicote *s.m.* chulé.
sicoterapia *s.f.* psicoterapia.
sicoterapeuta *s.* psicoterapeuta.
SIDA *s.m.* AIDS.
sidecar *s.m.* side-car.
sideral *adj.* sideral, astral.
siderurgia *s.f.* siderurgia.
siderúrgico,-a *adj.* siderúrgico.
sidra *s.f.* sidra.
siega *s.f.* sega, colheita.
siembra *s.f.* semeada, semeadura.
siempre *adv.* sempre.
siempretieso *s.m.* joão-teimoso.
siempreviva *s.f.* sempre-viva.
sien *s.f.* têmpora.
siena *adj.* siena.
sierpe *s.f.* serpente; víbora, pessoa muito feia e feroz.
sierra *s.f.* serra.
sierraleonés,-esa *adj./s.* de Serra Leoa.
siervo,-a *s.* servo, escravo.
sieso,-a *adj.* antipático. *s.m.* ânus, sesso, esfíncter anal.
siesta *s.f.* sesta.
siete *adj./s.m.* sete, sétimo; rasgão; (Vulg.) ânus.
sietemesino,-a *adj.* setemesinho. *s.m.* fraco; fedelho.
sífilis *s.f.* sífilis.
sifilítico,-a *adj./s.* sifilítico.
sifón *s.m.* sifão; soda.
sigilo *s.m.* sigilo.
sigiloso,-a *adj.* sigiloso.
sigla *s.f.* sigla.
siglo *s.m.* século.
signar *v.* assinar, persignar.
signatario,-a *adj./s.* signatário.
signatura *s.f.* assinatura; catalogação; código.
significación *s.f.* significação, significado, importância.
significado,-a *adj.* conhecido; importante. *s.m.* significado.
significante *s.m.* significante.
significar *v.* significar, manifestar. **significarse** *vr.* sobressair-se.

significativo,-a *adj.* significativo.
signo *s.m.* sinal, indício; signo; caractere; destino, sina.
siguiente *adj.* seguinte.
sílaba *s.f.* sílaba.
silabario *s.m.* silabário.
silabear *v.* silabar, soletrar.
silábico,-a *adj.* silábico.
silampa *s.f.* garoa.
silba *s.f.* assobio, vaia.
silbar *v.* vaiar, assobiar.
silbato *s.m.* apito.
silbido *s.m.* assobio.
silbo *s.m.* silvo, som agudo.
silenciador *s.m.* silenciador; (Aut.) silencioso.
silenciar *v.* silenciar, calar.
silencio *s.m.* silêncio.
silencioso,-a *adj.* silencioso.
sílex *s.m.* sílex.
sílfide *s.f.* sílfide.
silicato *s.m.* silicato.
sílice *s.f.* sílica.
silicio *s.m.* silício.
silicona *s.f.* silicone.
silicosis *s.f.* silicose.
silla *s.f.* cadeira, sela.
sillar *s.m.* silhar.
sillería *s.f.* jogo de cadeiras; cadeirado; grupo de cadeiras ligadas umas às outras; silhar.
sillín *s.m.* sela, selim.
sillón *s.m.* poltrona.
silo *s.m.* silo.
silogismo *s.m.* silogismo.
silueta *s.f.* silhueta, perfil.
silvestre *adj.* silvestre, rústico.
silvicultor,-a *s.* silvicultor.
silvicultura *s.f.* silvicultura.
sima *s.f.* furna, abismo.
simbólico,-a *adj.* simbólico.
simbolismo *s.m.* simbolismo.
simbolista *adj./s.* simbolista.
simbolizar *v.* simbolizar.
símbolo *s.m.* símbolo.
simetría *s.f.* simetria.
simétrico,-a *adj.* simétrico.
simiente *s.f.* semente.
simiesco,-a *adj.* simiesco.
símil *s.m.* comparação, analogia, semelhança.
similar *adj.* similar.
similitud *s.f.* similitude, semelhança.
similor *s.m.* ouro falso, ouropel.

simio s.m. símio, macaco.
simonía s.f. simonia.
simoníaco,-a adj. simoníaco.
simpatía s.f. simpatia.
simpático,-a adj. simpático.
simpatizante adj./s. simpatizante.
simpatizar v. simpatizar.
simple adj. simples, fácil. s.m. simplório.
simpleza s.f. bobagem, ninharia; ingenuidade.
simplicidad s.f. simplicidade.
simplificación s.f. simplificação.
simplificar v. simplificar.
simplismo s.m. simplismo.
simplista adj. simplista.
simplón,-ona adj./s. ingênuo, simples, simplório.
simposio s.m. simpósio.
simulación s.f. simulação.
simulacro s.m. simulacro.
simular v. simular.
simultanear v. fazer duas coisas ao mesmo tempo.
simultaneidad s.f. simultaneidade.
simultáneo,-a adj. simultâneo.
simún s.m. simum.
sin prep. sem, sem contar com; fora.
sinagoga s.f. sinagoga.
sinalefa s.f. sinalefa.
sinapismo s.m. maçada, pessoa chata.
sincerarse vr. abrir-se (com).
sinceridad s.f. sinceridade.
sincero,-a adj. sincero.
síncopa s.f. (Mús., Líng.) síncope.
sincopado,-a adj. sincopado.
síncope s.m. (Med.) síncope.
sincronía s.f. sincronia.
sincrónico,-a adj. sincrônico.
sincronización s.f. sincronização.
sincronizar v. sincronizar.
sindicación s.f. sindicalização.
sindical adj. sindical.
sindicalismo s.m. sindicalismo.
sindicalista adj./s. sindicalista.
sindicar v., **sindicarse** vr. sindicalizar(-se).
sindicato s.m. sindicato.
síndico s.m. síndico.
síndrome s.m. síndrome.

sinecura s.f. mamata.
sinfín s.m. sem-fim, inúmero.
sinfonía s.f. sinfonia.
sinfónico,-a adj. sinfônico.
singladura s.f. singradura.
singular adj./s.m. singular.
singularidad s.f. singularidade.
singularizar v., **singularizarse** vr. singularizar(-se).
sinhueso s.f. (Fam.) língua.
siniestra s.f. mão esquerda.
siniestrado,-a adj. sinistrado.
siniestro,-a adj./s.m. sinistro.
sinnúmero s.m. sem-número.
sino s.m. destino, sina. conj. mas, somente; mas também, senão, a não ser.
sínodo s.m. sínodo.
sinonimia s.f. sinonímia.
sinónimo,-a adj./s.m. sinônimo.
sinopsis s.f. sinopse.
sinóptico,-a adj. sinóptico.
sinrazón s.f. injustiça.
sinsabor s.m. desgosto, dissabor.
sinsubstancia s. sem-sal, pessoa frívola.
sintáctico,-a adj. sintático.
sintaxis s.f. sintaxe.
síntesis s.f. síntese.
sintético,-a adj. sintético.
sintetizador s.m. sintetizador.
sintetizar v. sintetizar.
sintoísmo s.m. xintoísmo.
sintoísta s. xintoísta.
síntoma s.m. sintoma.
sintomático,-a adj. sintomático.
sintonía s.f. sintonia, harmonia.
sintonización s.f. sintonização; harmonia.
sintonizador s.m. sintonizador.
sintonizar v. sintonizar; dar-se bem.
sinuosidad s.f. sinuosidade.
sinuoso,-a adj. sinuoso.
sinusitis s.f. sinusite.
sinvergüencería s.f. sem-vergonhice.
sinvergüenza s.f. sem-vergonha.
sionismo s.m. sionismo.
sionista adj./s. sionista.
siquiatra s. psiquiatra.
siquiatría s.f. psiquiatria.

siquiátrico,-a adj. psiquiátrico.
síquico,-a adj. psíquico.
siquiera adv. nem sequer, pelo menos; mesmo que, nem que.
sirena s.f. sereia; sirene.
sirga s.f. cabo, corda, sirga.
sirgar v. sirgar, rebocar.
sirimiri s.m. chuvisco, garoa.
sirio,-a adj./s. sírio.
sirla s.f. assalto com navalha.
sirlar v. assaltar.
sirle s.m. excremento miúdo.
sirlero,-a s. assaltante.
siroco s.m. siroco.
sirte s.m. banco de areia.
sirviente,-a s. empregado doméstico, servente.
sisa s.f. furto, sisa; pence, cava.
sisar v. furtar; fazer cavas.
sisear v. assobiar, ciciar.
siseo s.m. assobio, cicio.
sísmico,-a adj. sísmico.
sismo s.m. terremoto.
sismógrafo s.m. sismógrafo.
sismología s.f. sismologia.
sismológico,-a adj. sismológico.
sisón,-ona adj./s. larápio. s.m. sisão, pato-real.
sistema s.m. sistema.
sistemático,-a adj. sistemático.
sistematizar v. sistematizar.
sitar s.m. cítara.
sitiado,-a adj./s. sitiado.
sitial s.m. lugar de honra.
sitiar v. sitiar.
sitio s.m. lugar, espaço; sítio, cerco.
sito,-a adj. sito, situado.
situación s.f. situação, localização, condição.
situado s.m. salário.
situar v. situar, pôr. **situarse** vr. prosperar.
siútico,-a adj./s. cafona; afetado.
siux adj./s. siú.
sketch s.m. esquete.
slalom s.m. esquiação com obstáculos.
slogan s.m. slogan.
smoking s.m. smoking.
snob adj./s. esnobe.
snobismo s.m. esnobismo.
so prep. sob. s.m. (Fam.) seu; ~ *imbécil* seu idiota.
¡so! interj. pára!; xô!

soasar v. assar de leve.
soba s.f. sova, surra; manuseio.
sobaco s.m. sovaco.
sobado,-a adj. gasto, usado, surrado. adj./s.m. sovado.
sobajar v. amarrotar; humilhar.
sobaquera s.f. cava; (Cost.) sovaco.
sobaquina s.f. sovaqueira; cêcê; cheiro de corpo.
sobar v. surrar, sovar, manusear, apalpar; dormir; massagear.
sobeo s.m. (Vulg.) amasso.
soberanía s.f. soberania.
soberano,-a adj./s. soberano, enorme.
soberbia s.f. soberba; zanga, irritação.
soberbio adj. soberbo, grandioso.
sobo s.m. sova, surra, manuseio.
sobón,-ona adj. enfadonho, pegajoso, importuno.
sobornable adj. subornável.
sobornar v. subornar, corromper.
soborno s.m. suborno.
sobra s.f. sobra, excesso. **sobras** sobras.
sobrado,-a adj. abundante, de sobra. s.m. sótão.
sobrante adj./s. restante, excedente.
sobrar v. sobrar.
sobrasada s.f. paio, linguiça maiorquina.
sobre s.m. envelope; sobrescrito; cama. prep. sobre, acima, aproximadamente, por volta de, em cima de.
sobreabundancia s.f. superabundância.
sobreabundante adj. superabundante.
sobreabundar v. superabundar.
sobrealimentación s.f. superalimentação.
sobrealimentar v. alimentar em excesso.
sobrecama s.f. colcha.
sobrecarga s.f. sobrecarga; preocupação.
sobrecargar v. sobrecarregar.

sobrecargo s.m. comissário de bordo.
sobrecogedor,-a adj. aterrador, impressionante.
sobrecoger v. impressionar, pegar desprevenido.
sobrecubierta s.f. sobrecapa.
sobredicho,-a adj. supracitado.
sobredorar v. dourar, encobrir.
sobredosis s.f. overdose.
sobreentender v. subentender, deduzir.
sobreexceder v. exceder, superar.
sobreexcitación s.f. superexcitação.
sobreexcitar v. superexcitar.
sobreexponer v. (Foto) dar muita exposição.
sobreexposición s.f. (Foto) superexposição.
sobregirar v. sacar a descoberto.
sobregiro s.m. saque a descoberto.
sobrehilado s.m. chuleio.
sobrehilar v. chulear.
sobrehumano,-a adj. sobrehumano.
sobreimposición s.f. (Foto) superexposição.
sobrellevar v. suportar.
sobremanera adv. sobremaneira.
sobremesa s.f. toalha de mesa; tempo que se fica à mesa após haver comido.
sobremodo adv. sobremodo.
sobrenadar v. flutuar.
sobrenatural adj. sobrenatural.
sobrenombre s.m. apelido; alcunha.
sobrentender v. subentender.
sobrepaga s.f. ganho extra, gorjeta.
sobreparto s.m. posparto.
sobrepasar v. ultrapassar, exceder.
sobrepelliz s.f. sobrepeliz.
sobrepeso s.m. excesso de peso, sobrecarga.
sobrepoblación s.f. superpopulação.
sobreponer v. sobrepor. **sobreponerse** vr. superar.
sobreprecio s.m. sobretaxa.

sobreproducción s.f. superprodução.
sobrepuesto,-a adj. sobreposto.
sobrepujar v. sobrepujar.
sobrero,-a adj. sobrante, restante.
sobresaliente adj. excelente; ótimo; suplente; que sobressai.
sobresalir v. sobressair, projetar-se, distinguir-se.
sobresaltar v. sobressaltar.
sobresalto s.m. sobressalto.
sobresdrújulo,-a adj. bisesdrúxulo, sobresdrúxulo.
sobreseer v. suspender, sustar.
sobreseimiento s.m. suspensão, sustação.
sobrestante s.m. mestre de obras.
sobrestimar v. superestimar.
sobresueldo s.m. gratificação.
sobretasa s.f. sobretaxa.
sobretodo s.m. sobretudo.
sobrevalorar v. superestimar.
sobrevenir v. sobrevir.
sobreviviente adj./s. sobrevivente.
sobrevivir v. sobreviver.
sobrevolar v. sobrevoar.
sobrexceder v. superar, ultrapassar.
sobrexcitación s.f. superexcitação.
sobrexcitar v., **sobrexcitarse** vr. superexcitar(-se).
sobriedad s.f. sobriedade.
sobrino,-a s. sobrinho.
sobrio,-a adj. sóbrio.
socaire s.m. abrigo contra o vento.
socaliña s.f. astúcia, artimanha.
socapa s.f. pretexto, evasiva.
socar v. molestar. **socarse** vr. embriagar-se.
socarrar v. chamuscar.
socarrón,-ona adj./s. sarcástico, irônico.
socarronería s.f. sarcasmo, ironia.
socavar v. escavar, minar, solapar.
socavón s.m. buraco, erosão.
sociabilidad s.f. sociabilidade.
sociable adj. sociável.

social *adj.* social.
socialdemocracia *s.f.* social-democracia.
socialdemócrata *adj.* social-democrata.
socialismo *s.m.* socialismo.
socialista *adj./s.* socialista.
socialización *s.f.* socialização.
socializar *v.* socializar.
sociedad *s.f.* sociedade, associação.
socio,-a *s.* sócio, colega, companheiro.
socioeconómico,-a *adj.* socioeconômico.
sociología *s.f.* sociologia
sociológico,-a *adj.* sociológico.
sociólogo,-a *s.* sociólogo.
soco,-a *adj.* maneta, perneta; bêbado, inútil.
socolar *v.* roçar, desmatar.
socollón *s.m.* sacudida violenta, sacolejo.
socorrer *v.* socorrer.
socorrido,-a *adj.* abastecido; útil; comum.
socorrismo *s.m.* técnica de salvar vidas.
socorrista *s.* socorrista, salvavidas.
socorro *s.m.* socorro.
soda *s.f.* soda.
sódico,-a *adj.* sódico.
sodio *s.m.* sódio.
sodomía *s.f.* sodomia.
sodomita *adj./s.* sodomita.
soez *adj.* soez, baixo, grosseiro.
sofá *s.m.* sofá.
sofión *s.m.* bufo; trabuco.
sofisma *s.m.* sofisma.
sofista *s.* sofista.
sofisticación *s.f.* sofisticação.
sofisticado,-a *adj.* sofisticado.
sofisticar *v.* sofisticar.
soflama *s.f.* chama tênue; rubor; arenga; dolo; adulação.
soflamar *v.* chamuscar; ruborizar; adular.
sofocación *s.f.* sufocação.
sofocante *adj.* sufocante.
sofocar *v.* sufocar; debelar; não dar trégua; envergonhar-se.
sofoco *s.m.* sufocação, vergonha; desgosto; calores (da menopausa).
sofocón *s.m.* aborrecimento.

sofoquina *s.f.* sufoco; desgosto.
sofreír *v.* frigir até dourar.
sofrito *s.m.* refogado.
soga *s.f.* corda.
soja *s.f.* soja.
sojuzgar *v.* subjugar.
sol *s.m.* sol; amor; moeda peruana; (*Mús.*) sol.
solana *s.f.* lugar ensolarado; terraço.
solanera *s.f.* insolação, local ensolarado.
solano *s.m.* vento do leste; erva-moura.
solapa *s.f.* lapela; orelha (de livro); aba (de bolso); pretexto.
solapado,-a *adj.* falso, fingido.
solapar *v.* encobrir, ocultar.
solar *adj.* solar. *s.m.* terreno, solar, casa nobre. *v.* solar, pôr solas; ladrilhar.
solariego,-a *adj.* solarengo.
solario ou **solárium** *s.m.* solário.
solaz *s.m.* lazer.
solazar *v.*, **solazarse** *vr.* divertir(-se).
soldada *s.f.* salário.
soldadesca *s.f.* milícia, tropa.
soldadesco,-a *adj.* relativo a soldados.
soldado *s.m.* soldado.
soldador,-a *s.* soldador. *s.m.* ferro de soldar.
soldadura *s.f.* soldadura, solda.
soldar *v.*, **soldarse** *vr.* soldar(-se).
soleá *s.f.* canto andaluz.
soleado,-a *adj.* ensolarado.
solear *v.*, **solearse** *vr.* expor(-se) ao sol.
solecismo *s.m.* solecismo.
soledad *s.f.* solidão; lugar deserto.
solemne *adj.* solene, formal, importante, majestoso.
solemnidad *s.f.* solenidade.
solemnizar *v.* solenizar.
solenoide *s.m.* solenóide.
soler *v.* soer, costumar.
solera *s.f.* tradição; lia do vinho.
solfa *s.f.* notação musical; sova, surra.
solfear *v.* solfejar; surrar; repreender.
solfeo *s.m.* solfejo.

solicitación *s.f.* solicitação.
solicitante *s.* solicitante.
solicitar *v.* solicitar.
solícito,-a *adj.* solícito.
solicitud *s.f.* solicitude; petição, instância.
solidaridad *s.f.* solidariedade.
solidario,-a *adj.* solidário.
solidarizar *v.*, **solidarizarse** *vr.* solidarizar(-se).
solideo *s.m.* solidéu.
solidez *s.f.* solidez.
solidificación *s.f.* solidificação.
solidificar *v.*, **solidificarse** *vr.* solidificar(-se).
sólido,-a *adj./s.m.* sólido.
soliloquio *s.m.* solilóquio.
solio *s.m.* sólio, trono.
solista *s.* solista.
solitaria *s.f.* solitária.
solitario,-a *adj.* solitário; deserto. *s.m.* (*Diamante*) solitário; (*Cartas*) paciência.
soliviantar *v.* sublevar, induzir a; irritar.
sollo *s.m.* esturjão.
sollozar *v.* soluçar.
sollozo *s.m.* soluço.
solo,-a *adj.* só, sozinho, único, puro. *s.m.* solo; (*Cartas*) paciência.
sólo *adv.* só, apenas, somente.
solomillo *s.m.* filé mignon.
solsticio *s.m.* solstício.
soltar *v.* soltar, desprender, libertar, afouxar; dar, pespegar; evacuar. **soltarse** *vr.* soltar-se, descontrair-se.
soltería *s.f.* celibato.
soltero,-a *adj.* solteiro.
solterón,-ona *s.* solteirão, solteirona.
soltura *s.f.* soltura, desembaraço, fluência.
solubilidad *s.f.* solubilidade.
soluble *adj.* solúvel.
solución *s.f.* solução.
solucionar *v.* solucionar.
solvencia *s.f.* solvência.
solventar *v.* resolver; pagar contas.
solvente *adj./s.m.* solvente.
soma *s.f.* farinha grossa; (*Biol.*) soma.
somalí *adj./s.* somali.
somanta *s.f.* surra, sova.
somatar *v.* surrar.

somatén s.m. alvoroço; milícia civil.
somático,-a adj. somático.
sombra s.f. sombra; obscuridade; mácula, defeito; sorte.
sombraje ou **sombrajo** s.m. sombra, abrigo contra o sol.
sombreado s.m. sombreado.
sombrear v. sombrear.
sombrerera s.f. chapeleira.
sombrerería s.f. chapelaria.
sombrerero,-a s. chapeleiro.
sombrerete s.m. chapéu de chaminé.
sombrero s.m. chapéu.
sombrilla s.f. sombrinha, guarda-sol.
sombrío,-a adj. sombrio, taciturno.
somero,-a adj. superficial, breve.
someter v. submeter; subjugar. **someterse** vr. submeter-se.
sometimiento s.m. submissão.
somier s.m. estrado.
somnambulismo s.m. sonambulismo.
somnámbulo,-a adj./s. sonâmbulo.
somnífero,-a adj./s.m. sonífero.
somnolencia s.f. sonolência.
somnoliento,-a adj. sonolento.
somorgujo ou **somormujo** s.m. mergulhão.
son s.m. som, boato; pretexto; maneira.
sonado,-a adj. afamado; louco, adoidado.
sonaja s.f. soalha.
sonajero s.m. chocalho.
sonambulismo s.m. sonambulismo.
sonámbulo,-a adj./s. sonâmbulo.
sonar v. soar, tocar; conhecer vagamente; assoar; pronunciar; sofrer de; propagar-se. s.m. sonar.
sonata s.f. sonata.
sonda s.f. sonda.
sondear v. sondar; pôr uma sonda.
sondeo s.m. sondagem.
sonetista s. sonetista.
soneto s.m. soneto.
sónico,-a adj. sônico.
sonido s.m. som.

soniquete s.m. ruído desagradável; tom irônico.
sonoridad s.f. sonoridade.
sonorización s.f. sonorização.
sonorizar v. sonorizar.
sonoro,-a adj. sonoro.
sonreír v., **sonreírse** vr. sorrir.
sonriente adj. sorridente.
sonrisa s.f. sorriso.
sonrojar v., **sonrojarse** vr. ruborizar(-se), enrubescer(-se).
sonrojo s.m. rubor, vergonha.
sonrosado,-a adj. cor-de-rosa.
sonrosar v. tornar cor-de-rosa.
sonsacar v. convencer; induzir a falar; descobrir ardilosamente.
sonsonete s.m. tom irônico; ruído desagradável.
soñado,-a adj. sonhado.
soñador,-a adj./s. sonhador.
soñar v. sonhar, fantasiar.
soñarrera ou **soñera** s.f. sonolência, sono pesado.
soñoliento,-a adj. sonolento.
sopa s.f. sopa; pão embebido num molho.
sopapo s.m. tapa, sopapo.
sopar ou **sopear** v. ensopar; embeber o pão num molho.
sopera s.f. sopeira.
sopero,-a adj. de sopa. s. sopeiro.
sopesar v. sopesar; avaliar o peso; pesar.
sopetón s.m. sopapo, bofetão; de ~ de supetão.
sopicaldo s.m. sopa com muito caldo.
¡sopla! interj. meu Deus!
soplado,-a adj. vaidoso; bêbado. s.m. assopro de vidro; rachadura.
soplador s.m. soprador de vidro.
soplafuelles s.m. intrometido.
soplagaitas s. tonto, chato.
soplamocos s.m. murro na cara.
soplapollas adj./s. tonto.
soplar v. soprar; delatar; inflar; furtar. **soplarse** vr. comer ou beber muito.
sopleque s.m. convencido, presunçoso.
soplete s.m. maçarico.
soplido s.m. sopro.

soplillo s.m. abano; *orejas de ~* orelhas de abano.
soplo s.m. sopro, assopro; instante; delação; (Med.) sopro.
soplón,-ona adj./s. delator; (Teat.) ponto.
sopomcio s.m. desmaio.
sopor s.m. torpor, sonolência, sopor.
soporífero,-a adj./s., **soporífico,-a** adj./s. soporífero.
soportable adj. suportável.
soportal s.m. pórtico, alpendre.
soportar v. suportar, agüentar.
soporte s.m. suporte, apoio.
soprano s. soprano.
sor s.f. sóror, freira, irmã, madre.
sora s.f. aguardente de milho.
sorber v. sorver, beber aspirando, chupar, absorver.
sorbete s.m. refresco gelado, sorvete; canudinho.
sorbo s.m. gole, sorvo.
sordera s.f. surdez.
sordidez s.f. sordidez.
sórdido,-a adj. sórdido, miserável, imoral.
sordina s.f. surdina.
sordo,-a adj. surdo, apagado, insensível.
sordomudez s.f. surdimutismo.
sordomudo,-a adj./s. surdo-mudo.
sorgo s.m. sorgo.
soriano,-a adj./s. de Soria.
soriasis s.f. psoríase.
sorna s.f. sarcasmo, lentidão proposital.
soroche s.m. mal-das-montanhas.
sorprendente adj. surpreendente.
sorprender v. surpreender; descobrir. **sorprenderse** vr. surpreender-se.
sorpresa s.f. surpresa.
sorpresivo,-a adj. inesperado.
sorrostrada s.f. insolência.
sorteable adj. evitável.
sortear v. evitar; sortear, rifar.
sorteo s.m. sorteio, rifa.
sortija s.f. anel, argola, cacho.
sortilegio s.m. sortilégio, feitiço.
sosa s.f. soda.

sosaina s. pessoa chata, sem graça.
sosegado,-a *adj.* sossegado.
sosegar *v.* sossegar.
sosegate *s.m.* repreensão.
sosera ou **sosería** *s.f.* insipidez, baboseira.
soseras *adj./s.* chato, sem graça.
sosia *s.m.* sósia.
sosiego *s.m.* sossego, calma.
soslayar *v.* esguelhar; evitar, esquivar.
soslayo *loc. adv. de* ~ de soslaio.
soso,-a *adj.* insosso, sem graça.
sospecha *s.f.* suspeita.
sospechar *v.* suspeitar, desconfiar.
sospechoso,-a *adj./s.* suspeito.
sosquinar *v.* esguelhar.
sostén *s.m.* apoio, suporte, arrimo; sutiã.
sostener *v.* sustentar, agüentar, defender; manter. **sostenerse** *vr.* manter-se, permanecer.
sostenido,-a *adj.* sustentado. *s.m.* (*Mús.*) sustenido.
sostenimiento *s.m.* apoio, manutenção.
sota *s.f.* (*Cartas*) valete; mulher descarada.
sotabanco *s.m.* sótão.
sotabarba *s.f.* barbicha; papada.
sotana *s.f.* sotaina.
sótano *s.m.* porão.
sotavento *s.m.* sotavento.
sotechado *s.m.* telheiro, galpão.
soterrar *v.* soterrar; esconder.
soto *s.m.* bosque, matagal.
sotreta *adj.* capenga; não confiável.
soufflé *s.m.* suflê.
souvenir *s.m.* suvenir.
soviet *s.m.* soviete.
soviético,-a *adj./s.* soviético.
sovoz *loc. adv. a* ~ em voz baixa.
sport *s.m.* esporte.
spot *s.m.* (*TV*) comercial.
spray *s.m.* spray.
sprint *s.m.* corrida a toda velocidade.
sprinter *s.* velocista.
stand *s.m.* estande.

standard *adj./s.* standard.
standardizar *v.* estandardizar.
standing *s.m.* nível de vida; *alto* ~ alto luxo.
starter *s.m.* (*Aut.*) afogador.
statu quo *s.m.* status quo.
status *s.m.* posição, *status.*
stick *s.m.* bastão, taco.
stock *s.m.* estoque.
stop *s.m.* (*Aut.*) sinal de parada; pare!
strip-tease *s.m.* strip-tease.
su *adj. pos.* seu, sua. **sus** seus, suas.
suasorio,-a *adj.* persuasivo.
suave *adj.* suave.
suavidad *s.f.* suavidade.
suavizante *s.m.* (*roupa*) amaciante; (*cabelo*) condicionador.
suavizar *v.* suavizar, amaciar.
suba *s.f.* (*Com.*) subida, alta.
subacuático,-a *adj.* subaquático.
subafluente *s.m.* (*Geogr.*) tributário.
subalimentación *s.f.* subnutrição.
subalimentar *v.* subnutrir.
subalterno,-a *adj./s.* subalterno.
subarrendamiento *s.m.* sublocação.
subarrendar *v.* sublocar.
subarrendatario,-a *s.* sublocatário.
subarriendo *s.m.* sublocação.
subasta *s.f.* leilão, licitação.
subastar *v.* leiloar; pôr em licitação.
subatómico,-a *adj.* subatômico.
subcampeón *s.m.* vice-campeão.
subcomisión *s.f.* subcomissão.
subconsciencia *s.f.* subconsciência.
subconsciente *adj./s.* subconsciente.
subcontratación *s.f.* subcontratação, terceirização.
subcontratar *v.* subcontratar, terceirizar.
subcutáneo,-a *adj.* subcutâneo.
subdelegación *s.f.* subdelegação, subdelgacia.
subdelegado,-a *s.* subdelegado.

subdelegar *v.* subdelegar.
subdesarrollado,-a *adj.* subdesenvolvido.
subdesarrollo *s.m.* subdesenvolvimento.
subdirector,-a *s.* subdiretor.
súbdito,-a *adj./s.* súdito.
subdividir *v.* subdividir.
subdivisión *s.f.* subdivisão.
subempleo *s.m.* subemprego.
subespecie *s.f.* subespécie.
subestación *s.f.* subestação.
subestimar *v.* subestimar.
subexponer *v.* (*Foto*) subexpor.
subexposición *s.f.* subexposição.
subfusil *s.m.* submetralhadora.
subgénero *s.m.* subgênero.
subida *s.f.* subida, aumento, elevação.
subido,-a *adj.* alto, forte, vivo; intenso.
subíndice *s.m.* índice inferior.
subir *v.* subir, elevar, levantar. **subirse** *vr.* subir, crescer.
súbito,-a *adj.* súbito, repentino.
subjefe,-a *s.* subchefe.
subjetividad *s.f.* subjetividade.
subjetivismo *s.m.* subjetivismo.
subjetivo,-a *adj.* subjetivo.
subjuntivo *s.m.* subjuntivo.
sublevación *s.f.*, **sublevamiento** *s.m.* sublevação, rebelião.
sublevar *v.*, **sublevarse** *vr.* sublevar(-se), rebelar(-se), revoltar(-se).
sublimación *s.f.* sublimação.
sublimado,-a *adj./s.* sublimado.
sublimar *v.* sublimar.
sublime *adj.* sublime.
subliminal *adj.* subliminal.
submarinismo *s.m.* atividades realizadas através de mergulho.
submarinista *s.* mergulhador; submarinista.
submarino,-a *adj./s.m.* submarino.
submaxilar *adj.* submaxilar.
subnormal *adj.* subnormal; anormal.
suboficial *s.m.* suboficial.
suborden *s.f.* subordem.
subordinación *s.f.* subordinação.

subordinado,-a adj./s.m. subordinado.
subordinar v., **subordinarse** vr. subordinar(-se).
subproducto s.m. subproduto.
subrayado,-a adj./s.m. sublinhado.
subrayar v. sublinhar.
subrepticio,-a adj. subreptício.
subrogar v. subrogar, substituir.
subrutina s.f. sub-rotina.
subsanable adj. reparável, sanável.
subsanar v. sanar, remediar, justificar.
subscribir v. subscrever.
subscripción s.f. subscrição.
subscriptor,-a adj./s. subscritor.
subscrito,-a adj./s. subscrito, assinado.
subsecretaria s.f. subsecretaria.
subsecretario,-a s. subsecretário.
subseguir v., **subseguirse** vr. subseguir(-se).
subsidiar v. subsidiar.
subsidiario,-a adj. subsidiário.
subsidio s.m. subsídio.
subsiguiente adj. subseqüente.
subsistencia s.f. subsistência.
subsistente adj. subsistente.
subsistir v. subsistir.
subsónico,-a adj. subsônico.
substancia s.f. substância.
substancial s.f. substancial.
substanciar v. substanciar.
substancioso,-a adj. substancioso.
substantivar v. substantivar.
substantivo, adj./s.m. substantivo.
substitución s.f. substituição.
substituíble adj. substituível.
substituir v. substituir.
substitutivo s.m. substitutivo.
substituto,-a s. substituto.
substracción s.f. subtração, roubo.
substraer v. subtrair, roubar.
substrato s.m. substrato.
subsuelo s.m. subsolo.
subteniente s.m. subtenente.
subterfugio s.m. subterfúgio.

subterráneo,-a adj. subterrâneo; íntimo. s.m. abrigo subterrâneo; metrô.
subtitular v. (Cine.) colocar legenda; legendar.
subtítulo s.m. subtítulo, legenda.
subtropical adj. subtropical.
suburbano,a adj. suburbano. s.m. trem de subúrbio.
suburbial adj. suburbano.
suburbio s.m. subúrbio; favela.
subvalorar v. subestimar, depreciar.
subvención s.f. subvenção.
subvencionar v. subvencionar.
subvenir v. socorrer; custear.
subversión s.f. subversão.
subversivo,a adj. subversivo.
subvertir v. subverter.
subyacente adj. subjacente.
subyugación s.f. subjugação.
subyugar v. subjugar, cativar.
succión s.f. sucção.
succionar v. aspirar, chupar, sugar.
sucedáneo,-a adj./s.m. sucedâneo.
suceder v. suceder, acontecer.
sucedido,-a adj./s.m. sucedido.
sucesión s.f. sucessão, herança, prole, sucessores.
sucesivo,-a adj. sucessivo.
suceso s.m. acontecimento; ação delituosa; êxito.
suche adj. verde, azedo; s. subalterno. s.m. jasmim; espinha.
suciedad s.f. sujeira, porcaria, imundície, indecência.
sucinto,-a adj. sucinto, breve; escasso.
sucio,-a adj. sujo, fácil de sujar; desasseado; desonesto; obsceno; ilegal.
sucre s.m. moeda do Equador.
suculencia s.f. suculência.
suculento,-a adj. saboroso; suculento.
sucumbir v. sucumbir; morrer.
sucursal s.f. sucursal.
sudaca s. sul-americano.
sudafricano,-a adj./s. sul-africano.
sudamericano,-a adj./s. sul-americano.
sudanés,-esa adj./s. sudanês.

sudar v. suar; exsudar; manchar de suor; obter com esforço.
sudario s.m. sudário.
sudeste adj./s.m. sudeste.
sudoeste adj./s.m. sudoeste.
sudor s.m. suor, exsudação, esforço, trabalho.
sudorífico,-a adj./s.m. sudorífico.
sudoríparo,-a adj. sudoríparo.
sudoroso,-a adj. suado, suarento.
sueco,-a adj./s. sueco.
suegra s.f. sogra.
suegro s.m. sogro.
suela s.f. sola, couro.
sueldo s.m. salário.
suelo s.m. solo, chão, base, piso, terreno; sedimento; território.
suelta s.f. solta, peia.
suelto,-a adj. solto, livre; folgado, ágil, a granel, avulso; com diarréia. s.m. troco; (Jornal) artigo curto.
sueño s.m. sono, sonolência, sonho.
suero s.m. soro.
suerte s.f. sorte, acaso, destino, situação, tipo, espécie, modo; etapa da tourada.
suertero,-a adj. sortudo. s.m. vendedor de loteria.
suertudo,-a adj. sortudo.
suéter s.m. suéter.
suficiencia s.f. suficiência; convencimento, arrogância.
suficiente adj. suficiente, apto; convencido.
sufijo,-a adj./s.m. sufixo.
sufragar v. socorrer, financiar; votar.
sufragio s.m. sufrágio, voto, votação; ajuda.
sufrido,-a adj. paciente, resignado; (cor) que não mostra a sujeira.
sufrimiento s.m. sofrimento.
sufrir v. sofrer, padecer; suportar, agüentar; permitir; expiar.
sugerencia s.f. sugestão.
sugerente ou **sugeridor,-a** adj. inspirador, sugestivo.
sugerir v. sugerir.
sugestión s.f. sugestão.

sugestionable *adj.* sugestionável.
sugestionar *v.*, **sugestionarse** *vr.* sugestionar(-se).
sugestivo,-a *adj.* sugestivo, fascinante.
suicida *adj./s.* suicida.
suicidarse *vr.* suicidar-se.
suicidio *s.m.* suicídio.
suite *s.f.* suíte.
suizo,-a *adj./s.* suíço. *s.m.* bolo; chocolate quente.
sujeción *s.f.* sujeição; fixação, contenção.
sujetador,-a *adj./s.* prendedor. *s.m.* sutiã.
sujetapapeles *s.m.* clipe.
sujetar *v.* sujeitar, firmar, segurar, agarrar. **sujetarse** *vr.* agarrar-se, submeter-se.
sujeto,-a *adj.* atado, seguro, preso, sujeito. *s.m.* sujeito, indivíduo, matéria.
sulfamida *s.f.* sulfa.
sulfatación *s.f.* sulfatação.
sulfatar *v.* sulfatar.
sulfato *s.m.* sulfato.
sulfhídrico,-a *adj.* sulfídrico.
sulfurar *v.* sulfurar; exasperar. **sulfurarse** *vr.* irritar-se.
sulfúrico,-a *adj.* sulfúrico.
sulfuro *s.m.* enxofre.
sulfuroso,-a *adj.* sulfuroso.
sultán *s.m.* sultão.
sultana *s.f.* sultana.
sultanato *s.m.* sultanado.
suma *s.f.* soma; suma, resumo.
sumadora *s.f.* calculadora.
sumamente *adv.* sumamente, altamente.
sumando *s.m.* adendo, somando.
sumar *v.*, **sumarse** *vr.* somar(-se).
sumario,-a *adj.* sumário, breve. *s.m.* sumário, resumo.
sumergible *adj.* submergível, à prova d'água. *s.m.* submarino.
sumergir *v.* submergir; concentrar-se, imergir-se.
sumerio,-a *adj.* sumeriano.
sumidero *s.m.* sumidouro, ralo.
suministración *s.f.* fornecimento.
suministrador,-a *s.* fornecedor.

suministrar *v.* fornecer, abastecer.
suministro *s.m.* fornecimento.
sumir *v.* afundar, arrastar, imergir, fazer descer. **sumirse** *vr.* perder-se em, abismar-se.
sumisión *s.f.* submissão.
sumiso,-a *adj.* submisso.
summum *s.m.* cúmulo, auge.
sumo, *adj.* supremo, sumo.
suntuario,-a *adj.* do luxo.
suntuosidad *s.f.* suntuosidade.
suntuoso,-a *adj.* suntuoso.
supeditación *s.f.* subordinação.
supeditar *v.* subordinar, condicionar, tiranizar, dominar. **supeditarse** *vr.* sujeitar-se.
súper *adj.* ótimo. *s.m.* supermercado. *adv.* muito bem. *s.f.* gasolina extra.
superable *adj.* superável.
superabundancia *s.f.* superabundância.
superabundante *adj.* superabundante.
superabundar *v.* superabundar.
superación *s.f.* superação.
superar *v.* superar, sobrepujar, vencer, passar. **superarse** *vr.* melhorar.
superávit *s.m.* superávit.
supercarburante *s.m.* gasolina aditivada.
superchería *s.f.* embuste, fraude; superstição.
superconductividad *s.f.* superconductividade.
superconductor *s.m.* supercondutor.
superdesarrollado,-a *adj.* superdesenvolvido.
superdesarrollo *s.m.* superdesenvolvimento.
superdotado,-a *adj./s.* superdotado.
superestructura *s.f.* superestrutura.
superficial *adj.* superficial; trivial, frívolo.
superficialidad *s.f.* superficialidade.
superficie *s.f.* superfície; área.
superfino,-a *adj.* extrafino.
superfluidad *s.f.* superfluidade.
superfluo,-a *adj.* supérfluo.

superhombre *s.m.* super-homem.
superintendencia *s.f.* superintendência.
superintendente *s.* superintendente.
superior *adj.* superior, maior, melhor. *s.m.* superior.
superiora *s.f.* madre superiora.
superioridad *s.f.* superioridade, vantagem.
superlativo,-a *adj./s.m.* superlativo.
supermercado *s.m.* supermercado.
supernumerario,-a *adj./s.* excedente; extranumerário.
superpoblación *s.f.* superpopulação.
superpoblado,-a *adj.* superpovoado.
superponer *v.* superpor, sobrepor.
superposición *s.f.* superposição.
superpotencia *s.f.* superpotência.
superproducción *s.f.* superprodução.
supersónico,-a *adj.* supersônico.
superstición *s.f.* superstição.
supersticioso,-a *adj.* supersticioso.
supervalorar *v.* superestimar.
supervisar *v.* supervisionar.
supervisión *s.f.* supervisão, controle.
supervisor,-a *s.* supervisor.
supervivencia *s.f.* sobrevivência.
superviviente *adj./s.* sobrevivente.
superyó *s.m.* superego.
supino,-a *adj.* supino; absoluto. *s.m.* supino.
súpito,-a *adj.* súbito.
suplantación *s.f.* usurpação.
suplantar *v.* usurpar; substituir.
suplementario,-a *adj.* suplementar.
suplemento *s.m.* suplemento; complemento.
suplencia *s.f.* suplência.
suplente *adj./s.* suplente.

supletorio,-a *adj.* suplementar; extra. *s.m.* (*Tel.*) extensão.
súplica *s.f.* súplica, pedido.
suplicante *adj./s.* suplicante.
suplicar *v.* suplicar.
suplicio *s.m.* suplício, tormento.
suplir *v.* suprir; substituir; remediar. **suplirse** *vr.* conformar-se.
suponer *v.* supor, imaginar; significar, ser importante; implicar.
suposición *s.f.* suposição.
supositorio *s.m.* supositório.
suprarrealismo *s.m.* surrealismo.
suprarrenal *adj.* supra-renal.
supremacía *s.f.* supremacia.
supremo,-a *adj.* supremo.
supresión *s.f.* supressão.
suprimir *v.* suprimir, omitir.
supuesto,-a *adj.* assumido, suposto; *¡por* ~! claro!; certamente!; com certeza! *s.m.* suposição, hipótese.
supurar *v.* supurar.
sur *s.m.* sul; vento sul.
surafricano,-a *adj./s.* sul-africano.
suramericano,-a *adj./s.* sul-americano.
surcar *v.* sulcar, riscar.
surco *s.m.* sulco; ruga; rego; risco.
surcoreano,-a *adj./s.* sul-coreano.
sureño,-a *adj./s.* do sul; sulista, sulino.
sureste *adj./s.m.* sudeste.
surf *s.m.* surfe.
surfista *adj./s.* surfista.
surgir *v.* surgir, brotar, apresentar-se, elevar-se.
suripanta *s.f.* corista; prostituta.

surmenaje *s.m.* cansaço mental.
suroeste *adj./s.m.* sudoeste.
surrealismo *s.m.* surrealismo.
surrealista *adj./s.* surrealista.
sursuncorda *s.m.* (*Fam.*) figurão, Papa.
surtido,-a *adj.* sortido, variado.
surtidor *s.m.* jorro d'água, fonte; bomba de gasolina.
surtir *v.* fornecer, abastecer; brotar.
surto,-a *adj.* tranqüilo; ancorado.
susceptibilidad *s.f.* suscetibilidade.
susceptible *adj.* suscetível.
suscitar *v.* suscitar, provocar.
suscribir *v.* subscrever; assinar. **suscribirse** *vr.* assinar (*jornal, revista*).
suscripción *s.f.* subscrição, assinatura.
suscriptor,-a *s.* assinante.
suscrito,-a *adj.* assinado.
susodicho,-a *adj.* supracitado.
suspender *v.* suspender, interromper; reprovar; pendurar. **suspenderse** *vr.* causar admiração.
suspense *s.m.* suspense.
suspensión *s.f.* suspensão; interrupção.
suspensivo,-a *adj.* suspensivo; *puntos* ~s reticências.
suspenso,-a *adj.* suspenso; perplexo; pasmo. *s.m.* reprovação; suspense.
suspensores *s.m.pl.* suspensórios.
suspensorio *s.m.* sunga.
suspicacia *s.f.* suspicácia, desconfiança.
suspicaz *adj.* suspicaz, desconfiado.
suspirar *v.* suspirar.

suspiro *s.m.* suspiro; instante, momento; (*Culin.*) suspiro.
sustancia *s.f.* substância; importância; maturidade.
sustancial *adj.* substancial; fundamental.
sustanciar *v.* resumir.
sustancioso,-a *adj.* substancioso, importante.
sustantivar *v.* substantivar.
sustantivo,-a *adj./s.m.* substantivo.
sustentable *adj.* sustentável, defensável.
sustentación *s.f.* sustentação; sustento.
sustentáculo *s.m.* sustentáculo.
sustentar *v.* sustentar, suportar, defender, manter. **sustentarse** *vr.* sustentar-se.
sustento *s.m.* sustento, apoio.
sustitución *s.f.* substituição.
sustituible *adj.* substituível.
sustituir *v.* substituir.
substitutivo *s.m.* substitutivo.
substituto,-a *adj./s.* substituto.
susto *s.m.* susto, preocupação, medo.
sustracción *s.f.* subtração; roubo.
sustraer *v.* subtrair; roubar. **sustraerse** *vr.* subtrair-se, escapar-se.
sustrato *s.m.* substrato.
susurrante *adj.* sussurrante.
susurrar *v.* sussurrar.
susurro *s.m.* sussurro.
sutil *adj.* sutil, fino, perspicaz, agudo.
sutileza *s.f.* sutileza, perspicácia.
sutilizar *v.* sutilizar, refinar, aperfeiçoar.
sutura *s.f.* sutura.
suturar *v.* suturar.
suyo,-a *adj./pron. pos.* seu, sua.
svástica *s.f.* suástica.
swing *s.m.* suingue.

T

T, t *s.f.* T, t.
taba *s.f.* astrágalo; chatice; bate-papo.
tabacal *s.m.* tabacal.
tabacalero,-a *adj./s.* tabaqueiro, fumageiro.
tabaco *s.m.* tabaco, fumo; rapé; cigarro.
tabalear *v.* tamborilar; mexer, mover.
tabaleo *s.m.* agitação, movimento.
tabanco *s.m.* banca, barraca.
tábano *s.m.* mutuca.
tabaquera *s.f.* tabaqueira; caixinha de rapé.
tabaquismo *s.m.* tabagismo.
tabardillo *s.m.* insolação.
tabardo *s.m.* capote ou casaco com capuz.
tabarra *s.f.* chato, chatice.
tabasco *s.m.* molho de pimenta-malagueta.
tabes *s.f.pl.* (*Med.*) tabe, tabes.
taberna *s.f.* taberna.
tabernáculo *s.m.* tabernáculo.
tabernario,-a *adj.* grosseiro.
tabernero,-a *s.* taberneiro.
tabernucha *s.f.* espelunca.
tabicar *v.* fechar com divisória; tapar.
tábido,-a *adj.* podre; que sofre de tabe.
tabique *s.m.* divisória; septo nasal.
tabla *s.f.* tábua, prancha; índice, tabela, lista, catálogo; quadro; prega; painel; bebedeira; açougue; tarimba, desenvoltura. **tablas** empate; palco, cenário, tablado.
tablado *s.m.* tablado; estrado; assoalho.
tablajería *s.f.* açougue.
tablao *s.m.* tablado; palco de flamenco.
tablear *v.* cortar em tábuas; dividir em canteiros; preguear.
tablero *s.m.* tabuleiro; tábua; painel, placar; balcão; lousa, quadro negro; tabela (*de bola-ao-cesto*).
tableta *s.f.* tabuinha; tablete; comprimido, pastilha.
tabletear *v.* matraquear.
tablilla *s.f.* tabuinha.
tablón *s.m.* prancha, tabuão; bebedeira; quadro de avisos.
tabú *adj./s.m.* tabu.
tabulación *s.f.* tabulação.
tabulador *s.m.* tabulador.
tabular *v.* tabular.
taburete *s.m.* tamborete.
tacanear *v.* esmagar.
tacañear *v.* tacanhear.
tacañería *s.f.* tacanhice, avareza.
tacaño,-a *adj./s.* tacanho, sovina, avaro, pão-duro.
tacatá ou **tacataca** *s.m.* andador (*para bebês*).
tacha *s.f.* defeito, mácula; tacha, prego.
tachadura *s.f.* risco, rasura.
tachar *v.* rasurar, riscar, apagar; tachar, acusar.
tachigual *s.m.* tecido de algodão.
tacho *s.m.* tacho; táxi; balde de lixo; chaleira; caldeira.
tachón *s.m.* risco, rasura; fita; tachão.
tachonar *v.* adornar com tachões.
tachuela *s.f.* tachinha, percevejo; pessoa baixinha; xícara de metal.
tácito,-a *adj.* tácito, calado.
taciturno,-a *adj.* taciturno.
taco *s.m.* taco, calço; maço; folhinha; rolinho de queijo ou presunto; embrulhada; palavrão; bucha (*de arma de fogo*); trago de vinho; tacão, pino. **tacos** anos de idade.
tacómetro *s.m.* tacômetro.
tacón *s.m.* salto de sapato.
taconazo *s.m.* golpe dado com o salto.
taconear *v.* fazer barulho com os saltos; bater os saltos.
taconeo *s.m.* pisada.
táctica *s.f.* tática, estratégia.
táctico,-a *adj./s.* tático.
táctil *adj.* tátil.
tacto *s.m.* tato, toque, delicadeza.
tacurú *s.m.* formigueiro.
taekwondo *s.m.* tae-kwon-do.
tafetán *s.m.* tafetá.
tafia *s.f.* cachaça.
tafilete *s.m.* marroquim.
tagarote *s.m.* escrevente; pessoa alta e desajeitada.
tahitiano,-a *adj./s.* taitiano.
tahona *s.f.* padaria.
tahúr *s.m.* jogador, trapaceiro.
taifa *s.f.* bando, corja.
tailandés,-esa *adj./s.* tailandês.
taimado,-a *adj./s.* astuto, malicioso, preguiçoso.
taita *s.m.* papá, papai.
tajada *s.f.* fatia, rodela; rouquidão; corte, facada; bebedeira.
tajamar *s.m.* talha-mar.
tajante *adj.* cortante; taxativo, definitivo.
tajar *v.* cortar, talhar.
tajo *s.m.* corte, gume; tarefa, trabalho; tábua de picar carne; escarpa.
tal *adj.* tal, igual; tanto. *adv.* assim, dessa maneira.
tala *s.f.* corte de árvores; poda.
taladrado *s.m.* furação.
taladrador,-a *adj.* furador.
taladradora *s.f.* furadeira.
taladrante *adj.* penetrante.
taladrar *v.* furar.
taladro *s.m.* furo; furação; furadeira.
talaje *s.m.* pastagem.

tálamo *s.m.* leito conjugal; tálamo.
talán *s.m.* toque de sino.
talante *s.m.* caráter, gênio, disposição, vontade.
talar *v.* cortar, podar; devastar. *adj.* talar.
talco *s.m.* talco.
talega *s.f.* saco; rede de cabelo; cueiro; dinheiro; culhões.
talego *s.m.* saco; prisão, cadeia; nota de mil pesetas.
talento *s.m.* talento, aptidão, gênio.
talentoso,-a ou **talentudo,-a** *adj.* talentoso.
talero *s.m.* chicote.
talgo *s.m.* trem-bala.
talio *s.m.* tálio.
talión *s.m.* talião.
talismán *s.m.* talismã.
talla *s.f.* entalhe; gravação; altura, estatura; importância; tamanho, número.
tallado *s.m.* corte.
tallador,-a *s.* gravador.
tallar *v.* talhar, esculpir, lavrar; medir a altura; conversar.
tallarines *s.m.pl.* talharim.
talle *s.m.* cintura; talhe, feitio; medida do ombro à cintura.
taller *s.m.* oficina, ateliê, escola.
tallo *s.m.* talo, caule, broto.
talludo,-a *adj.* alto; de meia-idade; viciado.
talmente *adv.* de tal forma.
talo *s.m.* talo.
talón *s.m.* calcanhar; cheque; recibo, toco.
talonario *s.m.* talão (de cheques).
talonear *v.* andar depressa; esporear.
talud *s.m.* talude.
tamal *s.m.* pamonha; confusão.
tamango *s.m.* tamanco.
tamaño,-a *adj./s.m.* tamanho.
támara *s.f.* tamareira. **támaras** tâmaras em cacho.
tamarindo *s.m.* tamarindo.
tamarisco *s.m.* tamargueira.
tambaleante *adj.* cambaleante.
tambalearse *vr.* cambalear.
tambaleo *s.m.* cambaleio.
tambarria *s.f.* farra.

también *adv.* também.
tambor *s.m.* tambor; bastidor; tímpano; peneira; colchão de molas; lata.
tamboril *s.m.* tamboril.
tamborilear *v.* tamborilar.
tamborileo *s.m.* toque de tambor.
tamborilero,-a *s.* tamborileiro.
tamiz *s.m.* peneira.
tamizar *v.* peneirar, depurar, filtrar.
tampoco *adv.* tampouco.
tampón *s.m.* almofada para carimbos; tampão.
tam-tam ou **tamtán** *s.m.* tantã, gongo.
tamuga *s.f.* trouxa, saco.
tan *adv.* tão, tanto.
tanate *s.m.* emborcal. **tanates** trastes.
tanatear *v.* mudar-se.
tanatorio *s.m.* velório.
tancolote *s.m.* cesto.
tanda *s.f.* turno, série, turma, tarefa, partida de bilhar.
tandariola *s.f.* barulho.
tándem *s.m.* tandem, dupla.
tanga *s.m.* tanga.
tangencial *adj.* tangencial.
tangente *adj./s.f.* tangente.
tangible *adj.* tangível, evidente.
tango *s.m.* tango.
tanguista *s.f.* cantor de tangos; dançarina de cabaré.
tanque *s.m.* tanque; caminhão-tanque.
tantear *v.* calcular, estimar, avaliar, sondar, tentear; marcar, comparar.
tanteo *s.m.* estimativa, marcação, placar.
tanto,-a *adj./s.m.* tanto; tento, ponto.
tanzano,-a *adj./s.* tanzaniano.
tañer *v.* tocar, tanger, tamborilar.
tañido *s.m.* som, toque.
tapa *s.f.* tampa, capa; aperitivo; sola; gola; comporta; bife do jarrete.
tapaboca *s.m.* tapa-boca; cachecol.
tapacubos *s.m.* (*Aut.*) calota.
tapadera *s.f.* tampa, capa; disfarce, fachada.

tapadillo *s.m. de* ~ às escondidas.
tapado,-a *adj.* coberto, encapado, agasalhado; oculto. *s.m.* sobretudo.
tapajuntas *s.m.* guarnição.
tápalo *s.m.* xale.
tapanca *s.f.* chairel.
tapar *v.* tampar, encobrir, tapar; cobrir; agasalhar; ocultar.
taparrabo ou **taparrabos** *s.m.* tanga.
tape *s.m.* índio.
tapera *s.f.* ruínas.
tapete *s.m.* caminho de mesa; tapete pequeno; toalha.
tapia *s.f.* taipa, muro de divisa.
tapial *s.m.* taipa.
tapiar *v.* murar.
tapicería *s.f.* tapeçaria; estofamento.
tapicero,-a *s.* tapeceiro.
tapioca *s.f.* tapioca.
tapir *s.m.* tapir.
tapisca *s.f.* colheita do milho.
tapiz *s.m.* tapete, tapeçaria.
tapizado *s.m.* estofamento, estofo.
tapizar *v.* estofar, atapetar.
tapón *s.m.* rolha, tampão; curativo; acúmulo de cerume; estorvo; congestionamento; (*Esp.*) bloqueio; pessoa baixa e gorda.
taponamiento *s.m.* tapamento.
taponar *v.* tapar, fechar, obstruir; bloquear; tamponar.
taponazo *s.m.* ruído produzido ao destampar uma rolha de garrafa.
tapujo *s.m.* dissimulação, máscara, rodeio.
taquear *v.* fazer barulho com os saltos; jogar sinuca.
taquicardia *s.f.* taquicardia.
taquigrafía *s.f.* taquigrafia.
taquigrafiar *v.* taquigrafar.
taquígrafo,-a *s.* taquígrafo.
taquilla *s.f.* armário; bilheteria; bar; tachinha.
taquillero,-a *adj.* bom de bilheteria. *s.* bilheteiro.
taquimecanografía *s.f.* estenodatilografia.
taquimecanógrafo,-a *s.* estenodatilógrafo.

tara s.f. tara, peso, defeito.
tarabilla s.f. taramela; tagarela; palavreado confuso.
tarabita s.f. fuzilhão, maroma.
tarado,-a adj. defeituoso, deficiente. s. idiota.
tarambana adj./s. doidivanas, destrambelhado.
taranta s.f. desmaio.
tarantín s.m. traste.
tarántula s.f. tarântula.
tararear v. cantarolar.
tarara adj./s. louco.
tararira s.f. vozearia. s. louco, maluco.
tarasca s.f. mulher feia e de mau caráter.
tarascada s.f. dentada; resposta áspera.
tardanza s.f. tardança, demora.
tardar v. tardar, demorar.
tarde s.f./adv. tarde.
tardío,-a adj. tardio, tardeiro, serôdio.
tardo,-a adj. lento, atrasado.
tardón,-ona adj./s. lerdo, tardo.
tarea s.f. tarefa, dever, canseira.
tareco s.m. traste.
tarifa s.f. tarifa; tabela de preços.
tarifar v. tarifar; romper.
tarima s.f. estrado.
tarjeta s.f. cartão.
tarraconense adj./s. de Tarragona.
tarraya s.f. tarrafa.
tarrayazo s.m. tarrafada.
tarro s.m. pote, jarro; cabeça; pato selvagem.
tarso s.m. tarso.
tarta s.f. torta, pastelão.
tartaja adj./s. gago.
tartajear v. gaguejar.
tartajeo s.m. gagueira.
tartaleta s.f. torta de massa folhada.
tartamudear v. gaguejar.
tartamudeo s.m., **tartamudez** s.f. gaguez.
tartamudo,-a adj./s. gago.
tartana s.f. tartana, aranha, calhambeque, tartaranha.
tártaro,-a adj./s. tártaro. s.m. tártaro.

tartera s.f. marmita; assadeira.
tarugo s.m. tarugo; pão-duro; tapado.
tarumba adj. confuso.
tasa s.f. avaliação, imposto, taxa, medida, limite.
tasación s.f. taxação.
tasador,-a s. avaliador.
tasar v. taxar; regular.
tasca s.f. bar, botequim.
tata s.f. babá; papá.
tatarabuelo,-a s. tataravô.
tataranieto,-a s. tataraneto.
tataratear v. labutar.
tate[1] s.m. haxixe.
¡tate![2] interj. cuidado!; nossa!; ah!
tatemar v. assar.
tatuaje s.f. tatuagem.
tatuar v. tatuar.
taúca s.f. montão; bolsa.
taurino,-a adj. taurino.
tauromaquia s.f. tauromaquia.
tautología s.f. tautologia.
taxativo,-a adj. taxativo.
taxi s.m. táxi.
taxidermia s.f. taxidermia.
taxidermista s. taxidermista.
taxímetro s.m. taxímetro.
taxista s. taxista.
taxonomía s.f. taxonomia.
tayacán s.m. pessoa de confiança.
taza s.f. xícara; privada; pia.
tazcal s.m. panqueca de milho.
tazón s.m. tigela; pia.
te s.f. tê. pron. pes. te.
té s.m. chá.
tea s.f. tocha; bebedeira.
teatral adj. teatral; exagerado.
teatro s.m. teatro; cenário; exagero.
tebeo s.m. revista infantil em quadrinhos; história em quadrinhos.
teca s.f. teca.
techado s.m. telhado.
techar v. telhar.
techo s.m. teto, forro; altura limite.
techumbre s.f. teto, cobertura, telhado.
tecla s.f. tecla.
teclado s.m. teclado.
teclear v. teclar, digitar; tamborilar.
técnica s.f. técnica.

tecnicismo s.m. tecnicismo, termo técnico.
técnico,-a adj./s. técnico.
tecnocracia s.f. tecnocracia.
tecnócrata s. tecnocrata.
tecnocrático,-a adj. tecnocrático.
tecnología s.f. tecnologia.
tecnológico,-a adj. tecnológico.
tecomate s.m. cabaça.
tecuco,-a adj. pão-duro.
tedio s.m. tédio, apatia.
tedioso,-a adj. tedioso.
tegumento s.m. tegumento.
teína s.f. cafeína.
teja s.f. telha.
tejadillo s.m. teto; capota.
tejado s.m. telhado.
tejamaní ou, **tejamanil** s.m. tábua de forro.
tejano,-a adj./s. texano. tejanos calça jeans.
tejar v. telhar. s.m. fábrica de telhas.
tejedor,-a adj./s. tecedor, tecelão.
tejemaneje s.m. agitação; ardil.
tejer v. tecer, maquinar, tramar.
tejido s.m. tecido.
tejo s.m. malha; amarelinha; teixo.
tejón s.m. texugo.
tejuelo s.m. rótulo na lombada de um livro.
tela s.f. pano, tecido; tela, pintura; película; teia; serviço; grana; membrana.
telar s.m. tear; tecelagem; (Teat.) parte superior do palco.
telaraña s.f. teia de aranha.
tele s.f. tevê.
telearrastre s.m. teleférico.
telecabina s.f. cabina de teleférico.
telecomunicación s.f. telecomunicação.
telediario s.m. telejornal.
teledirigido,-a adj. teleguiado.
teledirigir v. teleguiar.
telefax s.m. fax.
teleférico s.m. teleférico.
telefilm ou **telefilme** s.m. filme na tevê.

elefonazo s.m. telefonema.
elefonear v. telefonar.
elefonía s.f. telefonia.
elefónico,-a adj. telefônico.
elefonista s. telefonista.
eléfono s.m. telefone.
elegrafía s.f. telegrafia.
elegrafiar v. telegrafar.
elegráfico,-a adj. telegráfico; lacônico.
elegrafista s. telegrafista.
elégrafo s.m. telégrafo.
elegrama s.m. telegrama.
elengues s.m.pl. trastes.
elele s.m. desmaio.
elemando s.m. controle remoto.
elemanía s.f. telemania.
elemática s.f. telemática.
elemetría s.f. telemetria.
elémetro s.m. telêmetro.
elenovela s.f. telenovela.
eleobjetivo s.m. teleobjetiva.
elequinesia s.f. telecinesia.
elepatía s.f. telepatia.
elepático,-a adj. telepático.
elescópico,-a adj. telescópico.
elescópio s.m. telescópio.
elesilla s.m. teleférico.
elespectador,-a s. telespectador.
elesquí s.m. teleférico para esquiadores.
eletexto s.m. videotexto.
eletipo s.m. teletipo.
elevidente s. telespectador.
elevisar v. televisar.
elevisión s.f. televisão.
elevisivo,-a adj. televisivo.
elevisor s.m. televisor.
élex s.m. telex.
elilla s.f. película.
elón s.m. (Teat.) cortina.
elonero,-a adj./s. artista que faz a abertura.
elúrico,-a adj. telúrico.
ema s.m. tema, peça, unidade, canção. s.f. obstinação.
emario s.m. programa.
emática s.f. temática.
emático,-a adj. temático.
embladera s.f. tremedeira.
emblar v. tremer; ter muito medo.
embleque s.m. tremedeira, tremor intenso.
emblón,-ona adj./s. tremedor.

temblor s.m. tremor.
tembloroso,-a ou **tembloso,-a** adj. trêmulo, tremedor.
temer v. temer; suspeitar, recear.
temerario,-a adj. temerário, sem fundamento.
temeridad s.f. temeridade.
temeroso,-a adj. temeroso, pavoroso.
temible adj. temível.
temor s.m. temor.
témpano s.m. bloco de gelo, pele de tambor, tímbale.
temperamental adj. temperamental.
temperamento s.m. temperamento.
temperancia s.f. temperança.
temperar v. moderar, acalmar; mudar de ares.
temperatura s.f. temperatura; febre.
tempestad s.f. tempestade.
tempestuoso,-a adj. tempestuoso.
templado,-a adj. morno, temperado; comedido, valente; sereno.
templanza s.f. temperança, moderação, harmonia.
templar v. aquecer, moderar, temperar, amornar; afinar. **templarse** vr. conter-se.
templario s.m. templário.
temple s.m. valentia, humor; caráter; serenidade; afinação; têmpera.
templete s.m. nicho; pavilhão, quiosque.
templo s.m. templo, santuário.
temporada s.f. temporada, época, período.
temporal adj. provisório, temporário; mundano; temporal. s.m. temporal, tempestade, tormenta.
temporero,-a adj./s. (trabalhador) temporário.
temporizar v. contemporizar.
tempranero,-a adj. madrugador; temporão.
temprano,-a adj. temporão, precoce. adv. cedo.
tenacidad s.f. tenacidade.
tenacillas s.f.pl. tenazes, pinças.

tenaz adj. tenaz, perseverante, persistente.
tenaza s.f. alicate; turquês, tenaz; pinça.
tenca s.f. tenca, tainha; mentira.
tendal s.m. toldo.
tendedero s.m. varal, estendal.
tendencia s.f. tendência, opinião.
tendenciosidad s.f. tendenciosidade, parcialidade.
tendencioso,-a adj. tendencioso, parcial.
tendente adj. tendente.
tender v. estender, deitar, construir; armar para alguém cair; tender, propender; rebocar. **tenderse** vr. estender-se.
tenderete s.m. barraca; confusão.
tendero,-a s. lojista.
tendido,-a adj. estendido, esticado. s.m. rede elétrica; revestimento; roupa de cama; lugares descobertos da arquibancada; rede elétrica.
tendón s.m. tendão.
tenebrosidad s.f. tenebrosidade.
tenebroso,-a adj. tenebroso, tétrico.
tenedor,-a s. portador. s.m. garfo.
teneduría s.f. escrituração.
tenencia s.f. posse, porte.
tener v. ter, deter; possuir, conter, dispor de; segurar, sofrer de, sentir, manter, medir; celebrar, considerar, achar. **tenerse** vr. manter-se em pé, conter-se, considerar-se.
tenería s.f. curtume.
tenia s.f. tênia.
teniente s.m. tenente.
tenis s.m. (Esp.) tênis.
tenista s. tenista.
tenor s.m. tenor; teor.
tenorio s.m. galanteador.
tensado,-a adj. esticado.
tensar v. esticar.
tensión s.f. tensão, pressão.
tenso,-a adj. tenso, esticado.
tensor s.m. tensor, esticador.
tentación s.f. tentação.
tentáculo s.m. tentáculo.

tentador,-a *adj.* tentador.
tentar *v.* apalpar, tocar; tentar, incitar.
tentativa *s.f.* tentativa.
tentempié *s.m.* lanche; joão-teimoso.
tenue *adj.* tênue; fino; simples.
teñido,-a *adj.* tinto. *s.m.* tintura.
teñir *v.* tingir.
teodolito *s.m.* teodolito.
teología *s.f.* teologia.
teológico,-a *adj.* teológico.
teólogo,-a *s.* teólogo.
teorema *s.m.* teorema.
teoría *s.f.* teoria.
teórico,-a *adj./s.* teórico.
teorizar *v.* teorizar.
tepalcate *s.m.* vaso de louça; traste; caco de louça.
tequiar *v.* atazanar.
tequila *s.m.* tequila.
terapeuta *s.* terapeuta.
terapéutica *s.f.* terapêutica, terapia.
terapéutico,-a *adj.* terapêutico.
terapia *s.f.* terapia.
tercer *adj.* terceiro.
tercera *s.f.* (*Mús., Aut., Classe*) terceira.
tercermundista *adj.* terceiromundista.
tercero,-a *adj./s.* terceiro, mediador, alcoviteiro, terça parte.
terceto *s.m.* terceto, trio.
terciar *v.* terçar, mediar, intrometer-se. **terciarse** *vr.* chegar a ocasião.
terciario,-a *adj.* terciário.
tercio,-a *s.* terço, terceiro; garrafa de 350 ml.
terciopelo *s.m.* veludo.
terco,-a *adj.* teimoso, obstinado.
tergiversación *s.f.* tergiversação.
tergiversar *v.* tergiversar.
termal *adj.* termal.
termas *s.f.pl.* termas.
térmico,-a *adj.* térmico.
terminación *s.f.* terminação, conclusão, final, término.
terminal *adj./s.f.m.* terminal.
terminante *adj.* terminante, categórico.
terminar *v.* terminar, acabar, concluir, morrer.

término *s.m.* término, final, fim, prazo; limite, distrito, divisa, fronteira; termo, palavra, vocábulo; parte; ponto, objetivo; (*Teat.*) plano; terminal. **términos** termos.
terminología *s.f.* terminologia.
terminológico,-a *adj.* terminológico.
termita ou **termite** *s.f.* cupim; térmita.
termo *s.m.* garrafa térmica.
termodinámica *s.f.* termodinâmica.
termodinámico,-a *adj.* termodinâmico.
termómetro *s.m.* termômetro.
termonuclear *adj.* termonuclear.
termosifón *s.m.* aquecedor, termossifão.
termostato *s.m.* termostato.
terna *s.f.* trio, terno, lista tríplice.
ternario,-a *adj.* ternário. *s.m.* tríduo.
ternera *s.f.*, **ternero** *s.m.* vitelo, vitela, bezerro; carne de vitela.
terneza *s.f.* ternura.
ternilla *s.f.* cartilagem.
terno *s.m.* terno, trio; terno (*traje*); praga, blasfêmia.
ternura *s.f.* ternura.
terquedad *s.f.* obstinação.
terracota *s.f.* terracota.
terrado *s.m.* terraço.
terraplén *s.m.* terrapleno, barranco.
terráqueo,-a *adj.* terrestre.
terrateniente *s.* latifundiário, fazendeiro.
terraza *s.f.* terraço, sacada; canteiro.
terrazo *s.m.* paisagem; piso vitrificado.
terremoto *s.m.* terremoto.
terrenal *adj.* terrenal.
terreno,-a *adj.* terreno, terrestre. *s.m.* terreno; âmbito, esfera; campo.
terreño,-a *adj.* da região, nacional.
térreo,-a *adj.* de terra.
terrestre *adj./s.* terrestre.
terrible *adj.* terrível.
terrícola *adj./s.* terrícola, terráqueo.

territorial *adj.* territorial.
territorio *s.m.* território.
terrón *s.m.* torrão.
terror *s.m.* terror.
terrorífico,-a *adj.* terrífico aterrorizante.
terrorismo *s.m.* terrorismo.
terrorista *adj./s.* terrorista.
terroso,-a *adj.* terroso.
terruño *s.m.* terreno, pátria, torrão natal.
terso,-a *adj.* liso, fluente, brilhante.
tersura *s.f.* lisura, brilho fluência.
tertulia *s.f.* tertúlia.
tesina *s.f.* tese de mestrado.
tesis *s.f.* tese; tese de doutorado.
tesitura *s.f.* tessitura; disposição.
tesón *s.m.* firmeza, constância.
tesorería *s.f.* tesouraria.
tesorero,-a *s.* tesoureiro.
tesoro *s.m.* tesouro, erário; dicionário; querido.
test *s.m.* teste.
testa *s.f.* cabeça.
testador,-a *s.* testador.
testaferro *s.m.* testa-de-ferro.
testamental *adj.* testamental *s.* testamenteiro.
testamento *s.m.* testamento.
testar *v.* testar.
testarada *s.f.* cabeçada; obstinação.
testarazo *s.m.* cabeçada.
testarudez *s.f.* obstinação.
testarudo,-a *adj.* obstinado.
testículo *s.m.* testículo.
testifical *adj.* testemunhal.
testificar *v.* testemunhar; comprovar, assegurar.
testigo *s.* testemunha. *s.m.* testemunho, prova; (*Esp.*) bastão.
testimonial *adj.* testemunhal.
testimoniar *v.* testemunhar; mostrar, expressar.
testimonio *s.m.* testemunho.
testosterona *s.f.* testosterona.
teta *s.f.* teta, mama.
tetamen *s.m.* (*Vulg.*) peitaria.
tetánico,-a *adj.* tetânico.
tétano ou **tétanos** *s.m.* tétano.
tetepón,-ona *adj./s.* atarracado.
tetera *s.f.* bule de chá; bico de mamadeira.

tetero s.m. mamadeira.
tetilla s.f. mamilo masculino; bico de mamadeira.
tetina s.f. bico de mamadeira.
tetona adj./s.f. (mulher) peituda.
tetralogía s.f. tetralogia.
tetrapléjico,-a adj./s. tetraplégico.
tetrasílabo,-a adj./s.m. tetrassílabo.
tétrico,-a adj. tétrico.
tetudo,-a adj. peitudo.
teutón,-ona adj./s. teutão.
teutónico,-a adj. teutônico.
textil adj./s.m. têxtil.
texto s.m. texto.
textual adj. textual, literal.
textura s.f. textura.
tez s.f. tez.
tí pron. pes. ti.
tía s.f. tia; (Fam.) mulher, amiga; (Vulg.) puta.
tiangue ou **tianguis** s.m. barraca, banca.
tiara s.f. tiara.
tibetano,-a adj./s. tibetano.
tibí s.m. abotoadura.
tibia s.f. tíbia.
tibiarse vr. irritar-se.
tibieza s.f. tibieza, tepidez.
tibio,-a adj. morno; frio, indiferente.
tiburón s.m. tubarão.
tic s.m. tique; mania.
ticholo s.m. goiabada.
ticket s.m. tíquete, vale, bilhete.
tiempo s.m. tempo, época, período, idade, parte.
tienda s.f. loja; barraca.
tienta s.f. sagacidade; sonda.
tiento s.m. prudência, cuidado, tato.
tierno,-a adj. tenro, mole; terno.
tierra s.f. terra; nação, pátria.
tierral s.m. poeirada.
tieso,-a adj. duro, rígido, esticado, firme; frio; morto; arrogante; (Gír.) teso.
tiesto s.m. vaso.
tifoideo,-a adj. tifóide.
tifón s.m. tufão.
tifus s.m. tifo.
tigre s.m. tigre; banheiro, privada; jaguar.

tigresa s.f. tigresa.
tijera s.f. tesoura.
tijereta s.f. (Zool.) tesourinha, lacrainha; (Esp.) tesoura.
tijeretada s.f., **tijeretazo** s.m. tesourada.
tila s.f. tília; chá de tília.
tílburi s.m. tílburi.
tildar v. tachar; acentuar; riscar.
tilde s.m.f. til; defeito.
tiliche s.m. traste.
tilico,-a adj. magrelo.
tilin s.m. tilintada; hacer ~ agradar; en un ~ num instante.
tilintar v. tilintar.
tilinte adj. elegante.
tilma s.f. manta de algodão.
tilo s.m. tília.
tiloso,-a adj. sujo.
timador,-a s. trapaceiro.
timar v. trapacear, enganar.
timba s.f. espelunca; jogatina; barriga.
timbal s.m. tímbale; tamboril; empanada.
timbalero,-a s. tamborileiro.
timbrado,-a adj. timbrado.
timbrar v. timbrar, selar.
timbrazo s.m. campainhada.
timbre s.m. campainha; timbre; selo.
timidez s.f. timidez.
tímido,-a adj. tímido.
timo s.m. trapaça; timo.
timón s.m. timão, leme, volante.
timonear v. dirigir, pilotar.
timonel s.m. timoneiro.
timorato,-a adj. tímido; moralista
tímpano s.m. tímpano; xilofone.
tina s.f. talha; balde; banheira.
tinaco s.m. caixa d'água.
tinaja s.f. talha.
tincar v. pressentir.
tinción s.f. tingimento.
tinerfeño,-a adj./s. de Tenerife.
tinglado s.m. tablado, galpão; intriga; confusão.
tiniebla s.f. falta de luz; **tinieblas** trevas, ignorância.
tino s.m. prudência; moderação, tato.
tinta s.f. tinta.

tintar v. pintar.
tinte s.m. tintura, tinturaria, tom, aparência.
tintero s.m. tinteiro.
tintinear v. tilintar, tinir.
tintineo s.m. tinido.
tinto adj. tinto.
tintorera s.f. tintureira, tubarão azul.
tintorería s.f. tinturaria.
tintorero,-a s. tintureiro.
tintorro s.m. vinho barato.
tintura s.f. tintura, tingidura.
tiña s.f. tinha; traça; miséria; avareza.
tiñoso,-a adj. tinhoso; avarento.
tío s.m. tio; rapaz, sujeito.
tiovivo s.m. carrossel.
tiparraco s.m. bobão, palhaço.
tipazo s.m. (Fam.) boa pinta.
tipejo s.m. bobão, palhaço.
típico,-a adj. típico; popular.
tipificar v. simbolizar, classificar.
tipismo s.m. tipicidade, tradição.
tiple s.m. soprano; guitarra de som agudo.
tipo s.m. tipo; figura; personagem; sujeito; físico; modelo.
tipografía s.f. tipografia.
tipográfico,-a adj. tipográfico.
tipógrafo,-a s. tipógrafo.
tipología s.f. tipologia.
tique ou **tíquet** s.m., recibo, vale; entrada, bilhete.
tiquismiquis s. pessoa escrupulosa; melindres; briguinhas.
tira s.f. tira; história em quadrinhos.
tirabotas s.m. calçadeira.
tirabuzón s.m. saca-rolhas; cacho.
tirachinas s.m. estilingue.
tirada s.f. tirada, trecho; jogada; tiragem, edição.
tirado,-a adj. muito barato; muito fácil; sujo.
tirador s.m. atirador; estilingue; asa, puxador, cordão.
tiraje s.m. tiragem.
tiralíneas s.m. tira-linhas.
tiranía s.f. tirania.
tiránico,-a adj. tirânico.
tiranizar v. tiranizar.

tirano,-a s. tirano.
tiranosaurio s.m. tiranossauro.
tirante adj. esticado; tenso; embaraçoso. s.m. suspensórios; tirante.
tirantez s.f. tensão.
tirar v. atirar; demolir; derrubar, deixar cair; jogar; (foto) tirar; soltar, lançar (foguetes); reprovar; esbanjar, desperdiçar; editar, imprimir; atrair; puxar; durar, funcionar; virar, ir, seguir; (roupa) apertar; render. **tirarse** vr. atirar-se, lançar-se; ficar; passar; (Vulg.) trepar.
tirela s.f. pano listado.
tirita s.f. bandaid, curativo.
tiritar v. tiritar, tremer.
tiritera ou **tiritona** s.f. tremor, calafrio.
tiro s.m. arremesso; lançamento; tiro, (chaminé) tiragem.
tiroides adj./s.m. tireóide.
tirolés,-esa adj./s. tirolês.
tirón s.m. puxão; estirão.
tironear v. dar puxões.
tirotear v. tirotear.
tiroteo s.m. tiroteio.
tirria s.f. antipatia, birra.
tisana s.f. tisana, infusão.
tísico,-a adj./s. tísico.
tisis s.f. tísica; tuberculose.
tisú s.m. pano de seda.
titán s.m. titã.
titánico,-a adj. titânico.
titanio s.m. titânio.
titear v. troçar, zombar.
títere s.m. títere, fantoche.
tití s. sagüi.
titi s. garoto, garota.
titilar v. cintilar; tremer.
titileo s.m. tremor.
titiritar v. tiritar.
titiritero,-a s. titereiro; acrobata.
titubeante adj. titubeante.
titubear v. titubear.
titubeo s.m. titubeação.
titulación s.f. diploma, título; intitulação.
titulado,-a adj. diplomado, formado.
titular adj./s. titular. s.m. título, manchete. v. intitular. **titularse** vr. diplomar-se, formar-se.

titularidad s.f. titularidade.
título s.m. título, manchete; nobre; certificado; diploma; capítulo.
tiza s.f. giz.
tiznado,-a adj. enegrecido; bêbado.
tiznar v. enegrecer. **tiznarse** vr. embriagar-se.
tizne s.m. fuligem.
tizón s.m. tição; mácula; fungão, carvão.
tlancuino,-a adj. banguela.
tlapalería s.f. loja de ferragens.
toalla s.f. toalha.
toallero s.m. toalheiro.
tobillera s.f. tornozeleira.
tobillo s.m. tornozelo.
tobogán s.m. tobogã.
toca s.f. touca de freira.
tocadiscos s.m. toca-discos.
tocado,-a adj. (fruta) tocado, passado; louco, perturbado; machucado. s.m. penteado, toucado, touca.
tocador,-a adj. tocador. s.m. toucador.
tocante loc. adv. en lo ~ a no tocante a, no que se refere a.
tocar v. tocar; tanger; chocar com; sentir; revolver, remexer; modificar; mencionar; afetar; caber a; ter que; beirar; ser parente de. **tocarse** vr. pentear-se, cobrir-se.
tocata s.f. tocata.
tocateja loc. adv. a ~ à vista, em dinheiro.
tocayo,-a s. xará.
tocho,-a adj. bobo. s.m. lingote de ferro.
tocineta s.f. bacon.
tocino s.m. toucinho, bacon.
tocología s.f. obstetrícia.
tocólogo,-a adj./s.m. obstetra.
tocón,-a s. tateador. s.m. toco.
todavía adv. ainda, não obstante; apesar disso, ainda assim.
todito,-a adj. todinho.
todo,-a adj. tudo, todo. adv. totalmente.
todopoderoso,-a adj. todopoderoso.
todoterreno adj./s.m. (veículo) para todo terreno; (pessoa) pau-pra-toda-obra.
toga s.f. toga.

togado,-a adj. togado. s.m. magistrado.
togolés,-esa adj./s. togolês.
toilette s.f. toalete.
toisón s.m. tosão de ouro.
toldillo s.m. liteira; mosquiteiro.
toldo s.m. toldo; lona; guarda-sol.
toledano,-a adj./s. toledano.
tolerable adj. tolerável.
tolerado,-a adj. permitido.
tolerancia s.f. tolerância; respeito; resistência.
tolerante adj. tolerante.
tolerar v. tolerar; permitir; aceitar; resistir.
tolondro,-a adj. aturdido. s.m. galo, inchação.
tolva s.f. funil, tremonha.
toma s.f. tomada, conquista, posse; dose; acéquia, torneira.
tomado,-a adj. rouco; afônico. adj./s. bêbado.
tomador,-a adj./s. tomador, batedor de carteiras; beberrão.
tomadura s.f. tomada; ~ de pelo gozação.
tomar v. tomar, pegar, agarrar; admitir, aceitar; ocupar, conquistar; adquirir, comer, beber; adotar, empregar; contratar; entender; fotografar, filmar; alugar; ganhar; roubar; sofrer. **tomarse** vr. encarregar-se; dirigir-se.
tomate s.m. tomate, tomateiro; furo em roupa; confusão, briga.
tomatera s.f. tomateiro, tomate.
tomavistas s.m. filmadora.
tómbola s.f. tômbola.
tomillo s.m. tomilho.
tomo s.m. tomo, volume.
ton s.m. sin ~ ni son sem motivo.
tonada s.f. canção; melodia, toada.
tonadilla s.f. modinha, toadilha.
tonadillero,-a s. cantor de toadas.
tonalidad s.f. tonalidade.
tonel s.m. tonel, barril.

tonelada s.f. tonelada.
tonelaje s.m. tonelagem.
tonelería s.f. tanoaria.
tonelero,-a adj./s. tanoeiro, toneleiro.
tongo s.m. fraude, suborno.
tónica s.f. água tônica; tendência.
tonicidad s.f. tonicidade.
tónico,-a adj./s.m. tônico.
tonificar v. tonificar.
tonillo s.m. tom monótono; modo de falar; sotaque.
tono s.m. tom; caráter; categoria; gosto.
tonsura s.f. tonsura.
tontada s.f. tontice, tolice.
tontaina s. tolo, tonto.
tontear v. dizer besteiras; namorar, flertar.
tontería s.f. bobagem, tolice, absurdo.
tonto,-a adj./s. tonto, néscio, idiota; sem lógica; ingênuo; carinhoso; insolente.
tontuna s.f. tolice.
topacio s.m. topázio.
topar v. topar, esbarrar, encontrar.
tope s.m. limite máximo, topo; amortecedor, trava; tropeço; briga; pára-choque; *itope!* bárbaro!, genial!; *a ~* ao máximo.
topetada s.f., **topetazo** s.m. choque, topetada.
tópico,-a adj. tópico. s.m. clichê, lugar-comum.
topo s.m. toupeira.
topografía s.f. topografia.
topográfico,-a adj. topográfico.
topógrafo,-a s. topógrafo.
toponimia s.f. toponímia.
topónimo s.m. topônimo.
toque s.m. toque; aviso; retoque; essência; (*Gír.*) baseado.
toquetear v. manusear, **toqueteo** s.m. manuseio.
toquilla s.f. xale; lenço.
torácico,-a adj. torácico.
tórax s.m. tórax.
torbellino s.m. remoinho; coisada; pessoa muito impetuosa.
torcedura s.f. torcedura, entorse.

torcer v. torcer; curvar, dobrar, empenar; virar; alterar; desviar; mudar. **torcerse** vr. frustrar-se; (*vinho*) azedar.
torcida s.f. torcida; pavio.
torcido,-a adj. torto, desonesto.
torcijón s.m. entorse, cólica.
tordo,-a adj. tordilho. s.m. tordo; estorninho.
toreador,-a s. toureiro.
torear v. tourear; evitar, fugir; tratar, lidar; zombar.
toreo s.m. toureio, tourada.
torera s.f. casaquinho curto.
torero,-a adj./s. toureiro.
tormenta s.f. tormenta.
tormento s.m. tormento, tortura, dor, angústia, suplício.
tormentoso,-a adj. tempestuoso.
torna s.f. regresso, volta; *volverse las ~s* inverterem-se os papéis.
tornado s.m. tornado.
tornapunta s.f. escora.
tornar v. tornar; devolver; voltar; transformar. **tornarse** vr. transformar-se, tornar-se.
tornasol s.m. girassol; furtacor; tornassol.
tornasolado,-a adj. iridescente.
torneado,-a adj. torneado. s.m. torneamento.
tornear v. tornear.
torneo s.m. torneio.
tornero,-a s. torneiro.
tornillo s.m. parafuso.
torniquete s.m. torniquete; borboleta, catraca.
torno s.m. torno, morsa; (*dentista*) motor; guincho.
toro s.m. touro. **toros** tourada.
toronja s.f. toranja, grapefruit.
torpe adj. lerdo, desajeitado, fraco, inconveniente.
torpedear v. torpedear.
torpedero,-a adj./s.m. torpedeiro.
torpedo s.m. torpedo; peixe-elétrico.
torpeza s.f. lerdeza; inabilidade; inconveniência.
torpón,-ona adj. desajeitado; tolo.

torrar v. torrar, tostar.
torre s.f. torre; casa de campo.
torrefacción s.f. torrefação.
torrefacto,-a adj. torrado.
torrencial adj. torrencial.
torrente s.m. torrente; correnteza; (*Fig.*) enxurrada; abundância.
torreón s.m. torreão.
torrero s.m. faroleiro, atalaia.
torreta s.f. torrinha, torre blindada.
torrezno s.m. torresmo.
tórrido,-a adj. tórrido
torrija s.f. torrija, rabanada.
tórsalo s.m. larva, verme.
torsión s.f. torção, torcedura.
torso s.m. torso; busto.
torta s.f. torta, pastelão; sanduíche; bolacha, bofetada; tombo; bebedeira.
tortazo s.m. bofetada, trombada.
tortícolis ou **torticolis** s.f. torcicolo.
tortilla s.f. omelete; tortilha.
tortillera s.f. (*Vulg.*) lésbica.
tortita s.f. panqueca.
tórtola s.f. rola.
tortolitos ou **tórtolos** s.m.pl. pombinhos, casal de namorados.
tortuga s.f. tartaruga.
tortuosidad s.f. tortuosidade.
tortuoso,-a adj. tortuoso.
tortura s.f. tortura.
torturador,-a s. torturador.
torturar v., **torturarse** vr. torturar(-se).
torvo,-a adj. irado, terrível.
tos s.f. tosse.
toscano,-a adj./s. toscano.
tosco,-a adj. tosco, rústico.
tosedera s.f. tosse persistente.
toser v. tossir; *~ a* enfrentar.
tosquedad s.f. rusticidade.
tostada s.f. torrada; chatice.
tostadero adj. torrador. s.m. torradeira; forno.
tostado,-a adj. marrom. s.m. torrefação.
tostador,-a s. torradeira.
tostar v. torrar; dourar; bronzear. **tostarse** vr. bronzear-se.
tostón s.m. crouton; grão-de-bico torrado; leitão assado; chatice.

total adj. total. s.m. total, soma. adv. em suma, em resumo.
totalidad s.f. totalidade.
totalitario,-a adj. totalitário.
totalitarismo s.m. totalitarismo.
totalitarista adj./s. totalitarista.
totalizar v. totalizar.
tótem s.m. totem.
totorecada s.f. tolice.
totoreco,-a adj. tonto, atordoado.
tournée s.f. turnê.
toxicidad s.f. toxicidade.
tóxico,-a adj./s.m. tóxico.
toxicología s.f. toxicologia.
toxicológico,-a adj. toxicológico.
toxicólogo,-a s. toxicologista.
toxicomanía s.f. toxicomania.
toxicómano,-a adj./s. toxicômano.
toxina s.f. toxina.
tozudez s.f. obstinação.
tozudo,-a adj. obstinado.
traba s.f. trava, peia, calço; entrave.
trabado,-a adj. robusto.
trabajado,-a adj. cansado, elaborado, ocupado.
trabajador,-a adj./s. trabalhador.
trabajar v. trabalhar, funcionar; negociar; elaborar, cultivar; utilizar; esforçar-se; atuar. **trabajarse** vr. convencer, insistir.
trabajo s.m. trabalho, emprego; obra; cultivo da terra; esforço. **trabajos dificuldades**, aperto.
trabajoso,-a adj. trabalhoso.
trabalenguas s.m. frase difícil de se dizer com rapidez.
trabar v. juntar, ligar, travar, prender, pear, entabular, concordar, agarrar, impedir, embargar; engrossar. **trabarse** vr. enroscar-se; gaguejar.
trabazón s.m. ligação; coerência; relação, vínculo.
trabilla s.f. (cinto) passador; (calça) alça que passa sob os pés.
trabucar v. misturar, confundir.

trabucazo s.m. tiro de trabuco.
trabuco s.m. trabuco; (Fam.) bomba.
traca s.f. fiada de foguetes; foguetada.
trácala s.f. trapaça.
tracción s.f. tração.
tractor,-a adj./s.m. trator.
tractorista s. tratorista.
tradición s.f. tradição.
tradicional adj. tradicional.
tradicionalismo s.m. tradicionalismo.
tradicionalista adj./s. tradicionalista.
traducción s.f. tradução.
traducir v. traduzir.
traductor,-a adj./s. tradutor.
traer v. trazer; trajar, vestir, usar; causar; levar, conter; deixar, pôr. **traérselas** ser muito difícil.
traficante adj./s. traficante.
traficar v. traficar; viajar.
tráfico s.m. tráfego, trânsito; comércio, tráfico.
tragable adj. tragável.
tragacanto s.m. tragacanto, alcatira.
tragaderas s.f. garganta; boa-fé, tolerância; apetite.
tragadero s.m. ralo; garganta, boa-fé.
tragaldabas s. comilão, guloso.
tragaleguas s. papa-léguas, andarilho.
tragaluz s.m. clarabóia.
tragaperras s.m. caça-níqueis.
tragar v. engolir, tragar, devorar; absorver; gastar; suportar; acreditar facilmente; aceitar; dissimular.
tragasables s. engolidor de facas.
tragedia s.f. tragédia.
trágico,-a adj./s. trágico.
tragicomedia s.f. tragicomédia.
tragicómico,-a adj. tragicômico.
trago s.m. trago, bebida; infortúnio.
tragón,-ona adj./s. glutão, comilão.
traición s.f. traição.
traicionar v. trair, delatar.
traicionero,-a adj. traiçoeiro.
traído,-a adj. gasto, usado.

traidor,-a adj. traiçoeiro; revelador. s. traidor.
tráiler s.m. (Cine.) trailer; reboque.
traína s.f. traina.
trainera s.f. traineira.
traje s.m. traje, terno; vestido.
trajeado,-a adj. trajado.
trajearse vr. trajar-se.
trajín s.m. faina, lide, movimento.
trajinar v. transportar; lidar; ir de um lado para outro; enganar.
tralla s.f. chicote; corda.
trallazo s.m. chicotada.
trama s.f. trama, intriga.
tramado,-a adj. valente.
tramar v. tramar.
tramitar v. tramitar.
trámite s.m. trâmite.
tramo s.m. trecho, lanço; tramo.
tramontana s.f. norte; vento do norte; vaidade.
tramoya s.f. tramóia; trama, maquinação.
tramoyista s. tramoieiro; operário cênico.
trampa s.f. armadilha, ardil; trapaça; alçapão; dívida atrasada.
trampear v. trapacear; viver de expedientes; calotear; ir vivendo.
trampilla s.f. alçapão.
trampolín s.m. trampolim.
tramposo,-a adj./s. trapaceiro; caloteiro.
tranca s.f. porrete; tranca; bebedeira; (Vulg.) cacete.
trancar v. trancar.
trancazo s.m. porretada; gripe; trago.
trance s.m. transe, momento crítico.
tranco s.m. salto, passo largo.
tranquilidad s.f. tranqüilidade.
tranquilizante adj./s.m. calmante.
tranquilizar v. tranqüilizar, acalmar.
tranquilla s.f. estratagema.
tranquillo s.m. jeito, manha.
tranquilo,-a adj. tranqüilo, calmo.
transacción s.f. transação.

transalpino,-a *adj.* transalpino.
transandino,-a *adj.* transandino.
transatlántico,-a *adj./s.m.* transatlântico.
transbordador *s.m.* balsa; ônibus espacial.
transbordar *v.* baldear.
transbordo *s.m.* baldeação.
transcendencia *s.f.* transcendência, importância, gravidade, relevância.
transcendental *adj.* transcendental; fundamental.
transcendente *adj.* transcendente; muito importante.
transcender *v.* transcender, manifestar-se, propagar-se; feder; ultrapassar.
transcontinental *adj.* transcontinental.
transcribir *v.* transcrever, copiar; transliterar.
transcripción *s.f.* transcrição.
transcurrir *v.* transcorrer.
transcurso *s.m.* transcurso; decurso.
transeúnte *s.* transeunte, transitório.
transexual *adj./s.* transexual.
transferencia *s.f.* transferência.
transferible *adj.* transferível.
transferir *v.* transferir.
transfiguración *s.f.* transfiguração.
transfigurar *v.*, **transfigurarse** *vr.* transfigurar(-se).
transformación *s.f.* transformação; conversão em gol.
transformador,-a *adj./s.m.* transformador.
transformar *v.* transformar; converter em gol.
transformista *s.* transformista.
tránsfuga *s.* trânsfuga, desertor.
transfusión *s.f.* transfusão.
transgredir *v.* transgredir.
transgresión *s.f.* transgressão.
transgresor,-a *s.* transgressor.
transiberiano,-a *adj.* transiberiano.
transición *s.f.* transição.
transido,-a *adj.* angustiado; miserável.
transigencia *s.f.* transigência.
transigente *adj.* transigente.
transigir *v.* transigir, ceder.

transitor *s.m.* transistor; rádio transistorizado.
transistorizado,-a *adj.* transistorizado.
transitable *adj.* transitável.
transitar *v.* transitar; viajar.
transitivo,-a *adj.* transitivo.
tránsito *s.m.* trânsito, tráfego; mudança; passagem; morte.
transitorio,-a *adj.* transitório.
translación *s.f.* translação; (*Gram.*) enálage; metáfora.
transliteración *s.f.* transliteração, transcrição.
transliterar *v.* transliterar, transcrever.
translúcido,-a *adj.* translúcido.
translucir *v.* transluzir, transparecer.
transmigración *s.f.* transmigração.
transmisión *s.f.* transmissão.
transmisor,-a *adj./s.m.* transmissor.
transmitir *v.* transmitir, emitir, transferir; contagiar, passar.
transmutación *s.f.* transmutação.
transmutar *v.* transmutar.
transparéncia *s.f.* transparência; (*Foto*) slide.
transparentar *v.* transparentar.
transparentarse *vr.* transparecer, ser transparente.
transparente *adj.* transparente, translúcido; claro. *s.m.* cortina; vitral.
transpiración *s.f.* transpiração.
transpirar *v.* transpirar.
transponer *v.* transpor; mudar de lugar; desaparecer; transplantar. **transponerse** *vr.* cochilar; esconder-se; (*Sol*) pôr-se.
transportador,-a *adj.* transportador. *s.m.* (*Des.*) transferidor.
transportar *v.* transportar. **transportarse** *vr.* extasiar-se.
transporte *s.m.* transporte.
transportista *s.* transportadora.
transposición *s.f.* transposição.
transpuesto,-a *adj.* sonolento.
transvasar *v.* trasfegar, transvasar; desviar por um canal.
transvase *s.m.* trasfego; canal de desvio.

transversal *adj.* transversal; (*parente*) colateral.
tranvía *s.f.* bonde.
tranviario,-a *adj.* relativo ao bonde. *s.* motorneiro.
trapacería *s.f.* trapaça.
trapacero,-a *adj./s.* trapaceiro.
trapajoso,-a *adj.* andrajoso; desmazelado; (*pronúncia*) enrolado.
trapatiesta *s.f.* zoeira.
trapear *v.* esfregar com pano de chão.
trapecio *s.m.* trapézio.
trapecista *s.* trapezista.
trapense *adj./s.* trapista.
trapería *s.f.* belchior.
trapero *s.m.* adelo, belchior, trapeiro.
trapezoide *adj./s.* trapezóide.
trapichar *v.* contrabandear.
trapichear *v.* trapacear; vender a retalho. **trapichearse** *vr.* vestir-se; ter casos secretos.
trapicheo *s.m.* trapaça.
trapillo *s.m.* caso; pé-de-meia; *de ~* à vontade.
trapío *s.m.* graça, garbo.
trapitos *s.m.pl.* roupas.
trapo *s.m.* trapo, pano, esfregão; velame; (*Teat.*) cortina; capa de toureiro. **trapos** roupas femininas.
traque *s.m.* estouro de foguete; peido.
tráquea *s.f.* traquéia.
traqueal *adj.* traqueal.
traquear *v.* estalar.
traquetear *v.* estalar; agitar, sacolejar; manusear.
traqueteo *s.m.* estalo; sacolejo.
traquido *s.m.* estampido; estalido.
tras *prep.* depois de; atrás, detrás.
trasalpino,-a *adj.* transalpino.
trasandino,-a *adj.* transandino.
trasanteayer *adv.* trasanteontem.
trasañejo,-a *adj.* de mais de três anos.
trasatlántico,-a *adj./s.m.* transatlântico.
trasbocar *v.* vomitar.
trasbordador *s.m.* balsa, ônibus espacial.
trasbordar *v.* baldear.

trasbordo s.m. baldeação.
trascendencia s.f. transcendência, importância, gravidade.
trascedental adj. transcendental, fundamental.
trascendente adj. transcendente; muito importante.
trascender v. transcender; manifestar-se, propagar-se; feder; ultrapassar.
trascribir v. transcrever, copiar; transliterar.
trascripción s.f. transcrição.
trascurrir v. transcorrer.
trascurso s.m. transcurso, decurso.
trasegar v. trasfegar; revirar, revolver; embriagar-se.
trasero,-a adj. traseiro. s.m. bunda.
trasferencia s.f. transferência.
trasferible adj. transferível.
trasferir v. transferir, adiar.
trasfiguración s.f. transfiguração.
trasfigurar(se) v., vr. transfigurar(-se).
trasfondo s.m. fundo; sentido.
trasformación s.f. transformação; conversão em gol.
trasformador,-a adj./s.m. transformador.
trasformar v. transformar; converter em gol.
trasformista s. transformista.
trásfuga s. trânsfuga, desertor.
trasfusión s.f. transfusão.
trasgo s.m. duende; traquinas.
trasgredir v. transgredir.
trasgresión s.f. transgressão.
trasgresor,-a s. transgressor.
trashumancia s.f. transumância.
trashumante adj. transumante.
trashumar v. transumar.
trasiego s.m. transvasação; grande atividade.
traslación s.f. translação, tradução; (Gram.) metáfora; enálage.
trasladar v. trasladar, transferir; mudar uma data; traduzir; copiar.
traslado s.m. traslado, mudança.
traslatício,-a adj. metafórico, figurado.

trasliteración s.f. transliteração.
trasliterar v. transliterar.
traslúcido,-a adj. translúcido.
traslucir v. transluzir, transparecer.
trasluz s.m. luz refletida; al' ~ a contraluz.
trasmano s. (Esp.) reserva; a ~ fora de mão.
trasmigración s.f. transmigração.
trasmisión s.f. transmissão.
trasmisor,-a adj./s. transmissor.
trasmitir v. transmitir, transferir, emitir, contagiar, passar.
trasmutación s.f. transmutação.
trasmutar v. transmutar.
trasnochada s.f. noitada; noite em claro.
trasnochado,-a adj. fora de moda; passado.
trasnochar v. tresnoitar, passar a noite em claro.
traspapelar v., **traspapelarse** vr. extraviar(-se).
trasparencia s.f. transparência; slide.
trasparentar v. transparentar.
trasparentarse vr. transparecer; ser transparente.
trasparente adj. transparente; translúcido, claro. s.m. cortina, vitral.
traspasar v. atravessar; repassar; trespassar; transgredir.
traspaso s.m. traspasse; repasse; transgressão; angústia.
traspatio s.m. pátio interno.
traspié s.m. tropeção.
traspiración s.f. transpiração.
traspirar v. transpirar.
trasplantar v. transplantar; mudar; implantar.
trasplante s.m. transplante.
trasponer v. transpor.
trasportador,-a adj. transportador. s.m. transferidor.
trasportar v. transportar. **trasportarse** vr. extasiar-se.
trasporte s.m. transporte.
trasposición s.f. transposição.
traspuesto adj. sonolento.
trasquilado,-a adj. tosquiado; tosado; lesado.
trasquilar v. tosquiar, tosar; cortar.

trasquilón s.m. corte desigual de cabelo; ganho ilícito.
trastabillar v. tropeçar, cambalear, gaguejar.
trastabillón s.m. tropeço.
trastada s.f. rasteira; travessura.
trastazo s.m. pancada, cacetada.
traste s.m. (Mús.) trasto; traste.
trastear v. desarrumar, remexer; manejar; (Mús.) trastejar.
trastero s.m. quarto de despejo.
trastienda s.f. casa no fundo de uma loja; astúcia.
trasto s.m. traste; móvel; diabinho; bastidor; **trastos** petrechos.
trastocar v. transtornar, alterar; remexer.
trastornar v. transtornar; revirar, perturbar, irritar. **trastornarse** vr. enlouquecer-se.
trastorno s.m. transtorno, perturbação, indisposição.
trastrocamiento s.m. mudança, alteração.
trastrocar v. alterar, mudar.
trasunto s.m. cópia, réplica.
trasvasar v. transvasar.
trasvase s.m. transvasação.
trasversal adj. transversal.
trasverso,-a adj. transverso.
trata s.f. tráfico de escravos.
tratable adj. tratável, afável.
tratadista s.m. tratadista.
tratado s.m. tratado.
tratamiento s.m. tratamento; título.
tratante s. negociante.
tratar v. atender, tratar, discutir, manejar, cuidar; chamar, qualificar; falar sobre; tentar, procurar; comerciar. **tratarse** vr. dar-se, relacionar-se.
tratativa s.f. tratativa.
trato s.m. trato; tratado; relação, negócio.
trauma s.m. trauma.
traumático,-a adj. traumático.
traumatismo s.m. traumatismo.
traumatizar v. traumatizar.
traumatología s.f. traumatologia.
travelín s.m. (Cine.) travelling.
través s.m. través; revés; viga mestra, travessa.

travesaño *s.m.* travessa; travesseiro; (*Fut.*) trave, travessão.
travesía *s.f.* travessia; parte de rodovia em zona urbana; viagem, travessia.
travestí ou **travesti** *s.* travesti.
travestirse *vr.* travestir-se.
travesura *s.f.* travessura.
traviesa *s.f.* dormente; travessia.
travieso,-a *adj.* travesso.
trayecto *s.m.* trajeto.
trayectoria *s.f.* trajetória.
traza *s.f.* aspecto; projeto; habilidade; sinal; traçado.
trazado *s.m.* traçado, planta.
trazar *v.* traçar, esboçar; arquitetar; projetar.
trazo *s.m.* traço.
trebejo *s.m.* equipamento.
trébol *s.m.* trevo. **tréboles** paus.
trece *adj./s.m.* treze; décimo terceiro.
treceavo,-a *adj.* treze avos, décimo terceiro.
trecho *s.m.* trecho, distância.
tregua *s.f.* trégua, pausa.
treinta *adj./s.m.* trinta, trigésimo.
treintañero,-a *adj./s.* trintão.
treintavo,-a *adj./s.m.* trinta avos, trigésimo.
treintena *s.f.* trinta, trintena.
tremebundo,-a *adj.* tremebundo, assustador, tremedor.
tremendismo *s.m.* sensacionalismo.
tremendista *adj.* sensacionalista.
tremendo,-a *adj.* tremendo, terrível, enorme.
tementina *s.f.* aguarrás, terebintina.
temolar *v.* tremular.
tremolina *s.f.* barulho, tumulto.
trémolo *s.m.* (*Mús.*) trêmulo.
trémulo,-a *adj.* trêmulo.
tren *s.m.* trem.
trena *s.f.* (*Gír.*) cadeia.
trenca *s.f.* abrigo com capuz.
trencilla *s.f.* fita, galão.
trenza *s.f.* trança.
trenzar *v.* trançar.
trepa *s.m.* alpinista social, arrivista.

trepador,-a *adj.* trepador. *s.* trepadeira; arrivista, oportunista.
trapanación *s.f.* trepanação.
trepanar *v.* trepanar.
trépano *s.m.* trépano.
trepar *v.* trepar, subir, crescer; furar; ser um arrivista.
trepidación *s.f.* trepidação, vibração.
trepidante *adj.* vibrante, trepidante.
trepidar *v.* trepidar, vibrar; vacilar.
tres *adj./s.* três; terceiro.
tresañal *adj.* de três anos; trienal.
trescientos,-as *adj./s.m.* trezentos; tricentésimo.
tresillo *s.m.* sofá e duas poltronas; (*Mús.*) tresquiáltera; (*Cartas*) zanga.
treta *s.f.* manha, treta.
tríada *s.f.* tríade, trio.
triangular *adj./v.* triangular.
triángulo,-a *adj.* triangular. *s.m.* triângulo.
triathlón *s.m.* triatlo.
tribal *adj.* tribal.
tribu *s.f.* tribo, clã.
tribulación *s.f.* tribulação.
tribuna *s.f.* tribuna.
tribunal *s.m.* tribunal; banca examinadora.
tribuno *s.m.* tribuno.
tributable *adj.* tributável.
tributación *s.f.* tributação.
tributar *v.* pagar (*imposto, tributo*); tributar, dedicar.
tributario,-a *adj.* tributário. *s.m.* pagador de impostos, contribuinte.
tributo *s.m.* imposto, tributo; prova.
tricentésimo,-a *adj./s.* tricentésimo.
tríceps *s.m.* tríceps.
triciclo *s.m.* triciclo; velocípede.
tricolor *adj.* tricolor.
tricornio *s.m.* chapéu de três bicos.
tricot *s.m.* tricô.
tricotar *v.* tricotar.
tricotosa *s.f.* máquina de tricô.
tridente *s.m.* tridente.
tridimensional *adj.* tridimensional.

triedro *s.m.* triedro.
trienal *adj.* trienal.
trienio *s.m.* triênio.
trifásico,-a *adj.* trifásico. *s.m.* café com licor.
trifulca *s.f.* briga, tumulto.
trigal *s.m.* trigal.
trigésimo,-a *adj./s.m.* trigésimo.
triglicérido *s.m.* triglicéride.
trigo *s.m.* trigo, grão de trigo. trigos dinheiro.
trigonometría *s.f.* trigonometria.
trigonométrico,-a *adj.* trigonométrico.
trigueño,-a *adj.* trigueiro.
triguero,-a *adj.* triguenho. *s.* comerciante de trigo.
trilateral ou **trilátero** *adj.* trilátero.
trilita *s.f.* trilite, trinitrotolueno.
trilla *s.f.* trilha; trilho; sova.
trillado,-a *adj.* batido, trilhado.
trilladora *s.f.* debulhadora, trilhadeira.
trillar *v.* trilhar; surrar.
trillizo,-a *adj./s.* trigêmeo.
trillo *s.m.* trilho, trilhadeira.
trillón *s.m.* trilhão.
trilogía *s.f.* trilogia.
trimestral *adj.* trimestral.
trimestre *s.m.* trimestre.
trinar *v.* trinar; ficar com raiva.
trinca *s.f.* trio; turma.
trincar *v.* partir, quebrar; prender, imobilizar, amarrar; flagrar. **trincarse** *vr.* beber.
trincha *s.f.* cinto, presilha.
trinchante *s.m.* trinchante; aparador.
trinchar *v.* trinchar.
trinchera *s.f.* trincheira; capa impermeável; corte de terreno.
trinchero *s.m.* aparador.
trineo *s.m.* trenó
trinidad *s.f.* trindade.
trinitario,-a *adj./s.* trinitário.
trino *s.m.* trinado, trino.
trinomio *s.m.* trinômio.
trinquete *s.m.* mastro de proa; lingüeta.
trío *s.m.* trio.
trip *s.m.* viagem sob efeito de drogas.

tripa s.f. tripa, ventre, intestino; barriga. **tripas** partes internas.
tripartito,-a adj. tripartite.
triple adj./s.m. triplo.
triplicar. v. triplicar.
triplicidad s.f. triplicidade.
trípode s.m. tripé.
tripón,-ona adj./s. barrigudo.
tríptico s.m. tríptico.
triptongo s.m. tritongo.
tripudo,-a adj. barrigudo.
tripulación s.f. tripulação.
tripulante s. tripulante.
tripular v. tripular, pilotar.
trique s.m. estalido; jogo da velha.
triquinosis s.f. triquinose.
triquiñuela s.f. trapaça.
triquitraque s.m. triquetraque; estalo, sacolejo.
tris s.m. triz; *por un* ~ por um triz.
triscar v. saltitar.
trisílabo adj./s.m. trissílabo.
triste adj. triste, melancólico; doloroso, insignificante.
tristeza s.f. tristeza.
trostón,-ona adj. tristonho.
tritón s.m. tritão.
trituración s.f. trituração.
trituradora s.f. triturador.
triturar v. triturar, moer, mastigar; maltratar; censurar; derrotar.
triunfador s. vencedor.
triunfal adj. triunfal.
triunfalismo s.m. triunfalismo.
triunfalista adj. triunfalista.
triunfar v. triunfar; esbanjar.
triunfo s.m. triunfo, vitória, êxito; trunfo.
triunvirato s.m. triunvirato.
trivial adj. trivial.
trivialidad s.f. trivialidade, banalidade.
trivializar v. minimizar.
triza s.f. pedacinho.
trocar v. trocar, mudar. s.m. trocarte.
trocear v. cortar em pedaços.
trochemoche loc. adv. *a* ~ a esmo, a olho.
trofeo s.m. troféu.
troglodita s. troglodita; comilão.
trola s.f. mentira.

trole s.m. trólei.
trolebús s.m. trólebus.
tromba s.f. tromba d'água; chuvarada.
trombo s.m. trombo.
trombón s.m. trombone. s. trombonista.
trombosis s.f. trombose.
trompa s.f. trompa; tromba; bebedeira; tromba d'água; pião. s. trompista.
trompada s.f., **trompazo** s.m. trombada; soco.
trompeta s.f. trombeta; bebedeira; baseado. s. trombetista.
trompetada s.f. disparate.
trompetazo s.m. toque de trombeta.
trompetilla s.f. corneta acústica para surdos; peidorrada.
trompetista s. trompetista.
trompicar v. tropeçar; tirar o emprego de outrem.
trompicón s.m. tropeção; trombada.
trompiza s.f. briga com socos.
trompo s.m. pião.
trompudo,-a adj. beiçudo.
tronada s.f. trovoada.
tronado,-a adj. gasto; vencido; maluco.
tronar v. trovejar, troar; criticar; discutir; brigar. **tronarse** vr. arruinar-se.
troncha s.f. fatia.
tronchante adj. engraçado, hilário, cômico.
tronchar v. quebrar, derrubar, frustrar, truncar. **troncharse** vr. morrer de rir.
troncho,-a adj. truncado, mutilado. s.m. talo, haste.
tronco s.m. tronco; colega, amigo.
tronera s.f. troneira; caçapa; (*Náut.*) vigia. s. libertino.
tronío s.m. ostentação; importância.
trono s.m. trono; sacrário.
tronzar v. partir; esgotar; preguear.
tropa s.f. tropa, batalhão; multidão, gentalha. s.m. mal educado.
tropel s.m. multidão, montão; tropel.

tropelía s.f. excesso; arbitrariedade.
tropezar v. tropeçar; esbarrar; errar; discordar. **tropezarse** vr. topar.
tropezón s.m. tropeção; erro; pedaço de presunto.
tropical adj. tropical
trópico s.m. trópico.
tropiezo s.m. tropeço, obstáculo; contratempo, deslize; revés; discussão.
tropilla s.f. tropilha.
troposfera s.f. troposfera.
troquel s.m. troquel.
troquelar v. cunhar, amoedar.
trotaconventos s.f. alcoviteira.
trotador,-a adj. trotador.
trotamundos s. viajante.
trotar v. trotar; andar depressa.
trote s.m. trote; atividade, correria.
trotón,-ona adj. trotador. s.m. trotão.
trova s.f. trova.
trovador s.m. trovador.
trovar v. trovar.
troyano,-a adj./s. troiano.
trozo s.m. pedaço.
trucaje s.m. trucagem.
trucar v. trucar; (*motor*) envenenar.
trucha s.f. truta; cábrea; barraca. s. espertalhão.
truchero,-a s. vendedor de trutas.
truchimán s. intérprete; espertalhão.
truco s.m. truque; artifício, esperteza; truco.
truculencia s.f. truculência.
truculento,-a adj. truculento.
trueno s.m. trovão; estampido; doidivanas.
trueque s.m. troca; mudança.
trufa s.f. trufa; mentira.
trufar v. trufar; mentir.
truhán,-ana s. truão, vigarista; bufão.
trullo s.m. cadeia.
truncar v. truncar, cortar; interromper; destruir.
tu adj. pos. teu, tua.
tú pron. tu.
tuba s.f. tuba.
tuberculina s.f. tuberculina.

tubérculo *s.m.* tubérculo.
tuberculosis *s.f.* tuberculose.
tuberculoso,-a *adj./s.* tuberculoso.
tubería *s.f.* tubulação.
tubo *s.m.* tubo; bisnaga, cano; castigo.
tubular *adj.* tubular; (*pneu*) maciço, sem câmara.
tucán *s.m.* tucano.
tuco,-a *adj./s.* maneta. *s.m.* coto; xará; molho de tomate.
tueco *s.m.* toco, oco (*de árvore*).
tuerca *s.f.* porca.
tuerto,-a *adj./s.* vesgo, caolho. *s.m.* injustiça.
tuétano *s.m.* tutano.
tufo *s.m.* fedor; fumaça, vapor; suspeita.
tugurio *s.m.* choça, cabana.
tui *s.m.* periquito.
tul *s.m.* tule, filó.
tulenco,-a *adj.* coxo, manco.
tulipán *s.m.* tulipa.
tullidez *s.f.* paralisia, tolhimento.
tullido,-a *adj./s.* aleijado, inválido.
tullir *v.* aleijar, paralisar.
tumba *s.f.* sepultura; poda.
tumbadero *s.m.* bordel.
tumbar *v.* derrubar, tombar; inclinar; deitar; reprovar, podar; matar. **tumbarse** *vr.* deitar-se; relaxar.
tumbo *s.m.* solavanco; tombo; vaivém; estrondo.
tumbona *s.f.* cadeira reclinável; espreguiçadeira.
tumefacción *s.f.* tumefação.
tumefacto,-a *adj.* inchado.

tumor *s.m.* tumor.
túmulo *s.m.* túmulo; essa.
tumulto *s.m.* tumulto.
tuna *s.f.* estudantina; tuna; vadiagem; figueira-da-índia.
tunante *adj.* tunante; vadio.
tunco,-a *adj./s.* deficiente.
tunda *s.f.* surra, canseira, chatice.
tundir *v.* tosquiar; espancar.
tundra *s.f.* tundra.
tunecí,-ina *adj./s.* tunisiano.
túnel *s.m.* túnel.
túnica *s.f.* túnica.
tuno *s.* tuno, vadio. *s.m.* estudante; figo-da-índia.
tuntún *loc. adv. al buén* ~ a esmo; por palpite.
tuntunesco,-a *adj.* tolo.
tupé *s.m.* topete; descaramento.
tupición *s.f.* confusão.
tupido,-a *adj.* denso, apertado; abobalhado.
tupir *v.* apertar, adensar. **tupirse** *vr.* fartar-se; abobalharse.
turba *s.f.* turfa; turba.
turbación *s.f.* perturbação, confusão.
turbante *s.m.* turbante.
turbar *v.* alterar, perturbar.
turbina *s.f.* turbina.
turbio,-a *adj.* turvo, confuso, desonesto, turbulento.
turbonada *s.f.* chuvarada, aguaceiro.
turborreactor *s.m.* turborreator.
turbulencia *s.f.* turbulência.
turbulento,-a *adj.* turbulento.
turca *s.f.* cama turca.

turco,-a *adj./s.* turco.
turgencia *s.f.* turgidez.
turgente ou **túrgido,-a** *adj.* túrgido.
turismo *s.m.* turismo; carro pequeno.
turista *s.* turista.
turístico,-a *adj.* turístico.
turmalina *s.f.* turmalina.
túrmix *s.m.* liquidificador.
turnar *v.*, **turnarse** *vr.* alternar(-se), revezar(-se).
turno *s.m.* turno; vez.
turolense *adj./s.* de Teruel.
turón *s.m.* gambá.
turquesa *adj./s.f.* turquesa.
turro,-a *adj.* turrão, idiota.
turrón *s.m.* torrone.
turulato,-a *adj.* perplexo.
turullo *s.m.* berrante.
turulo *s.m.* canudo para cheirar cocaína.
tururú *adj.* tantã. **¡tururú!** não!; nem pensar!
tusa *s.f.* palha ou barba de milho; prostituta.
tusar *v.* tosar, aparar.
tusón,-ona *adj./s.* rabicó. *s.f.* prostituta.
tute *s.m.* bisca, jogo de cartas; canseira; arrancada.
tutear *v.* tutear, tratar por *tu*.
tutela *s.f.* tutela, custódia, amparo.
tutelaje *s.f.* tutelagem.
tutelar *adj.v.* tutelar.
tuteo *s.m.* tuteio, tratamento de *tu*.
tutiplén *loc. adv. a* ~ em abundância.
tutor *s.m.* tutor.
tutoría *s.f.* tutoria, tutela.
tutú *s.m.* saiote de bailarina.
tuyo,-a *pron. pes.* teu, tua.

U

U, u *s.f.* U, u.
u *conj.* ou.
ubérrimo,-a *adj.* fertilíssimo.
ubicación *s.f.* localização.
ubicar *v.* ficar, situar-se, localizar.
ubicuidad *s.f.* ubiqüidade.
ubícuo,-a *adj.* ubíquo.
ubre *s.f.* úbere.
uci *s.f.* (Med.) uti.
ucraniano,-a *adj./s.* ucraniano.
Ud. *abrev. de* usted, você; **uds.** vocês.
¡uf! *interj.* ufa!
ufanarse *vr.* ufanar-se.
ufanía *s.f.* ufania, arrogância.
ufano,-a *adj.* ufano, contente, decidido.
ufo *loc. adv.* a ~ de penetra, sem ser convidado. *s.m.* ovni.
ugandés,-esa *adj./s.* ugandense.
ujier *s.m.* porteiro, contínuo.
úlcera *s.f.* úlcera.
ulceración *s.f.* ulceração.
ulcerar *v.*, **ulcerarse** *vr.* ulcerar(-se).
ulceroso,-a *adj.* ulceroso.
ulterior *adj.* ulterior; posterior.
ultimación *s.f.* ultimação.
últimamente *adv.* ultimamente.
ultimar *v.* ultimar.
ultimátum *s.m.* ultimato.
último,-a *adj.* último; final.
ultra *adv.* além de, demais. *adj./s.* extrema-direita.
ultraconservador,-a *adj.* ultraconservador.
ultracorrección *s.f.* ultracorreção.
ultracorto,-a *adj.* (Rád.) ultracurto.
ultraderecha *s.f.* extrema-direita.
ultraderechista *adj./s.* da extrema-direita.
ultraizquierda *s.f.* esquerda radical.
ultrajante *adj.* ultrajante.
ultrajar *v.* ultrajar.
ultraje *s.m.* ultraje.
ultramar *s.m.* ultramar.
ultramarino,-a *adj.* ultramarino. **ultramarinos** *s.m.pl.* mercearia; produtos de além-mar; alimentos em conserva.
ultramoderno,-a *adj.* ultramoderno.
ultramontano,-a *adj./s.* ultramontano.
ultranza *loc. adv.* a ~ até a morte; a qualquer preço.
ultrapasar *v.* ultrapassar.
ultrasónico,-a *adj.* ultra-sônico.
ultrasonido *s.m.* ultra-som.
ultratumba *adv.* além-túmulo. *s.f.* vida após a morte.
ultravioleta *adj.* ultravioleta.
ulular *v.* ulular, uivar.
umbela *s.f.* umbela; sacada.
umbilical *adj.* umbilical.
umbral *s.m.* umbral; princípio; limiar; verga.
umbrío,-a *ou* **umbroso,-a** *adj.* sombrio.
un,-a *art. indef.* um, uma.
unánime *adj.* unânime.
unanimidad *s.f.* unanimidade.
unción *s.f.* unção; extrema-unção; devoção.
uncir *v.* jungir.
undécimo,-a *adj./s.m.* undécimo, décimo primeiro; onze avos.
undulación *s.f.* ondulação.
undular *v.* ondular.
ungir *v.* ungir.
ungüento *s.m.* ungüento.
ungulado,-a *adj./s.* ungulado.
únicamente *adv.* unicamente.
unicameral *adj.* unicameralista.
unicelular *adj.* unicelular.
unicidad *s.f.* unicidade.
único,-a *adj.* único.
unicolor *adj.* unicolor.
unicornio *s.m.* unicórnio.
unidad *s.f.* unidade.
unidireccional *adj.* unidirecional.
unifamiliar *adj.* unifamiliar.
unificación *s.f.* unificação.
unificar *v.* unificar.
uniformar *v.* uniformar, uniformizar.
uniforme *adj./s.m.* uniforme.
uniformidad *s.f.* uniformidade.
uniformizar *v.* uniformizar.
unigénito,-a *adj.* unigênito.
unilateral *adj.* unilateral.
unión *s.f.* união.
unipersonal *adj.* unipessoal.
unir *v.* unir, juntar, ligar; engrossar. **unirse** *vr.* aliar-se, casar-se.
unisex *adj.* unissex.
unísono,-a *adj.* uníssono.
unitario,-a *adj.* unitário.
universal *adj.* universal.
universalidad *s.f.* universalidade.
universalizar *v.*, **universalizarse** *vr.* universalizar(-se).
universidad *s.f.* universidade.
universitario,-a *adj./s.* universitário.
universo *s.m.* universo.
unívoco,-a *adj.* unívoco.
uno,-a *adj.* um, uma; primeiro; a gente. **unos,-as** uns, umas, alguns, algumas.
untadura *s.f.* untura, untadura.
untar *v.* untar, empapar; subornar. **untarse** *vr.* manchar-se; enriquecer-se.
unto *s.m.* ungüento, banha, gordura.
untuosidad *s.f.* untuosidade.
untuoso,-a *adj.* untuoso, gorduroso.

uña *s.f.* unha; garra, casco, ferrão; furo, entalhe; propensão para roubar.
uñada *s.f.* unhada.
uñero *s.m.* unheiro, unha encravada.
uñetas *s.* ladrão.
uperización *s.f.* pasteurização.
uperizar *v.* pasteurizar.
uralita *s.f.* uralite.
uranio *s.m.* urânio.
urbanidad *s.f.* urbanidade.
urbanismo *s.m.* urbanismo.
urbanista *s.* urbanista.
urbanización *s.f.* urbanização; conjunto residencial.
urbanizar *v.* urbanizar.
urbano,-a *adj.* urbano. *s.* guarda de trânsito.
urbe *s.f.* urbe, metrópole.
urdimbre *s.f.* urdidura; intriga, trama.
urdir *v.* urdir; tramar.
urea *s.f.* uréia.
uremía *s.f.* uremia.
uréter *s.m.* ureter.
uretra *s.f.* uretra.
urgencia *s.f.* urgência; emergência. **urgencias** pronto-socorro.
urgente *adj.* urgente.
urgir *v.* urgir.
úrico,-a *adj.* úrico.

urinario,-a *adj.* urinário. *s.m.* mictório.
urna *s.f.* urna.
urogallo *s.m.* tetraz.
urogenital *adj.* urogenital.
urología *s.f.* urologia.
urólogo,-a *s.* urologista.
urraca *s.f.* (*Ornit.*) pega; tagarela.
ursulina *s.f.* ursulina.
urticaria *s.f.* urticária.
uruguayo,-a *adj./s.* uruguaio.
usado,-a *adj.* usado, gasto; prático.
usanza *s.f.* costume, uso.
usar *v.* usar; gastar, costumar. **usarse** *vr.* estar na moda.
usía *pron. pes.* vossa senhoria.
usier *s.m.* porteiro, contínuo.
usina *s.f.* usina (de gás ou energia elétrica).
uslero *s.m.* (*Culin.*) rolo para estender a massa.
uso *s.m.* uso; utilidade. **usos** costume.
usted *pron. pes.* você, o(a) senhor(a). **ustedes** vocês, os(as) senhores(as).
usual *adj.* usual, comum.
usuario,-a *s.* usuário.
usucapión *s.m.* usucapião.
usufructo *s.m.* usufruto.
usura *s.f.* usura.

usurero,-a *s.* usurário.
usurpación *s.f.* usurpação.
usurpador,-a *adj./s.* usurpador.
usurpar *v.* usurpar.
utensilio *s.m.* ferramenta, utensílio.
uterino,-a *adj.* uterino.
úero *s.m.* útero.
útil *adj.* útil, apto, capacitado. *s.m.* ferramenta, equipamento. **útiles** material escolar.
utilería *s.f.* instrumental; (*Teat.*) acessórios.
utilidad *s.f.* utilidade; serventia.
utilitario,-a *adj./s.m.* utilitário.
utilitarismo *s.m.* utilitarismo.
utilitarista *adj./s.* utilitarista.
utilizable *adj.* utilizável.
utilización *s.f.* utilização.
utilizar *v.* utilizar.
utillaje *s.m.* instrumental, equipamento.
utopía *s.f.* utopia.
utópico,-a *adj.* utópico.
uva *s.f.* uva.
uve *s.f.* vê, nome da letra V.
úvula *s.f.* úvula.
uvular *adj.* uvular.
uxoricida *adj./s.* uxoricida.
uzbeko,-a *adj./s.* do Uzbekistão.

V

V, v s.f. V, v.
vaca s.f. vaca; couro de vaca; carne de vaca.
vacación s.f. feriado, férias.
vacada s.f. vacada, vacaria.
vacante adj. vago. s.f. vaga.
vacar v. vagar.
vaciadero s.m. esgoto, ralo.
vaciado,-a adj. gracioso, simpático. s.m. esvaziamento; moldagem; escavação.
vaciar v. esvaziar; vazar; moldar; afiar, amolar; desaguar, desembocar. **vaciarse** vr. esvaziar, desabafar.
vaciedad s.f. vacuidade; tolice, vacilación s.f. vacilação; irresolução.
vacilar v. vacilar, hesitar; oscilar, cambalear; exibir-se; zombar, gozar.
vacile s.m. gozação.
vacilón,-ona adj./s. gozador.
vacío,-a adj. vazio; carente; vago, desabitado, frívolo. s.m. vazio, vácuo, lacuna.
vacuidad s.f. vacuidade, vazio.
vacuna s.f. vacina.
vacunación s.f. vacinação.
vacunar(se) v., vr. vacinar(-se).
vacuno,-a adj. vacum, bovino.
vacuo,-a adj. vazio, vago. s.m. vazio.
vadear v. vadear; superar, sondar, tentear; eludir. **vadearse** vr. conduzir-se.
vademécum s.m. vade-mécum.
vadera s.f. vau largo.
vado s.m. vau; guia rebaixada; trégua.
vagabundear v. vagabundear, vagar.
vagabundeo s.m. vagabundagem, vadiagem.
vagabundo,-a adj./s. vagabundo, vadio.
vagancia s.f. ociosidade, preguiça.
vagar v. vagar, vadiar, estar ocioso. s.m. vagar, lentidão, ócio.
vagido s.m. vagido.
vagina s.f. vagina.
vaginal adj. vaginal.
vago,-a adj./s. vago, preguiçoso, vagabundo.
vagón s.m. vagão.
vagoneta s.f. vagoneta.
vaguada s.f. fundo de vale, talvegue.
vaguear v. vagar, vadiar.
vaguedad s.f. vacuidade, imprecisão.
vaharada s.f. baforada.
vahído s.m. vertigem, desmaio.
vaho s.m. vapor, bafo. **vahos** inalação.
vaina s.f. bainha; estojo; vagem; contrariedade. s. traste.
vainica s.f. (Cost.) ponto à jour.
vainilla s.f. baunilha.
vaivén s.m. vaivém, balanço; oscilação; revés.
vajilla s.f. louça.
vale s.m. recibo, vale; nota promissória; entrada, ingresso.
valedero,-a adj. válido.
valedor,-a s. protetor; colega.
valencia s.f. valência.
valenciano,-a adj./s. valenciano.
valentía s.f. valentia.
valentón,-ona adj./s. valentão.
valentonada s.f. bravata.
valer v. valer, servir, custar; prestar, proteger. **valerse** vr. valer-se, usar de.
valeriana s.f. valeriana.
valeroso,-a adj. valoroso.
valía s.f. valia, valor.
validar v. validar.
validez s.f. validade.
valido,-a adj. favorito.
válido,-a adj. válido, apropriado.
valiente adj./s. valente, valoroso; bravo, excelente; (Irôn.) *i~ amigo eres tú!* belo amigo você!
valija s.f. mala, saco postal.
valimiento s.m. ajuda, proteção.
valioso,-a adj. valioso.
valla s.f. cerca, tapume; outdoor; obstáculo.
valladar s.m. cerca, tapume; barreira.
vallado s.m. valado, cerca, tapume.
vallar v. cercar.
valle s.m. vale.
vallisoletano,-a adj./s. de Valadolid.
vallista s. (Esp.) corredor de obstáculos.
vallunco,-a adj. rústico.
valón,-ona adj./s. valão.
valona s.f. balona.
valor s.m. valor, preço, importância, valentia, descaramento, audácia; validade.
valoración s.f. avaliação; valorização.
valorar v. avaliar, valorizar.
vals s.m. valsa.
valuar v. avaliar.
valva s.f. valva.
válvula s.f. válvula.
vampiresa s.f. vamp, mulher fatal.
vampiro s.m. vampiro; sanguessuga.
vanagloria s.f. vanglória.
vanagloriarse vr. vangloriar-se.
vandálico,-a adj. vândalo.
vandalismo s.m. vandalismo.
vándalo,-a adj. vândalo.
vanguardia s.f. vanguarda.
vanguardismo s.m. vanguardismo.
vanguardista adj./s. vanguardista.

vanidad s.f. vaidade.
vanidoso,-a adj./s. vaidoso.
vano,-a adj. vão, oco, vazio; infundado; frívolo; oco, vazio.
vapor s.m. vapor; barco a vapor.
vaporización s.f. vaporização.
vaporizador s.m. vaporizador.
vaporoso,-a adj. vaporoso.
vapulear v. surrar, bater; criticar.
vapuleo s.m. surra, repriménda.
vaquería s.f. estábulo; leiteria.
vaqueriza s.f. estábulo.
vaquerizo,-a adj./s. vaqueiro.
vaquero,-a adj. vaqueiro, rancheira; referente a *jeans*. **vaqueros** s.m.pl. jeans.
vaqueta s.f. vaqueta.
vaquetón,-ona adj./s. sem-vergonha.
vaquilla s.f. vitela.
vara s.f. vara, galho; bastão; varal de carroça.
varadero s.m. estaleiro, doca seca.
varapalo s.m. varapau; paulada; contrariedade.
varar v. encalhar; **vararse** vr. avariar-se.
varazo s.m. paulada, varada.
varear v. varejar, fustigar com vara (*para apanhar frutos*).
variabilidad s.f. variabilidade.
variable adj./s.f. variável.
variación s.f. variação.
variado,-a adj. variado.
variancia s.f. variância.
variante s.m. picles. s.f. variante, desvio, diferença; (*Loteca*) colunas do meio e dois.
variar v. variar, modificar, mudar.
varice ou **várice** s.f. variz.
varicela s.f. varicela.
varicoso,-a adj./s. varicoso.
variedad s.f. variedade. **variedades** teatro de variedades.
varilla s.f. vareta.
vario,-a adj. vário, variado, diverso. **varios,-as** vários, diversos.
variopinto,-a adj. variado, mesclado, multicor.

varita s.f. varinha.
variz s.m. variz.
varón s.m. varão, homem.
varonil adj. varonil, masculino.
vasallaje s.m. vassalagem; servidão.
vasallo,-a s. vassalo.
vasar s.m. estante, prateleira.
vasco,-a adj./s. basco.
vascuence s.m. basco, vasconço.
vascular adj. vascular.
vasectomía s.f. vasectomia.
vaselina s.f. vaselina; cuidado; (*Fut.*) chapéu.
vasija s.f. vasilha.
vaso s.m. copo; vaso, vasilha; urinol.
vástago s.m. broto, rebento, filho; haste, eixo.
vastedad s.f. vastidão.
vasto,-a adj. vasto, imenso.
vate s.m. poeta, profeta.
váter s.m. banheiro; bacia sanitária, privada.
vaticano,-a adj./s. do Vaticano.
vaticinador,-a adj./s. profeta.
vaticinar v. profetizar.
vaticinio s.m. vaticínio, profecia.
vatio s.m. (*Eletr.*) watt.
¡vaya! interj. que coisa!; **¡~ enredo!** que confusão! s.f. gozação, zombaria.
ve s.f. vê, nome da letra V.
vecinal adj. vicinal.
vecindad s.f. vizinhança, cercanias.
vecindario s.m. vizinhança.
vecino,-a adj./s. vizinho, morador, habitante.
vector s.m. vetor.
vectorial adj. vetorial.
veda s.f. proibição (de caçar ou pescar).
vedado,-a adj. proibido, vedado. s.m. coutada, terra defesa.
vedar v. proibir, interditar, impedir.
vedette s.f. vedete.
vega s.f. veiga, várzea.
vegetación s.f. vegetação. **vegetaciones** vegetações adenóides.
vegetal adj./s.m. vegetal.
vegetar v. vegetar.
vegetarianismo s.m. vegetarianismo.
vegetariano,-a adj.s. vegetariano.
vegetativo,-a adj. vegetativo.
veguero,-a adj./s. varzeano. s.m. charuto de uma só folha.
vehemencia s.f. veemência.
vehemente adj. veemente,
vehículo s.m. veículo, carro; (*Med.*) transmissor.
veinte adj./s.m. vinte. s. vigésimo.
veinteavo adj./s.m. vigésimo
veintena s.f. vintena.
veintenario,-a adj. vintenário.
veinteñal adj. vintenal.
veintésimo,-a adj./s. vigésimo.
veinticinco adj./s.m. vinte e cinco. s. vigésimo quinto.
veinticuatro adj./s.m. vinte e quatro. s. vigésimo quarto.
veintidós adj./s.m. vinte e dois. s. vigésimo segundo.
veintidoseno,-a adj./s. vigésimo segundo.
veintinueve adj./s.m. vinte e nove. s. vigésimo nono.
veintiocheno,-a adj./s. vigésimo oitavo.
veintiocho adj./s.m. vinte e oito. s. vigésimo oitavo.
veintiséis adj./s.m. vinte e seis. s. vigésimo sexto.
veintiseiseno,-a adj./s. vigésimo sexto.
veitisiete adj./s.m. vinte e sete. s. vigésimo sétimo.
veintitantos,-as s. vinte e tantos; entre vinte e trinta.
veintitrés adj./s.m. vinte e três. s. vigésimo terceiro.
veintiún adj./s.m. vinte e um.
veintiuna s.f. (*Cartas*) vinte e um.
veintiuno,-a adj./s.m. vinte e um. s. vigésimo primeiro.
vejación s.f., **vejamen** s.m. vexação, vexame, humilhação.
vejar v. humilhar.
vejatorio,-a adj. humilhante, vexatório.
vejestorio s.m. velhote.
vejete adj./s.m. velhinho.
vejez s.f. velhice; impertinência, antigualha.
vejiga s.f. bexiga; bolha; catapora.
vela s.f. vela; vigília; vigia; ve-

lório. s.f. (Náut.) vela.
velada s.f. sarau; veladura, noitada.
velado,-a adj. velado, oculto.
velador,-a adj./s. velador, vigilante. s.m. candeeiro; mesinha redonda de um só pé, criado-mudo; abajur.
velamen s.m. velame.
velar v. velar, vigiar, cuidar; ocultar, pôr um véu. **velarse** vr. (Foto) velar. adj. velar, palatal.
velarizar v. velarizar.
velatorio s.m. velório.
veleidad s.f. veleidade, capricho, inconstância.
veleidoso,-a adj. veleidoso.
velero,-a adj./s.m. veleiro.
veleta s.f. cata-vento, grimpa.
vello s.m. pêlo, penugem.
vellocino s.m. velocino, lã de carneiro.
vellón s.m. tosão, velo.
vellosidad s.f. abundância de pêlo,
velloso,-a adj. veloso, peludo.
velludo,-a adj. veloso, veludo. s.m. veludo.
velo s.m. véu.
velocidad s.f. velocidade; (Aut.) marcha.
velocímetro s.m. velocímetro.
velocípedo s.m. velocípede.
velocista s. velocista.
velódromo s.m. velódromo.
velomotor s.m. bicicleta motorizada.
velón s.m. candeeiro de azeite.
veloz adj. veloz.
vena s.f. veia; veio, filão; nervura.
venablo s.m. venábulo, lança.
venado s.m. veado.
venal adj. venal; corrupto.
venalidad s.f. venalidade.
vencedor,-a adj./s. vencedor.
vencejo s.m. atilho; cinto; andorinhão.
vencer v. vencer, derrotar, ganhar, superar, instigar, acabar um prazo. **vencerse** vr. dobrar, vergar.
vencido,-a adj. vencido, derrotado, batido; expirado.
vencimiento s.m. vencimento; inclinação, torcimento.

venda s.f. faixa, atadura.
vendaje s.f. bandagem, venda.
vendar v. enfaixar; vendar.
vendaval s.m, vendaval.
vendedor,-a adj./s. vendedor.
vender v. vender; delatar, trair. **venderse** vr. vender-se, subornar-se.
vendible adj. vendável.
vendimia s.f. vindima, colheita; proveito.
vendimiador,-a s. vindimador.
vendimiar v. vindimar.
veneciano,-a adj./s. veneziano.
veneno s.m. veneno.
venenoso,-a adj. venenoso.
venerable adj. venerável.
veneración s.f. veneração.
venerar v. venerar.
venéreo,-a adj. venéreo.
venero s.m. manancial, nascente, veio, filão, origem.
venezolano,-a adj./s. venezuelano.
vengador,-a adj./s. vingador.
venganza s.f. vingança.
vengar(se) v., vr. vingar(-se).
vengativo,-a adj. vingativo.
venia s.f. permissão, vênia, perdão.
venial adj. venial.
venialidad s.f. venialidade.
venida s.f. vinda, chegada.
venidero,-a adj. vindouro.
venir v. vir, chegar, voltar; ficar; ir bem ou mal; ajustar-se, convir; continuar; dar, produzir; aparecer, constar; ser; vir a; ~ de provir, derivar, proceder. **venirse** vr. voltar; ~ abajo cair.
venoso,-a adj. venoso.
venta s.f. venda; pousada.
ventaja s.f. vantagem.
ventajista s. oportunista.
ventajoso,-a adj. vantajoso.
ventana s.f. janela; narina.
ventanal s.m. janelão.
ventanilla s.f. guichê; balcão; (Aut., envelope) janela; narina.
ventanilla ou **ventanuco** s.m. postigo, olho mágico.
ventarrón s.m. vendaval.
ventear v. ventar; farejar; arejar; indagar.
ventero,-a s. estalajadeiro, hospedeiro.

ventilación s.f. ventilação.
ventilador s.m. ventilador.
ventilar v. ventilar; difundir, discutir, debater, resolver. **ventilarse** vr. liqüidar, matar.
ventisca s.f. nevasca, vendaval.
ventisquero s.m. nevada, geleira, ventisqueiro.
ventolera s.f. lufada, ventania; capricho, veneta.
ventorro s.m. pousada.
ventosa s.f. ventosa.
ventosear v. expelir gases, peidar.
ventosidad s.f. gases, flatulência.
ventoso,-a adj. ventoso.
ventregada s.f. ninhada, avalancha.
ventrículo s.m. ventrículo.
ventrílocuo,-a adj./s. ventríloquo.
ventriloquia s.f. ventriloquia.
ventrudo,-a adj. barrigudo.
ventura s.f. ventura.
venturoso,-a adj. venturoso.
venus s.f. mulher bonita; gozo sexual.
ver v. ver; captar, entender, perceber; observar; presenciar; examinar, tratar; visitar; julgar, achar; pressentir. **verse** vr. ver-se, encontrar-se. s.m. aspecto, aparência.
vera s.f. borda, beira, margem.
veracidad s.f. veracidade.
veranda s.f. varanda, sacada.
veraneante s. turista, veranista.
veranear v. veranear.
veraneo s.m. veraneio.
veraniego,-a adj. estival, de verão.
veranillo s.m. veranico.
verano s.m. verão.
veras s.f.pl. verdade, realidade.
veraz adj. veraz, sincero.
verbal adj. verbal.
verbena s.f. verbena; quermesse.
verbigracia adv. por exemplo.
verbo s.m. verbo, palavra.
verborrea s.f. verborréia, verborragia.
verbosidad s.f. verbosidade.
verboso,-a adj. verboso, loquaz.

verdad s.f. verdade.
verdadero,-a adj. verdadeiro, real, ingênuo, veraz.
verde adj. verde, imaturo, obsceno, picante, indecente; inexperiente. s.m. erva, folhagem, nota de mil pesetas.
verdear v. verdejar, esverdear.
verdecillo ou **verderón** s.m. verdelhão.
verderón,-ona adj. esverdeado.
verdín s.m. cor verde; limo; azinhavre.
verdor s.m. verdor, vigor, juventude.
verdoso,-a adj. esverdeado.
verdugo s.m. verdugo; carrasco, tirano; açoite; vergão; capuz; renovo.
verdugón s.m. vergão; rasgão.
verduguillo s.m. navalha de barba; estoque fino.
vrdulería s.f. quitanda.
verdulero,-a s. verdureiro.
verdura s.f. verdura, hortaliça; verdor. **verduras** obscenidade.
verdusco,-a adj. esverdeado.
vereda s.f. vereda; calçada.
veredicto s.m. veredito.
verga s.f. verga; (*Vulg.*) pênis; pau.
vergajo s.m. vregalho, chicote.
vergel s.m. pomar.
vergonzante adj. envergonhado.
vergonzoso,-a adj. vergonhoso; tímido.
verguenza s.f. vergonha; timidez; desonra. **verguenzas** órgãos sexuais.
vericueto s.m. caminho estreito e escarpado.
verídico,-a adj. verídico.
verificación s.f. verificação.
verificador,-a adj./s. verificador.
verificar v. verificar, levar a cabo. **verificarse** vr. ocorrer.
verja s.f. grade.
vermú ou **vermut** s.m. vermute; aperitivo.
vernáculo,-a adj. vernáculo.
verónica s.f. verônica.
verosímil adj. verossímil.
vrosimilitud s.f. verossimilhança.

verraco s.m. varrão.
verruga s.f. verruga.
versado,-a adj. versado.
versal adj./s.f. versal.
versalita adj./s.f. versalete.
versallesco,-a adj. cavalheiresco.
versar v. versar, tratar.
versátil adj. versátil.
versatilidad s.f. versatilidade.
versículo s.m. versículo.
versificación s.f. versificação.
versificador,-a adj./s. versificador.
versión s.f. versão, tradução.
verso s.m. verso, poema.
vértebra s.f. vértebra.
vertebrado,-a adj./s.m. vertebrado.
vertebral adj. vertebral.
vertedera s.f. aiveca.
vertedero s.m. depósito de lixo.
verter v. verter, derramar; traduzir; entornar; desembocar; opinar.
vertical adj./s.f. vertical.
vértice s.m. vértice.
vertiente s.f. vertente; aspecto, ponto de vista.
vertiginoso,-a adj. vertiginoso.
vértigo s.m. vertigem.
vesania s.f. loucura; fúria.
vesícula s.f. vesícula.
vesicular adj. vesicular.
vespa s.f. vespa (moto).
vespertino,-a adj./s.m. vespertino.
vestíbulo s.m. vestíbulo, hall de entrada, saguão.
vestido,-a adj./s.m. vestido, vestimenta.
vestidura s.f. vestido, vestuário; ~s *sacerdotales* paramentos.
vestigio s.m. vestígio, traços.
vestimenta s.f. vestimenta, vestido.
vestir v. vestir; cobrir, adornar, disfarçar. **vestirse** vr. vestir-se.
vestuario s.m. vestuário; roupas; guarda-roupa; camarim; vestiário.
veta s.f. veio, filão.
vetar v. vetar, negar.
veteado,-a adj. venado.

vetear v. listrar.
veteranía s.f. veteranice, experiência.
veterano,-a adj./s. veterano.
veterinaria s.f. veterinária.
veterinario,-a adj./s. veterinário.
veto s.m. veto.
vetustez s.f. antiguidade, velhice.
vetusto,-a adj. velho, vetusto.
vez s.f. vez; turno; oportunidade; ciclo.
vía s.f. via, caminho, rumo, rota, direção, trilho; meio. prep. via, através de; passando por.
viabilidad s.f. viabilidade.
viabilizar v. viabilizar.
viable adj. viável.
via crucis s.m. via sacra; cruz, calvário.
viada s.f. arrancada, saída.
viaducto s.m. viaduto.
viajante s. viajante; representante comercial.
viajar v. viajar.
viaje s.m. viagem, caminho; carga; ataque inesperado.
viajero,-a adj./s. viageiro, viajante, passageiro.
vial adj. viatório, do trânsito. s.m. alameda.
vianda s.f. comida, alimento.
viandante s. pedestre, transeunte.
viaraza s.f. diarréia; acesso de raiva.
viario,-a adj. viário.
viático s.m. viático; comunhão para os doentes.
víbora s.f. víbora.
viborear v. falar mal de alguém pelas costas.
vibración s.f. vibração.
vibrador s.m. vibrador.
vibrante adj. vibrante, eletrizante.
vibrar v. vibrar.
vibratorio,-a adj. vibratório.
vicaría s.f. vigairaria.
vicario,-a adj. vicário. s. vigário.
vicealmirante s.m. vice-almirante.
vicepresidencia s.f. vice-presidência.
vicepresidente,-a s. vice-presi-

dente.
vicerrector,-a *s.* vice-reitor.
vicésimo,-a *adj./s.* vigésimo.
vicetiple *s.f.* corista, bailarina.
viceversa *adv.* vice-versa.
vichear *v.* espionar.
vichy *s.m.* vichi, pano listado.
viciar *v.* viciar, estragar, poluir; anular, distorcer. **viciarse** *vr.* viciar-se, deformar-se.
vicio *s.m.* vício; mimo; defeito.
vicioso,-a *adj.* vicioso. *s.* viciado, mimado.
vicisitud *s.f.* vicissitude.
víctima *s.f.* vítima.
victrola *s.f.* gramofone, toca-discos.
victoria *s.f.* vitória.
victoriano,-a *adj.* vitoriano.
victorioso,-a *adj.* vitorioso.
vicuña *s.f.* vicunha.
vid *s.f.* vide, videira.
vida *s.f.* vida.
vidalita *s.f.* canção argentina.
vidente *s.* vidente.
video *s.m.* vídeo, videocassete.
videoclip *s.m.* clipe, videoclipe.
videoclub *s.m.* videoclube, videolocadora.
videojuego *s.m.* videogame.
vidorra *s.f.* vida boa.
vidorria *s.f.* vida de cão; trabalho moleza.
vidriado,-a *adj.* vidroso; vitrificado. *s.m.* cerâmica vitrificada.
vidriar *v.* vidrar, vitrificar.
vidriera *s.f.* caixilho, vidraça; vitral; vitrina.
vidriería *s.f.* vidraçaria.
vidriero,-a *adj.* vidreiro. *s.* vidraceiro.
vidrio *s.m.* vidro; cristal; pessoa suscetível.
vidrioso,-a *adj.* vítreo; quebradiço; vidrado; delicado; melindroso.
vieira *s.f.* (*peixe*) vieira.
viejales *s.* velhote.
viejo,-a *adj.* velho, usado, gasto, antigo. *s.m.* velho.
vienés,-esa *adj./s.* vienense.
viento *s.m.* vento; ambiente; corda, arame; (*Mús.*) sopros; (*Fam.*) gases; turbulência; vaidade; rumo.
vientre *s.m.* ventre, barriga, abdome.
viernes *s.m.* sexta-feira.
vierteaguas *s.m.* beiral; (*Aut.*) calha.
vietnamita *adj./s.* vietnamita.
viga *s.f.* viga.
vigencia *s.f.* vigência.
vigente *adj.* vigente.
vigesimal *adj.* vigesimal.
vigésimo,-a *adj./s.*, *s.m.* vigésimo.
vigía *s.f.* vigia, sentinela, atalaia.
vigilancia *s.f.* vigilância, segurança.
vigilante *adj.* vigilante, alerta. *s.m.* guarda, segurança, vigilante.
vigilar *v.* vigiar, velar, cuidar.
vigilia *s.f.* vigília; véspera; abstinência de carne.
vigor *s.m.* vigor; vigência.
vigorizador,-a *adj.* revigorador.
vigorizar *v.* revigorar, fortificar, animar.
vigoroso,-a *adj.* vigoroso.
viguería *s.f.* vigamento.
vigueta *s.f.* vigota.
vikingo,-a *s.* viking.
vil *adj.* vil, baixo, desprezível.
vileza *s.f.* vileza, baixeza.
vilipendiar *v.* vilipendiar.
vilipendio *s.m.* vilipêndio.
vilipendioso,-a *adj.* vilipendioso.
villa *s.f.* vila, casa de campo.
Villadiego *loc. adv.* coger las de ~ fugir.
villancico *s.m.* vilancico, cântico de Natal.
villanía *s.f.* vilania, obscenidade.
villano,-a *adj./s.* vilão.
villorrio *s.m.* vilarejo, aldeola.
vilo *loc. adv.* en ~ suspenso; no ar; inquieto.
vinagre *s.m.* vinagre; pessoa mal-humorada.
vinagrera *s.f.* vinagreira. **vinagreras** galheteiro.
vinagreta *s.f.* molho vinagrete.
vinajera *s.f.* galheta.
vinatería *s.f.* vinhataria; adega.
vinatero,-a *adj./s.* vinhateiro.
vinaza *s.f.* vinhaça, vinho fraco.
vincha *s.f.* fita, diadema.
vinculación *s.f.* vinculação.
vincular *v.*, **vincularse** *vr.* vincular(-se).
vínculo *s.m.* vínculo.
vindicación *s.f.* vingança, defesa.
vindicar *v.* vingar-se, defender.
vindicativo,-a *adj.* vingativo.
vindicatorio,-a *adj.* vindicativo; punitivo.
vinícola *adj.* vinícola. *s.* vinicultor.
vinicultor,-a *s.* vinicultor.
vinicultura *s.f.* vinicultura.
vinificación *s.f.* vinificação.
vinílico,-a *adj.* vinílico.
vinilo *s.m.* vinil.
vino *s.m.* vinho.
viña *s.f.* vinha, vinhedo.
viñadero,-a *s.*, **viñador,-a** *s.* vinhadeiro, vinheiro.
viñedo *s.m.* vinha, vinhedo.
viñeta *s.f.* vinheta; história em quadrinhos; caricatura.
viola *s.f.* viola. *s.* violeiro.
violáceo,-a *adj.* violáceo, violeta. **violáceas** *s.f.pl.* violáceas.
violación *s.f.* violação; estupro.
violado,-a *adj.* violáceo. *s.m.* violeta.
violador,-a *s.* violador, estuprador.
violar *v.* violar; estuprar, violentar; profanar.
violencia *s.f.* violência.
violentar *v.* forçar, arrombar; subjugar; distorcer; incomodar. **violentarse** *vr.* obrigar-se; envergonhar-se; irritar-se.
violento,-a *adj.* violento; embaraçoso; incômodo.
violeta *adj./s.* violeta.
violetera *s.f.* violeteira.
violín *s.m.* violino; violinista.
violinista *s.m.* violinista.
violón *s.m.* contrabaixo, rabecão.
violoncelista *ou* **violonchelista** *s.* violoncelista.
violoncelo *ou* **violonchelo** *s.m.* violoncelo.
viperino,-a *adj.* viperino.

vira s.f. flecha; (sapato) vira.
virago s.f. mulher-macho.
viraje s.f. viragem.
virar v. virar, voltar, mudar o rumo.
virgen adj. virgem, puro. s. virgem.
virginal adj.s.m. virginal.
virgindad s.f. virgindade.
virgo s.m. hímen, virgindade. adj./s. virgem; (Zod.) Virgem.
virguería s.f. perfeição, maravilha; balangandã.
virguero,-a adj. excelente, primoroso.
vírgula ou **virgulilla** s.f. vírgula.
vírico,-a adj. viral.
viril adj. viril.
virilidad s.f. virilidade.
virreina s.f. mulher do vice-rei; vice-rainha.
virreinato s.m. vice-reinado.
virrey s.m. vice-rei.
virtual adj. virtual.
virtud s.f. virtude.
virtuosismo s.m. virtuosismo.
virtuoso,-a adj./s. virtuoso; (Mús.) virtuose.
viruela s.f. varíola.
viruji s.m. ar fresco.
virulé loc. adv. a la ~ em mau estado; de qualquer modo.
virulencia s.f. virulência.
virulento,-a adj. virulento.
virus s.m. vírus.
viruta s.f. apara, cavaco; dinheiro; mentira.
vis s.f. ~ *cómica* habilidade em fazer rir.
visa s.f., **visado** s.m. (passaporte) visto.
visaje s.f. careta, gesto.
visar v. visar, pôr o visto, validar; mirar.
víscera s.f. víscera, entranhas.
visceral adj. visceral.
viscosidad s.f. viscosidade.
viscoso,-a adj. viscoso.
visera s.f. viseira; pala de boné; (Aut.) pára-sol.
visibilidad s.f. visibilidade.
visible adj. visível, evidente.
visiblemente adv. visivelmente.
visigodo,-a adj./s. visigodo.
visillo s.m. cortina para janelas.
visión s.f. visão, vista; ponto de vista, perspicácia; fantasma; pessoa feia e ridícula.
visionario,-a s. visionário.
visir s.m. vizir.
visita s.f. visita; convidado.
visitación s.f. visitação, visita.
visitador,-a adj./s. visitador; representante de laboratório; inspetor.
visitante adj./s. visitante.
visitar v. visitar, inspecionar; (médico) ir ver o doente.
vislumbrar v. vislumbrar; conjeturar.
vislumbre s.m. vislumbre, reflexo; indício.
viso s.m. reflexo; mirante; aparência; anágua.
visón s.m. visom, marta.
visor s.m. visor; mira.
víspera s.f. véspera.
vista s.f. vista, visão, olhar, aspecto, aparência, panorama, perspicácia; olhadela; audiência.
vistavisión s.f. tela panorâmica.
vistazo s.m. olhadela.
vistillas s.f.pl. mirante.
visto,-a adj. visto, sabido.
vistoso,-a adj. vistoso.
visual adj. visual. s.f. linha visual.
visualizar v. visualizar.
vital adj. vital, fundamental, vivaz.
vitalicio,-a adj. vitalício. s.m. apólice de seguro de vida; pensão vitalícia.
vitalidad s.f. vitalidade.
vitalizar v. vitalizar.
vitamina s.f. vitamina.
vitaminado,-a adj. vitaminado.
vitamínico,-a adj. vitamínico.
vitando,-a adj. abominável, odioso.
vitela s.f. papel pergaminho.
vitelino,-a adj. vitelino. s.f. vitelina.
vitícola adj. vitícola. s. viticultor.
viticultor,-a s. viticultor.
viticultura s.f. viticultura.
vito s.m. dança e música andaluzas.
vitola s.f. padrão de charuto; bitola.
vítor s.m. aplauso, viva; cartaz elogiando alguém. ¡vítor! interj. viva!; hurra!
vitorear v. aplaudir, ovacionar.
vitoriano,-a adj./s. vitoriano.
vítreo,-a adj. vítreo.
vitrina s.f. vitrina.
vituallas s.f.pl. mantimentos, provisões, víveres.
vituperable adj. repreensível.
vituperar v. vituperar, recriminar.
vituperio s.m. vitupério
viudedad s.f. viuvez; pensão de viúvo.
viudez s.f. viuvez.
viudo,-a adj./s. viúvo.
¡viva! interj. viva!; hurra! s.m. viva.
vivac s.m. bivaque.
vivacidad s.f. vivacidade.
vivalavirgen s. doidivanas, destrambelhado.
vivales s. espertalhão, vivaldino.
vivamente adv. vivamente, intensamente, profundamente.
vivaque s.m. bivaque.
vivaquear v. bivacar.
vivar s.m. coelheira; viveiro de peixes.
vivaracho,-a adj. vivo, vivaz.
vivaz adj. vivo, vivaz.
vivencia s.f. vivência.
víveres s.m.pl. víveres.
vivero s.m. viveiro, sementeira; canteiro; fonte.
viveza s.f. vivacidade; presteza; perspicácia.
vividizo s.m. parasita.
vivido,-a adj. vivido, esperto.
vívido,-a adj. vívido, intenso.
vividor,-a s. parasita; bon vivant.
vivienda s.f. vivenda, moradia.
viviente adj. vivente, vivo.
vivificador,-a adj., **vivificante** adj. vivificante.
vivificar v. vivificar, animar.
vivíparo,-a adj. vivíparo.
vivir v. viver, habitar, morar, ficar; durar; passar.
vivito loc. adv. ~ *y coleando* bem vivo, em muito boa forma.
vivo,-a adj. vivo, vivaz, agudo,

intenso, esperto, forte, brilhante.
vizcacha *s.f.* lebre.
vizcaíno,-a *adj./s.* biscainho.
vizcondado *s.m.* viscondado.
vizconde *s.m.* visconde.
vizcondesa *s.f.* viscondessa.
vocablo *s.m.* vocábulo.
vocabulario *s.m.* vocabulário.
vocación *s.f.* vocação.
vocacional *adj.* vocacional.
vocal *adj.* vocal. *s.f.* vogal. *s.* vogal.
vocálico,-a *adj.* vocálico.
vocalismo *s.m.* vocalismo.
vocalista *s.* (*Mús.*) vocalista.
vocalización *s.f.* vocalização.
vocalizar *v.* vocalizar.
vocativo *s.m.* vocativo.
voceador,-a *adj.* vociferante, clamoroso. *s.m.* pregoeiro.
vocear *v.* gritar, vociferar, apregoar.
voceras *s.* pessoa faladeira, língua-solta.
vocerío *s.m.* vozerio.
vocero,-a *s.* porta-voz.
vociferador,-a ou **vociferante** *adj.* vociferador.
vociferar *v.* vociferar.
vodevil *s.m.* vaudeville.
vodka *s.m.* vodca.
voladizo,-a *adj.* saliente. *s.m.* saliência; cantilever.
volado,-a *adj.* (*Impr.*) expoente; (*Constr.*) balanço; *estar ~* estar inquieto.
volador,-a *adj.* voador. *s.m.* foguete, rojão; peixe-voador; lula.
voladura *s.f.* demolição, explosão.
volandas *loc. adv. en ~* no ar; num momento.
volandera *s.f.* arruela; mó; mentira.
volandero,-a *adj.* volante; solto; suspenso; inesperado; que não pára em lugar algum.
volantazo *s.m.* esterçada, guinada.
volante *adj.* voador, itinerante. *s.m.* volante, direção; babado; pedido médico; peteca.
volantín *s.m.* linha de pesca.

volar *v.* voar; ir depressa; correr; desaparecer; demolir, explodir, estourar; espalhar, difundir; (*Impr.*) levantar uma letra como expoente.
volatería *s.f.* caça com falcões; aves.
volátil *adj.* volátil.
volatilidad *s.f.* volatilidade.
volatilizar *v.*, **volatilizarse** *vr.* volatilizar(-se).
volatín *s.m.*, **volatinero,-a** *s.* equilibrista, funambulista.
volcán *s.m.* vulcão.
volcánico,-a *adj.* vulcânico.
volcar *v.* voltar, tombar, capotar, virar, entornar, transtornar, aturdir; irritar, molestar; dissuadir; roubar. **volcarse** *vr.* fazer tudo para agradar.
volea *s.f.* voleio; sem-pulo.
volear *v.* rebater no ar; semear aos punhados.
voleibol *s.m.* voleibol.
voleo *s.m.* voleio; sem-pulo; *a ~* a esmo.
volframio *s.m.* tungstênio.
volquete *s.m.* (caminhão) basculante.
voltaje *s.m.* voltagem.
voltear *v.* voltear, girar, virar, rolar; mudar, derrubar. **voltearse** *vr.* mudar de opinião ou partido.
volteo *s.m.* volta, passeio.
voltereta *s.f.* cambalhota; (*Bairalho*) volte.
volteriano,-a *adj./s.* voltairiano.
voltímetro *s.m.* voltímetro.
voltio *s.m.* volt.
volubilidad *s.f.* volubilidade.
voluble *adj.* volúvel.
volumen *s.m.* volume; tomo.
voluminoso,-a *adj.* volumoso.
voluntad *s.f.* vontade; desejo; arbítrio, determinação, ânimo, empenho; carinho.
voluntariado *s.m.* voluntariado.
voluntario,-a *adj./s.* voluntário.
voluntarioso,-a *adj.* voluntarioso, teimoso, obstinado.
voluptuosidad *s.f.* voluptuosidade.
voluptuoso,-a *adj.* voluptuoso, sensual.
voluta *s.f.* voluta, espiral.
volver *v.* voltar, regressar; retomar; virar, torcer; dar voltas, inverter, transformar; devolver, restituir; vomitar. **volverse** *vr.* voltar-se; tornar-se; mudar de opinião.
volvo ou **vólvulo** *s.m.* volvo.
vomitar *v.* vomitar.
vomitivo,-a *adj./s.m.* vomitivo.
vómito *s.m.* vômito.
voracidad *s.f.* voracidade.
vorágine *s.f.* voragem.
voraz *adj.* voraz; ávido.
vórtice *s.m.* turbilhão, centro de um ciclone.
vos *pron. pes.* vós; tu; você.
vosear *v.* tratar por vós.
voseo *s.m.* uso de vós.
vosotros,-as *pron.* vós, vocês, os senhores, as senhoras.
votación *s.f.* votação.
votante *adj./s.* votante.
votar *v.* votar.
voto *s.m.* voto; promessa; pedido; blasfêmia.
voz *s.f.* voz, timbre, som; grito; cantor, vocalista; boato; palavra, vocábulo; voto; direito de opinar.
vozarrón *s.m.* vozeirão.
vudú *s.m.* vodu.
vuecencia *s.* vossa excelência.
vuelapié *loc. adv. a ~* com dificuldade.
vuelapluma *loc. adv. a ~* muito facilmente.
vuelco *s.m.* tombo, queda; virada, mudança.
vuelo *s.m.* vôo; roda da saia ou cortina; voadouros.
vuelta *s.f.* volta, regresso; devolução; rotação, giro, circuito, corrida, turno, passeio; desvio; reverso; virada; surra, tunda; volte; troco; *de ~ de volta*; *poner a alguien de ~ y media* criticar, falar mal de alguém; *a ~ de ojos* num instante.
vuelto,-a *adj.* verso. *s.m.* troco.
vueludo,-a *adj.* (*vestido*) muito rodado.
vuestro,-a *adj.* vosso; seu.
vulcanizar *v.* vulcanizar.
vulcanólogo,-a *s.* vulcanólogo.

vulgar *adj.* vulgar; banal; popular.
vulgaridad *s.f.* vulgaridade, grosseria; trivialidade.
vulgarismo *s.m.* vulgarismo; expressão popular
vulgarización *s.f.* vulgarização, popularização.

vulgarizar *v.*, **vulgarizarse** *vr.* vulgarizar(-se), popularizar(-se).
vulgo *s.m.* vulgo, povo, gentalha, chusma, as massas, a plebe.
vulnerabilidad *s.f.* vulnerabilidade, debilidade.

vulnerable *adj.* vulnerável.
vulneración *s.f.* vulneração, danificação, violação.
vulnerar *v.* vulnerar, violar.
vulpécula ou **vulpeja** *s.f.* raposa.
vulpino,-a *adj.* vulpino.
vultuosidad *s.f.* inchaço do rosto.
vulva *s.f.* vulva.

W

W, w *s.f.* W, w.
W *abr. de* watt.
wagneriano,-a *adj./s.* wagneriano.
walkie-talkie *s.m.* walkie-talkie.
walkman *s.m.* walkman®.
water *s.m.* banheiro; water-closet, WC, privada, bacia sanitária.
waterpolo *s.m.* water polo.
watt *s.m.* watt.
wau *s.f.* nome da letra u.
wéber *ou* **weberio** *s.m.* weber.
week-end *s.m.* fim de semana.
welter *s.m.* (*Boxe*) categoria de peso de 67 a 70 kg.
western *s.m.* faroeste.
westfaliano,-a *adj./s.* da Westfalia.
whisky *s.m.* uísque.
whist *s.m.* jogo de cartas.
winchester *s.m.* winchester, espingarda de repetição.
windsurf *s.m.* windsurfe, surfe à vela.
windsurfista *s.* windsurfista.
wolfram *ou* **wolframio** *s.m.* volfrâmio, tungstênio.

X

X, x *s.f.* X, x.
xenofilia *s.f.* xenofilia.
xenofobía *s.f.* xenofobia.
xenófobo,-a *adj./s.* xenófobo.
xerocopia *s.f.* xerocópia.
xerocopiar *v.* xerocopiar, xerocar.
xerografía *s.f.* xerografia.
xerografiar *v.* xerografar.
xifoides *adj./s.m.* xifóide.
xilofonista *s.* xilofonista.
xilófono *s.m.* xilofone.
xilografía *s.f.* xilografia.
xilográfico,-a *adj.* xilográfico.
xilógrafo *s.m.* xilógrafo, xilogravador.
xiloprotector,-a *adj./s.* xiloprotetor.
xocota *adj.* (*Fruta*) verde, azeda.
xocoyote *s.m.* benjamim, caçula.
xueta *adj./s.* judeu maiorquino.
xuquiquis *s.* dorminhoco.

Y

Y, y *s.f.* Y, y.
y *conj.* e.
ya *adv.* já, agora, logo, imediatamente.
yaacabó *s.m.* ave da Venezuela.
yac *s.m.* iaque.
yacaré *s.m.* jacaré.
yacente *adj.* jacente, jazente.
yacer *v.* jazer; ter relações sexuais.
yachting *s.m.* iatismo.
yaciente *adj.* jazente.
yacimiento *s.m.* jazida.
yagual *s.m.* rodilha.
yaguana *s.f.* bule de leite.
yaguar *s.m.* jaguar.
yaguasa *s.f.* pato selvagem.
yámbico,-a *adj.* jâmbico.
yambo *s.m.* iambo; jambo, jambeiro.
yanacón,-ona *s.* ameríndio.
yanga *adj.* descuidado.
yanqui *adj./s.* ianque.
yantar *s.m.* comida, iguaria. *v.* comer.
yapa *s.f.* gorjeta; extra.
yapar *v.* dar como brinde.
yarará *s.m.* jararaca.
yaraví *s.m.* canção peruana.
yarda *s.f.* jarda.
yare *s.m.* suco venenoso extraído da mandioca amarga.
yaro *s.m.* jarro (*planta*), arão, sagu.
yate *s.m.* iate.
yaya *s.m.* planta mirtácea; ácaro.
yayo *s.m.* avô.
yazz *s.m.* jazz.
ye *s.f.* nome da letra grega Y.
yedra *s.f.* hera.
yegua *s.f.* égua; bituca, guimba. *adj.* estúpido, tolo.
yeguada *s.f.* eguada; tolice, disparate.
yeguar *adj.* eguariço, relativo a éguas.
yegüero,-a *s.* eguariço.
yeísmo *s.m.* ação de pronunciar o ll como y.
yelmo *s.m.* elmo.
yema *s.f.* gema; broto, botão; ponta do dedo do lado oposto à unha; fios de ovos; (*Fig.*) o melhor de uma coisa.
yemení ou **yemenita** *adj./s.* iemenita.
yen *s.m.* iene.
yerba *s.f.* erva, capim; chá-mate.
yerbatero,-a *adj./s.* mateiro, curandeiro; produtor de chá-mate.
yerbear *v.* beber chá-mate.
yerbera *s.f.* recipiente para mate.
yerbero,-a *s.* curandeiro.
yermo,-a *adj.* estéril, infecundo; deserto, ermo. *s.m.* solo improdutivo, deserto.
yerno *s.m.* genro.
yernocracia *s.f.* nepotismo.
yero *s.m.* chícharo, ervilha seca.
yerra *s.f.* marcação do gado a fogo.
yerro *s.m.* erro, engano.
yersey ou **yersí** *s.m.* pulôver.
yerto,-a *adj.* hirto, rígido.
yesal ou **yesar** *s.m.* gessal, gesseira.
yesca *s.f.* isca de fazer fogo, acendalha; combustível; causa, origem. **yescas** isqueiro.
yesera *s.f.* gesseira, gessal.
yesería *s.f.* fábrica de gesso; local de venda de gesso; obra de gesso.
yesero,-a *adj./s.* gesseiro.
yeso *s.m.* gesso.
yesoso,-a *adj.* gredoso, gípseo.
yeta *s.f.* má sorte.
yeti *s.m.* abominável homem das neves.
yeyuno *s.m.* (*Anat.*) jejuno.
yiddish *s.m.* ídiche.
yiu-yitsu *s.m.* jiu-jítsu.
yo *pron. pes.* eu. **el yo** *s.m.* o ego.
yodado,-a *adj.* iodado.
yodo *s.m.* iodo.
yoduro *s.m.* iodeto.
yoga *s.m.* ioga.
yogui ou **yoghi** *s.* iogue.
yogur *s.m.* iogurte; ~ **descremado** iogurte desnatado.
yogurtera *s.f.* iogurteira.
yoin *s.m.* baseado, maconha.
yola *s.f.* iole.
yonqui *s.* viciado em heroína.
yóquey ou **yoqui** *s.m.* jóquei.
yoyo ou **yoyó** *s.m.* iôiô.
yubarta *s.f.* rorqual, baleia-de-gomo.
yuca *s.f.* iúca, mandioca.
yucal *s.m.* mandiocal.
yucateco,-a *adj./s.* iucateco, iucatego.
yudo *s.m.* judô.
yudoka *s.* judoca.
yugada *s.f.* jugada, jeira.
yugar *v.* sustentar uma casa; mourejar.
yugo *s.m.* jugo; canga; (*Fig.*) fardo.
yugoslavo ou **yugoeslavo,-a** *adj./s.* iugoslavo.
yugular *adj./s.* jugular. *v.* degolar, cortar, deter.
yunque *s.m.* bigorna; pessoa assídua no trabalho.
yunta *s.f.* junta de bois.
yuntero *s.m.* jugadeiro.
yute *s.f.* juta.
yuxtaponer *v.* justapor.
juxtaposición *s.f.* justaposição.
juxtapuesto,-a *adj.* justaposto.
yuyero,-a *s.* herborista, herbolário.
yuyo *s.m.* joio.
yuyuba *s.f.* jujuba.

Z

Z, z *s.f.* Z, z.
zabarcera *s.f.* quitandeira, fruteira.
zacate *s.m.* erva, pasto, forragem; bucha, esfregão.
zacatón *s.m.* pessoa covarde; erva alta para pastagem.
zafacoca *s.f.* rixa, pendência.
zafado,-a *adj.* safado, atrevido.
zafadura *s.f.* luxação.
zafaduría *s.f.* atrevimento.
zafar *v.* enfeitar. **zafarse** *vr.* safar-se; livrar-se; luxar-se.
zafarrancho *s.m.* estrago; rixa, briga; arrumação, safa-safa.
zafio,-a *adj.* inculto, grosseiro.
zafiro *s.m.* safira.
zafra *s.f.* safra, colheita da cana-de-açúcar; fabricação de açúcar; escombro; recipiente metálico de azeite.
zaga *s.f.* saga; parte traseira, retaguarda; (*Fut.*) zaga, defesa; *a la ~ atrás; no quedarse a la ~* não ficar atrás, não ser inferior.
zagal *s.m.* rapaz; pastor; peão; saiote.
zagala *s.f.* rapariga, pastora.
zaguán *s.m.* saguão.
zaguero,-a *adj.* de trás. *s.* zagueiro.
zahareño,-a *adj.* arisco, intratável.
zaherir *v.* humilhar, ofender, ferir.
zahína *s.f.* sorgo.
zahones *s.m.pl.* calções.
zahondar *v.* cavar, afundar.
zahorí *s.* zaori, adivinho, vidente.
zahúrda *s.f.* chiqueiro, pocilga.
zaino,-a *adj.* traidor, falso; zaino.
zaireño,-a *adj./s.* zairense.
zalamería *s.f.* bajulação, lisonja.
zalamero,-a *adj./s.* bajulador.

zalea *s.f.* tosão, velocino.
zalema *s.f.* reverência; bajulação.
zamacuco,-a *s.* pateta, idiota; dissimulado; bebedeira.
zamarra *s.f.* samarra; blusão de lã.
zamarro *s.m.* samarra; pele de carneiro; homem grosseiro; malandro.
zamba *s.f.* samba.
zambardo *s.m.* chiripa, sorte; inabilidade; avaria.
zambiano,-a *adj./s.* zambiano.
zambo,-a *adj./s.* zambro, cambaio; zambo, perna-de-xis. *s.m.* coatá, macaco-aranha.
zambomba *s.f.* cuíca; *izambomba!* arre!
zambombazo *s.m.* cacetada; explosão.
zambra *s.f.* zambra, dança mourisca; barulho.
zambrote *s.m.* confusão.
zambullida *s.f.* mergulho.
zambullir *v.* mergulhar. **zambullirse** *vr.* esconder-se; concentrar-se (*numa atividade*).
zamorano,-a *adj./s.* de Zamora.
zampabollos *s.* glutão.
zampar *v.*, **zamparse** *vr.* comer depressa, engolir.
zampón,-ona *adj./s.* comilão.
zampoña *s.f.* charamela; bobagem.
zanahoria *s.f.* cenoura.
zanahoriate *s.f.* cenoura cristalizada.
zanca *s.f.* perna de ave; perna grossa; viga de escada; *andar en ~s de araña* usar de evasivas; *por ~s y barrancas* de todo o jeito.
zancada *s.f.* pernada, passo largo.
zancadilla *s.f.* rasteira; obstáculo.

zancajo *s.m.* calcanhar; *no llegarle a alguien a los ~s* não chegar aos pés de alguém; *roer los ~s a alguien* falar mal de alguém.
zanco *s.m.* andas, pernas de pau.
zancón,-ona *adj.* (*roupa*) muito curta; de pernas longas.
zancudero *s.m.* nuvem de mosquitos.
zancudo,-a *adj.* que tem pernas compridas; (*ave*) pernalta. *s.m.* mosquito. **zancudas** botas altas e impermeáveis.
zanganear *v.* vadiar, folgar.
zángano,-a *s.* parasita; vadio, preguiçoso; inábil. *s.m.* zangão.
zangolotear *v.* sacudir, balançar; vagar.
zanja *s.f.* vala, rego; *abrir las ~s* iniciar uma coisa.
zanjar *v.* abrir valas; conciliar, decidir.
zapa *s.f.* sapa, vala; *labor de ~* sabotagem.
zapador *s.m.* sapador.
zapallada *s.f.* sorte, acaso feliz.
zapallo *s.m.* abóbora; sorte.
zapapico *s.f.* picareta.
zapata *s.f.* calço, cunha; sapata.
zapatazo *s.m.* sapatada; encontrão; *mandar a alguien a ~s* conseguir tudo que se quer de alguém; *tratar a alguien a ~s* não ter consideração com alguém.
zapateado *s.m.* sapateado.
zapatear *v.* sapatear.
zapateo *s.m.* sapateado.
zapatería *s.f.* sapataria.
zapatero,-a *s.* sapateiro; (*Ent.*) hidrômetro. *adj.* (*comida*) duro, cru; *quedarse ~* não

marcar nenhum ponto; *ser una ~* não ter nem comparação.
zapatiesta *s.f.* rebuliço.
zapatilla *s.f.* sapatilha; tênis.
zapato *s.m.* sapato; *andar con ~s de fieltro* trabalhar na surdina; *como tres en un ~* apertado feito sardinha em lata; *meter a alguien en un ~* intimidar alguém; *no llegarle a la suela del ~* não chegar aos pés de alguém; *saber dónde le aprieta el ~* saber o que lhe convém.
zapatón *s.m.* galocha.
¡zape! *interj.* fora!; xô!; passo!
zapotazo *s.m.* baque.
zapote *s.m.* sapotizeiro; sapoti.
zapoteca *adj./s.* zapoteca.
zapoyolito *s.m.* periquito.
zar *s.m.* czar.
zarabanda *s.f.* sarabanda.
zaragata *s.f.* zaragata; desordem.
zaragate *s.* intrometido.
zaragozano,-a *adj./s.* de Zaragoza.
zaramullo,-a *s.* intrometido, enredador.
zaranda *s.f.* peneira.
zarandajas *s.f.pl.* ninharias, bagatelas.
zarandear *v.* sacudir, peneirar; ridicularizar; empurrar. **zarandearse** *vr.* estar numa roda viva.
zarapito *s.m.* (*Ornit.*) maçarico.
zarazo,-a *adj.* meio maduro.
zarcillo *s.m.* gavinha; brinco.
zarigüeya *s.f.* sarigüéia, gambá.
zarina *s.f.* czarina.
zarista *adj./s.* czarista.
zarpa *s.f.* unha, garra; pata; *echar alguien la* ~tirar de alguém com violência.
zarpar *v.* zarpar.
zarpazo *s.m.* unhada.
zarpear *v.* salpicar de lama.
zarrapastroso,-a *adj./s.* malajambrado.
zarza *s.f.* sarça; arbusto espinhoso.
zarzal *s.m.* sarçal.
zarzamora *s.f.* amora.
zarzaparrilla *s.f.* salsaparrilha.

zarzuela *s.f.* zarzuela.
¡zas! *interj.* bang!; zás!
zascandil *s.m.* enredador, intrometido.
zascandilear *v.* intrometer-se; bisbilhotar.
zenit *s.m.* zênite.
zepelín *s.m.* zepelim.
zeta *s.f.* zê, nome da letra Z; zéta; carro de polícia.
zigzag *s.m.* ziguezague.
zigzagueante *adj.* ziguezagueante.
zigzaguear *v.* ziguezaguear.
zimbabuo,-a *adj./s.* zimbabuano.
zinc *s.m.* zinco.
zíngaro,-a *adj.* cigano.
zipizape *s.m.* briga.
¡zis, zas! *interj.* pá!, pá!
zócalo *s.m.* soco, rodapé; plinto; pedestal; praça principal.
zocato,-a *adj./s.* canhoto; fruto que seca antes de amadurecer.
zoco,-a *adj.* canhoto. *s.m.* feira muçulmana; centro comercial; *andar de ~s en colodros* ir de mal a pior.
zodiacal *adj.* zodiacal.
zodiaco ou **zodíaco** *s.m.* zodíaco.
zombi ou **zombie** *s.* zumbi. *adj./s.* tonto. maluco.
zompopo *adj.* burro, tonto.
zona *s.f.* zona.
zoncear *v.* bobear.
zoncera *s.f.* disparate, besteira.
zoncería *s.f.* falta de graça.
zonda *s.m.* vento quente dos Andes.
zoo *s.m.* zôo.
zoología *s.f.* zoologia.
zoológico,-a *adj./s.m.* zoológico.
zoólogo,-a *s.* zoólogo.
zoom *s.m.* (*Foto*) zoom.
zopenco,-a *adj./s.* bobo, tapado.
zopilote *s.m.* búteo, gavião.
zoquete *adj./s.* estúpido, tapado. *s.m.* tarugo.
zorcico *s.m.* dança popular basca.
zorongo *s.m.* dança e canção andaluza; coque; lenço de cabeça.

zorra *s.f.* raposa; prostituta; bebedeira; *no tener la ~ idea* não ter a mínima idéia; *desollar la ~* curtir a bebedeira; *pillar la ~* tomar um porre.
zorrastrón,-ona *adj./s.* astuto, manhoso.
zorrera *s.f.* raposeira; sala enfumaçada.
zorrería *s.f.* astúcia, manha; raposia, raposice.
zorrero,-a *adj.* astuto, cauteloso; capcioso, manhoso.
zorrillo ou **zorrino** *s.* (Zool.) zorrilho.
zorro,-a *adj./s.* raposa, pessoa muito atuta; espanador; *estar hecho un ~* estar quieto; *hacerse el ~* fazer-se de bobo.
zorrocloco *s.m.* indivíduo que se faz de bobo para conseguir o que quer; lisonja.
zorronglón,-ona *adj./s.* resmungão, rezingão.
zorzal *s.m.* tordo; pessoa astuta; raposa.
zote *adj.* ignorante, idiota.
zozobra *s.f.* soçobro; inquietação; angústia.
zozobrar *v.* soçobrar, afundar; afligir-se; naufragar; fazer fracassar.
zueco *s.m.* tamanco.
zuíza *s.f.* suíça; contenda, rixa.
zulaque *s.m.* massa de vedação.
zulú *adj./s.m.* zulu, zulo.
zumaya *s.f.* noitibó.
zumba *s.f.* chocalho; vaia; surra.
zumbado,-a *adj.* louco, doido.
zumbador *s.m.* zumbidor.
zumbar *v.* zumbir, zunir; bater; zombar, troçar; estar muito perto; *zumbando* correndo.
zumbido ou **zumbo** *s.m.* zumbido; porrada.
zumbón,-ona *adj./s.* gozador, brincalhão; alegre.
zumo *s.m.* suco, sumo.
zunchar *v.* reforçar com braçadeiras.
zuncho *s.m.* braçadeira, reforço, armadura.
zunteco *s.m.* vespa negra.

zurcido *s.m.* remendo.
zurcir *v.* remendar; urdir; coser, cerzir; *que te, le zurzan* que se dane.
zurdazo *s.m.* golpe dado com a mão ou com o punho esquerdo.
zurdear *v.* ser canhoto.
zurdera *s.f.* condição de canhoto.
zurdo,-a *adj.* canhoto, esquerdo sinistro; *a zurdas* com a esquerda.
zuro *s.m.* sabugo, carolo.
zurra *s.f.* surra, sova, tunda, esforço intenso, canseira.
zurrapa *s.f.* borra, rebotalho; coisa vil, pessoa desprezível; mancha de fezes na roupa íntima; *con ~s* com pouca limpeza.
zurrar *v.* surrar, bater. **zurrarse** *vr.* sujar-se, cagar-se de medo.
zurria *s.f.* surra, tunda.
zurriaga *s.f.* azorrague, chicote.
zurriagazo *s.m.* chicotada; desgraça, desprezo.
zurriago *s.m.* chicote.
zurribanda *s.f.* surra; briga com socos e tapas.
zurriburri *s.m.* alvoroço; gentalha.
zurrón *s.m.* bolsa de couro; placenta; quisto.
zutano-a, *s.* cicrano.

Este livro DICIONÁRIO ESCOLAR ESPANHOL-POR-TUGUÊS de Carlos Antonio Lauand é o volume 4 da coleção Dicionário Escolar. Impresso na Prol Editora Gráfica Ltda, Av. Papaiz, 581 - Diadema - São Paulo, para Livraria Garnier, à Rua São Geraldo, 53 - Belo Horizonte - MG. No catálogo geral leva o número 3137/7E. ISBN. 85-7175-095-5.